雲南文庫

学术名家文丛

云南文库

学术名家文丛

哈尼族文学史

史军超 著

云南人民出版社
云南大学出版社

作者简介

史军超，哈尼族，男，1946年出生于红河县安邦村，现为云南省社科院研究员。长期从事文化人类学、哈尼族及云南各民族文化、梯田文化、茶文化、音乐文化研究，是红河哈尼梯田、世界茶树原产地及普洱茶、哈尼族多声部民歌三项世界遗产申报项目的提出人、论证者及专家组组长。2013年6月，受邀参加中国代表团赴金边第37届世界遗产大会并成功获得红河哈尼梯田入选世界遗产名录。多次受邀赴海外举办学术演讲及书法展，如2011年赴美国国会图书馆作《茶烟如篆写千年——中国茶文化》演讲，2006年赴马来西亚吉隆坡市及2008年赴美国加州尔湾市举办书法展，后者为汶川赈灾义售筹款。发表学术成果700万字，获中国国家图书奖三次，中宣部山花奖一次，云南省政府文学艺术奖励基金会一、二、三等奖多次。

总　序

中共云南省委书记 李纪恒

“盖文章，经国之大业，不朽之盛事。”一部承载责任与使命的好作品，必将是一部千古不朽的立言典范，也必将是一部历久弥新的传世教科书。千百年来特别是明代以来，许多贤人君子和名人大家在广袤的云岭大地耕耘、思考和写作，留下了闪光的足迹和丰厚的作品，足以飨及后进，启迪晚辈。在搜集、遴选和整理云南明代以来学术大家、学术名家著作的基础上，由云南宣传部门牵头推出了《云南文库》，这一丛书的面世诚为云南学术研究和出版界之盛事。

编纂《云南文库》是传承云南地域文明、提高云南文化自觉的有益尝试。“七彩云南”这片神奇的土地孕育了对中国乃至世界文明都有重要影响的古人类，造就了云南文化的丰厚积淀，从而构成了博大精深的云南文化艺术宝库。作为中华文化圈、印度文化圈和东南亚文化圈的交汇地，云南自古以来都不缺乏学贯中西的大师和博古通今的大家，从来都不缺乏魅力四射的光辉著作和壮美奇绝的文化遗存。其中，许多学术作品都凝聚了深邃的思想和超凡的智慧，体现了鲜明的地域特色和民族特色，彰显了有云南自身特点的知识谱系和学术传统。今天，我们将历史长河中的明珠拾起，用心记载云南学术史上的灿烂篇章，正是为了守护云南优秀的地域文化，为了汲取进一步繁荣发展云南哲学社会科学的养分和动力，进而筑牢云南文化自信的根基。

编纂《云南文库》是树立云南文化品牌、增强云南文化影响力的重要举措。云南文化是中华文化的有机组成部分，其悠久的历史文化、多彩的民族文化、独特的生态文化、包容的宗教文化，已经成为文化百花园中一枝流光溢彩、香飘四海的奇葩。千百年来，云南学者中英奇瑰伟之士以及众多寓居云南的外省学者念兹在兹，深植于云南沃土，扎根于传统文化，不懈探索、勤奋撰述，留下了一批经得住历史和实践检验的珍贵成果。特别是抗战时期，随着西南联合大学和相关研究机构的到来，昆明一时风云际会，云集了大批我国现代学术史上开宗立派的学术大师和著名专家，云南成为当时中国学术中心之一，诞生了大批学术经典。新中国成立后，云南学术研究取得很大进展，研究队伍空前壮大，学科建设卓有成效，学术成果日益丰硕，推出了一批享誉国内外的学术精品。近年来，《云南史料丛刊》《云南丛书》等一批历史文献和地方文献丛书相继刊印，云南文化的影响力和竞争力不断增强。今天，我们隆重推出《云南文库》，就是要为更多的人了解云南、熟悉云南、研究云南搭建一个平台和载体，为云南的经济社会发展、文化建设、文史学术研究等提供有益的历史借鉴，为在更广领域传播云南文化、打造云南品牌、增强云南软实力创造更好条件。

编纂《云南文库》是保障人民群众的基本文化权益的有效途径。文化建设的根本就是要用健康高雅的艺术、用智慧明辨的思想、用善良温厚的德行启迪人、引导人。编纂《云南文库》一个重要目的是丰富人民群众的精神文化生活、增进人民群众的幸福感。此次收入《云南文库》的著作，涉及哲学、历史、文学、语言、艺术、民族、宗教、政治、军事、外交等诸多方面，包含着丰富的自然、社会和人生哲理知识，体现了高度的人文关怀。阅读这些著作，有助于培育读者自尊自信、理性平和、积极向上的心态，有助于引导人们去发现、享用、珍惜世界和人生之美，能使大众的精神世界得以滋养和美化、人格得以陶冶和熏陶、心灵得以安顿和抚慰、情感得以丰富和升华，从而更好地满足人民群众多层次、多方面、多样性的审美需求。

编纂《云南文库》是推动云南跨越发展的必然要求。云南早在1996年就提出了建设“民族文化大省”的目标，是全国最早提出建设民族文化大省的省份之一。2000年，我省正式确立了“建设绿色经济强省、民族文化大省和中国连接东南亚南亚的国际大通道”的三大目标，把文化事业和文化产业的发展纳入了全省经济社会发展战略的范畴。2009年召开的中共云南省委八届八次全委会，作出了把云南建设成为“绿色经济强省、民族文化强省、中国面向西南开放的桥头堡”的重大决策，把云南文化建设推向了一个新的阶段。2011年11月，云南省第九次党代会进一步明确了科学发展、和谐发展、跨越发展的发展主题，要求更加自觉、更加主动地推动文化大发展大繁荣。当前，云南人民正豪情满怀地沿着建设民族文化强省的道路阔步前行，具有云南特色的文化模式已经也必将进一步焕发动人而耀眼的光芒。我们将以打造《云南文库》等一批社科品牌和文化精品为契机，继承优良传统，发挥优势，突出特色，以面向现代化、面向世界、面向未来的宏大眼光，锐意进取，积极开展学术研究，努力创造出无愧于时代、无愧于人民、无愧于历史的优秀学术成果和文化产品，更好地弘扬以高远、开放、包容的高原情怀和坚定、担当、务实的大山品质为主要内容的云南精神。

《云南文库》最终得以发行，首先是众位先贤心血和智慧的结晶。在此，我们要对创造了云南学术精品并因此而为中华文化做出杰出贡献的学者们表示崇高的敬意！在《云南文库》的编纂过程中，相关编纂单位、出版单位和参加整理的学者，以高度的责任感和使命感，兢兢业业地做好编校和出版工作，正是有了他们的辛勤劳动和精心工作，才有如今的翰墨流芳。在此，我要诚恳地道一声，大家辛苦了！《云南文库》从构想走向现实，离不开众多读者和社会各界人士的支持，我也一并向你们表示诚挚的谢意！同时，衷心希望同志们一如既往地为云南文化建设献智献策，欢迎更多的同仁志士参与到云南文化建设的伟大事业中来！

谨为序。

目　录
Contents

导　言

第一编　窝果奴局文学时代
（民族形成期的文学）

第二编　迁徙史诗时代
（民族大迁徙时期的文学）

第四编　当代文学

（社会主义时期的文学）

导　　言

北纬21°~26°，东经99°~104°，是一片大山如潮、巨河奔涌、森林苍茫、云海翻腾的神秘之境。

在耸峙亘古的两大山系——哀牢山和无量山的千峰万壑中，日夜喧腾着著名的三大江流——红河①、把边江和澜沧江。

这就是中国滇南广袤的高山峡谷地域。

在这里的巍巍青山之上，在这里的滔滔江河之岸，世代居住着我们祖国兄弟民族大家庭中的一员——哈尼族。

千百年来，大自然以她优厚的环境条件善遇了哈尼族。这里土地肥腴，气候温和，雨量充沛，物产丰富；冈峦上四季铺陈着怒放的山花，老林里终年徜徉着成群的走兽飞禽，山坡被金黄的稻谷覆盖，土表有奇异的珍宝埋藏。这块土地的主人——哈尼族人民则用自己勤劳的双手和超凡的智慧开发、建设了自己美丽的家乡，创造了灿烂的民族文化，创造了如同红河、把边江、澜沧江般源远流长，如同古哀牢、无量大山般奇伟瑰丽的民族文学。

哈尼族文学这朵辉映七彩的妥底玛依②开放在整个哈尼族文化之树的枝头，她是民族心灵的倾诉，是民族生活的写照，是民族性格的造型。她的馨香和美丽，深深吸引着国内外爱好文学艺术的人们。国内文学艺术界自不待言，国外如日本、荷兰、美国、英国、法国、马来西亚、新加坡、泰国、缅甸、老挝、越南等国学术界和文艺界人士纷至沓来，皆欲一睹风采。

本书第一次从文学发展历史的视角，系统地介绍哈尼族文学。读者可以从披览中见出，这本书的特点在：第一，资料的丰富与系统是空前的，书中的绝大部分作品、材料均来自作者和朋友们的亲身调查，它们浸染着哀牢山、无量山泥土的湿润气息，许多篇什目前尚属手稿；第二，学术见解自成一家而不依傍陈说，使它分析透达而引人入胜，从此整体构架也显得别致自然；第三，读者可以在观赏哈尼族文学之蕊的同时，看到促使它开放的若干物质与精神的文化营养是如何发生作用的；最后，本书的叙述

① 红河：在我国境内上段称礼社江，下段称元江，入越南称红河。但民间均习称红河，云南省红河哈尼族彝族自治州因之得名，更兼江水如血，青山如黛，故从习称。

② 妥底玛依：哈尼语，意为“山茶花”，哈尼族以此为美。

采用了深入浅出的方式以使读者看得更为清晰，饶有趣味。

一、三江两山的伟大子民

（一）跨境而居的国际性民族

哈尼族总计有136万余人，其中国内人口为1,253,952人（1990年全国人口普查数），是中国人口在百万以上的十来个少数民族之一；国外人口115,000余人（1982年联合国调查资料）[①]，分布在缅甸、泰国、老挝、越南等东南亚国家。

国内哈尼族多聚居在滇南红河、把边江、澜沧江流域和哀牢山、无量山脉的展布地区，以行政区划论，则是红河哈尼族彝族自治州、思茅地区、玉溪地区和西双版纳傣族自治州境。哀牢山区的红河、元阳、绿春、金平、墨江、元江、江城诸县，是哈尼族人口最密集地区，其数在80余万人，占国内哈尼族人口总数的70%以上。无量山区的澜沧、景谷、景东、思茅、普洱、镇沅诸县和西双版纳州的勐海、勐腊、景洪三县市境，是哈尼族人口第二密集区，其数有30余万人，其中西双版纳州三县市有15.3万人，澜沧县有5万余人，其余在各县。东起红河，北迄禄劝、双柏、易门、巍山、昆明，南至石屏、建水、屏边等十余县境，也有哈尼族散居。

境外哈尼族主要分布在缅甸东北部和泰国、老挝、越南北部的崇山峻岭中，他们都是历史上陆续从中国迁徙出去的。其中缅甸有6万人，聚居于掸邦东部景栋一带；泰国有3万余人，居住在清莱、清迈两府及夜丰颂山区；老挝有1万余人，聚居于本再、丰沙里、孟夸、南帕河一带及南难河东岸与南艾河沙奔以北地区；越南有1万余人，聚居于莱州省孟底县和黄连山省坝沙县境。

以地理区划论，国内哈尼族的居处地域在北纬21°以北到北纬26°，东经99°以东到104°之间，面积近20万平方公里；国外哈尼族则居住在北纬

① 据缅甸景栋哈尼族（阿卡人）学者们1993年4月向本书作者提供的数字，缅甸哈尼族计有22万之多，故总数当不限此。

19°以北到北纬23°，东经99°以东到105°之间，面积达10余万平方公里。

国内哈尼族世与彝、傣、壮、汉等民族交错而居，区内尚有苗、瑶、布朗、拉祜、白等兄弟民族分布。各民族居域地理特点之最显著者，是随着海拔高线的上行呈立体化聚落区布，河谷平坝多为傣、壮、白族所居，下半山多为彝族所居，上半山多为哈尼族所居，高山则多为苗、瑶、布朗、拉祜族的居所，汉族多居于城镇和交通沿线，少数亦有半山区居住者，这是居域分布的大势。① 在同一区域内也有以村寨为单位的多民族杂居，一村之内数族交错者也有少数分布，这样的区位为各民族间经济、文化的交流带来了便利。在漫长的历史岁月中，哈尼族与各兄弟民族和睦共处，相互帮助，共同开发建设了祖国美丽富饶的西南高原。境外哈尼族则与缅、掸（泰）、越、京、拉祜、傈僳、苗、瑶、克伦等民族共居一域，其居处多以一村一族为特点，各民族团结互助，多有交流，结成亲密友好的关系，求得共同的发展。

（二）美丽的家乡　丰饶的资源

哈尼族美丽的家乡有着丰饶的资源，它们是哈尼人民创造精神产品的物质基础。

哈尼族古歌曾这样唱：

只见山坡又宽又平，
好地一台连着一台，
……
再看高高的山腰，
站满根粗林密的大树，
老藤像千万条大蛇，
缠在大树身上。
……
再看山头和山箐，

---

① 见拙作：《山凹中跳荡不息的精灵——哀牢山少数民族》，载台湾《大地》地理杂志，1991年八月号。

野物老实多啦：
细脚的马鹿啃吃嫩草，
大嘴的老虎追逐岩羊，
狐狸在剑茅丛里出没，
老熊在大树干上擦痒；
崖脚深深的草棵里，
野猪龇着獠牙喘气，
坡头密密的竹林里，
竹鼠眯细眼睛把嫩笋尝；
大群鹦鹉在小树上嬉戏，
成对的鹧鸪在刺蓬里鸣唱；
披着黄衣的龙子雀，
扇着黑翅的老鸹，
在树顶哈哈笑响。①

这里所描绘的到处活跃着生命、绿色、诗意的生机勃勃的地方，正是哈尼族美丽富饶的山乡。

哈尼族居住的半山区，气候温润，雨量充沛，土地肥沃，适宜于多种农作物生长。这一地区月平均气温最高为31℃～33℃，最低气温为2℃～4℃，大部分地区终年无霜。常年降雨量在900～1300毫米之间，多降于5～10月农作物需水期，称为雨季，其他月份降雨较少，称为干季。哈尼族对村寨位置的选择极其严格，有着一整套苛刻的法规。村寨均坐落在山峦环合、古木怀抱的“凹塘”（山窝）里，因而终年有叮咚作响的清泉萦绕，人畜用水富足。座座山腰有无数银带般的水渠，保证了连天接云的梯田长年饱水，哀牢山、无量山“山有多高，水有多高”，优越的自然条件提供了农耕稻作最重要的水源。

这一地区以有黏性的黄壤和红壤为主，间有大量肥沃的深棕色森林土。哈尼族人民利用这一条件开筑了高下千百级的梯田，使座座大山变成

① 见朱小和演唱、史军超等翻译的哈尼族迁徙史诗《哈尼阿培聪坡坡》第七章，云南民族出版社1986年版，第199～200页。

座座粮仓。农作物以水稻为主，陆稻兼有，因耕作层次的多样，稻谷品种也琳琅满目品类繁多。这些稻谷营养丰富，味道香醇，是哈尼族人民千百年稻作文化的结晶。玉米栽种仅次于稻谷，可以解决夏季缺粮之困并可作酿酒原料。此外，普遍种植豆、瓜、洋芋、麦、小米、荞、山芋等杂粮和白菜、青菜、萝卜、葱、蒜、姜、辣椒等蔬菜，咖啡、可可、柠檬、橡胶、茶叶、剑麻、花生、甘蔗、菠萝、棉花、蓝靛、烤烟、紫梗等经济作物也有大面积种植。尤其茶叶，成为哈尼族一大经济来源，驰名中外的“普洱茶”就是哈尼族茶文化的产物。

哈尼山乡历有绿色金库之称，哀牢、无量两大山系遍布国家森林木材生产基地和自然保护区，原始森林和次生林遮天蔽日，其中优势树种有云南松、思茅松、油松、桤木、木荷、硬阔、软阔、楝类等数十种，经济林木有竹、棕榈、香果、攀枝花等，人工植物有橡胶、香蕉、芭蕉、菠萝、茶、木薯、桃、李、樱桃、梨、核桃、芒果、荔枝等，被国家列为重点保护的植物有野茶树、云南山茶花、董棕、杜仲、胡桃、云南紫薇、树蕨等。深幽静谧的大森林里，成群的老虎、云豹、棕熊、岩羊、懒猴、马鹿、麂子、金丝猴、长臂猿、野猪、豪猪、穿山甲、斑材狸、山驴、狐狸、巨蜥、大蟒、蛤蚧等数十种异兽爬虫在出没。林间枝头上，孔雀、锦鸡、白鹇、鹦鹉、竹鸡、布谷、画眉、相思鸟、黑鹳、大鸨、鱼雀等上百种飞禽珍翎在啼鸣。奔流不息的红河、把边江、澜沧江中，潺湲的溪泉宁静的龙潭里，豚、鲤、鲫、龟、虾、鲶、鳝、鳅等水族鱼类在随波逐流。这种种类类的动植物资源为哈尼人民提供了丰富的物质生活资料，其中，有的成为文化符号进入民族的精神领域，如白鹇鸟以其娴雅的性情和优美的体态，成为哈尼族的吉祥物，攀枝花、野樱花则成为哈尼族借观节候的标志物。

哈尼山乡更以富饶的矿产资源闻名于世。黑色金属之外，高品位大储量的有色金属与非金属矿藏广为分布，如铜、锡、铅、锌、金、银、镍、钨、石墨、云母、硫磺、水晶、六柱石、坚金石、红宝石、蓝宝石、石榴石、碧玺等等。红河哈尼族彝族自治州州府个旧市，是驰誉全球的“云锡”产地，享有“世界锡都”之称。个旧锡矿的开采自西汉始，第一次世界大战和抗日战争期间，产量已达一万金属吨。墨江县金矿全省第一，汉代即已开采，元代渐成规模。石屏县的银矿亦颇有名，战国时期已有发现，汉代即已采冶。①

丰富的自然资源成为哈尼人民生产生活取之不尽用之不竭的宝藏，也成为哈尼族文学中反复歌咏描绘的对象。

（三）梯田稻作——哈尼族文化之魂

幅员辽阔的哀牢山和无量山地区，山高谷深，沟壑纵横，多属深切中山地类型结构地貌，由于长期受红河、把边江、澜沧江三大水系的侵蚀切割，形成峰顶谷底海拔高差大幅降落的特征，可谓“地险山越峻，天平岭自雄，层云霾峭壁，绝漳倒悬峰”，景观极其壮伟。古代这片地区林海悠悠，草场茫茫，植被丰厚，因地质构成的特点，形成“山有多高，水有多高”的环境生态，加以地表土层广泛覆盖的棕壤、黄棕壤、黄壤、红壤、赤红壤、紫色土、水稻土等土质，为山区水稻耕作提供了良好的自然条件。千百年来，哈尼族人民利用这一条件，一代接一代，一年复一年，在大山的皱褶里锲而不舍地开山垒埂，营造梯田。数十代下来，形成了一整套完备的梯田耕作制度，积累了丰富的生产经验。他们在经过严格选择、土质上乘、水源充沛而又向阳的斜坡地带开田，从最底层开始砌埂，用粘土掺和石块填筑，再经过精心抿捶，使之不渗不漏不溃决，牢固、整齐、美观。水源利用自山巅而下的溪流修筑水沟，顺序灌溉，并在一定的距离挖掘防洪沟，以防山洪冲毁沟渠。另在稻田水口处设置“积沙田”防止随水冲来的泥沙淤积良田。施肥则用自然冲肥法，在雨水季节将农家肥顺水沟冲流入田，省却大量劳力。另在田间遍设田棚，既可作春秋栽插收割歇息之所，又可为平时积放谷草饲养鸡鸭牛马之用。

今日以元阳、红河、绿春、金平、元江、墨江、思茅、普洱、江城等县为中心的哈尼族聚居地区的梯田，已蔚然成为世界农耕文明中的一大奇观。登山远眺，那一座座怒涛涌动的山脉，从山脚到山顶，满眼是梯田。它们一层层，一块块，一条条，一磴磴，绵延着无尽的层次，大者十来

① 详参《云南省情（1949～1984）》《云南地州市县概况·红河哈尼族彝族自治州分册》《中国少数民族自治州地方概况丛书·墨江哈尼族自治县概况》《元阳县志》等书。

亩，小者如桌面，在秋后稻收清水入田的时节，在朝晖夕照中，魔镜般闪耀着碎金烂银般的光华，搅动起无数惊心动魄的亮块。中外友人无不赞誉“哈尼梯田甲天下”。自然，梯田耕作并非哈尼一族独有，梯田奇观是同居一山的各族人民共同劳作的结果，但以气势的雄伟，营构的精工，设施的完善，经验的丰富，运作的细密而论，则首推哈尼族。

哈尼族垦田种稻的历史由来已久，《尚书·禹贡》已有关于其先民“和夷”所居的“黑水”（大渡河、雅砻江、金沙江）之地，“厥土青黎，厥田惟下上，厥赋下中三错”的记载。即春秋到战国时代，哈尼族先民“和夷”已能利用“青黎”的土质开垦良田，且已交纳不同等级的田赋了。司马迁《史记·西南夷列传》载有西汉时期云南各少数民族“西南夷”中有“耕田，有邑聚”的稻作民族，即包括哈尼族先民在内。此后唐代樊绰《蛮书·云南管内物产》记述哈尼族先民（和蛮）“蛮治山田，殊为精好”。明代农业科学家徐光启所著《农政全书·田制·农叠诀田制篇·梯田》将农耕史中的田作列为区田、圃田、围田、架田、柜田、梯田、涂田七制，每种各因地制宜各有其技术要求。“梯田”是七制中前史未载者。其以散文详加叙述外，兴犹未尽，作诗以赞曰：

世间田制多等夷，
有田世外谁名题？
非水非陆何所兮，
危巅峻麓无田蹊。
层蹬横削高为梯，
举手扪之足始跻；
伛偻前向防巅挤，
佃作有具仍兼携。

这“世外梯田”，也正是清代中叶嘉庆《临安府志·土司志》描绘的哀牢山哈尼族的耕作情景：

依山麓平旷处，开凿田园，层层相间，远望如画。至山势峻极，蹑坎而登，有石梯蹬，名曰梯田。水源高者，通以略彴（卷槽），数里不绝。

汉文典籍之外，哈尼族在自己传统的古歌、史诗、神话、传说中对祖先们开创梯田的业绩也有大量记载。如著名迁徙史诗《哈尼阿培聪坡坡》中唱到，在哈尼人“第一次安寨定居”的“惹罗普楚”，祖先们因地制宜，开发“大田”（梯田）——

大田是哈尼的独儿子，
大田是哈尼的独姑娘，
西斗（头人名）领着先祖去挖田，
笑声和沟水一起流淌。
在落叶季节去砍树，
树灰是土地的米粮，
先种两年玉麦荞子，
试试土地对哈尼的心肠；
土好再来打埂犁耙，
地要松得像蒸糕一样。

——《哈尼阿培聪坡坡》第三章

这就是梯田耕作模式的雏形——先砍火烧地，试种几茬旱地作物，待其土熟，再垒土筑埂构造梯田，同时挖筑水沟，建造供排水系统，形成完备的配套工程。

从春秋战国到近现代，两千多年来，梯田稻作构成了哈尼族赖以生存和发展的物质基础，因此也规范了哈尼族文化的构架和特质，并衍射到文化事象的所有方面。举凡饮食、起居、服饰、婚恋、生育、娱乐、丧葬、时令节祭、文学艺术等等，无不围绕着梯田文化展开。例如村寨位置的选择是极为审慎的，必须建筑在梯田上方水源丰富的“凹塘”（山凹处）里。这是为了满足几方面所需：其一，便于借山水冲肥入田；其二，亚热带山区的立体气候呈垂直分布，随海拔高线上行气温由酷热渐凉，至山顶乃成高寒，村寨在上田在下，可使水稻成熟期缩短。寨子的大小、人口密度多少，也主要受梯田和耕地面积的制约，人口不能超过田地负担的粮食提供量，超出就需分寨，另外垦殖梯田和山地。最重要的三大民族节日也与梯田耕作紧密相关，祭祀村寨守护神的“艾玛突”在农历二月举行，仪为祭祀寨神、水神、驱逐邪魔，实为犁耕栽插农忙活动的祈福，起到精神和生理的调适作用。农历六月举行的“苦扎扎”（六月年），仪为祭祀天地诸神，与神同乐，实为迎接即将到来的丰收。农历十月举行的“扎勒特”（十月年），仪为祭祖，实因稻谷入仓，休养生息，以图来春。围绕着这些节典祭仪，一系列的古歌古调在所有的哈尼村寨中通宵达旦地吟诵不息，花样翻新的歌舞也频频进行，这是哈尼族文学艺术活动最频繁的时节。

（四）最早栽培茶叶的民族之一——哈尼族茶文化对文学的影响

中国是世界茶文化的故国，中华民族是世界茶文化的创造者，多少个世纪以来，世界在很大程度上就是根据茶文化来认识中国的。然而人们却不大知道，作为祖国兄弟民族一员的哈尼族却是栽培茶树最早的民族之一，茶文化的故乡是哈尼山乡。

在哈尼族聚居的滇南山区，到处分布着种植年代不同的茶林，这些人工栽培茶树的历史，短则数十年，长则数百年，它们至今仍郁郁苍苍，繁茂生长，是哈尼人民的生活之资，财富之源。

西双版纳南糯山半坡寨村脚密林中，至今有一株人工栽培的巨大茶树，当地哈尼人称为“萨归茶”，其树高有 4.59 米，树幅 10.9 米，直径 1.38 米，经专家鉴定，树龄达 800 年以上，是世界迄为最古老的人工栽培茶树，茶学界誉之为世界“茶树王”。据当地哈尼族茶农们说，在他们之前 55 代祖先，就在这山上开辟茶地。[①] 史学界一般年代测定 25 年为一代，可知南糯山哈尼族至少从 1375 年前即在此种植茶树，遗留至今的“茶树王”只不过是其中种植较晚的一株罢了。同是哈尼族聚居区的勐海县巴达山发现了一株野生大茶树，株高 34 米，胸径 1.21 米，树龄高达 1700 年以上，是迄今世界发现的野生茶树最高、树龄最长的茶坛王者。

茶学界普遍认为云南是茶树起源地，哈尼族是人工栽培茶树的最古老民族之一。

经历千百年的实践探索，哈尼人民积累了丰富的茶叶种植经验，驯化、培育出大量优良品种，经权威部门鉴定的“云南省茶组植物种表”所

① 张顺高：《西双版纳茶叶生产的过去、现在和未来》，载《版纳文史资料选辑》（4），第 80 页。

列31个品种中，以民族命名的茶种仅哈尼一种，其排名第15号，名曰“哈尼茶（C. haniensis）”①。

哈尼族茶文化走向全国走向世界不自今日始。若干世纪以来，哈尼族家乡的“普洱茶”风靡世界，成为西方各国最受欢迎的东方饮品。尤其20世纪以来，西方社会在物质生活日趋强化，人类身心健康受到现代工业、现代科技压迫越来越严重，生活节奏加快的近现代和当代，各国对东方茶文化的认识越趋深刻，需求越趋迫切。茶因其医用与饮用的作用而升华为一套高雅典丽赏心悦目的文化系统，是人类精神文明与物质文明结合得最完美的典范，已成为人们的共识。1988年6月22日，日本东西物产株式会社社长板本敬四郎题赠云南省茶叶进出口公司云“云南普洱世界万民健康之茶”，代表了世界茶坛对普洱茶的赞誉②。在国内，历史上各代皇朝均将普洱茶列为贡品，由封疆大吏执掌督办岁时朝贡，皇帝亲茗之外，更作为异珍赏赉大臣，故朝野上下，文人雅士，无不溢美夸扬。曾有赞普洱茶诗云：

普洱名茶喷鼻香，
饮茶谁识采茶忙？
若怜南国采茶女，
忍渴登山与共尝。

普洱系滇南一小县，之所以能够声名播于四海，原因就在“普洱茶”。“普洱茶”历非普洱所产，有史以来，普洱县仅为滇南茶叶的加工集散地，而“普洱茶”所需原料则来自西双版纳地区，即清人檀萃所言之“六大茶山”。其著《滇海虞衡志》云：“普洱所属六茶山，一曰攸乐，二曰革登，三曰倚邦，四曰莽枝，五曰曼瑞，六曰慢撒，周八百里。”此六山在西双版纳州境内，多为哈尼族聚居地，所以自古以来，哈尼山乡就是“普洱茶”的故乡。

哈尼族所居之地，岭峻天雄，山川险阻，四塞之区，难于沟通。但由于“普洱茶”名声千里，历史上曾出现过“普茶运销”的热潮，云贵川

① 见《云南省茶叶进出口公司创建五十周年纪念册》第56、23页。
② 见《云南省茶叶进出口公司创建五十周年纪念册》第56、23页。

康藏，甚至国外远达印度、斯里兰卡、缅甸、泰国、老挝的马帮行旅远涉山川，前来购求“普洱茶”，滇南各地的人们也因有巨利可获，纷纷组成马帮贩运他乡。这一活动打破了哈尼山区封闭自守的格局，使这里与茶运沿线的人民交往日繁，形成经济、文化诸方面的沟通，这一交往甚至成为中国边疆政治外交史上的重要活动。

最典型的是滇南产茶区与西藏地区的沟通。西藏人民自来以牛羊为食，茶的去脂、清肠、健神、消疲、调节新陈代谢作用，使藏边肉食之民无一日可离，因此历史上西藏地区对茶的需求甚大。而藏区历不产茶，素仰赖于滇茶和川茶的供给，滇茶尤以质地细嫩，汤味醇厚，化食效著，特别喜于为藏胞饮用，成为制作酥油茶的必备之物。滇茶于是成为滇藏贸易的支柱商品。中原皇朝深知此物的重要，乃以滇茶作为治边守藏之具，而滇茶的主干是“普洱茶”，“普洱茶”的用作就相当显著了。清·光绪《普洱府志》云，“西番（藏族地区）之用普茶已自唐时”，说明自唐代起，中央王朝以“普洱茶”治藏的政策就已开始行使了。

历朝悉因唐制，臻至清代逐渐开扩成一大规模。清初朝廷在滇西永胜设“茶马交易市场”，雍正十三年（1735 年），由户部颁发“茶引”（贩茶经营许可证）3000 张，且在西双版纳州攸乐山茨通寨设“攸乐同知”，驻兵设员征收茶捐，思茅、普洱到西双版纳茶山（以哈尼族地区为主）的“普茶运销”盛极一时。彼时的滇南，商贾云集，市场繁荣，“年有千余藏族商人到此”，“印度商旅，驮运茶胶（紫胶）者络绎于途。”还有缅甸、锡兰（斯里兰卡）、暹罗（泰国）、柬埔寨、安南（越南）等国商人的驮马每年至少五万匹往来此间贩运“普洱茶”。[①] 哈尼族因经济力量薄弱，开始仅能提供茶叶原料，后渐渐有人为商贾大亨赶马驮运，积有一定资本后，自置马匹，拉帮结伙参与“普茶运销”的行列。在千里往还的长程中，他们把哈尼族文化带到他乡，同时把各地的文化带回家乡，对哈尼族地区的发展起到一定促进作用。大量流传于哈尼族民间的“马帮传说”“马帮故事”“赶马调”“离别歌”，就是在这一时期产生的。

源远流长的茶文化对哈尼族文学的影响很大，植茶、制茶就有了“普

① 李培林：《“滇茶”小史》，载《云南民族学院学报》1990 年第 3 期。

洱茶的传说”。祭祀一切尊神，驱逐一切魔鬼必献茶，赋茶以神圣的力量，因而有了古歌中的“献茶调”。谈情说爱的场合必互敬茶水，因而有了以茶喻情的情歌。更重要的是，茶滋润了人们的心脾，涵养了民族的性情，反映在文学作品的品位上，则是去除了一切简陋、暴烈、火燥的气息，熏染了茶的温婉、典雅与深长的韵味，所以哈尼族的文学作品读来总是香茶一样清新、醇厚、隽永、甘洌。

（五）巫术与自然宗教——民族的世界观

哈尼族的传统信仰基本类型有二：一是巫术观，二是万物有灵的自然宗教观，它们是哈尼族精神世界的核心，左右着人们对世界万物的看法。

巫术观念的形成很早，在民间影响极普遍，“哈尼打卦不止，汉人写书不停”，这句俗话反映了巫占在哈尼族社会的重要性和实用性。一切重要的活动，如栽秧犁田、撵山打猎、村寨纠纷、建屋盖房、婚丧嫁娶等等，都要请祭司贝玛打卦占卜，一切灾祸疾病和不祥，都要请贝玛念咒祛除，同时人们自己也进行这些活动。打卦种类很多，如鸡卦（又分鸡头卦、鸡脚卦、鸡大腿骨卦等）、草卦、猪肝卦、牛肝卦、麂子肝卦、米卦等等。人们或根据鸡骨纹路、色泽、质地、形态，或根据猪、牛、麂子等肝叶的形状、颜色、肌理种种的变化，作出或吉或凶的解释。打卦是人们对自然事物缺乏科学的认识，把自己的命运交给变幻莫测的冥冥之主，反映着哈尼族文化的落后面，迟滞着哈尼族社会的进步。

与打卦并行的还有咒语，民间俗称“口功”，其数号称“有三把头发那么多”，大致归集在《黑遮其洼夺》这部宗教祭礼大典中。这部大典分三部分，均是哈尼族文学中的重要作品。其一是总词目，其二是专诵丧葬祭词的《斯批黑遮》，内容囊括了人生、社会、自然的许多方面。第三是《察批黑遮》，对大大小小的不祥和灾祸均有禳解的专条。从性质讲，又分进攻性的（通过诅咒降灾于人）和防卫性的（解祸）两类，人们相信语言的魔力，因此对善于施咒的人既敬且惧，无疑给融融泄泄和睦相亲的哈尼族社会蒙上了一层阴影。

万物有灵宗教观在哈尼族社会中的影响远在巫术之上，成为主导性的社会意识，对生产生活起着指导作用。

自然宗教是一个庞大的系统，按类别可分为灵魂崇拜、自然崇拜、祖先崇拜和文化英雄崇拜四大类。

灵魂崇拜是最早产生的宗教观念，延续的时间也最长。“灵魂”哈尼语称为“哟拉”。哈尼族认为举凡眼睛看得见、耳朵听得见、脑子想得到、身体感受得到的一切事物无不有“哟拉”附着其中，如山川风物、大田水沟、草木树石、村寨房屋、鸡鸭猪狗等等，皆有“哟拉”这种看不见摸不着但又似乎实在的东西驻守其间，成为支配这所有事物的主宰，一旦灵魂离去，就将发生灾异。人身上有12个“哟拉”，分别主宰眼睛、鼻子、耳朵、头发、喉咙、腋窝、手、肚子、肩膀、膝盖、脚、指甲等部位，哪个部位有疾，则是该处之灵魂出走，须得举行招魂仪式将其招回，这也是哈尼族传统治病之法。

人死之后，灵魂与肉体相离，化而为鬼（涅哈），德高望重的长者、善终者魂魄所化之“涅哈”为善鬼，能在阴间庇护世人；作恶多端者、暴死者魂魄所化之鬼为恶鬼，专与人为敌。人们对此二种“涅哈”的认识态度截然不同，年高德劭的亡者之魂，人们认为它已到达“惹罗普楚”“诺马阿美”这些祖灵居地，这些地方是哈尼族在历史迁徙中的重要居留地，也是哈尼民族的圣地，因而人们将其奉为祖先神，时时加以祭奠。而变成恶鬼者，则不能到达“祖先大寨”安享幸福，只能栖附草丛棘莽，游荡山林，人们时时提防它们与人捣乱，用巫术将其驱除。

自然崇拜是由哈尼族对周围与自己生存关系较为密切的自然事物的关注引起的宗教观，在漫长历史岁月中，先民们因生产能力低下，对自然的改造力远不如适应力那么强大，自然界的变化常常决定着人的命运和境遇，所以人们对自然界便产生崇拜感，由此上升为宗教意识，对之岁时祝祭，杀牺祭献，顶礼膜拜，祈福讨好，希冀获得大自然的关照。如哈尼族世居山区，日与山为伍，赖山以生存，就有“波突”（祭山神），因山神是一威力巨大的神。又如梯田稻作以水为纲，缺水意味着断粮，因而有“罗活索”（祭水神）。哈尼族的水神是螃蟹和石蚌（一种山地蛙），认为它们日夜不停地在泉眼里开掘才使千山万壑清泉长流，于是用竹篾编一簸箕大的螃蟹于泉边杀鸡祭献。其他如日月星辰、风雷雨电、草木树石等，各有祭拜。自然崇拜以对象征自然物的神的膜拜为代表，人们希望通过虔诚的祭拜，得到大自然的庇护。

自然崇拜以农业崇拜系统为核心进行，又紧紧围绕着以梯田稻作为中心的山地农耕，按照春耕夏种秋收冬藏的时序，对各道农作工序中的有关神灵进行祭祀。下面是有代表性的几种（未注明者均为哀牢山地区）：

奇拉胡西（正月年）。时在正月初一。祭祀天地日月和风雨雷电诸神，以求一年之中风调雨顺。

洪皮牙冲（献耕地神）。二月。西双版纳哈尼族在砍树烧荒、翻挖土地后，对耕地神的祭献。

牙卡皮娄（栽谷年）。二月。西双版纳哈尼族撒播旱谷前对谷神的祭祀。

里玛主（献布谷）。二月。哈尼族认为布谷鸟是天神派来通知人们栽种节令已到的使者，故对其祭献。

罗活索（献水神）。二月。水因其重要，凡水井、山泉、沟水、河水、龙潭水、田水，皆有四时祭献，以二月“罗活索”最盛，在泉边水源，祭献水神螃蟹、石蚌，祈求田水丰足。

卡沃朋（开秧门）。二三月。献秧神田神。

洪西洪米（农田中的辞旧迎新）。三月。献天地神与农业神，西双版纳哈尼族的农业祭祀。

宗米乌。三月。对人神、庄稼神、牲畜神的总祭祀。

德龙和（祭田坝），又称“祈求田魂安稳”。三四月。祭田神和秧神。

牛纳纳（牛歇气）。五月。栽插犁耙大忙之后，给牛休息，哈尼族以牛为创造天地万物之神。

活白龙（关虫）。六月。将田里的害虫和蚂蚱捉来蒸吃，除害虫之意。

密斯罗（请密斯）。七月。宴请土地神密斯。

嘎玛妥（祭路神）。七月。谷子将熟，祭神修路，以备秋收。

活息咂（尝新谷）。七月。将八成黄的一蓬稻谷背回，炸成米花献神并品尝味道，人尝前先喂狗，因稻种是狗从天神那里偷来给人间的。

策机罗（献谷仓）。十月。祭谷仓神，求新谷平安入仓。

扎勒特（十月年）。十月。过大年，祭祖，谢一年来诸神垂顾。

托资（分日子）。十一月。意为“白天和黑夜长短相等的日子”，哀牢山哈尼族从此日起推算一年节气，安排一年农事活动。①

这套农业祭祀即是哈尼族的农祀大典，它有效地规范着哈尼族农业活动的进行，成为哈尼族文化的重要部分。

祖先崇拜是维护氏族家支血缘纽带的宗教观念，有效地保持了各支各系的稳定，成为哈尼族内聚、团结、共同发展的精神支柱。

祖先崇拜最突出的是各地哈尼族（包括国外哈尼族在内）一律奉行严格的父（母）子连名谱系，全民族一致尊奉最高天神“俄（音 wò）玛”（女神，又因各地音变有“奥玛”等名）为始祖，循序依前位祖先名字之尾为后位祖先名字之始的规则排列姓氏宗谱。如元阳县攀枝花乡洞铺寨朱小和的家谱即是“俄玛（天母）——玛窝（中间）——窝活（古老）——窝机窝（坐着在）……”直到朱小和本人。② 同县麻栗寨李黑诸的家谱是“奥玛（天女）——阿卑（大地）——奥黑——黑拖——拖马——马肖——肖尼……——黑诸”（李黑诸本人）。③ 红河县李呈祥的家谱是“木翁——翁拖——拖马——马药——药尼……——举者（李呈祥）”。④ 西双版纳哈尼族一般从“松米窝”开始叙谱，此前的十余代空缺，从“松米窝”起，与哀牢山哈尼族谱系多有重叠，如“松米窝、窝铁列、铁列宗、宗莫也、莫也恰、恰铁夕、铁夕列……”。⑤

通过这样的谱系，认同一致的血缘。

文化英雄崇拜，即对发明了古规古礼、创造了生产生活资料的英雄们的崇拜。如对盗窃稻种的英雄玛麦的崇拜，对带给世间人种、庄稼种、牲

① 以上计时均依农历。
② 见李元庆《论哈尼族的多元连名谱系》，载《红河文化》1991 年第 3 期。
③ 《哈尼族简史》，云南人民出版社 1985 年版，第 22～23 页。
④ 《哈尼族简史》，云南人民出版社 1985 年版，第 22～23 页。
⑤ 《西双版纳风情奇趣录》，云南民族出版社 1993 年版，第 192 页。

畜种的老祖母塔婆的崇拜，对夺回火种的英雄阿扎的崇拜，对发明了原始农业的女能人遮努和对发明了原始畜牧业的女能人遮姒的崇拜等等。

上述这林林总总的崇拜产生了无数美丽的神话和传说，它们协调着各个时代人类与自然、人群与人群、生者与死者、历史与现实的关系，对哈尼族各个历史时代的社会生活作着曲折的、生动的反映。

哈尼族是三江两山广大幅员中世代生息的子民，千百年来，他们与这里的山山水水相依相存，并以自己坚韧不拔的毅力创造了个性鲜明的物质文化和精神文化，使自己卓然屹立于世界民族之林，本书所述的文学，就是在这样广阔的背景下产生的。

二、族称和语言文字

（一）民族自称和他称

哈尼族的分布地域很广，各地因支系、家族的不同，又有若干自称。以支系为单位的自称，有哈尼、豪尼、白宏、多尼、海尼、和尼、雅尼、卡多、卡别、碧约、哦努、阿木等十余种。其他民族和各支系间对上述支系的称谓，又有罗比、罗美、国活、哈乌、腊咪、期弟、哈尼、窝尼、奕车、豪尼、多塔、阿梭、布都、布孔、白宏、补角、多尼、海尼、罗缅、觉围、觉交、爱尼、阿卡、阿里卡多、阿古卡多、多卡、卡别、碧约、阿西鲁马、西摩洛、阿木等。其中哈尼、豪尼、白宏、卡多、雅尼、碧约六个自称单位的人数较多。

各自称单位的国内区布主要是：哈尼聚居于红河哈尼族彝族自治州境红河南岸哀牢山南段的红河、元阳、绿春、金平四县，豪尼、白宏、卡多、碧约聚居于思茅、玉溪地区哀牢山中段和无量山的墨江、景东、镇沅、普洱、江城、新平、元江等县境，雅尼则聚居于西双版纳傣族自治州勐海、勐腊、景洪三县市。

各地哈尼族在长期的相互交往及与其他民族交往中形成的同一民族中的和其他民族对其称谓的他称，有着丰富的内容。如元阳、红河县的以“哈尼”为自称的单位之间，互称“罗比、罗美”，意为“上边的哈尼”和“下边的哈尼”，反映了地理区位的有别。而西双版纳“雅尼”人之间互称“觉围、觉交”，则有“弟兄一样的族人”之意，互称“雅尼”，除有“弟兄一样的族人”之意外，还同时有自谦“我是弟弟，你是哥哥”的意味，反映了哈尼族谦和亲睦的性格。而有些他称，则带有大汉族主义的蔑视意味。

在历代汉文典籍中，对哈尼族的称谓也多有记载。中国最早的历史著作《尚书·禹贡》“华阳黑水”条，曾记哈尼族先民称谓为“和夷”。其后下沿各代，有和蛮、和泥、禾泥、窝尼、倭泥、俄泥、阿泥、哈尼、斡泥、阿木、罗缅、糯比、路弼、卡惰、碧约、惰塔等。这些称谓，与民间自称、他称相同或相近。这一情况反映着哈尼族自古及今是一个有着高度民族自尊和自立意识的民族。

哈尼族自称、他称和史载称谓多而复杂的情况，反映了哈尼族在各个不同历史时期居住地域、环境民族的不同，也反映了哈尼族与其他民族的文化交流的不同情况。然而，称谓虽多且杂，在基本的音义上却始终趋同一致。这种种称谓中的“和”“禾”“窝”“倭”“斡”“哈”“豪”“海”等，基本从“和”（wó）音，“泥”“尼”“比”“弼”“别”等，基本从“尼”（ni）音。哈尼语“和”有“山”的含义，① “尼”则通指“人”（带有亲切意味的），所以自古及今哈尼族自称的含义均是“住在山上的人”。② 从他称也可以看出，别的民族也是这样来认识哈尼族的。

哈尼族族称是一个内涵丰富的学术命题，近年来引起不少学者的兴趣，相继发表了一些有价值的成果，但也争议甚大。如《哈尼族原始族称、族源及其迁徙活动探析》一文认为：“‘哈尼’是什么意思呢？哈尼族父子连名谱系和有关语言表明，哈尼族的原始族称源于图腾崇拜。‘哈尼’一词是构成飞禽走兽、力量和人、女性的名称的词素，一般不拆开单独使用，但两个音都有独立意义。”其列举了几个带有“哈”音的鸟兽之

---

① 唐·樊绰《蛮书》卷五载：“渠敛赵（今大理白族自治州凤仪县）西岸有石和城，乌蛮谓之土坡陀者，谓此州城及大和城俱在坡陀山上故也。”同书卷八又称：“（乌蛮语）谷谓之浪，山谓之和，山顶谓之葱路。”哈尼族先民属乌蛮，语义当相近，可为参考。又，“和”之古音为“wó”，与“窝”“倭”同音，“huo”为其变音。白语古音称“大和城”为“嘚哦（dē wó）城”，为古汉语发音，又一证也。

② 请参拙作《和夷的嬗衍》一文，载云南省民族古籍办编《民族古籍研究》1989年第1期。

名——鸟（哈资）、鹌鹑（哈木）、喜鹊（哈加）、乌鸦（哈纳）、鹰（哈遮）、虎（哈腊）、豹（哈热）、狮（哈拉）、熊（哈母）、野猫（哈安）来证明“哈尼”之意是“飞禽走兽、力量”的表征，因而“‘哈’成了氏族徽号”，这些物类便成了“图腾崇拜”对象，故“哈尼族的原始族称源于图腾崇拜”。[①] 许多学者认为这一论断是不够科学的，无法作为探讨哈尼族称谓源起问题的前提。《图腾的迷惘——对哈尼族族称来源的误识与泛图腾论的式微》一文列举了同样带有“哈”音的十个词——竹子（哈波）、蕨菜（哈答）、暮头（哈奢）、石头（哈鲁）、布（哈炽）、雪（哈纠）、霜（哈尼）、糠（哈拍）、黑（哈纳）、苦（哈）来反驳前论，认为“哈尼族有若干历史的称谓代不相一，如‘和夷、和蛮、阿泥、窝泥、斡泥、俄泥、倭泥、和泥、禾泥、阿木等十多种，其中窝泥一词最常见’……若从历史称谓之最早者来定何为‘原始族称’，则不应为‘哈尼’，而应为‘和夷’（和尼）。”此文通过对国内外各大家图腾理论的清理，指陈前文系受时下泛图腾论的影响而产生了对哈尼族族称的误识。[②]

从春秋时代的《尚书》以来，在漫漫两千年中，我们可以看出，哈尼族始终有着一个相对统一的自称“woni”（和尼），其义为“住在山上的人”，即山居之民。有一个统一的民族自称，是民族形成的标志，所以，哈尼族是中华民族大家庭中一个具有悠久历史和文化传统的古老民族。现在作为全民族称谓的“哈尼族”，是1950年以后，人民政府根据本民族人民的共同愿望，以人数较多的自称“哈尼”，作为全民族的总称，这一称谓的确定，既是历史上哈尼族各支系称谓的延续，又是它们在新历史时期的发展与升华，它对增强民族凝聚力，提高民族自信心自尊感及民族自我发展意识，起到了巨大的促进作用，但不能认为它就是哈尼族最早的称谓。

① 见毛佑全《哈尼族原始族称、族源及其迁徙活动探析》，载《云南社会科学》1989年5期，及其著《哈尼族文化初探》2～4页，云南民族出版社1991年版。

② 拙作《图腾的迷惘——对哈尼族族称来源的误识与泛图腾论的式微》，载《红河民族研究》1990年第1期。

（二）语言文字

哈尼族具有本民族完整而丰富的语言体系。其语言属汉藏语系藏缅语族彝语支，与彝、纳西、傈僳、拉祜等彝语支民族语言接近。

哈尼族语言划分为哈雅、碧卡、豪白三个方言区。方言区的划分与不同自称的哈尼人的地理分布有着对应的关系。自称哈尼和雅尼的哈尼人操用哈雅方言，哈雅方言内又分哈尼次方言与雅尼次方言，各次方言内部又分若干土语。哈尼次方言主要分布在红河哈尼族彝族自治州的红河、元阳、绿春、金平等县，操哈尼次方言的人口约占哈尼族人口的一半左右。雅尼次方言主要分布在西双版纳傣族自治州和思茅地区澜沧拉祜族自治县。自称碧约和卡多的哈尼人操用碧卡方言，其下又分碧约、卡多、哦努三个土语，主要分布在墨江哈尼族自治县、江城哈尼族彝族自治县和普洱哈尼族彝族自治县、镇沅彝族哈尼族拉祜族自治县、景东彝族自治县。自称豪尼和白宏的哈尼人操用豪白方言，其下分豪尼和白宏两个土语，主要分布在墨江哈尼族自治县、元江哈尼族彝族傣族自治县、普洱哈尼族彝族自治县。哈尼语方言差别较大，使用不同方言的哈尼人相互通话有困难，但方言内部可以通话，自称相同的哈尼人不管分布在什么地方，均可自由通话。

一部分方言与彝语支其他民族的语言有较密切的关系，这是历史上哈尼族与其他兄弟民族有过频繁文化交往的原因。①

哈尼语元音分松紧，韵母以单元音为主，复元音韵母多出现在汉语借词上，没有塞音韵尾，有的方言有鼻音韵尾和鼻化韵。哈雅方言元音各分松紧，碧卡和豪白方言元音部分分松紧。哈雅方言塞音、塞擦音分清浊，碧卡、豪白方言塞音和塞擦音没有浊音。音节由声母、韵母和声调构成，有些音节只有韵母和声调。声调有四个，其中一个主要用来拼写汉语借词，在本族语词里只出现在句子里，表示某种语法意义。哈尼语词汇以表示山地农耕生产活动的词最为丰富，如表示水稻和其他作物种作及耕耘梯

---

① 作者1986年曾邀操哈尼次方言区之元阳县哈尼族卢朝贵与大凉山彝族伍呷进行语言比较，二者基本能够通话，盖与大凉山毗邻的大渡河、雅砻江、安宁河流域曾是哈尼族历史的迁居之地，哈尼、彝族关系密切之故。

田、火烧地的词，和反映山居生活的词量既多，区分且细腻，这是长期山地农耕生产生活历史积淀的结果。

哈尼语吸收了不少汉语借词，反映出哈尼族受到汉文化影响不小。早期介词多是生产工具、生活用具等方面的，现代汉语借词多是政治、社会、文化、科技方面的，改革开放十多年来，又大量吸收了现代科技、经济、文化等方面的词汇，甚至吸收了某些英语词汇。从借词演变的趋向，反映了哈尼族社会发展变化的脉络。

哈尼语以词序和虚词作为表达语法意义的主要手段。句子构成的基本次序是：主语——宾语——谓语。名词修饰语在被修饰语之前，名词和数量词结合组词时，名词在前，数量词在后，形容词修饰名词时，亦是名词在前，形容词在后。单数人称代词用语音交替表示“格”义。名词多为双音节，动词多为单音节。许多双音节名词的后一音节可作动词、量词。单音节形容词一般可在其后加有关音节表示程度的深化。方言之间的虚词多有相同，但亦有若干表示词与词、句与句之间关联作用的词，及修饰性语助词，又各有特点，以为不同方言之区别。

哈尼语经历了长期发展演变的历史过程，方言之间有变异，但其间在语言、词汇、语法上则基本是一致的，反映着民族在群体上的共认共识。

哈尼族以本民族语言作为主要的交际工具，但有许多地区的哈尼人兼通汉语，这主要是在交通沿线和经济较发达的地区，如墨江、元江、红河、元阳、江城、思茅、普洱等县。也有一部分地区的哈尼人会说彝语，如哀牢山、无量山的哈尼族、彝族杂居地区，西双版纳地区有不少哈尼人会说傣语，杂居地区的彝、傣、汉族中也有一些人会说哈尼语。居于缅甸、泰国、老挝、越南等国的哈尼人中，有部分人会说缅语、泰语、老语、越语及其他民族语。

历史上，哈尼族未形成与自己的民族语言相适应的文字，1952 年政府考虑到哈尼族文化发展的需要，组织了有哈尼族干部参加的“哈尼族语言文学工作队”，开始进行哈尼语的科学调查。五年之后，1957 年写出了《关于划分哈尼语方言和创制哈尼文的意见》，根据哈尼族人民的愿望和要求，规定哈尼文以哈雅方言的哈尼次方言为基础方言，以绿春县大寨哈尼语语音为标准音，制定了拉丁字母形成拼写的《哈尼文字方案》，1958 年

“全国少数民族语言科学讨论会”讨论，呈报中央民族事务委员会批准试行，目前国内出版的哈尼文书籍报刊即以这一文字书写。境外的哈尼族也创造了几种哈尼文字，如泰国的哈尼族（阿卡人）在美国人类学家保罗·刘易斯（Dr·Paul W. Lewis）博士帮助下创造了阿卡文，这些文字也出版了一些书籍和印刷品，但使用范围较为狭窄，也未臻完善，不如国内的哈尼文更乐为本民族群众使用。哈尼文字的产生对哈尼族地区的书籍、报刊、电影、电视的翻译和搜集整理哈尼族传统文学、文化资料大有作用，目前已出版的较有影响的哈尼、汉文对照本，有长篇迁徙史诗《哈尼阿培聪坡坡》、殡葬祭词《斯批黑遮》、风俗歌《哈尼族四季生产调》、谣谚《哈尼朵阿玛》、散文小说集《火塘边的神话》、《怀念远山》、《没有栅栏的地平线》、诗集《沾着青草味的乡情》，另有《哈尼文读本》、《哈尼、汉词汇对照》、《哈尼民歌选》等，深受群众欢迎。一部分作者也用哈尼文写作文学作品，如哥布的诗集《母语》，证明哈尼文的推行是成功的。

哈尼标准语声母有31个，列表如下：

发音部位＼发音方法	塞音			塞擦音			鼻音	边音	擦音	
	清		浊	清		浊			清	浊
	不送气	送气		不送气	送气					
双唇	p pj	ph phj	b bj				m mj			
唇齿									f	
舌尖前				ts	tsh	dz			s	z
舌尖中	t	th	d				n	l		
舌面				tɕ	tɕh	dʑ	ȵ		ɕ	j
舌根	k	kh	g				ŋ		x	ɣ

韵母有26个，其中单元音韵母20个，复元音韵母6个，列表如下：

单元音韵母	松元音	i ø e ɑ ɔ o u ɤ u ɯ ʅ
	紧元音	i̱ ø̱ e̱ ɑ̱ ɔ̱ o̱ u̱ ɤ̱ u̱ ɯ̱ ʅ̱
复元音韵母		ie ia iɔ iɤ ue ua

声调有四个，调值列表如下：

调 值	55	33	31	24
例 词	de^{55}（公鸡）叫	de^{33}平坦 $d\underline{e}^{33}$饱	de^{31}推 $d\underline{e}^{31}$活	$te^{24}pj\text{ɔ}^{33}$代表

①

三、滨海文化与高原文化的嫡裔——族源、历史分期与文学史分期

哈尼族的文学史受制于该民族历史的发展与演变，而且，在本质意义上说，哈尼族文学史也是哈尼族历史的一部分，这与世界上所有民族文学史与历史的关系是一样的。但是，哈尼族的历史不等于就是这一民族的文学史，因有若干参决因素的不同，导致二者之间的规律相一致或相悖反的情况，也是客观的存在，这即是经典作家们说的历史发展与文学艺术发展的不平衡性。

探讨哈尼族文学发展规律的困难首先不在文学本身，而在历史。历史学界对哈尼族历史的流向，甚至决定历史总体面貌的族源问题，至今众说纷纭，这一问题不廓清，文学史亦将处于一片模糊——包括文学史分期、文学特征及发展规律等等。这不仅对哈尼族，对云南许多民族尤其是彝、纳西、白、拉祜、傈僳、景颇、普米、阿昌、基诺、怒、独龙等族，亦复如此。源之不明，流自难断，民族既不知其源，历史如何分期？文学史更如何分期？这些问题使治文学的人深感棘手，于是编写文学史的笔者也不得不去研究这些历史学、民族学的问题。

本节将介绍目前学术界对哈尼族族源、族史演变及分期等问题的看法，以求得从整个哈尼族历史演变的大视角把握哈尼族文学的总体面貌，从此做出文学史的分期和断代。

（一）族源——文化渊源问题

对哈尼族的历史渊源，民族学和历史学界大致有三家观点：一、“氐

① 本节语言文字部分主要参考《中国少数民族语言》中《哈尼语》，四川民族出版社1987年版；《哈尼族简史》，云南民族出版社1985年版，第115～117页。

羌系统”南迁说；二、红河两岸土著说；三、两向族源多种文化融合说。其他如“湖南湖北迁徙说”“南京迁移说”等，因缺乏科学论证而影响甚微。

“氐羌系统”南迁说认为，哈尼族“源于古代羌人”，属“氐羌系统”，与今日彝、纳西、拉祜、白、傈僳、景颇、怒、普米、独龙等族同源，系“氐羌系统”之北来者。[1] 更有论者认为他们与南方民族渺不相涉。[2]“红河两岸土著说”又与此相反，认为哈尼族系红河地区的土著，与西北高原民族毫不相关。[3] 两向族源多种文化融合说认为，“哈尼族乃是由青藏高原南下的北方游牧部落，与由云南高原北上的南方稻作民族——夷越融合而成的新型稻作农耕民族，就族源论，当是双向的（由北向南与由南向北的交汇）、复合的（南方土著民族与北方迁徙民族的融合），就文化论，他们是南方夷越民族的滨海文化与北方游牧部落的高原文化的化合体”。[4] 第一说多以汉文典籍的稽考为依凭。第二说多以红河地区的出土文物为证据。第三说认为此二者整体设论上存在三大缺陷：一、民族理论框架过于狭窄、陈旧，甚至不科学；二、混淆了民族和种族的区别；三、证据片面、乏力，因而提出从文化论民族的看法。我们认为第三说较有说服力，介绍于兹：

首先，一、二说都是以斯大林关于民族问题的理论框架为前提进行的。斯大林认为，民族就是“在历史上形成一个有共同语言、共同地域、共同的经济生活以及表现在共同文化上的共同心理素质的稳定的共同体。”（《斯大林全集》第二卷）这一理论在过去几十年内制约着我国民族学及

① 见国家民委民族问题五种丛书编辑委员会编写之《中国少数民族》，人民文学出版社 1981 年版，第 334 页；《哈尼族简史》第 19 页；《云南各族古代史略》，云南人民出版社 1977 年版，第 3 页。《中国西南的古代民族》，云南人民出版社 1979 年版，第 7 页。

② 毛佑全：《哈尼族原始族称、族源及其迁徙活动探析》。

③ 孙官生：《论红河流域是早期人类发展的重要区域之一》，载《红河文物》1986 年第 2 期。

④ 见拙作《和夷的嬗衍》；《民族的诗史》，载《云南文史丛刊》1987 年 3 期；《滨海文化与高原文化的嫡裔》，载《边疆文化论丛》1987 年年刊；《哈尼族与“氐羌系统”》，载云南《民族文化》1987 年 5 期；《哈尼族及其文化渊源——兼议“红河文化”的内涵》，载《云南文史丛刊》1988 年 2 期等文。

其相关学科的研究，而被作为唯一正确的指导性理论。事实上，早在斯大林提出这一理论时，西方民族学界就没有接受它，近一二十年来，原苏联的一些有见识的民族学家也不再信奉它。[①] 斯大林的民族定义确实有着重大的理论与实践缺陷，它甚至阻碍了民族学理论的发展。因为首先，他说到的民族“四要素”实际不是据以划分民族的文化特征，而民族恰恰是作为一个文化单位而按其文化特征来区划的，这些“要素”中的“共同地域”、“共同的经济生活”属于民族形成的条件而不是民族特征。“四要素”作为并列的条件提出，而它们在分类学上也不属同一层次，因而决不是“只要缺少一个，民族就不成其为民族”（斯大林语）。

其次，“四要素”远未能概括出标志民族的所有特征，而在这若干特征中，作为一个民族形成的最根本之点，亦即规定或影响着其他因素的文化内核，是民族的自我意识，亦即该一民族对唯其独有而为他族所不具的那一文化特质的自我肯定。它作为文化内核，是辐射到和规定到该民族独特的价值标准和行为模式的，因而，这一自我意识在心理上的存在是民族成员深刻的共认共识。其外在表现，即是它明确又统一的自称，一个民族只有在历史上形成了这一自称，这个民族共同体才算是最终形成了。

基于这样的认识，融合说认为，哈尼族的形成有着复杂的参决因素，而不是用单一、单向的族源说可以解释的。谈族源问题，必须要考虑到民族形成的所有重要的、足以决定“民族”这一文化单位性质的因素。它阐释道，哈尼族在《尚书·禹贡》成书之际的春秋战国，就自认是山地民族，并以“和（wò）”为统一的称谓，虽然“和夷”一词仅见于《尚书》，但从唐宋元明清以来的汉文典籍对哈尼族称谓的记载，其有因代异号但基础称谓一脉相承的延续性，且与各地哈尼族自称、他称基本一致，因而“和”是哈尼族春秋战国时期的民族自称，当有其可靠性。

融合说并由此详细考察了“和”民族的居域。其据《尚书·禹贡·华阳》中所载“华阳黑水惟梁州……和夷厎绩”，与《山海经·海内经》载“西南黑水之间，有都广之野”的历代各家考据，结合哈尼族各支系广泛

① 参见1987年8月17日《理论信息报》和1987年9月30日《文摘报》（光明日报社主办）第6版有关文章。

流传的民族迁徙史诗、迁徙传说，参以今日哀牢山哈尼族与四川大凉山彝族语言的对应性，得出哈尼族第一个民族自称是“和”，居域为四川省大渡河、雅砻江、安宁河流域，即民族迁徙史诗和传说中的民族发祥地“惹罗普楚”“诺马阿美”，后历千年，渐次向云南高原迁徙，最后聚居于滇南三江两山展布地区的结论。

融合说又认为，“和”作为一个民族登上历史舞台，其文化内核是山地稻作农耕。其根据同样是《尚书·禹贡·华阳》载其“厥土青黎，厥田惟下上，厥赋下中三错”，和《山海经·海内经》所载黑水的都广之野“爰有膏菽、膏稻、膏黍、膏稷，百谷自生，冬夏播琴”，和民间迁徙史诗、迁徙传说及大量的民族学、民俗学材料。此说认为西北高原部落“氐羌系统”的携带文化是游牧，而非稻作，“和”民族是在西北高原南下的游牧部落“诸羌”（而非氐）的游牧文化受到云南高原北上的以“百越”为核心的“夷越”民族稻作文化的取代、改造、更替的前提下，以一个南方山区稻作农耕民族的形态自立于各民族之林的。它引用了业已为文化学界公认的大量考古成果，如“百越是我国稻谷的最早栽培者”等等，[①] 从稻作农耕文化的发源、流布，证明哈尼族的稻作农耕系受百越稻作农耕的影响而成，只不过哈尼族人民在百越稻作的基础上，独创了山地稻作农耕的最高典范——梯田稻作而已。这只能证明哈尼族先民是善于吸取、勇于革故鼎新、长于发明创造的民族。作为一种文化取代另一种文化，实质是一场历时漫长、脱胎换骨的大革命，其间不知要经过多少流血的与不流血的战争、动荡、改组、融合，这种种方面在哈尼族的史诗、故事、神话、传说、风俗、宗教、仪轨……中，都有着大量鲜明的记载。或者说，正是这一文化内核的更替，决定了哈尼族宗教、哲理、俗信、仪轨、文学、艺术……种种方面的面貌和内质。而“氐羌系统”南迁论者以为，哈尼族至关重要的，尤其是以“和”为自称登上历史舞台之际业已是南方山区稻作农耕民族的梯田稻作文化，是“其生存和发展势必与生态环境、自然条件相适应的人类天性所致”的看法，[②] 值得商榷。

① 李昆生：《百越——我国稻谷的最早栽培者》，载《云南博物馆三十周年纪念文集》，第88页。

② 毛佑全：《哈尼族原始族称、族源及其迁徙活动探析》。

融合说持文化为分野的民族观。其论为，民族非种族，一种之内可有若干民族，一族之内亦可有若干种存在；种族是以生理为区划的序列，民族则是以文化为区划的序列。“氐羌系统南迁说”以“氐羌系统”为哈尼族族源，则抹煞了中国所有来自西北高原的民族（藏缅语各族）在形成独立民族之际的文化分野。“红河地区土著”说以哈尼族系云南古陆原始人类（从腊玛古猿开始的）一脉相承的民族，也同样仅仅把哈尼族作为种族来认识。同时这一认识也无法确证从腊玛古猿开始的云南古人类与哈尼族的生理联系，何况此说所列举的红河地区出土的新石器时期的文化器物（作为立论的最重要依据），已被考古学界鉴定为典型的百越先民文化类型——石斧是有肩的，石锛是有段的。①

一个民族具有复合的、多向的族源是否为历史所承认呢？融合说列举华夏族、回族等民族，说明历史事实不但成立，而且严格说来，任何一个民族的族源都是复合而多向的。其论认为，现今中国的许多民族或大多数民族，在远古时代都经过了两个、三个及至更多个氏族、氏族联盟甚至民族的大融合而成，换言之，现今的任何一位民族学家也无法证明某一民族是若干万年前的哪群猿人纯粹地演化成的。氏族、氏族联盟、部族、民族的分解、融合，是历史的常规现象。就上古史来说，周以前到春秋战国（公元前16世纪前到公元前221年）这一千多年间，黄河流域的商族和周族与东方的东夷、岛夷，东北的肃慎，南方的南蛮各族，西北的氐、羌、狄相互影响、融合和同化。在此期间，以夏族、周族、商族为主，吸收了羌、戎、狄、苗、蛮各族成分（血缘的、文化的）演而成为华夏族，因而华夏族族源即是夏、商、周、戎、狄、苗、蛮的多元化合。又，周时部落、部落群有上千个，即史载的“一千八百国”，经过相互兼并融合同化，春秋时剩下一百多国，战国时只剩齐、楚、燕、韩、赵、魏、秦七国。西北的秦，于穆公时兼并了十二个被称为“戎”的部落，因而被称为“戎狄之国”。南方的楚，合并了四十五个小国，以多民族的融合为庆事。南方的越国，也兼并了东方被称为“夷”的许多小国，故史有“夷越”之称。至于汉族的形成则相当的晚近，盖西汉时期，以华夏民族为主，吸收了其

① 尹天钰、师培砚：《试论红河流域新石器文化》，载《红河文物》第2辑。

他许多民族成分，成为下延千年的、人口众多、幅员广大的民族，即汉族；谁又能说汉族的族源是单一的呢？少数民族亦一样，魏晋南北朝时期，国内一些主要民族都经历了长期的动乱，大量的少数民族进入关内与汉族杂居，“关中之人，戎狄居半”。入居中原的匈奴、鲜卑、乌桓、羯等民族大部同化入汉族之中。从哈尼族自身来说，“和夷”春秋战国之际不但在大渡河、雅砻江、安宁河流域开田种稻，完赋纳税，而且大有“底绩”，因此见载于史，而至今这些地区已无一个哈尼族。唐宋元明清各朝，哈尼族先后在滇东北、滇西、滇中（昆明地区）、滇南哀牢山、六诏山等地区建立了强大的政权，如“和泥芒布府”“乌蒙”“六诏山和泥”“罗槃国”等，有了“大鬼主”“大首领”之类的政治领袖，但彼时称雄一方的“和蛮”“和泥”聚居中心滇东北、滇南六诏山等地，至今也找不到一个哈尼族了，因为他们已融合、同化入其他民族中，而哀牢山、无量山地区，大量的其他民族也融入哈尼族中，形成这些地区哈尼族人口众多，势力日盛的格局，这显然也是不争的历史事实。

（二）历史分期

因此，我们认为，两向族源多元文化融合说较其他诸说更能从整体和本质上把握哈尼族的历史脉络，因而本书据以描述哈尼族历史的分期。

1. 民族发祥和形成期——“惹罗普楚”和“诺马阿美”时期。时当新石器晚期至春秋战国之际。

此期内，哈尼族先民诸羌部落自西北高原沿澜沧江、怒江、金沙江、大渡河、雅砻江、安宁河流域高山纵谷“民族迁徙走廊”南迁而来，其携带文化是北方高原的游牧文化，而后在大渡河、雅砻江、安宁河流域定居下来。[①] 其定居的原因，是全面接受了由云贵川高原溯江而上的以百越为中心的夷越民族稻作农耕文化的影响。经过漫长历史时期的两种文化的较量，稻作文化战胜并取代了游牧文化，一个新型的、以山区稻作为其文化内核的、典型南方的农耕民族——“和”形成了，这就是规范意义上的“哈尼”民族在历史上的最早称谓。其时为公元前若干世纪到春秋战国时

① “安宁河”即“阿泥河”之变称，河以其地曾居住过哈尼族“阿泥”命名。

期，亦即《尚书》及《山海经》成书的时代。这一历史性的巨变所促成的民族的发祥和发展，在哈尼族文化意识中形成了笼罩千古的文化系列，体现在大量的神话、史诗、传说和民俗中，遗留至今；或者说，哈尼族大量的开辟神话、创世古歌、迁徙史诗、传说、民俗等等，以特殊的文化符号记载了哈尼族发祥、形成的历史。哈尼族创世古歌、迁徙史诗和神话中反复说到的，及民俗、宗教中神圣地称其为“祖先大寨”，人死之后必然要魂归其里的理想国——“惹罗普楚”和“诺马阿美”，就是哈尼族的发祥地和形成地。在此一时期，哈尼族以开放、吸纳、包容的意识，艰苦奋斗的无畏精神，和卓越超凡的智慧，在百越民族坝区稻作的基础上，因地制宜，创造了以梯田稻作为核心的一系列山区农耕文化，通过文化的转型，完成了民族的发轫和形成过程。从此，他们无论在任何时代，无论迁徙到任何地方，都将这一文化携带而去，并将其不断丰富与完善；也不论在任何时代，迁徙到任何地方，整个民族的价值标准和行为模式都由以梯田稻作为核心的山区农耕文化所规范。

由于民族的新生，文化的初创，此期哈尼族（和夷）的民族精神是高扬、昂奋、创造、无畏的，处处充盈着开天辟地的伟大和广阔，处处体现着力量的拥有感与生命的跃动感，辐射到神话、传说、史诗、歌谣等等文学中，便是一派盎然的生机。

哈尼族是在漫长历史千里跋涉的大迁徙中形成与发展的，周遭民族的异质文化（夷越稻作为主）刺激并营养了她，灌注她以新鲜的生命活力，她也以自己的形成与发展，证明了作为一个新兴民族所具有的强大的生命能量。

2. 从大渡河、雅砻江、安宁河流域向云南高原辗转迁徙时期。时当春秋战国至唐宋之际。

哈尼族的新兴引发了与周围环境民族争夺生存空间的矛盾，加以瘟疫、自然灾害等等原因，迫使她不得不离弃民族发祥地与发展地，向新的区域拓展。自然，其所迁徙必依稻作农耕民族的路向择地而往，这即是雅砻江、安宁河流域之东南、西南、正南方的迁徙路线，也即学术界称说的“稻米之路”。

其向此三路迁移的原因，首先是正北有势力强大的蜀郡各族为拒，正东也踞有屡与哈尼族争战并战败哈尼的僰人聚居区。正西金沙江、怒江、澜沧江上游纵贯的横断山地区，虽可进占，但其地形多在海拔3000～5000米左右，山高地寒，不适于水稻耕作，唯一理想的是纬度渐低、地势较缓的东南、西南与正南方向。三方中，东南是云贵交接的乌蒙山，其麓有滇东北最大的昭通坝子，西南是白草岭西麓洱海之滨的大理坝子，有渔米之利，正南是起伏徐缓的梁王山，其麓是云南最大的高原湖滇池和最大的昆明坝子，系水土肥美之地。这三个坝子与其嵌接的半山区，一般海拔在1500～2500米左右，正是“四季如春”的温湿地带，适宜稻作。

“和夷”由《尚书》记载之后，在一个相当长的时期内不再见载于汉文典籍，直到唐代才查考得到他们的踪迹：

雅砻江、安宁河流域之东南方。乌蒙山区历有所载的乌蛮部落之最著者为绛、阔、闷畔、乌蒙、芒布五部，唐以前均活跃于其地之金沙江两岸。此五部中，闷畔、乌蒙、芒布三部系哈尼族，当时称为“和泥”，即《明太祖洪武实录》一四三卷第六页所载的“和泥芒布府”，其范围北接川南宜宾，南界黔西北毕节、赫章、威宁三县，和泥在此广大地区踞境称雄长达千年。

雅砻江、安宁河流域之西南方。大理洱海地区与楚雄州境广有哈尼族分布，其称为“和蛮”。《新唐书·南蛮传》云：“显庆元年，西洱河大首领杨栋附显，和蛮大首领王罗祁……”等等，虽只言片语，也透露出重大的历史消息。

雅砻江、安宁河流域之正南及东南方。正南方即以滇池地区（今昆明地区）为中心的一大幅员，汉唐以来，素为乌蛮系统（地区性民族称谓，非仅一族）所居，哈尼族首领“仲磨由”曾率部聚居于此。[①] “仲磨由”是哈尼族连名谱系中的一位祖先名字，为今日各地哈尼族尊奉，只不过在各地谱系中略有音变，如哀牢山地区哈尼族谱系中称“搓莫迂”“初末吁”“佐梅烟”，无量山地区称“初木耶”，西双版纳地区称“搓莫耶”

① 《大明一统志》卷八六《云南府·易门县》载：“昔，乌蛮酋仲磨由男所居之地。”易门县位处滇池西南100公里处，居滇中腹地。

“操莫唉”等等而已。[1]

这三个地区的哈尼族又渐渐向滇西扩张，到中唐开元、天宝时，已形成范围广大的布局，这就是“南诏银生节度威远睑”，包括今景谷、镇沅、墨江、普洱、思茅、元江、红河、元阳、绿春、金平、江城以至越南、老挝北部边境两万多平方公里的地区。[2]

滇东南地区。六诏山（今文山州）地区有大量和蛮聚落，唐初丞相张九龄《敕安南首领爨仁哲书》中载有“和蛮大鬼主孟谷悮”之语，证明此区之中已有哈尼先民和蛮的政权统治。

这一时期的时代风尚是，为争夺生存空间，进行了长期的民族迁徙与部落争战。哈尼族每到一地，就在那里把稻作文化发展起来，又每因势力不敌，而被迫迁离，整个民族饱经了开创的艰辛，与战败的屈辱。稻作民族的迁徙与游牧民族“逐水草而居”的迁移有着本质的不同，他们安土重迁，如大树之植根于沃壤，一旦被迫离乡背井，亦如大树被连根拔起。此中的痛苦是如此巨大，精神和物质遭受摧挫的程度是如此难以揣度，由此产生了庞大的民族迁徙史诗群落，深刻地记录了他们沉重的历史悲哀。然而痛苦造就伟大，整个民族不但从未意气消沉，反而更加激奋着，拼斗着，寻寻觅觅地探索着自己理想国的所在。

3. 开发、建设滇南哀牢山、无量山和红河、把边江、澜沧江三江两山时期。时当唐、宋、元、明、清诸朝，至新中国成立。

这一时期，哈尼族的活动累累见于汉文典籍，历史脉络清晰可辨。

唐天宝年至1949年中华人民共和国成立，在这长达一千二百多年的漫长时期，各地哈尼族的情况变化甚巨。滇东北乌蒙山和泥、滇西洱海地区和蛮与滇中滇池地区和泥渐渐融入其他民族中，滇南哀牢山、无量山、六诏山和泥渐有崛起，于宋代大理国立国之初，成为云南“三十七部”少数民族中的佼佼者，参与南诏国通海节度使段思平推翻南诏，建立大理国的战争。“三十七部”中，哀牢山区和泥因远、思陀、落恐、溪处四部和六诏山和泥维摩、强现、王弄三部成为主力。因功勋卓著，受段思平（大

---

① 见《哈尼族简史》，第22～25页；《哈尼族古歌》，云南民族出版社1992年版，第30页。

② 《哈尼族简史》，第13页。

理国开国主）封赉甚多。六诏山区和泥曾以强现部首领龙海基为首，与宋王朝发生密切关系，贡名马，转输运，向中原提供各种商品，受封于宋室，世领于六诏山，成为滇东南（今文山州）最高领主。哀牢山区和泥，到 11 世纪时渐趋强盛，因远部在礼社江畔（红河中游段）今元江县境筑“罗槃城”，建立“罗槃国”政权，最高首领称“罗槃主”，辖员包括哀牢山东麓今元江县、西麓今新平县和墨江县，以及无量山区镇沅、普洱、思茅、江城县、蒙乐山区景谷县东部，这一地域广有 2 万平方公里，直入越南、老挝北部地区。思陀、落恐、溪处三部亦势力日盛，辖地包括今绿春、元阳、红河、金平诸县境，面积达 2 万多平方公里，北接罗槃国，南入越南北部山区。二地和泥首领向宋王室岁有朝贡，其物有金、银、币、帛等。帛非和泥所产，系经六诏山入邕州（今广西南宁）所购之中原物产。元朝，大理国灭，云南设行省，在滇东南立“阿僰万户府”，以和泥首领龙海基九世孙龙建能为“总管”，辖今红河、文山两州之境。元云南平章政事赛典赤·赡思丁降罗槃主阿禾必，毁罗槃城，并对思陀、落恐、溪处各地和泥加强统治。明清两朝，中央王朝实行“改土归流”，着力削弱各地土官势力。洪武年初，大量迁江西、湖南、湖北、南京等内地汉族入云南“实边”，“尽迁江左良家闾右以实之”，“巨族、富民一有过犯即案法遣戍云南”，以至“迁谪流徙至滇者不可胜数”。大量迁入少数民族地区的“军户”“民户”“匠户”带来了内地的先进生产工具、技术和经验，对和泥等少数民族的生产生活和文化发展产生了巨大影响。后来这些迁徙汉族慢慢融入和泥等民族中，这就是“湖南湖北迁徙说”“南京迁移说”形成的原因。这一时期和泥地区发展甚大，14 ~ 17 世纪初，由于奖农桑，兴水利，办交通，开矿产等措施，一些和泥地区如明代临安府（滇南滇东南和泥俱在其区）“繁华富庶，甲于滇中”。同时与中原文化交流日繁，永乐十一年，六诏山和泥土官龙者宁入贡北京，瞻仰京都方物华彩。万历时土官龙上登赴京受职，“遍访名宿”，返后兴学校，建文庙，倡文明，奉经典。清代中央王朝对和泥地区压迫繁仍，激起和泥反抗，六诏山龙氏土官多次兴兵造反。哀牢山高罗依自号“窝泥王”举义。1853 年，哀牢山中段哈尼族田政率众起义，响应太平天国号召反清，征战历时 20 年，开拓了 3 万平方公里根据地，歼灭清军 10 万人，清廷为之震动。1917 年，元阳县多沙寨18岁哈尼族女青年卢梅贝领导了红河南岸反土司大起义，被称为“多沙阿波”，数天内聚众万人，攻陷猛弄土司署，开仓赈粮，各地土司纷纷逃至红河北岸规避。这些起义最终都失败了，但是极大地振奋了民族自立自强不甘忍受剥削压迫的精神，对封建统治给予沉重打击。

这一时期民族的精力集注在对各聚居地的开发建设上，其中尤以哀牢山、无量山地区哈尼族对梯田文化的建构和澜沧江流域哈尼族对茶文化的开创和发展成就最为突出。之所以如此，是因为全民族大规模迁徙的浪潮渐已平息，哈尼族这颗蕴藏着巨大生命力量的种子一旦找到适宜的土壤，即以神奇的速度生发起来，植成参天的巨树。滇东北、滇西、滇中、滇东南六诏山和泥因其渐化于他族，虽然对当地的文化也有着不容忽视的建树，但毕竟已不再是哈尼族，因置不论。自唐南诏以来日渐成为全民族聚居中心的滇南三江两山哈尼族地区，得到了一个长达千余年的、总体而言是安定、平静的发展环境，因而全民族就在这千山万壑之中，奋力垦殖起来，建设起来，他们把迁徙历史中与异族他邦搏斗的精力投注到与大自然的拼搏中，从而结出了丰硕之果。在开辟草莱兴建家园的初期，全民族焕发出战天斗地的伟力，朝气蓬勃，一往无前，有着不可遏止的精锐之气。但随着梯田、茶山的营就，加以高山大川的阻隔，和整套文化模式的定型，这创造的锐气也渐趋消磨，晚明及清至民国时期，呈现出一派成熟期农耕文化所固有的封闭、保守、拒外的气氛，此中只有个别短暂的时期和个别突出的人物（如抗清的土官和造反的英雄等）焕发出灿烂的光芒。

4. 中华人民共和国时期。

1949年以后，人民政府在哈尼族地区颁布了一系列促进经济发展、民族团结、政治平等的政策，哈尼族地区从土司制度下解放出来，哈尼族人民当家做了主人，哈尼山乡发生了空前的变化。

1952年成立了“红河哈尼族自治县”，1953年成立了“西双版纳格朗和哈尼族自治区”，1954年成立了“红河哈尼族自治区（州）”，同年成立了“江城哈尼族彝族自治县”，1957年成立了“红河哈尼族彝族自治州”，1979年成立了“墨江哈尼族自治县”，同年成立了“元江哈尼族彝族傣族自治县”。人民政府的“民族区域自治法”保证了哈尼族人民在政治、经济、文化各方面的自治权益，一扫历史遗留的歧视少数民族的大汉族主义陈腐观念。

在“文化大革命”中，林彪、江青反革命集团严重破坏了党的民族政策，在哈尼族地区搞“政治边防”“划线站队”，乱划阶级，造成了恶劣后果。1976年粉碎“四人帮”以来，尤其是改革开放十余年来，哈尼族地区出现了欣欣向荣的局面，工业、农业、交通、文化、教育、卫生、科技各方面获得长足的发展，开始了以经济建设为中心的大飞跃时期。①

（三）文学史分期

哈尼族的文学，除历史上曾有几个受到汉文化影响的土司用拙稚的五七律绝写过几首谈不上什么特色的汉文诗，② 和中华人民共和国成立以来，一部分由民间歌手创作的反映现实生活的歌谣、故事及文人创作的诗歌、小说、散文以外，其主体是传统的、用哈尼语演唱或讲述的神话、史诗、歌谣、传说、故事、谚语、格言、童话、祭词等民间文学。这些作品与今日意义上的“文学”并不等同，它们并不是纯粹的作家个人心灵发出的叹息和歌吟，而是历史上人们共同创作的、一代一代经历过多少人打磨、加工、丰富的文学产品。它们是整个民族文化精神的载体，像一艘巨大的船，承载着全民族的意识形态，包括宗教、哲学、伦理、社会规范等等方面的内容，而对民族的实际生活直接发生作用的语言艺术。因此，这些作品总是与民族的历史息息相关，随着历史的发展而变幻着形式，它们是历史的直接产儿，与历史进程呈着天然的谐调性。同时，因为文学发展有着自己特殊的规律，它也不尽是历史的对应观照，如一个文学时代可能与两个或三个历史时代交错等等。综合这两方面，我们大体可以按照下面几个历史阶段来区分哈尼族文学：

1. 伴随着民族的发祥与发展，文学也产生并发展起来，其品类最早的是巫祝的歌咒，继而随着歌手的半职业化，出现了灿若繁星的短小古拙的古歌谣群，再在此基础上，发展成篇幅浩繁、结构宏伟的大型创世神话古

① 参考《哈尼族简史》、《云南省志·民族志·哈尼族》（王清华著）。

② 晚清到民国时期，红河地区土司龙继光曾任两广总督，其有诗作数首流传至今，但未见特色。此间，各地土司亦有汉文诗作酬唱吟咏，俱属一类。如红河县思陀土司40年代曾邀云南大学著名教授刘文典赴红河教习经典诗赋，然终未有所成。

歌，同时涌现数量众多的讲述体神话故事等等，这就是哈尼族文学的发轫期。以探求民族各种古规古礼等典章礼仪文化规范为鹄的、大规模铺叙民间生活场景、用相对自由的韵律讲述古代重要神话和重要风俗的古歌集群在不同支系中争奇斗妍，形成第一次重要的文学浪潮。其中最著名的歌篇是流传于红河地区的巨型古歌《窝果策尼果》和《十二奴局》，它们是这一文学时代的代表，因而称这一时代为“窝果奴局文学时代”。时当新石器时代晚期至春秋战国时期。

2. 伴随着民族从大渡河、雅砻江、安宁河流域向滇中、滇东北、滇南长达千年的大迁徙和大征战，产生了大量反映这一血与火时代的迁徙歌、迁徙传说和故事群。尤其产生了以唱叙民族整体的迁徙史为经线，着力表现哈尼族在各迁居地的生产生活和习俗流变，以讴歌在这历史的搏战中巍然矗立的民族英雄的作为，为英魂写照，为历史作传的长篇迁徙史诗群，标志着哈尼族的文学发展由成长走向成熟，且达到了巅峰。这些迁徙史诗的精粹之作是流传于红河地区的《哈尼阿培聪坡坡》、《普嘎纳嘎》和流传于西双版纳地区的《雅尼雅嘎赞嘎》，它们足以代表这个文学时代，故将此一时代名之为“迁徙史诗时代”。时当春秋战国至隋唐时期。

3. 伴随着民族大迁徙、大征战的结束，一个开发、建设滇南三江两山地区的时代业已来临。文学在和平、安定的环境中，在物质生活资料远较过去为丰足的背景下变得丰富多样起来。围绕千山万岭之上层层梯田的开发，片片村寨的建设，一整套与半山稻作农耕相适应的文化模式的建构，往昔的古规古礼以更加稳定的形式确立起来，而且在新的条件下得到圆满的补充和完善。这一时期，哈尼人有充分的条件和时间将传唱千年的古歌打磨润色得完美无缺，使之成为典范，创造了大量表现现实生活的传说、故事、歌谣、童话、谚语、格言、笑话，使文学呈现了空前繁荣的百花齐放的景观。文学之所以有如此发达的情况，一个至关重要的原因是职司宗教祭祀的千千万万个贝玛为之耗费无穷的精力和心血，他们在充当祭司的同时，当然地成了文学大师。尤其他们的师徒传承制保证了文学作品世代加工的可能，而只有这样的作品才有资格在哈尼族社会长流不衰。由于贝玛们吟唱讲说的文学是这一时期的精华，故将这一时代名之为“贝玛文学时代”。时当唐宋至新中国成立时期。

4. 中华人民共和国成立以后，贝玛文学依然在民间广为传播，虽有几次极“左”思潮诸如“文化大革命”的扼杀，但哈尼族人民对自己传统文化的挚爱、保护，使之并未被根除。近十多年来，随着政治环境的宽松和民主化，演唱古歌、奉行古礼的民族文化活动得到政府的支持和法律的保护，使世代相传的贝玛文学得到较大发展。当然，随着时代的变迁和大量现代文化的介入，传统正在发生迅速的变化，有的改旧更新，有的则被人们淡忘。近十余年来，出现了搜集整理和研究哈尼族传统文学的高潮，一大批以本民族专家、学者、爱好者为主体的、有若干外族同好参加的专业、半专业队伍做了大量调查研究，出版了一批颇具质量的整理作品和研究文章，在国内外学术界引起了一定重视。不少国际学者纷纷进入哈尼族地区采访传统文学和民俗，也构成了这一时期文学的新内容。与此同时，出现了一批用哈尼文与汉文创作的小说、诗歌、散文作品，这些文学样式和作品，为哈尼族文学灌注了新的血液，其中不乏优秀之作。这就是当代哈尼族文学的面貌。

四、哈尼族文学的体裁及传播形式

文学史同时又是文学体裁发展史。

哈尼族文学除当代部分中的小说、诗歌、散文体裁外，传统文学部分则有神话、歌谣、传说、故事、童话、寓言、笑话、谚语、格言、儿歌、情歌、山歌、风俗歌、祭词等等，这些我们将在后面逐一作出介绍。而这些品类在传播形式上，则可归为歌吟与讲述，即散、韵两体。散文体包括神话、传说、故事、童话、寓言、笑话等等；韵文体则有神话、传说、儿歌、情歌、风俗歌、山歌、祭词、谚语、格言等等。在传播形式上又分为单纯讲述的、单纯歌吟的、且歌且舞的数种，而以前两种最为普遍。现着重介绍几种最习见的歌吟形式。

（一）哈巴

这是哈尼族最重要的歌吟调式，多在年节祭典的盛大场合，拥坐于饮宴的篾桌前把酒而歌。因民间有“酒是打开歌喉大门的钥匙”的老话，故又称“酒歌”。当然，很多时候不饮不宴也可以歌唱，因此，从严格意义上说，称为“在一切公开场合吟唱的、不用害羞的歌”，似更恰当。“哈巴”因地异名，有“拉巴”“窝活”“扎慈哈巴”“扎慈拉巴”“咿帅”“炯腔”“扎慈哟阔”等称呼。这是哀牢山、无量山地区的情况，西双版纳地区又称为“萨咿”等等。唱哈巴叫“哈巴惹”。

哈巴被最广泛地应用于一切民俗仪礼中，是可以在任何时候任何听众面前公开吟唱的歌种。它的内容极为丰富，诸如人类起源、民族历史、迁徙征战、生产生活、处世哲理、习俗来历、宗教信仰等等，无所不包。而这些内容又往往以“策尼果”“策尼局”（哈尼语均为“十二篇”“十二路”“十二章”“十二条”）等等的组合格式出现。如演唱婚礼，则有“然密必克玛色策尼果”，即“嫁姑娘讨媳妇的古规古礼十二条”，演唱葬仪则有“诗窝纳窝本策尼果”，即“送葬古规古礼十二条”，等等。“策尼”为“十二”之意，“果”“局”直义为“像山上的冲沟一样”。这是因为哈尼族稻作农耕严格按一年十二月的历法运作，故凡古规古礼等重大内容，亦如稻作农耕一样，遵从十二之数。“果”“局”反映了哈尼族山居的特点。当然，实际演唱起来则按内容的多少安排，如古歌《窝果策尼果》（古歌十二调），因内容众多，一般又翻倍成二十四章。民间有“七十二窝果”“十二奴局”之说，“七十二”“二十四”“十二”皆言其多，为概数词，并不死守一律，但多以十二为倍数结构。“窝果”“奴局”是不同地区的变异性称呼。

哈巴演唱调式上的另一个显著特点是首句必有“萨咿——”“萨啊咿——”“萨——咿——萨”“萨拉啊咿——”“厄瑟勒亚啊咿——”“索厄索拉咿西哩哩索——”等等，最长的竟有“萨拉比德萨多布居克施窝厄——”之类。这些虚词都是引发歌咏的衬词和起兴词，现在已无具体实指性的意义，而在古代则有其深长的意味存在，这将在后文有关章节中具体讨论。作为打合声的副句衬词和叹词，则有听众对歌咏者本人演唱的溢美，如“唱的合啦!”“是这样的呢!”“你的声音扎实好听呀!”“太好啦!”“我们实在喜欢呀!”之类，也有对歌唱内容的情绪反映，如“是呀，他扎实坏啦!”“他老实可恶呢!”等（对坏人坏事），或者“他实在能干呀!”等（对美好事物）。这是在歌手唱到一定高潮时，听众不约而同地举酒应和所表现出来的情绪呼应，造成歌者和听众随着吟唱内容的跌宕起伏一呼百应的热烈气氛。

吟唱哈巴的歌手，不论声名如何显赫，起首总有一段谦辞示以虚心，这是哈尼人传统美德的表现，也是造成歌手和听众融洽气氛的形式。如元阳县攀枝花乡洞铺寨歌手朱小和是一位声名远播的大贝玛，但他在演唱时也常以这样的诗句开头：

萨——咿——萨！
讲了，
亲亲的一娘生的兄弟姐妹！
唱了，
尊敬的一寨的阿波阿匹！[①]
请听我把先祖的古今来讲，
请听我把哈尼的窝果来唱。
我不能跟远古的诗王来比，
我不能跟热地方贝那的玛厄并提，
我的智慧只有他的小手指甲那样大，
我的记心只有他的一半还不到；
我也不能跟多娘高山的诗王来比，
多娘的诗王是嘎天和嘎昌；
……

大段的谦辞后，才是本歌内容的展开。

哈巴是群体性的演唱歌调，因此常以歌手吟唱，众人合声的方式进行，而歌手可有一人、二人，甚至数人领唱的情况，灵活多变，以适应不同场合之需。如下面这首《造天造地的歌》：

（甲领）是呀，让他幸福（咿勒）！
是呀，给他兴旺（款德）！
让天亮的曾是哪个（阿玛德）？
让天黑的曾是（百勒咪嘀哟然）哪个（阿玛德）？
让天黑的是有一个（仰德）。

① 阿波阿匹：哈尼语，意为阿爷阿奶。

大的阿哥兄长在上，
老的阿爷年高寿长。
（众）萨——萨！
（乙领）是呀！让他幸福（咿勒）！
是呀！给他兴旺（款德）！
让天亮的：
天边白色姑娘脱把（勒德）！
让天黑的：
最先生的老祖舍撒（勒）。
相爱伙伴亲如弟兄（阿玛），
你我相处父子情谊（勒）。
（众）萨——萨！①

也有甲乙两歌手对唱，众人合应的：

甲：萨拉啊咿——
尊敬的父老乡亲，
亲亲的姐妹兄弟，
在圣洁的日子里，
大家相聚在一起；
……
乙：萨拉啊咿——
……
哈尼人的独答（故事）哟，
像天上的星星数不尽，
似地上的泉水不断流淌。
今晚唱的是“普嘎纳嘎”，
把祖先的踪迹来寻访。
众：萨——萨！②

① 红河县歌手演唱，李元庆记录。
② 李期博等《普嘎纳嘎》，载《红河群众文艺》1984年第2期。

甚至有两位歌手假扮某种角色对唱的情况，如流传于绿春县大兴寨一带的《姐姐帮弟弟找媳妇》，两位贝玛装成姐姐和弟弟对唱：

“姐姐”：吾……哎，
一林不行快到另一林，
美丽的贵龙和平掌街，
有个勤快的姑娘，
一日砍三背柴禾，
一日讨三背猪食草，
我俩快去看一看。
“弟弟”：吾……哎，
来到贵龙和平掌街，
听的看的不一样，
不要说一日砍三背柴禾，
是在路边拣小树枝，
……①

总之，哈巴作为最常使用的公众性歌调，具形式是灵活多样的，完全依场合、内容、甚至情绪的需要变化。

从体裁、歌节划分、特性衬词及唱词本身种种方面看，它有下面几个特点：

1. 长篇古歌与自由的即兴短歌兼而有之。

2. 在长篇节律的相对稳定之中，有歌节划分的相对随意性。

3. 在长歌叙事的连续性中有歌节唱段的相对独立性。

4. 在特性衬词的专一性中，有衬词使用的灵活性。

5. 在口语化的唱词和长短不一的句式中，有音节的自由对偶和大致押韵。

6. 在一位歌手吟唱的主体性中，有两位、三位甚至多位歌手轮唱、对唱的自由性。

哈巴歌调的旋律一般是庄重、典雅、低沉、缓慢、浑厚为主，但也有

① 引自孙官生《古老·神奇·博大》，云南人民出版社 1991 年版，第 104 页。

高亢、跳荡、激越、疾速的，而且各地变化较大。

现举红河县歌手演唱的《白天黑夜的歌》为例，以窥一斑：

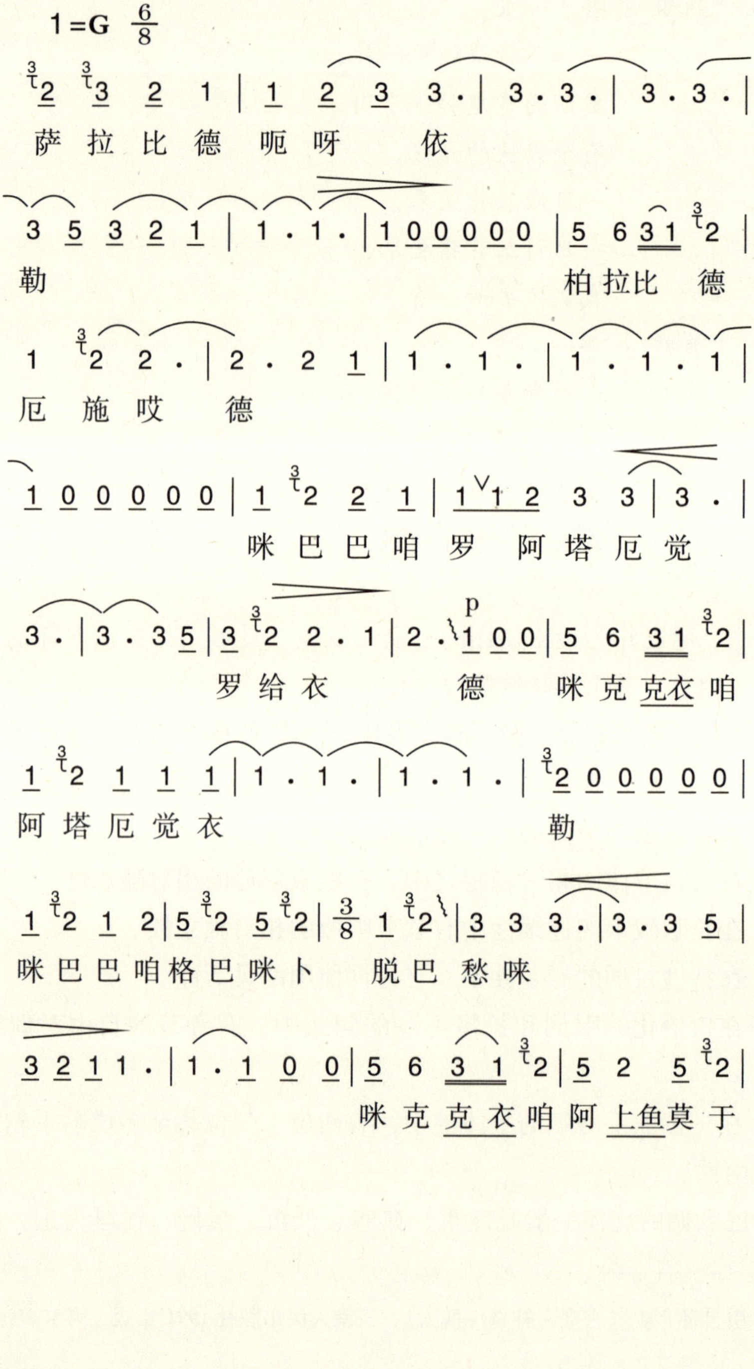

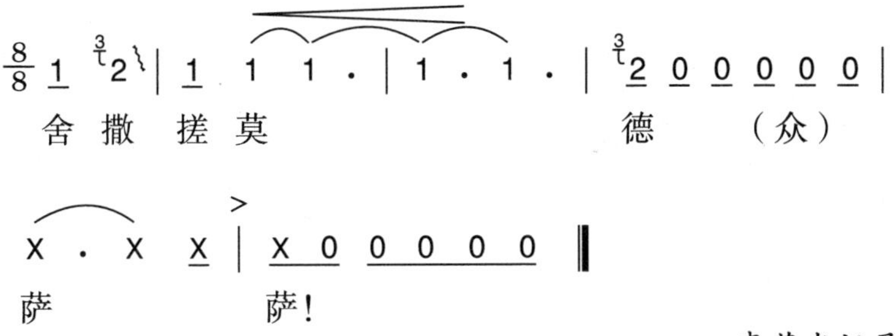

——李荣光记录[①]

哈巴按内容分大体有：神的降生、开天辟地、万物起源、开田种谷、安寨定居、砍树计历、头人工匠贝玛、祭寨神、十二月风俗、嫁姑娘讨媳妇、安葬老人、生儿育女、男女相爱、四季生产等等，各地分法不尽相同。现举红河县贝玛张牛龙所唱哈巴分类以作说明：

1. 咪的密地（开天辟地），下有：

咪的密地哈巴（造天造地的歌）
奴玛巴拉哈巴（太阳月亮的歌）
咪巴咪衣哈巴（白天黑夜的歌）
咪塔密擦戛玛尤布哈巴（天地的路和洞的歌）
……

2. 咪坡咪爬（天翻地覆），下有：

咪坡咪爬哈巴（天翻地覆的歌）
咪的局地哈巴（人的种子的歌）
目咪阔特哈巴（锁住天地的歌）
普冬哈巴（村寨的歌），其下又有：
普玛阿兹哈巴（村头龙树的歌）
洛嘴阿兹哈巴（林脚龙树的歌）
厄伙阿兹哈巴（水井龙树的歌）
参浦沙哈巴（磨秋的歌）

① 歌词译意：“萨啦啊咿！让天亮的是有一个，让天黑的是有一个，让天亮的是那天边洁白的脱巴姑娘，让天黑的是那天上的老人舍撒阿波。”与前引李元庆记录《造天造地的歌》参看。

……

3. 炯然若然（飞禽走兽），下有：

若然哈巴（走兽的歌）

炯然哈巴（飞禽的歌）

……

4. 阿撒息思（杀鱼取种），下有：

甲兹确哈巴（拿藤子的歌）

阿哉则哈巴（织渔网的歌）

阿撒息思哈巴（杀鱼的歌）

……

5. 阿兹兹德（砍树计历），下有：

洁奴咪塔达里哈巴（洁奴上天的歌）

阿兹咪哑区哈巴（大树遮天的歌）

……

6. 阿卜鱼徐阿（三个能人），下有：

阿卜鱼徐阿哈巴（三个能人的歌）

……

7. 然学徐阿（三弟兄），下有：

觉聪、觉策、觉玛哈巴（觉聪、觉策、觉玛的歌）

哈尼、哈窝、区尼哈巴（哈尼、彝家、汉人的歌）

……

8. 阿然然德（穷苦的人），下有：

阿然然德哈巴（帮工流浪的歌）

兹然哈鲁么阔哈巴（看守庄稼的歌）

格低哈巴（打仗的歌）

……

9. 咪布旭布（男女相爱），下有：

咪布旭布哈巴（男女相爱的歌）

岳莫岳莎哈巴（婚姻自主的歌）

迁咪哈巴（娶嫁的歌），下又有：

然咪畀哈密奢哈巴（嫁姑娘讨老婆的歌）
克玛纳哈哈巴（说媳妇的歌）
……

10. 目思拔嘎（生儿育女），下有：
巴拉呀哈巴（妇女月经的歌）
然阿皮哈巴（妇女怀孕的歌）
阿尼托哈巴（领小娃的歌）
……

11. 搓莫把堵（安葬老人），下有：
搓莫死哈巴（老人去世的歌）
纳茨莎哈巴（找药的歌）
嘎玛美哈巴（数家谱的歌）
……

12. 伙结拉借（四季生产），下有：
撮塔哈巴（冬季的歌），下又有：
捏色哈巴（十月的歌）
思鱼哈巴（冬月的歌）
……
窝夺哈巴（春季的歌），下又有：
比如哈巴（正月的歌）
窝夺哈巴（二月的歌）
……①

（二）然密必

"然密必"的意思是"嫁姑娘"，按歌调形式讲，是围绕着婚嫁礼仪而兴的一套系统，它仍用哈巴调式吟唱，但作用大不相同，故而面貌各异。

婚嫁是人生欢乐喜庆的盛大场合，其间除需延请贝玛演唱民族起源、

① 李元庆：《哈尼哈巴初探》，云南民族出版社1989年版，第231～238页。

历史变迁、万物来历等一系列神话传说内容外，内容、气氛、形式都要适应相关的民俗要求，这就是哭嫁风俗、与小伴告别风俗、吃离别饭风俗、喜庆风俗等等的要求，这样就形成与常规哈巴不同的形式和内容。

首先是引句衬词和尾饰衬词不再是“萨咿”，而是“吁——吁吁吁”“嘿！咿咿咿”“希！咿！嘿咿”“哎拉”等等，这通常是适应出嫁者（新娘）、小伴、父母在“哭嫁”婚俗中离别在即，失声痛哭的情感需求而设。

从类别分，则有：“汁多日”，为“喜酒歌”，歌手主唱；“苏咪衣”，为“出嫁歌”，为新娘与家人、小伴惜别的吟唱，新娘、家人、小伴对唱；“密威威”，为“哭嫁歌”，新娘出门上路时唱，悲声大作，作难舍难分状；“哟却瑟赫”，为“女伴送别”，送行的女伴唱，伴有哭声，集呼唤、诉说、惜别、哀怨和祝福于一曲；“阿拉答”，为“贺喜歌”，歌手主唱，等等。

限于篇幅现仅举“密威威”一例说明：

新娘哭唱：

嘿咿咿咿！
自古只兴爹娘相依在家，
和睦兄妹迟早都要分家。
恨过去远古祖先分家不给女儿留一份，
嗯咿咿咿呃！
从来就兴女儿长大离开爹妈，
扎根发芽只能落在别家，
嗯咿咿咿咿！嗯嘿！
姑娘我怎敢讲半句不嫁的话！
咿咿咿咿！嗯！

——元阳县胜村张仁田唱　杨保青记录

（三）贝玛突

这是祭司贝玛专用于各种祭祀场合的歌调，即“贝玛歌”。亦用哈巴调演唱，但引句衬词有其特征，如祈祷时用“哎咳!”呼唤神灵降临时用“哈呃——呃”，神灵附体时用“啊呃啊呃呃”或“赫——腊”等，至于叫魂则用“叫来”“回来”，咒鬼则用“呸”等等。结构有主唱加伴唱和独唱两种。分以下四大类：

1. 涅突，即“献鬼神”，为请神驱鬼的祈祷用调式，下有：

艾玛突（祭寨神）

伙别呀兹（砌破家）

活拖拖答（保家庭）

……

2. 苏拉枯，即“叫魂”，下有：

如拉枯（叫心魂）

热拉枯（叫小娃娃魂）

伙拉枯（叫家魂）

卡拉枯（叫庄稼魂）

……

3. 斯批突，即“祭亡灵”，共80套，按葬仪高低分三种层次，最高等为杀羊祭，80套唱全；中等为杀牛祭，唱80套之大半；下等为杀猪鸡祭，择其要者而唱，兹不赘述。

4. 游批，直义为“睡贝玛”，即贝玛睡于木床之上，呵欠调息进入神灵附体状态时唱的歌调，下有：

游批（贝玛睡）

阿乌如（走地狱）

咪爬嘎（走黄泉）

阿乌勒（躺下边）

……

兹举“苏拉枯”《向“则鲁”叫灵魂》为例：

(哈呃——呃)

那山的儿子“则鲁”听着吧，听着！

(呃) 我来叫回十二魂，

离家天神不是已经来到仙堂门口说了吗？

快快放回十二个魂！放！

——朱小和唱　白学光记词

(四)密刹威

直义为“女人痛苦的哀哭”，即“哭死人调”。演唱者为“搓威威玛”，即“专唱哭死人调的女歌手”，若不请“搓威威玛”，即由家中女性哭唱。亦用哈巴调唱，引句衬词为哭声词“嗯哼哼！呃”，一般结构为“嗯哼哼！——呃——正文——嗯哼哼”或“称呼用词（‘阿——妈哎’‘我家阿爸哎’‘亲亲的伙伴我的心上人哎’等）——正文——嗯哼哼”之类。

一般有“搓莫刹威”（哭祖辈）、“然谷刹威”（哭小娃）、“搓达刹威”（哭情人）等，兹举两例以说明。

《七十岁的老人阿妈》（搓莫刹威）

女哭唱人哭唱：

嗯哼哼！呃！
七十岁的老人阿妈（罗），
生命已到终结路口，
走完田埂已到路头；
到了看不见的树后，
进了没有声音的洞口。
再听不到您说病痛，
不能为您生火取暖（了呀），
不得给您舀水解渴（了呀）。
嗯哼哼——呃！

——李书者唱　李期博记词

《亲爱伙伴心上的人》（搓达刹威）

1=C ♩=一拍 悲痛欲绝 哭声贯穿

（曲谱以此为基础变化重复，下略）

读词：

亲爱伙伴心上的人（唉）！
今日分开了再也不见你身影。
我这来看你呀，
不见你的面（呀），
亲爱伙伴心上的人（唉），
只有一对手镯空留我身边（唉）。

——许克周唱　李元庆记录

（五）阿尼托

即“领小娃调”，多由妇女轻声哼唱，也有长辈男性唱给孙子孙女或小姐姐唱给小弟弟小妹妹的，曲调用哈巴调式，但柔美平静，亲切动听，多一句反复哼唱。开腔引句是“呃呃呃”或“瑟呃”之类的哄领幼儿语气衬词，下紧接“我的阿乖”“我的宝贝”之类昵称。也有数句引句是衬词的，如建水县罗家寨哈尼族所唱“呃呃嗬，嗬呃嗬，呃呃嘿嗬，呃呃呃嗬”，加强摇曳轻盈的节奏。有“阿尼托”（领小娃）“阿尼母”（哄小娃）“阿尼尼加加”（哄领小娃娃）“阿尼母虾”（哄小娃睡）等。兹举一例：

(呃呃呃呃) 睡吧!
心肝 (哟哦) 睡吧。
不打 (哟) 心肝 (唉),
(培儿呃呃呃!)
阿乖是 (哟) 乖 (哟),
不骂 (唉),
你是心肝宝贝。
睡吧!

——元阳县果统乡罗贝德唱　李永林等记录

(六) 然谷纳差昌

直义为“小娃娃玩的歌”，即儿歌。哈尼族儿歌虽亦用哈巴调式吟唱，但结构、韵味、内容等极有特点。曲调短小精悍，形式丰富多彩，有齐唱，有伴唱，有对唱，多边舞边唱，或边游戏边唱，对儿童娱乐身心、启迪智慧极有作用。首句衬词无专门性的固定词，常以首句、中间句或末尾句作衬词，且各地区大不一样。如绿春县平河乡的“也咿也咿也玛百”“打木底里打腊腊”，牛孔乡的“龙娄里龙”“呃嘞嘞哈哈哟”，红河县乐育乡的“比的哩”等。句型大体整齐，有偶句型与奇句型，顶真辞格大量使用，这是儿歌最大特色。下有：

然谷纳差昌（小娃玩着唱）
阿密策（小囡唱）
阿毕必然擦纳阿（小娃娃唱玩的歌）
杂呀参尼阿呃（小娃唱唱玩玩）
……

例如：《姑娘俏》（阿密策）

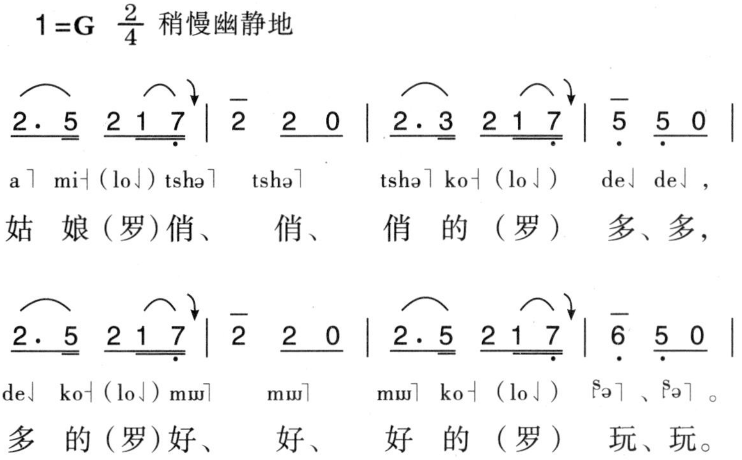

——红河县老博新寨唱法　李元庆记录

即使在同一小类的调式里，变化也极丰富，如同是红河县的“阿密策”，又有全部以模拟笛声和吹奏换气的象声词作唱词的，无实际意义，纯粹表达一种意兴。如下面这首《比的哩》：

比的哩，比的哩
比的哩的拉鲁吃
比的哩，比的哩
比的哩的拉吃额
比的哩，比的哩
比的哩的拉鲁吃

——红河县乐育新寨李娘优唱　张世贤等记录

（七）阿茨

即山歌，唱山歌称“阿茨古”（或“阿其古”）。“阿茨”因在山野与非正式的聚会中唱，与公开场合演唱的“哈巴”严格区分开来，又因起始引句衬词的不同，至有“萨咿是哈巴，咿乌是阿茨”的说法，“咿乌”是“阿茨”的常用引句衬词。

阿茨分劳动中唱的劳动山歌与情爱场合唱的情歌，但二者常相联系，即在劳动中歌唱爱情，在谈情中歌唱劳动。其中又以白天和夜晚、对唱者距离的远近等因素的不同，分为大声放歌的“茨玛”，中声徐唱的“罗白”，小声低诉的“茨然”三类。演唱方式则有独唱、对唱、齐唱、主唱、伴唱、弹唱等数种，其中也常出现自由和谐的多声部状态。引句衬词三类不一，“茨玛”一般以“咿乌”“咿乌切”为引，紧接着呼唤“密达哎”（情妹哎）或“搓达哎”（情哥哎）。“罗白”以“阿底”“海底”“哼！阿瑟”“然学阿孟”之类为引，也紧接“情哥”“情妹”的呼唤。茨然则以“咿哟”“哎”“海哎”为引，紧接“情哥”“情妹”的呼唤。

以类别分，茨玛有：

我祝祝阿茨（栽秧歌）①

觉巴多把（高山矮山相恋）

巴莱（找伴）

玛达（大山恋歌）

……

罗白有：

罗白（相恋歌）

多格（情话歌）

茨鸠鸠（说心里话歌）

……

茨然有：

多甲贝（低诉相思歌）

茨然（说悄悄话歌）

拔布拔萨（夺情人歌）

喔吉坡昌（夜歌）

……

① 哈尼族的《我祝祝阿茨》（《栽秧歌》）是栽秧时节一人领众人合的大型歌调，其文辞优美，声律动听，在歌中唱叙广阔的劳动场面，倾诉深沉的爱情，又称栽秧情歌，意谓把爱情和秧苗一同栽下，等秋收来临，金谷和爱情也一同收获。这是哈尼族优美心灵的外化。《栽秧歌》以“阿茨”歌调吟唱，少则两声部、三声部合唱，多则四声部、五声部合唱。云南省音乐界曾于1995年7月组织过专访调查，赞誉甚高，认为哈尼族多声部民歌合唱的被认识，打破了音乐界长期认为的中国民族没有多声部合唱的理论。此事曾轰动一时，多有报载。

兹举一例：

《竹子尖会弯下来》（莰玛）

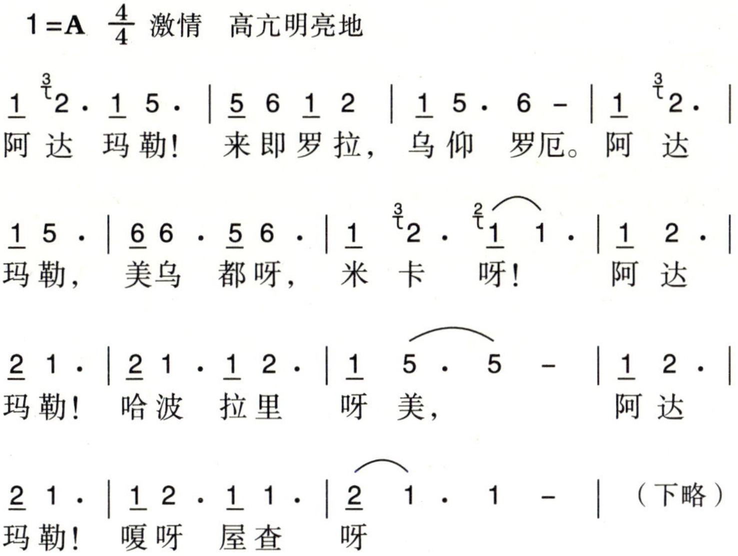

读词：

阿达玛勒！
竹子尖尖会弯下来，
会在风中摇摆。
阿达玛勒！
手杆伸出去，
手臂会弯过来。
阿达玛勒！
心爱的姑娘来玩吧，
快来和我们一起玩！
阿达玛勒！

——李荣光记录

（八）罗作

“罗作”是舞蹈之意，也是舞歌之名。且舞且歌，诗歌舞乐融为一体是哈尼族常见的欢愉形式。俗有“不跳罗作（舞）脚杆痒，不唱罗作

（调）嘴巴痒”之说，可见人们的喜好程度。有男女对唱、齐唱、主唱、伴唱几种，引句衬词多用“作瑟”“作赛”等语助词。

按其种类有：

罗作（舞歌）

波罗撮（波罗舞歌）

博丛都厄（敲竹筒舞歌）

咚博撮（敲竹筒舞歌）

嘎博撮（爱乐舞歌）

兹举一例：

《不跳罗作脚杆会痒》（罗作）

1=C 2/4

5 6 5 5 | 5 1 6 1 | 5 4 2 | 5 – :‖

（Ⅰ）lo˩ tso˩ ma˩ tshu˩ a˩khə˥ si˩ ja˩（tso˥ SE˩ tso˥），

（直译）罗 作 不 跳 脚杆 痒 有（作 赛 作），

（意译）不 跳 罗 作 脚杆 会 痒（作 赛 作），

lo˩ tso˩ tshu˩ la˧ a˩khə˥ ma˩ si˥（tso˥ SE˩ tso˩）。

罗 作 跳 来 脚杆 不 痒（作 赛 作）。

跳 起 罗 作 脚杆 不 痒（作 赛 作）。

读词（汉语译意）：

（Ⅱ）不跳罗作不会愉快（作赛作），

跳起罗作多么愉快（作赛作）。

（Ⅲ）不跳罗作荞子不长（作赛作），

跳起罗作荞子饱满（作赛作）。

（Ⅳ）不跳罗作谷子不长（作赛作），

跳起罗作谷子满仓（作赛作）。

——红河县磨勺乡李萨厄唱　李元庆记录

以上是歌唱哼吟类的哈尼族文学传载形式。

此外还有讲述类的形式，如神话、传说、故事、童话等的讲述，因较单一，不详叙。

吟唱类的形式不同年龄层次的人各有其喜好各有其规定，老年人、中年人多用哈巴，青年男女多用阿茨和罗作，儿童则用阿尼托和然谷纳差昌。特殊情况也有交叉，如在集体谈情的宴会“阿巴多”上，则哈巴、阿茨兼为男女青年使用。另外，祭司贝玛多用贝玛突、哈巴、然密必等，专司哭丧的女歌手“搓威威玛”专用密刹威，专门唱栽秧歌的女歌手“莪祝阿茨玛”专用莪祝阿茨等等。至于欢乐的罗作，则是大人小孩男人女人共同使用。

哈尼族的文学是整个民族的文学，全体哈尼人都是它的创造者、发展者，都是作家、诗人、散文家和音乐舞蹈家，从哈尼族文学的传载形式，我们可以感受到这一点。这些丰富多彩的富有生命力的形式，使哈尼族的文学获得动人心魄的力量，同时我们看到，这所有的形式和其特定的内容（文学作品）是水乳交融不可分离的。

文学史在一定意义上也可说是文学形式（包括传载形式）史，上面所谈都是今日所见的形式，它们同时向读者展现了一套完整的文学传载形式演变史。比如，歌吟类的文学作品（从体裁来说多为诗歌）几乎占了哈尼族文学的大半，神话、传说、故事、童话、笑话甚至谣谚格言，无不可用歌吟类的形式演唱，所以上述种种内容几乎都有歌吟体与讲述体两种并行。而从形式的丰富多彩来说，歌吟体真是琳琅满目，美不胜收，俨然是一个完备的大系统，可满足男女老少、一年四季、节典庆仪……所有方面的审美要求和文化需求。

从发生学角度来说，讲述体或许是从歌吟体中演变出来的。而某些形式的“贝玛突”可能发生较早，因而其节奏短促、强烈，随着时代推移，节奏渐行缓慢，节拍出现散漫化，渐向旋律化方向发展，最后兼歌带诉，竟至变成完全的叙述。这就是哈尼族文学传载形式演化的简要过程。

克莱夫·贝尔说：“艺术是有意味的形式。”从哈尼族文学传载形式来看可谓信然。上述所有的形式都意味深长，首先，它们都以最恰当的方式表达了内容；其次，更重要的是它们本身具有独立的艺术力量、特定的历史文化内涵，和高于现实生活的特殊的美，这些我们将在下面详加介绍。①

① 本节主要参考李元庆《哈尼哈巴初探》，及李荣光《哈尼族诗歌源流初探》内部稿。

第一编

窝果奴局文学时代

（民族形成期的文学）

民族的发祥与发展，文化由游牧向农耕稻作的转型，产生了丰富绚丽的神话集群，凝结成以《窝果策尼果》和《十二奴局》为代表的长篇神话古歌系列，其中充盈着民族新兴的喜悦和创始万类的博大深雄的伟力。

时当新石器晚期至春秋战国之际。民族称谓为“和”。活动地域在今四川大渡河、雅砻江、安宁河流域，即世传的民族发祥地“惹罗普楚”和“诺马阿美”。

概　述

新石器时代晚期到金石并用器时期，在中国的西北高原——甘青高原及其周边地域这广大的范围内，生息着以放牧牛羊为生，过着逐水草而居，“毋常处”“毋君长”的氏族部落生活的人类群体，汉文典籍中称其为“诸羌”，即“西方牧羊人”，是一个以游牧为文化核心的大族群。这些氏族部落经历了由原始群的采集经济，到渔猎经济，到游牧经济的变化，形成了以游牧为特征的、适应高原草场生活环境的文化生活模式。这一文化生活模式提供了人们较为丰富的物质生活资料和精神生活资料，使人口与牛羊相促并长。但是水草丰美的草场在西北高原并不很多，高原的广大面积被终年的积雪和荒芜的戈壁所覆盖。诸羌内部为争夺有限草场的斗争，和其他族群为争夺生存空间发生的战争，加以恶劣的严寒气候等等人为的和自然的原因，促使诸羌部落纷纷依循物竞天择的原则，沿着怒江、澜沧江、金沙江、大渡河、雅砻江等高原江河的纵谷，渐次向温暖的、水草丰足、森林密布的南方迁移，这些江河峡谷被称为民族迁徙的走廊。诸羌部落大迁徙的浪潮绵延达若干个世纪，形成了这些江河沿岸及其高山密林中分布着占中国大半之数的民族的人文景观。

哈尼族先民系诸羌中之一部，及到春秋之际，他们已来到大渡河南北岸、雅砻江和安宁河流域的展布地区，在这些地区定居下来，而且度过了很长的时间。在这里，他们全面接受了由云贵川高原峡谷溯江而上的、以百越为中心的夷越民族稻作农耕文化的精髓，逐渐扬弃了迁徙无定的游牧生产方式，结合自己居处环境的地理、植被、气候、土壤条件，发展出一种新型的、以半山区水稻耕作为文化内核的文明型制，这就是《尚书·禹贡》“华阳黑水”条所载情形：“华阳黑水惟梁州，岷、嶓既艺，沱、潜既道，蔡蒙旅平，和夷厎绩。”即哈尼族先民“和夷”至少在春秋战国之际（《尚书》成书时间）就已在华阳黑水的梁州之境开辟了岷、嶓、沱、潜的高山大水，使其成为沃土可作农艺的美丽家园。他们对沱、潜二水的疏通，对蔡、蒙地区的开发大有建树，因而留下“和夷厎绩”的美名。今日中外驰名的四川灌县古代伟大水利工程都江堰侧，仍有“和夷厎绩”的巨幅匾额。后人将李冰父子疏理岷江水域的功绩与哈尼族先民和夷相比拟，这固然是为了表彰李冰父子的千秋功业，但从另一个侧面也反映出，哈尼族祖先和夷当年确实创造了足令世人瞩目的不朽功勋。和夷们在彼时彼地治山治水，开凿交通，营构田亩，且向中央王朝岁贡下中三等的田赋和各种贵重珍宝及珍稀皮张。

这一系列活动表明，“和夷”作为一个规范意义上的民族已然形成。这个民族首先有了一个为全体族人共认共识的称号“和”（wó），以作为民族的标志；其次，形成了一整套以山地水稻耕作为核心，辐射到生产、生活和意识形态所有层面上的文化模式。“和”民族以崭新的姿态勃然而兴，文学也伴随着民族而生。此期文学样式是朗若繁星的神话和传说为主体的、包括巫咒在内的品类。先民们极其幻想的能力、尽其夸张之能事进行的文学创作，无不紧密结合稻作农耕的方方面面进行，是时代造就的文学。风格是在天真浪漫一派空灵之上的开张与豪迈、阔大与苍茫，反映的是处处跃动着的新鲜的生命感、力量感与创造感，表现的是朝气勃勃的生命之美、力量之美与创造之美。

哈尼族文学最初原的形态，至今已难探求，我们今日所能了解到的较早期的文学，是今天仍在民间大量流传、使用、实用性为第一要素的巫觋歌咒和祝词，它们多由一些简单的词句构成，用意直接，节奏短促繁急，多在行巫驱鬼的仪式中使用。而民间的不经巫觋，但由使用者根据对象随时应用的文学，则是各形各色的祝祷辞，它们都企图以语言的魔力去左右自然界或社会人群中的某些事物。如猎手们常念的《撵老熊咒》《刹勒调》《打麂子马鹿歌》，和行巫治病时常念的《阿竹呀》（咒蛆虫）、建盖房屋时或火灾易起的秋冬季节常念的《明眯透》（咒火灾神）等等即是。这些短歌小词也偶尔能传达出一些哈尼人的希冀和情愫，但毕竟不能适应急剧变革的时代要求，于是哈尼祖先和夷们便在原始巫祝歌咒基础上，创造出一大批表达人们对大自然和人类自身探索的创世歌谣，较著名的有《俄色密色》（造天造地）、《俄铺咪攀》（天翻地覆）、《色十加十色》（撒万物种）等等。这些作品气魄很大，精炼明捷，篇幅虽小而数量极多，其整体系统地反映了彼一时代的所有社会生活和要求。

创世歌谣中的精华之作在长逾千年的岁月里，历经各个时代哈尼祖先们的精心打磨，从而在若干短章小韵的基础上，凝结成结构宏伟、篇幅巨大、内容丰丽庞杂的系列创世古歌，它们在哈尼族各个支系中长流不衰而且多有变异，更使这一古典歌群丰富多彩。其中著名的篇什是《窝果策尼果》（古歌十二调）、《十二奴局》（古歌十二篇章）、《天地人鬼》《阿培阿达埃》（祖先的传说）、《葫芦里走出人种》《木地米地》（造天造地）、《奥色密色》（开天开地）等等。其代表作是长达两万八千余行（现已发表两万六千六百行）的巨作《窝果策尼果》。另外，长达数千行的《十二奴局》也有一定代表性。它们均以吟唱体“哈巴”调式在重大祭典节庆场合演唱。千百年来，这些巨型古歌就是哈尼族教化风俗、规范人生的百科经典。①

《窝果策尼果》《十二奴局》这样的辉煌巨著，从其初创、演变到形成如此的规模，时序当不限于一个时代，它显然纵跨了民族发祥、民族大迁徙、民族开发建设滇南三江两山等几个历史时代方可遗留至今。其中不可避免（且完全应该）地融进各个时代的风采，然其主要的内容和精神，显然是民族发祥与发展初期的特质，表现出来就是对各种典章礼仪来源的探寻。

这一时期文学另一个重要的特点是创造了一系列阐释自然和人类社会各种现象的讲述体的古代神话。《窝果策尼果》等古歌中，也吟哦着众多的神话故事，然而那是宗教神圣的和节庆庄严的场合的歌唱，带有圣经的性质，大量平昔的民间流传，则是讲述体的古代神话。讲述，这种平易近

① 笔者数年前曾持创世古歌和歌谣为“创世史诗”或“神话史诗”的观点，近年认识到史诗系人类自我意识的自觉的表达，产生于父系英雄时代；古典歌谣只是韵文体的神话，而远古神话尚是人类对自身及自然不自觉的艺术加工，是一个解释系统，产生于母系时代，与表达系统的史诗者不能混一。此文写作时又受到杨知勇教授赠书《宗教·神话·民俗》启发，书中杨教授对此问题论述精深，使作者愈信此说。

人的、简单易行的传播方式，使神话情节的演变更有人情味，更与人们的日常生活相贴近，从而使内容越加丰富多彩，情节也更加曲折跌宕，人物也更为个性鲜明。讲述体的神话故事从时间的顺序上来说，应当是在创世歌谣和古歌大集的基础上渐次衍绎而来的。当然，口语化之后的古歌内容因其丰富生动，也有相当部分重新被歌手采纳入歌，从而形成散韵一体相辅相成的状况，而正是这种相成互补，使“窝果奴局文学时代”呈现出一片繁荣茂盛的景象。

第一章　哈尼族文学的发生

第一节　原始歌舞与最早的语言艺术

哈尼族没有传统的文字，无法通过古籍稽考文学起源。对这一问题的探索，只能通过与文学有关的许多艺术品类的形成及对整个意识形态远古阶段状况的研究来追溯。

有两则哈尼族神话对远古意识形态的缘起和发展作了形象的说明，对我们认识文学艺术的起源提供了契机。

第一则神话是关于哈尼族最早的上层建筑的代表“三种能人”——头人、贝玛、工匠的产生、逃亡及请回的有趣描述。其说在远古之世，天神俄玛的三块大田里长出三种神奇的庄稼，结出三种神奇的种子，吃过三种种子的人，变成了三种职能不同的能人（一说是由三个神蛋变成），这就是主掌村寨行政大权的头人、执掌宗教仪典驱魔祛病大权的贝玛和执掌打制生产工具技艺的工匠。三种能人来到哈尼村寨，各领其职，使哈尼族社会大大进步了。但是村寨中一些贪婪的无赖看见三种能人干活少而报酬多，认为他们没有什么了不起，纷纷起而效尤，懂理不懂理的，也在那里摆起公案判案，会念不会念的，也在那里摆起香案驱鬼，会打不会打的，也在那里支起铁炉打铁，结果村寨一片混乱，坏人扰乱社会秩序得不到惩罚，大鬼小鬼进寨作祟得不到祛除，田里杂草长得像大树没有锋利的刀斧砍倒。人们发现大事不妙，于是深刻认识到“没有头人，寨子不稳，没有贝玛，人病倒没有人帮拉起（治病），没有工匠，田地不会耕种”，他们经过千辛万苦，又把“三种能人”请回村寨，使其执掌大权。①

第二则神话说，古时候天庭和人间相连，人神可以自由来往，人遇到困难就上天去请神们来帮忙解决，后来天神觉得人实在懒，诸事自己不动脑筋，只靠帮忙，就收回通天的绳梯，从此神可以下到人间，人却没有办法上天去了。②

这两则神话的文化内涵，是关于人类历史上第一次脑力劳动和体力劳动分工的形象表述，也即是汉文典籍上大书特书的“乃命重黎，绝地天通”的命题。它们具体地描绘了远古之世“人人为巫”即由没有专职上层建筑职能人员（头人、贝玛、工匠），人人可与神灵打交道（自由上下天庭）时代，到有了上层建筑的专职职能机构和人员，人神交通断绝时代的过程，也就是专职“巫史”形成的过程。

从神话记忆可以见出，哈尼族对自己先民经历过的这个历史时期印象是深刻的。哈尼族历史上有过一个巫风大盛的古代，在那样的时期，巫术的思想、情感、意识和表现这些的仪轨，便是彼时为主导的上层建筑意识形态。

古代巫术是适应彼一时期生产力发展水平的。在物质生活资料的寻求变为人类第一需要的时代，人类文明活动的中心只能也必须围绕这一中心进行，一切还纯粹是实用，审美是无意识的。巫术思想以“同能致同”“果必同因”的思维指向，指导着人类最初的艺术创造，原始的歌舞、绘画、语言表述，都朝向获取生活资料的目标（还有人本身的生产与再生产）。哈尼族因历史上辗转迁徙，其远古艺术已漫不可寻，但是从遗留至今的许多歌舞可以见出其初原面貌的一斑。

譬如流传在滇南哀牢山地区建水县的著名的“铓鼓舞”（哈尼语“胡督补鲁则”）就是一个。这是每年农历正月第一个属龙日“奥玛突”时的盛大祭祀舞蹈，数十人同时敲铓击鼓，在周而复始的圆圈中跳出复杂的舞步，节奏强烈的铓鼓声震山野，到场的人被这舞蹈和声响激起狂热，手舞足蹈参与应和。这是祭天地神和村寨守护神，求祈丰年之舞，但在舞姿中

① 《头人、贝玛、工匠》《三个神蛋》，载《哈尼族神话传说集成》，中国民间文艺出版社1990年版。

② 《哈尼族古歌·窝果策尼果》，云南民族出版社1992年版。

表现着原始围猎与农耕稻作的内容。其中有“扁唉痒”（弓步绕手势）舞步，表现“围猎时，懂得了要隐蔽好自己，因此注意消除自己留下的痕迹，以免引起野兽的警觉”。[①] 又有“糊田埂”的舞步，“跳铓者持铓在身体两侧划‘8’字舞动，身体随之由下向上移动……”“脚向前做‘踩步’，向后做‘小退步’，意为把肥料踩入田中；做‘蹲歪步’为收拾东西，做‘前拖步’为跳河沟。”反映了水稻农耕的生产细节。[②]

这样的舞姿、节奏并非为审美而作，显是以模仿狩猎农耕动作，以获得猎物与农作物丰收，喧天的铓鼓是为了上达天听以保佑风调雨顺和出猎有获。这就是舞蹈艺术作为古巫仪轨的表现。

在这里，我们分明听到了与诗歌有关的节奏的产生，即铓鼓“咚——嗡！咚——嗡”的声调重复形成的节奏韵律。

另外，我们从哈尼族歌调的特点中也可以发现诗歌的起源。

本书《导言》第四节中谈到哈尼族“哈巴”的衬词多是“萨咿”为起始，其类有——

①萨！

②萨咿！

③萨啊咿！

④萨啦啊咿！

⑤萨啊咿哎！

⑥呃瑟嘞呀啊咿！

⑦索呃索拉咿索！

⑧索呃索拉咿西里里索！

⑨萨拉比德额呀啊伊！拍拉比德额施款德！

⑩萨拉格索于塞比多！也多格索于婆比扎！

⑪萨拉比德萨多布居克施窝呃！拍拉比德萨咪布居囡诺

① 王保明：《建水县哈尼族铓鼓舞》，载《红河乐舞》1987年第3、4期合刊，图不录。

② 王保明：《建水县哈尼族铓鼓舞》，载《红河乐舞》1987年第3、4期合刊，图不录。

格呃！[1]

这些衬词都是溢美夸赞的虚词。

在所列11项衬词中，有8项以“萨”起头（①②③④⑤⑨⑩⑪），其中又有6项以“萨咿”起头（或“萨……咿……”，②③④⑤⑨⑩），有2项为“萨”的变音“索”起头（⑦⑧）。在哈尼语中，“萨”［Sa^{31}］是“肉”的意思，“咿”［i^{55}］是“下去”的意思，从这层语音的意义，我们可以知道，这“萨咿”实质是对狩猎时捕获到猎物的兴奋呼喊。“萨咿”（深山围猎一般将野兽围进深箐使其难以逃窜故有“下去”之意）的原意，就是“围到猎物（肉）了”的呼喊，今日狩猎前祭猎神的哈巴中，依然以“萨咿”作为起始的呼唤。这个情况恰是远古巫术在狩猎时的运用。行猎前呼唤“围到猎物了”，在先民思想中似乎就可以变成现实中的事。这就是巫术以语言力量控制自然的方式，经过长年累月的变迁，最后凝聚为虚词，用作歌吟庄严事物的歌调哈巴的专用衬词。而后面的一系列复杂缀词，如“萨拉比德额呀啊咿！拍拉比德额施款德”等，表达的只是一种意绪，是真正的虚词，中心还是“萨咿”，这是狩猎时代先民们对“美好”（猎到野兽为美好之事）观念的遗传变异。

狩猎时代的人们语言远不如今日发达，语言亦如一切活动一样，紧紧围绕着获取生活必需之物进行，所以语言是以单音词如“萨”或简单词组如“萨咿”作一语中的使用。马克斯·德索认为，“当一个原始人兴奋地说话时，常和我们今天的情况相似，他用重复去强调它，使之在情绪上更有影响力和说服力。同样，一个原始部族的歌往往只是一段非常平常的词句的简单重复，整个思想的重复可以很容易地被压缩成开头部分和结尾部分的重复，这样，对偶就出现了，而且对偶渐渐地变成了韵律和格律。”[2]他谈到了诗歌的要素韵律和格律的产生，是原始先民思想浓缩成歌头和歌尾的重复，这是有道理的。哈尼族主要歌调哈巴一般以“萨咿”作引句专用衬词和段落、歌尾的听众应合虚词，正是这样的情形（即民间所称“萨咿是哈巴”）。这两个简单的重复，构成了饱和着丰富意绪的韵律和格律，

① 李元庆：《哈尼哈巴初探》第38～39页，序号为引者所加。

② 转引自朱狄《艺术的起源》，中国社会科学出版社1982年版，第269～270页。

成为哈巴歌调，亦即哈尼族古歌的艺术结构特点。当然，我们不能认为“萨咿”本身就是哈尼族的诗歌，诗歌除韵律、格律外，主要还须有意境，但是它已具备诗歌的一些基础要素，如情感、韵律、格律等等，可以说，它已是古代文学最早的形式诗歌的萌芽。

从此我们可以看出，哈尼族的诗歌最初是起源于古巫的歌舞和咒词。虽然“铓鼓舞”没有直接关于诗歌的内容，如歌词等等，但已然有了节奏，而“哈巴”专用衬词“萨咿”不但有了韵律和格律（尽管相当粗糙）这种形式，而且积淀着远古围猎的内容，成为真正“有意味的形式”——诗歌艺术的雏形。

第二节 巫祝歌咒与哈尼族的早期诗歌

巫觋的兴作相当久远，由于哈尼族社会形态发展比较迟滞，巫术的运作直到近现代仍未绝迹，而且在广泛的范围内影响着人们的生活，从而构成了一个庞大的巫祝文化系统，从这个系统的祝咒词中，可以见到哈尼族古代文学的一些面貌。汉文典籍《尚书·吕刑》说到皇帝“乃命重黎，绝地天通”，从而完成了人类历史上第一次脑体劳动大分工，形成汉族先民专职巫的制度。这一过程在哈尼族社会中远未完成，司职巫术使命的祭司贝玛和尼玛、尼帕多是一些兼职人员，并不脱离体力劳动，因此他们的活动与民族的生产生活关系更为密切，他们的祝咒词更保留了远古时期的风韵。

哈尼族民间巫祝咒词甚多，对生产生活的各个方面都有专条祝咒禳解（参看本书第三编第四章）。我们且按狩猎、农耕、生活三项作一些介绍。

一、狩猎咒语与咒歌

1. 流传于金平县的《撵老熊咒》，出猎前在神树下由贝玛且跳且念，动作有跺脚、纵跳、蹲伏等。其词为——

萨——萨！

老熊（一只）——萨萨！

弯（过来）——萨萨！
萨——萨！
老熊（一只）——萨萨！
纵（过来）——萨萨！
萨——萨！
老熊（一只）——萨萨！
绕（过来）——萨萨！
萨——萨！
老熊（一只）——萨萨！
爬（过来）——萨萨！
萨——萨！
老熊（一只）——萨萨！
掼（过来）——萨萨！
萨——萨！
老熊（一只）——萨萨！
哼（过来）——萨萨！
萨——萨！
老熊（一只）——萨萨！
拿（着了）——萨萨！
萨——萨！
老熊（一只）——萨萨！
得（着了）——萨萨！①

2. 流传于绿春县的《刹勒调》，直义为“追肉调”，释义为“撵山调”，出猎前由猎手诵念。其词为——

刹（“萨”的变音）勒（嗬）刹（呃）勒！
刹勒（嗬）刹（呃）勒！
一山望（见）（呃勒），
七十七窝（刹呃勒），

① 本书所引材料除注明之外，均为笔者调查，下不赘。

竹鸡（的）儿孙（勒），
走（刹呃勒），
扑箕（刹呃勒）！
刹勒（嗬）刹勒！
刹勒（嗬）刹勒！
一山望（见）（呃勒），
穿棕衣（的）（刹呃勒），
老熊十只（勒），
漂亮花（一样）（呃勒），
出（来）（刹呃勒）！
刹勒（嗬）刹勒！
刹勒（嗬）刹勒！
一山望（见）（呃勒），
宽脯子（的）（刹呃勒），
野牛十条（勒），
河沙（一样）（呃勒），
堆（起来）（刹呃勒）！
刹勒（嗬）刹勒！
刹勒（嗬）刹勒！
一山望（见）（呃勒），
黄牛（的）弟兄麂子细脚（勒），
雾露（一样）（呃勒），
乌（起来）（刹呃勒）！
……

译词：

刹勒（嗬）刹（呃）勒！刹勒（嗬）刹（呃）勒！（快看啊）一山（呃勒）七十七窝（刹呃勒）竹鸡（的）儿孙（勒）走（进）（刹呃勒）扑箕（里去了）（刹呃勒）！

刹勒（嗬）刹勒！刹勒（嗬）刹勒！（快看啊）一山（呃勒）穿棕衣（的）（刹呃勒）十只老熊（勒）鲜花（一样）（呃勒）出（来了）（刹呃

勒)!

刹勒(嗬)刹勒!刹勒(嗬)刹勒!(快看啊)一山(呃勒)宽脯子(的)(刹呃勒)十条野牛(勒)河沙(一样)(呃勒)堆(起来了)(刹呃勒)!

刹勒(嗬)刹勒!刹勒(嗬)刹勒!(快看啊)一山(呃勒)细脚(的)黄牛(的)弟兄麂子(勒)雾(一样)(呃勒)弥漫(起来了)(刹呃勒)!

3. 流传于勐海县的《打麂子马鹿歌》也是出猎前众猎手歌唱的咒歌,词为——

头(罗)敲,
哦罗罗,
头通!
眼睛(罗)戳,
哦罗罗,
眼睛瞎!
耳朵(罗)挵,
哦罗罗,
耳朵聋!
脖子(罗)砍,
哦罗罗,
脖子断!
肩膀(罗)敲,
哦罗罗,
肩膀烂!
胸脯(罗)砍,
哦罗罗,
胸脯通!
脚杆(罗)敲,
哦罗罗,
脚杆断!

……

译词：

敲头（罗），哦罗罗，头通！戳眼睛（罗），哦罗罗，眼睛瞎！搡耳朵（罗），哦罗罗，耳朵聋！砍脖子（罗），哦罗罗，脖子断！敲肩膀（罗），哦罗罗，肩膀烂！砍胸脯（罗），哦罗罗，胸脯通！敲脚杆（罗），哦罗罗，脚杆断！……

三首祝咒词的巫术意味是极其浓烈的。第一首形容老熊在山岭之中弯、纵、绕、爬、掼、哼的过程，似乎是一只被击中的老熊，最后被猎人猎获了。第二首则在未出猎前就豁然已见满山遍野的猎物，有钻进扑箕的竹鸡，有鲜花盛开样的老熊，有河沙样多的野牛，有云雾样笼盖四野的麂子，猎物之丰，实属罕见。第三首则在行猎前就已预见猎到麂子马鹿，而且在那里敲头、戳眼、搡耳、砍肩、砍胸、敲脚，从详细的描绘中，我们眼前宛然出现了猎物垂死挣扎的场面。

人们怀着天真的然而极其强烈的愿望念诵这些咒语，哼唱这些咒歌。这些歌咒节奏鲜明有力，韵律工整，正可表达猎人渴望获猎的心情。它们十分古拙且与哈尼族的狩猎生活相伴随，可以认为它在很大程度上保留了狩猎经济阶段诗歌（咒语咒歌）的特点。

二、农耕咒语咒歌

农耕是哈尼族主要的生产活动，对危害这一活动的所有灾害都有巫咒祛除，仅举咒语咒歌各一例说明。

1.《龙努努》词。意为“踩害虫咒”，即在农历十一月各户择某日清晨，趁露珠盈野，昆虫活动艰难之机，捉来蚂蚱、蚊子、蝴蝶之类害虫，放入碓窝舂捣，通过这个仪式，意味着来年田垅和山地中的所有害虫都将绝迹。舂碓时，边咒祷——

白霜降，
蚊虫死！
蚊虫死，
人种活！
害虫死，

牛马壮！
蚂蚱死，
庄稼旺！①

2. 西双版纳南糯山地区的祭祀哈巴“捏突调”《阿伙伙》——

领：a˥ xo ˧（E˩）a˥ xo ˧！
饭 啊 （哎） 饭 啊
kho˩ kue˩ tɕhE˦ kja˩ tha˩ ko˥！
斑 鸠 谷(种) 掉 莫 拣
a˥ xo˧ tɕhE˦ sɿ˩ tha˩ pa˩！
蚂 蚁 谷 种 莫 抬
a˥ xo˧
饭 啊
kho˩ kue˩ tɕhE˦ kja˩ ko˥ Pa˧？
斑 鸠 谷 掉 拣 抬
a˥ xo˧ mi˩ li˥ tɕhE˦ sɿ˩ pa˩ pa˧？
蚂 蚁 翘 尾 谷 种 抬 抬
kho˩ kue˩ tɕhE˦ kja˧ ko˥ ŋE˧，
斑 鸠 谷 掉 拣 时
a˥ ta˩ dzE˦ piɔ˧ khə˥ ɕə˥ ɸ˥ la˥！
上 面 老 鹰 脚 黄 下 来
a˥ xo˧ mi˩ li˥ tɕhE˦ sɿ˩ pa˩ pa˧？
蚂 蚁 翘 尾 谷 种 抬 抬
tɔŋ˩ khə˩ mE˩ la˥ jo˩ mɔŋ˥ la˩ o˩！
穿山 甲 舌 头 长 长 来 了
a˥ xo˧（we˩）a˥ xo˧！
饭 啊 （喂） 饭 啊
kho˩ kue˩ tɕhE˦ kja˩ tha˩ ko˥！

---

① 拙作《中国各民族宗教神话大词典·哈尼族》，学苑出版社1990年第1版，第163~164页。

斑　鸠　谷(种)　掉　莫　拣

a˥ xo˧ tɕhE˦ sɿ˩ tha˩ pa˩！

蚂　蚁　谷　种　莫　抬

众：sə˥！sə˥！sə˥！＿sə˥！

瑟　瑟　瑟　瑟

——黑桑唱　李元庆记录

译词：

饭食（哎）饭啊！斑鸠莫拣谷种，蚂蚁莫抬谷种。饭啊！斑鸠敢拣谷种？翘尾蚂蚁敢抬谷种？斑鸠拣谷之时，黄脚老鹰从天而降！蚂蚁翘尾抬种之时，长舌穿山甲将尔食亡。饭食（喂）饭啊！斑鸠你莫拣谷！蚂蚁你莫抬种！①

这两例歌咒，前例短促铿锵，节奏明快，后例迂徐回旋，威吓与劝诱并用，是不同风格的作品，但都用以祛除灾害。

三、生活咒语咒歌

这一类作品包含了人的生老病死、村寨的安全兴旺、社会的和谐平静等等，亦举两例说明。

1.《阿竹呀》。意为“咒蛆虫”，如身患肿毒、鱼骨卡喉、脓疮水泡等，皆有不同咒语驱除钻入体内的“蛆虫”。

下面是蚂蟥钻入鼻腔时，巫师的咒语——

阴间龙王的虫，
太阳神的红嘴虫，
月亮神的黑嘴虫，
你离开了可活命，
你不离开就丧命。

十分火急了，

① 李元庆：《哈尼哈巴初探》第190～191页。其中“蚂蚁”与“饭”同音，是咒语借谐音以成趣。

万分火急了，
不断的草用锄挖，
不动的石头用棍撬，
不懂年月过日子的虫，
你快离开人体吧。

三百五十种家禽要来啄你，
三千五百种野兽要来吃你，
要把你吃掉了，
要把你咬碎了。[①]

2. 《明眯透》。意为“咒骂火灾神”——

呸……猪！[②]
不知羞耻的野火杂种，
谁叫你来寨里闹事，
谁让你来村里放肆？
寨里有寨主，
难道你不知道？
寨里有祭师，
难道你不晓得？
今天，多少人看着你咒，
多少人对着你骂，
你这个狗胆包天的杂种，
难道你不怕开天的桑爬来惩罚，
难道你不怕辟地的桑玛来整治？
……
你那不要脸的舌头，
若敢再伸出来，

① 国家民委学术委员会编《中国民族文化大观·哈尼族卷》中之“巫占习俗”一节。即出。

② 咒骂语。

我就拿刀砍用斧劈，
你那不怕断的魔爪，
若再敢来拆我的屋，
我就叫水冲叫雷打。①

通过以上狩猎、农耕、生活三类咒歌咒语的简单介绍，可以看到哈尼族诗歌较为古老的状貌。哈尼先民处在生产力水平低下的社会历史阶段，希冀对自然——如猎物、庄稼、田野、霜雪、火灾、疾病等等有所控制和利用，于是凭借词语、音调、节奏、韵律的力量，施之于自然，以为如此就可以达到目的。自然，这种唯心的观念在实践中并不可靠，更不科学，但至少在心理上、在情感上，他们获得了依靠和宣泄。反过来，有了心理和情感的寄托和支撑，使他们能够焕发更大的力量与自然搏斗，从而真正达到控制自然的目的。也正因为如此，在漫长的岁月中，这些古拙、原始的歌咒才一代代流传不息。

原始歌咒的一大特点是，没有对神灵的乞求和哀告，更多的是对各种异己自然力量做出的威吓和咒骂，行为的主体是人自身，这个“人”具有强大的主宰力和控制力，心之所至，发为歌咒，歌咒之所及，必致所成。这是巫术思维的特点，但正在这一点上（以心灵通过语言构造万物），它形成了真正的艺术——诗歌。

第三节　远古歌咒对后世文学的影响

古代巫歌巫咒形成了自己的系统之后，对哈尼族后世文学发生了全面的影响。因其内容是对人类生产生活的直接关注和反映，所以在内容上影响着后世的猎歌、生产调、栽秧歌和婚嫁歌、情歌等等，另外对反映意识形态的风俗歌、仪式歌、祭词等等也有影响。其次，它所形成的格律、韵调、节奏有的直接为后世诗歌所采用，有的间接作用于各种诗歌形式的完

① 门图、高和：《爱尼风俗歌》，香港创意出版公司 1992 年版，第 124～126 页。原诗未有标点，为全书编辑体例统一起见，标点由引者加注。此类情况尚有多处，散见各章节，不再注出，特向原作致歉。

成。第三，有些歌咒干脆为后世文学中的史诗、神话、传说采纳，构成这些作品的重要成分。

对内容与形式影响到后世文学的方面，前面已有叙述，这里着重介绍被后世文学直接吸收的方面，它们最重要之点，就是对语言的魔力极为重视。且举几个例子作说明。

1. 创世歌谣《俄得密得》（天地的出生）一开始就唱到——

天是生来就有的，
地是生来就有的，
这是十句并一句的好话，
这是十音并一音的好音。
最先说出这句话的，
是高天的大神石遮，
是地宫的大神苏则。
管天的大神石遮对儿子遮则说：
“天是生来就有的。”
这个样子嘛，
天就有了。
管地的大神苏则对儿子则佐说：
“地是生来就有的。”
这个样子嘛，
地就出来了。①

2. 神话故事《砍大树》中说，古代有一位妇女受到不公正的待遇，于是把手杖插在龙潭边，念起咒语来：“世上的人心比大锅黑，世上的人心比草乌毒，我要惩罚世间人。拄棍呀，你快长成遮天的大树，遮住太阳、月亮和星星，让大地变成一片黑暗……”她刚说完，那手杖就在转眼之间长成遮天蔽日的大树，使大地变成一片黑暗。②

① 元阳县黄草岭乡树皮寨老歌手杨批斗演唱，载《中国少数民族歌谣集成·哈尼族卷》，即出。

② 《砍大树》，载《哈尼族神话传说集成》，中国民间文艺出版社 1990 年版，第 117 页。

3. 爱情叙事长诗《依牙俄碧之歌》描写一对相爱的英雄儿女洛奇洛耶和扎斯扎伊被头人抓住，企图破坏他们的爱情。头人威胁说要劈开他俩的脑袋，但是他俩说："依司莫莫（头人名）你别猖狂，我俩身体可砍成肉浆，砍不掉我们复仇的心肠，我们的灵魂活在依牙俄碧地方。"头人用五条水牛来把他们分尸，五条牛反而被扯成干巴，又用刀来砍头，砍下一颗又生出一颗，又用大腿粗的铁钉来钉，钉了七天七夜也钉不死。[①]

4. 传说故事《鸡叫天亮开》说，古代天黑的时间特别长，人们商量如何让天早点亮，就派松树、竹子、棕树、红鱼、泥鳅、青蛙、豹子、斑鸠等动物和植物来叫太阳，它们都没有叫出太阳来，最后公鸡用"喔喔喔"的声音把太阳叫出来了。[②]

这四篇故事和诗歌，有创世歌谣，有神话传说，有爱情叙事长诗，时序有远古，有近现代（土司头人时期），内容有与大自然的斗争（第1、2、4篇）和人与人的斗争（第3篇），都吸收了巫术咒词的特点，通过语言左右了自然，战胜了敌人。第四篇甚至不是通过人类的语言，而是通过动物（公鸡）的语言改变了自然。像这四篇作品接受巫咒影响的情况，在哈尼族文学中很普遍，从而构成哈尼族文学神奇浪漫而富于儿童般的纯真稚趣的艺术特点。

简而言之，哈尼族文学的发轫应是原始社会时期普遍存在的巫祝歌咒，其后随着社会的进步与生产生活的改变而与世推移，形成了巫咒文学的长流，同时巫觋的歌咒从内容到形式都对各代的文学发生着深刻的影响，并由此构成了哈尼族文学神秘的气氛与稚拙的风格。

---

① 《西双版纳哈尼族歌谣》，云南少年儿童出版社1989年版，第135～137页。

② 《鸡叫天亮开》，载《哈尼族神话传说集成》，中国民间文艺出版社1990年版，第107～110页。

第二章 创世歌谣

第一节 繁盛的创世歌谣群

如果说远古的巫歌巫咒只是哈尼族文学的雏芽，那么，哈尼族文学之树的第一朵花蕊应当是创世歌谣。

古巫时代的哈尼先民处在刚刚从动物界脱息而出的蒙昧期初级阶段，思维极简单，活动范围也十分狭窄，因而认为凭借语言和声音所构成的内容和韵律，就可以支配自然。但在若干年代的实践中，他们发现巫术的力量是有限的，其所面对的大自然具有的伟力远不是那样易于制约。于是，他们的思维在综合了大量实践经验教训之后，由以人为中心的方位，转向对自然力的臣伏。这样，在蒙昧时代的晚期到野蛮时代的初期，适应生产力发展需要的一套自然宗教观念就应运而生了。

自然宗教的主要特点是人对自然力的屈服，也是人对自然界的进一步探索，是人类思维能力的进一步提高及人与自然的进一步谐调。

巫术时代，尤其是人类第一次脑力劳动与体力劳动大分工之前的时期(亦即传说中“头人、贝玛、工匠”以前时期)，人的动物属性还占据相当大的比例，先民们的物质文化需求还十分有限。低下的物质要求反映在意识形态领域中，就是比较的容易满足，因此人人为巫，“家为巫史，无有要质”(《国语·楚语》)，巫术的思想和仪轨作为人们与自然相谐调的方式出现是十分自然的。随着生产能力的进步和发展，氏族组织渐趋严密，人们对物质生活资料的要求日益增强，探索的领域也相对宽广起来，这才发现，巫术并不是万能的，大自然是难以抗衡的，于是人们观念中由崇拜自然力，到幻想出代表自然力的自然神，加以膜拜，企图通过种种哀告，获得神灵的庇护。

反映这种观念和意识的最初作品，就是创世歌谣，也可以说，这就是最初的神话。

初原意义上的创世歌谣在今天是无法见到的，但是我们可以通过哈尼族民间朗若繁星的、同时也是屡经后世变形的创世歌群，看到它们当年的规模。

过去，神话学界有一种看法认为原始社会中人们的创作如神话等等，是如儿童般天真浪漫，且富有随心所欲的幻想情趣。但是大量的考古学、民族学、人类学材料证明，这是不正确的。原始社会的人们虽然处在“人类的童年”时代，但他们绝不是处在童年时代的人类。他们的所有行为都受到先辈积年累月经验的规定，他们决不像天真的儿童，在月光下草坪上抱膝作天马行空的幻想，其所作一歌一赋、一诗一词，都是为着在严苛的大自然里谋求生存。换句话说，这些歌与诗，是他们团结自我，鼓奋力量，向大自然作战的武器，它们是“非如此不可”的“老生常谈”，而不是“可此可彼”的“天真想象”，只不过今日的人们看来显得幼稚可笑罢了。

这一点，我们可以从哈尼族创世歌谣的主题看出：它们热切关注的焦点，反反复复歌咏的对象，正是那些关系他们生存的至关重要的问题，这就是：

动植物的起源——这关系到人们食物的来源；

火的起源——这关系到人利用火战胜野兽、温暖身体、获得熟食；

弓箭的发明和威力——这关系到人如何猎取更多的肉食；

人类的起源——这关系到人类本身的延续与发展；

头人、贝玛、工匠的产生——这关系到人类社会组织是否严密而有力；

历法的产生——这关系到农作物是否能够获得丰收；

天地的产生、洪水的泛滥——这关系到人类生存的大环境处于何种状况；

婚嫁的起源——这关系到人类繁衍的问题；

丧葬的起源——这关系到人类生存的连续性及对前辈经验的继承。

此外还有畜牧的起源、农耕的起源、金银铜铁的起源等等。这些人间大事，无不在创世歌谣中有所反映，它们都属于人类孜孜不倦探求的起源问题。当然，从文化发展的层次来看，有的较为远古，有的较为晚近，但都属创世的范围。

现在择其要者作一介绍。

一、关于动植物、庄稼来源的创世歌谣

这类歌谣多在题名《色十加十色》（撒万物种）和《毕蝶、凯蝶、则蝶》（人类、庄稼、牲畜的来源）的两种歌谣里。

先看元阳县黄草岭乡依东大寨歌手陈阳则演唱的《色十加十色》——

萨啊咿——
亲亲的兄弟姐妹，
撒草木种的是哪个呀？
撒草木种的是天神的大儿子媳妇！
撒庄稼种的是哪个呀？
撒庄稼种的是天神可爱的姑娘！
撒了，
九支山撒一尖升的籽种，
九条冲撒一平升的籽种，
荒地上撒盖房子的茅草，
黄土地上撒尖刀草。
撒了！
得在了！
牲口在是麻栗树林那里，
人在是万年青树站的大凹塘里。[①]
撒了！
最先撒秧栽秧的地方，

① 凹塘：山凹，哈尼族喜居山凹水源丰足处。

是哈尼好在的惹罗，[①]
秧根根顺肥土扎下去，
秧苗就长出来了！
（众：萨——萨！）

萨啊咿——
亲亲的兄弟姐妹，
先生下众人的娘是哪个呀？
先生下众人的娘是天神梅烟，
梅烟的衣裳下面人多多地生出来了，
梅烟的衣襟下面小娃多多地长出来了，
姑娘出来会把水背满啦！
儿子出来会把鱼捉够啦！
（众：萨——萨！）[②]

同县同乡树皮寨的老歌手杨批斗演唱的《毕蝶、凯蝶、则蝶》又是另一种表达方法——

萨——啊咿——萨！
世上的种族不生嘛也要生了！
世上的种族不出嘛也要出了！
亲亲的兄弟姐妹，
世上有了一个生二十一种族的母亲啊！
世上生二十一种种族的母亲叫依贝啊！
依贝先生的是老鹰，
老鹰的名字叫杰鲁；
老鹰又生下三个小儿，
一个是老鸹，
一个是猫头鹰，

① 惹罗：哈尼族第一次开田种谷之处。
② 未刊稿，材料存笔者处。

一个是老鹰本身的小娃。

后生出来的是老虎，
老虎的名字叫如则，
老虎如则也生下三个小儿，
一个是野猪，
一个是破脸狗，
一个是老虎自己的小娃。

后生出来的是龙，
龙的名字叫罗沙，
罗沙也生下了三个小儿，
一个是红脖子蛇，
一个是蚯蚓，
一个是龙自己的小娃。

瑶家生在（依贝的）头发边，
学着树倒的声音说话；
彝族生在半腰上，
分住半坡梁子边；
卜拉生在手指上，
说话克梯克勒的；
傣家生在脚巴掌，
住在江边河坝里，
学着河水来说话，
声音不龙不龙的；
苗哥生在磕膝头，
住在石崖角落边；
哈尼生在肚脐上，
在的地方很热和；

哈铺（哈尼一支）生在手指头，
艾罗（哈尼一支）生在手下臂，
泽尼（哈尼一支）生在嘴巴壳，
腊乌（哈尼一支）生在后手臂，
堕尼（哈尼一支）生在手掌心，
堕尼老实会编篾；
阿鲁生在大拇指，
老实会放葫芦笙的孔孔；
汉人生在指缝间，
手指一动会写字就得吃。
（众：萨——萨！）[①]

这两首歌谣把人类赖以生存的物质生活资料动物、植物和庄稼作为第一位思考的问题加以探索。在《色十加十色》中，先民们注意的焦点是植物的起源，因为草木广被的山峦是他们的栖身之所，这种种类类的草木也是他们采集食用的对象。随着历史的进程，这“草木”也发展成为庄稼。虽然庄稼是人类驯化野生“草木”的结果，但他们一律归因于“天神可爱的姑娘”，一如草木的滋长也是“天神的大儿子媳妇”“撒草木种”一样。正因有了九支山、九条冲的草木，又在哈尼族第一次栽田种谷的“惹罗”插秧植稻，先民们才获得了丰足的食物，发展了人类。孟子说过：“食色性也。”饮食与生殖是人类天性关注之点，这首歌谣反映的正是人类生存的两个基本问题，而且两者是紧密相关的。

第二首《毕蝶、凯蝶、则蝶》也出于同一思想，只不过侧重点不在“草木”，而在飞禽走兽的发生及其与人的关系。相较之下，前者似更古老，后者稍晚，前者着重反映采集经济时代，后者则关注狩猎经济时代。前一首还仅仅是自然崇拜观念的反映，后一首则融进了祖先崇拜的意识，即因人类对人祖的尊崇，因此，老鹰成了飞禽的始祖，老虎成了走兽的始祖，龙成了爬行类动物的始祖，而且各有其名以作标志。

这首歌谣的特点还在于，指出人、动物、飞禽、爬行类动物都有一个

① 未刊稿，材料存笔者处。

共祖，就是生下21种种族的始祖母依贝（另一说认为是始祖“塔婆”或“梅烟恰”，见本编第三章第三节及第四章第三节），这一奇妙的血缘纽带，使人与自然的关系变得非常融洽，人们从而获得了心理上的安全感。

二、关于火和弓箭的发现及运用的创世歌谣

关于火和弓箭（包括弩箭）的创世歌谣很多，一般以《密扎阿本》（火的起源）和《嘎德阿本》（弓弩的起源）来题名。下面两首比较有代表性：

《密扎阿本》（红河县歌手涂伙沙演唱）[①]——

（由于人类天天追逐野兽，野兽们就向天神么咪诉苦）

么咪被吵得发了怒，
丢下几颗大大的火雷。
无边的森林着了火，
老人小娃烧成炭团，
大树小树烧成白灰，
……
（先祖）撕咬烧熟的鹿腿，
啃着比生肉好嚼，
吃着比生肉香脆。
……
哈尼先祖锐推雷，
有九头老牛的力气，
抱来白亮亮的大石头，
用力往山下滚去，
山冈响起打雷的声音，
大白石头爆米花一样翻滚，
“咣当”砸在干树上，
干树冒起青烟，

① 发表时名《火源歌》，黄世荣、郭纯礼搜集整理，载《山茶》1986年第4期。

干树跳起火焰。
见到红通通的火，
像饿奶的娃娃盼到阿妈，
大家一起跪下，
感谢么咪开恩，
把火源赐给人类。

《嘎德阿本》（元江县歌手艾刘兴演唱）——

萨莫（哈尼祖先）来射星星，
大星掉到地上，
砸成数不清的块数，
飞向四面八方。
大的块块变成大山，
砸凹的地方变成老箐，
小的块块变成岩石，
落满大山小山。

萨莫又来射星星，
听说有颗星生着花草树木；
星星射下来了，
大地长满树木，
变得山清水秀，
先祖扎实爱在。①

用火和发明弓箭是人类文化史上的重大事件，它使人类拥有了战胜自然的有力武器，影响直到今日，因此在创世歌谣中哈尼先民反反复复地歌颂它。

《密扎阿本》把火称为天神么咪的赐予，人们匍匐在地，“感谢么咪开恩”，这是很自然的。考古学材料证明，由于大自然火灾（雷击起火），使人类看到了火吞噬一切的威力，并尝到熟食的美味，学会了用火。但《嘎

① 宋自华记录整理，未刊稿，材料存元江县文化馆及笔者处。

德阿本》所描写的却是人战胜自然的过程，因为弓箭并非大自然的赐予，它是人类在长期的狩猎实践中发明的，是人“本质力量”的表现。所以这首创世歌谣以夸张的想象来表现哈尼祖先的伟力，他竟然用弓箭来射星星，造成高山深谷的出现和花草树木的生长。在这里，哈尼先祖萨莫是一个意识到人类自身力量并以之自豪的主宰万物的大写的“人”，而不是匍匐在神的尊足下的人，也正因此，这首歌谣充满着古朴、浑厚的力量，使人阅读之下，精神为之一振。

三、关于天地产生的创世歌谣

这类歌谣多在《俄得密得》、《俄色密色》、《咪的密地》（均“造天造地”或“天出地出”之意）等哈巴歌调中吟唱，内容丰富，各有特点，形成一个很大的系统，下面介绍几种。

1. 红河县歌手张牛龙演唱的《咪的密地哈巴》（开天辟地的歌）——

天（罗）不造（罗），
人（罗）不会在；
地（罗阿达）不平（呀嘛），
田（啊）不会开。
老天台台相连（嘛萨），
大地上面有三块（嘛都拉），
左边有三棵大柱把天托起（嘀），
右边有三棵大柱把天撑开（嘀）。①

2. 元阳县马街乡登云寨歌手白摩浦演唱的《俄色密色》（天亮地亮）——

远古的时候没有天，
远古的时候没有地，
没有天不会在（嘀哩嘀），
没有地不会过（嘀哩嘀）。
世上最大的是水里的鱼（嘛哒），

① 李元庆：《哈尼哈巴初探》第59页。

水里最大的鱼（啊萨）来把天造（嘛哒），
抖开右翅做了（呀嘛）天，
水里最大的鱼（啊萨）来把地造（嘛哒），
抖开左翅做了（呀嘛）地。
远古的（呀赫）先祖是这样传（罗），
是真（的呀）是假（的呀）我认不清（罗），
我只是把先祖的（呀嘛）话来传（呀）！
（众：萨——依——萨！）[1]

3. 元阳县新城乡亚荣寨歌手普金打演唱的《俄色密色》——

古辈的话是这样说，
造天造地的是九个男人，
九个男人不知拿什么造，
天神依贝说杀他家的牛来造。
杀龙牛用什么刀呀，
杀龙牛用汉人师父最先造的刀。
天神依贝家的龙牛杀翻了，
九个男人造天造地了；
牛脚拿去做顶天的柱子，
牛腿做中柱，
脊骨做大梁，
肋骨做椽子，
肉做土，
皮铺天，
牙齿做星星，
左眼做太阳，
右眼做月亮，
气做风，
……

① 未刊稿，材料存元阳县文化馆及笔者处。

地是一条龙，
一只牛脚支在龙头顶，
一只立在龙尾巴，
左翅立一棵，
右翅立一棵，
天被顶得稳稳的。
……
（又来造地）
造天的三人（从原诗）说：要拿牛肋熬汤吃，
造地的九人（从原诗）说：牛肋要造地上的梯田。
造天的三人说：要拿瘦牛肉做菜吃，
造地的九人说：瘦牛肉要做土肥。
造天的三人说：要拿牛毛煮煮吃，
造地的九人说：牛毛要做地上的草木。
……
造地的九个人，
打了三次盹，
眯了九次眼，
把地造得一处一堆一处一堆，
变成一支一支的山冈，
没有造的是九个人的脚后跟印，
那是太阳走的路，
地下的风王醒过来，
地上的风吹起来，
从九个脚后跟印那里吹出来，
世上哈尼居住的地方，
万物活起来了，
多好多好的东西种出来了，

世上的哈尼喜欢爱在了。①

4. 杨批斗演唱的《俄得密得》（见本编第一章第三节）唱到天地是大神说生来就有，于是便有了。之后，接着唱天地神怎样来犁天耙地：

犁地是阿则（神名）犁的，
犁地的是三条大牯子，
理沟的是九子父：
咪沙、即比、阿龙、达俄、妮玛、
阿波、得威、朱鲁、拉及。
翻过来的土垡变成山川田野，
高的变成大山，
深的变成老箐，
平的变成平地，
有水的地方变成江河。
没有犁过的还有三巴掌，
一巴掌留给风走的路，
一巴掌留给水走的路，
一巴掌留给庄稼走回来的路。

耙地的是烟沙（大神名），
整平的还有三兄弟，
耙地的是三条大黄牛。
天一手耙得平平的，
没有耙平的还有三巴掌，
一巴掌留给下雨的路，
一巴掌留给太阳走的路，
一巴掌留给月亮走的路。②

5. 元阳县攀枝花乡洞铺寨歌手朱小和演唱的《俄色密色哈巴》——

① 未刊稿，材料存元阳县文化馆及笔者处。
② 未刊稿，材料存元阳县文化馆及笔者处。

造天是在属龙日，
基石安在天边边，
造天的是工匠佐斗和阿烟（神名）。
造天要安金天架，
造天要安金竹篾，
三群银燕来捆篾，
金篾安上一天也不会烂，
铜篾安上一天也不会脏。
天架的眼眼打得一样齐，
筛子样的眼眼是雨水过的路。
单另挖下两条路，
一条是银河走的路，
一条是露水走的路。
单另挖下两条路，
一条是太阳走的路，
一条是月亮走的路。
（众：萨——依——萨！）

造地是在属牛日，
造地的工匠是胡可八森（神名），
造地的大神是米沙、达拉、阿尼。
造地要安松木风箱，
风箱要鼓起撼天撼地的大风。
造地要打金银铜柱，
金银铜柱在四边支起来。
造地要用金子打楼楞，
金打的楼楞一天不会脏，
金打的楼楞一天不会烂。
造地要铺石头，
石头到海底龙宫去拿。

造地要铺黄土，
黄土叫蚂蚁王去抬。
造地不要造得一样平，
要留下给水走的路，
造地要造得像蜂窝一隔一隔的，
留下的地眼，
是人吸气的眼眼。
造地还要造得高高低低，
世上有了冷暖不同的高山矮山，
咪沙、即比、阿龙、达俄、妮玛笑了，
阿波、得威、朱鲁、拉及笑了。①

以上五首歌谣代表了四种关于天地产生的创世歌类型（笔者掌握的远不止此数，限于篇幅兹不赘述）。之所以如此丰富的原因，是先民们对自己身处的大环境极为关注，因为这关系到他们究竟能够拥有一个什么样的生存条件的问题。

从这五首歌谣，加上杨批斗演唱的《俄得密得》前半段，我们可以看到他们对天地形成有这样几个阶段的认识：

第一阶段，认为天地的形成，是天地之神“说”成的（杨批斗演唱《俄得密得》），这是巫术阶段的观念。

第二阶段，认为天地是大鱼造成的（白摩浦演唱《俄色密色》），这是渔农经济时代的产物。以鱼为食，则以鱼为神，或许这个时期哈尼族祖先正生活在江河湖海之滨，鱼类成为其食物的主要来源；或已进入稻作阶段，鱼即水，因而形成如此观念。

第三阶段，认为天地是犁耕而成的（杨批斗演唱《俄得密得》和普金打演唱《俄色密色》），这是农耕经济阶段的观念。尤其作为农耕主要生产工具的耕牛，因其重要而幻化为具有化生天地万物伟力的神物。

第四阶段，认为天地是如同建屋盖房般建盖而成（张牛龙演唱《咪的密地》和朱小和演唱《俄色密色哈巴》）。《咪的密地》说到天地由左右各

① 未刊稿，材料存元阳县文化馆及笔者处。

三棵大柱撑托而起，这种六柱支撑的房屋因歌中未加详叙难以揣测，但联系到哈尼族先民与诸羌游牧部落有所关系，很可能是蒙古包一类易于拆迁的活动房屋，因而时序或当较早。《俄色密色哈巴》中则明确唱到造天要安架捆篾，造地要打支柱安楼楞，安架捆篾的房屋型制类似今日西双版纳地区哈尼族竹木构架的干栏式，这是受南方夷越民族生活方式影响的结果。而打造金属支柱，在哈尼族地区则无此水准，因此只能看作是艺术的美饰之辞。其中立柱造楼、铺石头、铺黄土，正是红河地区哈尼族的典型民居“蘑菇房”建造方式。这一阶段的歌谣历时跨度颇大，但均在人类有了较为完善的居住条件之后产生。

四类歌谣展示出哈尼先民从对天地大环境的膜拜、依赖，到渐渐改造、变革，由做自然的奴仆渐渐成为自然主人的过程。

四、关于人类起源和人类再生的创世歌谣

此类歌谣的种类极多，有人由巨鱼化出，有人由水猴变成，有人由天神生出等等，且都经历过洪水、大火的苦难而后再生。

1. 流传于西双版纳地区的《阿培阿达埃》（祖先们的传说）——

远古远古的时候，
到处一片雾茫茫。
浓雾翻腾又翻腾，
不知翻腾多少年，
白白的雾凝结起来，
成了白鱼的肉。
肉越聚越多，
就成了条大大的鱼，
……
大鱼把身子一摇，
肚里送出一对人，
男的叫知达，
女的叫妲布。
知达嘴巴翘翘的，

眉毛斜斜像两座山，
脸颊毛毛像两草场，
身子长长会走爬；
妲布额头方方的，
眼睛鼓鼓像两铃铛，
鼻子扁扁两个洞，
身子圆圆爬着走。
……
不久妲布怀了孕，
浑身上下鼓起来，
她有十九个肚子，
她生下十九个娃娃，
……
十九个娃娃长大，
九个是男人，
九个是女人，
配成九对夫妻，
还剩下一个男人，
没有女人配他，
他一生气，
就跳进水里，
变成一条龙。

龙没有老婆，
每天都生气，
生气就发大水。
它脾气越发越大，
水越涨越高，
大水淹没了大地，
大地又成了汪洋。

它的父母兄妹，
慌慌张张四处躲藏，
知达妲布走得慢，
大水冲来身先亡。

大哥大姐躲树上，
水把大树连根拔，
二哥二姐躲石崖，
大水把石崖冲垮。

其余兄妹躲山洞，
大水汹涌冲进洞，
洞里的人全淹没，
没有人活着出洞。
……
最小的兄妹俩，
哥哥叫卓路，
妹妹叫卓布，
水里挣扎命难活，
葫芦追逐他们来，
或前或后紧相随，
兄妹咬开葫芦口，
双双钻进大葫芦。
……

（大水落后，兄妹俩经过滚石磨成婚生子）

肚子里生的是老大，
脚趾上生的是老二，
耳边上生的是老三，
三兄弟长大各走各。
老三顺着藤子攀，

老二沿着水边走，
老大在箐沟里转。

三兄弟要找好地方，
老三攀到林子深处，
抓虎下豹打猎忙，
娶个老婆没眉毛，
他们是瑶族的祖先。
老二在江边住下，
捉鱼捕虾捞青苔，
娶个老婆爱洗澡，
他们是傣族的祖先。
老大在山腰上住下，
砍坝开地种庄稼，
林子里打笋采菌，
草场上放牛放马。
老大娶个媳妇，
是天神的姑娘，
他们生下的儿女，
大眼睛宽嘴巴，
天神就是这个模样，
他们是哈尼的祖先，
他们是松米窝的爹妈，①
他们住在山腰好地方，
子子孙孙在山里长大。②

2. 流传于红河地区的《俄铺密攀》（意为“天翻地覆”，陈阳则演唱）——

① 松米窝：西双版纳地区哈尼族所记之第一代始祖。
② 见《西双版纳哈尼族歌谣》第 30～44 页。阿大演唱，阿流记录整理。

天在动了，
地在摇了，
地像油在化了，
太阳像蜡在流了。
一天涨三次冷水，
一天涨三次热水，
世上的人不会在了，
要找活命的葫芦去了，
要找葫芦口上会透气的竹子去了，
要找砍葫芦地的那个人去了。

砍葫芦地的地神大儿子，
撒葫芦种的地神大儿子媳妇，
不栽栽一棵，
树根串到小黑江上去了；
不结结一个，
结出的葫芦壮实又壮实。

一天出两个太阳，
一个太阳出两回，
早上太阳把石头晒化了，
晌午太阳把铁线草晒枯了；
天要塌了，
地要陷了。

大水涨起来，
淹齐太阳的脖嗓眼了。
天上是太阳一片，
地下是大水一片。
一样不会生，

一样活不成。

洪水涨起来，
要找葫芦大房子。
先进去的是妹妹莫佐佐色，
后进去的是哥哥莫佐佐罗。
透气的竹子插进去，
口口拿蜂蜡好好地抿起来，
大江大海咋个翻也不要怕，
漂回来荡过去也不要分开。

大水落下去，
不死的人种留下来，
不绝的竹子留下来。
会啄洞的啄木鸟“突”地啄一下，
妹子佐色出来了，
啄木鸟又“突”地啄一下，
哥哥佐罗出来了，
不死绝的人种出来了，
不死绝的竹子出来了。

要到九支山上去瞧，
要到九条河边去瞧，
九支山上不见一个世人，
九条河边也不见一个世人。
吹着树叶去找，
喊着“咿乌”去找，
在九支山上听到树叶声，
原来是我家哥哥，
在九条河边听到喊“咿乌”，

原来是我家妹子。

傣家河坝地方吹一回，
不见一个傣家人，
热闹的汉族地方吹一回，
不见一个汉族人，
下半山彝家在处吹一回，
不见一个彝家人，
高山瑶哥在处吹一回，
不见一个瑶哥。
不死的人种只是两个了，
传种的人是哥哥和妹子。

（经过放树叶、滚石头，兄妹只有成婚了）

话有十二句，
无话可说了；
路有十二条，
无路可走了；
公鸭母鸭一娘生，
公鸭母鸭睡一圈了；
兄妹也是一娘生，
兄妹也可以做夫妻了。
我拿着锄头挖沟的日子到了，
你背着竹筒接水的日子到了。①

（兄妹俩生下七十七种人，成为世上各族的共祖）②

有关人类起源的创世歌多半在《毕蝶、凯蝶、则蝶》（人、庄稼、牲畜的来源）、《咪的密地》（造天造地）、《塔婆阿培》（先祖塔婆）等歌调中唱叙。其中多将人类的来源归因于神异，如巨鱼、水猴、神灵等等，有

① 两句意谓结婚分工协作共同过家庭生活的时候到了。
② 未刊稿，材料存元阳县文化馆及笔者处。

的则归因于水中浮游生物。总之，与水的关系可谓密切之甚，这显然与此类创世歌谣反映了渔农经济、渔猎经济时代的生活内容有关。西双版纳地区哈尼族的创世歌谣《葫芦里走出人种》甚至说人类之祖是远古时候在大海中漂游的“一群无毛的水猴”，“三千三百年”以后由天神发现并命名“它们是人种”,[①] 这已与现代科学发现相吻合了。近年来，西方科学家从人类皮肤的光滑、婴儿在水中天然的漂浮性等方面，推断人类始自海洋。哈尼族先民当然不可能作任何科学试验和考察，神话想象与科学判断是两种概念，其间只是暗合而已；但在对人与水关系的关心方面，则是相同的。

人类的起源与水关系至密，而人类种族的延续也不可离开水，所以创世歌谣中多将人种的起源与发展（所谓第二次人类再生）与水相连。反映在歌谣中，就是唱过人类产生之后，接着就要唱人类经过洪水的苦难，人类濒临灭绝，在葫芦的帮助下得以再生，上引两首歌谣就是在这样的观念下产生的。换言之，即洪水神话产生的时代仍然是渔农经济时代和渔猎经济时代，只不过它关注的中心是人类的繁衍罢了。

洪水歌谣在哈尼族创世歌谣里又是一个大类，目前调查到的材料有四五十种之多，而且各有特点。发动洪水的原因也有各种各样。上引红河地区的《俄铺密攀》一来就唱“天在动了，地在摇了，地像油在化了，太阳像蜡在流了，一天涨三次冷水，一天涨三次热水”，洪水的出现似乎是很正常的事情。《阿培阿达埃》里却认为是婚姻出了问题：“龙没有老婆，每天都生气，生气就发大水。”而在另外一首歌谣里则认为是两个管水的“大官”（天神）吵架造成的——

西边有一个管水的大官，
他是天神哦玛的儿子，
东边九条江汇拢处有一个管水的大官，
叫作厄玛达古，
这天两个吵起来。
为什么呢？

① 见《西双版纳哈尼族歌谣》第45页。

管水的哦玛儿子打马虎，
一下放的大，
一下放的小，
走来了厄玛达古，
叫他跟平常一样的放，
哦玛儿子偏生不听他，
放开江河水，
到天上找伴玩去了，
这下一天涨起三次冷水来，
一夜涨起三次热水来。

——《俄铺密攀》，元阳县杨批斗演唱①

两个神因争吵而导致洪水之灾，是对自然界洪水为代表的灾害不可预测性的表述，反映着人们对自然灾变的不安心理。“大官”一语则表明这首歌谣虽言创世，但附丽了阶级社会——至少是部落社会时代的观念在内。

总而言之，哈尼族关于人类起源与人类繁衍的创世歌谣，反映出人类发展的曲折与艰辛，也表现出先民们在大自然巨大的、突然的灾难面前拼命搏击、奋力抗争的不死不灭的生命意识和发展需求。

哈尼族的创世歌谣除关于天地开辟、物种起源、火与弓箭的起源、人类起源等方面外，还有关于历法的产生、头人贝玛工匠的产生，婚丧嫁娶的产生、村寨的产生、开田种谷的产生及各种古规古礼的产生等等类别。其所涉及，遍于哈尼族物质和精神的各个方面，兹不一一叙述，它们都是各个时代哈尼先民对自然、人类、社会的探讨，也是他们自身精神力量的表述。

① 未刊稿，材料存元阳县文化馆及笔者处。

第二节　创世歌谣的古朴风韵

哈尼族的创世歌谣产生在遥远的古代，受到采集、渔猎、原始农耕文化的制约，文学趣味以古朴、简稚、天真为基调，往往不加更多的修饰，直抒胸臆，率真叙事，但境界阔大雄伟。所吟唱的全部是人类历史上的重大事件——火的发现、弓箭的运用、动物植物和人类的来源、天地的开辟、洪水的泛滥等等，正是这些悠悠大事，决定着他们的吃、穿、用、住、安全、发展。因此，目之所及，心之所思，尽是关乎人类最基本生存的方面，而无暇顾及琐碎的事物。这是其境界阔大深远的原因，也是促成这一艺术特征的社会历史条件。

在这一思维定式的支配下，创世歌谣形成以下三方面的特色：

一、由对单一事物的关注向诸多事物整合的关注演变；

二、由简单明了的表面化的表达向较为复杂多样的内质转化的表达；

三、由短小简直的篇什向较大较丰满的篇什演变。

这些特点在各类歌谣中都有体现。比如关于动植物、庄稼来源的一类，《色十加十色》中只谈到“天神的大儿子媳妇”和“天神可爱的姑娘”在“九支山撒一尖升的籽种，九条冲撒一平升的籽种”，于是大地广被草木，人们于是“得在了”。而在《毕蝶、凯蝶、则蝶》中，人们对自然界的观察就深化了，不但看到自然的表象，而且有分析地加以人为地组合，他们能够用一种文化的观点（血缘的、祖先崇拜的）进行原始的“分类学”操作。对飞禽走兽所做的分类是三个层次——空中飞的、地面走的、水边爬的。空中飞的以老鹰杰鲁为祖，生下老鸹、猫头鹰和小老鹰，地面走的以老虎如则为祖，生了野猪、破脸狗和小老虎，水边爬的以龙罗沙为祖，生下红脖子蛇、蚯蚓和小龙。这是简单明了的、表面化的表达转入复杂多样的内质化的表达。又如关于天地产生的一类，《咪的密地》中说到天地的形成就只简单的两句：“老天台台相连（嘛萨），大地上面有三块（嘛都拉），左边有三棵大柱把天托起（嘀），右边有三棵大柱把天撑开（嘀）。”到了《俄色密色哈巴》里，篇幅就拉开了，内容也丰满而有一定的文学色彩了：造天造地有了具体的日期（属龙日和属牛日），造天造地不但有了具体的人而且对其名字加以一一陈述（米沙、达拉、阿尼等）。同时神们还有一定的职业（造天的是工匠佐斗和阿烟，造地的是工匠胡可八森），同时对造天安天架、破篾、捆篾、造成什么样（天架的眼眼要打得整齐，要挖下银河、露水、太阳、月亮走的路），造地要怎么造，造成什么样（用松木风箱鼓起撼动天地的大风以打造金银铜柱、打造金子的楼楞，叫蚂蚁王抬黄土，铺石头，造得像蜂窝一隔一隔的，打冷暖不同的高山和矮山等等），都做了具体的描述，使造天造地这种莫须有的幻想变得历历如在眼前。这样，就形成了创业歌谣由短章小句向较大篇幅的演变。所以，创世歌谣中既有三五句、十来句的短歌，也有数十句、数百句的长歌。再如同是造天造地的内容，上述几首一般讲到天地造就即告结束，但许多歌谣又在“造天造地”的题目下加以延伸，不但讲述怎样由天神造成，而且讲述这天地之间事物的种种变化。前述元阳县歌手白摩浦演唱的《俄色密色》唱过巨鱼用左右翅做了天和地之后，又生出一对人神优德和德莫，由他们开始了一系列文化建设：教猴子炼铁打制刀斧，教猴子盖房建屋，又种下葫芦，引得大象来吃葫芦叶，大象摔死山崖后又用象骨造天梯，上天向天神要来770种树木的种子，撒出草木植被，开创哈尼人不世之基，后哈尼族人口发展到6000户，祖居之地诺马河坝住不下，就向南迁徙，经若干迁居地，最后迁到今日哈尼族聚居的中心地之红河南岸哀牢山区。全歌270行（限于篇幅，未加征引），在如此一个小篇幅内，一口说尽天下事，一气贯通古和今，其概括与综合的力度可谓不小，这就是我们所说由对单一事物的关注向诸多事物的整合关注的演化特征。

由于哈尼族创世歌谣具有以上三方面的特征，在历史进化过程中渐由散漫、庞杂的歌群向集中、系统、完备的大体系汇聚、升华，以满足日益严密的氏族部落组织和人们日益增长的精神文化所需。这一情况的出现还具有一个必须的条件，即社会因物质生活资料有了较多的积累，出现了相对专业化的行政统治者和精神文化生产、传播者——“鬼主”①（后分化

① 鬼主：唐代前后哈尼族社会政教合一的氏族首领和大部落长，有史可征的是张九龄《曲江集》所载“和蛮大鬼主孟谷悮”。

为主管行政的头人和执掌宗教仪轨的贝玛），经过他们的加工提炼，使这些艺术的粗糙产品变成脍炙人口而带有权威性和多功能性的巨型创世古歌，从而形成一个五彩斑斓的、拥有数万行长诗的压卷之作的文学时代——窝果奴局文学时代。

第三章　古代神话

哈尼族的古代神话是一个庞大的网络系统，它的内容涉及到哈尼族古代生产生活的所有重要方面，而且在漫长历史岁月的流转中，融入了各个社会发展阶段的文化事象，形成了神话类型上的完备与系统化。如开辟神话、洪水神话、日月神话、物种神话、历法神话、稻作神话、文化起源神话、祖先神话、英雄神话等等无不尽有。每一种神话少则十数种异文，多则数十乃至上百种异文，而且都有完整的承接关系，系统地反映着先民们的社会生活及其文化变迁。

哈尼族古代神话的数量众多，仅就笔者掌握的资料（包括已发表与未发表的）就近300万字，其中重要的作品都有讲述体与演唱体两种形式，如下面介绍的《窝果策尼果》《十二奴局》《老古时候的人》《天地人鬼》等神话古歌，都有相应的讲述体流传。而一般性的作品，则仅有口头讲述一体。这一庞大的神话体系堪称哈尼族古代生活的百科全书，它们以山朴的风格、深邃的内容、豪迈的气势和瑰丽的想象，向我们展开了丰富多彩的先民生活的画面。

下面从自然神话、文化英雄神话、祖先神话三个方面对其作一概要介绍。

第一节　自然神话

大自然是人类发生、发展、生存的场所，有着什么样的自然环境，就有着什么样的人类生存状态，因此，哈尼族先民对自然界的种种现象至为关注。当然，作为神话这一先民意识形态的造物，它反映的主要是人对自然的解释，而“人”本身在各个不同发展阶段对客观事物的态度也是不同的，这就造成了对以同一自然为对象的不同神话，有着不同乃至相反解释的情况。

哈尼族自然神话常以天地的开辟为起始，当然，从认识论的角度看，这样的观点是有问题的，因为先民最早的首先关心的不是天空如何，大地如何，而是自身的吃和住，即与食物来源有关的花草果实、飞禽走兽、水族鱼类等天然食物的状况，及巢居与穴居所需的树木与洞穴的状况，但我们还是按照习惯的顺序加以叙述。

一、天地开辟神话

最普遍的说法是神和神格化的人开辟了天地。

神造天地是非常普遍的说法，以后各章将有大量介绍，其中著名的有古歌《窝果策尼果》中说天神地神像盖房那样搭起了天地的框架，再铺上东西，用牛去犁耕，形成大地的山川河流，并杀倒“查牛”，用它的肢体器官弥补（营造）日月星辰和大地万物。这样的神话在《三个世界》[①] 中也有记述。当然，这一类型还应该包括起源比较古老的天神“说出”天地的神话。[②]

神格化的人的开辟神话中，较有特点的是下面几则：

《地球为什么凸凹不平》中说——

最初的时候，宇宙间除了云雾，只有加兵阿郎和宿爬阿傲男女二人，两个分工，加兵阿郎造地，宿爬阿傲造天，各自骑着竹鼠去干活。加兵阿郎用三把黄土，宿爬阿傲用三个蓝石头造好天地，但是地大天小，为了让天地大小一样，他们用绳子套住地一勒，地变小了，所以地球凸凹不平。[③]

《修天补地》中说——

天地有缺陷需要弥补，加兵阿郎向树王、石头王、铁王借来

① 见《哈尼族神话传说集成》。

② 见本书第一编第一章第三节所引杨批斗演唱的《俄得密得》。

③ 见《西双版纳哈尼族民间故事集成》，云南少年儿童出版社 1989 年版。

大树、石头和铁，造成木柱、石柱和铁柱撑天，但时间一久，木柱被虫蛀，石柱变细沙变黄土，铁柱生锈，都倒了，地被这些东西堆高了，但是天很矮，还要撑高，最后找到铜王，造出不会生锈的铜柱，把天高高地顶上去了。①

还有一则《沙罗阿龙造天地》也说到类似的情况——

没有天地之前人和树都挂在空中，都活得很长。沙罗阿龙活了九十九代那么长，是个很能干的人，他带领着屎壳郎、大头蜂、豆夹虫造天地。他把石头、泥巴、沙粒捏在一起做成高山平坝河谷，又要小动物们各吐一口气，他把这些气扯在一起造成天。接着他朝天空叫道：“丢下两个娃娃来！”天神丢下男女二人，他俩结婚生子，繁衍成现在各族的人。②

这三则神话都流传在西双版纳地区，此一地区较红河、思茅、玉溪为封闭，传统文化保留较多，神话风格也更古拙。上面三则神话中创世人物无论是加兵阿郎、宿爬阿傲，还是沙罗阿龙，都是半神——神格的人或放大的人。这从加兵阿郎向树王、石王、铁王、铜王要造天地的材料和沙罗阿龙向天神要小娃可看出。他们相别于神又相似于神，这或许是原始宗教产生之前或初期，即巫术时代晚期的产物，反映着当时之世尚处于人为中心的观念统辖中，因而造天地与造平凡之物一般，并不显得如何伟大与尊荣，那只是一个劳动着的人若干劳动中的一种而已，显得平易、亲切，风格也清新明快。

二、天体神话

哈尼族先民对于“天”的认识与许多民族不同，而呈现一种多元化的解释。在《天、地的来源》（见上节所引）中，天是一个有知觉、有情感、能行动的主体。天地初始，浑身“光溜溜的互相看着害羞”，天吐出两团白气遮羞，一团为日，一团为月，并以十二团白气为鬼神、草木、动物和人。地则在身上刨出许多土包遮羞，并用手指戳进天身体里，使天疼

① 见《西双版纳哈尼族民间故事集成》，云南少年儿童出版社 1989 年版。

② 见《哈尼族神话传说集成》。

而落泪，是为雨，疼而发抖，是为地震，疼而喊叫，是为雷鸣等等，自然现象悉被加以人格化。这或是巫术时代文化氛围的反映。随着自然宗教的发生，这一观念发生变化，“天”渐渐变为“天空”，即变为仅仅是日月星辰运行的空间，化为仅仅是天神们来往活动的场所。如果说前一阶段的天因有许多作为显示了超人的力量而使先民们产生崇拜感，此时的天已因这些功能的丧失而不再为人们崇拜。通常说的天神俄玛（奥玛、摩咪等等）已渐渐变为人格神（至上神），反映的不纯是天的自然属性，而是人的社会属性，即与人类群团中的等级制度相吻合。这一认识很类似汉族先民。《说文解字》释“天”为“颠也。至高无上。一从大。”天只是一片高远深邃的穹窿，是一个空旷的地方，并无神秘可言。但从周代起，“天”一变而为至上神，或称“天帝”，或称“上帝”，而称执政帝王为“天子”，这是人格神被捧上了天，并非天为人所崇拜的神。

天空这一空间对人类生活并不发生直接的影响，起作用的是天空中的日月星辰、风雨雷电和朝晖夕阴，这是先民们最为关注的，因此有关的神话就丰富起来，最丰富的是日月神话，又有日月生成神话、射日神话、劝日神话，等等。如《太阳和月亮》说道——

从前有一种巨型怪物叫俄罗罗玛，专与人类为敌，糟蹋庄稼之外，以吃人为快。约罗约白姐弟的父母就是被它吃掉的，它又要来吃姐弟俩。弟弟天真幼稚，被它吃得只剩一只手，姐姐约白机智勇敢，设计杀死了它。饱经痛苦之后，姐姐决心要离开这个到处有着俄罗罗玛的黑暗大地，她在大海边找到开放白花红花的七花草，用它救活了弟弟，姐弟俩吃下七花草，飞进太阳月亮里，成为日月之神，轮流照耀大地，使俄罗罗玛无处藏身。弟弟约罗胆小不敢夜间独行，姐姐就给他一把金针，让他在白天出来，谁要看他就要受针刺之苦。姐弟俩在天上许久，甚感孤寂，于是结为夫妻，生下许多小太阳小月亮，把大地烤得焦黄，他们家的小狗就去吃这些小娃，以示对姐弟成亲的惩罚，以后凡生出一个必吃一个，这就是日食和月食。①

① 见《哈尼族神话传说集成》。

这篇神话内容丰富，融人间苦难——人类与自然界敌对势力“俄罗罗玛”的对抗、人类的婚姻家庭状况——人类学所谓“伙婚制”、日食与月食等自然状况为一体，构成一个扑朔迷离的神话，日月之辉已被人化。

类似的还有《不死草》和《纠底那迟和天狗吃月亮》等等。《不死草》与嫦娥奔月的故事相似，充满浪漫的情调。其说——

爱尼山有位猎人有七个儿子，小儿子找到两棵不死草，救活了一位美丽的姑娘，并与她成了亲。但是父亲和哥哥因他的迟来而离开了，他悲伤万分，卧床不起。妻子爱他心切，把一棵不死草熬汤给他喝下，他顿时躯体飘飘，上天成为太阳。妻子知道铸成大错，便吃下另一棵不死草，也升入高空，成为月亮。[①]

《纠底那迟和天狗吃月亮》则说——

兄弟俩历尽千辛万苦，从蛟龙那里得到起死回生宝，但在晾晒时被月亮偷走了，他俩打造天梯上月亮去要宝贝，行前叮嘱妻子在天梯上浇开水，妻子却浇了冷水，以至虫蛀坏了天梯，兄弟俩被摔死了。他家的狗却跳上月亮，不时啃月亮充饥，这就是月食。[②]

前一篇是因爱得过深关怀过切导致爱情悲剧，后一篇则是爱得过浅不尽职守形成爱情惨剧，但都凝聚在月亮这一遥在天边的事物上。自然，哈尼人民对不同的人间情愫给予不同的神话处理，忠于爱者升空为月，情不专者以犬入月，两者的价值判断一如天地一般遥远。

日月经天，朗照四野，或升或降，或明或晦，哈尼先民每天在日月照耀下生活、劳作，自然会引发若干遐想，对其生成的原因做出种种探索，并把人间的常情附丽上去，构成了一系列美丽的神话。

射日是另一组很有意思的太阳神话，本章第二节文化英雄神话将要谈及公鸡叫太阳的射日神话，其说炎炎烈日引得英雄俄普浦罗射下九日中的八日。《射太阳的英雄》、[③]《阿都射日的故事》[④] 也讲述了类似的故事，而

① 见《哈尼族神话传说集成》。
② 见《哈尼族民间故事》，云南人民出版社 1989 年版。
③ 见《哈尼族神话传说集成》。
④ 见《哈尼族神话传说集成》。

着重叙述射日所用的工具——弓箭的神奇与重要。前者说射日英雄嘎贝阿切梅林从龙王和神仙那儿要到神弓和神箭，得以完成射日壮举。后者具体描述射日英雄阿都打造金箭、银箭、玉箭和铜箭射下太阳的业绩。这些故事一个更比一个突出人本身的力量。射日英雄个个膀大腰圆气力非凡，但这仅仅是人的生理能量，到《阿都射日的故事》就着重强调了人类智慧的伟力——打造金、银、玉、铜箭。

在所有这些神话中，太阳被看作敌对的势力。因为，除却太阳本身具有火热的自然属性外，烈日这一形象还秉赋着更多社会的因素。哈尼族先民诸羌所居的青藏高原因海拔高而气候冷，其南行过程中沿途遭遇的南方部族对哈尼先民都有不同阻碍，双方的冲突争战十分频繁。哈尼先民于是仇视以炎日为象征的南方部族，从而把这一情结衍化入神话，这是射日神话产生的社会原因。

劝日月神话也别具一格。前述《秋千的来历》第二篇《磨秋》是这样解释磨秋的来历的——

从前太阳月亮出没无定，有时日月并出，有时日月并没，使庄稼无法照常生长，人们生活极为艰难。阿郎阿昂兄妹俩砍来栗树做成磨秋，借助它旋转的力量飞到天上，说服了太阳和月亮有规律地出没，因为这事极费口舌，太阳月亮被说服的时候，他俩已被烤死、冻死。以后人们打磨秋，就是纪念他俩。①

这篇神话很悲壮，而且从深层反映了哈尼族的民族性格：不畏强暴，同时极讲道理。对此，历代史有所志，如“阿泥，秉性俭朴，食茹饮淡……男女事长下气柔声。”（康熙《元江府志》卷二《彝人种类》）“白窝泥，男女务耕织，服青白衣，以笼负物入市，悍而知法。”（道光《云南通志》引《伯麟图说》）“窝泥黑白二种，以衣色分别。性情纯朴，火种刀耕。”（道光《他郎厅志》）等等。

日月之外，尚有许多神话解释了星云风雨、春花秋月的多彩天空。如《补天的兄妹俩》② 这样解释哀牢山美丽的彩霞——

① 见《哈尼族神话传说集成》。
② 见《哈尼族神话传说集成》。

古时候有一年，山上有棵大树把天戳通，于是暴雨连连，大山被冲塌，梯田被冲垮，蘑菇房被冲倒，人和牲畜都被山洪冲走了。大家商议要把天补起来，自愿承担这项使命的是艾浦艾乐兄妹俩。他们抓起泥土飞上天去，用泥土补天洞，泥土用尽，天洞仍然补不好。兄妹俩就跳下去，用身体堵天洞，他们变成两块石头，把天洞堵起来了。暴雨停歇，人们得救了，但是兄妹俩也死了。哈尼人爬上哀牢山最高峰，齐声呼唤他俩的名字，这时天边缓缓流出一道彩霞，映红了哀牢群山，映红了天和地。从此哈尼人总爱和彩霞在一起，因为它是艾浦和艾乐的鲜血变成的。

这个故事有着很高的审美价值，与《磨秋》一般，同属悲剧性的神话。它不但解释了哀牢山迷人的彩霞何以出现，而且把哈尼民族精神中最优美的一面——为了全民族的利益，勇于做出自我牺牲的精神放射到整个宇宙天穹。所以兄妹俩以鲜血化成的彩霞映红了哀牢山，映红了天和地，成为一种壮丽的、令人激奋的、使人崇敬的自然景观，其中赋予的是一种伟大壮阔的力，强烈地震撼着人们的心灵。

哈尼族居住山区，山风四季吹拂，吹走山谷里的寒雾，吹开山坡上的鲜花，吹黄田间的稻谷。人们在《风姑娘》里，把风神化为一位活泼可爱的姑娘，对她寄予美好的感情——

造天造地的时候，神在地上留下一个巨大的洞作为喘气的洞口，那里睡着一位美丽的姑娘。春天来到的时候，她伸伸懒腰醒来，于是春风吹绿了大地，吹开了百花，吹得竹笋冒尖；夏天，她吹走一山的炎热，吹得庄稼油绿；秋天，又吹得满山稻谷金黄，牛马肥壮；冬天，吹得毒蛇害虫僵死，让人们平平安安。[①]

相似的还有流传在哈尼族卡多人中的《风的来历》——

小伙子阿夺救了龙王的儿子，龙王送一枚宝珠给他，阿夺从此能听懂一切动物的语言，但是泄露这个秘密就要化为清风。为了大家，他还是说出了秘密，结果化成了清风在哀牢山四季

① 见《哈尼族神话传说集成》。

吹拂。①

这篇神话与《补天的兄妹俩》主题、情趣、意境都相近，二者有着异曲同工之妙。

哈尼族的天体神话十分丰富而瑰丽，每一天体、天象都有多种解说，宛如繁星般朗列天宇。如《启明星为什么这样亮》，讲述启明星的来历，《天河的传说》，讲述天河里星星如织是因造天地时留下天眼，“天”通过这亿万只眼睛关注人间。《得摩诗匹杀龙》，通过曲折的情节讲述雨水按节令洒落人间的故事。《云海的传说》，把萦绕哀牢山、铺盖天地的茫茫云海解释为一位女神的轻纱，也有一段令人神往的浪漫故事。总之，哈尼先民对天体天象倾注了极大的关心与热情，编织出一个又一个奇妙的神话故事。

我们注意到，关于大地的神话比较少，即便有，也多是传说性质的地貌、地名阐释，如《哀牢山的故事》、《红河与藤条江》、《金鸡与龙马》、《蒙居红特》等等，内容是解说山形、地势、江流、植被的由来和成因，虽然也是美妙的篇什，但不在神话范围内。究其原因，系由哈尼族迁居滇南（这些传说多表现滇南地区的风物）之际，神话时代已经逝去，自然流传下来的大地神话就较少，而古朴的大地神话，多保留在开天辟地的神话中，与天体神话融而不分了。

① 见《哈尼族神话传说集成》。

第二节　文化英雄神话

哈尼族文化英雄神话内容异常丰富，[①] 它们紧紧围绕着先民生产生活的主要方面展开，焦点集注在各个时期的文化创造上。概括起来，大致有以下几类：

第一类——化育万物的文化英雄神话；

第二类——教习生产和技艺的文化英雄神话；

第三类——引导生活模式的文化英雄神话；

第四类——规范典章制度的文化英雄神话。

一、化育万物的文化英雄神话

这类文化英雄神话以最初开创或生出天地万物及最重要的大神的文化英雄作为叙述的主角。由于产生时代的遥远，人类自我意识尚未完全明晰，而存着人与万物（天地风云、山水树石、虫鱼鸟兽等）浑然一体的混沌观念。认为人以外的客观存在物，如石头、树木、花鸟、走兽飞禽、风云星月等等，都和人类一般，能言话，会思维，有情感，而且具有人类所有的观念和行为，如生老病死、喜怒哀乐、理念意识等等。当然，这些特征为所有的文化英雄所具备，但在化育万物的文化英雄身上反映最为显著。

哈尼族神话中这一类文化英雄甚多，最突出的是鱼、牛、青蛙、石头、狂风、泥土、水、葫芦等等。再作进一步的分类，石头、狂风、泥土

① 关于“文化英雄神话”，中外学术界有着不同的认识，本文所称之“文化英雄”系指具有下面两方面特征者：一，最先创制文化器物、教人技艺、制定社会典章制度的神话人物，他（它）们带有“初原的”和“首启的”性质，与原始宗教或自然神话的“神”这种相对较高层次的文化产物相区别，而属于低层和初始文化的产物，是一些“准神”或“半神”。二，他（它）们常以鸟、兽、虫、鱼、半人半兽的形态出现，产生于神话学上所谓“兽人时代”，当然也有历史的发展因素融入其中。三，他（它）们有博厄斯和梅列金斯基所说的创世者的特征和业绩。详见拙作《准神家族——哈尼族文化英雄系统》，载云南民族文学所 1990 年研究集刊。

等自然物质反映的时代观念更早一些，鱼、牛、青蛙、葫芦等动植物则稍晚，因此分为自然物质化育万物与动植物化育万物两型介绍。

1. 自然物质化育万物的文化英雄神话

在《天、地、人和万物的起源》[1] 中说——

远古的时候世界是黑咕隆咚混沌一团，后来刮起了狂风，世界被吹得直摇晃。九十九天之后，黑暗被吹走，白生生的天和红通通的地出现了，太阳也被吹出来了，月亮和星星也被吹出来了，世界分成了黑夜和白天，地上出现了大江小河龙潭。后来天上掉下三个绿茵茵的大石头，落地的时候炸开来，变成大地上的群山。石头里炸出一个叫阿托拉扬的巨人。那时候天空里飘动着许多东西，阿托拉扬用箭一射，射下一只大口袋，口袋里撒出谷种、树籽和飞禽走兽。又有一个天神的金葫芦飘到地上来，葫芦里出来一个女巨人，名叫阿嘎拉优，她和阿托拉扬成亲，生出人类和魔鬼，他们都长着翅膀，可以在天上飞行。人和魔鬼天天吵架，于是分家。人聪明，分到栽种粮食的土地，魔鬼只分到岩石和泥塘。那时候，有一种叫飞猡的小兽有火但不会飞，极羡慕人的飞行本领，就相互交换，于是飞猡能够飞行，人却有了火。

另一篇《天、地的来源》中也说——

最古的时候地下有九个大水塘，塘边有三个大石头，塘里的水汽升起来，挂在石头上变成天，后来塘里的水干了，水塘变成地。天地身上光溜溜的，互相看着害羞，地就在身上刨，刨出许多土包遮羞，因此凸凹不平，天吐出两团白气遮羞，一团变成太阳，一团变成月亮。天又吐出十二道白气，分别变成神、鬼魂、草木、鸟兽和人。地没有可变的，恼羞成怒，用手抓天，指头深深地戳在天身上，这就是山峰；天疼极掉下泪来，就是雨；疼得发抖，就是地震；疼得叫喊，就是打雷；疼得变色，就是天阴；心肝五脏也被地掏出来了，这就是空中闪亮的星群。[2]

① 见《哈尼族神话传说集成》。

② 见《哈尼族神话传说集成》。

在前一篇中，天地日月是狂风吹出来的，白天黑夜的区分、大江小河龙潭的形成也缘起于狂风。人和魔鬼由男女巨人阿托拉扬和阿嘎拉优生出，两位巨人来自巨石和天空中的金葫芦，阿托拉扬射落的大口袋里撒出谷种、树籽、飞禽走兽等等。这里的文化英雄是狂风、石头和葫芦，由它们运作形成天地万物。后一篇中，大地、山川、日月、草木、鸟兽、鬼神等物类，以及山峰、地震、下雨、打雷、天阴、星星闪亮等自然现象都归源于水塘、水汽和三个大石头，其文化英雄竟是水塘、水汽和大石头。

以自然物质为文化英雄是先民们万物有灵观的反映，作为文化英雄的对象是风、石、水塘、水汽等等，可知先民们在营造这一类神话时，首先注意到的是自己生活环境中常见之物如风、石、水塘、水汽等，这些无生命的物类经过他们大脑的酿化就活动起来，成为天地万物生发的根源。

2. 动植物化育万物的文化英雄神话

这一型神话中最有特色的是鱼为文化英雄的神话，而且形成了一大系统，是哈尼族神话极富代表性和特征性的类型，在各民族神话中是罕见的。

《窝果策尼果》古歌中，有巨鱼密乌艾西艾玛生育天地和大神的叙述，《十二奴局》古歌中，有从巨鱼肚子里剥出粮食、草木籽种的传说，这巨鱼本身就是产生天地、神灵甚至万物与人类的文化英雄。类似的神话故事在哈尼族聚居的红河、西双版纳、思茅、玉溪地区流传很广，笔者搜集到的异文就不下20种，可见各地哈尼族对鱼的化生能力的巨大带有普遍的认同性。

天地和粮食、草木的生成等等，是人类生存的物质条件和活动空间，属于物质的范围。笔者1984年在元阳县黄草岭乡树皮寨著名老贝玛杨批斗处搜集到的一则鱼文化英雄神话《那突德取厄玛》（意为“有盐的大海”，发表时名为《祖先鱼上山》），[①] 对鱼的化育功能就由物质扩展到精神领域。其说——

古老的时候，哈尼族的祖先是一些大鱼，身躯滑如青苔，亮如金银，手像棕扇，脚如蕉叶，尾巴宽且大。它们尝过天下的三

① 见《哈尼族神话传说集成》。

股水，一股是甜水（山泉水），一股是淡水（江河水），一股是咸水（海水），认为咸水有味道，就住进有盐的大海里。后来祖先鱼开始生下后代，老大是天，老二是地，老三是“有”，老四是“无”，老五是“黄”，老六是“绿”，老七是“白”，老八是“黑”，老九是“生”，老十是“死”，第十一个是“大”，第十二个是“小”，一共生了七十七个，最后一个是“半”。“有”“无”是什么？“有”是什么都看得见、摸得着、听得见、都认得。“无”是什么都看不见、摸不着、听不见、认不得。“黄”是什么？是不管听不听得见，摸不摸得着，认得认不得，只要是黄色的，就是“黄”，像黄果子、黄芭蕉、黄牛、黄水，还有落山时候的太阳，都是“黄”。“红”也不管摸得着摸不着，认得认不得，吃得吃不得，只要是红色的，就是“红”，像血、火、早晨的太阳，都是。“绿”“白”“黑”都一样，银子、白天、老人头上的白发都是“白”；黑炭、黑夜，心肠丑的人是黑；“生”，庄稼发蓬秧苗拔节也是“生”，果子酸涩也是“生”；牛马和人死亡是“死”，人憨、笨也是“死”，石头不会动也是“死”；“大”是什么？是没有边，没有顶。“小”是什么？知道，但摸不着，看不见，是“小”。“半”是什么？饭半生半熟是“半”，母亲生下的儿女，儿子是“半”，女儿也是“半”。祖先鱼把这些小娃喂大，它们就走了，天上去成了头上的天，地下去成了脚下的地，祖先鱼也上了岸，手脚也变成了人的模样。

“有”“无”“黄”“红”等等是一组模糊的概念，神话中把它们归于祖先鱼强大的生育能力，可见先民们在对客观事物有了一定的实践之后，产生了概括实践经验，亦即对客观事物规律整体把握的需要，这则神话就是对这一需要和探索的表述。

在这则神话里，原始思维的特征表露得再清晰不过了。恩斯特·卡西尔说：“生命被划分为各个独立的领域，它们彼此是清楚地相区别的。在植物、动物、人的领域之间的界限，在种、科、属之间的区别，都是十分重要不能消除的。但是原始人却对这一切都置之不顾。他们的生命观是综合的，不是分析的。生命没有被划分为类和亚类；……他深深地相信，有一种基本的不可磨灭的生命一体化（Solidarity of life）沟通了多种多样形形色色的个别生命形式。”[①] 出于这样的“原始逻辑”思考，“‘黄’‘红’‘大’‘小’等是集合的、抽象意义上的概念指代，同时又是各别具象意义上的概念指代，它们的关系可用下列公式标出：

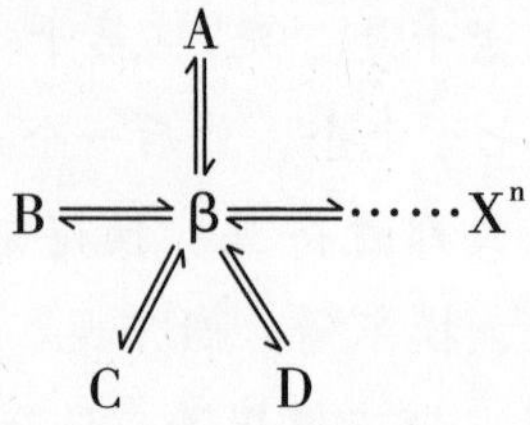

即β（‘黄’）同时是A（黄果），同时是B（黄芭蕉），同时是C（黄牛），同时是D（黄水）……同时是若干项事物X的n次方。而β与A、B、C、D……X^n之间，是正逆互等的，……呈现了一体化的整体形态。”[②]

哈尼族神话中鱼这一文化英雄身上实在积淀着丰富的文化内容，它既是多个历史阶段文化的凝集物，又是多种文化层面认知的具象物。从历史阶段来说，可追溯到新石器时期哈尼先民的北方文化，又可下巡到给巨大影响于哈尼先民的南方文化。西安半坡和庙底沟出土的仰韶文化遗存中，大量发现的石、骨制鱼钩鱼叉器物、网纹、水波纹、点网纹彩陶，及鱼雕、鱼纹网坠、滑石鱼雕纹等等证明，与哈尼先民有渊源关系的诸羌先民在新石器时代即以渔猎为生产方式。再从这些文化遗存中大量出土的谷物，如西安半坡第115号窖穴中的缸藏和窖藏的谷粒堆积物，证明同是诸羌先民在彼时已经从事原始的农业生产，而这些时代的渔猎、渔农和原始农业文化，经过先民们的神话创造，凝聚为具象的文化符号——鱼。[③] 至于南方文化（百越）的稻作，以鱼为文化符号更可以找到直接的证据。百

① 恩斯特·卡西尔：《人论》，上海译文出版社1985年版，第104~105页。

② 拙作《神话的整化意识》，载《中华民族文化海峡两岸学术讨论会文集》，云南人民出版社1993年版，第270~271页。

③ 陶思炎《华夏神话与渔农经济》认为：“‘《礼记·祭法》曰：山林川谷丘陵，能出云，为风雨，皆曰神。’这种对神的功利性命定，虽不是最初的神话观念，却伴随着原始农业在社会生活中地位的确定而逐步形成。这类农业神最初的具体形象就是鱼。”载《民间文学论坛》1989年1期，可为参考。

越后裔傣族地区流传有长篇创世古歌《巴塔麻嘎捧尚罗》，其第一章“开天辟地”第三节“水神鱼”和第七章“万物诞生”第三节“神鱼和神蟹”专叙巨鱼的创世功能。其说——

（远古的时候，只有天空之神英叭和大海中的水神鱼）

它（水神鱼）主宰着大水，
鱼身粗又长，
体长超过二十万约，
体粗一万约扎拿，
花花绿绿的鳞片呀，
一片就有一千约，
它的名字叫巴阿嫩，
寿命长达四万八千嘎。

水界大王巴阿嫩，
生活在茫茫大水里，
吃着海水和气泡，
终年饱肚，
自由自在，
它有浑身的福气。

大水的泡沫和水汽，
都从它的鼻孔涌出，
升腾到水面上，
变成腾腾烟雾，
……

（后来英叭神用污垢和泡沫搓成地球）①

这则神话与哈尼族巨鱼密乌艾西艾玛生天地的神话有异曲同工之妙，巨鱼在两个民族观念中都是天地万物的初创者。鱼与水可作等量齐观，作

① 岩温扁译：《巴塔麻嘎捧尚罗》，云南人民出版社1989年版，第14页。

为神话形象，鱼是农耕尤其是不可须臾离却于水的稻作农耕的文化符号，在百越系民族（及其后裔的傣族）来说是再自然不过的，因为考古学界早已认定“百越是我国稻谷的最早栽培者”①，鱼作为文化英雄早已为其认知。因哈尼族先民的稻作文化受百越稻作文化影响而成，作为这一文化携带物的鱼为文化英雄观的形成，哈尼族也是受百越民族影响而成的，上引的傣族古歌就说明了这个问题。

牛为化育万物的文化英雄，在《窝果策尼果》第三章《查牛色》、张杨本《十二奴局》、普本《奥色密色》中均有叙述，请参本编第四、五章，因有重点论述，于此不赘述。

青蛙为化育万物的文化英雄的神话，流传也很普遍，较有代表性的是《青蛙造天造地》，其说——

> 远古时代世上只有大海，龙王命令青蛙造天地。青蛙把吃出的骨头吐出来，变成大石头，从海底冒出来，它屙出的屎变成土，和石头黏结，变成陆地。青蛙怀孕后生下一对巨人哥妹。青蛙叫哥妹把它的手臂锯断做了擎天柱，巨人哥哥用人粪铺天，青蛙把陆地一推，变成高山河谷丘陵平川，天地造成了。青蛙又叫哥妹用它的黑眼珠做成太阳，用白眼珠做成月亮，血洒天空做成群星，碎肉上扬变成云雨狂风，狂风把海里的树木花草刮上大地，大地有了草木和鲜花。巨人的女儿在天上擂鼓舞蹈，这就是雷声隆隆和风云变幻。青蛙和它的儿女造成天地，但龙王不许他们变成人，它们愤愤不平，在水塘边“呱呱呱”地抗议，直抗议到今天。②

蛙与鱼的相同之处在其与水有着密不可分的关系，可视为水的象征物。蛙由其生理构造的特点，知风雨晓阴晴应时而鸣，这对农耕作物的成长十分重要，因此以蛙为农耕稻作文化英雄是顺理成章的。

---

① 我国已有九省二十余处新石器时代遗址中发现人工栽培稻遗迹，云南在其中。除河南外，余八省皆为古百越族群活动的南方地域，于是考古学界有此结论。详参李昆生《百越——我国最早的稻谷栽培者》，载《云南省博物馆三十周年纪念文集》，及汪宁生《远古时期云南的稻谷栽培》，载《思想战线》1977 年 1 期等文。

② 见《哈尼族神话传说集成》。

二、教习生产和技艺的文化英雄神话

这一型神话中较为突出的是稻谷神话和关于弓箭制造、金属冶炼和使用等等的神话。

1. 稻谷神话

稻谷神话尤其丰富，因为稻谷本身就是稻作民族关注的焦点。其实许多文化英雄的作为已经涉及稻谷来源，如鱼神话中稻谷种、草木种和飞禽走兽来自于鱼肚，但它不是专叙稻谷的，故不列入此一类型。

下面介绍几篇有代表性的稻谷神话。

《英雄玛麦》，其说——

有个阿匹（老大妈）在山上捡到一个叫玛麦的小娃，玛麦长大后收服了一匹小金马。那时人间没有稻谷，人们没有吃的，玛麦就骑上小金马飞入天宫，向天神讨稻种。天神考验他，要他拉开九千斤的铁弩，射死天上的九只鹫鹰，玛麦做到了。天神带他去园子里挑种子，那里放着天上地下所有植物的种子。玛麦挑了稻谷种，它马上变成一个美丽的仙女，要求玛麦娶她。稻谷是她管辖的，为了讨到稻种，玛麦答应娶稻谷仙女，并跟她学会栽种方法。新婚之夜，玛麦要小金马把稻种吞进肚里，然后趁仙女酣睡，骑马逃出天宫。

仙女醒来不见玛麦，就来追赶，她用神剑削断小金马的翅膀，小金马和玛麦从天空跌落地上，摔死了。小金马肚里的稻种撒在洼塘里，长成稻谷。从此哈尼人有了稻谷，以后人们每到五六月就祭祀英雄玛麦。①

《尝新先喂狗》，其说——

人间原来没有庄稼和粮食，天神摩咪的女儿摩咪然密同情人们，把稻种偷到人间，并教会人们栽种。天神知道后十分生气，把她抓回天宫关起来，摩咪然密逃出天牢，又把七十六种庄稼的籽种偷走，送给人们，还教会人们纺织做衣，人们才有吃有穿。

① 见《哈尼族神话传说集成》。

摩咪天神震怒了，把摩咪然密变成一条狗，不准再回天上，狗就和人生活在一起。为了感谢摩咪然密的恩德，新米收割的时节，哈尼人要过尝新米节，第一碗新米饭要给狗先吃。①

内容相同而又含义更深的另一神话说——

古时没有谷种，民不聊生，哈尼头人派了许多人和动物到天神那里要谷种，并申明要到谷种的人或动物可以娶自己的独生女儿为妻。后来狗要到谷种，头人不食言，把女儿嫁给了它，从此哈尼人称出嫁的女人为“克玛”，意为“狗的媳妇”，这是对有功于人类的狗的纪念和尊敬，后来延伸为对一般女性的尊称。②

还有一则《猫、狗、老鼠和五谷的传说》，说到猫和狗如何历尽艰辛为哈尼人从天神那儿要到“五谷种子蛋”，也把稻种提到第一位来认识。

由上可以看到，玛麦（和他的小金马）、摩咪然密（及其变成的狗）、狗（要到谷种者）、猫等等人物、天神、动物都是稻谷文化英雄，由他（它）们的活动，使人间有了稻种，开始了稻作生产。

2. 技艺神话

教习技艺的文化英雄神话叙述的历史跨度似比稻谷文化英雄们的历史跨度远为巨大，其远溯采集狩猎时代，近追铁器时代。古歌大集《窝果策尼果》第一章中说到金银铜铁锡的产生是由于神王阿匹梅烟对五位孙子的封赠，因此，可称阿匹梅烟为金属发现的文化英雄，但这些金属的运用，则要靠其他的文化英雄来完成。

《猎神》中说——

古时候人们到山上去打猎老打不到，支下的扣子、挖下的陷阱都被三个猎神破坏了，人们想尽办法要捉猎神，但猎神骑着岩羊、马鹿、麂子，奔跑迅速，无法捉到，直到后来人发明了铜刀、铜箭、铜矛，把猎神的坐骑打倒，才把猎神们捉住。但是猎神们不服输，申明满山的野兽是他们的财产，它们和人是平等的，不能让人猎获为食。人则说出另一番道理，即野兽虽然和人

① 见《哈尼族神话传说集成》。
② 同上书，见《尝新先喂狗》一文附记。

一样有手有脚，但却是背脊朝天的，人的背脊永远不朝天，可以捉野兽吃。仲裁者烟沙大神赞成人的看法，说背脊不朝天的比朝天的高一级，人可以捉野兽吃。但是猎神也有道理，因为野兽是他们放养的牲口，于是规定人捉野兽时，必须祭献猎神作为补偿。大家认为合理，于是照此办理。但是猎神十分惧怕人的铜刀、铜箭和铜矛，提出打猎时不准用这些工具，但是烟沙大神知道，人没有这些工具是很难打到野兽的，就没有同意，所以哈尼人出猎都要带铜刀铜枪，这样收获必多。①

这是人类使用铜质狩猎工具时代的神话。狩猎工具最重要的弩的发明和最常见的狩猎方式围猎的发明，则是由人类自身（阿嘎和德松夫妻）和一些小动物（黑头黑脚的蚂蚁）的活动造成②。因此，无论是发明了铜刀、铜箭、铜矛的“人”，还是“阿嘎和德松夫妻”，还是“黑头黑脚的蚂蚁”，都是发明狩猎工具和方法的文化英雄。

至于与人类生产发展关系至大的铁器的发明，神话《摩匹》中作了生动的解说——

有一个摩匹（祭司）要三个儿子在黑夜埋伏在路口，说不论碰见什么人，把他打倒就是，这样才能得到幸福。头天夜里三兄弟遇见一个穿金衣戴金帽骑金马的金神，三兄弟不敢打，放过了。第二天遇见的是穿银衣戴银帽骑银马的银神，也不敢打。摩匹警告说，第三天是最后一天，不打以后再不会有机会了。第三天遇见的是穿黑衣戴黑帽骑黑马的铁神，三兄弟把他打下马来，于是天上掉下无数黑石块，就是铁矿。摩匹教他们冶炼锻打的技艺，他们名声大起。三兄弟凭借打铁本领战胜龙王，获得起死回生宝贝，又战胜乌木（大头人），成为众人的领袖。③

这里，摩匹是发现铁并制造和使用铁器的文化英雄。

① 见《哈尼族神话传说集成》。

② 见本编第四章第三节。

③ 见《哈尼族神话传说集成》。

三、引导生活模式的文化英雄神话

哈尼族先民各个历史时代的生活模式，都是由一系列文化英雄引导而成的。人类初始之际，人们从雷神降火焚毁山林知道用火、熟食、取暖、自我保护，雷神是引导此一生活模式的文化英雄。还有一则火源神话《阿扎》，叙述小伙子阿扎为了从恶魔那里夺到火源——一颗火珠，与魔鬼搏斗，最后吞珠化火的故事。这里，阿扎是火文化的英雄。[①]

人类初住老林，居无定所，食无所取，衣无所安，于是从鸟儿学会盖最原始的住房，从天鹅、飞虎学会采水菜和树果，从穿山甲学会制树叶衣。狩猎时期从蚂蚁学会狩猎，农耕时期从老鼠、大猪、水牛学会稻作农耕。[②] 这所有的鸟儿、天鹅、飞虎、穿山甲、蚂蚁、老鼠、大猪、水牛，都是引导人类生活模式的文化英雄，它们的共同特征都是如人类一般，有思维，会言语，善创造。当然，它们本质上还是人类智慧的外化物。

这一型神话极有特点的是一组关于历法与时辰的故事。历法与哈尼人的生产、生活关系至为密切，前文已介绍过，先民们将历法的产生幻化为一棵参天巨树的作用，其文化英雄是植杖化树的女人、栽鱼鳞成树的天神俄玛和大树本身（请参本编第四章第四节）。关于时辰的神话，比较著名的有《为什么鸡叫太阳就出来》，其说——

> 古代天空有九个太阳，大地热如红铁，英雄俄浦普罗开弓射下八个，剩下的一个逃到山后不敢露面，大地又变得寒冷漆黑。人们决定派人把太阳叫出来，黄莺、云雀、画眉都去叫，太阳不出，最后公鸡去叫才出来，这样就分出白天黑夜和时辰。[③]

相似的还有：太阳每晚在大海宫殿里睡觉，早晨顺着楼梯爬出海面来，这楼梯就是公鸡红通通的鸡冠，上面的锯齿形就是台阶，所以太阳一上来公鸡就知道，而且高啼长鸣通知人们一天开始了。显然，公鸡是计时的文化英雄。

---

① 见《哈尼族民间故事》。

② 见本书第一编第三章第三节。

③ 见《哈尼族民间故事》。

四、规范典章制度的文化英雄

典章制度是一套制约着人们行为的礼仪规范，如生老病死、婚嫁生育、居处行止、节日庆典等等。哈尼族对每种仪轨都有不同的神话解释，许多文化英雄正是这些仪轨的导源者。如较为著名的神话《都玛沙莪》中，就有一大群文化英雄登场。这是一则解释哈尼族最盛大的节日“苦扎扎”起源的神话——

古代哈尼人天天烧山开田，毁坏了野猪、狐狸、老熊、蚂蚁、蚯蚓、老鼠、蚂蚱等等动物的家园，它们到天神烟沙那里告状，烟沙神罚哈尼杀人为祭。阿匹梅烟知道后，设计帮助哈尼——六月过年打秋千，动物们见哈尼被“吊”在空中受苦，很高兴，不再要求杀人。但因计时不设闰月，时序推移，哈尼人竟在桃花开时过六月年，为使人们不违农时，大神烟沙派女神都玛沙莪去通知哈尼人正确的过节时间。不料这位女神在螳螂、水母鸡（水中一种甲壳虫）、水獭猫、蜜蜂、老鹰和桃花马的帮助下，和哈尼小伙子威惹相恋成亲，并生下一个孩子。烟沙神大怒，把都玛沙莪母子骗回天庭。威惹为找回妻子儿女，在龙王那里拿到金葫芦，上到天宫，和烟沙大神比赛擂天鼓，并战胜了烟沙大神。烟沙大神表示佩服，送小金铓给他，许诺威惹有重大困难时敲铓，届时众神会来帮助他，若有重大事件发生，如打仗、死人、生孩子、结婚，也要通知老岳父烟沙大神，于是在这些场合敲铓便成为哈尼人的规矩。①

可见，使哈尼族在六月过年、打秋，在生子、娶妇、丧葬、战争时敲铓仪轨的形成者，除女神阿匹梅烟、都玛沙莪、小伙子威惹外，还有反对过他或帮助过他的野猪、狐狸、老熊、蚂蚁、蚯蚓、老鼠、蚂蚱、螳螂、水母鸡、水獭猫、蜜蜂、老鹰、桃花马、龙王、金葫芦等等，他（它）们都是六月年及众多礼仪形成的文化英雄。

相同类型的神话尚有《丧葬的起源》《莫搓搓的由来》《男扮女装祭

① 见《哈尼族神话传说集成》。

护寨神的来历》《秋千的来历》等等，不再一一叙述。

第三节 始祖神话

始祖问题因属民族命脉所系，有关神话就自然地丰富多彩起来。哈尼族始祖神话形成了以下三个类型：阐释历史发展和祖先谱系的起源神话、阐释人类生存与繁衍的洪水神话、阐释节典祭仪由来的民俗神话。三类神话承担着不同的文化使命，有效地发挥着承继祖烈的功能。

一、阐释历史发展和祖先谱系的始祖神话

哈尼族始祖神话一个特点很像汉族始祖神话——历史化倾向很浓，这从《神和人的家谱》中可以清晰地看出来——

传说在三层高天上有一座神殿，其中住着最高天神俄玛，俄玛生下了一系列的神，有梅烟、沙拉等等，主宰着神和人间的大事小事。她也是人类最早的祖先，生下第二代人神玛窝，这是世上头一个男人。玛窝生下第三代人神窝觉。窝觉生下第四代祖先觉涅，这是一种浑身长毛，一窝一窝挤在一起生活的怪物。觉涅生下第五代祖先涅直，从此产生了头领，他们像随风飘荡的云雾出没在天地之间。涅直生下第六代祖先直乌，这是一些十分活跃的族类。直乌生下第七代祖先乌突，他们开始学着站起来，但是站不稳，只能半蹲半站地走路。乌突生下第八代祖先突玛，他们已经会站，但是脑子不开窍。突玛和他以前的祖先都能随时上天，有事可以请天神来帮忙，从突玛起，上天的天梯被天神砍断了，天神再也不肯下来帮忙了。突玛生下第九代祖先玛约，这是一些住在岩洞里的女祖先。玛约生下第十代祖先约涅，约涅生下第十一代祖先涅本，这两代祖先比以前的祖先聪明，会想很多事，但约涅的耳朵是聋的，因为他还不会说话，到涅本耳朵就通了，会说话了。又生下第十二代祖先诗米乌，这代人会认母亲了，奶也不会吃错了。诗米乌以前的祖先是人、鬼、神不分的时

代，以后就分开了。诗米乌以后是第十三代祖先乌突里，这是男女成对成双的祖先。接着是突里佐、佐梅烟、梅烟恰三代祖先，这是只记女人名字不记男人名字的三代人的部落时代，“佐”即部落的意思。比如“佐梅烟”是“女人梅烟的男人”的意思，“梅烟恰”又是“老实会生会养”的意思。梅烟恰生下四个孩子，一个恰乞形，这是人的祖先，一个是走兽的祖先优哈，一个是爬行动物的祖先优本，一个是飞鸟的祖先优贝。恰乞形以后就是真正的人的祖先了，他们是乞形哩、哩波贝、波贝乌、乌合然、合然搓、搓摩于、摩于直、直塔婆……①

这份神和人的家谱明显地按照文化发展的历史记述下来，是整整一部人类形成与发展的历史。用科学的眼光来看，其中有许多暗合于人类发展的客观规律，有许多则是混乱的想象成分极大的神话。如第八代突玛以前是人神交通的巫术时代，此后“天梯”被砍断，人神绝通，也就是文化史上专职巫（或兼职巫）产生的时代，即原始宗教发生的时代。但第十一代涅本才耳朵“通”了，即会听会说有语言了，在人类进化阶段上又是颠倒和混乱的，因为语言的产生在原始宗教产生之前。当然，神话的创作，在哈尼先民来说作用在记述历史、表现历史或解释历史，这本来是无可厚非的，也不可苛求前人，但神话这一形式无法给历史一个明确的记载也是事实，它只能为后人提供一个大体的、朦胧的文明演变的轮廓。

除了提纲挈领、谱牒式的神话外，还有许多神话以生动的形象和委婉的情节表述着历史，阐释着始祖诞生的历程，如《老古时候的人》《侯波与娜聋》《塔婆取种》《红石与黑石的岩洞》《出嫁的三姊妹》等等。

《老古时候的人》说，远古时候人类的祖先力量单薄，受到许多野兽的攻击，濒临灭绝，在莱拜阿神的帮助下，发明了工具，学会用火，又战胜了“大怪人”，发展了人类（详见本编第六章）。其中的“人”这一祖先是泛指性的称谓，综合性较强，因此它涉及开天辟地、神造万物、部族纷争等等，并不专叙人祖的发展，下面几篇就比较集中。《侯波与娜聋》说——

① 见《哈尼族神话传说集成》。

古时世上只有一个女人，没有男人，她叫"密玛然密阿那娜聋"，即是"地母美丽的姑娘娜聋"之意。天神阿匹梅烟看她寂寞，就派天神奥玛之子俟波降临大地与之成亲，婚后她生下一子死去。阿匹梅烟只好又派自己的女儿阿贝来给俟波做妻子，这时俟波已老，阿贝不愿嫁给他。阿匹梅烟就叫她用树枝敲打俟波，第一下，俟波变成一个娃娃，第二下，俟波变成一个老头儿，第三下，俟波变成一个漂亮的小伙子，阿贝于是嫁给小伙子俟波，生下很多小娃娃。后来人口太多，互相抢吃打架，天神大怒，降火烧死不少人和野兽，人少了，吃的东西（被烧死的野兽肉）多了，人就一代代发展起来了。①

这篇神话重点解释婚姻和生殖的历史演变，表面上俟波的三次变化给阿贝三次选择配偶的机会，她选择了俟波最有生殖能力的"小伙子"时期，使后代的延续获得了根本的保证。实际上，这里包含着人类由群婚走向配偶婚的一整个历史过程，三次择偶本质上是三次婚姻圈的划定，因而这篇神话的内容极是深沉。

《塔婆取种》是又一篇著名的神话，它这样解释人类始祖塔婆对后代的繁衍——

天地开辟以后，人类始祖塔婆生下二十一个孩子，他们纷纷离开她各自奔前程。塔婆很孤独，走进森林找到大儿子老虎，要它陪伴自己。老虎说："我身上长出了长毛，不再认你为娘，请你走远点，当心我把你吃掉！"塔婆又找到二儿子老鹰，请它陪伴自己。老鹰说："我天生一对强大的翅膀在天上自由飞翔，怎么能陪伴你？"塔婆找过所有的儿子，最后找到龙王，它也是她的儿子。龙王把塔婆接到龙宫早晚侍奉，但塔婆住不惯龙宫要回人间去，龙王就送她三个竹筒，第一个竹筒里装满牛马牲畜，第二个竹筒里装满金银珠宝，第三个竹筒里装满五谷种籽。她把牛马赶上山，把金银珠宝撒向大地，把五谷种籽撒向山坡，人间就有了遍山的牛马，遍地的矿藏和满坡的庄稼，有了吃的用的，人

① 见《哈尼族神话传说集成》。

类就繁衍起来了。[①]

“塔婆”的哈尼语直义是“多育多生的女人”，在世系谱牒中有第二十五代祖先“直塔婆”，“直”的哈尼语意为“头领”，亦即塔婆是以生殖能力强大成为氏族首领的女性祖先，因此在神话中说她生了二十一个孩子。这反映出彼一时代增殖人口是第一重要的。与之相伴随的是解决维持人口生存和发展的食物来源。《塔婆取种》解释此时人们采取的对策是：一、发明、发展原始的畜牧业；二、开发矿藏，冶制金属工具；三、开展原始农业生产。这些措施有效地保障了人口发展所需的物质生活资料，因而这段历史得以始祖神话的形式保存下来。

《出嫁的三姊妹》的吟唱体我们在介绍《窝果策尼果》时将详细介绍（见本编第四章第三节），那是说三个妹妹分别嫁给毛虫、豹子和猴子，哥哥愤怒之下将这些“妹夫”一个个杀死，而妹妹们都分别变成了毛虫、豹子和猴子，哥哥从此决定人不再与动物通婚的故事。这个神话的价值在它反映了人和动物相区别的过程，三个妹妹虽然婚嫁的对象一个比一个层次高——豹子高于毛虫，猴子高于豹子，但它们毕竟与人类有着根本的区别，所以哥哥决然杀死它们，而且做出人类不再与动物混一的选择。这一情节除反映了人类从动物界中脱息而出的自为意识外，同时反映了人类几个图腾氏族（毛虫氏族、豹子氏族、猴子氏族）之间的婚姻链，最后哥哥这一氏族以男性的力量与智慧战胜了女性为长的氏族。

时移事异，物竞天择，历史演变的印痕刻记在神话之中，哈尼先民们就是以这种形式记忆自己的古代史，虽不尽准确，但也为今人留下一卷宝贵的文化史图卷。

二、阐释人类生存与繁衍的洪水神话

哈尼族洪水神话一大特点是解释了人类自身的生产（生殖）的同时，也解释了物质生活资料的生产问题，而且绝大多数以葫芦为洪水遗民渡过厄难的承载工具，故又可有另一个名称——葫芦神话。其中较为著名的有

① 见《哈尼族神话传说集成》。

《兄妹传人》（一）（二）、《俄妥努筑与仲墨依》《山风传人种》[1]《刚背阿利和刚背阿布》《男女成婚传后人》《人是怎样来的》[2] 等等。这些神话大体按照一个共同的模式展开：一、由于种种原因，或者是天神打架，或者是人类的种种不足，如眼睛长得不是地方，膝盖长得不对头等等，神们不喜欢，于是发动洪水淹没大地，人类难避其殃，濒临灭绝；二、因兄妹俩的善举感动了神，神投以葫芦、木箱之类，使入其中避水患；三、洪水过后，世上只剩兄妹俩，为延续后代，经滚磨盘、漂树叶、你追我赶比赛等卜测天意后两人结婚生子，繁衍人类。

试举《兄妹传人》（一）以说明——

> 人类祖先第二十一代，人、鬼、神不分，第二十三代，人生怪相，眼睛直生，膝盖朝后，嘴似鸭喙。天神摩咪不喜欢这样的人，派神掘开天池水口，放出辣水、热水、冷水淹没人间。米扎扎拉神心有不忍，就变成一位老人来到兄妹家求宿，兄妹俩热情接待，米扎扎拉认为他们是好人，赠送葫芦供其避难。大水来后，兄妹果然进入葫芦得免于难。水退后世无一人，兄妹俩滚磨盘测天意是否该结婚，摩咪神对淹死人类一事有所悔恨，就使磨盘重合三次，让兄妹俩成了亲，生出许多人。妹妹浑身怀胎，各个部位都生出人，大哥哈尼族从腹部生，二哥彝族从腰部生，三哥汉族从手指生，四哥傣族从脚板生，这些人和以前的人不一样，眼睛是横生的，膝盖朝前弯，嘴巴是平的。

洪水神话是一个内容丰富的整合体，中外学术界历有研究。傅雷泽认为是地球上真实水患的记述，闻一多认为是生殖的表述，还有认为是“血缘婚神话”或“氏族外婚神话”等等。如前所述，笔者经过对哈尼族和中外洪水神话的大量考证，认为“它是原始人类一套完整的生殖意识和生殖礼仪，亦即有关生殖的价值系统和行为模式”，葫芦是孕育生命的母胎的象征，洪水是女性生殖时羊水流泻的象征，破开葫芦放出人种是“人工破

① 见《哈尼族神话传说集成》。
② 均见《西双版纳哈尼族民间故事集成》。

瓜”巫术礼仪的象征。①

《俄妥努筑与仲墨依》是一篇重要的洪水神话，它把人类繁衍与解决吃饭问题结合在一起——

雷神俄妥努筑经常无故到人间放火，始祖仲墨依与他协商，只要他保证风调雨顺，就把一半的收成赠送，雷神同意。仲墨依问他要作物的哪一部分，他说要根根。仲墨依旧带领哈尼人种高粱、谷子、荞子，收获时送雷神根根，雷神不喜欢，说下一年要头头。仲墨依带人种植红薯、芋头、生姜、萝卜，而以头头相送。雷神大怒，决心与人为敌。但仲墨依有备无患，雷神降临房顶，被仲墨依铺设的青苔滑倒，于是雷神被捉，关进木笼。仲墨依有事出门，行前叮嘱兄妹俩不可给雷神喝水。兄妹俩可怜雷神，给他喝了猪食槽里的水，雷神于是逃脱，走时送兄妹俩一个大葫芦，于是发动洪水淹没人间。兄妹俩进葫芦躲避，仲墨依乘猪食槽划向天宫，用刀砍伤雷神，后变成一条大金鱼，撞开地底，泄出洪水。洪水之后，兄妹成婚繁衍人类。

这则神话明显地受到广西瑶族洪水故事影响，其情节与该族“伏羲神话”相似，② 与《盘古王分家》一样，是两族文化交流的结果，但也反映着哈尼先民对生活资料及人类繁衍的关注。

哈尼族洪水神话以其内涵丰富、风格古朴为神话学界称道，它为中国神话宝库增添了新的光彩。

三、阐释节典祭仪由来的起源神话

哈尼族的主要节典都是围绕对英雄祖先的崇拜展开的，如哀牢山地区哈尼族最盛大的宗教性祭典“艾玛突”，就是对村寨守护神艾玛的崇拜仪式，而艾玛又是一位拯救民族于魔爪之下的大智大勇的女性英雄祖先。广泛流传在西双版纳地区哈尼族中的神话《嘎汤帕的来历》讲述了哈尼族辞旧迎新的大年“嘎汤帕”节的产生。“嘎汤帕”是“思念祖先汤帕”的意

① 请参拙作《洪水神话：生殖的花原——从哈尼族洪水神话系统出发》，载《红河民族语文古籍研究》1988 年第 1 期。

② 参见袁珂《中国古代神话》，中华书局 1960 年版，第 42 ~ 45 页。

思。红河、思茅、玉溪地区的十月年“扎勒特”，哈尼语直义是“吃汤圆”或“吃糍粑”，是一年中对祖先的最高祭奠，与西双版纳地区相似，只不过“嘎汤帕”指明内容是对祖先“则汤帕”的思念与祭奠，而“扎勒特”则标明祭奠的方式是吃糍粑、吃汤圆。对此，神话中是这样说的——

古代有个祖先叫哦特雷，看见百姓们日子一天天好过起来，害怕别人超过自己，就心生一计，定下一个节日叫“嘎汤帕”，叫大家辞旧迎新，[①] 但是他故意把节期定为十五天，规定节日期间不准干活，只准吃喝，这样很快把富人吃穷了，大家纷纷起来反对，此节于是废止。又过若干代，出了个聪明过人的首领叫则汤帕，由他规定了各种生产及节祭活动，“嘎汤帕”节也在恢复之中，但缩短为五天，这一改革赢得大家拥护，以后变成对他的祭典。[②]

这位“则汤帕”祖先很有创始典章礼仪的文化英雄的素质（但因其不是首启者，我们不将其列为“文化英雄”中），他确是一位建树文化——制定生产及节祭活动的能人，值得后代纪念。哦特雷的做法是原始共产主义的行为，容不得民众富过自己，又不肯自家发展起来，却开了一个历史的倒车，鼓励无谓的高消费，结果耗费了社会财富，抑制了人类的进步。则汤帕的做法是合理的，通过过节这必要的消费，刺激了社会的发展，其规定的生产及祭祀活动，是从物质生产的发展与精神生产的发展两方面并进的，是科学的。“则汤帕”其实也就是“直塔婆”，不过西双版纳与红河等地哈尼族语音变而已，他（她）确是一个深受全民族敬仰的祖先（前述《塔婆取种》已说明塔婆的功绩，也是发展生产的能人和领袖），所以在他（她）的名字“汤帕”（塔婆）之前总要加上一个“则”（直）字，即“领袖”的尊称。

类似的始祖神话还有解释二月祭寨神时要举行男扮女装仪典的《男扮

① “嘎汤帕”有两说，一为“万物更新”，因“汤帕”哈尼语直义是“万事万物换新”，二说为对祖先则汤帕的纪念。哦特雷之意用前义，后因汤帕设节用后义。

② 见《西双版纳哈尼族民间故事集成》。

女装祭护寨神的来历》、[①] 解释六月间过耶苦扎节原因的《耶苦扎的由来》[②] 等，都是叙述对祖先的崇拜而成节典之俗的过程，它们既是对后代进行传统教育的好教材，又是一些启人思考，发人心智，激人精神的艺术品，故而深得世代哈尼人民的喜爱和传诵。

概而言之，始祖在神话中或许是一个具体的名字，但其实他（她）是一个时代的代名词，这个时代在文化上的独到建树，常常凝聚在这个名字之中。在传统的以自然生产方式（原始农业到稻作农耕）为主导的社会和时代里，因生产环境、生产条件、生产因素的基本不变，经验的积累是最重要的，而始祖正是这经验的象征，对他（她）们的尊重和纪念，就是对这种种经验的尊重和纪念，而这经验对后代们来说仍是实用的。某种经验如无现时的实用，象征这一经验的该位始祖就被后人淡忘了，因而存在于神话中的始祖们，都是那样的辉煌而高贵。另一方面，所谓“始祖”并非历代先人中之第一位“人”，而是某一文化的始作俑者，故文化丰富则“始祖”众多，而哈尼族以神话记载的“始祖”十分众多，我们在此只能择其要者简述一二。

第四节 哈尼族神话的体系

在中国56个民族中，哈尼族的神话不但具有强烈的个性色彩，而且内容丰富，体系完整，举凡开辟神话、洪水神话、始祖神话、日月神话、文化英雄神话、物类崇拜神话、起源神话、感生神话、化身神话、火神话、水神话等等，应有尽有。其内容涉及先民生产、生活、节祭、历史、社会等等的所有重大层面，成为哈尼族古代社会生活的百科全书。千百年来，哈尼族人民世世代代以它为自己的价值系统和行为规范来展开人生画卷，而这一神话系统也以自己严密的、完备的构架适应着人们日益丰富的要求。

① 见《哈尼族神话传说集成》。

② 见《西双版纳哈尼族民间故事集成》。

这在中国神话的造作上是一个伟大的贡献。

众所周知，数十年来，国际神话学界对于中国神话的微词和垢病，就是它的残缺不全、杂乱无章、不成系统。国内学者囿于汉文典籍的稽考，也同意着外国人的这一说辞。几位研究神话的前贤曾遗憾地说——

综上所述，可见中国神话之系统的记述，是古籍中所没有的；我们只有若干零星材料，足以表现中国神话原来也是伟大美丽而已。

——茅盾《神话研究》（百花文艺出版社1981年版第31页）

世界上的几个文明古国，印度、希腊、埃及，古代都有丰富的神话，希腊和印度的神话相当完整地被保存下来，只有中国的神话，原先虽然不能说不丰富，可惜中间经过散失，只剩下一些零星的片段，东一片西一处地分散在古人的著作里，毫无系统条理，不能和希腊各民族的神话媲美，是非常抱憾的。

——袁珂《中国古代神话》（中华书局1960年版第16~17页）

鲁迅先生也在《中国小说史略》里说：

中国神话之所以仅存零星者，说者谓有二故：一者华土之民，先居黄河流域，颇乏天惠，其生也勤，故重实际而黜玄想，不更能集古传以成大文。二者，孔子出，以修身齐家治国平天下等实用为教，不欲言鬼神，太古荒唐之说，俱为儒者所不道，故其后不特无所光大，而又有散亡。

自然，这里所说的“中国”，盖指汉民族而言，然放眼于中华广大各族人民的神话，就可看到另一番气象。如哈尼族窝果奴局文学时代的祖先神话就是自成一格的、系统化的。

自成一格而且系统化，指两个方面而言，其一，所涵内容广大深博，这一点，我们已在前文议及。第二，神话人物之间并非杂乱无章，而是彼此存着内在的联系。这一点，只要稍加清理即可见出。

哈尼族古代神话中的诸神之间有着严格的派生关系，各地神话中普遍说到的是两大神灵系统，一是鱼祖系统，一是天神俄玛系统，二者之间又相统属。

鱼祖系统：世界之初，宇内一片混沌，只有一条大金鱼密乌艾西艾玛是唯一的生物，亿万年后——

金鱼娘醒过来，
它把天地来生养，
……
鱼娘的左鳍一扇，
黑黑的雾气被扇光，
鱼娘把它留给天神去在。
它的右鳍一扇，
茫茫大水扇落千丈，
黄生生的地露出来了，
鱼娘把它留给地神当家乡。

（生过天地，它又生出大神）

从脖子的鱼鳞里面，
抖出一对大神，
先出来的是太阳神约罗，
后出来的是月亮神约白，
……

背上的鱼鳞一抖，
金光把天地照亮，
这回又生出两个大神，
就是天神俄玛，
和那地神密玛，
……

紧靠鱼尾的细腰，
又跳出一对大神，
他们就是有名的人神，

男的叫作烟蝶，
女的叫作蝶玛，
……

在鱼娘宽大的尾巴里，
还躲着一位大神，
它就是力气最大的密嵯嵯玛。

——《窝果策尼果》第一章

由此派生出天神俄玛系统：所有的天神都是俄玛生出来的。“俄玛”哈尼语意为“母亲天神”或“最大的女天神”①。俄玛女神在生下诸神之前，先生下两位专司“规矩”和“礼节”的女神玛奔和烟姒，以使万物有序。然后，她生下第一代神王——

最大最高的天神俄玛，
生下一位最高能的姑娘，
这就是阿匹梅烟，
梅烟是万能的女神，
梅烟是众神的大王。
……
梅烟生出大神王烟沙，
这是一个万能的男神，
……
烟沙又生下大神沙拉，
沙拉和烟沙本事一样高强。

——《窝果策尼果》第一章

这就是生育万神和监司万神的三代神王，她（他）们严格地按照梅烟（“阿匹梅烟”意为“老祖母梅烟”）——烟沙——沙拉的连名谱系排列。

烟沙又生出九位大神——

① 哈尼族还称最高天神为“摩咪”（或莫米）。“摩”即对女性的尊称，“咪”为土地，“摩咪”直义指“地母”（大地女神），然衍为最高天神，当是受到南方稻作文化影响所致。另说“摩咪”是“老祖母”之意。“俄玛”为最高天神似更古朴。

他们就是：
管风的神米沙，
管雨的神即比，
管雷的神阿惹，
管土的神达俄，
管籽种的神妮玛，
管水的神阿波，
管田的神得威，
管地的神朱鲁，
管沟的神阿扎。

——《窝果策尼果》第一章

等等，由此又派生出人的系统、动植物的系统，各系统间又互有照应，呈现出一个结构严谨的天地人神和万物的庞大的家族世系谱牒（见附表，并详参本编第四章第二、三节）。这一神圣家族及其衍生的一系列古朴美丽的神话故事，弥补了中国神话残缺不全的缺憾。

附表　哈尼族神话中的神圣家族谱系

金鱼娘密乌艾西艾玛

↓

天、地、天神俄玛、地神密玛、日神约罗、月神约白、人神烟蝶、蝶玛、海神地震神密嵯嵯玛

→ 天神俄玛：

1. 管理规矩、礼节之神烟姒、玛奔
2. 光神、雷神、风神、雨神、云神、天河神等天神
3. 山神、江神、崖神、树神、石头神、青草神等地神
4. 第一代神王阿匹梅烟
   → 第一代神王阿匹梅烟：
   1. 管天、地、庄稼、人、牲口、太阳、月亮、甑子、灶火、山、树、河水的十二个乌麾神
   2. 战神扎略阿则
   3. 第二代神王烟沙
      → 第二代神王烟沙：
      1. 风神米沙、雨神即比、雷神阿惹、土神达俄、籽种神妮玛、水神阿波、田神得威、地神朱鲁、沟神阿扎①
      2. 金神、银神、铜神、铁神、锡神
      3. 安排神的统治等级：搓、直、咪谷、寨主
      4. 第三代神王沙拉
      5. 九个永生不死的姑娘：烟姒嫁天神俄玛、玛白嫁地神密玛、约白嫁日神约罗、约回嫁月神约白、①戚姒嫁水神、嘎姒嫁路神、嵯白嫁石头神、诺姒嫁庄稼神、米鲁嫁龙王欧罗
5. 杀查牛补天地之神俄白
6. （排出哈尼族家谱）玛窝→窝觉→觉涅→涅直→直乌→乌突→突玛→玛约→约涅→涅本→诗米乌→乌突里→突里佐→佐梅烟→梅烟恰

① 烟沙神王生出的九位神与大神俄玛生出的光、雷、风、雨等神有矛盾。从原作，见《窝果策尼果》第一章。

- 1. （接排家谱）恰乞形
  - 1. （接排家谱）乞形哩、哩波贝……
  - 2. 摩依——管野物的遮姒
  - 3. 直略——管家畜的遮努
- 2. 走兽之祖优哈
  - 1. 老虎
    - 1. 小老虎
    - 2. 豹子
      - 1. 小草豹
      - 2. 破脸狗
      - 3. 狐狸
    - 3. 野猫
  - 2. 老熊
    - 1. 小熊
    - 2. 飞虎
    - 3. 狗熊
  - 3. 狼
    - 1. 小狼
    - 2. 贝（一种凶狠的小动物）
    - 3. 黄鼠狼
  - 4. 马鹿
    - 1. 小鹿
    - 2. 麂子
    - 3. 岩羊
- 3. 爬虫之祖优本
  - 龙
    - 1. 小龙
    - 2. 乌龟
      - 1. 小乌龟
      - 2. 四脚蛇
      - 3. 团鱼
    - 3. 大蟒
      - 1. 小蟒
      - 2. 小懒憨蛇
      - 3. 秃尾巴蛇
    - 4. 蚯蚓
      - 1. 小蚯蚓
      - 2. 蚂蚱
      - 3. 泥鳅
    - 5. 黑蛇
      - 1. 小黑蛇
      - 2. 花蛇
      - 3. 青蛇
    - 6. 大鱼
      - 1. 小鱼、花鱼、黑鱼、白鱼
      - 2. 虾子、螃蟹、虾巴虫
    - ……
- 4. 飞鸟之祖优贝
  - 1. 老鹰
    - 1. 小鹰
    - 2. 猫头鹰
      - 1. 小猫头鹰
      - 2. 箐鸡
      - 3. 阳雀
    - 3. 乌鸦
      - 1. 小乌鸦
      - 2. 鹦哥
      - 3. 血娜雀
  - 2. 喜鹊
    - 1. 小喜鹊
    - 2. 红尾鹊
    - 3. 恩西果维鸟
  - ……

第五节　哈尼族神话的悲剧精神

哈尼族神话中弥漫着浓郁的悲剧气氛，它不但体现在一两篇神话或一两个神话人物形象中，而且作为一种穿透历史的沉重感，在若干重要神话中充分展现而出，并形成一个悲剧神话的系列，从而使哈尼族神话带有鲜明的悲剧性质。

我们先从最重要的神话“造天造地”说起。《窝果策尼果》中叙述道，神们造好天地之后，还缺乏最重要的东西——生命和力量——

太阳有光，
照不出七度，
月亮有亮，
照不出三度，
太阳热了，
晒不熟庄稼，
月亮亮了，
不会把雾露亮开了……
连天也要补，
连地也要补，
天不补要垮，
地不补要塌！

——《窝果策尼果》第三章

要给予这个世界生命和力量，唯一的办法是杀翻天神的巨牛“查牛”，用它的肢体器官化生万物。在这里，作为农耕稻作最重要的生产工具的牛——这强大生命力的代表者，就被众神拉去作了牺牲。

这则神话在《窝果策尼果》中被辟为专章《查牛色》（杀查牛补天地）加以单独地叙述。古歌中庄严地吟唱了查牛的来龙去脉，说明杀牛的、按脚的、挥动金刀宰杀的、接牛血的等等人物都不是泛泛之辈，而是声名赫赫的男女大神。查牛的肢体器官化生的也都是一系列宏伟壮丽的事物和景观——

大神俄娇把牛血抹上天空，
抹出满天鲜红的彩霞，
……
查牛喷出两股鼻气，
白茫茫的鼻气啊，
变成乌天乌地的云雾……
查牛的眼睛眨了三下，
三道眼光啊，
变成三道闪电，
把天边和地边缝起来了！
……
查牛挣出三滴鼻涕，
三滴鼻涕啊，
变成七月的雨水，
铺天盖地地下！
……
太阳神约罗啊，
快来接右眼，
快把它放进太阳的金圈里，
那就是热热的阳光了！
月亮神约白啊，
快来接左眼，
快把它放进月亮的银圈里，
那就是亮亮的月光了！

——《窝果策尼果》第三章

查牛的各种器官变成了满天繁星、大江大河、湖泊龙潭、黑土黄土、高山峻岭、森林植被等生机勃勃的大自然和哈尼祖先的发源地虎尼虎那高山,[1] 这样查牛就成为牺牲自己、化育万类的伟大形象，而查牛的牺牲，正体现了一种伟大的悲剧精神。由《查牛色》开始，展开了一系列以牺牲小我保全、发展大我为主题的神话长卷，其中最著名的是《补天的两兄妹》、《阿扎》、《英雄玛麦的传说》等等。神话英雄们都如同希腊神话中的普罗米修斯一般，为了人间的幸福，或补天之缺漏，或盗魔之火种，或窃神之稻种，最后以生命为代价把安全、幸福、温暖带给人们。这些形象具有一种永恒的震撼人类心灵的伟力，这力量是人类充分认识到自己作为万物之灵的存在发自生命底层的爆发和宣泄。在神话里，英雄们都光荣地死去，但这个人肉体的死亡却保证了人类的生存和进步，更证明了民族生命力的强大。正是凭借着这股力量，哈尼族才在数千年之中，由弱小的部落族群演进为今日上百万人口的大民族，其文化经由低级走向高等，由野蛮走进文明。

神话的悲剧精神使哈尼族神话拥有了高贵的品质，而且下遗千年，辐射到史诗、传说、故事、风俗歌、情歌等等文学样式中去，使它们获得了强大的生命力和感染力，闪现出耀眼的光芒和迷人的色彩。

① 请参本编第四章及第二编第二、八章。

第四章　窝果奴局文学的代表作神话古歌《窝果策尼果》

第一节　融汇古今的古歌大集

《窝果策尼果》（下简称《窝果》）是一部广泛流传于哀牢山地区（红河州、玉溪地区、思茅地区）哈尼族群众中的古典长歌，是哈民族文学史上的第一座高峰。

"窝果策尼果"意为"古歌十二调"。"窝果"是形容"如同大山的冲沟那样一条一条的路数"，"策尼"是"十二"。因此，其义为"古歌十二路（调、条、篇、段、首……）"。而"窝果"又有"公开演唱的，不怕害羞的古歌"亦即"庄严典雅的古歌"之意，故全歌之名实含经典权威的内蕴。

前文讲过，哈尼族举凡古典多以十二之数为准则，系受农耕活动中十二月节令的影响，但哈尼族诗歌又有对偶的观念，凡天必有地，凡阴必有阳，凡水必有火，故在"窝果策尼果"主题下，又有副题"窝扎尼期厄扎"（古礼二十四条），意为"先祖传下的古规古礼，像十二条大路通向四面，一条大路又分两条小路通向八方"。这是歌手对《窝果》篇章结构的解释。《窝果》对自己的结构也有叙述——

记住啊，先祖的子孙，
天神的窝果有多少支？
——它们像十二条大路通向四方；
神传的窝果有多少条？

——一支窝果像夫妻成对成双，
高能的天神不给后人传错，
又把二十四岔窝果分在两旁；
早上传出的叫“烟本霍本”，
神做的事在这里吟唱；
晚上传出的叫“窝本霍本”，
人间的古规在这里宣讲。

——《窝果》歌头

其实，这“十二”“二十四”均言古歌内容广博门类繁多，是泛指性的概数词（亦即“七十二窝果”之说），但各地歌手一般按二十四章节结构吟唱。吟唱取“哈巴”调式。

我们采录到的不同地区、不同支系歌手演唱的《窝果》唱本计有33种，每种各有特色但大体构架内容皆一致。现在介绍的是元阳县著名歌手朱小和演唱，卢朝贵翻译，笔者、杨叔孔采录，笔者整理注释，云南民族出版社1992年出版的《哈尼族古歌——窝果策尼果》，出版时因受限于篇幅，节去四章，介绍中予以补全。① 此歌曾获1995年云南省人民政府文学艺术奖励基金会一等奖，影响甚大。

《窝果》内容着重在阐述哈尼族社会各种风俗礼仪、典章制度的源起，即古典文化的发生学内涵。其分两大类上下篇。

上篇总名《烟本霍本》（神的古今），共12章。叙述太古之初，巨鱼生出七位大神，分掌天地日月海洋和人类，最高天神俄玛生出万神，万神创造了天地万物。然而万物虽存在而缺乏生机，于是神们杀神牛以补其不足：神牛头化为天，肉化为地，皮为地表，左眼为月亮，右眼为太阳，上门牙为北斗星和启明星，下门牙为火石，牛血为沼泽，舌为闪电，岔肠为银河等等。在此天地万物间，人类、牲畜、庄稼有了神奇的发轫。人类从雷击起火而掌握用火，从动物飞禽学习采集果实并学会围猎野兽。然后叙

① 为笔者演唱过《窝果》的著名歌手主要有元阳县的朱小和、杨批斗、马蒲成、车国忠、陈阳则、白摩浦、李开明、普金打、李纪然，金平县的白学恩，红河县的张略斗，绿春县的罗哈牛，墨江县的李阿赫、赵金光等等，特在此致以衷心的感谢。尤可感者，杨批斗、李开明二位老人及张略斗已逝世，笔者与他们交往甚深，特致哀悼。

述祖先们如何发现水稻，开田种谷，并安寨定居。接着叙述天地之神纷争，天神以七个太阳七个月亮曝晒大地，大地几被熔化，地神发动洪水与之抗衡，洪水淹没天庭，人类几被灭绝，劫余的一对兄妹只好成亲繁衍人类，生育出72种人，他们是今日各族的远祖。人类共祖塔婆为避免后代再遭洪水烈日之难，仿远古天神杀牛补天地故事，编篾牛杀之祭神，从此天下安定人烟繁盛。此时一位妇女手植一杖于龙潭边，转瞬间长成一株遮天蔽日的巨树，世界陷入黑暗。天下各族共同砍伐巨树，树倒而重见天日，人类能够正常耕作，并请天神种植年轮树，从此学得历法，指导农耕生产。

下篇总名《窝本霍本》（人间的古今），也是12章。叙述头人、贝玛、工匠作为三种有特殊本领的人进入哈尼族社会，深受人们欢迎并报酬丰厚。村寨中一些贪婪小人以为三种能人少劳而获多，起而效尤，摆公案审事，设祭坛驱鬼，支铁炉打铁，结果争论纷起，鬼魅作祟，工具不治，社会混乱，疾病丛生，生产衰败。人们由此认识到哈尼族离不开三种能人，于是千里迢迢，追回逃到远方的三种能人，尊重权威，敬奉神灵，优待技术人员工匠，村社方始安定发展。于是兴作了最盛大的宗教仪典"艾玛突"以祭祀村寨守护神艾玛，并健全了一年12个月中的各种风俗礼仪，婚丧嫁娶的规矩也由此固定，说唱歌舞的艺术也从此起兴。人们学会了金银铜铁锡等金属的冶锻，学会棉花、烟草的种作，有了街子以作贸易聚会。最重要的稻作农耕也形成严密的制度，由《翻年歌》作为指导生产的经典，社会生活于是蒸蒸日上。全歌最后一章《哑罗多罗》（多吃多喝）叙述一个生动有趣的追回金谷娘的故事作结，表达了作为农耕之民的哈尼人的美好祝愿，希望各位同胞丰衣足食，平安快乐。

这部古歌规模宏大，结构严谨，连续演唱下来费时七天八夜，在整理出版时删除了大量重复的内容和歌节，仍有二万八千行之多。在这样一个庞大的篇幅内，展现了哈尼族先民对自然景观、人类自身和历史演化的朴素认识。哈尼族古代社会的林林总总，如生产劳动、宗教祭典、人文规范、伦理道德、婚嫁丧葬、吃穿用住、文学艺术等等，都以瑰伟绮丽的面貌出现。因而这首古歌可称哈尼族艺术化的百科全书，历代哈尼族人民也是依循它来教化风俗、规范人生的。

《窝果》气势雄阔，风格遒劲，具有融汇古今，包举天地的壮丽之美。语言古拙而蕴藉，意境奇伟而繁丽，想象超迈而自然。读着它时时使人为哈尼民族这伟大雄浑的襟抱，高远卓越的人生追求，改天地换日月的伟力所感动；时时使人感受到对生活与生命的热爱，对创造与劳动的欢欣。

《窝果》规定在重大的年节仪典场合演唱，歌手可有一人从首贯尾进行，也可数人各唱一章，或数人皆唱同样章节，但有强烈的竞赛性质，谁唱的全、细、生动、精彩，能够折服各路歌手，谁就能夺得主办者专为这种场合打制的金花。朱小和是名满哀牢山区的著名歌手，他的演唱气势之磅礴，形象之生动，感情之强烈，描绘之精细，常为其他歌手倾倒，在我们搜集到的唱本中，也以他的内容最为完整。

《窝果》在一般情况下按仪典场合需选择相宜的章节演唱。如在二月祭寨神的“艾玛突”祭仪中，必唱第一章《烟本霍本》（神的诞生）、第二章《俄色密色》（造天造地）、第十四章《艾玛突》（祭寨神）。在婚礼中必唱第十六章《然密克玛色》（嫁姑娘讨媳妇），在丧礼上必唱第十七章《诗窝纳窝本》（丧葬的起源）等等，而每次演唱均以第二十四章《哑罗多罗》（祝福歌）为结。但若遇重大年节，或者操办的场合极其隆重，也可全歌一以贯之，比如十月年、六月年等，这时往往一位歌手难担大任，须数位歌手联袂演唱。

歌手的演唱具有极大的权威性。不演唱《窝果》中的内容，相应的仪典就无法进行，该项活动就须中止。如不演唱《然密克玛色》，婚礼就不能举行，不演唱《诗窝纳窝本》，丧礼就不能进行。这些歌的演唱不但阐释了所进行活动的来源和发展，而且使该项活动在神灵和祖先那里挂号报到，取得这些神圣的认可而具有合法性，这正是《窝果》具有的不可替代的社会功能。所以《窝果》是与哈尼族社会共同存在、共同生长的花朵，它吸吮着民族生活的乳汁而开放，又十分具体地影响着民族的生活。

各个支系的哈尼人由于各自生存环境的不同而对《窝果》有着不尽相同的理解和加工，各位歌手也因各自能力的大小和理解的不同对此歌有着变异性的演唱，但在基本格调、基本内容方面则是一致的。正因为如此，《窝果》才成为各地哈尼族共认共识的民族生活的范本，与各地哈尼族人民从历史走到今天。

《窝果》不是一个时代的产品，它是若干历史时代的文化积淀物，因此内容上包容性极强。就整体而言，上篇“烟本霍本”主要讲述天地开辟和神创万物，因而冠以“神的古今”是恰如其分的。其创始年代或许更古远，基本议及洪荒之初到蒙昧时代的所有重要文化作为，如火的运用，采集与狩猎经济的状态，农耕的肇始，历法的发明等等。下篇“窝本霍本”（人间的古今）着重在人类第一次脑力劳动和体力劳动大分工之后的文化造作，如三种能人的出现，标志着社会阶层的分化，和社会组织的严密化，十二月风俗礼仪和婚嫁丧葬礼仪的完备，标志着文化向高层次的演进。农耕稻作的制度化和规范化有《翻年歌》作为农事大典以作指导，使物质生产与精神生产达到较高水平的平衡。这些行事，基本是人类自身的劳动创造，因而神性高蹈一切之上的状况有所改变。当然，全歌立意在神创万物、指导万类的基础上，重在叙述种种事物的由来、缘起，因此它虽有后世若干事物和观念的杂糅，但不失却古拙的风范，并且成为主要描述春秋战国时期“和夷”生活情采的“窝果奴局文学时代”的扛鼎之作。

第二节　神灵的世界——《烟本霍本》《俄色密色》《查牛色》

《窝果》第一章《烟本霍本》，第二章《俄色密色》和第三章《查牛色》描述了世界初始之际，伟大的众神创造天地万物的功绩，向我们展示了一个生机勃勃的神灵世界。

一、《烟本霍本》：神圣家族的产生和发展

《烟本霍本》中说到：“在那最老的老人也难记清的时候”，世界只是一片黑雾，如同漆黑的大锅盖在这片大海之上，世界唯一的生物是一条“足有魏拖魏恰魏七魏罗”（9999 庹）长、宽“七十七个缅花戚里（一目所及的最大距离）也难量”的巨鱼，名叫“密乌艾西艾玛”（地下的、金色的母鱼），它就是生下天地日月诸神的“金鱼娘”。金鱼娘 100 年翻动一次身子，翻过 77 回，于是醒来，生出了天神和地神居住的天与地，又从鱼鳞中抖出七位大神：天神俄玛、地神密玛、太阳神约罗、月亮神约白、

男人神烟蝶、女人神蝶玛、地震与海洋之神密嵯嵯玛。天地、日月、人神都是“一对一对”的（并非仅指男女成对，天神地神是两位女神，日月神是姐弟，人神才是夫妻），唯有密嵯嵯玛是孤独的一人，于是她发誓要与以上三对神争当万能的神王。她骑上金鱼娘的背搬动鱼尾，大地就摇晃起来，她的鼻孔吹出的狂风能举起沉重的巨石，她的嘴巴喘出粗气，能吹断粗大的树干，她的肚脐眼、屁股眼喷出的飓风，使天地陷入昏暗之中，她抖动长长的衣裳，洪水就淹没天空。总之，她就是这样一个脾气粗野力量巨大的恶神。另外三对神对她的作为很不服气，太阳神生出两个太阳，月亮神生出两个月亮，发誓要把密嵯嵯玛居住的大海晒干，地神密玛也生了许多子孙，要把大水排挤出世界。神们就这样发动了可怕的战争。

金鱼娘最先生出来的天神俄玛没有卷入战争，她住在最高一层天的雄伟宫殿“烟罗”神殿里，进行着自己的事业。“她是最高最大的神女，生下天上地下的大神，世间所有万物，也是她来生养。”她先生出两个美丽的姑娘烟姒和玛奔，这是专司“流传到今的十二种古规古礼”的法典女神。俄玛又生下人神玛窝，从此开启了“俄玛—玛窝—窝觉—觉涅……”的哈尼族家族世系连名谱牒。她又生下一系列自然神：光神、雷神、风神、雨神、云神、天河神等天神，和山神、江神、崖神、树神、石头神、青草神等地神。她还“生下一位最高能的姑娘”，这就是万能的神王“阿匹梅烟”（老祖母梅烟），由梅烟神王执掌万神与万物。阿匹梅烟又开启了神王的谱系，她生下大神烟沙（男神），烟沙又生下沙拉（男神），实行的是梅烟—烟沙—沙拉的连名制。这三代神王管理着众神，裁决神们的纠纷。烟沙大神生下九位神：管风的神米沙、管雨的神即比、管雷的神阿惹、管土的神达俄、管籽种的神妮玛、管水的神阿波、管田的神得威、管地的神朱鲁、管沟的神阿扎。烟沙大神还生下五种金属神，并经阿匹梅烟封赠，拥有巨大的威力，这就是金子神、银子神、黑铁神、黄铜神和白锡神。

阿匹梅烟的语言具有神奇的力量，经她亲口说下，另有 12 个号称“乌麾”的神对天地人间的若干重要事物具有辖治大权，这就是管天的咀摩（又称直摩）、管地和管庄稼的 × × 和 × ×（缺名）、管人身安全的阿匹梅烟（因极重要，由老祖母亲自充任）、管牲口的摩咪扎里、管太阳的搓鲁约策、管月亮的俄多麦节、管甑子的那斗阿娄、管灶火的蝶里艾斯、管山管树的松玛阿策、管河水的麦期麦所、管水的厄戚戚奴。这就是有名的“十二乌麾”。阿匹梅烟还封出一位特殊乌麾，就是手里永远拿着刻有九道纹的牛角号（战斗的号角）的战神扎略阿则。

诸神各已就位，但是他们的寿命都不长，大家找到神王沙拉请他想办法，沙拉无法可想，又找到神王烟沙，烟沙就请母亲阿匹梅烟生下九个“永生不死的姑娘”。神王烟沙把这九位妹子嫁给九位神：烟姒然密（与天神俄玛生出的烟姒并非一人）嫁给大天神俄烟，玛白然密嫁地神，约白然密（非月神约白）嫁太阳神约罗，约回然密嫁月神，戚姒然密嫁水神，嘎姒然密嫁路神，嵯白然密嫁石头神，婼姒然密嫁庄稼神，米鲁然密嫁龙神欧罗。但是这九位“永生不死的姑娘”生性顽劣，不甘出嫁，嫁出之后纷纷逃跑，烟沙大神只好砍来九山九箐的藤篾，把她们绑在自己丈夫的身上，这样，九位神灵的寿命才得以绵延。因为这九位姑娘的出嫁，世界发生了很大变化，不但生机勃勃，而且生出许多规矩，如约白约回嫁给日月之神以后，人们就会认辈分长幼了：“数数日子月份去吧，大一日也叫阿哥阿姐，小一日也叫阿弟阿妹，大一辈叫阿爸阿妈，小一辈叫姑娘儿子”，人间就有了长幼之序。又如嘎姒嫁给路神以后，“话的大路才通了，有嘴的才会说，有耳的才会听”，这就是语言的产生和运用。“嘎姒姑娘出嫁了，亮光的路才能通，太阳月亮神才会顺着光路，一个跟一个走在天上”，才有日月的更替，即时间的流转。“嘎姒姑娘出嫁了，庄稼的路才通，庄稼神顺着十二条大路，走在天上和地上——一条是籽种的路，走过生根开花结果的路程，一条是四季的路，经过了春夏秋冬的时间，一条是水土的路，通过挖沟引水的艰难。”这又是整个的农耕过程，有作物的生长，有四时的更替，有人类的劳作，也即是自然规律。

神王烟沙又对众神实行分层管理，“管理众神的头人，是那有权有势的‘直’，‘直’的上头又高坐着‘搓’，‘搓’是管头人的神；‘直’的下面又站着咪谷和寨主，咪谷是众神的小头人，寨主是神寨的阿波（阿爷）。”即在神界分出搓——直——咪谷和寨主的阶层。

以上就是秩序井然的哈尼族神灵世界和神灵世系。

由神的世系又开启了人的世系：天神俄玛生下第二代人祖玛窝，玛窝生下第三代人祖窝觉，以下按照连名谱系排列下去，即窝觉——觉涅——捏直——直乌——乌突——突玛——玛约——约涅——涅本——诗米乌——乌突里——突里佐——佐梅烟——梅烟恰——恰乞形……一直排到歌手朱小和本人，计有八十余代之多。这第一二代人祖，“他们生着什么脸，他们长着什么脚，肩上扛着几个头，头上生着几张嘴，这些神的事情，最大的贝玛也说不清，只知他们会用背走路，两代人分不出大小。”第3代“窝觉”虽贵为天神而愿住到地上来。第4代“觉涅”遍体长毛，鬼头鬼脸（“涅”即“鬼”）。第5代“涅直”虽然仍是“鬼”，但有了“王”（“直”即“王”）。第6代“直乌”从蹲踞状态向直立状态发展（“乌”即“活起来”）。第7代“乌突”呈连蹲带站状态，还站不稳。第8代“突玛”就是直立行走的人了，所以又叫“阿培突玛”，即“直着身子走路的祖先”。但是她很懒，很笨，常常为一些烦琐小事上天去找天神帮忙。神们不胜其烦，就砍掉她的九个头，只留一个好让她专心想事，好变得聪明一点。因为她原来生着十个头，头绪太多。神又砍断天梯，使其不能再上天。第9代“玛约”已能住进树洞或崖洞（“约”即“洞”）。第10代“约涅”已稍许聪明一点（“涅”除“鬼”外，还有“聪明”之意）。第11代“涅本”就脑筋开窍了（“本”即“开通”、“聪明”），而且耳朵也听得见别人说的话了。第12代“诗米乌”已能认母亲了（“诗米乌”即“不会吃错奶头”）。第13代“乌突里”已有固定的男女交配对象（“乌突里”即“钥匙放进锁洞里”，喻男女交合），“银打的钥匙放进金打的锁，男女相交也不会认错，阿爸也会认了，阿妈也会认了，母亲肚子大起来，也会用手把小娃接到世上。”而“乌突里”以前的祖先，“生小娃不会用手接，他们的小娃都生在蛋壳里，阿妈抱开蛋壳才会爬出小娃，阿妈生下的蛋是两个，单单的一个不会下，一个蛋里抱出儿子，一个蛋里抱出姑娘。”第14代“突里佐”和第15代“佐梅烟”就结成了部落（“佐”即“部落”）。第16代“梅烟恰”则生殖机能尤其强大，她第一次生出人的直系祖先恰乞形，由此接着排下哈尼祖先的连名谱系。恰乞形又生了三种飞禽动物的祖先，“第二回生下了优哈，这是所有会跑的野物的祖先”，“第三回生下了优本，她是所有会爬的野物的祖先”，“第四回生下了优贝，这是所有会飞的野物的祖先”。这样就构成了一个组织完善的、分工合作的神、鬼、人和动物飞禽杂糅混一的神话世界，由他（它）们演出一幕幕天上人间的戏剧。

从巨鱼生天地万物及万神可以看出来，其神话观念是十分古老的，不但融有后世因受百越文化——百越系民族如傣族神中就有巨鱼造天地的说法——而形成的稻作农耕神话的影响，而且可以上溯到哈尼族先民“和夷”之前的渔猎时代和渔农时代原始神话观念，彼时的社会正由原始群向氏族社会过渡。但是上述严密的，经过精心编织而成的神圣家族谱系的形成又告诉我们，这些神话受到祖先崇拜的影响。

摩尔根在考察民族社会政治制度的时候，对女性中心现象做出合乎科学的分析，着重肯定了生殖功能在民族集团中的地位。他说：“氏族就是一个由共同祖先传下来的血亲所组成的团体，这个团体有专名以资区别，它是按血缘关系结合起来的……在往古时代，世系一般均以女性为本位；凡是在这种地方，氏族是由一个假定的女性祖先和她的子女及其女性后代的子女组成的，一直由女系流传下来。当财产大量出现以后，世系就转变为以男性为本位；凡是在这种地方，氏族就由一个假定的男性祖先和他的子女及其男性后代的子女组成，一直由男系流传下去。”[①] 摩尔根的理论体系在当今的人类学界遭到强烈的抨击，尤其因我国理论界曾一度将其奉为圭臬加以绝对化，导致许多方面研究的偏颇，从而引起人们的反感。但我们认为他关于女性到男性社会中心的转移大致是符合民族和人类学调查的事实的；当然，将其绝对化在任何时候都是不恰当的。从上述哈尼族神话系统来看，摩尔根这一理论并未完全过时。

首先，一切由女性肇始。在《烟本霍本》中这一“女性祖先”就是金鱼娘。天神系统和人祖系统则是由天神俄玛这一“假定的女性祖先和她的子女及其女性后代的子女”开启并予以延续，直到男性祖先出现。天神俄玛（哈尼语中，“俄”是“天”之意，“玛”是“最大的女性”之意，合其二者为“最大的天母”）生出四类大神：首生制定管理法制的两位女神烟姒和玛奔，次生人祖玛窝，并由此延续人类世系谱牒直到歌手本人，三生一系列自然神如光、雷、风、雨、云、天河等等诸神，四生执掌众神

① 摩尔根：《古代社会》上册，商务印书馆 1983 年版，第 62 页。

管理的女神王阿匹梅烟，由阿匹梅烟又开启梅烟——烟沙——沙拉的神王世系。这里最重要的是两位俄玛的女性后代，即玛窝和阿匹梅烟，她们是构筑庞大的神灵世系的中介环节。

古歌中展现的这一神灵系统是哈尼族先民母系社会生活的写照，那个时代，由于女性的生殖功能使她们能够君临四方，养育万类。这是女性的骄傲，这股豪迈之气在古歌中处处洋溢着——

烟罗神殿的正中，
坐着威严的天神俄玛，
她是最高最大的女神，
生下天上地下的大神，
世间所有的万物，
也是她来生养。
……
最高最大的天神俄玛，
生了一位最高能的姑娘，
这就是天母阿匹梅烟，
"阿匹梅烟"响遍八方。
梅烟是万能的女神，
梅烟是众神的尊王，
她指挥着万神万物，
不给他们颠倒混乱。

——《窝果》第一章

二、《俄色密色》《查牛色》：农耕伟力的壮丽颂歌

众多大神诞生之后，便要进行活动，以表现自己的存在。他们最伟大的功绩，就是造出了人类所生存于其中的天地和供人类食住的自然物质。《窝果》第二章《俄色密色》（造天造地）和第三章《查牛色》（杀查牛补天）正是对他们这一活动的描写。

《俄色密色》这样描述神造天地：万神之神阿匹梅烟召来战神扎略阿则，要他召集天地诸神，对他们传达她"造天造地的话"。听见阿匹梅烟

的号令，“高天矮地走着数不清的神”，“三层高天的神殿动起来了，大殿里走出一窝一窝的神”，有太阳神约罗、月亮神约白、雷神阿惹、雨神即比…… “他们踢出的黄灰，把三层天的脸蒙上黄罩!”“地底下的龙宫也像打摆子一样动了，宫门里走出望不见头的地神大队”，有龙王欧罗、水神阿波、地神密玛、土神达俄……他们“像大水从岩洞里喷出来了!”“百个大神动起手，千个大神动起脚，众神的身子动了，肚子也动了，眼睛也动了，嘴巴也动了，造天的声音轰隆轰隆，造地的声音叮叮咚咚”，造得天地像醉汉在摇晃，造得天地闪出红光绿光金光银光。

造天地怎么造呢？完全模仿哈尼族建盖蘑菇房（哀牢山地区哈尼族传统的居屋）的程序：先下石脚，再立柱梁，再扎草排盖草顶，再安门窗；房屋分三层，下层关猪鸡牛马，中间住人，顶层堆放谷物和杂物，远望仿佛一朵巨大的蘑菇——只不过所有这一切在古歌中都被加以若干倍数的扩大和夸张。

先造天。造天要安天架，天架用金银打就，又用金篾扭成金扎绳，用银篾扭成银扎绳，大神烟沙派两窝银燕样的飞神用扎绳把天架绑牢。又从烟罗神殿的后山撬来蓝色的石头，铺出蓝汪汪的天，铺天的时候要留下沙子一样多的天眼，这就是满天星斗，“星星不停地眨眼睛，就是天神把世上来瞧”。又挖出两条银河给雨露作为下降人间的通道，又开出四道绿玉、黄金、白银、黄铜的天门，以供天神出入。重要的是还要留下最大的天眼供三对报春的鸟儿出入，这就是“金嘴金嗓的阳雀”、“嘴生黄毛的布谷”、“身披花衣的唧唧本本鸟”；它们并非凡鸟，“阳雀是天神烟沙的媳妇，布谷是天神俄烟的姑娘，唧唧本本是天神俄玛的侄囡”。其所以重要是因为它们每到春天来临，就要从天宫飞到人间，向哈尼报告春耕时节已到，人们必须按时进行犁耕播种活动。

后造地。造地要下地脚，地脚“下在十条大水淌拢的水尾”，又由“龙王的工匠神”和“蛇王的工匠神”造出金柱、银柱、铜柱和铁柱。下地脚是最重要的（一如盖蘑菇房的下石脚，山居的哈尼族为防止山洪冲刷，石脚须砌得有人高），于是三位地神王密则、达拉和阿尼决定打造风箱来炼化铁水、铜水、银水和金水。选遍所有木材，最后取松树做出风箱，它鼓出的“浓烟像乌山的雾露，把天地的脸蒙住了”，它鼓出来的气则是催发万物的春天之气。古歌对打造地柱的锻炼过程描述得极生动详细(这或许与歌手朱小和本人就是有名的铁匠有关),如用金银铜铁的锤、钳和砧,打出的地柱要在东南西北四方“十条大江的水尾”蘸水等等。最后把地柱支在金鱼娘密乌艾西艾玛的身上,然后用黄土和黑土铺好。铺土也是极重要的,所以三个地神王“像三只大公鸡把土刨”,而且九位大神米沙、即比、阿罗、达俄、妮玛等等也来了,蚂蚁、土狗、蚯蚓、草鞋虫等小动物也来参加这一工程。最后为了把地造得像蜂窝一样有凸有凹有高山有河谷,三个地神和九位大神拉出老虎、兔子、龙、蛇、鸡、狗等所有动物,让它们犁地,最后是牛把大地犁得高高低低,大地上便有了高山、平坝、龙潭、江河。

最后一道工序是黏合天地,否则“天神咳一声嗽,天会飞上去,地神喘一口气,地会落下去”。神们用尽金、银、铜、铁还是无法粘牢天地,唯有用“三团黄泥巴”才把天地粘牢了,这样,天地就营造成功了。

神话是人类生活的翻版与放大,正如鲁迅先生所说,神也不过是普通人的扩张,颈子加长二三尺而已。但是哈尼族创世神话为何以自己的民居式样为造天造地的模型呢?难道神灵们的生活空间(神话中的天与地是神们与万物活动的空间)仅仅是现实中的蘑菇房那么狭窄的范围吗?不,此中蕴有深意在。

哈尼族是一个农耕民族,又是一个迁徙频繁的民族。农耕民族而迁徙,这是一个悲哀的历史过程。因为田地是无法迁徙的,而田地是民族生存的根基,先民们在迫不得已的情况下才弃之而去,另辟田园。房屋是无法迁徙的,也只好弃旧图新。所以,耕田与民居是农耕之民的两大生存支点。司马迁独具慧眼,在《西南夷列传》中就凭借这些特征来区分不同的民族与文化。其云:

> (西)南夷君长以十数,夜郎最大,其西靡莫之属以十数,滇最大,滇以北君长以十数,邛都最大,此皆魋结、耕田、有邑聚。其外西自桐师以(东)北至楪榆名为嶲、昆明,皆编发,随畜迁徙,毋君长,毋常处,地方可数千里。

其中,夜郎、靡莫、邛都等数十种“西南夷”因“耕田、有邑聚”(必有固定居屋)而为农耕民族,嶲、昆明等“西南夷”则因“随畜迁徙”（自然无固定居屋而仅有帐幕一类活动房屋）而为游牧民族。因生产生活模式的不同，形成前者“君长以十数”与后者“毋君长”的不同社会形态与结构。其中，农耕之民的“有邑聚”与游牧之民的“毋常处”恰是二者民俗上的最大区别而引起司马迁的重视并加以记载。可见，民居所代表的不仅仅是容身居处的范围，它涉及整个民族文化的构成基础，因而是一个广大的、无所不包的空间，幻化为神话素材，就是天与地（因在先民们看来没有比这二者更大的范围了）。因此，建造蘑菇房式的天与地的工程，实际上是对农耕模式的颂歌，天地众神造天造地的伟力，是哈尼族先民在耕作中体现而出的创造物质财富的伟力的变形与升华。

第三章《查牛色》又从另外的角度对这一创造的力量予以歌颂，而且以更富于激情的、更加浪漫的方式进行——耕牛化生天地万物。

其说天地造成之后，“太阳有光，照不出七庹，月亮有亮，照不出三庹……不补太阳不得啦，不补月亮不得啦。要补嘛，连天也要补，连地也要补，天不补要垮，地不补要塌!”怎么补呢？只有“把巨大的查牛拉来杀!”查牛为何物？它是天神的神牛，喂养在龙神欧罗的宫殿里，因它天天在烂泥塘里打滚，就变成“查牛”（“查”即“土”），也就是哈尼山寨家家喂养的、喜欢在泥塘里打滚的耕牛的神化物。然后古歌有声有色地叙述神们怎样杀查牛：智慧之神乌孔拔森说出杀查牛补天地的话，天神俄玛的姑娘俄白和龙神欧罗的媳妇俄娇拿着天神烟沙的金刀和龙王的银盆来杀牛，三个地神王和俄玛天神的小儿子来按住牛脚，高能的贝玛用树叶遮住牛眼，这样他们把大山一样的查牛杀倒了。这时出现了神迹：牛血抹上天空，变成鲜红的彩霞，牛鼻喷出的气，变成遮盖天地的云雾，牛的三滴鼻涕，变成七月的雨水，牛的两滴眼泪，变成银河里的露水，右眼变成阳光，左眼变成月光，给世界带来光和热，偏牙变成北斗和启明星，大板牙变成满天繁星，血槽变成沼泽，舌头变成动物的声音，耳朵变成动物的听觉，胆汁变成动物的勇气，脑髓、牛肉变成大地上的黄土和黑土，嗓管变成狂风，肚子变成湖泊，大肠变成银河，小肠变成江河……各个部件——岔肠、脊梁、肋巴骨、牛角、尾巴、膝盖骨、脚杆、脚趾、脚趾尖、胡子、肚脐……都变成不同的东西，使这天地万物充满活力，富有生气。

世界上没有哪一个民族比哈尼族更爱耕牛了。耕牛是所有农耕民族最重要的生产工具，但是相较于坝区之民，世居于山区，劳动强度增大了数倍而又垦殖出千层梯田的哈尼族对耕牛的依赖不知增加多少倍，因此其依恋、挚爱之心也不知增长多少倍。所有的哈尼族都把耕牛看作“发家的财富”，编织出多少动人的歌谣。古歌中常有这样的句子：“像水牛一样宝贵的独儿子，像大田一样宝贵的独姑娘。”以水牛和大田与人的亲密比拟父子、父女的亲情，这是何等深刻的情感！在民俗中还有一项活动：每年春耕结束后，为表示对辛苦了一春的耕牛的敬意，专设“牛纳纳”，即“牛休息节”。届时各家用紫泽兰煮水洗身，并以鸡肉和紫水染糯米饭供祖祭神，感谢神祖赐给哈尼族最好的帮手耕牛。然后以鸡肉、肉汤拌糯米饭喂牛，同时喃喃告慰耕牛：春忙已尽，你可以无牵无挂地上山啃青休息去了！由对耕牛的爱到对耕牛的敬（哈尼人从不鞭打或咒骂耕牛）到以耕牛为神，从而创造出耕牛化生天地的美丽神话。古歌对耕牛的歌颂中，所投寄的感情之深，是罕见的。一个简单的杀牛过程也被说得那样有声有色，谁出的主意，谁去杀，用什么杀，用什么接血，怎样化为天地万物等等，竟是一组美丽的动画。

另一方面，耕牛形象的憨厚、质朴、本实、勤劳、奋作，也成为哈尼人性格的表征。可以说，古歌中的查牛就是哈尼人的化身，歌颂查牛的丰功，也是歌颂劳动者创造本体的哈尼人，二者是一而二，二而一的。哈尼人正是凭借自己生生不息的奋作，世代相袭的勤劳，才开发出连天接云的梯田，创造出举世闻名的梯田文化，从而使自己跻身于各兄弟民族之林的。查牛的创造万物，即哈尼人的创造万物，查牛的以生命化生，也是哈尼人在对大自然搏战中以生命相求的精神的“人的对象化”。因此《查牛色》又可称为哈尼人对农耕之牛的最高礼赞，对劳动、对创造之力的最高礼赞。

以上三章描述的神灵世界是如此绚丽神奇，充盈于其中的时代氛围是如此生机勃勃，正体现着哈尼先民由游牧演进到农耕经济时代，作为一个新兴的南方农耕民族在发轫之初的活力与喜悦。他们对周遭世界的认识由于经济和文化观念的更新，有了全新的感受，因而对每件日常习见的事物——天地、日月、山川、河流、草木、禽兽……都有着惊奇与发现，催促着他们前去探索、开发、利用，这样就构成了“造天造地”（而且是以农耕方式）神话的基因。而在这“造天造地”，尤其是以“查牛化生”的“造天造地”运动中，体现着拥有崭新视角、崭新创造能量的大写的“人”的本质力量，于是古歌中的造天地活动就变得那样轰轰烈烈、气吞山河了。

《神的诞生》一章主要表现了神的、女性的、生殖的能量，更多的是对女性祖先的崇拜意识，因此意境更为苍古浑莽。而《造天造地》尤其是《查牛色》两章，虽然直接描述的对象是神，但人的活动（农耕）已贯彻始终成为高蹈一切的决定性力量。这一变更表现了社会的进步，也表现了人类审美的进步和文学的进步。

第三节　人猿揖别之歌——《毕蝶、凯蝶、则蝶》《俄妥奴祖》《雪紫查勒》

《窝果》第四、五、六章描述了人类如何从动物界走向真人的文化历程。从叙述的内容来说，异常古老，但从哈尼族先民本身缘起、演进的历史探索来说，则是在产生了明确的“自我意识”之后发生的。

一、《毕蝶、凯蝶、则蝶》

此章本义为“人的起源、植物的起源、动物的起源”，但古歌着重叙述的是人的起源以及与人关系密切的植物中的庄稼和动物中的牲畜的起源。

古歌接着第一章中的人类谱系唱起，即第十六代祖先梅烟恰是一个“万能的阿妈”，她“生出一切有血的动物，她把四个种类的祖宗生下：头一个是人类的先祖，名叫恰乞形阿玛；第二个是会跑的种类的先祖，名字叫优哈阿玛；第三个是会爬会扭的种类的先祖，叫作优本阿玛；第四个是所有会飞的种类的先祖，那是优贝阿玛。”在这四种动物的“四条嗓管里面，只有一条会说会唱”，这“就是大囡恰乞形”。她又有一个神圣的称号叫“得摩诗匹”，“‘得摩’是她的奶名，‘诗匹’说她是大贝玛”。这位非凡的祖先有一连串的神迹：“不单是人神的姑娘，天神地神也是她的阿爸阿妈，天神的姑娘阿奔也是她的生母，地神的儿子阿则也是她的阿爸”。

神赠予她九条生命，赠予她最美好的语言，“后世传唱的千万篇烟嘎（故事），开头唱诵的就是她”。“得摩还会通阴通阳，人和鬼都听她的话”，她“每日上下天庭，她做了大神梅烟的媳妇”。不仅如此，她还当了“世上的第一个头人”，“头戴高高的银冠，管理世间的万人”。得摩诗匹生下两个女儿，一个是“不死的姑娘摩依”，一个是“不死的姑娘直略”。她俩的女儿遮姒和遮奴分管家畜和野兽，并创造了十二生肖历法。“遮”的哈尼语义是“财富”和“牲畜”，表示由于这两位姑娘的出现，人间财富（以牲口为主）大大增加了。

那个时代是“人兽不分”的时代，人与兽相互成亲。“天神生出的三姊妹”，三妹嫁给了毛虫，哥哥去探望她的时候把毛虫妹夫打死了，三妹伤心痛哭，也变成一条大毛虫。二妹嫁给豹子，哥哥去看她时，与豹子妹夫一起去打猎，趁机把豹子妹夫射死了，妹妹痛苦万分，“‘啊呜’一声爬在地下，身子变成豹子，手脚变成豹爪，阿哥赶紧拽，只拽住人头不变化；人头豹身的妹子，几纵跳进老林，阿哥拉她回家，她把阿哥来抓。”大妹嫁给猴子，哥哥想逮它逮不着，就心生一计和它比赛爬树，猴子一听喜欢了，因为它是爬树老手。哥哥说他有个爬树的宝贝要回家去拿，为了不让猴子趁机先爬，得把猴子绑起来，猴子就让他绑，哥哥一绑好，马上用弩把它射死了。“达奔（大妹）听见男人死了，‘叽喳’一声朝树上爬，阿哥一把抱住了，身子手脚都按牢，可惜屁股没抱住，生出一条长尾巴。”“三个妹子都变了，阿哥实在是伤心，从此不给野物上门来，再不和野物打亲家。”这样就产生了真人。

以上是人类的起源。

庄稼（植物）的起源是三位祖先去向神要籽种。古歌唱到，古代没有老林和庄稼，人和野物都不会活，为了上天去找天神要籽种，要用象骨搭天梯。先祖三兄弟去找大象，先是大哥二哥背着尖刀和长矛去，但是被大象摔倒了。三哥仔细观察，发现大象爱吃葫芦叶，就把葫芦籽撒到悬崖边，葫芦叶发出来大象就来吃，吃完一崖的葫芦叶，大象摔下悬崖摔死了。这样他们拿到大象骨，做成天梯，上到天庭，要到籽种，撒向人间，撒出330种庄稼7700种大树。

“动物的起源”向人们排出的这个动物连名谱系，完全是人类世系的翻版。其说野生动物有3500种，分别是优本、优贝和优哈的后代。优哈“生出了会跑会跳的儿女”，“头一个是花皮尖牙的老虎，第二个是身披毛衣的老熊，第三个是眼睛灰灰的大狼，第四个是头顶尖角的马鹿”。老虎先生下小老虎、豹子、兔子；豹子又生下小豹子、野猫、草豹；草豹又生下小草豹、破脸狗和狐狸。老熊生下小熊、飞虎、狗熊。狼生下小狼、“贝”（一种身小性凶的小动物）、黄鼠狼。马鹿生下小马鹿、鹿子和岩羊。优本生下龙，龙生下小龙、乌龟、大蟒、蚯蚓、黑蛇、红脖子蛇和大鱼；乌龟生下小乌龟、四脚蛇和团鱼；大蟒生下小蟒、懒憨蛇和秃尾巴蛇；蚯蚓生下小蚯蚓、蚂蚱和泥鳅；黑蛇生下小黑蛇、花蛇和青蛇；红脖子蛇生下小红脖子蛇、黄鳝、水蛇；大鱼生下小鱼、花鱼、虾子、螃蟹、虾巴虫等等。优贝生下老鹰和喜鹊，老鹰生下小老鹰、猫头鹰和乌鸦；乌鸦生下小乌鸦、鹦哥和“血娜”（哀牢山区河滩上一种小鸟）；猫头鹰生下小猫头鹰、箐鸡和阳雀；喜鹊生下小喜鹊、红尾鹊和“恩西果维鸟”（河边石头上的一种小鸟）。总之，所有的人、飞禽、走兽和游爬类，都是亲戚，“大家都在一个家谱里记下”。

这就是《窝果》第四章向我们展示的内容。在这部原始思维的“历史著作”中，哈尼族先民形象化地、天真浪漫地、但也十分准确地把握到一些人与动物相区别的基本要素。

它首先塑造出一个文化英雄“得摩诗匹”，这是一位“生出一切有血的动物”的“万能的阿妈”梅烟恰（实际也是神）首选的特殊成员。这位神把一切美好的东西都加诸其身：惟得摩诗匹的嗓管“会说会唱”，这即是有了表达、沟通的工具语言，和原始的歌唱艺术。即不但可以联系族类（有语言）而且可以抒发性灵，这是任何一种动物都无法具备的，所以由此人开始，传下了“后世传唱的千万篇烟嘎（故事）”。得摩诗匹生下的后代遮姒和遮奴创造了十二生肖历法，划开了野生动物与家畜的界限，使人间财富大增（物质的），同时也使人间的精神大长（文化的）。

这一系列的创造每一个都具有划时代的意义，因为它们是不同文化时代的代表。人类学研究的结果表明，人与动物最根本的区别在，人是文化的动物，人的本质是文化。正是在文化（价值标准和行为模式）的有无这一点，从根本上划开了人与动物的界限。“得摩诗匹”这个形象的重要性就在于，她是原始文化的代表，所以她有着异乎寻常的功能。作为文化代表的她除却以上议及的歌唱与语言等等才能外，古歌说她“还会通阴通阳，人和鬼都听她的话”，她“每日上下天庭”，即拥有一套巫术本领，能沟通人与鬼神，她还是“世上第一个头人”，“头戴高高的银冠，管理世间的万人”，表明她又是一个集政教权力于一身的大人物。

综合上述，我们可以认为“得摩诗匹”的时代巫风大作，人与鬼神有着亲缘关系且能相互沟通。有了这些文化，人类方始从动物界中分析而出，因而《毕蝶、凯蝶、则蝶》这章古歌，可以说是一首温婉而饶有情趣的人猿相别之歌。到了人与动物（毛虫、豹子、猴子）婚嫁的相绝，就从血缘认可的视角砍断了人与动物的联系。这篇神论同时表现了远古之世各个血缘集团间互不婚配（氏族内婚）的形象化，古歌中的“毛虫”“豹子”“猴子”或许是以这些物类为图腾的氏族的徽号。

这个时代人们重视的是血缘这种生理性的联系，因此一切分类都笼罩上这样的色彩。人、飞禽、走兽、爬行游动类都编织在一种血缘（以连名谱系为代表）网络系统中，大家都成了亲戚，都有关系。这也是人与自然相适应的一种文化观。有了这样的观念，古歌在叙述不相关的族类时，打破了所有界、门、纲、目、科、属、种的科学分类，以独特的“原始分类学”，作着从容自如、饶有情趣的歌唱，仿佛一切的关联真的就是这样。这使古歌呈现出一派率真的稚气，与人类童年的古风十分相契。

二、《俄妥奴祖》和《雪紫查勒》

人类从动物界脱息而生，野兽“亲戚”就成为人的对立物，异类相残，互以为食。人类相对于虎豹之类的猛兽是弱小的，要自强自立则需有所凭借。《窝果》第五章、第六章就叙述人对火的运用和弓弩的发明，有了这两样东西，人就能与自然界对抗从而战胜它。

第五章《俄妥奴祖》（雷神降火）说，有一次雷神用弓箭来射人间，使森林燃烧起来，千百种动物被烧得四散奔逃，有的被烧成焦炭，有的被烧熟烤香，哈尼祖先躲在山洞里幸免于难。他们看见“洞外的东西（火焰）会飞，会飞又不见翅膀，洞外的东西会跳，会跳又不见生脚，瞧是老实好瞧，玩也老实好玩。”胆子大的用手摸摸，马上被烧伤手掌。大家被火烟熏得黑漆漆的，互相不认识了，从此知道雷神的厉害，于是来祭祀雷神。

古歌里穿插了一个有趣的故事，以渲染雷神的威力。其说雷神把雷砸进龙宫，躲避不及的地神被打断脚杆，从而有了“阿里”的外号（哈尼语意为“断脚神”）。雷神在天上放雷，不小心炸到站在旁边看热闹的天神菲伯的手，菲伯从此也被称为“拉夺菲伯”（哈尼语意为“断手神菲伯”）。雷声远去山林火熄，祖先们看到满山烧死的野兽就来吃，发现味道鲜美，知道这是雷神的本领——“把香味放进肉里”，“把热和放进肚子里”，非常高兴，就从余烬中找到火种，小心加以保藏，火成了他们离不开的东西，冷天可以取暖，打猎可以烧山，于是亲热地称之为“亲亲的火娘”。这“火娘”改变了人和野兽的关系，“原先人怕野物，野物爱来抬人，这回有了火娘，野物不敢拢身旁”，成为山林的主人。

第六章《雪紫查勒》（采集狩猎）讲述远古的先祖住在老林，向野物学习生活的本领。先是向鸟雀学盖房，他们问鸟雀：“阿尼（弟兄），你有七个小娃，住处只有一个，在不下的孙子孙女，哪里去躲雨躲风?”鸟雀答：“不怕，阿尼，再有七十七个子孙，我也会搭七十七个在处!”于是他们盖成了鸟窝状的住房“虾雀”（哈尼语意为“草棚”）。先祖每天采集树果和水菜吃，因为不会识别哪些能不能吃，“早上吃死七个姊妹，晚上吃死七个弟兄”，就去问生活在树上的“飞虎”（树熊类小动物，生有肉翅，可滑翔于树林间）和天鹅。“飞虎说出七十七样果，圆的红的是吃得，尖的绿的吃不得，滑的甜的是吃得，癞的苦的吃不得”，天鹅也说出十七样水菜，“绿的亮的是吃得，黄的烂的吃不得，嫩的鲜的是吃得，老的枯的吃不得”，这样解决了吃的问题。但是光吃树果和水菜不好，“不吃草籽的先祖，不是会饱的先祖”。他们又向老鼠请教，学会了吃香喷喷的草籽（野生谷类），从此老鼠和人分不开，鼠在十二属相里认作最大的弟兄。

依靠采摘无法根本解决食物来源，先祖们拜“黑头黑脚的蚂蚁王”为师，学会围猎，因为细小的蚂蚁能猎到大于它们身躯百倍的动物。但是对于凶猛的大型兽类和奔走迅速的动物人就无法猎获，于是一对夫妻阿嘎和德松就依靠自己的聪明才智发明了弩。阿嘎带妻子德松去追赶猎物，阿嘎碰弯一棵树弹到后面的德松身上，把她打倒了，他们就把野兽经过的小路旁的树扳弯，做上绊扣，依靠这个办法开头能猎到一些野物。但是野物们也有了经验，凡是有弯树的地方就不再走，他们又没吃的了。他们就想，怎样才能“做个会抬走的弯树，撵赶野物就更稳当”，于是发明了弩。这样他们就厉害了，弩箭“老箐再深也会下，老崖再陡也会上，射倒会跑的麂子马鹿，射翻会跳的兔子岩羊，射断九山的虎腰，射跛九洼的大象”，“撵得老虎不敢叫，撵得野猪不敢嚎，撵得长蛇不敢钻出洞，撵得老鹰不敢歇翅膀”。弩箭的功劳巨大，为此哈尼族就把弩箭叫作“嘎德”，以表示对阿嘎和德松这两位英雄祖先的纪念。

通过用火与制弩这两件关系人类文化发展的重大事件的描述，古歌进一步叙述了人与动物相区别的过程。用火是人类历史的一大进步，火源来自自然界的雷击是合乎常理的。火使先民们有了抵御野兽侵袭的工具，熟食不但使食物有香味，可以增加热量，同时使人体更好地吸收蛋白质，增加脑容量，这对人类向文明的演进作用十分巨大。

古歌中反复说到雷神的威力不但为野兽和人类惶恐，连天地神灵也大有畏惧。地神被雷打成断脚“阿里”，天神被炸成断手“拉夺菲伯”，足见雷声震响大火烈烈之际对人类心灵的震动是何等强烈。所以古歌这样唱到先祖们的反应——

这下认得了，
雷神阿惹力最大，
他要干哪样，
就会干哪样！
这下不敢罗，
雷神火气最旺，
哪个逗着他，
不死就是伤！
先祖里走出贝玛，
请求雷神饶恕下方：

"雷神阿桂啊，[1]
你的脖子比牛脖粗，
叫出声音老实响。
神啊，
砸嘛，不要砸了，
炸嘛，不要炸了，
我们认得害怕了，
我们认得心慌了！
……
阿波啊，
我们认得你的力气了，
饶恕我们力气小的人吧，
你想吃哪样，
给你送哪样，
你想玩哪样，
给你献哪样！
……
从此先祖啊，
把天神地神祭献，
山塌祭山神，
水淹祭龙神，
牛羊滚崖祭崖神，
火烧房子祭火神
……
不祭的神一个也没有了，
不祭的日子一日也没有了。

——《窝果》第五章

① 阿桂、阿惹均为雷神名，"阿桂"意为"声音最响的雷神"，"阿惹"意为"最爱发怒的雷神"。

这里讲述了宗教的产生。恐惧产生宗教。在原始先民所处的环境中，所有大自然的剧烈变化，如地震、洪水、雷电、森林大火、干旱等等，无不足以引起他们心灵上的巨大震恐。这些非人力所能左右的力量压倒了生存能力低弱的人类，使其精神为之委顿，不得不匍匐在地，对自然力顶礼膜拜，这就是密嵯嵯玛（地震神与海神）、阿桂、阿惹一类神灵产生的原因。

地崩山摧、江河横溢之类在自然界中尚不属于经常性的事件，而雷电交加则一年四季尤其春夏、夏秋之交的暴雨季节必然出现。当先民们蜷缩在岩洞或陋屋中，仰观漆黑的天幕被耀眼的闪电撕裂，继之耳膜遭受巨雷的震动，他们该是何等惊骇！自然宗教的发生，神灵观念的出现在这种时刻是十分自然的。汉族先民出于对雷电的恐惧产生神的意识，并用“申”加“礻”旁以表示，“申”的古字为“電”，可知“神”由“电”生。哈尼族对“雷电”也有自己独到的观察，因此对一雷神就有多种名字从多个角度来表达它，如“阿惹”、“阿桂”（见上页注①）、“俄妥奴祖”（天上的、心肠狠毒的、凶恶的雷神）等等。

这样，原始宗教就从文化的亦即根本的点上把人和动物区别开来了。

宗教只能解决人类的精神问题，物质的世界必须用物质来解决。宗教并不能给人类带来吃的、穿的、住的，先民们于是发明了一系列原始仿生学，向鸟雀、穿山甲、蚂蚁、天鹅、飞虎等学习盖房、制衣、采集和围猎。这表明此时的人类已由消极地、被动地适应自然，变为积极主动地改造自然也是更好地适应自然了。这一时代精神集中反映在发展弩箭的阿嘎、德松形象上。弩箭的发明从力量、速度方面成倍地改善了人与野兽的对比度，因此改善了人在自然界中的地位。人由于依赖自己的智慧（而非体格的粗大、筋肉的强健等生理条件）发明弩箭变成了强者，使人对自己产生了信心，也平添了自豪。他们可以豪迈地宣称：“撵得老虎不敢叫，撵得野猪不敢嚎，撵得长蛇不敢钻出洞，撵得老鹰不敢歇翅膀。”他们已朦胧地意识到，人是远胜于野兽的，因为人有了文化（弩箭即其表现之一），是会制造工具、使用工具的动物。

《毕蝶、凯蝶、则蝶》《俄妥奴祖》与《雪紫查勒》三章表现的社会发展阶段跨度十分大，前者是巫术时代的写照，次者是自然崇拜时代的产物，而后者是文化英雄时代的颂歌。从此，人类的精神与思想就开始了理性与非理性的交互运行，即开始了这二者对立的、相互依存的、此消彼长的发展过程，颂人与颂神就成为文学中两大长盛不衰的矛盾主题。

第四节　历史转折期的经典——《湘窝本》《普祖代祖》《嵯祝俄都玛佐》《虎玛达作》

采集、狩猎时代的文化创造固然可喜，但对于农耕民族（而非游牧部落）的哈尼族来说，人类力量真正壮丽的放射，则是充分体现在农耕文化的创造、发展的建树中。因而《窝果》以六千多行的巨大篇幅（几乎占全歌四分之一），用四个专章来叙述农耕文明的发轫和演变：包含原始农业的发明、向稻作农耕的进化、历法的产生、村寨聚落的建设几个方面，而且歌吟中处处洋溢着作为真正历史主人的豪情。

我们在《导言》中已说过，哈尼族的族源来自西北南下的诸羌部落和云南高原北上的夷越部族的融合，文化渊源为夷越的南方稻作对诸羌的北方游牧的替代，在此背景下，形成了以“和”为自称的哈尼民族，构成了哈尼族独特的半山梯田稻作文化。哈尼族对自己的这一创造具有鲜明的认识并引以为荣，在《窝果》中涵化为一派天真的情趣和一系列壮观的画面。这就是第七章《湘窝本》、第八章《普祖代祖》、第十一章《嵯祝俄都玛佐》和第十二章《虎玛达作》叙述的内容。

一、《湘窝本》（开田种谷）：原始农业到梯田稻作的进化

对于原始农业的发生，第七章《湘窝本》一开头就以饶有情趣的笔调作了探索——

远古的先祖，
单靠打猎过不了日子，
尾（找）遍七十座高山老林，
也难尾着野物的踪影；
单靠树果也过不成日子，
树果少得像白日的星星。

远古的先祖啊，
望着背，倒像人的背，
看着脸，不像人的脸，
像什么脸呢？
像个猴子脸。
先祖饿啦，
饿得像站在树洞口的飞虎，
先祖软啦，
软得像路边晒太阳的蚯蚓。

他们开始观察自然——

看见老鼠打地洞，
打出的洞里掉进草籽，
后脚蹬蹬又埋起来；
埋进去的草籽，
烧山的大火烧不着，
劈山的大雷劈不死，
长出的草杆拇指粗，
结出的草籽老实饱，
摘一颗来吃吃，
嘴里口水淌不赢！

于是也学着栽种草籽——

埋过三日早上，
先祖走去望，
望望草籽发不发，
又过三日早上，
先祖又去瞧，
草籽是不是长了筋骨。

后来草籽“生出骨头”，“又生出胡子一样的筋筋”，又变成“嫩汪汪的草籽树”，树上“开出红花白花，红花白花掉完，结出圆颗的草籽”，这样他们就有了旱地农作物草籽（旱谷类）作食物。

新的观察对他们又有了启发："寨头的十座山包，被水牛大猪拱过了……寨脚宽宽的大坝，也被水牛大猪滚平，打过滚的泥塘，像平平的手心。"他们把草籽撒播在泥塘里，"撒下的草籽发得快，长出的草树扎实粗，结出的草籽要不赢"。他们由此认识到，"草籽和水最亲近，喝过水的草籽是哪样？就是金闪闪的谷子。"这样，"百座山上的哈尼，十片林中的先祖，快快集合到一起来"，共同挖沟种谷。到了秋收时节，"只见九丘九坝的大田里，谷穗像鲜花一样挂满谷杆，九丘九坝盖着厚厚的黄金！"于是——

先祖吃了最好的食物，
再不像飞虎在树上歇脚，
再不像蚯蚓在路边向太阳。
小娃的骨头不露出一根，
老人的皮也不吊下来，
姑娘的脸一天比一天亮，
伙子的腰一天比一天圆。
从前面看看，
先祖也像个人了，
从后面看看，
先祖也像个人了，
摸摸脸，脸也不像猴子脸，
摸摸脚，脚也不再是鸡爪脚，
这边望过去，
耳朵也不再像干木耳，
那边瞧过来，
眼睛也不再像老鼠眼。

在这样的物质生活基础上，哈尼族祖先产生了自己独具特色的审美观——"听啊，一寨的哈尼！最好看的，是大田里的谷子，最好玩的，是开出平平的大田！"

这就是原始农业的产生。

先民们由采集经济走向原始农业经济是历史的必然。由于与自然植物的大量接触，观察到它们春华秋实的交替过程，又观察到老鼠一类以植物籽实为食的啮齿类动物的储食行为（“埋草籽”实为鼠类搜集储藏植物籽实），及鼠洞里长出植物的现象，启发了人类模仿其行为栽培植物籽实，从而产生了最初原的农业种植。

当然，祖先们生存的自然环境必须提供种植的母本，否则他们将无法进行栽培。据历史记载，在哈尼族先民生活的“黑水”地区，就具备着这样的条件——

西南黑水之间，有都广之野，后稷葬焉。爰有膏菽、膏稻、膏黍、膏稷，百谷自生，冬夏播琴。鸾鸟自歌，凤鸟自舞，灵寿实华，草木所聚。爰有百兽，相群爰处。此草也，冬夏不死。

——《山海经·海内经》

“西南黑水”的“都广之野”是一片适宜众多植物生长的沃野，所谓“百谷自生”即指自生自长的始祖谷类，就是旱谷的远祖。哈尼先民生长于斯而以之种作当是可能的。今日哈尼族聚居的红河州哀牢山区、西双版纳州南糯山区仍有大面积的旱谷（俗称“地谷”）撒播崇山峻岭中，每年所获，成为当地哈尼族群众重要的粮食组成，南糯山的某些地区，甚至成为人们的主粮。这些都是远古哈尼先民种植“草籽”类谷物的遗存。由此可见，哈尼族由游牧的部落群体演变成稻作农耕的民族，也自有其文化基因存在。

初原的、低层次的旱地农业因收获量的微小难以适应原始时代人口增长的需求，于是在大量吸收夷越稻作的基础上，先民们开始因地（山居）制宜，开展梯田种作。《湘窝本》对梯田稻作的描述可谓一往情深，其细腻的程度和表达的婉转哪怕在现代文学中也不多见——

最先挖田的是哪个？
是先祖三兄弟；
他们的帮手是哪个？
是尖蹄平角的水牛。
水牛不愿去挖田，
被人穿通了鼻子，
拉着细细的牛索，

抵得拉着水牛的命。

最先引水的是哪个？
是先祖三兄弟；
他们的帮手是哪个？
是多脚多手的螃蟹，
凹塘里的螃蟹啊，
引水累得凸出了眼睛。

高能的先祖三兄弟，
兴下了挖田的规矩，
没有规矩不会挖田，
后人要把这些规矩听。

挖田像盖房子吗？
不是哟，兄弟，
盖房倒着朝上盖，
挖田顺着朝下挖，
房子盖了在百年，
大田挖了吃千年。

挖田不像盖房子吗？
也不是哟，姐妹，
盖房房脚要伸直，
不直的房脚啊，
墨线斧子会扯直；
挖田田脚也要直，
田脚不蹬直啊，
锄头兄弟来拉直。

水田挖出九大摆，
田凸田凹认不得，
哪个才会认得呢？
泉水才会认得清。[1]

挖田要挖水的路，
没有水路不会成，
水不够到山坡上短，
水不够到石崖里引。

石崖中间去挖沟，
崖神阿松的肝子啊，
挖出来三朵；
陡壁上头去开沟，
壁神巴拉独姿的腰花啊，
挖出来三斤。

挖水路啊，
水源头上不给它积沙土，
水源脑上不给它出壕沟，
水源身上要拿石头铺平，
水源脸不给枯叶遮眼睛。

一月不到日已到，
一年不到月已到，
到了打埂犁田的日子啊，
要动手动脚地去犁田了。

① 哈尼族引泉水灌田平田之俗谚说：“什么最平？田水最平。”

打埂要望一望锄头，
犁田要望一望犁耙，
望望锄头格逗正，①
瞧瞧耙口格逗紧，
逗不正的要拿牛筋木逗正，
逗不紧的要凿九个孔逗紧，
逗正逗紧了，
才能拿起赶牛棍，
才能把牛索扯紧。

到了田边不要忙，
先拿眼睛望一望，
望望自家的田里，
像不像水碗一样满，
望一望兄弟的田里，
像不像水缸一样满，
又把犁耙棕索支好，
犁沟不直，
用棕索挡直，
水田不平，
要用耙子耙平。

热烘烘的一月到了，
是挖田埂的时候了，
挖埂子的短把锄头，
好玩一样老实轻；
上边埂头薄薄地挖，
不要怕把土狗挖绝种，

① 格：云南方言，为“是否”之意。下同。

下边埂脚薄薄地铲，
不要怕铲断蚯蚓的脖颈。

屋里的秧种唧唧地叫了，
告诉先祖捂种的三夜到了。
捂种的头夜，
秧种没有被盖，
阿妈下过九道箐，
摘野芋头叶当被盖；
捂种的二夜，
秧种伸手蹬脚，
它要伸伸懒筋，
它的觉睡醒了；
捂种的三夜，
秧种冒出头来，
笑眯眯地望着哈尼，
先祖阿妈老实开心。

屋里的秧种下田玩去，
先祖的小儿是它玩的伴，
小娃日日吆鸟雀，
不给它来吃秧苗。

头日下田玩，
生出三条根，
二日下田玩，
发出三片叶，
三日下田玩，
生出九条根，
四日下田玩，

发出九片叶，
秧小娃长成秧姑娘，
秧姑娘要嫁了，
赶快打扮好新娘啊，
赶快准备来迎亲。
……

秧姑娘嫁人的日子到了，
身上穿着好看的衣裙，
棕叶擀来做腰带，
手手脚脚洗干净。
到了出门的日子，
哈尼的男人来到田里，
他们深深的背箩，
是秧姑娘上路的马背。

莪祝玛（栽秧女）多多地来了，
大田里像赶街一样热闹，
栽秧的三天是不怕羞的三天，①
一坝的姑娘像对歌一样亲热。

哈尼分秧，
秧要分匀，
叠枝的秧棵，
十棵有九棵不饱；
哈尼插秧，
不要捏弯秧秆，
秧姑娘腰杆痛，

① 栽秧是哈尼族最繁忙的农事活动之一，忙不赢讲礼节，可以比较随便。

十丘大田没有一丘返青。

日子一轮一轮数上去，
薅过三道秧，
施过三道肥，
谷子开花了，
谷壳撑饱了，
谷穗像马尾耷下来，
百个哈尼也吃不赢！

众人：萨——依——萨！

——《窝果》第七章

哈尼族对梯田文化的营构可谓倾注了全部的心力，经过千百年连续许多代人的苦干，完成了一套细密而科学的梯田耕作制度。

首先，开沟引水是建构梯田的前提，所以古歌中说到“先祖三兄弟”去引水，而且有“多脚多手的螃蟹做帮手”，这螃蟹“引水累得凸出了眼睛”。螃蟹是哈尼族的水神，现今春耕之际还有称为“罗活索”的水神祭，届时用竹篾编织一只簸箕大的螃蟹立于泉水畔，由寨老和祭司贝玛杀鸡祭祀。人们意识中认为梯田用水和人畜用水全系螃蟹在泉眼中不停地打洞，才使一年四季清泉长流，而泉水也确是山居之民唯一的水源所在，断却水源无异于断却了哈尼人生命之源。经过上千年的建设，哈尼山寨山山岭岭到处蜿蜒折行着数不清的水沟水渠，少则数十里，长则数百里，如同血脉般盘桓于整个山体之上，使波翻浪涌的层层梯田终年饱水。

对梯田的建设，古歌中不但细细描摹，而且使凝固的物质化的耕作升华为富于诗意的、活态的、人格化的艺术表达。如挖田工具墨线、斧子、锄头统统被称为“兄弟”，大田也有身子有脚有手而且活动起来，“田脚不蹬直啊，锄头兄弟来拉直”。在高山峻岭间挖沟引水是异常艰苦的工作，但是古歌却写得如此轻松而幽默——

石崖中间去挖沟，
崖神阿松的肝子啊，

挖出来三朵；
陡壁上头去开沟，
壁神巴拉独姿的腰花啊，
挖出来三斤。

直把崖神与壁神拿来开玩笑。

育秧的一段是传神之笔，秧苗犹如一个婴儿，由哈尼母亲来培育它："屋里秧种唧唧地叫了，"捂种的头夜、二夜、三夜，哈尼阿妈摘来野芋头叶给它当被盖，它"伸手蹬脚"，"觉睡醒了"，"冒出头来，笑眯眯地望着哈尼"，一副顽皮样。然后它又生根长叶，从"秧小娃长成秧姑娘"，最后"嫁"（即栽插）到大田里去。另外还有描写挖田埂的："砍埂子的短把锄头，好玩一样老实轻"等等，都精彩之至。这惟妙惟肖的描写，唯有哈尼族这样与梯田稻作相依共存的民族才描写得出来。

二、《普祖代祖》（安寨定居）：躯体与心灵宁馨的居所

农耕稻作前的哈尼族先民诸羌部落，居无定所，随畜迁徙，逐水草而栖。在严苛大自然的驱策中游荡于山野草场，衣食无所安，收获无保障，自然界的风霜雨雪，野兽的突然袭击，都足以构成对其生命安全的威胁。稻作农耕以来，生活相对安定，收入较有保障且渐丰富，他们有足够的物质和精神条件来营建自己的居处之所——村寨。当然，村寨的安定与农田的耕作紧密不分且是同步进行的。

固定的、安全的村寨建筑，是民族群体（常以家支宗系为单位布局，如一姓一村）发挥整合力量对抗自然界灾害，并以此获取更大物质收益（如挖沟数百里就绝非一家一户，甚至绝非一村一寨所能成功的，其必以民族的合力进行）的基层单位，人们在村寨内身心两方面都可获得安全感。同时村寨也是农耕民族生产生活、繁衍后代的大本营，它甚至可以视为民族的象征。就云南而言，傣族以竹楼为象征，彝族以土掌房为象征，哈尼族以蘑菇房为象征。所以《窝果》中不惜以最大的篇幅（2296 行）辟专章（第八章《普祖代祖》）详加歌赞。

此章为了强调村寨的重要，一开始先追忆远古山居野外的痛苦。那时"人和麂子一处在，人和豹子一处在，麻蛇是人的阿舅，老鸹是人的阿孃，

家的也不会分，野的也不会分”，而且鬼和人是亲兄弟，“吃饭共一碗，喝水共一瓢，衣裳共一件，包头共一个”。人哥哥处处礼让鬼弟弟，鬼弟弟处处欺负人哥哥，两个开始打架，“脸变出七样颜色，手脚变成七种样子”。许多动物（亲戚们）来劝架而被打伤：兔子被拉长了耳朵，水牛被踩开了蹄子，豹子被打花了身子等等，劝说无效，只好分家。分家采取的是抢劫式的野蛮方法：分亲戚，先分大象，“你拉过来我拽过去，尾巴拉短了，鼻子拉长了，人拉不赢鬼，大象被拉走了”。又分水牛、马鹿、老虎、老熊、豺狗、鸭子、大鹅等等，鬼力气大，拉走了大半“亲戚”，人只分得小半。又分财产，先分水和火，人凭机智哄得鬼要了“老林死水”和鬼火，人却要了泉水、河水和明亮温暖的火。生存空间是最重要的，分地盘时人又施展了自己的智慧——

人说：
“兄弟，
哪里的地盘你爱得着？”
鬼说：
“阿哥，
到处的地盘我都爱。”
人说：
“到处都要不会分，
我们两个来点火，
鬼火烧着处归你，
人火烧着处归我。”

鬼架鬼火烧地盘，
烧过山头，
山头不会着，
烧过山脚，
山脚不会着，
鬼兄弟心不来了。

人架大火到处烧，
山头烧一下，
山头着火了，
山脚烧一下，
山脚着火了，
老林老林着，
田坝田坝着，
不着的一处也没有了，
到处都是人的地盘了。

——《窝果》第八章

所谓“人鬼分家”涵指人与代表自然灾难的“鬼”的抗衡。人受鬼的欺凌，鬼抢走绝大多数“亲戚”是人尚处于缺乏安全感阶段的意念。彼时的人类“日与禽兽居，族与万物并”（《庄子・马蹄》），不得不与自然界敌对势力“以力相争”（《管子・君臣》），且常因力有不逮而失败。人惟有依赖自己的智慧（文化经验的积累）方可战胜“鬼”。分水、分地盘阶段的先民显然已具备了一定的自强能力可与“鬼”相对抗。“分地盘”中的哈尼先祖采用的谋略是以火占地，其实是在讲述初级农耕的火烧地耕种的发生——先烧山林，再播籽种，后待其成熟以收获，即所谓“刀耕火种”。这虽然是一种低层次的粗放耕作，但也给人类提供了相当数量的粮食，使人具有一定的生存能力。所以“人阿哥”的火攻之策，是有力也是有效的。

人与鬼的剧烈斗争体现着先民们对自己所处危险环境的焦虑和不安。他们需要一个能保护自己，又能给自己以发展、生活的场所，这就是村寨。《窝果》第八章对哈尼族第一次安寨定居的惹罗大寨仪式详加吟唱，因为它是后世哈尼人的楷模和样版，任何时代都须依此办理。

它先描述选寨地的情形——

（先祖）背着晌午又去瞧，
寨头的山梁像三个手指，
一直伸到寨子头，
两边的山梁是寨子的扶手，

有了这样的三个山梁，
十个男人合心了，
十个女人爱着了。

背着晌午又去瞧，
寨子下面有三个山包，
三个山包是寨子的歇脚，
有了歇脚寨子才稳，
有了寨脚的三个山包，
十个男人合心了，
十个女人爱着了。

再瞧安寨的地方，
有块平平的凹塘，
这是白鹇找食的去处，
这是箐鸡出没的山场，
有了这样的凹塘，
人种会像泉水一样流，
庄稼牲口会像河水一样淌，
十个男人合心了，
十个女人爱着了。

再瞧寨头的山坡上，
有没有老实密的龙林，
龙树像不像筷子一样直，
龙树像不像牛腰一样壮。
没有密直的龙林，
哈尼没有祭树（祭寨神）的去处，
寨神没有安家的地方；
有了厚厚的龙林，

十个男人合心了，
十个女人爱着了。

又瞧寨子的山坡上，
有没有姑娘眼睛一样的龙潭水，
滑亮的石头底下，
是压着泉眼的地方，
有了人吃的好水，
生得出好儿好女，
有了牲畜吃的好水，
放得出好牛好马，
有了庄稼吃的好水，
种得出好庄稼，
十个男人合心了，
十个女人爱着了。

再瞧寨子的坡脚，
有没有高大的万年青树；
人活要有伴，
人伴是寨房，
寨活要有伴，
寨伴是万年青树；
有了这棵树，
母猪下儿得一窝，
牛马下儿得一对，
鸡鸭下出双黄蛋，
十个男人合心了，
十个女人爱着了。

又瞧寨子的平地上，

有没有云彩样的大树，
树脚是老人爱玩的地方，
树脚是老人吃烟的地方，
没有老人的玩处，
寨子安起也不稳，
没有老人的吃烟处，
寨子建起也不牢；
有了云彩样的大树，
十个男人合心了，
十个女人爱着了。

再瞧寨边的园子地，
有没有生着刺通花树，
刺通花树是园子的伴，
刺通花树是菜的伴；
没有刺通花树，
猪鸡进园来刨拱，
薄荷香柳发不旺，
大葱大蒜长不壮，
诚心的朋友来了，
没有下酒的好菜；
有了刺通花树围着的园子，
十个男人合心了，
十个女人爱着了。

又瞧寨边的平地上，
有没有三蓬的芭蕉树，
芭蕉是不会栽的树，
芭蕉是地神留给小娃吃的果，
有了三蓬的芭蕉树，

小娃哭的时候不愁哄不乖，
十个男人合心了，
十个女人爱着了。

——《窝果》第八章

连续用九个唱段，把村寨的山形、地势、植被、水源以及村寨中为老人玩耍、寨子象征、菜园围护、小孩零食而设的各种树木都一一唱出。为了强调这些事物的重要性，连用十个“十个男人合心了，十个女人爱着了”这种典型的哈尼古歌句式作段落的结尾，同时以增强抑扬顿挫的节奏感和音乐美。最后用简捷有力的短句作结：“瞧过十样，不合心的没有一样，挑过百样，爱不着的没有一样，哈尼的好地找着了，哈尼的寨地安定了”，戛然而止，与前面层层叠叠的咏唱形成旋律上的对比，优美地表达了哈尼祖先对村寨的渴望、寻觅、选择等心情。

择地之后是安寨，古歌叙述了哈尼族第一次安下的大寨“惹罗普楚”的仪式。

先要举行敲狗仪式，因为狗能“把人和鬼隔开”——

第一个敲狗的是谁？
是惹罗的儿子罗则，
罗则敲死最肥的大狗，
拖着在寨边绕转：
头一转是人的面份，
保佑人口平安，
二一转是庄稼的面份，
保佑庄稼兴旺，
三一转是牲畜的面份，
保佑牛马增添。

狗血淌过的地方，
筑起一道高墙，
狗血是魔鬼的克星，

靠它划定人和鬼的界线。

——《窝果》第八章

然后栽下象征哈尼村寨的竹子和棕树，围定村寨范围，村寨就建立起来了。

哈尼村寨不像有些民族的村寨筑有围墙，它与周围的自然环境是互相融合的，因为哈尼族是一个极为重视与自然和谐调适的民族。“寨墙”是无形的，就是神圣的狗血之迹。掩过狗以后，人们便获得了心灵的安全感，不再惧怕鬼怪的入侵了。

紧接着是各家各户的寨房建筑，这是给每个家庭、每个个人具体细微的抚慰庇护、休憩生息的所在，因而是神圣庄严的。

盖房有着复杂的仪式，先要选择房屋式样——

先祖又去到惹罗山头，
瞧见大雨洗过的山坡，
生满红个绿个的蘑菇；
蘑菇盖住了柱头，
是大雨淋不着的式样，
蘑菇盖住了柱脚，
是大风吹不着的式样；
惹罗先祖瞧着了，
哈尼寨房的式样有了。

——《窝果》第八章

这就是哈尼族古典民居蘑菇房的诞生。它不是一种权宜之计或简单的对蘑菇形状的模仿，而是紧密结合山居民族的特点建成。它有高深的石脚和四斜面状如蘑菇的草顶，以抵御哀牢山区的山洪和暴雨。又有宽敞的楼室，下层可关牛马猪鸡，中层住人为起居之地，温暖度和干燥度正好有效地防止高山四季不散的浓雾的侵蚀。顶层不但可以堆放什物和粮秣，而且因其密封（又称封火楼）可避免火灾的降临。顶盖之侧另辟一平台，是夷越干栏式建筑平台的进化，平时可晾晒谷物，又可供家人在月朗风清的良夜相聚倾谈。蘑菇房的产生，标志着哈尼族的文化不但形成了自己的特点，而且发展到了一定的水平。

古歌中大段的叙述，以亲切的语调向后人介绍整个建筑的程序和文化功能，如怎样挖基坑下石脚，怎样砌墙安门窗等等，其间荡漾着浓厚的温暖和柔情，如——

（砌石脚）认不得方正不方正吗？
快叫绳子兄弟帮忙认，
绳子认过的石脚，
方处像地一样方，
绳子瞧过的石脚，
平处像天一样平。
……
（安门框）
好了，
亲亲的阿波阿匹，
哈尼安好门框，
就有了发财的大门。
站在门里朝外望，
所有的山梁朝着大门，
所有的箐沟朝着大门，
所有的老林朝着大门，
千百支大山的财都聚到门前来，
千百条箐沟的财都通到门前来，
千百座老林的财都挤到门前来。

有了发财的大门，
寨头住着阿期（老大），
阿期住的喜欢了，
寨脚住着阿尼（老二），
阿尼住的自在了，
寨心住着阿索（老三），
阿索住的欢乐了。

……

（安门板）
最巧的工匠阿烟家三父子，
砍回寨头的黄心树，
左边的公门做出来，
右边的母门做出来，
公门母门合起来，
万样财富关起来。

先听见门板像公鸡叫，
认得是九山的朋友来了，
后听见门板像母鸡叫，
认得是九寨的亲戚来了，
鸡蛋黄一样的门板，
瞧着听着都是好的。
……

（村寨安好之后，人们的心情是那样欢畅，充满着安居乐业的喜悦）
看寨头的小路上，
走来成群的姑娘，
她们新染的衣裳，
像乌鸦翅膀一样黑亮。①

看寨旁的山包上，
走来成群的伙子，
他们老鹰一样明亮的眼睛，
被姑娘的影子引得到处晃。

① 哈尼族以黑色为美，染衣用蓝靛，务求其黑。

哈尼安下了寨子，
伙子姑娘谈情的时候到了，
趁着春暖花开的日子，
快来播下人的种子啊。

看老人爱在的树脚，
一窝一窝的老人在玩耍，
他们吐出的烟雾，
把高高的大树遮住了，
他们磕出的烟灰，
像牛屎一样堆起来。
……

安寨不到一年，
惹罗的半山挤满哈尼的寨房，
安寨不到一年，
惹罗的哈尼数满了九千。
坝里的阿撮（傣族）来了三伙，
矮山的蒲尼（汉族）来了三帮，
阿撮要拿坝子换惹罗大寨，
哈尼的先祖不愿，
蒲尼要拿矮山换惹罗大寨，
哈尼的先祖不换。

阿撮说坝子老实好在，
支下鱼篓天天吃鱼不用发愁，
蒲尼说矮山田水老实旺，
天干的三月田水也会满，
哈尼还是不愿，

先祖还是不换，

阿撮说坝子里竹楼老实凉快，
踩出的声音像鸭子叫一样好听，
蒲尼说矮山的瓦房老实牢靠，
踏出的声音像打雷一样响，
哈尼先祖还是不愿，
哈尼先祖还是不换。

——《窝果》第八章

在反复的叙述中，洋溢着对自己的文化创造物——寨子、寨房、所选山形地势等等的自豪与满足。这是哈尼族对自己人生价值的肯定，对自己生存能力的褒奖。

三、《嵯祝俄都玛佐》、《虎玛达作》：农耕节气歌长吟

与开田、建寨同等重要而为稻作农耕之民哈尼族须臾不可离的另一文化创造，是对历法的掌握。对此，《窝果》有两个专章长达三千余行的叙述。

第十一章《嵯祝俄都玛佐》（遮天大树王）以神奇的格调，在曲折委婉的故事中，讲述了一个重大的主题——历法的极端重要性，即叙述了古代祖先所经历的没有历法的痛苦是何等巨大，从而呼唤着历法的出现。

古歌开头就讲，古代“白天黑夜分不清的日子有过一回，听得见望不见的事情出过一回”。那时为了耕作，“水牛角上扎起了火把”，“把水牛角烧出一道道刻印”，羊角也被“烧得像藤子一样弯”。为何如此呢？因为长出一棵“遮天大树王”，它“挡住了太阳的眼睛，遮住了月亮的脸”，使世界变成漆黑一片。

接着讲述大树的发生：古代有一个作恶多端的美丽女人名叫杰姒，她和哥哥杰罗分家产时要求甚多，哥哥按照规矩不分大田、耕牛和马匹给她，只给她一只黑狗。杰姒怒从心起，在“狗尾巴上绑起扫把，点起红红的火把；受惊的黑狗跑过大田，田头田尾绕了一圈，满田宝石样的庄稼，转眼烧成枯焦一片”，后来她赶走了哥哥，夺到全部家产。她年迈老衰的

时候，家产被挥霍一空，无以为生，就去寻找已当了头人的哥哥，但被哥哥赶出家门。临走时她偷走哥哥家一根神奇的拐杖，拄着它来到一个水潭边，在那里把拐杖一插，拐杖转眼间长成一棵遮天蔽日的大树，使世界陷入黑暗之中。人们无法耕种，一切处于混乱，世界末日来临了。于是天下的民族都来砍这棵大树，经过多方砍伐，终于砍倒大树重见天日，世界恢复了秩序，而砍下的大树化生为江河里的鱼虾、田垄里的泥鳅等物供人们食用。

第十二章《虎玛达作》（年轮树）跟着叙述“年轮树”——自然物候历的产生。其说远古的时候，金鱼娘密乌艾西艾玛扇出七个大神和一片神奇之地，人神烟蝶蝶玛从金鱼娘身上“抓出一片金鱼鳞”种下，三天之后，长成一棵大茨菇，叶有三百六十片，根有十二条，骨朵有三十个，白花有三十朵，果果有三十个。人神据此教人们认年月：一年为十二月，一月为三十天，一年为三百六十天。从前“不认年不认月，婚配也没有规矩，人像牛马一样在，人像野物一样过”，“认过年月日，先祖好在了，人不像牛马一样过了，人不像野物一样在了”。但是因为有了遮天大树王的出现，树倒之后人们忘却了历法，“日子颠倒也认不得，日子错乱也分不清，节也不会过，年也不会翻，冬天算做春天，秋天认做夏天，栽下的秧苗不会青，收得的米粮养不活人”，于是派一位叫则作的小伙子去找回历法——年月树。则作找到人神烟蝶蝶玛，人神说金鱼鳞只有一片已经用完，没法再栽大茨菇，叫他去问地神。地神没有金鱼鳞，叫他去问太阳月亮神，这两位神也没有，叫他去问天神俄玛，俄玛有三片金鱼鳞，于是来种年月树。第一次种下的金鱼鳞被“黑头蚂蚁”“抬去做了蘑菇房”，第二次种下的金鱼鳞被“红脸母鸡”“抬去喂她的儿子姑娘”，第三次种下的金鱼鳞长成一棵巨大的年月树。守树的天神儿子和媳妇不小心，被十二种动物爬过，于是按动物的脚印认年月日：树有十二节，一轮分鼠、牛、虎、兔、龙、蛇、马、羊、猴、鸡、狗、猪十二属年，树有十二枝，一年分十二属月，树有三百六十片叶，一年分三百六十天，一枝有三十片叶，一月分三十天。又认了节令：一年分春夏秋冬四个季，一季有三个月，另有闰年、闰月和闰日。在各个不同的季节和月份，有着不同的农事活动和节日，这样就形成了哈尼族的农事节令历法。[①]

《嵯祝俄都玛佐》是一则极富哈尼族特色而又内涵丰富的神话，它涉及的内容大体可分为历法的产生与对社会进程的记载两方面。

第一方面的内容通过对没有历法（遮天大树使日月无光天地黑暗万物莫辨）的痛苦的描述来表达。前于农耕经济的采集狩猎经济时代，人们对季节的变换就已有相当的敏感，因为它关系到采集植物的生长、狩猎动物的出没蛰伏等等状况，如不能准确地把握这一自然规律，收获将是菲薄的，直接影响到人们的生存。而到了农耕时期，这一问题的重要性就提到了首选的位置，“日照强度、温度高低、雨量多寡、霜期长短等规律”，实则对农作物具有决定性的作用。[②] 顺天时依地利则年丰，违天时逆地利则岁歉，这是自然界不可逆转的规律。没有掌握历法的农夫，犹如在黑夜中摸索道路的行者，前路显是如履薄冰，于是这一观念便自然地幻化为“遮天大树王”这一形象载入神话古歌，成为人们恐惧的对象——

这是什么树哟，
这就是先祖说的“嵯祝俄都玛佐”！
这是什么树哟，
这就是天神的遮天大树！
这是什么树哟，
这就是天不亮的大树王！

遮天大树长过三天，
树头伸进天神烟沙的大门，
遮天大树长过三夜，
树荫遮到天神烟沙的门前，
高大的树身遮住太阳的眼睛，
浓浓的树叶蒙住月亮的脸。
远古的时候，

① 哈尼族地区流行两种历法，均以阴历十月为岁首，不同在一年分三季或四季，此属后者。

② 杨堃：《民族学概论》，中国社会科学出版社 1984 年版，第 257～259 页。

天不会亮，
就是从这里产生！
地不会亮，
就是从这里出来！

分不清白天黑夜，
分不出东南西北，
世上的先祖，
找不到自家的大田在哪方，
做活的哈尼，
摸不着自家的水沟在哪面，
千百个先祖，
自己的手脚都看不清，
千百个哈尼，
连自己的爹妈都认不得。

半山的大田里，
耙田耙死了九条水牛，
为什么呢？
因为望不见田头和田尾，
水牛撞死在田埂上；
放牛的山坡上，
跌死了九条黄牛，
为什么呢？
因为没有照亮的太阳，
黄牛滚下了走熟的大山。

见不着太阳和月亮，
分不清白天和黑夜，
栽田的莪祝玛，

三道节的指头栽秃了一节；
打谷的九个伙子，
累死也装不满九背箩；
舂碓的媳妇，
踩出的米装不满一升，
煮饭的姑娘，
煮不出一家人吃的饭。

白天黑夜不分，
早晨晚上不分，
哈尼去开沟引水，
不敢去开沟的高山，
先祖搭槽渡水，
不敢上搭槽的石岩；
哈尼像过冬的蜂群，
冷得挤成一堆发抖，
胆子老实大的鬼，
也害怕得走来挨着人在。
……

（植下这一遮天大树王的“罪魁祸首”杰姒，自然成为人们憎恶诅咒的对象）

杰姒吆着黑狗，
烧焦了哈尼的秧苗，
稻谷金黄的时候来了，
满田满坝颗粒不收，
杰姒和她快脚的黑狗，
把饥饿带给了哈尼。
……
心地恶毒的杰姒每到一个寨子，
哈尼就对她高声咒骂，

哈尼的小娃还站在寨边，
用下雨一样的石头打她；
杰姒的大马受到惊吓，
丢下她跑上了大山。

——《窝果》第十一章

一系列的反衬手法，把哈尼族对丧失历法的苦痛和灾难描绘得历历在目，这就为下一章讲述历法的起源和寻回做了铺垫。

这则神话的重要，还在于它同时是母系社会让位于父系社会之际剧烈社会斗争的写真。“遮天大树王”实际是母系权威的象征。这里的证明是，哈尼语中“嵯祝俄都玛佐”中的“玛”，有对女性或母亲的尊崇意味和“巨大”之意，“俄都”意为“顶天的”，“嵯祝”意为“老王”，“年老的大头领”，全称含义为“一棵最古老、最高大的直顶天空的母树王”。尤其它系杰姒这一女性手植而生，更证实了女性崇拜的意义。

母系社会发展到农耕时期就让位于父系社会了，这是一般社会发展的规律。但是这一“让位”却包含着一个痛苦而绵长的时间流程和一个剧烈争夺的斗争过程。（因而有学者认为中国第一个王朝夏，仍盛行着母系的至尊，而为母系社会①）然而对此一过程，历史学和民族学著作都很少做出过详细的说明，《嵯祝俄都玛佐》一章作了不但详细，而且形象生动的阐释。

首先，古歌中描述人们对杰姒的憎恨理由有二，即分财产时要求太多和纵火烧田致使哈尼饿肚子。但是这样的理由明显地苍白无力——

杰罗来说贪心的妹子：
“一娘生的亲妹子，
聪明漂亮的杰姒，
祖宗传下的大田，
只能留给守家守业的儿子，
爹妈留下的房子，

① 陈剩勇：《中华文明起源研究随想》云：“中国第一王朝夏朝崛起之际，尧、舜、禹、殷契、周弃、秦大业等人为首领的姓族集团内部，均盛行从母居、从母姓的母系继嗣制。”文载《新华文摘》1994 年第 2 期。

只能留给继承香火的男人，
我们虽是一娘生的兄妹，
我们虽是共一个奶头的同胞，
但是大田不能分给上路的女人，
蘑菇房不能分出门的姑娘，
这是哈尼自来的古规，
这是先祖传下的古话。

“亲亲的妹子，
漂亮的杰姒，
祖传的大田是一块，
一块大田怎能分成两半？
祖宗留下的牛马是一圈，
一圈牛马不能分给远嫁的人；
祖传的大田分给出嫁的姑娘，
娘家的谷子不会饱满，
祖宗留下的牲畜分给上路的女人，
阿哥的牛马生不出小儿。”

——《窝果》第十一章

这样，当哥哥的霸占了全部家产，只分一条黑狗给杰姒，才引起杰姒的愤怒，从而纵火焚烧大田。生产生活资料分配制度的不合理，是引起世界黑暗的第一个原因。

其次，古歌对女性的威力不得不予颂扬——尤其是对她们与生俱来的强大的生殖能力不得不折服。表现在歌中是杰姒的语言竟然具有左右自然规律的魔力。她在返家途中遇见栽秧的莪祝玛（栽秧女人），便向她们讨水喝，莪祝玛们不给，于是——

杰姒恨恨地说：
“你们，
在田里栽秧的七十七个姑娘！
你们，

在田里忙个不停的七十七个莪祝玛！
听了，
听我头人的姑娘说出的话：
你们不肯给我高贵的姑娘一口水，
我要你们的田里，
长满永远薅不尽的牙齿草，
到了薅秧的日子，
要薅掉你们的十个手指头！”

心肠狠毒的杰姒，
抹下田边的一把柳树叶，
害人坑人的杰姒，
把柳树叶撒进大田，
从此啊，
田里薅不尽的牙齿草长出来了。

——《窝果》第十一章

基于同样的原因，她还使田里长出拔不完的野茨菇和稗子，而对给她水喝、给她荞粑粑充饥的挖荞地的伙子和撒荞种的姑娘，她则许诺——

“我哈尼头人的后代，
我至高无上的姑娘，
给你们许下大愿，
给你们说下好话：
高山挖地的伙子，
山坡撒荞的姑娘，
你们播下的荞子三月就成熟，
你们撒下的荞子不薅就得吃。”
——杰姒说过这样的话，
从此荞子就熟得快，
三个月就结出黑亮的荞子，
荞地也不消薅草间苗，

撒下就会生会发。

——《窝果》第十一章

当然，对女性生殖力的折服最突出的表现还是杰姒手植一杖，转瞬间长成遮天大树王这一情节的构想。遮天大树的威力足以遮天盖地使世界陷入黑暗的深渊，而且是天下所有民族来砍也砍不倒的——

来了，来了！
齐了，齐了！
砍了，砍了！
几千几万人围着大树砍！
几千几万人手不歇地砍！
几千几万人气不喘地砍！
砍大树哦，
哈扎像甩锤一样的斧子砍不进三拃，
必扎像甩锤一样的斧子砍得进三拃，
哈扎和必扎的争吵从这里开始了，
有书的无书的民族争吵从这里起头了！①

……

白天砍下的刀口夜里又长起来，
夜里砍下的刀口白天又长圆，
白天砍树的和夜里砍树的也出了纠纷，
夜里砍树的和白天砍树的也发生了争吵。

——《窝果》第十一章

最后在鬼的启发下他们采用涂抹鸡屎的巫术手段砍倒了大树。但是大树在倒下之际，竟压死了一半人类，使“来砍树的七十七个民族，只剩下不到半数的民族”。同时“砍下的木渣飞进矣玛大水，变成千万条花背的江鱼，”“大树震落的树果，飞到最高的多娘山顶，落进哈尼的大田，从此哈尼的田里，有了拾不尽的田螺”，树枝抖落在河坝，“阿撮的水田里，有

① 哈扎、必扎：有书的民族、无书的民族。

了拿不尽的泥鳅和黄鳝”，“大树的叶子飘落到谷哈密查，谷哈地方出现了一年收万担的富人”，足见以遮天大树为表征的女性威力之巨大！

植树与砍树，是母系与父系争夺统治权的殊死较量，其影响乃至形成了砍遮天大树以决定人类命运的战争，涉及了世界上的“七十七个（全部）民族”。从整个情节看，女性似是给世界带来黑暗的罪魁，因此全世界的所有民族纷纷起来讨伐她们（砍大树）。经过生死较量，人口大量损失（七十七个民族损失殆半），混乱的秩序终于重整，男人们终于主宰了世界，结局是光明的重现。但从对大树（女性）威力的描述看，人们虽对女性世界充满仇恨和恐惧，但又不得不肯定她们生殖力量的伟大。因为基本的历史事实是，没有女性，便没有人类本身。尽管这则神话企图否定女性，但它恰恰使人看到否定女性的困难。当代一位女诗人曾自豪地宣布：“所有的英雄都是我们生下来的！”这句话正道出了上述神话的难言之苦。[①]

这则神话提供了一条重要的信息，哈尼族历法的产生与父系战胜母系时代有关，此一时代的男性逐渐由农耕生产关系的从属地位（农业的发明者多系女性）跃升为主导地位，从事着农田和山地劳动中一些需要较大体能的工作，农耕历法正是在这一阶段产生和形成的。此前的历法虽然已见端倪，但因未能有效地作用于农耕稻作，所以必须依水稻种作的时序加以重新建构，这在古歌中被表达为找回因遮天大树王的黑暗统治而遗失的历法——年轮树——这在第十二章《虎玛达作》中作了神奇的叙述。

从砍大树和栽年月树的情节看来，哈尼族历法的产生又与砍树烧荒的刀耕火种耕作方式有关。这种农耕方式广泛地存留于今日的哈尼族聚居地区，尤以西双版纳地区为典型（这一文化现象受到国际学术界的高度重视，屡遣专家前来勘察）。[②] 稻谷从“自生”（《山海经·海内经》）的野生稻演变为人工栽培的旱稻和人工栽培的水稻，是一个自然的发展过程，相应的，从砍地烧荒刀耕火种到垒埂筑堤开沟引水的演进也是一个自然的发展。因此，为适应水稻栽培为主的山地农耕之需，哈尼族的十月历法便产

① 请参拙作《哈尼族神话中的不死药与不死观》，载《民族文学研究》1989 年第 2 期。

② 参看鸟越宪三郎《倭族之源——云南》，云南人民出版社 1985 年版；尹绍亭编译《云南与日本的寻根热》，云南社科论丛之二。

生了，这在古歌中被形象化为“找回”，即请天神俄玛“栽出”年月树。之所以是“年月树”，而不是“年月什么”，是因为哈尼族历法以植物的生长特征如生根、开花、结籽以及候鸟的往还为参照物所致。如：

冬月：冷空气南下，降霜，花木枯萎，动物冬眠，翻犁水田，搭田埂，砍荞地。

腊月：野樱桃开花，鸟虫不飞，豺豹难觅食，饿鹰鸣叫；积肥修埂，纺织。

正月：樱花、攀枝花开，柳发芽，燕子报春，布谷催耕，蛰虫活动，懒猫睁眼；修耕具，寻耕牛备耕。

二月：西南风起，气温渐升，梨花放白，树木发芽，家畜发情，鸟类争鸣；女捂谷种，男耙秧田，育秧苗。

三月：西南风强劲，始降春雨，染饭花开，树木发枝，禽兽活跃；农忙开始，高山撒荞，河坝植棉。

四月：雨量增加，渐热，山茶花开，遍野青翠，“比库鸟”鸣；插秧，薅早播作物。

五月：雨季，竹笋冒土，山花烂漫，野猪等动物出没破坏庄稼；男猎，女薅二道秧。

六月：雨季，雷鸣电闪，秧棵拔节打苞，蝉噪；砍地角杂草。

七月：吹热风，雨量最大，谷抽穗；铲田埂。

八月：风雨如七月，谷穗弯腰，棉开花，“高粱张嘴”；备秋收。

九月：西南风弱，雨减，温降，候鸟南还；收稻、棉、高粱等作物。

十月：气温降，雨水少，木叶落，牛马等畜从放牧地赶回；大部分作物收毕，抢收晚熟作物。[1]

（以上材料粗略地勾画出哈尼族自然物候历的轮廓，使我们对此有基本的了解，实际尚丰富得多。）

---

① 见白宇《哈尼族历法概论》，载《红河民族语文古籍研究》，1987年1~2期。

因为历法直接作用于农业生产同时影响到生活，是哈尼人必须依循的自然法则，所以古歌对其由来和作用演唱得详细而富于情趣，目的在于令人们不致差错。如认年月日就用大量的重叠句来加以强调——

天神俄玛领着哈尼，
去树下认年认月。
从下边那节看去，
老虎的脚印有了。
天神问守树的两个，
是不是老虎来过？
儿子和媳妇说不出来。
天神俄玛说：
“算啦，
世上的哈尼，
来认虎年吧！”
——哈尼认虎年了，
哈尼有虎年了。

看上来的一节，
兔子的脚印有了。
天神问大儿子和媳妇，
是不是兔子来过？
守树的两个说不出来。
天神俄玛说：
“也算了，
世上的哈尼，
来认兔年吧！”
——哈尼认兔年了，
哈尼有兔年了。
……

（如此认下了鼠、牛、虎、兔、龙、蛇、马、羊、猴、鸡、狗、猪十二属年、属月、属日。）

——《窝果》第十二章

这样重复的叠韵化，使人在童话般的意趣中立刻记住了分属十二相的年月日的来历和历序、历数。

同时歌中不断加进一些形象生动的解释，为历候的特征作注脚，如吟唱到冬天的三个月和春天的三个月——

为什么要有冬天的三个月呢？
没有最冷的三个月，
就冷不死麻蛇和毛虫，
盘起来的麻蛇有人高，
走路的毛虫有狗大，
热坝子里的蚂蟥会爬上高山，
四脚蛇在半山跑得像骏马一样快。

认过冬天的三个月，
再认春天的三个月，
春天的三个月，
是最干的季节，
风最大的三个月，
也是春季里的月。

是谁给世上干旱呢？
是睡在地下宫殿里的风王，
风王虽则（风王名）在春天里睡醒，
就在地下支起他的羊皮风箱，
风箱鼓动的时候，
就把水汽吹到了天上。
……

——《窝果》第十二章

第五节　人类再生的神话——《厄朵朵》《塔婆罗牛》

和世界所有民族的先民一样，哈尼族先民在远古洪荒之世经历了若干大自然灾难的洗礼，从而把这苦与难凝聚成几乎遍迹于世界的人类共同神话——洪水神话，这是人类发展共同历史阶段共认共识的精神产品。《窝果》第九章《厄朵朵》和第十章《塔婆罗牛》就是关于洪水神话的歌章。

不同于其他各族的是，哈尼族的洪水神话包含着旱魃神话的内容，与洪水相连一脉，形成一旱一涝——这农耕巨灾的神话象征。

先看旱魃神话。《厄朵朵》是这样说的：远古的时候，金鱼娘生下的七个最古老的大神发生了纠纷——

七个大神争神王，
七个大神来打架，
七个大神来开仗，
一个脾气比一个大，
约罗（日神）生出两个小儿，
白天一齐挂在天上，
约白（月神）生出两个后代，
晚上一齐放出亮光，
两个天神齐心合力，
要把大海晒干。
……

两个冒金火的太阳，
晒得石头炸开了缝，
两个冒银火的月亮，
照得草木一片枯焦。

看九山的石头，

像蜂蜡一样化下去，
看九岭的石头，
像稀饭一样化下去，
看九箐的石头，
像猪板油一样化下去。
……

太阳两个两对地出来，
月亮两个两对地出来，
泉水晒枯了，
大江断水了，
大海见底了，
没有一处出水，
没有一处有水，
这是约罗造下的苦，
这是约白造下的难。
……

世上没有水，
野物还有吗？
亲亲的兄弟，
野物也死了；
豹子靠着老虎死，
老熊靠着老象死，
燕子靠着瓦雀死，
老鹰靠着老鸹死。
……

人死野物死，
命大的鬼还活着吗？

没有，
命老实大的鬼也死了；
笑着迷人的鬼也干死了，
害人的病鬼也干死了，
害牛害马的瘟鬼也干死了，
鬼的种子晒枯了，
鬼的命根干断了。

——《窝果》第九章

哈尼族自隋唐以来所聚居的红河南岸哀牢山、无量山区多系山有多高水有多高的温湿地带，自无旱魃之灾，但同区之中的河谷地带，如红河河谷，则属酷热难当的干热地区，有的地方年平均气温在24℃以上，最高气温40℃以上（元江县），已属低热带气候。此外，亚热带、温带和高寒地带气候呈垂直分布，[①] 一山之中尽历春夏秋冬。这些自然因素对农业影响极大，因而成为哈尼先民构筑旱魃神话的素材。

与此相联系的是洪水之灾。《厄朵朵》中说，对于太阳神和月亮神的挑战，地震与大海之神密嵯嵯玛以发动洪水作为回答："白天冷水淹三回，夜晚热水淹三回，大地淹成大海，天空淹成大洋，太阳的宫殿也要淹，月亮的宫殿也要淹"，天门也被海浪"嘭嘭地抵了三次"，淹得世上只剩乘着葫芦逃命的兄妹俩。

水灾与旱灾同样可怕，如果说干旱使田禾枯焦的话，大水——尤其对山居的哈尼族来说，最可畏惧的是山洪——则足以冲毁农田、村寨，卷走人口和牲畜。这在《厄朵朵》中被描绘成天塌地陷的巨灾，洪水之后大地一片稀烂，空无所有，洪水遗民兄妹俩"站在天地联接的地方，过来走不出七步，过去走不出七步，朝上爬不上七庹，朝下爬不下七庹"，竟要天神地神们又来一次修补天地的巨大工程！于是古歌中又出现了"三伙大神补地，补地还要泥土，三窝大神补地，补地还要石头"，"三伙神背着背箩去了，背着玉石去补天，三窝神扇着翅膀去了，运着材料去补天"，这样一个等于重新造天造地的大场面。

① 见《云南少数民族自治地方简介》，云南民族出版社1985年版，第180页。

对于洪水神话，而今的神话学界迄无定论，这是由其文化内涵的多元性决定的。但大家基本的意见是同意闻一多先生《伏羲考》中的说法，即洪水神话的内涵是人类的生殖："在故事中那意在证实血统纽带的人种来源——即造人传说，实是故事最基本的主题。"① 笔者在《洪水神话：生殖的花原——从哈尼族洪水神话系统出发》② 一文中在闻先生观点的基础上，结合此一神话在世界民族中的普泛性，进一步论述洪水神话的内涵是人类性爱、孕育、生殖的文化系统，洪水是羊水的象征，葫芦是母胎的代表。然而，在一般与个别的结合上，即对世界性的洪水神话普泛内涵与哈尼族这一山地民族洪水神话的个性内涵综合观察的时候，我们还应看到，哈尼族洪水神话产生的自然环境原因是旱与涝二而一的大灾难，这正是哈尼族洪水神话的特征所在。

《厄朵朵》对洪水遗民兄妹俩的结合有细腻的吟唱，他们为了繁衍人类，经历了多次找情人、放磨盘、滚簸箕、淌芭蕉叶、哥追妹等过程终于结合，生出七十七种人，成为人类各族的共祖。

这篇神话古歌关于"人类再生"的内涵包容性很广，这就是上面说的两方面——物质生活资料的生产（对旱涝的抗拒情感导源于农业生产之所忌）与人自身的生产（兄妹成婚繁衍人种），可称为完整意义上的人类再生神话。

旱涝巨灾之后的先民终日惕惕怛怛，只好在自然界伟力面前俯首称臣，于是生出七十七种人的始祖母塔婆（实为母系社会首领）仿照远古天神杀查牛补天地的故事，编织篾牛，杀以祭祀天地，这就是第十章《塔婆罗牛》所述。从这位人类母亲的颤栗祈祷中，我们听见了哈尼先民对神灵代表的自然力的敬畏与屈服，这是"人"的悲哀，但也是历史的事实——

天神呵，
我塔婆分出篾牛，
你不要给我的后代日月暴晒的苦难！
地神呵，

① 闻一多：《神话与诗》，古籍出版社 1956 年版，第 56 页。
② 拙文载《红河民族语文古籍研究》1988 年第 1 期。

我塔婆分出篾牛，
你不要给我的儿孙受二次洪水的大灾！

神呵，
我塔婆分出篾牛，
你要给世上的草木再生，
你要给世上的野物再活；
高山的老林要活，
冲沟的草棵要活，
山坡的百花要活，
有血的动物要活，
有脚的动物要活，
有翅的动物要活，
会爬的动物要活，
会游的动物要活，
千百种动物都要给它活！

神呵，
高能的神！
人间庄稼的种子枯了，
人间牲畜的种子死了，
人间财源的路断了，
我拿出篾牛的心肝献你，
我塔婆的心意也拿来献你；
神呵，
我为人间的庄稼向你求告，
我为人间的牲畜向你求告，
我为人间的七十七种人向你求告，
愿万样庄稼低头饱满，
愿数不清的牲畜关满大圈，

愿我的儿孙繁衍不断；
我的两手向你作揖了，
我的两脚向你下跪了，
请你答应我的要求，
请你许下我的好话！
……

——《窝果》第十章

第六节　第一次脑体劳动分工的大写真——《直琵爵》

《窝果》上篇（前十二章）《烟本霍本》以神的行事为万物的启始，从第十三章开始的下篇《窝本霍本》则以人的行事为叙述的主脉。古歌对凡于哈尼族文化历史有重大影响者，均给予细腻的描述。如前面谈到的第一章《神的诞生》（1200余行）、第二章《造天造地》（1000余行）、第四章《人、庄稼、牲畜的来源》（1100余行）、第八章《安寨定居》（2290余行）、第十章《遮天大树王》（1560余行）和第十二章《年月树》（1200余行），以及下面将要介绍的第十三章《头人、贝玛、工匠》（2100余行）、第十四章《祭寨神》（1800余行）、第十五章《十二月风俗歌》（3900余行）、第十六章《讨媳妇嫁姑娘》（2100余行）。这些篇什短则千余行，长则数千行，是《窝果》中举足轻重的组成部分。

下篇开始的第一章，即《窝果》第十一章《直琵爵》（头人、贝玛、工匠）就紧紧围绕人类第一次脑力劳动与体力劳动的大分工这一具有决定意义的文化史大事加以唱叙，歌中对民族政治领袖头人、宗教领袖贝玛和科学技术人员工匠如何产生并在哈尼族社会中如何发挥职能做出形象生动的描述。

它分为头人、贝玛、工匠的产生、逃亡、追回三个部分叙述：

1.《直堵琵堵爵堵》（头人、贝玛、工匠的产生）：在远古的时代，天神烟沙在三块大田里栽出三种籽种，吃下第一种的人就变成头人，吃下第二种的人变成贝玛，吃下第三种的人变成工匠，甚至连吃到三种籽种的老虎、豹子、老鹰等动物飞禽也会变成老虎、豹子、老鹰们的头人、贝玛、工匠。三种能人问世后，天神派他们来到人间主事，但是哈尼不知道能人们的作用，予以拒绝，天神乃开导哈尼，哈尼接受了三种能人。

2.《直坡琵坡爵坡》（头人、贝玛、工匠大逃亡）：三种能人各司其职，头人主事断案，贝玛驱鬼祛病，工匠打制工具，使社会发展迅速而有序。但是人群中一些希冀不劳而获的人对三种能人不从事体力劳动而获得丰厚的报酬心存不满，认为当三种能人只是动动脑筋的事儿，于是纷纷起而效尤，不尊重能人们，并取而代之。三种能人受到排挤，逃亡远方。

3.《直枯琵枯爵枯》（头人、贝玛、工匠的请回）：三种能人的逃亡造成了哈尼社会的大动乱，村寨无人管理，骨肉相残，魔鬼乘虚而入，大倡肆虐，疾病丛生，工具匮乏，生产荒废。人们认识到三种能人的威力，派出最擅辞令的人向种种昆虫、禽鸟和鱼类询问能人们的去向，并竭诚请回能人们，这样，社会恢复了秩序，生产生活得以健康发展。

这个离奇的故事实际包含着十分深邃的内容，它探讨了中国史籍上大书特书的“乃命重黎，绝地天通”的课题。

《尚书·吕刑》记载远古时——

> 民兴胥渐，泯泯棼棼，罔中于信，以复诅盟，虐威庶戮，方告无辜于上。上帝监民，罔有馨香德，刑发惟腥。皇帝哀矜庶戮之不辜，极虐以威，遏绝苗民，无世在下，乃命重黎，绝地天通，罔有降格。群后之逮在下，明明棐常，鳏寡无盖。皇帝请问下民，鳏寡有辞于苗，德感惟畏，德明惟明。

《国语·楚语》中也有类似记载，所说都是远古之世，随着人类的进化，文化渐开，个人的情欲日益显突出来，便产生了相互间的杀戮，上帝来巡视人间的时候，看到的并非美德，满目是血腥的场面，在这样的背景下，命令重和黎断绝了地天之间的通道，使人不能随便上下天庭，与神灵交往。

这一内容在《窝果》第一章《烟本霍本》中已经叙述到，只是说得较为简捷（因该章主要讲述诸神是如何诞生的）。其说第八代先祖阿培突玛时代人类能够随时上达天堂，有事就请神们前来帮忙，因为人神本是一家——

（阿培突玛）大事小事都要上天去问，
一日上天三百多回，
事情还没有问够问清。
起头天神们都肯帮忙，
只消叫一声，
个个都爱来，
前面站着七千个大神，
后面蹲着八千个大神，
事情有天大地大，
一下就做尽做光。

问来问去众神烦了，
推说头疼脚疼不来帮忙。
阿培突玛说：
“亲亲的弟兄，
不要嫌烦，
我驮你们下去也得，
抱着你们下去也得，
爱坐膝盖的坐膝盖，
爱站肩膀的站肩膀。”

众神说：
“下是不下去了，
有事我们对你讲。”
他们对阿培突玛说：
“憨憨的妹子啊，
你的头太多，
所以记不得，
我们帮你砍掉多的头，
还剩一个垛在肩膀上，

这下好啦，
一个头记事，
你就不会忘。”

天神怕人再来找，
抬起斧子砍断天梯，
从此人神分了家，
人再也不能到天上。

——《窝果》第一章

“阿培突玛”是一个时代的代名词，在她以前是人人为巫，人神杂糅的时代。彼时巫风大盛，人人既是脑力劳动者同时又是体力劳动者，既是精神文明的创造者，又是物质文明的创造者，所以作为精神文明的巫术因其层次的低下，人人得而从事之。“巫”，《说文解字》释为：“祝也，女能事无形以舞降神者也，像人两褒舞形，与工同意，古者巫咸初作巫，凡巫之属皆从巫。”“巫”字形象地说明作为天与地、人与神中介交通的巫术思维特征。象形文中的上“一”（天）与下“一”（地）的联结“丨”（中竖划），整个就是“与工同意”的“工”，也就是“巫”。而巫事于无形，盖神鬼之属渺渺冥冥，无形迹可察考，故欲事无形须借助于可感可触可睹可闻的具体物象和形式。巫行其事必有器具和仪轨，最早以歌舞、语言、禁忌、预兆、占卜，加以一定的法器袍服等等，作一定的表演，以显示行巫的凡人此时已非凡类，而有神灵附体（《国语》所谓“明神降之”），因此“像人两褒舞形”，此两形（“巫”之“工”字两旁的“人”字），一为真实的人，一为人以外的神，人神合一，“民神杂糅”，方可天地交通，人神相藉。

后来这一情况随着文明的演进，社会有了较富足的生活资料，使一部分人得以从脑体劳动紧密无间的结合中分离开来（相对地），成为专职的（或兼职的）头人、贝玛、工匠之类精神劳动者（工匠依然不脱离体力劳动，但脑力劳动量相应增大）。而唯有这“三种能人”具有通达鬼神的本领，寻常百姓则与鬼神无缘，要得到鬼神的呵护，必须借重这“三种能人”，这便是专职或兼职巫的出现，即地天之通的断绝（天神用斧子砍断天梯，杜绝了阿培突玛的上天)。

需要说明的是，“三种能人”在最初阶段是合而一的，即集氏族部落中行政权、宗教权与科技权于一身的人物，一分为三而形成头人、贝玛、工匠三体并列的事，是社会有了相当进步之后方有的。这方面的证据是，唐开元二十三年（公元735年）前后，丞相张九龄代唐玄宗起草的《敕安南首领爨仁哲书》中所载：“敕安南首领归州刺史爨仁哲、潘州刺史潘明威、僚子首领阿迪、和蛮大鬼主孟谷悮，姚州首领左威卫将军爨彦徵……卿等虽在僻远，各有部落，俱属国家，并识王化。”（张九龄《曲江集》卷十二）和《新唐书·南蛮传》（下）所载：“（唐）显庆元年（公元656年），西洱河大首领杨栋附显、和蛮大首领王罗祁……率部落归附，入朝贡方物。”所谓“和蛮大鬼主”系指政教合一（头人与贝玛为一人）的领袖人物，而“和蛮大首领”，即属头人与贝玛分司其职的情况。显庆元年较开元二十三年尚早79年，据此可知盛唐时代，在哈尼族（和蛮）社会中已有政教合一与政教分离两种部落社会存在。而工匠与贝玛的合二而一，不但古已有之，即便今日也是常见的事，如吟唱《窝果》的朱小和本人，既是大贝玛，又是著名的铁匠。

《烟本霍本》中阿培突玛时代的“绝地天通”只是一个模糊的轮廓，《直琵爵》则对此作了细腻迂曲的描绘，使人有如临其境如历其事之感。

首先，关于三种能人的出身就是神奇迷离的。其说在遥远的古代——

在天神烟沙的房子背后，
四角四方的大田有三块，
这最肥最美的三丘大田，
是烟沙大神亲自犁耙的大田，
是烟沙大神亲手栽种的大田。

上头一块大田，
是最白最亮的大田，
中间一块大田，
是最花最亮的大田，
下面一块大田，

是最红最亮的大田，
三种三样的大田，
栽出了三种三样的庄稼。
……

（经过烟沙大神撒播白色、花色、红色三种籽种，三种三样的人种开始出现奇迹）

响起来了，
在大神烟沙的大田里，
三种三样的人种发出了响声：
在栽种头人的白田里，
响起头人威严的声音，
在栽种贝玛的花田里，
响起贝玛咒鬼的声音，
在栽种工匠的红田里，
响起了工匠打铁的声音。

发出来了，
在大神烟沙的大田里，
三种三样的人种又发出了岔；
白田里的秧苗发岔，
分出了大官和小官，
花田里的秧苗发岔，
分出了大贝玛和小贝玛，
红田里的秧苗发岔，
分出了师傅和徒弟。
……

（三种奇妙的植物开花了、结果了，这果实竟是三种三等的大人物）

三等的头人是什么样？
头等的头人，
是撑着大伞的人，

二等的头人，
是身穿红袍的人，
下等的头人，
是脚穿长靴的人。

三等头人出来了，
撑大伞的头人走在前面，
穿红袍的头人走在中间，
穿长靴的头人走在后边。

三等的贝玛是什么样？
头等的贝玛，
是拿羊肉来背的人，①
是吃掉羊肉又拿起羊脖圈的人；
中等的贝玛，
是念经送葬的人，
是得吃九根牛肋巴骨的人，
是得吃一只牛大腿的人；
下等的贝玛，
是有一点小聪明的人，
是得吃一只鸡翅膀的人，
是得吃一只鸡大腿的人。②
三等的贝玛走出来，
吃羊肉的走前面，
吃牛肉的走中间，
吃鸡肉的走后边。

① 背：念咒驱鬼。

② 吃羊肉又拿走羊脖圈是主持高等葬仪的报酬，吃九根牛肋巴骨和一支牛大腿是主持中等葬仪的报酬，吃一只鸡翅膀和鸡大腿是主持低等葬仪的报酬。

三等的工匠是什么样?
头等的工匠,
是手艺最高的人,
是站在铁匠炉边干活的人;
二等的工匠,
是盖房子的人,
是站在木马旁边干活的人;①
下等的工匠,
是做银泡的人,
是做百样千样手艺的人。
拿铁锤的走前面,
拿斧子的走中间,
使小锤的走后边。
……

(这神奇的种子无论谁吃了都会变成能人)

不单人会变呵,
万物都会变;
尖牙的老虎吃着烟沙的能人籽,
老虎的头人出来了,
老虎的贝玛出来了,
老虎的工匠出来了。

身披毛衣的老熊吃着三样籽,
老熊也有头人了,
老熊也有贝玛了,
老熊也有工匠了。

会爬的老蛇吃着三样籽,

① 木马:木匠做活的马凳。

也变出了蛇头人，
也生出了蛇贝玛，
也长出了蛇工匠。

会飞的老鹰吃着三样籽，
老鹰有了老鹰头人，
老鹰有了老鹰贝玛，
老鹰有了老鹰工匠。

一切有血的吃了三样籽，
有了各自的头人，
有了各自的贝玛，
有了各自的工匠；
一切会活的吃了三样籽，
有了各自的头人，
有了各自的贝玛，
有了各自的工匠。

（大神烟沙派三种能人来管理哈尼人，但是哈尼人不知道他们的作用，于是烟沙对其进行文化启蒙）

大神烟沙来教哈尼：
“世上的哈尼，
头人不在一日，
一家的十个姑娘吵架，
劝架的是哪个？
一家的十个儿子分家，
做主的是哪个？
头人没有一天，
一寨的十条水沟要挖，
决定的是哪个？
一寨的十条大路要修，

做主的是哪个？
不要头人的哈尼，
百种是非哪个来断？
百种大事哪个来说？

“世上的哈尼，
贝玛不在一日，
阿爸病倒在床上，
拉起的是哪个？
阿妈睡在床上，
扶起的是哪个？①
贝玛不在一天，
寨子外面的鬼来扯磨秋，
撵鬼的是哪个？②
贝玛不在一天，
寨边的鬼来打唿哨，
驱鬼的是哪个？
不要贝玛的哈尼，
百样灾难降临，
没有人来祭神献鬼，
百样魔鬼捣乱，
没有人来退鬼念咒。

“世上的哈尼，
工匠不在一日，
一寨的锄头挖到锄耳，
来接的是哪个？

① 皆指病人卧床不起，要贝玛医治。
② 磨秋为神圣物，非年节祭神不能打。

一寨的砍刀砍齐刀把，
来逗的是哪个？
工匠不在一天，
高山的小树长成大树，
难道用手去拖？
矮山的尖刀草长齐人高，
难道用牙齿去啃？
不要工匠的哈尼，
做活计的时候，
没有合心的工具，
敌人来打，
没有守寨的大刀！”
……

（哈尼听从烟沙神的劝告，请其入主事务，但是许多寨人不服，引起骚乱）

哈尼先祖的大寨，
出了争当头人的贼人，
出了争当贝玛的无赖，
出了争当工匠的饿狗；
到处摆起了香案，
胡说八道地讲礼，
到处摆起了香案，
装模作样地退鬼，
到处支起了铁炉，
会的不会的都来打铁。

远古先祖的规矩，
高明智慧的能人，
站的时候，
应该站在最高一台，

坐的时候，
应该坐在最高的位子上面，
跟着学的人，
应该站在最低一台，
坐要坐在最低的位子上面。

在头脚不分的年代里，
在黑白不分的时候，
不会办事的人，
站到了最高的一台，
会办事的人，
站到了最低的一台，
有本事的头人，
混在没有本事的头人里面。

百姓拿来的米，
是走了味的糠米，
有本事的头人吃着糠米，
伤透了一颗心。

远古的规矩是这样讲，
一寨的弟兄：
初学退鬼的贝玛，
要听师傅的话，
不是三年用功，
学不会退鬼的好话。
在颠倒头脚的时候，
会的也是“呸”的一声，

不会的也是“呸”的一声，[1]
有肚才的贝玛被甩在一边，
没有肚才的贝玛主掌祭仪；
百姓拿来敬送的也是臭米，
有肚才的贝玛拿着老实伤心。

远古的先祖留下了古规，
亲亲的阿尼（兄弟）：
高明的师傅教徒弟，
学过五年徒弟才会拿铁锤；
在上下不分的时候，
手艺高的和手艺低的混在一起，
三岁的小娃也来打铁，
五岁的然谷也来当师傅，[2]
会打的不会打的都“叮叮”地打，
要得的要不得的都“乒乒乓乓”地敲。

百姓拿着新打的锄头，
不过三天像笋叶一样卷口，
百姓拿着新打的镰刀，
割不到三天就缺口；
百姓送出一斗的瘪谷，
要整这些手艺低下的人，
技术高明的师傅拿着瘪谷，
也是老实地伤心。

——《窝果》第十三章

得不到应有的尊重，三种能人决然逃亡远方，他们日夜不停地奔跑，

① 贝玛驱鬼念咒必以“呸”的声音起头以吓鬼。
② 然谷：小孩。

到了天边的“俄吾罗娘”。由于他们的离去哈尼村寨一片混乱——

真正的头人不来主事，
寨人像疯狗一样乱咬，
骨肉像豺狗一样残杀。
儿子打了阿爸，
兄弟杀了阿哥，
不乱的没有一天，
不坏的没有一样。

没有真正的贝玛来主祭，
哈尼的寨子搬进了大群的魔鬼，
大鬼在寨头唱歌，
小鬼在寨脚游玩，
鬼婆在寨边的树荫下给鬼娃喂奶，
鬼公在寨外的草棵里烧下酒的干巴。
没有巧手的工匠来掌火，
尖角的锄头挖齐锄耳，
凸背的砍刀砍到刀把，
蘑菇房像坍山一样睡平，
田坝野草像竹篷一样旺。

——《窝果》第十三章

哈尼知道三种能人的作用后，选派最会说话的人去把三种能人找回来。使者们经历千难万险，一路向许多人类、动物、鱼类、鸟类打听三种能人的行踪，终于打听到他们的去向——

哈尼去了，
去找采花的蜜蜂问：
“在路边采花的蜜蜂小妹，
你格见我们至高的头人走过？
你格见我们智慧的贝玛走过？
你格见我们高能的工匠走过？

如果看见就说一声，
如果不见也不要哄我们。”

“远处来的哈尼啊，
我的日子太苦了，
我说话的心肠也没有，
要问就去问别人。”

“蜜蜂小妹妹，
你有什么苦？
有苦就说一话，
我们帮帮你。”

“阿波呀，
我苦得腰杆要断了，
房子也没有苦得一间，
我苦得脚杆这样细，
歇脚的地方也没有一块！
哈尼阿波，
我采来十筒的蜂蜜，
七筒是别人的吃食，
我养下十个的小儿，
十个是别人的饷午；
我白天做活不得安心，
夜晚睡觉不得安稳，
我是世上最苦的那个了，
我是人间最伤心的那个了！”

“蜜蜂小妹妹，
偷你蜜糖的是哪个？

吃你小儿的是哪个？
快来跟阿波说一说。”

“从很远很远的天那边，
飞来大个大个的黑蜂，
从很远很远的地那边，
飞来了花腰粗身的白脚蜂，
趁着我出门做活计，
大黑蜂偷光了我的蜜，
趁着我不在窝里，
白脚蜂吃掉了我的小儿。”

“蜜蜂小妹妹，
哈尼给你到蘑菇房里居住，
哈尼的住房分给你一份；
我们去到老林里，
砍回一节最好的树筒，
挖空的树筒留给你做房子。”

“愿你的儿孙住在这样暖和的房子里，
儿子长得老实白胖，
姑娘长得老实漂亮；
愿你们夫妻住在这样宽亮的房子里，
一边养儿养女，
一边酿蜜造糖。”

“偷吃蜂蜜的大黑蜂，
我们给它一年的寿期，
十月寒风吹来的时候，
给它冻死在外面；

偷吃小儿的白脚蜂，
我们给它活四个月，
十月白霜降下来的时候，
给它冻死在大路边！”
……

（得到这些许诺后，蜜蜂告诉哈尼）

“你们的头人，
在俄吾罗娘的上边，
一边主事一边伤透了心；
你们的贝玛，
在俄吾勒娘的下边，
一边退鬼一边伤透了心；
你们的工匠，
在夏沙维典的冲冲，
一边打铁一边伤透了心。”

——《窝果》第十三章

哈尼来到天边地角的俄吾罗娘、俄吾勒娘和夏沙维典，开始了曲折复杂又饶有趣味的请能人活动，他们千呼万唤，能人们都不答应，于是他们许给能人优厚的报酬——

两个会说会讲的人来请头人，
手里拿着三两银子，
手里抬着三碗清水，
背上背着三斗谷子。

“回来吧，
哈尼的头人，
三碗清水拿来敬你，
三两银子拿来给你，
三斗谷子拿来送你。”

"哈尼的香案有三张，
中间那张留给你，
哈尼的高凳有三把，
中间那把留给你。"

"有钱人家的儿子打官司，
两边都给他来出钱，
无钱人家的儿子来打官司，
哪个理大哪个赢。"

"年老的头人死掉，
他的儿子得穿长袍，
三把高凳可以得坐，
三碗清水可以继承。
——回来吧，
哈尼高贵的头人！"

两个会说会讲的人来请贝玛，
提着一竹筒米酒，
抱着一只大公鸡，
背着一尖斗的谷子，
拿着一庹长的新布，
好吃的红米背着一升，
好使的银子拿着四两。

"回来罗，
哈尼的贝玛！
一竹筒米酒，
拿来给你润喉，
一只大公鸡，

拿来给你打卦，
一尖斗谷子，
拿来给你养儿子；
少不得的一布，
是给你做帽子的，
少不得的一升米，
是给你做饷午的，
少不得的四两银子，
是给你留着使的。”

“回来吧，
哈尼的贝玛！
办理高等的羊葬，
送你一只羊腿，
还有那肥羊的脖圈，
也拿来送给你；
办理中等的牛葬，
送给你九根肋巴骨，
肉厚的一只牛大腿，
也拿来送给你；
办理低等的鸡葬，
送你一只鸡大腿，
还有一只鸡翅膀，
也拿来送给你。”

“给你谷子的时候，
不再给瘦田里的瘪谷，
肥田的谷子撮出来，
再叫媳妇簸九道。”

“办理最上等的葬礼，
更不会亏待你，
一斗谷子的上面，
再加一尖升的米。
回来吧，
哈尼的贝玛！”

两个会说会讲的人来请工匠，
扛着八十斤的大锤，
拿着三十斤的大钳，
石头样的铁砧拿一个，
羊皮风箱背一个，
九山的好炭背一背，
最黑的好铁拿一箩：

“回来啊，
哈尼的铁匠师傅，
八十斤重的大锤，
是拿来给你打铁的，
三十斤重的大钳，
是拿来给你夹铁的，
石头样的铁砧，
是拿来给你打铁的，
羊皮风箱和栗炭，
是拿来给你打铁的，
最黑的一箩好铁，
是拿来给你添在铁器上的。

“二日我们来请你，
开给你一天一箩谷子的工钱；

两把刀并一把的时候，
剩下的刀把也留给你，
两把锄头并一把的时候，
剩下的锄耳也留给你；
再不说你偷我们的刀把了，
再不讲你偷我们的锄把了，
我们不留给你剩铁，
你的砧子烂了，
没有铁来补，
你的钳子烂了，
没有铁来添。

“打一把刀的工钱，
不会少一升米，
打一把锄头的工钱，
不会少一升米，
吃饭的时候，
最肥的肉拣给你，
喝酒的时候，
最甜的酒倒给你，
回来吧，
哈尼的工匠！”

（对那些冒名顶替的捣乱分子，哈尼作了惩罚，他们许诺自己今后不再受这些人的蛊惑，只效忠于能人。他们说）

“寨里假头人的首领玛赫，
已经发下大誓再不当头人；
假贝玛的头领玛术，
已经发下大誓再不当贝玛；
假工匠的头领玛奎，

已经发下大誓再不当工匠。

“高脚的板凳支好了，
只等你们回去主事了；
送鬼的祭坛摆好了，
只等你们回去退鬼了；
打铁的炉子支好了，
只等你们回去打铁了。

“头人呵，
今后你的儿子，
可以接掌你的大印；
贝玛呵，
今后你的儿子，
可以接挎你的挂篓；[1]
工匠呵，
今后你的儿子，
可以接扛你的大锤。”[2]

——《窝果》第十三章

（哈尼的诚意感动了三种能人，他们回到哈尼村寨主持各自的事务，于是诸患平息，百病消除，生产发展，生活稳定富足，一切变得兴旺发达。这样，头人、贝玛、工匠三种能人共同治理村寨的哈尼族社会制度就传袭下来了。）

这首古歌的价值首先在于它用一系列艺术形象展现了远古时代哈尼族社会的巨大变革，这就是脑体劳动分工的进行。其细腻、形象、生动而富有情趣，达到了相当高的水准。古歌把这样规模巨大、影响深远的一场“文化大革命”，熔铸为三种能人与“哈尼”关系的演变，使人在可触可

①② 哈尼族的头人是父子相承制，贝玛和工匠则是师徒相承制，贝玛的承袭且有师徒联名谱系，此外贝玛工匠的“儿子”，指儿子中也有从父习艺为徒的。挂篓为古代贝玛盛装祭器的竹篮，亦为贝玛的象征。

摸的具体描述中认识了这场革命。

更重要的是，这首古歌不但叙述了“绝地天通”的结果，而且生动地叙述了它的过程。它从能人的产生，进入哈尼村寨，受到不法分子的排斥，被迫逃亡，哈尼历经千难万险，询问了“早起的媳妇”“屋檐下的蜘蛛”“穿花衣的家雀”“放牛的小娃”“坐在田埂上的田鸡”“在江边打架的江鳅”“采花的蜜蜂”等等，终于寻访到能人的所在，经过曲折的呼唤、认错，终于打动了能人，把他们迎回了村寨。古歌以这样的描述，说明人类社会第一次脑体劳动大分工所进行的斗争之复杂，说明这一分工不仅仅是历史的现象，而且贯穿在整个民族的历史进程中。

《尚书·吕刑》就这一分工的结局做出了记载（“方告无辜于上。上帝监民，刑发闻惟腥”，于是“乃命重黎，绝地天通”）。《楚语》虽描述了这一分工的过程，却把“绝地天通”的出现提前了一整个历史时代，认为人类社会一开始就是“民神不杂”、秩序井然的理想之世，与神灵交通的只是一批“民之精爽不携贰者”，后来“少皞之衰也，九黎乱德，民神杂糅，不可方物，夫人作享，家为巫史，无有要质”，弄得天下“祸灾荐臻，莫尽其气”，于是颛顼皇帝才“命南正重司天以属神，命火正黎司地以属民，使复旧常，无相侵渎，是谓绝地天通”。

袁珂先生认为《楚语》是受中国神话历史化诟病的影响，虚扬了人类之始就是“民神不杂”的理想社会，有了不妥再由圣人出面整顿的假象，倒反不如《尚书·吕刑》来得真实可信。[①]《直琵爵》的描述非常自然而真实。能人们（《楚语》所谓“民之精爽不携贰者”）的到来是“绝地天通”的开始，此前则是人人可与神灵交通的时代。而哈尼之所以能接受能人，首先是社会物质财富有了一定的积累，付得出这些精神生产者所需的报酬，捣乱分子的作乱，首先也是艳羡脑力劳动者的报酬丰厚。质言之，这是一场由社会物质生产（生产力的发展）引起的精神生产和社会组织（上层建筑）的大变革。既不是《楚语》所谓“少皞之衰也，九黎乱德”的政治斗争，也不是《吕刑》所谓“民兴胥渐，泯泯棼棼”的人心毁坏世风不古的风俗演变，它是历史的大变革，时代的大飞跃，从而影响到整

① 袁珂：《中国神话传说词典》，上海辞书出版社1985年版，第306页。

个社会的价值观（对三种能人的价值评估）、社会地位的更替（对三种能人政治权力的认可）等等一套文化的大演变，对全民族的前途和命运产生了巨大的影响（形成了头人、贝玛、工匠三体并列的上层建筑组织形式）。因此，可以说，《直琵爵》的叙述不但记载了哈尼族社会的变革历史，而且对人们认识人类第一次脑体劳动大分工提供了新鲜的、详尽的、生动的思辨材料，这是极其可贵的。

《直琵爵》的演唱是应哈尼族社会现实之所需而进行的，其所施行绝非一般文人创作的感怀抒情，它与社会的联系水乳交融不可离分。对远古脑体劳动大分工斗争的咏唱，影响着现实生活中的脑体劳动分工的存在。远古人人为巫天地交通的残余，经三种能人的出现（天地绝通）而分解为：一、专职或兼职巫，即三种能人的初始状态“鬼主”，此后又分解为头人、贝玛、工匠的政、教、科技工艺的三体分立并存；二、师娘、端公（哈尼语称“尼玛”“尼帕”）之属的专（兼）职巫，及一般百姓可施为的巫术活动（如家庭内部的巫术、叫魂、撵一般性鬼魅等等）。这两种人物和事仪之间存在着森严的等级划分，一般民众自然不可违忤头人、贝玛、工匠，在行使宗教权力时，哪怕再高明的尼玛（女巫）尼帕（男巫）也不得主持祭仪，他们只能打卦看病退鬼，进行一些低层次的“天地通”活动，那些高等隆重的场合则为贝玛所垄断，这也是宗教斗争的结果。所以，在漫长历史岁月中，《直琵爵》的吟唱之声等于反复宣示着哈尼族社会的政治、宗教、科技等上层建筑组织所颁布的法律条文，使人们有条不紊地加以循守，以保证社会的稳定与发展。

三种能人代表着哈尼族社会在远古时代由蒙昧到文明的进步，他们在一定程度上脱离体力劳动，可以分出较多的精力去从事脑力劳动，创造文化。这些精英人物劳作的结果，使一系列意识形态得以完备。他们担任人神之间的媒介，因而拥有一定权威，这权威使社会由凌乱的组合渐渐进化为严密的组织。当他们完全脱离体力劳动，成为高踞于氏族之上的特权人物时，社会就形成了阶级。所以古歌《直琵爵》在这里演奏了一曲社会大变革的交响乐，由此之后，哈尼族社会跨进了文明的时代。

这就是《直琵爵》在哈尼族文学史和文化史中具有的特殊意义。

第七节　神坛上的世俗诗篇——《艾玛突》《奇虎窝玛策尼窝》《然密克玛色》《诗窝纳窝本》

《窝果》第十四章《艾玛突》（祭寨神）、第十五章《奇虎窝玛策尼窝》（十二月风俗歌）、第十六章《然密克玛色》（嫁姑娘讨媳妇）和第十七章《诗窝纳窝本》（丧葬的起源）是一组年节祭典和婚嫁丧葬的礼仪歌。其内容是叙述各种仪典的由来，着重阐明这一切都是神定天决的，人们只是执行神的意旨而已等等。它们看去似乎是宗教的经典，是对神灵威仪的赞美诗，细细品味下来，其中的神祇都来自人间，或与人间关系密切，满篇充盈着的不仅是对神威的膜拜，更多的是对人类改造自然的伟力的认可与礼赞。因而，与其说它们是神的赞美诗，毋宁说它们是一组人间世俗的乐曲，其所回荡的是人间的情趣和欢乐。

一、《艾玛突》：从人到神的升华——由女英雄变为寨神的艾玛

“艾玛突”是哈尼族最盛大的宗教祭典，主要祭祀村寨守护神“艾玛”（因地区不同，又有“阿玛”“昂玛”“奥玛”等音变）。时当农历二月第一个属龙日起，节期三至五天。为村寨性圣祭，主要唱诵经典是《窝果》第十四章《艾玛突》。

古歌中叙述到“艾玛突”祭祀的缘起是女英雄艾玛的擒杀魔鬼故事——

古时候有一个魔王叫策德阿窝，专以吃人为生，它要求人们每年二月杀两青年为其祭祀，否则将无休止地吃人。人们只好照办以保全民族的整体利益。这即是哈尼族历史上砍头祭祀的形成。几年后，轮到寡妇艾玛的两个儿子牺牲，艾玛为了保护儿子，决心改革砍头之俗。于是想出办法，叫儿子们穿上长袍，半夜时分到寨边高呼：“人肉苦，牛肉甜，不能杀人祭，只准杀牛祭！”人们以为这是神意，于是改杀人为杀牛。艾玛又请通达鬼

神的主祭咪谷去与策德阿窝订立盟约，许诺若不再吃人，送它两个漂亮的姑娘为妻，魔王欣然同意。二月来临，艾玛将自己的两个儿子装扮为美女，暗藏利刃，前去婚嫁。趁魔王沉醉，两个“新娘”探听出它致命的秘密在胸前的白毛之下，于是杀死了它，从此，所有的鬼怪再不敢侵扰哈尼人。人们为了感怀艾玛的丰功伟绩，在她去世后尊其为村寨守护神，以寨头茂密的神林为其居所，以林内一棵标直的大树为其象征，在二月“嫁女杀魔王”的日子隆重祭祀。祭仪中要模仿杀魔故事，由两位英俊青年扮美女嫁假扮的魔王，在饮宴中“杀死”它。然后众人挥舞木制刀枪“赶杀群魔”，“大获全胜”后，举寨欢乐饮宴庆贺。

这是一个大群寨人登台表演的大型演出，可以说是哈尼族戏剧的雏形。[①] 待“群妖”荡灭殆尽，宰杀鸡犬，剥其皮，悬之寨门两侧大树上，并以草绳悬挂各类木刀木枪于树上，谓以“金鸡神犬把守寨门”，可保一年平安。刀枪之属，为呈献艾玛降妖兵器。此为哀牢山区哈尼族仪俗。西双版纳哈尼族则设一木寨门，极尽雕凿镂刻之能事，刻画各类咒符、圣形、人物于其上，门楣置木雕之鸟形若干。此门一年立一道，由（寨）内向外延伸，年深月久，形成一道寨门重重的走廊。此即引起日本民俗学界研究不休的“洛扛”（哈尼语“寨门”），因日本神宫与村舍之神门、寨门与此如出一辙，可作民俗文化比较者甚多。

艾玛寨神的产生，显是母系社会中的事。艾玛由民间寡妇走上神坛，成为实际控驭哈尼社会平安、富足与灾祸、贫困之机的关键神祇，也明显经历了一个英雄崇拜到神灵崇拜的异化过程。民众中产生的英雄，经民众的膜拜衍化为神又反过来高踞民众之上，使万民匍匐其下，这是一种历史的悲哀，但也是历史的事实，千百年来，哈尼族人民就是这样一代一代地在寨神艾玛的庇护下繁衍子孙劳作生息。从这一角度说，《艾玛突》确然是一篇圣诞和神威的宗教颂词，人对神的诚惶诚恐，亦即人对自己周遭危

① 哈尼族尚无民族传统戏剧，然已出现其胚芽，即“艾玛突”等祭典巫祝中的表演，声、形、状、貌、情节均具。王国维《宋元戏曲史》说：“盖群巫之中必有象神之衣服表貌动作者，而视为神之冯（凭）依，故谓之曰灵……灵之为职……盖后世戏剧萌芽之兴。”即此。

机四伏的自然环境和命运的畏惧，尽表白在对神灵的乞求和哀告中。如他们对寨神魂的呼唤——

“哈尼的寨神——
快——回——来啊——
快带着天边的燕子，
回到哈尼的寨子里来，
快让那叽叽叫的燕子，
在哈尼的房檐下面梳——妆——打——扮——”

“哈尼的寨神——
快——回——来啊——
快带着地角的鸽子，
回到我们的寨子里来，
快让那咕咕叫的鸽子，
在我们的寨房上生——养——后——代——”
……

“哈尼的神主哦，
哈尼的祖先哦，
求你保佑哈尼的人家，
进出着大群的儿孙，
哈尼有了众多的后代，
寨子才会热闹；
看哈尼祭寨的猪肝，
是老实好看的四片，
四片肝花围在一处，
是一朵最好看的花，
四片一朵的肝花拿来祭你，
请你保佑哈尼的儿孙像鲜花盛开！”
……

"神啊，
最糯的白米用新碓舂出来了，
最软的饭拿来献了，
供碗的位子一点没有摆错，
供献的酒没有少你一口，
供碗的位子一点没有摆错，
供献的肉没有少你一块。
主祭的咪谷是你寨神的兄弟，
他已领着全寨的哈尼跪在你脚下。
来了啊——
哈尼一寨的神王——
来了啊——
哈尼亲亲的祖先——"

众人：萨——咿——萨！

——《窝果》第十四章

这里的"人"显得渺小、可怜、无力，所有的幸福和希望全部置放在寨神的"保佑"下。"人"的创造、奋争、劳作、自为、自主和自强自立的精神沉寂了，代之而起的是神灵煊赫威吓、无可抗拒的巨力。

《艾玛突》在吟唱神威的篇幅中因一味歌赞显得贫乏苍白和单调枯燥，但在表现民间寡妇艾玛以智以力战胜魔王时又有声有色波澜起伏。它用这样富于特色的语言表达艾玛对两个儿子将要砍头时的痛苦——

一年到头的庄稼，
哈尼望着长大；
从小到大的儿子，
阿妈背着长大。
砍庄稼的头，
哈尼的心是甜的，
砍儿子的头，

阿妈的心是苦的。

——《窝果》第十四章

简洁、朴质的一个反衬手法——庄稼的成长与儿子的成长、庄稼的砍头和儿子的砍头的强烈对比——就把这痛苦的深与广表达入微。

艾玛以一个寡妇弱女的身份面对策德阿窝魔王的强大，力量对比是极不相称的，然而，艾玛无所畏惧，充分展示了人类智慧的力量。她首先看到砍头祭魔已成风习，别家的儿子已被砍下许多，贸然提出自己的儿子不作牺牲，则众怒难犯，于是叫两个儿子装成天神，半夜三更去寨边高喊："牛肉香，人肉臭，猪肉香，人肉苦；牛肉我才吃，猪肉我才尝，人肉我不尝!"人们信以为神，于是取消了砍头之仪。在此基础上她再与魔王周旋，男扮女装，叫儿子"嫁"给魔王并杀死它，从根本上消除了人间的苦难。此时的艾玛，已是人类自身力量的代表，是真正的人间英雄。因此，《艾玛突》这一部分歌唱是英雄的赞歌，是人的诗章，读来令人精神顿爽。

二、《奇虎窝玛策尼窝》：绚丽纷呈的民族风俗画卷

第十五章《奇虎窝玛策尼窝》（十二月风俗歌）从风俗礼仪产生缘起的视角，逐月吟唱了哈尼族重大民风礼俗的起源和内容，在对神灵祈祷的过程中，不时透露出人间的信息。一如前章《艾玛突》，那种种神圣的产生，却发源于人间英雄的行事。

譬如"六月的礼"一节，主要叙述哈尼族最欢乐的节日"苦扎扎"（六月年）的由来。苦扎扎是最大的农事祭典，一般在农历六月二十四、二十五、二十六三日。此时田间稻谷飘香，收获在望，人们于是在节间延请有功于哈尼的天神梅烟（一说威最）与哈尼人同庆佳节，而实质上则是人们对即将到来的秋收大忙做出心理和生理的调适。

如此重大的节日是如何产生的呢？古歌中叙述了一个有趣的神话故事——

听了，
在那远古的时候，
哈尼先祖去烧山，
哈尼先祖去开田，

早上烧出的山是九架，
晚上开出的田是九块，
烧山烧黑了九十九架大山，
开田开出了九十九个山坡。

（烧山开田中，哈尼得罪了山上的野兽爬虫蝼蚁之类，它们上天控告哈尼的罪行，住在洞里的老熊和野鼠说）

乌麾天神，
我们没有了在处，
我们打失了歇处，
哈尼为了养活自己的儿孙，
天天来烧山开田。

不烧的山一架没有了，
不开的田一块没有了，
烧山烧倒了岩洞，
老熊没有在处，
开田挖坍了地洞，
野鼠没有在处；
阿波啊，
我们要断子绝孙了，
快叫哈尼歇手吧，
快叫他们不要上山来！

——《窝果》第十五章

状告哈尼的还有野猪、狐狸、蚂蚁、蚯蚓，因为烧山开田“熏得野猪的一家老小去跳崖”，“烧死了狐狸家的七个儿子”，“挖倒了蚂蚁七代的老窝”，“挖断了蚯蚓兄弟的脖子”等等。聋子神乌麾于是判罚哈尼在六月谷子扬花的时节杀一个男人祭奠死伤的野物。哈尼遭到大难，哭声直达天庭，惊动了阿匹梅烟大神，她设计保护哈尼，对动物们谎称——

野物们，
我阿匹梅烟定下新的规矩：
每年六月来到的时候，
要重重地惩罚哈尼人，
不分老人小娃，
不分男人女人，
都要轮流吊在半空中，
活活饿死哈尼人！

……

万能的大神梅烟，
又来教受苦的哈尼：
“哈尼，
我的儿孙，
每年苦扎扎的时候，
不准再杀男人；
在杀人供祭的秋场上，
我立起高高的荡秋和磨秋，
在杀人供祭的秋场上，
要杀翻最壮的那条牛，
砍下牛头顶人头，
拿来供献天上的神。”
……

（这样兴起了六月年杀牛祭祀和打秋千的风俗，而野物们则上了当）

每当苦扎扎的时候，
九山的野物来到哈尼村寨，
看见哈尼的男女老幼，
一个一个被吊到了天上（打荡秋），
看见所有的哈尼人，
一个一个被绑上了木头（打磨秋），

哈尼受到了天神的惩罚，
人人喊出了痛苦的声音（欢乐的喊声），
……
从此再不上天告哈尼人。

——《窝果》第十五章

这样就产生了“六月年”和六月年打秋千的风俗，由此可知六月年实因农耕稻作（烧山开田）引起并形成。

这个饶有情趣的神话洋溢着农耕之民的喜悦心情，这喜悦又是由诙谐幽默的故事情节委婉地表现出来的。

像这样轻松、幽默、风趣的神话，还有“三月的礼”“五月的礼”等等。

三月的礼是“索拉俄基多”，即喝秧酒祭祀大神烟沙的媳妇。为什么祭祀她呢？因为她教会哈尼栽秧，使哈尼在稻作栽培技术上大大跨越了一步。古歌唱到，从前哈尼祖先“认不得栽秧的理”——

先祖去收谷子，
谷棵缩在杂草里，
找过了三天的日子，
找着三棵谷子；
先祖去打谷子，
谷子缩在谷叶里，
打过三天的叶子，
打下三捧谷子。

天神烟沙的媳妇见世人这样懒，
就对他们说出薅秧的道理：
“老鹰和鸡不能共一林，
豹子和黄牛不能共一圈，
哈尼啊，
你要谷子好，
要把草拔掉。”

先祖这样说：
“爹妈生下我们的时候，
总共给了我们两只手，
田里的杂草比谷子多，
要生出几百只手才拔得完！”

烟沙的媳妇问：
“不会说话的哈尼，
不会想事的哈尼，
你来说说：
你的头上生着千万股头发，
你每天梳理发辫的时候，
难道不是用爹妈给的两只手，
难道又生出千万只手？”

哈尼听见烟沙媳妇的话，
认得了薅草的道理，
哈尼薅草的时候，
就像梳头一样伸开五个指头薅起来。
……

（但是薅过草后谷子打下来仍然很少，哈尼于是埋怨烟沙的媳妇）
这个治人的婆娘，
这个出怪主意的女人！
教给我们累人的办法，
没有教给我们饱肚子的办法！

“看啊，
哈尼的脚杆，
累成了弯腰的锄头，

累成了拱泥的土狗；
但愿大神烟沙，
罚她一天背满九大缸水，
但愿她的男人，
罚她一天背够九大背柴！

——《窝果》第十五章

烟沙的媳妇听见哈尼咒骂，怒从心起，跑来找哈尼算账，但是哈尼胆小，躲了起来。烟沙的媳妇找不到人，就拿秧苗出气，把田里的秧统统拔出来，东丢一把，西丢一把，谁知到了秋黄季节，被她丢过的田里竟然盖满黄金般的稻谷——

一蓬秧棵发出十蓬，
一棵谷秆结出百颗，
一蓬谷子收得两背，
一棵谷子打得两碗。
……
从此哈尼有了拔秧栽秧的规矩，
先祖有了栽秧除草的习惯，
从此哈尼的大田装满金谷，
一年栽的十年吃不完。

——《窝果》第十五章

这样哈尼就有了三月喝秧酒祭祀烟沙媳妇的礼仪。

烟沙的媳妇虽为天神，但与人间哈尼的普通媳妇别无二致，一样得背水背柴，从事着凡人的劳作，因此她才可能同情哈尼而教他们拔草栽秧。在她身上闻不到一点神圣的气息。听见哈尼说出愚蠢的话，她也会讥笑他们："你的头上生着千万股头发，你每天梳理发辫的时候，难道不是用爹妈给的两只手，难道又生出千万只手？"哈尼好心当作驴肝肺反而埋怨她，她便怒气冲天跑来找哈尼算账，找不到哈尼，便拔出田里的秧苗乱丢以泄愤。她的形象、脾性，纯然是哈尼村寨中一位妇女，心直口快，热情顽皮，处处充满人间的亲切感。哈尼对她祭祀，也是"不要忘记烟沙媳妇的大恩"，就像不要忘记乡亲邻人有助于己的情意一样，没有一丝威吓、惶恐、畏惧，只有亲切、友好、温暖和风趣。

“五月的礼”是讲能人得摩诗匹战胜龙王，使秧田及时得到雨水的故事，也是幽默有趣的篇章。另外，“七月的礼”讲驱逐病魔的故事，“八月的礼”讲始祖母塔婆取来人、庄稼、牲畜种的故事，都是有名的篇什。

这章按月讲述风俗礼仪由来的古歌，就这样以一组生动的、情趣盎然的神话贯串起来，形成一幅绚丽多彩的风俗画长卷，抒写着人间普通劳动者的哈尼人所特有的淳厚的风习人情。这是《窝果》中篇幅最长的一章(3900余行)，也是内容最丰富的一章。

三、《然密克玛色》、《诗窝纳窝本》：永生的欢欣与亡者的告慰

第十六章《然密克玛色》（嫁姑娘讨媳妇）和第十七章《诗窝纳窝本》（丧葬的起源）围绕着人生的两极生与死的主题展开演唱。

在哈尼族观念里，生与死是相依相随的孪生姊妹，是可以互相转化的同一物体的不同变异，所以生自是欢乐，死亦未见悲苦。真正的死，对一个正常的哈尼人来说是不存在的，年高德劭、一生平安、劳作勤勉、乐善好施者，寿终正寝后，其形虽销，其神不灭，仅仅是换了个地方——到“祖先大寨”那理想的乌托邦里生活去了。真正的死亡——形神俱灭的死亡指那些非正常死亡者（水溺、凶杀、暴卒等等），因为“祖先大寨”（即哈尼祖先最早安寨定居的“惹罗普楚”“诺马阿美”）不接纳这些亡灵，它们只能在凄风苦雨中飘泊流离，变成与人类为敌的厉鬼。这才是真正令人痛苦、恐惧的死亡。因此，哈尼族生也欣欣，死也乐乐，甚至死亡的葬仪比孕育新生的婚礼更加热闹，规模更加宏大，颇有庄子丧妻鼓盆而歌的诙谐。

《然密克玛色》讲述婚嫁礼仪，却从最早开婚嫁先河的天神讲起，即细述第一章《烟本霍本》中造天地后，万物命不长，诸神惊惶，向大神沙拉、烟沙，最后是向神王阿匹梅烟要“长命”的故事。阿匹梅烟告诉他们，“长命”不是造天地般“造”出来的，是“生”出来的。她生下九位“永生不死的姑娘”，将她们分别嫁给天地诸神，于是婚嫁之源起焉。这样，给婚嫁礼俗找到“神定天决”的根据。

接着以一对两小无猜共同生长的男女佐则和罗白的成长、成熟、谈

情、说亲、聘定、婚嫁，到成家立业的全过程为主线，细细描摹其间的风俗和情趣，可以说，这是从千千万万哈尼青年男女的人生历程中抽象出来的“典型”。

古歌中处处看得见这样富于表现力的描写——

人到七岁八岁，
吃饭不消叫，
人到九岁十岁，
做活不消叫，
人到十五六岁，
心不动也动了，
人到十六七岁，
情不动也动了。
……

姑娘和伙子，
像两只筷子一样齐了，
伙子和姑娘，
像两只脚离不开了。
……

像屋檐下的家燕双双在窝里过夜，
像树枝上的红尾巴鸟一个挨着一个，
像田里的泥鳅一个追着一个，
像林间的花花雀一个撵着一个；
伙子姑娘在竹林里玩耍，
绕着竹篷你追我撵，
两颗相亲相爱的心，
像两片树叶分不出厚薄。

……

(以上述恋情)

罗白姑娘向亲亲的父母告别,
分手的眼泪像岩石滚过的清泉:
"一天不离的阿妈,
一下不离的阿爸,
时时帮我的阿哥,
一处说知心话的嫂嫂,
我要出门去了,
……
(以上述亲情)

"十个一处长大的阿依玛(女伴),
一个也不要为出嫁发愁,
百个合心合意的阿依玛,
一个也不要为出嫁伤心,
是姑娘就要嫁出去,
是女人就要到别处立自己的家业。"

"父母给了我们两只脚,
用脚可以走万架山,
父母给了我们两只手,
用手可以做出千种活;
我们辛勤的汗水淌下来,
可以换来我们的吃和穿;
我们的财源不足,
可以开出数不尽的大田;
我们的寿命不足,
可以向阿匹梅烟去讨;
我们的子孙不够,

可以向大神烟沙去要。”

（以上述友情）

——《窝果》第十六章

通过这些描写，塑造出一个敢于迎接新生活、忠于友情、专于爱情、富于亲情的女性性格，给人的印象清新而深刻。这正是千百万哈尼族女性的写真。因此，《然密克玛色》虽然以婚俗的摹写为主题，但绝不仅是风俗的实录，而是以人物造型为中心的艺术风情诗，有着很强的欣赏性。也正因此，在现实的婚礼中唱起它，闻者莫不泪下。笔者亲眼目睹的场面是，唱到与父母哥嫂的告别，姑娘与父母哥嫂抱头痛哭，唱到与阿依玛的告别，女伴们顿发生离死别般的悲声。这也是这首古歌能迈越千百年历史空间，至今仍有巨大生命力的原因。

第十七章《诗窝纳窝本》通篇讲述丧葬之仪是怎么来的——

自从九位“永生不死的姑娘”出嫁后，万物（包括人类）也永生不死了，一代代积累下来，老人越来越多，后代们必须将他们抬出去晒太阳以免生霉，因为他们不吃不喝，像干柴一般，而在天阴下雨时又要抬回屋内堆积起来。年轻人累不动了，便不再晒老人，一任其堆积，乃至使老人的皮肉和骨骼间被茅草根钻通。总之，人老不得死亡，年轻人和老年人双方均不堪其苦。后来猎人打死一只猴子，看见猴子可以死亡，就将其发丧，消息传到主宰生命的烟沙天神那里，烟沙神大怒，认为人擅自开了死亡的先例，要惩罚猎人和参与丧仪的工匠（打制棺材者）和贝玛得摩诗匹（念经者），诸人陈说了老人不死的痛苦和对猴死的羡慕，烟沙神于是批准人类可以死亡，这样丧葬之礼乃生。

这篇离奇的故事实际是对亡去者的告慰，因为老而不死也是一件痛苦的事，享有死亡权利的人应该快乐地到另一个世界去。这篇古歌与第三编第四章将要谈到的《斯批黑遮》送葬祭词相映成趣，都是这一死亡观的反映。

丧礼的开启是祖先崇拜的体现，老人代表着经验和能力，这是最为农耕民族所重视的。对老人的厚葬是适应这一生产生活方式之所需，也是哈尼族社会文明进步的标志，该社会正是在代代相承又有所改良的渐进中日益成熟的。当然，由于农耕模式的超稳定结构，这渐变显得极微小，因此厚葬之俗也随之绵延下来。这篇古歌所要证明的，就是葬仪是神圣不可缺的。

第八节　发明者之歌与农耕者之祷

《窝果》第十八章《苏雪本》（说唱歌舞的起源）、第十九章《蒲梭西格堵》（金银铜铁的来历）、第二十章《阿慧凯》（栽烟草）、第十一章《查腊查科窝》（种棉纺织的来历）、第二十二章《莱祖》（街子的来历）[1]是一组对哈尼人创造力量和聪明才智的颂歌，分别以有趣的情节和神奇的格调演唱了歌舞器乐的发明、金银铜铁等金属及烟草、棉织品、街子的创造发明过程。这些篇什短小简洁，但却生动明丽。

如《苏雪本》中关于哈尼族传统乐器巴乌的来历，讲述了一个凄婉的故事：在古代的“惹罗大寨”，“千万棵金竹手牵着手，团团围着一间四齐的茅屋”，在这美丽的环境里，却演出了一幕悲剧——

当阿姐的嫁出去了，
守着蘑菇房的是妹子，
妹子生得胜过阿姐，
姐夫见着起了坏心肠。

趁着阿姐出门，
姐夫来到妹子的住处，
说出鲜花一样的好话，
唱出蜜一样甜的歌，
许下星星一样多的愿，
哄得妹子的身子。

（后来偷人的恶名传出去，头人要惩罚姐夫，姐夫为了遮掩自己的劣

① 除《苏雪本》外，各篇均未发表，稿存作者处。

行，把妹子骗到山林里，割下她的舌头使她变成了哑巴）

妹子的辛酸没有人认得，
认得的只有林中的金竹，
风吹竹叶簌簌响，
惹动了妹子的悲伤。
……

金竹没嘴巴，
金竹也会说，
金竹没舌头，
金竹也会唱。

妹子砍下金竹，
没有嘴给它嘴，
没有舌给它舌，
做出会说会唱的巴乌。

（她用这巴乌吹出心中的悲哀，控诉了姐夫的卑劣，头人就把姐夫丢进大江，为她报了仇。从此巴乌就成为哈尼青年传达心声的工具，它永远地“吹响在睡不着的夜里”。）

——《窝果》第十八章

这个故事发生的年代不会古远，未能真正表现出乐器的起源。传统乐器的发明，一般说来是伴随着巫歌巫舞的起兴发生在古巫勃兴的遥远年代，但是《苏雪本》却附丽了这样一个哀怨的悲剧，说明艺术和哈尼人民心灵是贴近的，证明艺术是哈尼人民情感悲欢的宣泄。因此，这首古歌听来凄艳迷离，一如哀牢山月华如水的夜色中，所听到巴乌悠长低回的鸣响动人心弦。

直接关系到劳动生产力提高，直接关乎哈尼人生活的金银铜铁器（尤其是铁器）的冶炼锻造的古歌《蒲梭西格堵》，更着力描述了创造者的智慧聪明。比如讲述铁器的产生（天神教猴子冶炼锻造，哈尼又跟猴子学习）后，哈尼发明了蘸火技术，这却是一位铁匠妻子的功劳——

淌着清鼻涕的阿斯贝查（铁匠名），
打出了卷口的斧子，
造出了挖不动地的锄头，
阿斯贝查有了不好的名声。

阿斯贝查的女人走来，
发火把红铁丢进烂泥潭，
阿斯贝查舍不得，
巧手的铁匠拾起来；
铁匠的偏厦里出了怪事，
不好的铁器好起来；
斧子有了锋刃，
砍倒三抱的大树，
用不到三斧；
锄头有了快口，
挖出三摆的大田，
用不到三天。

从此哈尼的工匠，
有了蘸火的本领，
阿斯贝查的恶名，
换成了鲜花一样的美名。①

在实践中发现，在勤劳中发明，善于从那些不惹人注意的生活细节里发现重大的创造价值，古歌以极大热情歌颂的，正是这样的劳绩。其他如种棉、纺织、栽烟草、赶街等等的起源，② 都是如此，兹不赘述。这些神话在饶有趣味的叙述中展开了一个深刻的主题——通过对创造才智的讴歌，肯定人类本质力量的伟大。

① 未刊稿，存笔者处。应为《窝果》第十九章。
② 均为未刊稿，存笔者处。应分别为《窝果》第二十、二十一、二十二章。

对于哈尼族来说，人的本质力量的对象化之最有代表性者莫过于稻作文化，从这一意义上来说，整个《窝果》都是紧紧围绕着或基于这一主题来展开的。《窝果》二十四篇中就有《造天造地》（牛化万物，犁天耙地）、《查牛补天地》《人、庄稼、牲畜的来源》《开田种谷》《安寨定居》《遮天大树王》（历法来历）、《年轮树》（同前）、《头人、贝玛、工匠》（农耕社会方始产生三种能人）、《祭寨神》《十二月风俗歌》（按农历月份历数各项礼俗由来，以农耕为主）、《翻年歌》（按月唱叙农事）、《祝福歌》（直接叙述农耕问题）等十二篇，占全歌之半。

需要指出的是，第二十三章《虎珀拉珀卜》（“翻年歌”、又称“十二月生产调”）因风格与各章大有区别，显是“贝玛文学时代”之作，故不在此编内介绍，而置于第三编讨论。作为结束全歌的第二十四章《咂罗多罗》（祝福歌），则一脉相承地对稻作文化的缘起进行了总结性的咏唱。

《咂罗多罗》是十分别致的“祝福歌”，它别出心裁地叙述了一个“金谷娘”被洪水冲走，天地神与人历尽艰辛将其寻回的故事，情节跌宕起伏，抒情意味浓烈，把农耕者哈尼族对以“金谷娘”为首的庄稼的厚望、依赖、寻觅，亦即对稻作文化的深挚之情淋漓尽致地表现出来。哈尼族举凡重大节祭仪典必唱古歌，每歌必以《咂罗多罗》为结，可见人们在这首歌中寄托了多少情感。

这首农耕者的祝祷唱道——

> 七月大雨之际，山洪冲走了人种、牲畜种和庄稼种，带头逃跑的是金谷娘（哈尼族对稻谷的昵称），这样一来，天神地神日月之神和人恐慌起来，大家邀约着去找。他们顺着山洪的走向，一路遇见许多的人、动物、水族等等，逐一向这些人物询问，许予诸般好处，方得以顺利地进行追踪。最后他们来到龙王欧罗的宫殿里，龙王告诉他们金谷娘等等落脚在人神毕梭、庄稼神康梭、财源神则梭仓库里，三个大神住在深深的海底。经过呼唤、祈祷，三个大神还给他们各种籽种，哈尼山寨才“田坝长出垂下长穗的庄稼”，“山坡上的牛马像云彩铺满”，“寨子装满了笑声和欢乐”。《窝果》就在这奇妙的传说和对人们“咂罗多罗”（哈尼语，意为“吃的吃不完，喝的喝不尽”）的祝福声中结束。

《窝果》的“祝福歌”不是用美好华丽的言辞和空洞的许愿来祝福，它通过寻觅人、庄稼、牲畜种的艰难历程，希望人们敢于迎对生活中的困难，用勤劳的汗水浇灌出丰硕的果实。它是农耕者哈尼族朴厚、纯洁、忠诚、勇敢等等美好心灵的折射，是真正的诚挚的祝愿。因此，它散发出的芳香带着哀牢山泥土的气息和露水的滋润，给人以厚重深沉之感。也因为这些素质，它总能鼓奋起哈尼人与大自然搏斗的勇气和信心，而成为哈尼人永远的祝福歌。

第九节　《窝果策尼果》的美学特征

《窝果策尼果》是哈尼族文学史上的第一块丰碑，是“窝果奴局文学时代”的代表作，是哈尼族文学中内容最丰富，卷帙最浩繁的巨著，对哈尼族历代文学的影响也最大。

如前所述，《窝果》24 章所涵内容的广大，显示了它们的形成和发展跨越了广阔的历史空间，是融汇古今的神话古歌大集。其所包含，直可上追新石器时代，次及金石并用器时代，下至铁器时代。就生产方式而言，可远溯到采集、狩猎时代，至渔农（原始的农业）时代，旱地农耕时代，至稻作农耕时代。就社会形态而言，可由散漫无序的原始群，到母系时代，到母系父系交错的时代，到父系确立时代。因而它们是各个历史时代的产物，也是各个历史时代社会风貌的写照。但因其共同的基点，是在推求事物的缘起、发生，所以共同类聚于《窝果策尼果》这一讲求文化古根的范围中来，形成气韵相同、风格统一的和谐的巨构。

哈尼族先民在《窝果》中展开了想象的大翅，勃然翱翔于天壤之间，“上穷碧落下黄泉”，对天地日月、山川河流、过去未来、人群兽类、花鸟树石等一切目之所及、思之所至的事物，无不穷尽探诘，其好奇之心，匪夷所思。文化学界和神话学界曾有将神话的产生归之于人类好奇心理的说辞。好奇之心人固有之，但为什么先民们（所有民族的）要作这样一些奇思妙想而不作其他方面的探索？原因在于时代所需。

《窝果》的大体形成，可说是在稻作农耕的初期，亦即春秋战国前后的“和夷”时代，是彼一时代若干远古歌谣的集大成者。然后遵循“歌谣文理，与世推移”的艺术发展规律，各个历史阶段都将自己时代的生活内容和歌唱形式融入其中，以与当代社会需要相适应，形成若干时代的文化积淀，这就是民间创作的变异特征，但其主干、基调，则是“和夷”时代已然决定下来的。

作为从西北高原南迁而来的游牧部落诸羌之一，到达雅砻江、安宁河、大渡河流域，经与南方北上的古夷越民族相互交往融化，形成南方的、以半山稻作为基础的“和夷”民族的生产方式、生活模式、社会结构、思想观念，各个方面无不重组涵化，一种巨大的历史飞跃感，构成了时代的精神。远优于游牧的农耕生产方式和生活方式，提供了较稳定、较丰足的生活必需品，也使人们从新的层面和高度来观照万事万物。更兼新的生产生活刺激了人的创造本能，指导着先民们向更加广阔多样的外界寻求发展空间，以使新生的民族获得更大的生命活力。于是经天纬地的、无所不及的疑问和探索便油然而生，这一文化劳作的结果，便形成了《窝果》丰富多彩的内容和吞吐天地包容万物的大气慨。

中国文学史上，楚国在战国时代产生了大诗人屈原的《天问》，其中所提一百七十多个问题，从“邃古之初，谁传道之”到“何试上自予，忠名弥彰”，把神话传说、历史、古典中关于宙宇万物、历史人事、宗教伦理种种传统说法加以疑问，其所需解决的与《窝果》作者们要解决的同为一题，即对人类历史和自然的探索，只不过在屈原是“天问”，在哈尼先民是“天答”而已，但他们都是受所处时代巨大变革精神的激发而生的文学作为。

和夷时代的精神是天真、单纯、朴野、乐观、向上、创造、奋作，他们用“儿童般的”心境和眼光探求事物的规律，造成了《窝果》“重、拙、大”的艺术品格。

所谓“重”，指凡所叙述的对象都关系着人类生存的重要方面而毫无闲情去涉及那些琐屑之事。如人类生存的大环境——天地、日月、山河、森林、石崖、四季、动物、植物等，它们是人类食物、住所的来源和活动的空间。又如人类文化的发展历程——火、弓箭的发现与发明、采集狩猎经济、开田种谷的农耕经济、安寨定居、历法、三种能人代表的社会制度和结构、婚嫁、丧葬、金银铜铁、种棉纺织等的来历及演变等等。《窝果》时时关注着影响着人类生存的最基本的物质和精神层面，正是这些，决定着哈尼先民现实的生存状态和未来的发展方向。因此，《窝果》虽浩浩然数万行而了无赘言，一歌一吟，无不笔力千钧。

所谓“拙”，指其风格的稚拙而言。神话的基调本来就是人类童年天真的梦幻曲，尤其创作了《窝果》的先民们在获得农耕文化之初，在欣然喜悦的心情和万物皆可任其差遣的原始思维的运作下，产生了童稚式的情韵和奇思，表现出来是一种直线的、单向性的思考。如天地的产生，在第一章中竟是两种完全不同而又毫不矛盾的情状，先说天地是大鱼生出来的，后说天地是天神造出来的，为了消弭或化解这两者的差别，而解释为第一次生出来的天地是供神们活动的天地。新的天地是居于神们天地中间的“捏搓搓海”，这一片空寂荒凉之地，并由神们在此再造新的天地。这样形成的天有三重地有三重，纯然是先民们看到天空中云霓变幻，大地下渊谷纵横而生出的“主观意象”。又如《直琵爵》中说到三种能人的产生，竟是天神烟沙在三块大田里种出来的。先民们自己是农耕的好手，就以为大田里可以种出所有的东西，连头人、工匠、贝玛也可以种出来。这是一加一等于二的直观想象。而因人间有头人、贝玛、工匠由此类推到动物界的老虎、老熊、老蛇、老鹰等“一切有血的”“一切会活的”都有各自的头人、贝玛、工匠。总之，世界在他们看来是简单、明了、直观的，表现在古歌中就幻化为一派天真浪漫幼稚可爱的情调。

所谓“大”，指其思及言及事物的广大深远和气魄的豪迈阔大。一开口就将目之及、心之所感的最大范围——天地万物拿来探究，动辄纵论古往今来千秋之事。天地的形成、万物的肇始、人类自身的发轫等等今人看来最不好解决的大课题，变成了先民们最感兴趣、最乐于解决的问题。而且如前述，《窝果》中所谈及的一切无不穷究其缘起及演变，先民们仿佛一群无所不知的智者，或毋宁说是一群着意点化万类的神，对这些大问题作着毫不迟疑的明白无误的解说。在他们看来，一切是神秘的（神造万物），一切又是明确的（神已造下万物）。气魄的豪迈与阔大，更是前有古人后无来者。且看其形容海神和地震之神密嵯嵯玛的力量——

密嵯嵯玛骑上鱼背，

伸出巨手把鱼尾来搬，
鱼尾搬动一下，
世上就遭受祸殃，
蓝天罩上黑雾，
大地摇摇晃晃，
她搬快天地就晃得快，
她搬慢天地就晃得慢，
全凭她喜欢不喜欢，
全依她脾气顺当不顺当。

密嵯嵯玛脾气实在大，
搬弄鱼尾就像贪玩的小娃，
她还抖动长长的衣裳，
大水就漫齐大地天上；
她的鼻洞吹出狂风，
再重的石头也会抬起，
她的嘴巴喘出大气，
再粗的大树也会吹断，
肚脐也会出气，
屁股也会喷气，
身上有洞处都会出气，
闹得天昏地暗不见亮光。

——《窝果》第一章

《窝果》重、拙、大的艺术风格对后世文学的影响极深，如其后的迁徙史诗《哈尼阿培聪坡坡》《普亚德亚佐亚》《雅尼雅嘎赞嘎》《普嘎纳嘎》祭祀总词《黑遮其洼夺》等，无不气势雄迈。它甚至影响到较为晚近的爱情叙事诗《密吾撮》《阿查与阿略》《依牙俄碧之歌》《妥底玛依传歌》以及风俗歌《密刹威》、生产调《虎珀拉珀卜》等，从而构成哈尼民族的审美特征。

在语言表达方面，古歌调动了各种艺术方式以体现重、拙、大的审美观。如疑问句型的运用——

在那远古的时候，
是什么出在人的前头？
是哪个来造下天地？
是哪个使日月生光？
先祖经历过什么苦难？
人种怎样保留在世上？
万首古歌哪个起头？
千种古规谁来定下？
会吃会穿的东西怎样找着？
会玩会笑的东西怎样开场？

——《窝果》第一章

立即把听众笼罩进古歌的叙述中。又如设问句型的运用——

兄弟，
你没有在山林里住过十五年吗？
你没有在山林里住过二十年吗？
没有住过十五年也不怕，
没有住过二十年也不怕，
只消记得樱桃树的样子，
只消记得樱桃树的花。
山林里的樱桃树，
望去是光秃秃的，
数去不见一片叶子，
可是你没有望见吗？
红艳艳的樱桃花，
开得一树一树的。

哈尼远古的先祖，
在不会翻年（辞旧迎新）的时候，
就到山林中去认樱桃树，

那一轮一轮的樱桃树，
是天神留给哈尼翻年的木刻，
樱桃开花的时候，
就是翻年的十月来到了。

——《窝果》第二十三章

设问还有连续使用的，造成一种层层转进的逼人气势，把本来单调的叙述变得气概非凡——

大神来补太阳啦，
大神来补月亮啦，
他们怎样补呢？
放在铁砧上用大锤打吗？
不是哟，
亲亲的兄弟！
放在模子里化成铁水倒吗？
也不是啊，
一娘生的姐妹！
补太阳月亮啊，
不能用铁锤铁砧来打，
补太阳月亮啊，
不能用模子化水来打，
只有在天神烟沙的宫殿前面，
把巨大的查牛拉来杀！

（另外，重叠句的频繁使用也加强了节奏）

杀了，
天神的姑娘俄白来把查牛杀！
来了，
她拿着天神烟沙的金刀来了！
杀了，
龙神的媳妇俄娇也约着来了，

……

杀查牛啊，
还要有一伙按脚的神；
……

杀查牛啊，
还要有遮牛眼的大神，
……

杀查牛啊，
查牛喷出了三股鼻气，
……

杀查牛啊，
查牛的眼睛眨了三下，
……

杀查牛啊，
查牛挣出了三滴鼻涕，
……

杀查牛啊，
查牛哭出两滴眼泪，
……

——《窝果》第三章

一连串的疑问、设问、重叠，造成了一唱三返的旋律感和铿锵有力的节奏美，增强了古歌的气势，渲染了古歌演唱的气氛。

其他如经典句的运用——“这是十句话合成的好话，这是十个声合成的好声”（第二章），“十个男人说到一处来了，十个女人共一架纺车了，十四马共一条缰了，十条牛共一条槽了”（第十三章）等等，都有很强的表现力而且富于哈尼族的语言特色。另外，围绕着重、拙、大的审美观，《窝果》在结构、人物性格、时间与空间调度等等方面还有若干极有特色的表现。通过这些艺术手段，使《窝果》的演唱融状物、叙事、抒情为一体，达到酣畅淋漓，尽情尽致的效果。

第五章 《十二奴局》等神话古歌

前已有述，哈尼族历有“七十二窝果，十二奴局”之说，这是哈尼族人民对自己传统古歌分体列类的总体认可。所谓“窝果”“奴局”都指古规古礼等传统文化事象的歌章。“十二”“二十四”“七十二”是泛指其多的概数词。一律遵从着农历以十二划月份的数字（或十二的倍数）引为古歌的体制，是哈尼这一稻作农耕民族的深层文化心理的辐射和外化。

因各个支系、各个地区的文化传承和外部环境有所差异，各地在吟咏内容大体相同的古歌时，又有若干变异，形成了窝果奴局古歌文学多姿多彩的格局。曾为作者演唱过这一古歌的元阳、红河、绿春、金平、墨江等县的歌手不下数十人，作者记录的不同唱本也有三十多种，每种少则五六百行，多则近三四万行，内容相同而详略不一，风貌有异，限于篇幅，不再比较。同行们搜集到的唱本更为丰富，目前已发表的有以下数种：

《十二奴局》，云南人民出版社 1989 年版，5000 行。由红河县歌手张牛朗、涂伙沙、白祖博、李克朗演唱，赵官禄、郭纯礼、黄世荣、梁福生搜集整理，下简称“张本”。

《十二奴局》，载红河州文联、文教局编印之《红河哈尼族彝族自治州民族民间文学选集（一）》。由红河县歌手张牛朗、李书周、李遮鲁和元阳县歌手杨批斗、普金打、陈阳则、卢万明演唱，杨保生、李家顺、白祖额、吴国安翻译，杨笛、郭纯礼、赵官禄整理，选载其中之三个奴局，800 行，下简称“张杨本”。

《木地米地》，载红河州民族研究所编《红河州哈尼族古籍资料丛刊》。由红河县歌手赵乎础、赵乎周、李书周演唱，李期博搜集翻译整理，选载其中四个奴局，4500 行，下简称“赵本”。

《奥色密色》，载《山茶》杂志1980年第三期。由元阳县歌手普金打、陈阳则等演唱，刘辉豪、白章富搜集整理，1500行，下简称“普本”。

在此应当说明，这些作品发表时都冠以“哈尼族民间史诗”（张本）、“哈尼族史诗”（张杨本）、“哈尼族创世史诗”（《木地米地》）、“哈尼族民间创世史诗”（普本）之名。笔者认为“史诗”系父系英雄时代的文学样式，这在中外史诗学界已成定论，而上述作品的产生显然早于此期，因而有所不妥，还是以哈尼族自己的称呼“古歌”为名较好。

以上作品都以哈尼族传统调式哈巴演唱，内容均以天地开辟、万物起源、古规形成、农耕生产生活等等为主，尤在推求事物的起源一点上详加演唱。因此，它们虽冠以（或未冠以）“奴局”之名，但都是同一内容的不同唱本，也是《窝果策尼果》的异文本。

下面就各篇唱本的特点所在作一评校，并对有特色的变体唱本作一介绍。

第一节 《十二奴局》（张本）与《木地米地》（赵本）

张本《十二奴局》与《窝果策尼果》在篇章设立和内容上有着许多不同，其篇目有：

一、牡底密底（开天辟地）；

二、牡普谜帕（天翻地覆）；

三、昂煞息思（杀鱼取种）；

四、阿资资斗（砍树计日）；

五、阿扎多拉（火的起源）；

六、阿匹松阿（三个能人）；

七、觉麻普德（建寨定居）；

八、牡实米嘎（生儿育女）；

九、杜达纳嘎（祖先迁徙）；

十、汪咀达玛（孝敬父母）；

十一、觉车里祖（觉车赶街）；

十二、伙及拉及（四季生产）。

赵本《木地米地》与张本《十二奴局》中的四个奴局《牡底密底》《阿资资斗》《阿匹松阿》《杜达纳嘎》相类似。

1. 关于天地的观念，张本说是天神“一片一片辟出来”，“一块一块开出来”，然后用“天神的黄牛”和“天神的金耙”犁耙而成的。赵本则说天地是从“天蛋”“地蛋”里抱出来的——

天蛋抱得热乎乎，
地蛋抱得暖洋洋，
到了一轮十三天，
到了一月三十天，
过了一年十二月，
大天生出来了，
大地生出来了。
……

天生出来像什么？
地生出来像哪样？
天生出来绿闪闪，
地生出来像魔芋样。

——《木地米地·天地诞生》

然后用“玉棒”“铁棒”“金棒”“银棒”顶开，用柱子撑起来，再把这天柱地柱锁起来。做好这些，再来犁耙，并用榧捶，捶出星星、山峦、河流和各种人的在处。天地的建构方法是犁耙、捶打，显是受山地农耕，尤其是梯田稻作的影响而成；开辟荒地、垒筑田埂、捶抿田埂、以牛犁耙，是只有梯田耕作才有的。至于天地是蛋抱而出，很像受汉民族卵生观念影响而成。《三五历纪》云：“天地浑如鸡子，盘古生其中。万八千岁，天地开辟，阳清为天，阴浊为地。”是同一种世界观。

与天地相联系的日月的产生，张本说是神“用金子做成太阳”，“用玉石做成月亮”，赵本说太阳“是在天神的金碗里生出来”，月亮“是在天神的银碗里生出来”，也是神的造物。而且都认为日月之光是神用梳子梳理下来的——

莫米（天神）用木梳把太阳光梳下来，
莫米用木梳把月亮光梳下来；
太阳撒下十二道金线，
月亮撒下十二道银线，
一条线照天边，
一条线照地边，
一条线照天和地中间，
一条线照人，
一条线照飞禽，
一条线照走兽，
一条线照河流，
一条线照山冈，
一条线照长谷子的水田，
一条线照长草木的大地，
一条线照栽棉花的河坝，
一条线照栽荞子的高山。

——张本《十二奴局·牡底密地》

用牛、柱子、棒棰、蛋、碗、梳子这些哈尼人家寻常器物作为造天地日月的工具和材料，使造天地日月这样神圣的大事变得亲切、贴近，甚至变得富于人间的温情和暖意。

2. 关于人的诞生与变化的描述，这两种唱本很有特点。张本《十二奴局》说人类经过下面几个阶段的变化——

最初的时候，
莫米从天上派下两个人种来，
男的叫依沙然哈，
女的叫依莫然玛，
只有一只眼睛，
长在脑门正中间，
……

(第二代人)
一个也不像依沙依莫,
一只大大的独眼睛,
长在后脑壳上。
眼睛在一边,
脚手在一边,
要倒着走路,
做起活来像扯羊肚肠。
……

(第三代人长了两只眼)
可是这两只眼睛,
分开长在两个膝头上,
只顾脚不顾手,
做起活来东倒西歪。
……

不知过了多少年,
又生出新的人一代,
这代人的眼睛有两只,
齐齐地长在鼻子上,
长得和现在的人一个样,
做起活来也方便。

——张本《十二奴局·牡底密地》

赵本《木地米地》也有类似的描述。

关于眼睛的生态在神话中的意象,国外学术界曾给予极大的关注,日本学者伊藤清司《眼的象征》一文,认为眼的变化(独眼、直眼、横眼)是不同文化阶段的神话表象,这是有一定道理的。不同文化层次的人类,对周遭事物的认知程度和范围有着不同,由此影响到其生存的空间和活动的半径不同，上引古歌就明确地以“做起活来……”作为对眼的生态所取的价值评判来断其优劣。当然，因伊文写作时间在十年前，尚未深论到这一步。①

3.《窝果》中说最初的天地和神是巨鱼“密乌艾西艾玛”生出来的，张、赵二本所述与此相映成趣，说一条奇妙的鱼在洪水泛滥的时节，吃下了被冲走的草木五谷种，于是人们经历织网、捕鱼、认鱼、杀鱼的过程，取回这些种子——

这条大鱼肉厚有两拃，
鱼肚有千层，
拿着快刀亮闪闪，
一层一层剖鱼肚。

剖开第一层鱼肚，
里面装着三颗谷子，
谷子栽在什么地方？
长杨柳树的龙潭旁。

剖开第二层鱼肚，
里面装着三颗荞子，
荞子栽在什么地方？
长水冬瓜树的山坡上。

——张本《十二奴局·昂煞息思》

鱼肚一层层剖开，里面有高粱、棉花、包谷、黄豆、南瓜、蘇子和各种草木的籽种，人们栽种这些种子，使人间又有了吃的穿的，又有了绿色大地。

这一叙述与《窝果》中的《祝福歌》有异曲同工之妙，那里也说草木五谷籽种（同时有人种、牲畜种）在金谷娘带领下在七月大水之际逃亡

① 1985年，笔者所在之中国社科院民族文学所云南分所所长王松访日携回伊文（日文），曾拜读。

大海后又被找回。哈尼先民总是不能忘情于鱼和海，正是滨海民族古夷越稻作文化的影响。

4. 张本《十二奴局》对人生历程的唱叙十分别致和亲切，其《牡实米嘎》（生儿育女）一篇将妇女生育时血水的激涌神圣化为天血的降落——

萨啦啊咿——
天上有滴红通通的血，
忽然掉下大地，
血撒落在哪里？
撒落在寨子边的草坪。

（猪到草坪上玩，血沾在猪身上，狗咬猪，血沾在狗身上，女人打狗，血沾到女人身上）

沾在人身上的血，
红得像朵大红花，
那不是猪血，
那不是狗血，
是人要发展兴旺的血。

不是黑头鸪尾巴上有毛发红，
是女人身上流出的血红亮；
不是园子里的桃子开花，
是血在女人们的身上开花。

——均见张本《十二奴局·牡实米嘎》

这是生殖崇拜的具象化，因为哈尼族自许为天神的后裔，世系谱牒中第一代人就是最高天神俄玛。民俗中对此的认可是婴儿出生后的头三声哭声即是向天地之神和财源之神报告他（她）已经降生到人间，今后天地诸神和财源神有责任和义务赐福降寿给他（她），并向他（她）提供丰足的粮食和财富。

张本《十二奴局·汪咀达玛》（孝敬父母）紧接在《牡实米嘎》之后，历数父母对儿女的养育付出的辛劳和慈爱，以阐明儿女对父母应该孝顺和恭敬的美德。它用一长串叠咏句细细描述父母为儿女遭受的苦和累，其情其景，令天下做儿女的无不闻之鼻酸，如父母对年幼无知的儿女说道——

你见着天上的星星，
嚷着要一颗，
阿爸没法摘给你，
你的眼泪淌成一条小河。
为了不使你失望，
阿爸捉来萤火虫逗你快活。

你见着天上的月亮，
嚷着要一个，
阿妈没法拿给你，
你差点把阿妈的脸撕破。
为了不使你伤心，
阿妈伤透了脑筋，
踩一块雪白糯米粑粑，
给你抱着尽情玩乐。
……

火一样的夏天，
乌云一来就下雨。
像小鸭子见到水塘，
你听到水响就喜欢，
悄悄跑出家门口，
不卷裤脚就跳下泥塘，
开一条沟引水，
打道埂堵做田学使犁。
玩饱玩够出水来，
新新的衣裳沾满烂泥，

阿爸一天给你洗三次澡，
阿妈一天给你换三回衣。

瓜果熟了的秋天，
你成了树上的一只猴子，
只要枝头上还有梨果，
一天不知爬树多少次，
新新的衣裳撕得开花。
阿爸一天要到树下叫你三回，
阿妈一天要给你补衣裳三次。
……

为了养活你，
阿爸上山挖野菜，
进森林被猛兽毒蛇吓得魂飞，
钻草棵给倒勾刺划破背脊。
挖一背野菜，
流的血汗如下一场雨。
阿妈低头出家门，
挨村串寨去讨借，
来到寨头被恶狗咬，
不到寨脚受恶人欺。
伸手讨饭抖碎了心，
讨一碗饭流一脸泪。
阿爸挖来野菜，
阿妈讨来饭和米，
米饭一颗一粒留给你。
阿妈饿成了扁豆，
阿爸瘦得像干鱼。
……

阿妈的脸上垒起沟埂，
阿爸的头上落下了一层银霜。
世上的人哟，
个个都要老一回，
做儿女的人哟，
不要学山雀硬了翅膀不回窝，
要拿出一片诚心来孝敬老人，
让他们日子过得快活。

古歌使用白描手法把日常琐事描述得丝丝入扣，震人心弦，把寻常人的感情和神圣的礼仪融而为一，成为千百年来哈尼人教化人伦的箴言。从《汪咀达玛》现实化的思想内容和写实风格来看，这一奴局当是较晚近时代的作品。

其他尚有《阿扎多拉》（火的起源）、《觉车里祖》（觉车赶街）等篇也各有特点。

第二节 张杨本《十二奴局》与普本《奥色密色》

张杨本《十二奴局》是一个很有特色的内容丰富、体系完备的唱本，因为它集中了许多著名歌手的演唱。如犁耙天地的是一群富有人间情趣的神——

塔婆的龙牛杀翻了，①
置天和铺地诸神发生了争执。
铺地的九父子心太厚，
要拿牛脚做菜吃。

① “塔婆龙牛”并非“塔婆的龙牛”，而是始祖塔婆编织（哈尼语“罗”或“龙”）篾牛，参见《窝果》第十章。此恐有误，下同。

置天的三父子忙争辩：
“牛脚要做顶天的柱子。”

铺地的九父子说，
要拿牛腿做菜吃。
置天的三父子忙争辩：
“牛腿要做天庭的屋梁。”

铺地的九父子说，
要拿牛皮做菜吃。
置天的三父子忙争辩：
“牛皮要做天的脸面。”

——张杨本《十二奴局·俄作密作》

普本《奥色密色》也有类似的精彩描述。

铺地置天的神仿佛一群劳动于山野的哈尼汉子，辛劳的工作使他们饥饿难当，人的本性使其中一些人想以造天地的神牛做充饥的饭菜，但在别人的劝说下，按下人的欲望，以完成造天地的大业为重，终于使天地造成。这样的场面在日常的生产生活中是寻常可见的，因此造天地的神圣活动变得很有人间情味，说明哈尼族是一个富于人情的朴质的民族。

普本《奥色密色》计六篇，亦即《十二奴局》中的六个奴局，其为《杀翻龙牛造天地》《塔婆、模米传人种》《兄妹可以成亲》《人多分家找新地》《有了历书好耕种》《找到风水好安家》，与张杨本《十二奴局》基本相同，均是有价值的较为完善的唱本。

值得注意的是，张本《十二奴局》、赵本《木地米地》都将迁徙史诗纳入篇目之中，如《杜达纳嘎》（张本）、《普嘎纳嘎》（赵本）。张杨本和普本没有这一内容，红河县浪堤乡树罗新寨老歌手张牛龙所提供的篇目中也未见此奴局。[①] 据笔者调查，迁徙史诗在红河南岸哈尼族地区的许多著名歌手的演唱中明确地将其与《窝果》或《奴局》区分开来。更重要的

① 见李元庆《哈尼哈巴初探》第227～238页所列篇目。

是，从文学史的观点看，《窝果》和《奴局》虽有较晚近甚至有当代的内容，但其基调和指归是探究文化事象的缘起，以证明这些事象具有神圣不可动摇的权威性、规范性，借此指导现实生活。而民族迁徙史诗则以民族历史的演变为主线展开，产生时代也晚于“窝果奴局文学时代”，因而不当在此列。

另，前已说明，《十二月生产调》或《翻年歌》明显地产生在哈尼族定居于滇南哀牢山区之后，也不在此一文学时代内，虽然《窝果》中已列入，张本《十二奴局》也列入（《伙及拉及》），但其实不在此一时期，这一内容我们将在第三编第六章中介绍。

总之，《窝果策尼果》与《十二奴局》是一个庞大的古歌系统，是哈尼族文学之海中的第一阵巨浪，不论是堪称“窝果奴局文学时代”代表的扛鼎之作《窝果策尼果》，还是其异文《十二奴局》（如本章评介者），都是哈尼族文学收获丰繁的第一批果实，都在民族文学历史的序列中辉耀着绚烂的光彩。

第六章 《天地人鬼》《阿培阿达埃》等神话古歌

探究自然万物和人类起源的创世古歌，在哈尼族聚居的各地都有流传，从渊源来看，它们都有着共同的发源，但在各地不同的自然、社会环境条件下，在千百年的时间流转中，形成了各自的面貌。笔者在红河州、思茅地区、西双版纳州和玉溪地区都搜集过各种不同的唱本，而更多的唱本则是各地哈尼族和其他民族的文学工作者、爱好者们搜集整理发表的。这些作品中，较有特色的有下面几部：

《天地人鬼》，载云南少年儿童出版社 1989 年出版之《西双版纳哈尼族歌谣》，阿蒂演唱，阿嘎翻译，阿流记录整理，800 行。

《阿培阿达埃》（祖先的传说）出版同上，阿大演唱，阿流记录整理，400 行。

《葫芦里走出人种》，出版同上，高和搜集，200 行。

《老古时候的人》《盘古王分家》，载《红河哈尼族彝族自治州哈尼族文学发展概略（初稿）》，云南省民族民间文学红河调查队编，2000 行，未刊稿，存云南省文联、云南省委宣传部。

现对其特点作一评介。

第一节 《天地人鬼》

这首古歌篇幅较短，但文化容量大，美学特征突出。如果说《窝果》和《十二奴局》关于宇宙万物的生成（造天造地及万物起源）是农耕经济时代的产物，《天地人鬼》的世界观念就要古远得多，它以典型的生殖崇拜为主体意识，从而对自然和人类的起源做出解释。

古歌唱道——

远古的时候，
上没有天，
下没有地，
只有气上下串，
上气下串，
下气上串，
上气下气交配，
产生又红又稠的血。
上没有天，
兜不住血，
下没有地，
盛不住血，
血越来越多，
纷纷扬扬，
下起大雨。

血雨下了许多年，
血雨淤积起来，
血雨凝固起来，
成了厚厚的地。
有了地。
还要有天，
地层的热气，
上升为雾，
血积成的地，
热气滚滚蒸腾。
……

雾层层增厚，
这就有了天。

（然后天神翁奔奔朗“从天地相合的地方抽出四根光柱”，用身体把它们钉在天空）

照亮了天，
照亮了地，
他就是天神，
化作神圣的太阳。
……
天神（太阳）地神成夫妻，
地神怀孕一百年，
生下小太阳白净净，
……
她就是明丽的月亮。
……

父亲（太阳）掉了七根头发，
七根头发飞到天空，
变成七颗星星，
……

（月亮）撕一片衣袖，
给父亲擦汗，
衣袖飘飘扬扬，
……
天空有了一片片云彩，
……

这时候蚂蚁成群结队，
爬到太阳父亲的脸上，

搬下太阳父亲的鼻子。
鼻子很重很大，
一骨碌滚下来，
一滚滚到地中央，
大地母亲吓一跳，
一头大象地上跳。
……

太阳拔下他的胡须，
一群天鹅翱翔天际，
太阳父亲打个喷嚏，
一只雄鹰盘旋蓝天。

——《天地人鬼》第一至七节

哈尼族先民认为，天地诞生之前一切皆无，“只有气上下串”，由于这“上气下气交配，产生了又红又稠的血”，这血下积而成大地，地上的“热气”蒸腾升空而成天。所谓“气”是什么呢？古歌中未加说明，但从上下气交配产生“又红又稠的血”，可知“上气”隐指男（雄）性，“下气”隐指女（雌）性，二者交合而生血，即喻指交媾生育。天地之大，竟是男女交合所生，这是生殖唯上的远古观念的反映。

汉族先民亦有气成天地之说，明周游《开辟演绎通俗志传》首回称：盘古之世，“二气升降，清者上为天，浊者下为地，自是而混茫开矣。”是对《三五历纪》“天地开辟，阳清为天，阴浊为地”的补充和具体化。但是这阴阳二气历来被解释得很玄，乃至泛衍为佛道指称的阴阳之气。哈尼族先民的上下气相合成天地观念不知是否受汉族先民的阴阳气为天地观影响，但其确认天地是由男女（雄雌）二体交合的性行为，且有了生出红且稠的血的生育过程，是先民们对性与生殖的崇拜，这对理解汉族先民阴阳清浊之气的本质和盘古时天地形成的观念，恐怕是一个直接的启发吧。

有趣的是，古歌中天地形成之后，女性的作用便渐渐式微了，作为男性的天神兼太阳化生了一连串的事物，如其头发化星星，鼻子化动物（大象、虎豹之类），胡须化天鹅，喷嚏化雄鹰等等，虽然其间也有他与地神相合生出“小太阳”（月亮），和月亮衣袖化云彩之类，但这生与化都与作为男性象征的“太阳父亲”相关，而“太阳父亲”的化生则是独立完成并不需要女性来帮忙的。从这里可知，《天地人鬼》古歌的产生当是在父系主宰世界的时代，大致也就在稻作农耕兴起的“和夷”时代，从创造、革新、开拓的精神，和雄阔豪放的气度来看，也正是那个时代的产物。

古歌接着叙述了人类的诞生，即由野猴（名白松）在水边生下人祖松米窝。松米窝是西双版纳地区及分布于缅甸、泰国、老挝等国，自称“雅尼”（又称“阿卡”）的哈尼人共认的最早祖先，而在哀牢山地区的哈尼族世系中，松米窝（又称诗米乌）之前尚有十余代之名。[①] 古歌中唱到，松米窝在“西南地角边”的“黑红黑红的山地”上撒下稻种，进行农耕，并由他下遗各代，有了种植与养殖并举的经济生产，这些祖先“把长尾雉拿到家里养，竹楼下大鸡小鸡一窝窝，鸡蛋每天捡一箩”，有了较为丰足的生活资料来源。

然后古歌着重叙述了女性祖先“唐盘”的文化作为——

她（唐盘）是多子的观音，
她是人鬼的阿妈，
唐盘胸前有两个乳房，
那里装喂人的琼浆，
唐盘后背有七个乳房，
那是鬼的饭袋和食粮，
……
人鬼都是她奶大，
人鬼都孝顺她。

（唐盘老了，将要逝去，人和鬼都来抢这位母亲）

唐盘说：
“人不要和鬼争，
鬼不要和人吵，

① 参看本编第三章第二节及《哈尼族简史》第22页。

等我断气的时候，
看我的脸朝哪方；
脸在前面乳房上，
就是人的阿妈；
脸在后面乳房上，
就是鬼的阿妈。”
……

人的脑子灵，
马上有主意：
“阿妈你转过脸，
我们拿牛送你，
阿妈你转过脸，
我们拿马送你，
阿妈你转过脸，
我们拿羊送你。”
……

鬼听见人的话，
急急忙忙行动，
鬼把牛赶走，
鬼把马赶走，
鬼把羊赶走，
……
鬼的许诺更丰盛：
“要用花脸麂送阿妈，
要用独角马鹿送阿妈，
要用大嘴巴猪（野猪）送阿妈。”

（人鬼争执不休，最后分家了，人分到大片土地，而山林静僻处，“红血藤缠绕的地方”，是鬼的地盘。人和鬼彼此用簸箕筛子隔离开来，但是）

鬼背着箩箩跑出寨子，
人躲在簸箕后，
悄悄地看鬼跑，
簸箕编得太密，
鬼跑得太快，
人什么也没有看见。

人挎着包包走出寨子，
鬼躲在筛子后，
静静地看人走，
筛子有多少个眼，
鬼也有多少个眼，
人的行动，
鬼看得清清楚楚。

——《天地人鬼》八至十三节

从此人鬼殊途，但鬼可窥伺人、降灾于人，而人则拿鬼无法。这是又一则“绝地天通”的故事，它与《窝果》第八章《普祖代祖》十分相似但又各有特色，而说到天地交通的断绝，又似《窝果》第一章《烟本霍本》中天神砍断天梯的情节，但却用富于地方特色的竹器簸箕筛子来隔绝。当然，其文化内涵与《窝果》同一，都是人类第一次脑体劳动大分工的产物。

第二节　《阿培阿达埃》和《葫芦里走出人种》

这两首古歌一个共同之点是以鲜明的形象表述了鱼以及与鱼关系甚密的水在哈尼族文化心态中的地位与影响，简言之，即是以“鱼水神话”为表征的渔农经济、稻作农耕经济的重大作用。

《阿培阿达埃》（祖先的传说）说，远古的时候到处是“一片雾茫茫”——

浓雾翻腾又翻腾，
不知翻腾多少年，
白白的雾凝结起来，
变成了白鱼的肉，
肉越聚越多，
就成了条大大的鱼。

大鱼生出第一对人知达和妲布后，化生为广阔的大地，知达和妲布在大地上生育出九对男女和一个男人，九对男女结成夫妻，剩下的男人因无配偶而生气，跳进水里变成龙，龙发大水淹没大地，只有最小的兄妹俩躲进葫芦逃过水患，水退后，在神的启示下成亲生子，他们是今日各族之祖。

《葫芦里走出人种》说人从水中来——

远古的时候，
有一群无毛的水猴，
像许多粉红的肉坨。
那时大海无边无际，
水猴在海里漂游，
三千三百年后，
天神发现了它们，
就去告诉龙王：
“看来它们是人种。”

（这人种劫难横生，先是遭遇地火）

若干年以后，
大地喷出火，
巨声撼天地，
多少石头啊，
滚到大海里，
压死了无数水猴。
海被填平了，
海被烧枯了，

好多水猴干渴死了，
只剩几个半死不活。
……
海水晃落处，
生出一条巨蟒，
天天吃水猴，
眼看水猴要灭绝。

（幸有天神相救，投一“神葫芦”使水猴们有容身之地，“神葫芦”绿光万丈，刺伤巨蟒，水猴走出葫芦，容颜大变，遍体长毛）

人种走出神葫芦，
神葫芦对人种说：
“我已不能再保护你们，
以后大火再烧起，
你们就躲进石洞。”
从此以后啊，
人种找石洞躲灾难，
石洞成了人种的居室。

（后来人种果然有大火之灾，但在石洞中安然无恙，经此种种磨难，人种摘果、追兽、熟食，终得兴旺。）

在第四章中我们已指出所谓金鱼娘“密乌艾西艾玛”实际是先民们渔农经济和稻作经济的文化符号，尤其是对夷越稻作农耕文化的隐指，因哈尼先民的诸羌部落所经营者是游牧经济，与鱼关系不大，而鱼赖以为生的水，是稻作生产的第一要素。质言之，鱼即水，水即稻作，即哈尼民族的文化内核。因此，无论《窝果》也好，《十二奴局》也好，还是《阿培阿达埃》和《葫芦里走出人种》也好，凡是哈尼族重要的经典之作，无不认可这一文化内核。用神话语言来表述，就是鱼（水）造天地、造诸神、造万物、造人类。至于《葫芦里走出人种》说到人种是生活于大海里的“水猴”变化而来，似乎与今日西方体质人类学家的人类来源新论——人从海猿演化而来——相契合，但不能证明彼时哈尼先民已有科学的研究成果，这完全是两码事，因为二者的内涵完全不同。

第三节　其他神话古歌

流传在各地哈尼族民间、探讨古规古礼等文化事象缘起的古歌尚有许多，比如1958年云南省委宣传部组织的云南省民族民间文学红河调查队在金平县搜集到的《老古时候的人》、《盘古王分家》等等，也各有特色。

《老古时候的人》叙述人类与大自然异己力量的象征“大怪人”的斗争，以及人们寻找五谷种子、找牛犁田、打死老虎的过程，和栽种棉花、发明纺织穿衣的过程。《盘古王分家》叙述天神盘古来到人间教习人们做木活石活建造家园，他当王之后两个儿子争夺家产的斗争，以及哈尼族被迫出走的事件。[①]《老古时候的人》更多地体现了哈尼族先民们的智慧和力量，表现了鲜明的民族个性。《盘古王分家》显然是由于民族的杂居与文化的交流，哈尼族接受了苗瑶民族文化的影响，以苗瑶神话中的“盘古王”（盘瓠）为文化英雄的结果。当然，其中贯串着哈尼族人民的文化精神和审美观，已是哈尼化了的盘瓠神话。

除反映远古先民的生活内容之外，这些古歌的艺术特点也极鲜明，有趣的情节，生动的语言，活泼的人物，浪漫的情调，交响成和谐美丽的乐章。

如《老古时候的人》叙述到打老虎一节时，歌中老牛对老虎说的话就很有理趣——

老虎你别嘴硬，
你别小看人，
人的身子虽然小，
主意却要大过神。
如今的世道，

① 均见《红河哈尼族彝族自治州哈尼族文学发展概略（初稿）》，云南省民族民间文学红河调查队1959年3月25日编印资料。云南大学傅光宇教授为保存此材料，“文革”中甘冒被打成“封资修”的危险悄悄抄摘成一大册，藏之箧底，今为助我写文学史，慷慨拿出。傅兄肝胆照人，亮节高风，感谢之余，使人浩叹。稿存傅光宇处。

不比早以前，
哪个的主意大，
就要归哪个管；
哪个的本事强，
就要让哪个在先。

古歌表现出时代发展的不可抗拒性，传神的描写中，我们似可听到历史镗镗而前的脚步声。远古时代人类“日与禽兽居，族与万物并”，人兽之间“以力相争”的时代已然过去，主宰世界的不再是筋肉强健骨骼粗大的族类，而是创造并享受了文化的人。所以老牛质朴的话“如今的世道，不比早以前，哪个的主意大，就要归哪个管；哪个的本事强，就要让哪个在先”，就是文明战胜野蛮，文化战胜本能的宣言。

哈尼族的这些创世古歌还善于通过情节的组织塑造鲜活的形象。《老古时候的人》中有这样的描述：老虎看见牛被拴着犁田，大惑不解道——

老牛你真笨，
这样大的身子，
被人家拴着犁田，
还要挨皮鞭。
你怎么不用角挑死他？
怎么不用脚踩死他？
你呀你真笨！

（后来它上了人的当，坐上被人烧红的犁铧，烫得直挣，还打肿脸充胖子不认输）

人笑着说：
“老虎你真无能，
连个板凳都坐不稳！”
老虎说：
“笑话，
你才坐不稳，
我是把懒腰伸。”

这反映了老虎的虚伪。下面的进一步描述，则反映了它的愚蠢——

人坐在对面慢慢吃饭，
老虎望见把气生，
连忙说：
“赶紧点吃，
吃完了放开我吃你！”
（当它见人用棒棒来打，知道上了当，还说）
“我没有吃你，
你怎么还要打我？
快点放开我，
就算我以后不吃你好了！”①
当惯了山大王的老虎死到临头还不知个中道理呢。

① 以上引文见《红河哈尼族彝族自治州哈尼族文学发展概略（初稿）》，第35～43页。

第二编

迁徙史诗时代

（民族大迁徙时期的文学）

自然界与人类社会的异己力量把灾祸、战争连番横加于哈尼族之顶，迫使整个民族在千余年的历史岁月里不息地沿川滇地域的高山纵谷“民族迁徙走廊”迁移，从而形成了哈尼族由大渡河、雅砻江、安宁河流域向云南高原的广泛流布。稻作农耕之民哈尼族的迁徙诚如参天巨树被连根拔起，每一次迁徙都是血与火中的再生。这民族的大悲剧笼罩了哈尼族大部文学史，造就了以《哈尼阿培聪坡坡》为代表的庞大辉煌的迁徙史诗群，形成了一个以迁徙史诗为主体的灿烂繁丽的文学时代。

时当春秋至唐宋之际。民族称谓为“和蛮”　“和泥”等。

概　述

哈尼族先民“和夷”于春秋战国时期在今四川省大渡河、雅砻江、安宁河流域完成了民族的发轫和初期的发展之后，在一个相当长的历史时期内，其名称再不复现于汉文典籍，其行迹也漫不可寻。这就是自《尚书·禹贡》“华阳”条叙述了“和夷厎绩”之后，汉文典籍对“和夷”这样一个广有影响的民族即未再加记载的情况，这情况直到有唐一代方始告终。

唐开元二十三年（公元735年），丞相张九龄代玄宗起草的诏书《敕安南首领爨仁哲书》云：

> 敕安南首领归州刺史爨仁哲、潘州刺史潘明威、僚子首领阿迪、和蛮大鬼主孟谷悮、姚州首领左威卫将军爨彦徵……卿等虽在僻远，各有部落，俱属国家，并识王化。[①]

《新唐书·南蛮传》（下）又云：

> 显庆元年（公元656年），西洱河大首领杨栋附显、和蛮大首领王罗祁……率部落归附，入朝贡方物。

这两条史料并未明确哈尼族先民“和蛮”的居地为何，但从“和蛮大鬼主孟谷悮”与“僚子首领阿迪”“姚州首领左威卫将军爨彦徵”相提并论，可知其聚落大致在红河下游之云南省文山州南境，且形成了有“大鬼主”这政教合一的领袖为首的政权组织。“和蛮大首领王罗祁”则紧随“西洱河大首领杨栋附显”之后，可知其居处之地大致在今大理地区之西洱河（洱海）区域及与其毗连的楚雄地区，即红河上游地区，且已形成政教分离的“大首领”政权组织。又由此二者可知，彼时哈尼族先民“和

① 见张九龄《曲江集》卷十二。

蛮”区布既广（由滇西到滇南），且社会形态在各地有所不同，王罗祁部虽早于孟谷悮部79年，但社会更先进，已是政教分离的“大首领”政权统治组织，而孟谷悮部尚处于政教合一的“大鬼主”政权统治状况。

因此，至少在唐高宗到唐玄宗时，哈尼族先民“和蛮”已在红河流域（由滇西到滇南之上游到下游地区）广泛定居，并形成了自己相对独立的且与中央王朝有所联络的政权统治。而“和蛮”即是“和夷”的后裔。

这是唐代史料记述的哈尼族先民活动情况。宋代以还汉文史料中记述的情况就越加丰富，可以由此查考出哈尼族先民在彼一时代的活动及居处区域。如：

《古今图书集成·职方典》卷六四一载，今四川省凉山彝族自治州金阳县原名为“阿泥”，有“凉山河”出此并流入安宁河。又，明《景泰云南图经志书》云，此河名“阿泥河”。盖明以前，金阳县为哈尼先民“阿泥”之重要聚居地，因族得名为“阿泥”县。

《蛮书·云南界途程》载：“从目集驿至河子镇七十里，泸江乘皮船渡泸水。”“河子镇”在今四川省会理县南之姜驿，“河子”者，哈尼族先民“和蛮”之别称也。盖唐时哈尼族先民“河子”曾居于今会理南境姜驿。

《大明一统志》卷七二载：乌撒“唐时……其东西又有芒布、阿晟二部”。《明太祖洪武实录》卷一四三载：（洪武十五年三月己未）今滇东北镇雄县明时称“和泥芒布（部）府”，且指明其有“蛮部六：伴溪、七溪、乌撒、阿头……俱属和泥芒部府”。盖唐时今滇东北镇雄为哈尼族先民“和泥芒部府”的统治区域。

《大明一统志》卷七二载：“唐时乌蛮仲牟由（哈尼族首领名）之裔阿统者始迁窦地甸；至十一世孙乌蒙始强，号乌蒙部。宋封阿杓（阿统后裔）为乌蒙王，元初归附。”

《哈尼族简史》云：“在宋人的文献中，把乌蒙看作当时南方四大民族的政权之一，其地位次于白族先民在云南建立的大理国，而高于彝族先民在贵州建立的罗甸国。”[①] 其根据是宋朝吴昌裔的《论湖北蜀西具备疏》，疏云：“南方诸蛮之大者莫如大云南，其次小云南，次乌蒙，次罗氏鬼主。

① 见《哈尼族简史》第36页。

其他小国，或千百家为一聚，或二三百家为一族，不相臣属，皆不足数。”

可见，哈尼族先民“乌蒙”在宋时之西南少数民族中占有相当重要的地位。由上可知，自唐及宋，滇东北金沙江沿岸乌蒙山地区为哈尼族世居之地，其先民“乌蒙”是其地之主体民族，该族首领受宋封为“乌蒙王”，而成为最高统治者，乌蒙曾为中国西南地方民族四大政权之一。

综上所述，可知隋唐及宋代哈尼族的分布为四大区域：

其一，滇东北乌蒙山区，唐代为“和泥芒部府”统治中心地区，宋代为“乌蒙”统治中心地区，其肇始及下延累有千年之久，直至明代哈尼族的统治地位方渐式微，而到近现代该地区已无哈尼族，他们或已迁离其地，或已融入其他民族中去了。这一地区哈尼族未为我们留下任何可资探寻的文学资料，这是十分遗憾的事情。

其二，以“大首领王罗祁”为代表的哈尼族先民“和蛮”，形成红河上游滇西大理、楚雄地区的聚居中心，并建立了地方民族政权，拥有自己的民族领袖。此一地区哈尼族的政治、经济、文化较其他地区哈尼族为高，这从王罗祁的名号“和蛮大首领”与后于他们的另一领袖孟谷悮的名号“和蛮大鬼主”的比较中可以见出。政教分离意味着政教的专门职司化，这是社会发展进步的标志。大理、楚雄地区至今已少有哈尼族，然紧邻其南境之思茅地区则是今哈尼族的一大聚居地区，人口占哈尼族总数的三分之一以上，其所由来，盖自唐时，由大理、楚雄渐次南迁者。明隆庆《云南志》卷三“楚雄府风俗”说到本府“西南有和夷蛮”，证明楚雄府西南之思茅境有哈尼族聚居。

其三，以“和蛮大鬼主孟谷悮”为代表的哈尼族形成以红河下游今滇东南六诏山（文山州境）地区的聚居中心。唐天宝时（公元 742 ~ 756 年），唐皇朝命南诏讨灭诸爨各部之后，“和蛮”下落不明。臻至唐末及五代（公元 901 ~ 960 年），六诏山地区出现维摩、强现、王弄各部落“和泥”。直至清初，文山地区尚有和泥、窝泥、阿泥等哈尼族分布。清代中叶以后，该地区则不再见哈尼族行踪。自宋及明，六诏山地区的哈尼族以其地近邕州（今广西南宁地区），与中原汉族多有文化经济的交流，曾一度发展迅速，然因嗣后的中落，该地区哈尼族消失，故而文学状况也一无所知，此均哈尼族文学史上的又一憾事。

其四，万历《滇史》卷七载："因远部，唐为威远睑，总名和泥，今之元江也。……唐属银生节度。"又，《哈尼族简史》云："唐代南诏银生节度（治在今景东）威远睑范围为元代元江路，包括今景谷、镇沅、墨江、普洱、思茅、元江、红河、元阳、绿春、金平、江城以至越南、老挝边境，这一片地区总名和泥，当是以和泥人居多数且占主要地位而得名。"① 可知自唐及元，在滇南的广大地区分布着众多的哈尼族部落，"总名和泥"。即以哈尼族占人口多数和政治、经济、文化为主体的"威远睑"(唐)、"元江路"(元)，是哈尼族的主要聚居中心。据考，其范围达两万平方公里。而今日哈尼族之主要分布地区，即在此一域，亦即红河哈尼族彝族自治州、思茅地区、玉溪地区、西双版纳州境。这些地区，从唐代以来就是哈尼族的活动中心。更重要的是，由于从唐代至今的一千多年中，哈尼族始终是此一地域的主体民族，历史文化脉络清晰可见，因而保存着大量珍贵的文学资料，正是这一庞大的资料系统，使世人对该族文学状貌有所认知，也使本书的写作得以完成。

我们在《导言》第三节中谈到哈尼族的历史分期时曾说，从春秋战国到唐代这一千多年时间内，哈尼族先民由于瘟疫、灾变等自然环境的原因，和战争、人口增长等社会原因，渐次离开了民族发祥地大渡河、雅砻江、安宁河流域（史诗中的"惹罗普楚"、"诺马阿美"等地），向滇东北、滇西南、滇南、滇东南拓展，而且在这些地区成为主体民族。由于汉文史籍的匮乏，我们无法从中知悉在这漫长的千余年里，哈尼族先民是什么时候，由于什么原因，如何由何地迁往何地，以及在何地形成何种社会形态和生活状态。然而，所幸的是，近十年来，由于广大哈尼族学者的辛勤劳作，从各地搜集到大批广泛流传于民间的哈尼族迁徙歌、迁徙史诗、迁徙故事和传说，这一庞大的资料系统构成了哈尼族独特的迁徙文学时代，它们以形象、生动、鲜明的笔触，挥写着哈尼族在各迁居地的生活和情愫，以及迁徙长程中的种种磨难、艰辛和英雄业绩，使我们得以对这一千多年的哈尼族历史产生清晰的印象。郭沫若先生谈到民间文学的价值时说，这些作品对民族历史的陈述往往超过了任何一部"官家或准官家的史

① 见《哈尼族简史》第13页。

料”。哈尼族迁徙文学，尤其是长篇迁徙史诗对哈尼族南迁历史的各个阶段、各迁居地的社会组织、生产生活、意识形态、宗教信仰等等的历史陈述，也是超过了任何一部“官家或准官家的史料”而格外珍贵的。

千里万里的长征，行行重行行的迁徙再迁徙，使哈尼族在千年之中饱经了各种各样的苦难和折磨，也由此磨砺了他们的精神和意志，使这个民族获得了巨大的生存能量。辐射在文学中，则塑造出一组组闪耀着迷人魅力光辉的艺术形象，织就了一部部伟大的史诗作品。因而，我们将春秋及唐宋这千年间，哈尼族由大渡河、雅砻江、安宁河流域迁往滇南、滇西时代的文学，称为“迁徙史诗时代”。

这一时代的文学精神是哈尼族先民在血与火中历经磨难的悲剧感，及由此奋发出摧折一切艰难险阻，镗镗而前的英雄主义，和为民族的生存发展敢于牺牲，敢于战斗的大无畏精神。苦难造就伟大，在民族血与泪的洗炼中形成的哈尼族迁徙史诗，把哈尼族的传统文学推向了顶巅，它们在中国各民族的文学系列中是卓越与不朽的。

现已公开发表、内部出版和搜集在案的大批长篇迁徙史诗，以下面几部最具代表性。它们是：

《哈尼阿培聪坡坡》（哈尼族祖先的迁徙史）；

《雅尼雅嘎赞嘎》（雅尼人的迁徙史）；

《普亚佐亚德亚》（在头人带领下建寨开田）；

《普嘎纳嘎》（祖先的迁徙与居留）。

另有若干短小精悍的迁徙歌，亦是迁徙文学不可或缺的有机组成部分，较有代表性的是：

《哈尼先祖过江来》；

《汗交交本本》（人类从哪里来）；

《查勒勒本本》（打猎的歌）。

这些都是独立成章的迁徙史诗。

另有一些迁徙史诗与神话古歌或宗教祭词联系在一起，成为其组成部分之一，歌手在演唱时也将其一并演唱，应当归为迁徙史诗。它们的文化意向是颂扬祖先的劳绩，以肯定祖先赫赫功绩的外显形式，达到肯定自我的内隐宗旨。因为这些祖先都是历史上的神或半神或超人，颂扬了神话中的祖先，亦即肯定了现实生活中的自我，从而获得战胜自然和人类社会敌对势力的精神力量。这样的作品主要有：

《杜达纳嘎》（祖先迁徙）；[①]

《俄表咪表》（天亮地亮）；[②]

《寻找祖先的足迹》。[③]

从文学发展的序列来看，与神话古歌联为一体的迁徙史诗当属较早期的创作，它直接发源于祖先崇拜的意识。继之而生的是林林总总的迁徙短歌，而后方是集前二者大成且高度升华的长篇迁徙史诗。创世古歌和宗教祭词中的迁徙史诗多带神话意蕴，而迁徙短歌则写实成分居多。可见此类短歌的创作者们已将关注的目光从迷离惝恍的神话移注到现实中，人的自我意识大为增强。而到了长篇迁徙史诗，则是高度自觉地主动地去探索并记述祖先的历史行踪了。由于人在史诗中地位的增强甚或高居一切之上，因而长篇迁徙史诗无论从思想性或艺术性都远远高出前二者，从而成为真正的史诗作品。

除却迁徙史诗外，由于以民族迁徙和部落征战为中心的时代氛围的决定，嗣后又产生了一大批迁徙传说和故事。这些朗朗上口易于流传的大众化作品（相较于庄严场合演唱的迁徙史诗），也是迁徙文学的重要成分，它们常是一种内容而有史诗（韵文体）与传说故事（散文体）的二体并存互补，其中较著名的有《祖先的脚印》《哈尼三祖先》《穿黑衣黑裤的传说》《哈尼阿培烟嘎》等[④]。

另外，迁徙史诗时代虽以迁徙文学为主导，也产生了许多别具风格的文学品类，如新神话史诗《阿波仰者》和英雄史诗《迁徙悲歌》，即是父系英雄时代（以民族大迁徙为表征）的产物。同时在民间尚流传着大量颇具特色的精灵传说，曲折地反映了哈尼先民们迁徙流离的生活，较著名的有《瀑布魔王的故事》《作洛搓罗》《成甫娶媳妇》《木汪杀妻》等[⑤]，它

① 见古歌《十二奴局》。

② 《俄表咪表》为元阳县老歌手白摩浦演唱之创世古歌，迁徙内容为其中之一部分。

③ 见哈尼族殡葬祭词《斯批黑遮》，云南民族出版社 1990 年版，第 128 ~ 158 页。

④ 均见《哈尼族神话传说集成》。

⑤ 均见《哈尼族神话传说集成》。

们都是迁徙史诗时代的产物。

哈尼族的大迁徙实质上是被迫的，整个时代氛围是悲剧的、苦难的，同时也是民族精神高度昂奋的。这一文化特征辐射到此后历代哈尼族社会生活和反映这些生活的文学中，形成鲜明的悲剧美学特征。

第一章　朗若繁星的迁徙史诗群

第一节　创世古歌和宗教祭词中的迁徙史诗

创世古歌和宗教祭词中的迁徙史诗数量颇丰，但各地流传的内容大同小异，且其底蕴多在追颂先祖丰功伟绩，尤其尊奉祖先为神圣和超人，而将现实之中的自我与其相联系（通过代代先人的迁徙历程，由古及今），从而达到肯定自身的目的。

现从众多的史诗中择出较具代表性的三首加以介绍。

一、创世古歌《俄表咪表》（天亮地亮）中的迁徙史诗

此古歌由元阳县马街乡登云寨大贝玛白摩浦演唱，卢朝贵、杨叔孔记译。[①] 其内容从巨鱼造天地开始，唱到巨鱼生下七位大神，即是太阳神、月亮神、星辰之神、风雨之神、人神优德、德莫和水神，其中着重叙述人神优德、德莫的文化业绩——

（从巨鱼身上）最后摆出一对神，
做了世人的先祖神，
世人的先祖优德和德莫呵，
繁衍出人的后代，
造出世上的人类。

（然后他们找来一对黄毛猴子和黑毛猴子，教猴子拉风箱炼矿石、锻

① 未刊稿，现存元阳县文化馆及笔者处。

造工具）

（猴子们）左手拿着猪嘴样的尖锤，
右手拿着螃蟹夹子样的铁钳，
叮叮当当打三下，
打出挺肚弯腰的大砍刀，
叮叮当当打三锤，
打成宽口厚背的大斧子，
叮叮当当打三下，
世人四季有吃穿。

这“猴子”即是初期的人类，然后他们又教人类安寨建房，并让哈尼人上天向天神讨来万物种撒播四方，造成了万类繁盛的大自然。

古歌简述毕这些创世的功业之后，着重叙述先祖们在大迁徙中的作为——

远古的哈尼，
在诺马河边最先安下了寨子，
诺马的凹塘是先祖繁衍儿孙的好地，①
诺马河水变成哈尼先祖的血浆，
诺马山冈成了哈尼的家乡。
吉祥的好地长出了好树，
粗大的树木拿来盖出寨房，
一间房在不下，
就盖两间，
两间房在不下，
就盖三间，
诺马河坝住下了六千户的等数。②
六千户哈尼耕种着诺马的田坝，
大片的田坝长满金色的稻谷，

① 凹塘：山凹处。
② 等数：整数。

看那谷穗像马尾巴一样耷下来，
看那玉米苞像牛角一样粗壮。

后来，由于人口剧增，“诺马河谷住不下哈尼，哈尼先祖就往下（南方）搬迁，去寻找有吃有穿的好地新家”——

哈尼南迁的人分做三群，
寻找新居的祖先这样约定：
三群人到干玛等会齐，①
先到的砍倒树木为号。
第一群祖先来到干玛等地方，
又跟着太阳下山的方向寻找新居；
他们来到傣家的坝子，
跟傣家认了弟兄。
第二群人来到干玛等，
看见砍倒的大树已变成枯柴，
寻找亲亲的弟兄找不到一个脚印，
就迁到色偶大城的旁边。②
第三群人来到干玛等，
看见砍倒的大树已发出新芽，
找遍山岭找不着一个弟兄的足迹，
他们经过谷哈、通海、个旧、建水，③
来到红河南岸哈尼的好地丫多。④

这首六百行的古歌，以简洁明快的节奏吟唱了哈尼族千年的迁徙行程，其特点在将民族的历史与神们的创世浑然一体，以见其神圣和尊严。始祖神优德和德莫之繁衍人类，并非通过生育后代的形式，而是教两只猴子冶炼铁矿，打制工具，这“猴子”亦即原始的人类。他们文化未开，一

① 干玛等：哈尼语，长满野菜的平坝。

② 色偶：今大理。

③ 谷哈：今昆明。通海、个旧、建水为今红河州属县，均有哈尼族居住。

④ 丫多：今元阳县境内地名。丫多被普遍认为是哈尼族在红河南岸的第一个家园而素享盛名。

无所知，故此通过打制工具，变成“人”，然后又学会建屋盖房，撒播籽种，有了一系列文化活动。

古歌的创制者在这里暗合了一条科学规律，即懂得人与动物相区别的最根本也是最重要的分界点——人类能够从事文化活动，而动物则不能。“猴子”无疑是尚处于原始蒙昧状态中的初期人类，甚或其居处止息尚在树上，所以优德和德莫就教他们打制工具，让“世人四季有吃穿”，从动物的原始群中分离出来。有了初期文明活动的先民接着发挥聪明才智从事农业生产，把这一活动推向高峰，于是民族发祥地“诺马河坝住下了六千户的等数”。

古歌在这里吟唱哈尼祖先南迁的原因是由于人口的剧增，“诺马河谷住不下哈尼，哈尼先祖就往下搬迁，去寻找有吃有穿的好地新家”，说明进行这万里长征的历史活动，最根本的原因是经济发展的需求。

至于迁徙的历程，古歌则以传说的方式叙述了三群人的迁徙活动及其结果。大家约会于野菜遍生的“干玛等”，第一批人到达时伐倒树木为号，继续西行，与傣族先民比邻而居。第二批人见前行者所伐之树已枯，显难寻觅，便迁到今大理（色偶）一带。第三批人见前面的人伐倒之树又长出新芽，亦是间隔甚久，于是南迁昆明、通海、个旧、建水，来到红河南岸，繁衍至今。这一唱叙虽属简单，而且以民间传说三段式方法进行，但已把哈尼族整体由北向南的迁徙流向和在滇西、滇南的区布表述明白。

这首迁徙史诗所具有的艺术概括力是十分令人惊讶的，人的发轫、哈尼族祖先迁徙的原因、历程和结果，不仅表现得清清楚楚，而且富于情节性，同时这些都是通过极其简练的手法表现出来的。

二、创世古歌《十二奴局》中的迁徙史诗《杜达纳嘎》

在第一编第五章中介绍古歌《十二奴局》时，我们已谈到，创世古歌中虽有迁徙史诗的内容，而且歌手演唱时也常将其与创世神话的内容同时演唱，但实质上迁徙史诗的出现远远晚于创世神话，它们的创作时代并非“窝果奴局文学时代”，而恰是在“迁徙史诗时代”，故而将其归于此编论述。前述古歌《俄表咪表》如此，《十二奴局》中的《杜达纳嘎》亦如此。

《杜达纳嘎》共分五节，近千行。第一、二节叙述民族整体由诺马阿美南迁的历程，[①] 第三、四、五节叙述哈尼族三位英雄祖先之一阿波仰者带领其部落辗转迁徙各地的情状，且重在对阿波仰者英雄业绩的歌颂。

史诗唱道——

远古的时候，
哈尼祖先没有住的地方，
像猴子一样到处跑，
一天在一个地方。
不知过了多少年，
不知换了多少代，
哈尼的祖先，
养起了猪鸡牛羊，
吆着猪鸡到处去，
吆着牛羊到处放。
……
诺马阿美是个好地方，
哈尼先祖看上了，
哈尼先祖喜欢了。[②]

他们在这里定居下来，"选寨头的大树作普玛，[③] 选寨边的毛木树作龙主，[④] 选寨树的草坪作磨秋场，"[⑤] 形成了一套完整的典章制度，把这里变成"先祖安居乐业的天堂"。后来，美丽富饶的诺马阿美招来了恶人的嫉妒，虎豹一样的恶人来了，灾难降到哈尼的头上。哈尼人奋起与入侵者搏战，但因力量不敌，被迫迁离诺马阿美。他们来到"洪阿"（今昆明地区），但又遭到异族的侵凌，又复被迫迁离。来到"窝你"（今滇南重镇

① 此歌又名《哈尼杜达尼嘎嘎》，即"哈尼族祖先迁徙歌"之意。黄世荣搜集有涂伙沙演唱之异文本，内容、风格大体一致，不赘。

② 见《十二奴局》中之《杜达纳嘎》，下不赘。

③ 普玛：哈尼语，意为护寨神。

④ 龙主：驱魔避邪的神树。

⑤ 磨秋场：打磨秋祭祀神灵的场所。

开远），在这里的遭遇是“七天七夜下大雨，窝你坝子变成了汪洋”，只好又迁移到“勒昂”（今建水县）。他们在此繁荣兴旺，“哈尼人的儿孙，一年比一年发展，人多勒昂坝子在不下，哈尼要到新的地方辟地盘”。在建水，哈尼族三大部落向不同方向迁移——

莫作带着朝东边走四路，①
去找安居的地方；
区依带着朝南边走四路，②
去找乐业的地方；
仰者带着朝西边走四路，③
去找幸福的地方；
还有一部分，
仍然留下来守勒昂。

若以地望四至来分，建水之东即是文山州境，莫作部落或为六诏山哈尼族之一支。联系到由唐及宋，该地区大量聚居着哈尼族，诸如维摩、强现、王弄各部，应是可能的。建水之南是个旧、元阳、绿春三县市境，这些地区至今仍是哈尼族的主要聚居地，故区依部落为该地区哈尼族的先祖是可信的。《十二奴局》是在红河县搜集到的作品，而元阳县哈尼族中流传着许多与区依先祖有关的传说和古歌，当是一证。建水西南，是哈尼族的重要聚居地红河县和元江县，此二县哈尼族广泛认知仰者为先祖，且家谱中列有其名，也证实了史诗吟唱史实的可信度。

这是史诗内容的第一部分。第二部分则以首领仰者带领族人寻觅家园的小范围迁徙为主题，着重表现其创业的艰辛与意志之坚忍不拔。其说：阿波仰者带领哈尼来到肥沃的元江盆地（哈尼语“腊萨”），并用辛勤的汗水把它变成富饶的家园，异族人巧取豪夺，施展上门入赘之策，十个姑爷通过娶仰者的十个女儿霸占了良田沃野，把作为主人的哈尼首领仰者来排挤，最后两族发生了剧烈的战争，哈尼族战败，只好离开“腊萨”。阿波仰者带领哈尼顺红河南迁到海边，他们削木为筏，渡海来到一个叫额咪

① 莫作、区依、仰者系哀牢山地区哈尼族的三位部落首领之名。
② 莫作、区依、仰者系哀牢山地区哈尼族的三位部落首领之名。
③ 莫作、区依、仰者系哀牢山地区哈尼族的三位部落首领之名。

合罗的水中平坝，在这里居住下来。但这里气候炎热，瘴疠横生，人马死亡很多，阿波仰者本人也深受瘴气折磨，吃了狗肉才得以活命，于是又返回腊萨故乡。在这往返奔波途中，阿波仰者的妻子逝去，他几经寻觅，找到小姨做了老婆，两人生下八个儿子，从此在腊萨繁衍生息。八个儿子就是八个家支的祖先。

阿波仰者的故事在元江、红河两县哈尼族中广泛流传，看来这是一个有着极大真实性的历史传说。仰者确然是一位在困苦磨难中历练而出的部落英雄祖先，因而这部史诗对研究这一地区哈尼族的历史有着重要的参考价值。而史诗的第二部分（第三、四、五节），因侧重在英雄人物仰者的行事作为上，它丰富了迁徙史诗的内容，带有英雄史诗的色彩。

三、殡葬祭词《斯批黑遮》中的迁徙史诗《寻找祖先的足迹》

《斯批黑遮》是一套由若干“尼扎”（相对独立成篇的章节）组成的殡葬祭词，为逝者祭仪专用吟唱。《寻找祖先的足迹》即是其中一个“尼扎”，专为亡灵指示祖先迁徙历程，以供其在返回祖先故居（即民族发祥地）时使用，因此带有相当的权威性和庄严感。本处所引《斯批黑遮》，为流传于红河县哈尼族中较完整的唱本，由大贝玛赵呼础、李七周演唱，李期博、米娜翻译，云南民族出版社 1990 年出版。

《寻找祖先的足迹》以归宗认祖为宗旨，其吟唱以自家祖先的历史行迹为着重，故对民族共同祖先的历程描述之外，更细致地描述了家支祖先的行程。译者特别注释道：这“是哈尼族迁徙史诗的一种，一般作为史诗演唱时，内容更丰富。这里作为祭词，是要把哈尼祖先由来告诉死者”，[①]因而有所简略（详细内容参看本编第四章对迁徙史诗《普嘎纳嘎》的评述）。

这部史诗与《杜达纳嘎》内容大同小异，也是从民族发祥地努玛阿美（与“诺马阿美”同为一地）出发，然后到达“许余”（按：疑为大理地区，大理古称“斯榆”即洱海之滨，音颇近）、“拉煞”（即腊萨，亦即今

① 见《斯批黑遮》第 128 页。

元江县境），也是由“区伊”[1]“莫作”“仰资”[2]三位部落领袖率部分头迁徙，只不过分支之地不在“建水”而在“许余”。然后来到“洪阿”“妥祥子寨”“三米妥腊寨”“洪阿妥十村”“阿纳得丛寨”“洪阿欧村”“熬麻大冲冲”“洪阿着格村”“煞黑寨”（均昆明境内村寨），又南行及于“蒙自大坝子”（今红河州蒙自县境）“石屏牛街坝”（今石屏县境），在傣族的帮助下渡过红河，在红河县境内安居下来。这些详细的地名今已难考，但对亡者之灵无疑能够起到导引的作用，而对于哈尼族历史的研究来说，也有着重要的参考价值。

这部史诗的特点在对远古先祖的居处之地描述大略简洁，距今日越近者描摹越加详尽。如对民族发祥地“努玛阿美”的描写只有两句——

努玛阿美是最先建寨处，
是最初栽下寨神树的地方。

在此，“努玛阿美”已是一个高度浓缩的文化符号，当然这一符号包含着与民族特征相关联的重大内容，这就是“最先建寨处”与“最初栽下寨神树的地方”，前者标识着哈尼族在此成为“耕田，有邑聚”的农耕民族，后者标识着他们已形成一套独具的文化制度。

而到了较为晚近的“许余”地方，描写就细腻起来，有山水风景，有农田耕作，有物产收获等等。

“许余”地方在歌者心中留下了难以释怀的印象，因为在这里哈尼族第一次遭受重大的挫折，成为历史的失败者被迫向南迁徙。其原因是“那然”（异族）的入侵，方式同样以联姻为手段，实质是掳夺哈尼族的生存之地。其中哈尼族经过与“那然”划土地、比赛滚石头、放火、射箭、拉牛、拉马、栽竹、栽芭蕉、栽棕等斗争，均因文化上的落后，归于失败，只好在三个首领的带领下南迁，这样就有了前述一系列迁居地的经历，最后抵达今日的居处之地红河县境。

按照殡葬祭词的常规，对祖先居地只需指出地名及其地理特征，使亡灵不致迷失路径变成山野之鬼即可，毋须细致描述，但因“许余”地方在

① 区伊、区依、楚依数称实为一人，各地音变而已。
② 仰资、仰者为一人。

民族历史上具有决定群体南迁——这一改变哈尼族历史方向的重大意义，故而歌中细细加以吟唱，这是名对亡灵实对聆听吟唱的生者的文化教谕，好让后来人汲取历史的教训，不再重蹈前人的覆辙，因而这部迁徙史诗可以称为哈尼人的诗训。

创世古歌中的迁徙史诗和宗教祭词中的迁徙史诗是嗣后哈尼族庞大辉煌的迁徙史诗群落的滥觞，它们对这一文学高潮的兴起起着前导的作用。

第二节　迁徙短歌

创世古歌和宗教祭词系重大节祭场合的吟唱，甚受时间、地点、场合的局限，而对于寻常之际，人们对古典文化追忆认同的需要，则大大不能满足，因此又出现了一大批迁徙短歌，即迁徙史诗的短篇小构。由于不受环境条件的节制，在田间地头、瓜棚豆架、酒宴游乐等各种场合均可演唱，篇幅可长可短，侧重面也可自由选择，只以不失重大历史事件和重要历程为原则，故此类短歌数量既多，手法也灵活多样，艺术上有了更多的探索，一度形成繁荣茂盛的景象。

下面对这类短歌的代表性作品作一介绍。

一、《哈尼先祖过江来》

这部迁徙史诗在迁徙短歌中属很重要的一部，篇幅虽然短小，但却情节完整，结构严谨，叙事、抒情、议论结合得较为完美，是迁徙短歌中的上品。

演唱此歌的是元阳县胜村乡全福庄寨的老歌手卢万明，由卢朝贵翻译，杨笛搜集整理，载红河哈尼族彝族自治州《民族民间文学选集（一）》。

歌中唱道，“诺马河”是“哈尼最先生长的地方”——

（诺马）是母亲解开裤子生第一个孩子的地方，

是父亲给第一个孩子埋衣胞的地方，

是哈尼第一个孩子吃奶的地方，

是第一颗种子在南保秧田下种的地方。[①]

诺马河是哈尼幸福的摇篮，
坐落在一个很大很大的凹塘。
四面耸立着高高的山岭，
坝子像木盆镶在群山的中央。
宽宽的坝子一眼望不到边，
平平的土地像伸出的手掌一样；
坝子的四角立着四座高塔，
像巨人舒展着四肢一样。
四个母咪（头领）管着那里的百姓，
年年祭塔的人都来祈求吉祥。

哈尼先祖居住的诺马地方，
到处覆盖着密密的树林。
母亲去割茅草心里老实高兴，
父亲去找食物心里老实喜欢，
父亲母亲用最好的木头盖房子，
在河岸盖起安居乐业的寨子。

房子盖起不到三早，
麻雀就在屋檐上喳喳叫了；
寨子建起不到三天，
胖猪就把寨边的土拱红了。
寨子脚栽起竹子，
丛丛竹子郁郁葱葱；
寨子头栽上棕树，
一片片棕树绿荫荫。

① 南保：诺马河畔之一地名。

乌山草覆盖的山坡撒荞子，
荞花像一片红红的云彩；
倮比草茂密的凹塘种棉花，
棉花像一片白白的云彩；
栽下大蒜蒜杆有狗尾那样粗，
蒜头有小饭碗那样大；
栽下生姜姜秆如荷秆，
姜叶像乌鸦的翅膀那样黑亮黑亮。
肥沃的土地种上庄稼，
谷穗像马尾那样往下耷拉。

哈尼喝着清清的诺马河水，
河水变成了哈尼的血浆；
哈尼耕种着河边的土地，
土地养育着勤劳的哈尼；
哈尼先祖一代一代繁衍，
一代一代歌唱诺马故乡。

——《哈尼先祖过江来》(一)

这简短的诗行以强烈的情感讴歌着民族发祥地诺马河，明确指出就是在这里，“哈尼第一个孩子吃奶长大”，就是在这里，“第一颗种子在南倮秧田下种”。也就是说，哈尼族正是在诺马河流域成为一个严格意义上的民族，在此诞生了第一个真正的哈尼族人，并且形成了自己的民族文化——与游牧文化截然不同的稻作农耕文化。对这民族新生的喜悦和兴奋，由此生发的深情厚谊，如清泉长瀑一般自然欢畅地喷涌而出。同样的感情在以下对诺马河山川风物的描写中也是强烈地表达着，像“母亲去割茅草心里老实高兴，父亲去找食物心里老实喜欢”，“房子盖起不到三早，麻雀就在屋檐上喳喳叫了；寨子建起不到三天，胖猪就把寨边的土拱红了”，“乌山草覆盖的山坡撒荞子，荞花像一片红红的云彩；倮比草茂密的凹塘种棉花，棉花像一片白白的云彩”，等等。

这是对民族发祥地的描写，对于迁徙、征战的描写，也饱蘸着炽热的情感。如敌人入侵诺马家园，异常凶暴——

闯进的强人像凶残的虎豹，
他们手中的大刀把把闪亮。
弱小的哈尼像水中的游鱼，
任那伙强人捕捉煎烹；
哈尼又像暴风中的蜻蜓，
摇曳翅膀在风雨中颤抖。

——《哈尼先祖过江来》（一）

几句形象的比喻，把敌人的凶恶和哈尼的深受欺凌写得令人心颤。又如描写不断迁徙的层层苦难，使用了重叠往复的句型——

走走停停，
停停走走，
一步跨不过十座大山，
十步八步跨过一座大山。
迁徙的队伍走到了色隅城边，
……
走走停停，
停停走走。
一跳跳不过十座大山，
十跳八跳跳过一座大山。
队伍来到了好地谷哈，
……
走走停停，
停停走走。
一跳跳不过十座大山，
十跳八跳跳过一座大山。
迁徙的队伍来到了通海街子，
……

——《哈尼先祖过江来》（二）

这样的句型立即把读者（听众）的情感调动起来，伴随着史诗中的祖先们在高山在纵谷在林莽中一程又一程地颠踬蹭行，民族被迫迁徙的无奈和磨难，祖先们百折不回寻寻觅觅的精神情态，活活跃动在人们的耳际眼底，而与之同悲欢共忧乐。

《哈尼先祖过江来》是一部典型的史诗，它用质朴浓郁的诗情意绪展开自己的叙述。这一特点使它与创世古歌和宗教祭词中的迁徙史诗戛然划开。它不再以颂神颂祖为皈依，而是以抒写胸臆、展示情愫为鹄的，因而它是更加诗化的、更加艺术化的迁徙史诗。

当然，迁徙史诗是以诗的形式来展开民族迁徙历史的作品，即是以诗载史，故于史的叙述是其首要之点，这在《哈尼先祖过江来》中，也有着系统的叙述。

史诗从诺马河开始讲起，说到美丽富饶的诺马家园受到“强人”的侵凌，“温驯的水牛不能和老虎在一起，脆弱的小鸡不能和老鹰在一起，哈尼只有离开诺马故乡，重新去找安身的地方。”于是开始了漫长的迁徙历程。他们历经“色隅”“谷哈”“通海”“那罗普楚”（今石屏县）“蒙自”“建水”“个旧”，南渡红河来到绿春县的“窝拖普玛”，元阳县的“哈卡”“皮甲”“丫多”，红河县的“大黑弓”等地定居下来。这些地名标志着一条清晰的由北而南的迁徙路线，与汉文史载大体相符。由此可见，《哈尼先祖过江来》确是一部具有历史价值的史诗。

这部史诗发表时仅有400行，据笔者所知，其原稿长有900余行。未发表部分有这几项内容：其一是在诺马河畔，头人的儿子“八长”娶了异族“浦尼”一位姑娘做小老婆，他一是贪图这位姑娘的美貌，二是贪图异族的金银，三是贪图她穿戴的华美及会做鞋的手艺（哈尼族过去不穿鞋）——即异族的先进文化。后来这位姑娘窃去了哈尼头人据以为凭、象征权利的文契，异族趁机来争夺地盘，这样双方发生了争执，酿成战争。而发文中只概称入侵者为“强人”，且无以上内容。“蒲尼”据学者研究，或与云南古代“百濮”族群有关，这在诗中很重要，此一。第二，许多有价值的地名，如滇南的“漕腊”“艾唐腊什”“拖普改”“桃园”等等，这些地名虽多不明所指，但它们是历史的一部分，或许后来的研究者可做深入研究得其真谛。其三，原稿说，哈尼族来到滇南与傣族发生了密切交往，曾与傣族产生划分地界的纠纷，后来两族和平共处了。这些重要内容的删除，使史诗的价值受到一定影响。

虽然如此，《哈尼先祖过江来》依然是哈尼族迁徙史诗尤其是短歌系列中一部珍贵的作品。

二、《汗交交本本》《刹勒勒本》

《汗交交本本》意为“人类的起源”，为元阳县歌手罗哈牛演唱，75行。《刹勒勒本》意为“狩猎的起源”，为元阳县歌手杨批斗演唱，170行。二者均由卢朝贵翻译，杨叔孔搜集整理，属未刊稿，材料现存元阳县文化馆及笔者处。

这两首迁徙短歌之“短”，非在篇幅短小，而在所叙述的内容不是民族迁徙的全程，仅是其中之一程或数程。而这一程或数程的描述，虽在尺幅之间却对一些重要的或歌手感兴趣的部分作了颇具特色的描绘和渲染，这样更能以灵活丰富的形式与听众作心灵的交流。

《汗交交本本》唱道，远古的时候，在“色隅以北的欧什山上”，“觉多和多娜繁衍了人类”，他们生下七个儿子，“七个儿子七样肤色，世上土地是七块，七个儿子的后代各分一方”。“蒲尼”（诗中注为“汉族”）的祖先是“召来”（一种动物），哈尼的祖先是“血娜”（一种鸟），“尼苏”（彝族）的祖先是“尤先和龙鼠玛”（均动物），傣族祖先是“同推”和“篾西玛”（两种红尾雀），他们共同住在一个“冒黄水的大海边”。后因“树木长大要分枝，人类繁衍要分家，一山住不下住两山，一坝住不下住两坝”，“地盘分得不均匀”，“大好家园起战争”。哈尼因“敌不过异族锋利的长矛”而战败，南迁到“王虽各努地方”（一个刮大风的山岭地带）。

这首歌着重叙述哈尼先祖离开欧什山的原因。汉族、哈尼族、彝族、傣族的祖先分别以不同的飞禽走兽为崇拜物或图腾，他们属于不同的文化圈，这是短歌表明的第一点。然而文化是由社会经济状态来决定的，因为“人类繁衍要分家”，宛如“树木长大要分枝”，人口的增长，食物的匮乏，使各个民族间发生了争夺物质生活资料和生存空间的战争，而哈尼族“敌不过异族锋利的长矛”只好迁徙，这是短歌表明的第二点。

这首短歌喻示于人的是这样一种思想和情感：对不同的文化要保持一

定距离，因为赋有异质文化的外族曾抢夺过哈尼先祖的地盘，迫使他们迁离大好家园。

哈尼族文化心态中长期保有一种惧外排外的情绪，一种保土自安的封闭心理，它长期阻碍着哈尼族与外界的交流，阻碍着民族的更新和发展。这是由千百年历史悲剧和现实生存环境（高山大川的阻隔）造成的。这首短歌就是这一心态的反映。

这首短歌从今天意义上虽不尽可取，但它在一定程度上记载了历史，在过去的历史阶段上对凝聚民族的向心力起到一定作用，这也是不可抹煞的。

《刹勒勒本》与《汗交交本本》一样，也是以哈尼先祖迁离某地的原因作为吟唱的主题。

歌中唱道，远古的哈尼在“什虽”地方生息，他们以狩猎为生。“什虽”是一个自然条件十分优越的猎场，但是它并不适合正向新的生产方式——农耕稻作迈进的先祖的需要，于是人们便毅然离开，去寻找理想之地。

歌中有80余行在热情地赞美着“什虽”山林湖泊和飞禽走兽的繁茂，把那里描绘成一个美妙绝伦的胜地。这是一段十分优美的文字——

远祖的古经是这样传啊，
逝去的前辈给后人留下了这样的好话：
在（什虽）高高的密林里，
长着双角的马鹿成群奔跑；
张着血盆大口的老虎，
凶猛地在树林里捕食弱小的动物；
刺猬带着满身尖刺的小儿，
在野芭蕉林里找食；
在高山密林的边缘，
剑茅丛生的洼地里，
麂子像成群的黄牛在啃草；
在幽静的竹林深处，
箐鸡和竹鸡的叫声此起彼伏；

野猪露出黄黄的獠牙，
躺在草棵里喘气。

先祖的古经是这样讲：
长着翅膀的飞鸟，
要数老鹰飞得最高最远；
不爱高飞的白鹇，
成群地在林间草地上跳舞；
成百上千的画眉鸟，
在泉边的小树上鸣唱；
河滩的草丛里鹧鸪在不停地叫唤；
在九山九岭的木姜子林里，
披着黄毛的龙子雀在做窝；
在寨边的大树上，
老鸹和喜鹊忙着抱儿。
……
深水的河湾里出没着金黄的大鱼，
乌黑的青鱼翻腾着白色的肚皮，
溅起层层水花；
在静静的水面上，
鱼儿像撒下的细沙忽起忽落；
石蚌出没在河边的石缝中，
成堆的螃蟹在河滩上玩耍；
马屎一样的螺蛳，
在江边的泥堆里盖着它的土屋；
滑溜的泥鳅一见人，
就飞快地扎进泥潭深处；
……

（在这万物竞繁充满生机的富饶之地，哈尼先祖的狩猎生活是从容易

与的）

先祖惹斗肩上的硬弩，
射得老鹰只敢贴着白云飞；
先祖惹斗的硬弓，
射断了九山老虎的腰杆，
……
成群的麂子听见猎狗的叫声，
竖着耳朵满山奔跑；
大窝的野兽跌进哈尼挖好的陷阱，
牢牢地钉在尖尖的竹桩上面；
……
守在河边的先祖，
用尖尖的木棍戳进大鱼嘴里；
……
这数不清的野兽飞鸟，
这数不尽的水族鱼虾，
是养育哈尼先祖的食粮。

（尽管自然条件如此优渥，但是）

什虽地方再宽广，
也开不成大田栽种稻谷，
什虽湖水再大，
也开不成沟渠引水灌田；
哈尼先祖要离开繁衍人种的什虽地方，
去寻找美好的新居。

——《刹勒勒本》

这首短歌描述了哈尼族历史上一个重要的转折时期——原始农业新生乍起，将要取代狩猎生活方式的时期，因而尽管“什虽”地方狩猎条件是如此优厚，但先祖们还是作出了自己的价值选择，要到一个适宜农耕稻作的理想之地去。

由此观之，歌手在唱叙“什虽”地方生机勃勃，各种飞禽走兽游鱼跳虾自由自在生息的时候，歌行之中透露出的恰是先祖们在作出重大历史选择时，所洋溢的是蓬勃的朝气，因此，他们的审美观是健朗的、清新明快的。

创世古歌、宗教祭词中的迁徙史诗与短篇迁徙史诗（迁徙短歌）是一个庞大的数量存在，它们的内容丰富而繁丽，形式多样而灵活，从各个角度反映着哈尼族漫长的迁徙历程和各个时期的社会生活。这样，它们就为哈尼族文学史上的顶巅之作——长篇迁徙史诗的形成奠定了丰厚坚实的基础，经过各代歌手们的加工完善，《哈尼阿培聪坡坡》、《雅尼雅嘎赞嘎》、《普嘎纳嘎》这些辉煌的大著于是出现了。

第二章　长篇迁徙史诗《哈尼阿培聪坡坡》

第一节　民族的大史诗

《哈尼阿培聪坡坡》（以下简称《聪坡坡》）是流传在红河南岸哀牢山哈尼族地区的一部长篇迁徙史诗，我们曾经在元阳、红河、绿春、金平四县搜集到内容大同小异的唱本23个，其中系统地为我们演唱过此诗的著名贝玛兼歌手，是元阳县、红河县和金平县的朱小和、杨批斗、车国忠、马蒲成、马多本、陈阳则、李开明、卢万明、白学硬、李起然、杨罗斗、罗成三等。他们的演唱各有风格各具情采，如朱小和的演唱气势雄浑、意境阔大，杨批斗则简古朴厚、句句珠玑，李开明情意绵绵、细腻工稳，马蒲成泼辣跳脱、节奏分明。为保持史诗的科学性和艺术风格的统一，发表时，我们采用了相对而言最完整、艺术感染力最强、叙史最清晰的朱小和的唱本，口译者是卢朝贵和朱小和本人，直译记录是笔者、杨叔孔和段贶乐，笔者注释。此诗1986年由云南民族出版社以哈尼文汉文对照本出版。

《聪坡坡》凡5500行，系统地描述了哈尼族从诞生、发展到迁徙各地，直至今日所居之地的路线、历程、各迁居地的生产、生活、社会状况，以及与其他民族的关系，包括各次重大征战等等历史状况。这是迄今所知的叙史最周详、描摹最工细、情感最饱满、气势最宏大、篇幅亦最长的迁徙史诗，堪称哈尼族文学史上的顶巅之作。《聪坡坡》一经发表，即在民族文学界尤其是史诗学界引起关注。

鉴于许多读者对此诗尚属陌生，特对史诗内容作一简述。

全诗分为七章：

第一章 远古的虎尼虎那高山；
第二章 什虽湖到嘎鲁嘎则；
第三章 惹罗普楚；
第四章 好地诺马阿美；
第五章 色厄作娘；
第六章 谷哈密查；
第七章 森林密密的红河两岸。

史诗从哈尼祖先的诞生开始叙述——远古之世，遥远的北方有个叫“虎尼虎那”的高山，它是天神杀翻神牛造天地时用粗大的牛骨造成的，这里红黑两色的巨石堆积成山。山梁两边流淌着两条大河，一条叫“厄地西耶”，意为“金水流淌”，一条叫“艾地戈耶”，意思是“银水流淌”。“虎尼虎那”高山森林密布，动物蕃茂，大自然生机勃勃。七十七万年之后，虎尼虎那大水里种出了人种，他们是水里的一些浮游生物，随波漂荡。后来人种上了山冈，在老林里“发芽”，走起路来歪歪倒倒。最早的人种是布觉和腊勒父子俩，布觉像田螺，身背硬壳，腊勒像蜗牛，嘴里吐出稠浆。第二对人种是母女俩，她们走路如拥挤的蜜蜂在蜂房里忙碌。第三对人种是阿虎和腊尼，走路如蚂蚁排成行。三对人种的行走各不相同，一对用手走，一对用屁股趱动，一对如今人站直腰杆。这是一些神奇的人类。

到了第23代祖先塔婆开始把“世人”生养，她从头到脚各个部分都生出了人，哈尼是她最钟爱的，出生在肚脐眼里，这象征着哈尼生活在半山区的凹塘里。后来他们向猴子学会采摘果子，向螳螂学会制作树叶衣，向鹦鹉学会说话，并学会了用火、打猎、捕鱼。但是“虎尼虎那高山”食物渐渐稀少，为了生存他们向食物来源更为丰富的“什虽湖”迁移。

这是第一章的叙述，可以看出，《聪坡坡》仍然受创世古歌和宗教祭词的影响颇深，哈尼祖先的诞生本身就是一个神话，甚至他们的诞生地“虎尼虎那高山”也是一片神奇。

第二章讲哈尼祖先来到“什虽湖”边后，狩猎经济发展到很高的层次，“尖尖的山脊上，哈尼的围猎声如雷响，成群的豺狼野狗，跌进了深深的陷阱，成队的野猪麂鹿，被利箭射穿了胸膛”。他们把捕捉到的野兽豢养起来，开始形成原始的畜牧业。这一事业的发明人是一位叫遮姒的姑娘，由于她的丰功伟绩，“遮姒姑娘人人敬重，件件大事和她商量”。另外一位姑娘遮努则发明了更为不凡的事业，“她摘来饱满的草籽，种进最肥最黑的土壤”，“草籽发出了粗壮的芽，草籽长出了高高的杆。当树叶落地的时候，黄生生的草籽结满草杆，先祖们吃着喷香的草籽，起名叫玉麦、谷子和高粱”。这即是原始农业的肇始。由于这两位女性的创造，使哈尼先祖的物质生活资料大幅度增长，她们成了财富的象征，哈尼语里“遮”就是“财富”之意。

然而好景不长，祖先们用火不慎，烈火焚烧了山林，生态受到破坏，水土流失，“什虽湖露出了湖底”农作物无法生长，“栽下的姜杆变黑，蒜苗像枯枝一样，谷杆比龙子雀的脚杆还细，出头的嫩芽又缩进土壤”。食物来源断绝之后，哈尼先祖离开了“什虽湖”，来到南方的群山之中，一个叫“嘎鲁嘎则”的地方。

“嘎鲁嘎则”是“阿撮”人的地盘。“阿撮”，哈尼语意是傣族，史诗里的“阿撮”就是傣族的先民百越民族。他们与哈尼和睦相处，“好客的阿撮拿出竹鸡竹笋，远来的哈尼拿出玉麦酒浆，两处人像火塘一样热情”。哈尼于是在这里居住下来，与“阿撮”人进行了很多交流。在这里住了两代人以后，阿撮头人因自己的女人死亡，“咒骂哈尼人带来不祥，发誓要把哈尼撵走，像把麂子撵下山冈”。哈尼的“七十七个老人出来说话：‘和和气气地来和和气气地走，不要把眯细的眼睛变成睁大的眼睛（怒目状）！喜喜欢欢地来喜喜欢欢地去，不要用抬酒碗的手去抬弓箭棍棒！’”于是他们迁出“嘎鲁嘎则”向南而行。而走时，“哈尼没有把阿撮的好意遗忘；挖一蓬龙竹背上呵，让哈尼不管走多远，都有嘎鲁嘎则的竹林遮太阳”。所以哈尼族每到一地都要栽竹，竹子成为哈尼族居域的标志。哈尼族贝玛在念诵殡葬祭词时必敲一个鱼尾形的竹筒，以表示对“嘎鲁嘎则”的怀念，而如果不敲响竹筒，贝玛的全部诵念将不能通达鬼神之听，这也是对“嘎鲁嘎则”的纪念。

第三章专叙哈尼族来到南方的一个山洼平地“惹罗普楚”。史诗对这个地方充满激情的回忆，唱道：“老牛忘不记它的脚迹，白鹇忘不记找食的草场，麂子忘不记出生的岩洞，哈尼忘不了惹罗——那头一回安寨定居的地方！那头一回开发大田的地方！”因为正是在这里，哈尼族祖先正式完成了农耕稻作文化的创立，成为规范意义上的南方的半山稻作民族，因而这歌句也成为广泛流传民间的格言。

“惹罗”的哈尼语意为“大雨倾盆”，哈尼祖先把这里命名为“惹罗普楚”，即“水源充足的大寨”，因为这里雨量充沛，土地肥沃，适宜半山水稻耕作。哈尼祖先第一次建成了自己的“普楚”（大寨），而且形成了下遗千年的建寨制度：选寨基要立三颗贝壳，以卜问神意吉凶，三颗之数，“一颗是子孙繁衍的预兆，一颗代表禾苗茁壮，一颗象征六畜兴旺”。海贝这百越民族的用物成了哈尼族的神物。① 然后杀狗祭神，以划定村寨的范围，等等。哈尼祖先也在此完成了至今尚在施行的农耕制度：因地制宜，在半山开挖梯田，并形成了梯田稻作为核心的耕作制度和以梯田文化为本位的精神归依。“大田是哈尼的独儿子，大田是哈尼的独姑娘”，这大田（梯田）给了哈尼吃和穿，它承载着哈尼族人生的全部希望和理想。

在“惹罗普楚”，哈尼族的社会制度也形成了：“寨里出了头人、贝玛、工匠，能人们把大事小事分掌。”这就是政权、宗教权、工艺科技权三权合一的哈尼族社会形态，也是近现代仍在实行的社会制度。

然而若干年后，瘟疫降临到“惹罗普楚”，人们只好忍痛离开了这民族发祥地，南迁到“诺马阿美”。

第四章叙述哈尼先祖在“诺马阿美”的情况。

“诺马阿美”意为“诺马河环绕着的美好地方”，这是一片冲积平原，沃土平旷，水源丰足，适宜农耕稻作生产。

史诗把“诺马阿美”视为神奇之地。离开“惹罗普楚”以后，祖先们为寻找好地历尽艰辛。有一天空中飞来一只大雁，“它的声音像雷鸣，扇起翅膀像闪电”，哈尼跟着它去，大雁忽然“嗖”的一声扎向地面，变成一块肥美的平原——两条湍急的河水环绕着平展的坝子，两河好像大雁的双翅，平原宛如大雁的身子。先祖们把这里叫作“诺马阿美”，意为“黑色大水中的平原”。

① 百越先民系滨海民族，海贝为其习用品，哈尼因海贝系百越文化象征物，故为稻作文化的代表附以神性。见拙作《滨海文化与高原文化的嫡裔》。

先祖们决定渡过湍急的“诺马”河到平原上去。这时恰逢河水最大的七月，过河时，负责保管“字书”的贝玛一不小心，“字书”被巨浪吞没，从此哈尼族遗失了自己的文字，所有的经典全靠贝玛的心记口传。

哈尼族在“诺马阿美”按照“惹罗普楚”的模式安建村寨，开发大田。在这里，他们选出“四个能干的头人，轮流把诺马掌管，最大的头人叫乌木，哈尼都听从他的指点”。乌木带领哈尼在两条河“矣玛”和“吾玛”边种下竹林，划下哈尼的地盘，又立起四个巨大的石礅，用来代表四个大寨，形成了祭寨神的规矩。他们把水稻耕作发展到相当高的层次，“头年过去，一棵包谷收三包，二年过去，一蓬芋头挖五背，三年过去，一穗红米收九碗。开出大田，公鸡伸长脖颈啼鸣了，母猪也拖着肚子哼哼，黄牛水牛也爱挑架，哈尼夜里也不爱翻身”。在这里“哈尼阿妈第一次把小娃在诺马生下，哈尼阿爸第一次把衣胞埋在诺马山边，哈尼在诺马兴旺发达，好像雨后的竹笋冒尖”。在这里，“头人、贝玛、工匠”制度进一步完善，头人里形成“乌木”——“大头人”——“小头人”的阶层。

这时候商业贸易也开展起来，“诺马阿美”以物产丰富美名远扬。东方来了“腊伯”民族的大队马帮，“用五彩丝线交换哈尼的红米，又用亮亮的金银来换哈尼的白棉”，南方也来了“摆夷”民族的牛帮，“叮咚的牛铃整天不断”，“哈尼的名气和财富，被各路马帮越驮越远”。

这时来了一个“腊伯”小伙子，利用哈尼乌木的好心，来乞讨哈尼的牛马。他狡猾地牵走小牛小马，结果母牛母马思念小儿，也跟着去了。他又用甜美的语言哄得乌木把女儿嫁给他，通过妻子，他分走了大片良田，并把象征统治的“权帽”和“绶带”也偷偷拿去，他成了“诺马阿美”的大富人。

老乌木去世后，他欺负小乌木年轻，没有经验，竟然以“权帽”和“绶带”要挟：“我的兄弟你要听好，诺马不是哈尼的地方，阿哥的在处不够，快领着你的族人到下方！”小乌木自然不肯，他就提出和哈尼比赛，“请天神说话帮忙”，以裁决“诺马阿美”究竟归谁所有，小乌木缺乏经验，便答应了。他们先在诺马河上燃放烟火，看谁的烟火漂得远，小乌木把燃烧的大树放进河里，很快被水淹熄，腊伯把干牛屎燃着，结果漂得最远，他赢了。接着又比谁的箭射得上岩石，小乌木的箭被岩石挡落，腊伯把箭头涂上蜂蜡，箭粘在岩石上，他又赢了。这样两族间矛盾日深。后来又在山上划分地界，腊伯以石为界，哈尼结草为界。秋高草黄的时节，腊伯放火烧草，哈尼丢失了地界，土地被大片侵占。这样两族终于爆发了战争。腊伯武器先进，哈尼难以抵敌，“哈尼的竹刀啊，挑不破腊伯的肚皮，哈尼的竹箭啊，穿不透腊伯的胸膛”，“水急的诺马河，漂起数不清的死人死马，宽大的诺马坝，哈尼睡平倒光”。为了保存民族实力，哈尼只好离开了大好家园“诺马阿美”向南迁徙。

第五章叙述他们来到“色厄作娘”的情况。“色厄”是“色”这个地方的“大水”（湖、海。“厄”哈尼语意为水），“作娘”是“大坝子”。大理洱海地区古称“斯榆”，“色”与“斯”哈尼语音义相同，且民间亦称大理为“色隅”，即是洱海之滨的大坝子。哈尼在这里与当地的“哈厄”人相处融洽，但是他们刚刚把家园建好，生产发展，哈厄头人来说：“不是哈厄变心变肝，做客也有散席的时候，哈尼歇饱了力气，应当去找自己的家乡，得威水里再没有你们的鱼虾，佐甸山脚你们再不得栽秧！”为了避免战争，哈尼只好退出“色厄作娘”。

第六章叙述哈尼祖先在“谷哈密查”的生活情况。除《好地诺马阿美》一章外，这是史诗最重要的一章，因为这是民族命运的转折点，在这里爆发了哈尼族历史上规模最大的战争，哈尼族的损失最为惨重。此章共1700余行，几占全诗的三分之一，是全诗的高潮所在，也是最富艺术感染力的篇章。

“谷哈密查”意为“埋藏兵器的地方”，哈尼族为了表示与当地民族“蒲尼”友好，把兵器埋置于地下。“谷哈密查”即今昆明地区。此处是云南高原最大的坝子，水土丰肥，是稻作农耕的理想之地。哈尼族在这里“开出块块大田，一年的红米够吃三年，山边栽起大片棉地，一年的白棉够穿三年”。“先辈的规矩一样不少，哈尼又把新事增添：谷哈有大大的红石，蒲尼背来炼铁，哈尼学会烧石化水，也学会造犁铸剑”，“谷哈成了哈尼的家乡，哈尼在这里增到七万”，“哈尼寨子天天长大，谷哈坝子占去一半”。但因哈尼是后来的，“哈尼手杆再粗，也是罗扎（蒲尼头人）的帮手，哈尼脚杆再硬，也是罗扎的跑腿”。罗扎为了让哈尼永远做蒲尼的奴隶，采取怀柔政策，把女儿马姒扎密嫁给哈尼大头人纳索为妾。

纳索是著名头人扎纳的儿子，他英武出众，“宽宽的肩膀比岩石还硬，千斤力气藏在粗粗的腰杆，圆圆的眼睛有数不完的主意，直直的鼻子表示他的忠心赤胆”。他的妻子就是哈尼族历史上的大英雄戚姒扎密，她是哈尼第二大寨头人之女，文才武略过人，忠心协助丈夫管理民族大事，在人民心目中享有崇高的威望。

蒲尼头人罗扎对哈尼的美好家园早有觊觎之心，趁哈尼二月祭寨神缺乏提防，率兵马把纳索包围起来，勒令哈尼向蒲尼进贡猪鸡牛羊粮盐布匹，而且要在哈尼的神山兴建蒲尼的神庙。正当他逞威之际，戚姒扎密率领哈尼前来解围，她早已识破罗扎的野心，暗中已有防范。她劝告纳索：“小鸡和老鹰不能共一林，黄牛和豹子不能共一圈，快快带着哈尼走吧，趁着罗扎还没有动手，快快带领哈尼搬吧，趁着哈尼没有死人，不要贪图好在的谷哈，到别处兴建哈尼的家园！”但是纳索在马姒扎密的甜言蜜语之下，听不进这些忠言。果然，罗扎向哈尼宣战，哈尼只好挖出埋藏已久的刀枪，和蒲尼开战。

战争的场面十分惊人：“七沟七箐的哈尼来了，九山九岭的哈尼来了，像淌山的十股大水，汇合到谷哈平原”，“打了，一娘生的兄弟姐妹！打了，亲亲的哈尼后人！树多多的山上也打了，树少少的山下也打了，草旺旺的坝头也打了，草稀稀的坝脚也打了，浑浊的河尾也打了，清清的河头也打了，不打的一处也没有了！不打的一日也没有了！”

战争之初是争夺“叙纳罗”坝子，这是谷哈平原“最平最宽”“最肥最软”的沃土。虽然哈尼拼命搏斗，但终因人少武器落后，失去了这片土地，退回大寨。

晚上，纳索召集众位头人开军事会议，戚姒扎密发现马姒扎密窃听，就把她赶走，然后提出自己的计划，头人们一致赞同她的妙计。清晨浓雾弥漫的时候，哈尼大寨寨门大开，罗扎带领兵马冲杀进去，突然听见如雷的吼声，“浓雾里亮起千百双怪眼，数不清的魔鬼冲到面前，魔鬼生着一对尖角，轻轻一挑人死马翻；魔鬼还有阿爹阿妈，多多的小儿在中间，爹妈的吼声又闷又老，小娃的叫声又亮又尖”。“蒲尼的大队被魔鬼冲散，像羊群被豹子遍山赶撵，三个人里头，一个被挑死踩死，一个被烧伤烧烂，还有一个——被吓得脚瘫手软！”这就是女英雄戚姒扎密布下的“火牛火羊阵”。

但是心怀叵测的马姒扎密却把这一机密透露给罗扎，每当哈尼要放出“火牛火羊”（牛羊角绑上尖刀和火把），她就在寨堡上晾晒大红被单，罗扎知道就不来进攻，她收起被单就是通知罗扎可以进攻，这样蒲尼又打了胜仗，而哈尼则受到了重创。

戚姒扎密劝告丈夫要提防马姒扎密，纳索大头人仍然警惕性不高，说：“箐里的花蛇好瞧，心肠又毒又狠，我只爱马姒的样子，心肠我不喜欢”。他准备用祖传的神奇本领战胜敌人，到最高的“木朵策果”山去砍制木人。

纳索在山林中造出七百个木人，他施展法术，用食指的血在木人的眉心一点，木人就会看会喊，又在手脚上一点，木人手脚就会抓会踢，又在心口上一点，木人就会说会笑，他依靠木人打败了蒲尼。

马姒扎密又把木人的秘密放在花鞋里送出去，蒲尼识破了机密，把木人全部烧死，哈尼又复失败。

纳索愤怒了，他要杀死马姒扎密，但这时戚姒扎密却劝他赦免马姒扎密，她认为杀死马姒扎密无补于哈尼的失败，而且马姒扎密已怀着纳索的孩子，不如退出“谷哈密查”以保全民族的脉息。但纳索暴怒已极，不听戚姒扎密的话，执意与蒲尼血战到底。

戚姒扎密这时表现出一个大战略家的气魄，命令哈尼把纳索扛走，她宽恕了马姒扎密的罪恶，并与她推诚相待。戚姒扎密义薄云天的行为感化了马姒扎密，她从此和哈尼一条心，马姒扎密的儿孙和戚姒扎密的儿孙（后来成为两大支系）世世代代永修睦好。戚姒扎密度时量势，决定了哈尼撤出“谷哈密查”的战略，带领哈尼向滇南迁移。

这次迁徙是哈尼族一次历史大转折，它形成了哈尼族在滇南各地的广泛分布，尤其形成了以红河南岸为主要聚居地区的民族分布。

第七章叙述哈尼族迁出“谷哈密查”后，经“那妥”（今通海县）“石七”（今石屏县），南渡红河，深入哀牢腹地，开辟不毛，兴建家园的情况。

戚姒扎密早派人找到一个叫“那妥”的地方可供哈尼居住，但是他们来到这里不久，蒲尼人也跟着搬来了，哈尼族不愿再发生战争，又离开

"那妥"，迁到"石七"地方。

哈尼在"石七"居住较久，在这里建成了有名的大寨"纳罗普楚"。他们"搬开黑亮的石头，把大田开到山上，引来清亮的泉水，栽出绿绿的稻秧，到秋风吹起的时候，山上山下一片金黄"，用辛勤的汗水把"石七"变成富足的地方。但因"石七"的蒲尼人多势众，又来抢夺哈尼的地盘，戚姒扎密决定再行迁徙。为了保存民族的生力，她把"七十寨哈尼"分散开来，让他们向四面八方迁移，自己则带领一支队伍南渡红河来到哀牢山区。纳索大头人在迁离"石七"途中，为掩护哈尼的大队，与前来追赶的蒲尼战斗，壮烈牺牲。

史诗到了尾声，专叙属于戚姒扎密率领下的一支"艾乐"（歌手所属支系）的情况。史诗说，一只神奇的白鹇飞来引导迁徙的队伍，把哈尼带到哀牢山水源丰富、草木茂密的"尼阿多"（又称丫多）地方，哈尼把这里建成了江外（红河南岸）"挂头名的好地"，并把哈尼的传统古规一一施行完善。由"尼阿多"为据点，渐渐"大寨生出小寨，小寨生出新寨，……哈尼寨子布满哀牢山，像数不清的星星缀在天上"。最后叙述了各个家支如何分出，一直讲到歌手朱小和本人所在的洞铺寨如何形成，还讲到哈尼与彝族怎样友好相处，等等。

非常有意思的是，史诗到了结尾，歌手声明还有一些内容不能用"哈巴"歌调来唱，只能用嘴说。于是他按规矩叙说了分寨的详情——戚姒扎密去世后，她和马姒的儿子卢威、卢策派出两路人去占领各地，一路到了河口县的麻迷、玛拉、俄八、俄扎及越南境内的窝比和戚策蒲玛等地，一路到了绿春县的多尼阿、窝拖蒲玛及红河县的大黑弓、元阳县的哈卡、皮甲等地。于是全诗结束。歌手解释道，这些口述部分因为离现在很近，还没有高明的人编成"哈巴"，不过慢慢就会编出来唱了。

第二节 《哈尼阿培聪坡坡》的历史学价值

一部史诗，必以某种史实为依托，故而史诗所反映的首先是历史的真实；毫无历史真实性可言的纯粹虚构者，是不能称为史诗的。史诗反映的历史真实，当在两个方面，一是重要的历史事件、人物、时间、地点的真实，二是该一时代的社会状况及时代氛围、民族精神的真实。这就是史诗的历史学价值。

另一方面，史诗又同时是诗歌艺术。它允许并需要艺术的加工、提炼、升华，以酿制成作用于人们心灵和精神的艺术珍品。故而它又不等同于信史，不可直截征引为史实。所以我们在考察史诗的历史价值时，不能取按图索骥对号入座方式，而应取多学科考察的方式征其史实的然否，着眼于那些大的方面，看史诗是否反映了民族的历史发展方向，对那些重要的人名、地名，尤要小心考证，以求真实。这一点，恩格斯的话有着重要的指导意义，他谈到德国民间流传的古代历史和语言时说：在历史上，若要“把每条河、每座山都画出一个确定的方向，对每一个民族，都给它指定一个准确的居处，像这样是根本不可能达到的企图”，但是，“在一些名称中，也许有一些是正确的”，甚至“也有正确得十分惊人而具有头等历史价值的报导”。①

过去一些治史的人，对史诗总抱有偏见，以为它只不过是一些人类心灵的幻影，难予遽信，世界伟大的荷马史诗也难逃厄运，它在若干世纪中一直被认为仅是盲诗人荷马的说唱而已。然而这一成见被一个事实推翻了，1873 年终生崇拜荷马热爱荷马史诗的德国人亨利希·施利曼发掘出《伊利亚特》中的特洛伊城。嗣后，1874 年，他又成功地发掘出希腊联军统帅阿伽门农的都城迈锡尼。这样，一个过去被所有的信史遗忘，而仅仅在荷马史诗中描写着的迈锡尼时代——公元前 11 世纪至公元前 8 世纪这几百年的历史——被“发掘”出来了。这就是希腊历史上盛称的“荷马时代”，因为它主要是根据荷马史诗来记述的。

自然，对于《聪坡坡》这样描述一个民族上下几千年，纵横几万里的迁徙史诗，不可能采用施利曼的方法“发掘”出它的历史。但是我们可以通过史诗学、历史学、民族学、民俗学、考古学、地理学、气象学、植物学、动物学、稻谷栽培学及水稻起源学等等人文学科和自然学科的综合考察，在一些重要的点上加以考证，从而见出它的历史脉络。

① 恩格斯：《德国古代的历史和语言》，人民出版社 1957 年版，第 54 页。

十余年来，笔者和一些学术界同仁在这一思考下，做了大量的研究工作，证实了史诗《聪坡坡》具有巨大的历史学价值。[①]

一、《尚书》中的“黑水”即《聪坡坡》中的哈尼族发轫之地“诺马阿美”

《聪坡坡》叙述了哈尼族迁徙的全程，因此首先必须找到一个足以支撑论证的点，方可上下源流，得其全貌。这个点，就是几乎所有哈尼族迁徙史诗反复描述的民族发祥和发展之地“诺马阿美”。

《尚书》是中国第一部上古史书，其中记载了春秋战国之际华夏九州的四至方位、土宜地望、民族风习、生产生活状况。其《禹贡》“华阳”条记叙到哈尼族先民“和夷”的行迹：

> 华阳黑水惟梁州，岷、嶓既艺，沱、潜既道，蔡、蒙旅平，和夷厎绩。厥贡璆、铁、银、镂、砮、磬、熊、罴、狐、狸织皮。西倾因桓是来，浮于潜，逾于沔，入于渭，乱于河。

这里，把“和夷”所居的地理位置，治理山川的功绩，田亩的土质、赋等、贡类以及入贡京都经由的路线，说得十分清楚。“华阳”条对“和夷”的生产方式（这一点是极重要的）没有详细记载，但同样出自春秋战国时期的《山海经》却提供了一些有价值的资料。其《海内经》云：

> 西南黑水之间，有都广之野，后稷葬焉。爰有膏菽、膏稻、膏黍、膏稷，百谷自生，冬夏播琴。

这是一个稻作农耕的理想环境，先民们在此环境中当有相应的生产活动。

二书均提到“黑水”，可见这是一个至关重要的问题。

“黑水”一词，古今学者所见纷纭，孔颖达主张掖即黑水说，《括地志》主大通河即黑水说，李元阳《黑水辨》主澜沧江即黑水说，程大昌主西洱河即黑水说，陈沣主怒江即黑水说，顾颉刚主黑水为假想中的水名说，马曜主云南几大江河皆黑水说。据笔者所考，“黑水”非虚非泛，亦

① 请参拙作《和夷的嬗衍》（载云南省民族古籍办《民族古籍研究》1989 年 1 期）、《民族的诗史》（载《云南文史丛刊》1987 年第 3 期）、《滨海文化与高原文化的嫡裔》（载《边疆文化论丛》等 1 辑）等文。

非他指，盖指雅砻江、安宁河二水而言。[①]

先考地名。雅砻江古称“诺矣江”。[②]《聪坡坡》第四章叙述哈尼进入“诺马阿美”后，即举行划界祭典——

乌木率领着哈尼涉过矣玛大河，
把嘎鲁嘎则的竹子栽下一蓬，
大家又来到吾玛河边，
把大竹的种子埋进地面，
乌木指着两蓬竹子的中间，
庄严地划下哈尼的界限。

——《聪坡坡》第四章

这里提到“矣玛”与“吾玛”二河。史诗注[56][57]说：“矣玛、吾玛为诺马河的两条支流，二流之中就是诺马平原。”哈尼语中，“玛”（ma^{33}，“马”同）有二义，一为女性泛指，如“哈尼玛”为“哈尼女人”之意，二为母亲之称，如“艾扎阿玛”，为“艾扎的母亲”。“诺”（no^{44}）意为“黑色的”，“阿美”（$a^{21}mei^{44}$）为“中间的平地”。“诺马阿美”即“母亲之河黑水环绕的平地”。“马”（玛）在这里有“母亲般的”意味。因此，在诺马平原两侧的支流“矣玛”和“吾玛”，去掉增饰的附加成分定语“玛”，就剩下实质性的“矣”和“吾”，因其又为“诺马”河的支流，理应称为“诺矣”河和“诺吾”河。“矣”的哈尼语意为“滚翻、流动、去”，“吾”为“活泼、欢快、有精神的”。于是“诺矣”河应为“波浪翻滚的黑水”，“诺吾”河应为“活泼欢快的黑水”。笔者亲临雅砻、安宁二江考察，见雅砻江水深流急，大波汹涌，水色深暗，用“滔滔滚滚的黑水”形容是恰当的。安宁河则小得多，用“活泼欢快”来形容它也很恰切。于是“诺”——“黑水”一词即指此二河，当是确实的。二河中的平地即春秋战国之际，哈尼先民“和夷”的聚居地，亦即史诗中的“诺马阿美”。

① 请参拙作《和夷的嬗衍》（载云南省民族古籍办《民族古籍研究》1989年1期）、《民族的诗史》（载《云南文史丛刊》1987年第3期）、《滨海文化与高原文化的嫡裔》（载《边疆文化论丛》等1辑）等文。

② 见马曜主编《云南各族古代史略》，云南人民出版社1977年版，第3页。

再断时间。《尚书》的写作，学术界历有争议，较公允的看法是在“战国之前”,[①] 即公元前5世纪（前475年）之前。《禹贡》载“和夷”不但此时已在此地，且在治理山川方面已有“厎绩”，说明他们到此已久，开发了这片土地，成为较早的住民。这从《聪坡坡》所述哈尼在“诺马阿美”的生产能力看，当完全可能。由此可知，“和夷”在公元前5世纪之前即已进入黑水——雅砻江、安宁河流域活动了。

再察地形。《聪坡坡》这样描绘“诺马阿美”的地形——

睁开眼睛瞧瞧，
只见宽宽的平原。
一条大水又汹又涌，
淌着淌着分成两边，
大水像大雁伸直的脖子，
平坝像身子睡在大水中间。

——《聪坡坡》第四章

诺马河像大雁一样前伸的脖子，分为两条河流环围着大雁身子一样的平原，这地貌恰似一个“V”形。查雅砻江、安宁河环绕的四川省冕宁、西昌、德昌、米易四县市境，与雅砻江、安宁河合流直注金沙江的整个地形，也恰是一个由北而南的“V”形，与史诗的描绘竟契合一致，从地形上证实史诗中的“诺马阿美”就是雅砻江、安宁河环绕的冲积平原地带。

明确了哈尼族祖先在“诺马阿美”的地理位置和时间，等于在时空坐标上找到一个定点，按照史诗所展示的路线，就可以找出他们在“惹罗普楚”“嘎鲁嘎则”的时间和位置。

史诗描述哈尼族进入“诺马阿美”，是“在那河水最大的七月，先祖来到诺马河边”过河进入诺马平原。据查，这一描述与地理位置不符：哈尼祖先是向“下方”（南方）迁徙的，诺马河——雅砻江与安宁河——是由北向南流注的，如果他们“过了河”，则无法进入南北纵横的诺马平原，要由北而南进入这片地区，所过的只应该是大渡河中游西起石棉县，东达峨边县的河段，这河段正是由东向西横流，其南正是“诺马阿美”。因此，

① 见朱东润主编《中国历代文学作品选》，上海古籍出版社1979年版，第48页。

在这个意义上说，《尚书译注》之“和，可能指俄水，即今大渡河”，“和夷”为“和水一带的民众”有相当的正确性。[①] 即“和夷”是南渡“和水”——大渡河而来的民族。但这“和夷”称谓并非由大渡河而来，它乃是哈尼族先民在大渡河北部地区生活时即已得到（见后文之“和夷”名考），而且它非因滨水而居得名，乃因山居得名。相反，“和水”（俄水）之名应是因“和夷”居住过而得。

故“和夷”南渡大渡河之前的生活区域，当在今川西高原与四川盆地交缘的雅安、峨眉、夹江、洪雅诸县境，以至更靠近四川盆地内缘的蒲江、彭山、新津等地区。因为正是这些地区才既有高山又有平坝，才符合习居于半山，又便于向坝区农耕民族交流的要求，这即是《聪坡坡》中哈尼先祖与稻作民族“阿撮”“摆夷”共居、交往的“嘎鲁嘎则”和“惹罗普楚”地区，也就是哈尼民族作为一个独立的南方半山稻作民族——“和夷”——形成的摇篮。[②]

通过史诗与汉文史籍的映证，明确了“诺马阿美”即“西南黑水”流域，亦即今雅砻江与安宁河之间的地区，证明《聪坡坡》描述的史迹是切凿可稽的。

二、“和夷”即哈尼族最早的祖先

“和夷”一词，历代学者所见不一。王世舜认为，“和夷”即“和水一带的民众”。南宋毛晃《禹贡指南》认为，“和夷——西南夷”。北宋苏东坡也认为：“和夷，西南夷名也。”胡渭《禹贡锥指》认为：“和夷，俄水南之夷也。”数说均无实指。毛晃、苏东坡所说固然不错，但因“西南夷”也是泛称，故所言亦不确。

笔者考证“和夷”即哈尼族先民。其证有三：

1. 唐·樊绰《蛮书》卷五载：“渠敛赵（今云南省大理州凤仪县境）西岸有石和城，乌蛮谓之土山陂陀者，谓此州城大和城俱在陂陀山上故也。”同书卷八又云：“（乌蛮语）谷谓之浪，山谓之和，山顶谓之葱路。”

① 见王世舜注本。

② 详细考证请见拙作《和夷的嬗衍》。

据笔者所考，“和”之汉语古音为“wó”，受汉文化影响甚深的白族语言中保留了此音，其称“大和城”为“嘚哦（dē wó）城”，意为“筑于山坡上的城”。今元阳、绿春一带哈尼语对山之称与此相近，可知樊绰言之不谬，皆与“和”相关。故“和夷”（“夷”为中原汉族对少数民族之称）当为半山区居住的“和”（wó）民族。

哈尼族历居半山区，对此，《聪坡坡》中有着十分形象的描写——

塔婆（人类始祖母）是高能的女人，
她把世人生养。
在她的头发里，
生出住在高山顶上的人；
在她的鼻根上，
生出在高山上骏马的人；
在她白生生的牙巴骨上，
生出的人住在山崖边；
……
脚底板上人也不少，
河水对他们把歌唱；
塔婆生出的孩子里，
她最心疼的是哈尼，
哈尼生在肚脐眼里，
祖祖辈辈不受风霜。

——《聪坡坡》第一章

哈尼族祖先第一次定居，即对山形地势有特殊的要求——

从此哈尼不像雾露飘荡，
安寨有了惹罗的式样：
上头山包像斜插的手，
寨头靠着交叉的山冈，
下头山包像水牛抵架，
这是寨子歇脚的地方。

——《聪坡坡》第三章

聚居于哀牢山区的哈尼族，直到今日，在建立新寨时依然按照史诗中描述的模式选择山形地势，严格遵守山居的古规。大量民俗材料也证明了这一点：

> 哈尼族多住半山腰，依山势建立村寨。①
>
> 哈尼族大都居于山区和半山区。村寨多建在朝阳的山腰地带，周围为翠竹和层层梯田环绕。②
>
> 哀牢山脉……呈西北、东南走向，按高度分布着不同的民族。若以等高线排列，……一千四百公尺到一千八百公尺的上半山为哈尼族……③

2. “和夷”同于哈尼族历代称谓。

哈尼族历史称谓，除“和夷”外，唐代有“和蛮”，宋代有“和蛮”“和泥”等，元明清直至民国，历有史载。总其类有：和蛮、和泥、禾尼、窝尼、倭尼、俄尼、阿尼、哈尼、斡泥、阿木、罗缅、糯比、路弼、卡多、碧约、多塔等。民间自称主要有：哈尼、豪尼、黑泥、和尼、雅尼（爱尼）、碧约、白宏、哦怒、阿木、多泥、卡别、海尼等等。这些称谓中“和”“禾”“窝”“俄”“倭”“斡”“阿”“哈”“豪”“黑”“卡”“海”等，基本从“和”（wó）音，其义大体从“山”。而“泥”“尼”“比”“弼”“别”等，基本从“尼”（ni）音，义为“人”。综而言之，即是“山居的人”“山地民族”之谓。从历代史载称谓和民族自称的连续性、稳定性来看，没有哪一个民族比哈尼族更吻合于《禹贡》中的“和夷”。

3. “和夷”与哈尼族先民同为半山区稻作农耕民族。

哈尼族是一个典型的半山区稻作民族，尤以梯田稻作为世公认。④ 史诗从第三章“惹罗普楚”到第七章红河南岸哀牢山区，每一章均用极大篇幅叙述哈尼先民如何在各地“开发大田”，如何完善了梯田耕作的一整套技术和经验，并且“一蓬谷子收得九碗”，过上丰衣足食的生活。同时，

---

① 《中国少数民族》第 332 页。

② 《西南少数民族风俗志》，中国民间文艺出版社 1981 年版，第 143 页。

③ 见拙作《山凹中跳荡不息的精魂——哀牢山少数民族》，台湾《大地》杂志 1991 年 8 月号，第 102 页。

④ 请参本书《导言》第一部分。

在所有哈尼族的神话传说中，都鲜明地记载了哈尼族作为半山稻作民族的特点。如创世古歌《窝果策尼果》中讲到开天辟地时，天神杀翻神牛补天地万物，取牛眼做星月，绷牛皮作天穹，撒牛毛作林莽，支牛腿为天柱等等。又如哈尼族祭师贝玛在过六月年（宗教盛典）和举行送葬大典时，必杀牛以祭天地神灵。牛作为最重要的生产工具，因受特殊器重而至神化。这是十分强烈的稻作农耕民族的心理意识。

“和夷”的生产方式在《禹贡》中没有说明，《山海经》中说到了“爰有膏菽、膏稻、膏黍、膏稷，百谷自生，冬夏播琴（种）”。可见春秋战国之际，雅砻江、安宁河流域的哈尼族就有着高度发展的稻作生产方式存在。郭璞注《山海经》曰：膏者，“言味好皆滑如膏”。稻作产品非有高度技术水平无以言“膏”。与《禹贡》所载“厥土青黎，厥田下上，厥赋下中三错”的土质（黑壤）、田等（下上为第七等）、赋类（下中三错为第八等）相映照，可知“和夷”——哈尼先民确是有着相当高的稻作农耕层次。

综上三点，可证《禹贡》中的“和夷”就是《聪坡坡》中的“哈尼先祖”，其居处的时间、地理位置、生产生活状况，都是相符的。

知道“嘎鲁嘎则”“惹罗普楚”“诺马阿美”之后（“什虽湖”“虎尼虎那”因太过古远，难予遽考）其下各地就易辨明了。

三、《聪坡坡》中哈尼族祖先“和夷”向云南高原的迁徙

哈尼族迁离“诺马阿美”的走向为雅砻江、安宁河之东南、西南、正南三方，即《聪坡坡》所述：“哈尼分做三帮……三队人朝着三个方向。”（第五章）考查地理可知，东南方是云贵交接的乌蒙山，其麓是滇东北最大的坝子昭通坝；正南是起伏徐缓的梁王山，山麓是云南最大的坝子昆明坝；西南是白草岭西麓的大理坝子，有鱼米之利。这三个坝子与其嵌接的半山区，一般海拔在1500～2500米之间，正是适宜半山稻作的温湿地带，因而选择这三向迁徙是有道理的。事实上，正如本编《导言》所述，由唐及宋，滇东北有“和泥芒部府”“乌蒙”两个哈尼族居统治地位的聚居中心，滇西南有以大理（及与毗邻的楚雄地区）为中心的哈尼族聚居区，滇中有以昆明为中心的哈尼族聚居区，这一地区至今仍有哈尼族聚居（晋

宁、安宁等县），是为正南方的迁徙结果。结合唐宋以来的哈尼族区布，又知《聪坡坡》所述民族迁徙的走向（由北而南）、各主要迁居地的情况是真实可信的。

再看《聪坡坡》中几个主要迁居地的地名：

1.“色厄作娘”。大理古称“斯榆”，哈尼族迁徙短歌《哈尼先祖过江来》、迁徙传说《哈尼阿培烟嘎》等作品中称其为“色隅”“色鱼”“许余”。《聪坡坡》称“色厄作娘”，“色”为“色隅”“色鱼”“许余”之简称，俱为“斯榆”。“厄”为“水”“海”，“作娘”为“大坝子”，即“色隅海子边的大坝子”，即大理坝子。所指甚实。

2.“谷哈密查”。《史记·大宛传》云：“于是汉发三辅罪人，因巴蜀士数万人，遣两将军郭昌、卫广等往击昆明遮汉使者。”《汉书·武帝本纪》云：“元封六年，益州昆明反，遣扳胡将军郭昌以击之。”《华阳国志·南中志》云：“汉武帝将军郭昌讨夷平之，因名郭昌以威夷，孝章时改为谷昌也。”可知汉武帝派将军郭昌两度击昆明族，平定后，为“威夷”，以“郭昌”为昆明地区之名，孝章时方改为“谷昌”。“谷哈密查”哈尼语意为埋藏兵器之地。“谷哈”与“谷昌”音不远，且又有埋兵示谊之事，于是先祖们将“谷昌”记为“谷哈”是很自然的。哈尼自进入昆明地区，虽大队迁出，然世有所居。据清末状元滇人袁嘉谷《滇绎》载，明洪武时士人程立本访滇池东南岸晋宁州（现昆明市晋宁县），“过峤甸，见禾泥数家，有叟携酒过水，见土酋饮道旁，仆从皆饮酒，尽乃行。有作云：‘山断村才见，溪回路欲迷。贩茶非土僚，劝酒是禾泥。’”盖明时晋宁州犹有“禾泥”在，从其悠然饮酒的情状观之，其生活是富足而稳定的。直至今日，昆明属县晋宁、安宁仍有数千哈尼族聚居。

至于《聪坡坡》中又提到的“那妥”“石七”（今通海、石屏二县），通海县境内今日已无哈尼族，石屏县则尚有聚居，然历史上均有哈尼族聚居的记载。

从以上地名考校，可见《聪坡坡》作为民族的大史诗，其记述是真实的。

四、《聪坡坡》所载哈尼族先民和夷的社会生活情状

《聪坡坡》所描写的哈尼先民和夷的社会生活、民族关系、迁徙原因

等等，是否真实可信呢？

《禹贡》成书约在公元前5世纪，“和夷”在“黑水”“底绩”当在此前及同时，即公元前一、二、三世纪，“和夷”——哈尼先祖尚在其地生活。

关于这一时期西南少数民族的状况，史学界通行的看法，是以司马迁《史记·西南夷列传》为主要根据。司马迁“少而好学”，20岁后即壮游全国踏勘史迹，履及西南。其生年为公元前145年，公元前1世纪之下半叶到达西南，其闻见当在此前或当时，因而所记“西南夷”行状，自然包括“和夷”在内，只不过“和夷”或因时异号而已。

《史记·西南夷列传》说：

> 西南夷君长以十数，夜郎最大；其西靡莫之属以十数，滇最大；自滇以北君长以十数，邛都最大；此皆魋结，耕田，有邑聚。

此中“邛都”的住民包括了雅砻江、安宁河流域的“和夷”在内。按西汉郡治，邛都在越嶲郡内，北接蜀郡，南毗益州郡，东连犍为郡，故“和夷”影响当达此数郡。反映在《聪坡坡》中，就是南方“摆夷”和东方“腊伯”来到“诺马阿美”。

史诗说哈尼与百越系的“摆夷”相和睦，而迫使哈尼族迁离“诺马阿美”的却是“腊伯”。“伯”“僰”相合。史载犍为郡治中，自秦及汉皆系僰民族主要聚居区。“僰”是一个经济文化都很发达的民族，商品经济远较哈尼为先。《水经·江水注》云僰人“秦纪所谓僰僮之富者也”。盖秦时僰人之当权者，广罗一些族内穷苦人家的孩子加以教习，作为特殊商品“僰僮”向中原地区大量出售，竟有人以此暴富。此为奴隶社会中的奴隶买卖。而哈尼族此时尚处于原始社会末期，因此僰人向哈尼族巧取豪夺，是在所必然的。

《聪坡坡》对此有着深刻的描写。先是“腊伯”采取非正当手段与哈尼通商——

> 腊伯来时马背凸得像虾子，
> 走时就像母猪的肚子掉在下面；
> 做起生意又恶又滑，

好像乌鱼朝泥巴里钻，
哈尼摇手说："麻卡麻卡！"（不行不行）
腊伯说："卡呢卡呢！"（行呢行呢）
边把头点。

——《聪坡坡》第四章

商业竞争还不是奴隶社会的特征，铁血的侵掠才是奴隶社会的旗帜。商品贸易之后，"腊伯"骤兴干戈，强占哈尼的家园——

水急的诺马河，
漂起数不清的死人死马，
宽大的诺马坝，
哈尼睡平倒光！
七千个女人变成寡妇，
七千个小娃望不见爹娘，
……

——《聪坡坡》第四章

在强敌之下，战败的哈尼只好迁离"诺马阿美"，忍痛把美好家园让给敌人。歌手朱小和解释"腊伯"说："'腊'是老虎的意思，'腊伯'就是'老虎一样凶恶的伯人'，他们是一些光吃主意不干活，专门想抢别人东西的人。"这是哈尼族沉痛地总结历史经验后得出的结论。史诗对此有大篇幅的描写，如腊伯小伙子如何勾引哈尼乌木的姑娘，如何狡猾地利用小乌木年轻无经验，与哈尼比赛燃烧放烟火、射箭、纵火焚烧哈尼的地界等等。总之，僰人恃仗着自己经济、文化和军事上的优势，击败了哈尼族。

再看"谷哈密查""那妥""石七"。在这些地方与哈尼冲突的是"蒲尼"。"尼"为"人"，"蒲尼"即"蒲人"。"蒲"与"濮"相近，"蒲尼"为古代云南高原一大族群"百濮"，其为云南高原的原住民，故哈尼这一后至者必然与之发生领地、食物来源等等方面的争斗，以致酿成大规模战争。

《聪坡坡》可资考证的方面尚多，本处择其大要介绍学术界的观点，然而，仅此亦足见它所拥有的历史学价值是极高的，它为历史学界研究哈尼族的历史，甚至为研究云南各民族的历史都提供了可贵的材料。

第三节 《哈尼阿培聪坡坡》的民族学与文化学价值

过去，民族学和文化学界一部分学者在探讨哈尼族的渊源时，因受“氐羌南迁”说的左右，而将哈尼族的族源仅仅归之于“源自氐羌”。[①] 这使人们对哈尼族族源的认识步入迷津，也因此令人对哈尼族的文化渊源产生误识。《聪坡坡》发表之后，学术界由史诗的研究中得出完全不同的结论。

笔者从《聪坡坡》中与哈尼先祖交往密切的几个民族出发研究，如上文说到的“腊伯”“蒲尼”；同时还有一个极其重要的、对哈尼族的文化影响甚巨的民族——百越系民族（即在史诗中被分别称为“阿撮”“傣族”“摆夷”的民族，三者原为一族，仅异地异号而已）。

史诗中“阿撮”与哈尼族交往的历史早于其他民族，在“嘎鲁嘎则”他们就有着密切的文化交流——

好客的阿撮拿出竹鸡竹笋，
远来的哈尼拿出玉麦酒浆，
……
阿撮教哈尼破竹编篾，
哈尼换上滑亮的竹筐；
阿撮教哈尼织帽子，
笋壳帽轻巧又凉爽。

——《聪坡坡》第二章

在“惹罗普楚”，哈尼与百越民族的交往更进到一个新的阶段——

各山各寨的那扎（异族）来来往往，
矮山的汉族来了三伙，
河坝的傣族来了三帮。

① 详参本书《导言》第三部分。

汉族夸矮山田里水多，
枯水的三月也满满当当；
傣族夸坝子里鱼胖，
支起篾笆鱼吃不完，
他们要换惹罗的大田，
先祖摇头不让。
汉族又夸瓦房明亮；
上楼就会咯咯作响；
傣族又夸竹楼凉快，
上去就会嘎嘎地唱，
他们要换哈尼的蘑菇房，
先祖摆手不让。

——《聪坡坡》第三章

在“诺马阿美”，与哈尼交往最繁的是“腊伯”和“摆夷”——

诺马的美名传到东方，
传进了腊伯高高的大城，
腊伯的乌木派大队马帮，
跋山涉水来到诺马河边，
他们用五彩丝线交换哈尼的红米，
又用亮亮的金银来换哈尼的白棉。

诺马的美名传到南方，
那里坝子一片接一片，
出名的坝子名叫猛梭，
好心的摆夷住在那边。
摆夷头人也派来牛帮，
叮咚的牛铃整天不断。

——《聪坡坡》第四章

但是交往的结果，哈尼与腊伯发生了战争，家园被腊伯掠夺，族人被腊伯杀死，所以史诗提到腊伯时充满了仇恨，说他们“是吃血的豺狗，只会欺负鸡羊”，“是吃米的老鼠，偷米还屙屎在米上”。哈尼与摆夷则始终是友好的，故史诗提到这一民族时，用语充满情谊，如“好客的阿撮”“好心的摆夷”等等，这一感情倾向包含着深刻的民族文化内涵。

哈尼族先民系自西北高原迁徙而来，《聪坡坡》全诗就是反映他们这一迁徙历程的。正如史学界历来所称，哈尼族先民与西北高原的游牧民族“诸羌”[①] 有着直接的渊源关系，然而这仅仅是氏族部落间的、由生产方式（游牧）的相类而生发的关系，而非“民族”的（独立文化的）关联，正如同是草原游牧民族的蒙古、塔吉克、柯尔克孜、锡伯等族绝非一族一样。而作为规范意义上的“民族”的形成，在哈尼族来说，完全是由于与西北游牧文化无大关系的、南方水稻农耕文化作用的结果。在笔者看来，所谓民族，重要的还不是血缘、地缘和语言的相同与相似，重要的是文化。人的本质是文化，民族的本质和分野主要也是文化。哈尼族之成为一个拥有自己独特文化——南方半山稻作文化的民族，主要是接受了“阿撮”“傣族”“摆夷”——百越民族稻作文化的影响，自她成为民族的那一天起就是南方稻作农耕民族，而非北方游牧文化为滥觞的余脉。[②]

之所以确认哈尼族的稻作文化系受百越而非其他民族稻作文化的影响，是中国考古学界早已论定百越是中国和亚洲最早发明水稻农耕，并形成高度水准的民族，这是不争之论。而《聪坡坡》的可贵，在于它不但叙述了哈尼先民自西北高原南迁入云南高原的历史，而且叙述了哈尼先民由于受到百越稻作的决定性催化，从而更新了民族文化的内核，进行了由稻作更替游牧的伟大历史性变革，成为一个崭新的民族登上历史舞台。

笔者曾将哈尼族与壮傣语系民族（其先即百越）的50种主要民俗文化相比较，见出其中至少有一半是相同的。如嚼槟榔、高项草屋、织彩线布、贵重铜锣、竹弓、少女房、猎首、栽秧歌、竹祭坛、弩箭、楼居等等，而其中最主要的是水稻耕作。[③] 语言学材料中，如最普通也是最重要

① 笔者认为哈尼族与在西北高原游牧的“西方牧羊人”“诸羌”有关系，而非史界通常认为的“氐羌系统”。实际上，“氐”与“羌”分属两大不同系统，并非一族。详见拙作《哈尼族与“氐羌系统”》，载《民族文化》1987年5期。

② 请参拙作《滨海文化与高原文化的嫡裔》。

③ 见拙作《夷越文化的辐射》，载《红河群众文化》1988年第4期，第7~8页。

的“吃饭”一词，壮傣语民族称“京好”“京毫”，哈尼族称“伙呃”，其中“好”“毫”“伙”皆为“饭”均从“h”音，不同者只在动词“京”“呃”（俱为“吃”）的差异。可以见出，若以文化渊源论，哈尼族文化主要源自百越的稻作农耕；而如果民族的主要划分是文化之说无大谬的话，哈尼族的族源除北来的“诸羌”之外，也当渊源自南方的百越，形成南北两向的族源。

在《聪坡坡》发表之前，关于云南彝语支各民族的研究中普遍存在着“北来”与“土著”之争，而很少有人注意到百越文化和其他南方文化的影响。它发表之后，学术界即予很大重视，由此发现它所提供的民族学与文化学的新鲜的思辨价值，从而在更多更广的方面进行调查，才认知到证实这一观点的材料在在皆是，[①] 此一。

第二，《聪坡坡》同时昭示着哈尼族的文化精神。

史诗第四章和第六章（“诺马阿美”和“谷哈密查”）着重叙述哈尼族与“腊伯”“蒲尼”民族的战争，是本诗篇最大的两章。其中反复强调的是，哈尼族是勤劳的、富于开拓性的民族，更是一个和平的民族。在“诺马阿美”，当“腊伯”巧取豪夺哈尼的大群牛马、大片良田时，吟唱此诗的歌手朱小和用诗句愤怒地谴责过于仁厚的乌木（或许诗中本来就有这样的句子，只不过他表达得更加激烈罢了）——

——哦哦，
亲亲的兄弟姐妹，
先祖乌木比老牛还笨，
把无数灾难带到哈尼中间！
——啊哟，
权威的乌木大头人！
你的眼睛格是被鬼抠掉，

① 《聪坡坡》所昭示于人们的远不止对哈尼一族民族渊源和文化渊源的思考，对所有来自西北的“诸羌”系统——汉藏语系彝语支民族均有启迪。如纳西、普米族，便是在接受百越稻作的同时又较多地保留了游牧文化，彝族在吸纳百越稻作的同时又兼有游牧文化的补充，哈尼族则基本扬弃了游牧而就稻作。对百越稻作文化吸收的不同，构成了彝语支各民族的不同文化内涵和特征。

怎么望不见灾难来到面前?
难道最小的道理你也不懂?
难道放鸭小娃还胜你十分?
水牛老虎同一山,
老虎张口了,
水牛还活得成?
薄荷香柳（香料作物）共一园,
香柳长高了,
薄荷怎能不蔫?
乌木呀,
腊伯拉去小牛小马,
是要把母牛母马来牵!
阿波哟,
从此哈尼不能在诺马河边种田,
后世儿孙又要像麂子被人赶撵!
……

（大小头人们纷纷向乌木提出自己的质问，但是乌木宅心仁厚，却这样回答）

一家人就要像一家人,
一碗饭一人吃一点。

——《聪坡坡》第四章

“腊伯”施展伎俩夺去哈尼的牛羊、良田甚至象征乌木政治领导权的“权帽”和“绶带”后，乌木终于愤怒了，他上门斥责“腊伯”小伙子。“腊伯”小伙子却设宴相待，用一番花言巧语继续哄骗他，结果——

乌木的怒火熄掉一半,
厚厚的肥肉送到嘴边。
尖牙的老虎掉进陷阱,
力大的牯牛穿上鼻眼。
……
尖嘴的八哥叫得人高兴,

巧嘴的腊伯说得乌木心转，
他哪知腊伯是漏底的水塘，
多旺的水也装不满。

——《聪坡坡》第四章

这是一个“宁人负我，毋我负人”的忍者态度，其心肠之软，令人浩叹。同类的情况在“谷哈密查”也一再出现。

忍让、宽厚、息事宁人的民族性格是由一年到头行之有序的稻作农耕文化决定的。稻作民族比之游牧民族不同之点在缺少剽悍、勇猛、进攻的精神，多的是退让、守成、平和的性格和心态。许慎《说文解字》释“夷”曰：“夷，俗仁。”范晔释“夷”曰：“夷者，柢也，言仁而好生，万物柢地而生，故天生柔顺，易以道御。”（《礼记·王制》）所有百越后裔如壮、傣、水、布依、侗等民族，以及受百越影响甚深重的民族如哈尼族，都是“仁而好生”，“天生柔顺，易以道御”的性格。①

当然，当敌人的凌侮达到极点，他们的忍耐也会超过极限，从而毅然奋起，以力抗暴。史诗第六章说到，哈尼大头人纳索面对强敌，明知不敌，仍决然舍命相搏。他对妻子说——

哎，女人！
水牛和老虎挑架，
老虎肚子会被抵穿，
公鸡和老鹰打仗，
老鹰也会被啄瞎双眼，
哈尼和人打仗，
手脚从来不软；
多多的话不要再说，
快为男人祝愿！

——《聪坡坡》第六章

这临危授命、舍生取义的大无畏精神，也发轫于农耕民族的文化内核

① 诸参拙作《滨海文化与高原文化的嫡裔》及《夷越文化的辐射》，后文曾考“夷”与“越”同为一大民族系统。

——凡能忍者，只要不伤害民族生存之根本，皆可忍，而一旦要拔起民族这棵大树的根基，他们就敢于拿起武器，以热血和刀兵相见。这一民族性格，同样可以从《说文解字》中得到解释：“夷，从大从弓。”

这两种相互矛盾又相互统一的民族精神，正是《聪坡坡》的主题所在，也是哈尼族这一半山稻作文明的精魄所在。

《聪坡坡》对哈尼民族精神和文化精神的承载是空前的，正因如此，它在本民族中有着高度的神圣性和强烈的庄严感，成为哈尼族世代传习的民族教科书。在漫长的历史岁月里，哈尼族人民正是凭借着这部史诗来记忆自己的历史，汲取祖先的精神力量。它在寻常的场合并不吟诵，只在一些庄严的场合才歌唱。譬如处理重大民族事务时，专司背诵史诗的贝玛就要向头人和民众背诵与现实事件有关的章节，用历史上的成败利钝来醒喻人们，启迪人们，坚定人们的意志。又譬如在重大宗教祭仪、送葬开丧的场合也要吟诵此诗，以唤起族人对民族之魂——“半山稻作文化”的记忆和情感。另外，哈尼族人民在千百年中也是依据这部史诗教化后人规范风俗的，诗中有许多行为方式和语言已成为民俗民风的格式和格言。如——

水牛老虎同一山，
老虎张口了，
水牛还活得成？
薄荷香柳共一园，
香柳长高了，
薄荷怎能不蔫？

——《聪坡坡》第四章

又如戚姒扎密对大头人纳索的劝告——

竹筒不能当枕头，
蒲尼不能交朋友；
你要一日欢乐，
早上不能喝酒，
你想一家欢乐，
不能讨两个老婆，
你想一辈子欢乐，

不能讨那扎（异族）做女人。

——《聪坡坡》第六章

这些语言是世代哈尼人民血和泪的结晶。

第四节　《哈尼阿培聪坡坡》的美学价值

《聪坡坡》以如椽大笔挥洒出气势雄浑、意想超迈而绚丽多彩的艺术长卷，它是哈尼族的大悲剧，赋有悲剧艺术的一切审美特征——崇高、壮丽、阔大、深远、雄浑和巨大的艺术震撼力。这是其第一位的美学品格。

哈尼族的迁徙，虽说是历史之必然，但先民们并非主动地、自由地选择这条历史之路，相反，他们从来是被动的、无奈的。因而从情感方面说，是痛苦的、压抑的、悲愤的。在远古的“虎尼虎那高山”，他们因食物匮乏，不得不离开那先祖诞生的圣地。来到“什虽湖”边，几经奋斗，学会了原始养殖和种植生产，但森林失火，又使这两种先民赖以维生的经济来源毁于一旦——

栽下的姜秆变黑，
蒜苗像枯枝一样，
谷秆比龙子雀的脚杆还细，
出头的嫩芽又缩进土壤。

——《聪坡坡》第二章

他们只好感伤地离去。在“惹罗普楚”——哈尼族称之为“哈尼书嘎惹罗普楚”，即“哈尼最富庶的惹罗大寨”——正当生产生活蒸蒸日上之际——

管病的天神心肠比黑蜂还毒，
他把病种撒进惹罗的土壤。
力气最大的牛吐出白沫，
跑得最快的马虚汗流淌，
猪耳朵里流出黑血，
狗追着尾巴发狂，

人吃不下饭喝不进水，
大人小娃两眼无光。
老实伤心罗，
亲亲的姐妹，
惹罗一天出了七十个寡妇！
老实悲惨罗，
亲亲的弟兄，
惹罗一夜有七十个独儿子死亡！
生谷子的大田闲了，
牙齿草有一庹长；
蒸饭的甑子闲了，
绿霉比头发还长；
背水的竹筒闲了，
白木耳生在筒上！

——《聪坡坡》第三章

因此，当他们不得不离开“惹罗普楚”时，心境的悲凉和哀伤是那样深重——

不离不行了，
亲亲的惹罗大寨！
不走不行了，
生养哈尼的亲娘！
走过田坝，
舍不得田坝，
田坝是养活六千哈尼的田坝！
走过山冈，
舍不得山冈；
山冈是养活六千哈尼的山冈！
走过老林，
舍不得老林；
老林为我们把狂风暴雨阻挡！

走过凹塘，
舍不得凹塘；
凹塘是阿妈生下我们的地方！

——《聪坡坡》第三章

沉沉自喻的悲楚和凄切的离愁别恨跃然于读者眼前。

这是由于自然界灾变引起的迁徙，百倍于此的煎迫和苦难却是另一些民族横加于他们的——在“诺马阿美”，“腊伯”觊觎哈尼肥美的家园，使用卑劣的伎俩，以和亲、比赛放烟火、射箭、划地界等方式，巧取豪夺了哈尼的土地和财产，最后竟以武力驱逐哈尼族——

水急的诺马河，
漂起数不清的死人死马，
宽大的诺马坝，
哈尼睡平倒光！
七千个女人变成寡妇，
七千个小娃望不见爹娘，
高高的秋房搡倒了，
三层的蘑菇房被烧光。

——《聪坡坡》第四章

同样的厄运在“谷哈密查”再度重演，而且造成了哈尼族最惨重的损失，形成了民族的千古伤痛。

在“谷哈密查”，他们一切从零开始，披荆斩棘，开辟草莱，倾十几代人的血汗和心力，把这不毛之地变成良田成片、棉地盈坡的鱼米之乡。“蒲尼”民族惴惴于哈尼的发展壮大，把战火烧到哈尼的家门。为了民族的尊严和生存，哈尼奋起迎战，历经三次大战，付出了巨大的牺牲。战争结局是哈尼元气大伤，民族几至灭绝——

（哈尼）大人小娃被杀被砍，
牛马猪羊被拖被牵，
平平的坝子堆满死人，
熊熊的大火烧红了天！

——《聪坡坡》第六章

为保种族不灭，哈尼只好挥泪他迁。

史诗以宏大的气魄和简扼有力的笔触描绘了这一次次迁徙的画面，把这一幕幕大悲剧抒写得淋漓尽致。

然而，史诗并不给人以哀切凄惨之感，相反，它着力写出了苦难历史中一大群敢于冒矢争锋、勇于血战到底的英雄形象。

在“诺马阿美”，老乌木面对强敌发出了如此誓言——

天神要让我活，
我要活在诺马！
天神要让我死，
我要死在家乡！
……
乌木抱起巨石，
丢进滚滚的波浪；
乌木朝天怒吼，
天上听见雷响：
“那扎（异族）！
应该离开的不是哈尼，
倒是你们这些野羊！
瞧瞧诺马有多少哈尼，
有多少蘑菇房盖在山上！
数数杀牛的秋房有几座，
神山的神树有多长！
要说动手抬脚（战争）的话，
就把你的号角吹响！”

——《聪坡坡》第四章

在“谷哈密查”，当哈尼遭到一系列失败时——

哈尼最老的阿波，
生着七十七层皱皮的老人，
望见情况紧急，
把哈巴唱出嘴边：

"哈尼的英雄好汉，
豹子样勇敢的男人！
虽说我牙齿不剩一颗，
背脊也弯朝前面，
还听着你们呼喊，
还望着你们朝前！
记着哦，
老虎死了皮像鲜花，
白鹇死了毛像雪片，
先祖的志气不要打失，
死也要死在最前！"

——《聪坡坡》第六章

"蒲尼"头人在内奸马姒扎密协助下攻破了哈尼的"木人阵"，又带领人马来到哈尼制造"木人"的高山，杀死了守卫在那里的哈尼人。史诗唱道——

听罗，一寨的哈尼人！
在那木朵策果山上，
七十个哈尼为保护木人，
被砍死在高山的山巅。
七十个好汉流出七十股鲜血，
把木朵策果大山染遍；
一树树的白花染红了，
像早上的彩霞耀眼，
哈尼把它叫作都匹玛雅，①
谷哈的山茶花至今最红最艳！

——《聪坡坡》第六章

类似的描写在史诗中达几十处。这种悲剧英雄不死不灭的精神，始终

① 都匹玛雅：哈尼语意为山茶花，又叫妥底玛依。昆明山茶花最为有名，被誉为云南省花。

昂奋在《聪坡坡》的全篇。迎对大敌危厄敢拼敢杀，为民族生存为正义张扬敢以命相搏的英雄群像，在史诗里用粗犷有力的气势渲染着，用精妙传神的笔触刻画着。史诗把这些人物作为全篇的主角，让他们演出一幕幕英雄剧——尽管他们是一些悲剧人物。这使得《聪坡坡》的美学品位变得高洁。

不论因瘟疫迁离“惹罗普楚”的哈尼先祖，还是因战败迁离“诺马阿美”“谷哈密查”的哈尼先祖，还是被敌人杀死后以鲜血浇灌“木朵策果大山”山茶花，从而使之焕发出鲜红亮色的哈尼先祖，他们都是哈尼族精神的精英人物，在根本的文化质点上代表着整个哈尼族。在苦难中生存、发展、搏战，虽经千劫万难不折不回，这股硬拼到底的劲头，使哈尼族由一个幼小孱弱的民族发展成为今天一百二十多万人口，居于中国、缅甸、越南、泰国、老挝，为中国和世界文明作出了独到贡献的伟大民族。

《聪坡坡》反复描写到苦难、痛楚、不幸，描写到造物主从不眷顾哈尼族，而是把她反复放到命运的铁砧上去锻打的情状。但这种描写的深层意蕴是反复展示哈尼族作为一个伟大民族所具有的强大生命能量，这就是《聪坡坡》作为悲剧作品的独到之处，其艺术的魅力也在于此。

世界所有的哲人和诗人，给痛苦以最多肯定的是尼采，在他看来，痛苦之线和幸福之线宛如经线和纬线织就了生命的全幅，抽出二者中任何一条，生命之毯就遭到毁坏。无痛苦的生命所获得的只能是卑微的幸福，巨大的幸福恰是战胜巨大痛苦所产生的生命之崇高，惟痛苦能磨砺意志，惟痛苦能激发生机，惟抗阻能产生力量。痛苦增加了生命的质量，痛苦的价值正是它体现了生命之存在。人类个体、局部的生命稍纵即逝，因而超越个体、局部生命的局限，从而达成整体（部落、民族、国家……）生命的继存和发展，是尤为值得肯定的。这其中包括了对个体和局部为整体所忍受的痛苦在内，这正是痛苦的价值所在。[①]

《聪坡坡》所展示的正是这样一种气魄和毅力。这样的精神品位，是一切伟大悲剧作品的特质。诗中一往情深地歌唱着一个个英雄人物和一件件英雄业绩，绝叫着抱定必死之心走上战场敢在强敌面前知其不可而为之

① 参看尼采《悲剧的诞生》、《瞧！这个人》等著作。

的呼号。这是一种大气慨，是把一切苦痛直至死亡踩在脚下镗镗而行的人的崇高之美、壮丽之美、阳刚之美。读着《聪坡坡》中这些诗行，不由每一个心灵中燃烧着生命之火的人不拍案而起，和这股巨大悲壮的力量相鸣合。

《聪坡坡》纵横千里上下千年升华天宇流泻大地的大气势，上追《窝果策尼果》等开天辟地营造日月的创世神话，下启嗣后众多诗歌、故事和传说。这大而悲的气韵一贯到底，构成了哈尼族审美思想的总体趋向，就是排斥以轻灵、流动、纤巧、华丽、柔媚、细腻、淡泊等为特征的阴柔之美，而醉心于以古拙、朴厚、浓重、深远、阔大、强烈、粗犷、豪迈、辽远等为特征的阳刚之美。它辐射到全民族审美的方方面面，比方，在视觉审美上，哈尼族喜好宽大的衣襟和裤腿，好穿"披火披斗"（大襟衣）。色彩的选择多以黑、青、红等为主调，这些色彩的审美意象是力度感、重量感、深厚感和强烈感。又如哈尼族代表性的曲调"哈巴"，其以低回、沉郁、悲惋、节奏迟滞中深寓辽阔、沉雄、顿挫铿锵的调性调式为特征，极宜抒发哈尼族长歌短唱中含蓄、悠远的悲剧意韵。①

第二方面的美学品位是，《聪坡坡》一反此前哈尼族文学中以神话传说的浪漫虚幻为主的写法（唱法），开了写实主义的先河，并形成大观。首先，它以民族迁徙的全程为主线，以哈尼祖先在各迁居地的生产生活情状为透视，真切细腻地描述着，使人可触可摸，这使它的艺术力量达到相当高的层次。

整个作品是一部写实性极强的史诗，它的描写以细、实见长。比如写人物——

（扎纳乌木）
放火射箭的乌木去世了，
一个能人把乌木来当，
好听的名字就叫扎纳，
扎纳的古今人人会唱。

① 详见拙作《神话和史诗的悲剧——哈尼族文化精神论（一）》载《金沙江文艺》1987年第5期。

他生着漆黑发亮的脸膛，
像棵大树挺立山冈。
十颗虎胆没有他胆大，
十双鹰眼比不上他眼亮，
哈尼走过长长的路，
他是领群带路的头羊，
……

——《聪坡坡》第四章

（蒲尼头人）
蒲尼的阿篇（大头人）叫罗扎，
头上的帽子鸡冠样鲜艳，
衣裳裤子宽又长，
脚上鞋子厚又软，
出门上路坐着高轮马车，
一把遮阳像鸡纵顶在上边，
千万蒲尼见他要磕头，
阿波阿匹也要弯腰，
七层楼房是他的在处，
高房盖在大海旁边。
……

（哈尼大头人纳索）
哈尼又换过三代头人，
这一代是有名的纳索，
他是扎纳阿波的独儿，
是哈尼人里的好汉。

纳索落地就会说话，
七十个贝玛来教他背（念经——引者注），
纳索生来力大无穷，
七十个工匠教他锻炼；

他嚼过一箩的虎心，
他咽过一背的豹胆，
没有翅膀也会飞，
没有尖头也会钻。

纳索头人一天天长大，
身子像攀枝花树伸展，
宽宽的肩膀比岩石硬，
千斤力气藏在粗粗的腰杆，
圆圆的眼睛有数不完的主意，
直直的鼻子表示他忠心赤胆。

——《聪坡坡》第六章

扎纳乌木的特征是“漆黑发亮的脸膛”和锐利如隼的双眼。黑色为哈尼崇尚之色，鹰眼亦为好猎的哈尼所追求，写得既切实又合乎民族心态。蒲尼阿篇罗扎则通过冠戴、衣饰、车马、居室和蒲尼民众对他的臣伏来描写，活画出一个颐指气使的头人形象。纳索大头人则描写他的天赋（生来会说话、长有英雄之身躯、勇士之面目）、历练（七十个贝玛教他念经，七十个工匠教他打铁），雕刻出一个坚实浑厚的英雄头人形象。

这是直接描写，史诗另用间接描写的手法，巧妙地描绘造型。如写形象——

（乌木斥责腊伯）
你是吃血的豺狗，
只会欺负鸡羊；
你是吃米的老鼠，
偷米还屙屎在米上！
你的屁股老实大，
挤去别人的地位，
你的手杆老实粗，
专把别人的饭碗抢，
你骗去权帽和绶带，

又打哈尼一巴掌。

……

——《聪坡坡》第四章

三言两语把“腊伯”的卑劣、无耻、机心、奸狡和蛮横霸道描画得活灵活现。

又如写性格——

乌木的心坝子样宽，
乌木的话棉花样软：
“亲亲的兄弟，
尊贵的头人，
哈尼心像金银样亮，
诺马的名声才像高飞的白鹇，
不要为了一棵稗子，
踩烂长满秧苗的大田。
诺马的哈尼比河沙多，
一人省一口，
要把腊伯的腰压断；
诺马的财富比河水旺，
一人出一把，
要把腊伯的背压弯。
客客气气地对他们吧，
不喝够酒不要让他们上路；
亲亲热热地对他们吧，
不包好饷午不要让他们回转！”

——《聪坡坡》第四章

头人们要“拿起大刀弩弓”，把“腊伯”“像麂子一样赶撵”，乌木却以仁慈宽厚对他们，这宽柔的性格正是哈尼族性格中的一面。

其他如写地理环境、战争场面、迁徙途中的种种遭遇，都以工笔细描之法抒写得丝丝入扣。

哈尼族写实文学滥觞于《聪坡坡》。经典作品中写实艺术的最高成就也是这部史诗。由它开启的写实主义，嗣后形成了一大文学脉流，其影响所及，甚至启迪了当代诗人。①

第五节　震撼人心的艺术形象——女英雄戚姒扎密及其他

历数哈尼族文学史上最为迷人的艺术形象，首推《聪坡坡》中的女英雄戚姒扎密。自然，这部大著震撼人心的非仅一二人，而是整整一个系列的艺术群像，如生养了七十七种人的老祖母塔婆，驯养野生动物发明原始畜牧业的遮姒，首创农耕稻作的遮努，在“惹罗普楚”创造定居礼仪的政教合一的领袖西斗，在“诺马阿美”与“腊伯”斗智拼力的乌木扎纳，“谷哈密查”的大头人纳索等等，反面角色如奸猾阴险的“腊伯小伙子”，凶蛮顽冥的“谷哈阿篇”罗扎，性格复杂的马姒然密，等等皆是。这些形象各具情采，各有个性，各成面貌，使《聪坡坡》这部史诗显得丰富繁丽动人心魄。相较之下，最为扣动读者（听众）心弦的是“谷哈密查”实质上居于领袖地位的哈尼大头人之妻——集美丽、贤德、智慧、大度、勇毅于一身的戚姒扎密。

“谷哈密查”是哈尼族历史上一个极其重要的时期，也可谓哈尼族的鼎盛期和衰落期，是一个巨大的历史转变关头，因而史诗以1700行的篇幅来详加描述。在此期间，哈尼族与“蒲尼”民族发生了大规模战争，戚姒扎密处身这样一个动荡的、危机重重的时期，表现出非凡的力量，最终成为民族的千古英雄，同时成为哈尼族文学中的绝唱人物。

史诗对她的塑造分两个阶段，一是谷哈大战中，一是谷哈大战后。

史诗首先对她作了一番白描——

纳索结了一门亲事，
讨回的姑娘不同一般，
她在哈尼人中排名第一，

① 哈尼族青年诗人哥布有《读史诗〈哈尼阿培聪坡坡〉》一诗，抒发读此史诗的内心激动。见其诗集《母语》。

戚姒的名声永世流传。

戚姒阿爸是厄戚头人，
他的大寨安在水边，
厄戚是哈尼第二大寨，
排在纳索的大寨后面。
……

（这里写她出身高贵。接着写她的容貌丰姿）

戚姒扎密生在十五，
那晚月亮又白又圆，
戚姒的白脸就像满月，
她是月神来到人间。

戚姒长大越发好瞧，
一棵金竹栽在门前，
细长的脖颈像嫩白的竹节，
灵巧的双手像蝴蝶翩翩，
滑滑的辫子像黑蛇盘绕，
颤颤的腰肢棉花样软。
……

（又写她的善射技艺）

戚姒在阿爸身边长大，
学会的本事老实不凡，
一把嘎得（弩箭）神出鬼没，
撵山的阿波也不抵她一半。
六月里的黑夜，
天像煮布的蓝靛，
晒台上有说有笑，
戚姒和阿爸谈地讲天。

阿爸说她年纪还小，
刚刚学会开弓搭箭；
戚姒抿嘴笑笑，
像朵才开的白莲，
“嘘”地吹响鸟哨，
一只血娜飞来，
等到血娜飞远，
戚姒射出竹箭，
只听一声尖叫，
血娜被射穿嗓管；
从此在她面前，
人人难夸弓箭。

——《聪坡坡》第六章

平面的铺垫之后，史诗把她置放在关系民族生死存亡的大搏斗中作立体的描绘。

由于哈尼族在“谷哈密查”的迅速发展，“蒲尼”大头人罗扎深感不安。罗扎在“蒲尼”中也是一位杰出人物，他对“蒲尼”的利益深谋远虑之后，决定对哈尼采取怀柔政策，把自己的独生女儿马姒扎密嫁给哈尼大头人纳索为妾，以便随时控制哈尼。纳索迷恋于马姒扎密的美貌，欣然与马姒扎密联姻。但是罗扎的行为被戚姒扎密慧眼识穿，她说出了那句下遗千年成为哈尼人警世恒言的话——

听你的女人说句话吧，
不要再做憨憨的人，
竹筒不能当枕头，
蒲尼不能交朋友，
你要一日欢乐，
早上不能喝酒，
你想一家欢乐，
不能讨两个老婆，
你想一辈子欢乐，

不能讨那扎做女人，
……

（她洞悉到哈尼与“蒲尼”矛盾的实质是争夺生存空间）

哈尼在谷哈七代，
人还没占一半，
谷哈坝子的四角，
哈尼只有两边，
蒲尼怎肯让出好地，
听凭你去主管！
……

——《聪坡坡》第六章

但是纳索缺乏这种远大的眼光，仍然“把马姒迎进家门”，这一行动惹得哈尼人“心不来”（不高兴）了，“从此哈尼人，不对纳索把腰弯，从此哈尼人，只对戚姒把头点”。

戚姒扎密作为哈尼大头人之妻，对自己挚爱的丈夫的错失既不能责备，更无法反对，只能用自己的智慧帮助他、卫护他。因此，当罗扎趁哈尼过“艾玛突”节日之际，率兵马包围纳索，企图以武力迫纳索就范，戚姒扎密即调来父亲大寨的人马“把罗扎撵下神山”。此时她敏感到一场大战即将来临，为避免哈尼族的重大牺牲，她劝纳索撤离“谷哈密查”——

小鸡和老鹰不能共一林，
黄牛和豹子不能共一圈，
快快带领哈尼走吧，
趁着罗扎没有动手，
快快带领哈尼搬吧，
趁着哈尼没有死人，
不要贪图好在的谷哈，
到别处兴建哈尼的家园！

——《聪坡坡》第六章

在这里，她是一个智慧和理性的化身。纳索虽然身为哈尼族大头人，但是缺乏政治领袖应有的睿智，他被感情左右，轻率地作出和“蒲尼”决战的决定。这时戚姒扎密的内心最为痛苦，因为凭她犀利的眼光已经预见到这场战争的结果。她说——

听见你威严的声音，
我的耳朵炸雷样响，
瞧见你发怒的神情，
我心头簌簌发颤。

男人做事只图痛快，
女人才会知道艰难；
豹子和老虎咬架，
豹子要血流遍地，
哈尼和蒲尼打架，
哈尼要头落满山。

啊哟，亲亲的丈夫，
难道诺马的事情又要重现，
哈尼又要出大批寡妇？
难道喊杀的声音又要响起，
吃奶的小娃又要见不着阿爸的脸？

——《聪坡坡》第六章

战事的发展果如戚姒扎密所料，哈尼“几十个弟兄被绑，蒲尼结起他们的头发，像柴捆拖在马尾后边！”“七十七个弟兄被杀伤，七十七个弟兄被砍翻，七十七个弟兄被绑走”，哈尼被围困在大寨里。在这民族危难之际，戚姒扎密沉着冷静，想出了妙计，布成“火牛火羊阵”，大败“蒲尼”——

蒲尼的大队被魔鬼（火牛火羊——引者）冲散，
像羊群被豹子遍山赶撵，
三个人里头，
一个被挑死踩死，

一个被烧伤烧烂，
还有一个——
被吓得脚瘫手软！

——《聪坡坡》第六章

这里表现出戚姒扎密的将帅之才。她的临危不惧，用兵布阵的谋略妙计高人一筹。

武略之外，史诗用很大篇幅描写戚姒扎密的政治才干。哈尼有着戚姒扎密的英杰之谋，又有纳索等的狮虎之勇，本应打败敌人，但是纳索的小老婆马姒扎密再三出卖哈尼，使哈尼失于机先，屡战屡败，终于元气大损。纳索此时才意识到自己的错误是多么严重，他“提起大刀”像“豹子龇起尖牙”，要杀死马姒以雪仇恨，“七十七个头人”也赞成他这样做。这时最仇恨马姒扎密的戚姒扎密却有出人意料的主张，她“说出大锤样重的话，一句句打在纳索心坎”——

“马姒肚里有哈尼的小娃，
你怎能把怀孕的妻子杀死？
难道丈夫杀死妻子的规矩，
要从你高能的纳索开头？
难道阿爸杀死儿女的规矩，
要从你英雄的头人开端？
杀死马姒，
十条大江也洗不净你的臭名，
杀死马姒，
谷哈大海洗不白你的黑脸！
……”

戚姒对头人们行过大礼，
又把新的道理说了一遍：
“尊敬的头人阿波，
哈尼的女人不会说话，
说不合心不要当真。

马姒扎密犯下山样的大罪，
杀死恶人也合我的心愿；
可是阿波啊，
请你们留下马姒一条命，
请把她收进逃难的哈尼中间！
同耕一田的兄弟成了冤家，
哈尼蒲尼成了仇人，
杀死马姒扎密，
换不回哈尼的命，
杀死阿篇的独囡，
只会逗起两边的仇怨！”

——《聪坡坡》第六章

在戚姒扎密的劝说下，头人们饶了马姒扎密一条命。马姒扎密感恩零涕，说要做个低贱的下人来服侍戚姒扎密。但戚姒扎密却说——

饭米糯米可以蒸一甑，
苦笋甜笋可以发一山，
不要做我的下人，
只要做我的姊妹，
不要帮着恶人，
只要帮哈尼一边！

阿妹啊，
你我互相仇恨，
会带来儿孙的仇怨！
我们相亲相爱，
后人才会喜欢！

——《聪坡坡》第六章

作为一个敌人，马姒扎密处处与戚姒扎密作对，作为一个奸细，马姒扎密象征着阴谋和出卖，作为一个女人，马姒扎密分享了丈夫纳索对自己的挚爱。对这样一个罪大恶极的人，戚姒扎密竟以大海般宽阔的胸襟和崇高的仁爱加以宽恕。这是一位真正懂得爱憎而且知道怎样去爱憎的伟大女性。这是一位真正懂得热爱民族而且知道怎样去维护民族利益的大政治家。这是一个真正拥有动人心魄魅力的艺术形象。这样的形象，在中国文学的长廊里也是少有的。

由于戚姒扎密的高瞻远瞩，纳索大头人的两个儿子——后来成为哈尼族两大家支的先祖——及其子孙世世代代和睦友好，再无内部纷争。戚姒扎密的恩泽被于千百年后，为此，她嫡传的一支哈尼人——歌手所属的元阳县艾乐人——在她去世后尊奉她为寨神“艾玛”，以其为宗教大典“艾玛突”的主祭对象，这是哈尼人对自己民族英雄永恒的纪念。

史诗对戚姒扎密这一形象的刻画最后给予有力的一笔——在她的决策之下，哈尼决然撤出“谷哈密查”，向滇南腹地迁徙。而且在“石七”将大队按家支分成若干小队，去广泛地占领红河两岸尤其是红河南岸的广大地区，以至形成今天这片地区依然是哈尼族的主要聚居地——全国唯一的一个哈尼族自治州红河哈尼族彝族自治州的格局。

史诗对戚姒扎密这一形象倾注了极其深厚的感情，调动了多种多样的艺术手法从各个侧面加以塑造，使她色彩鲜亮，光耀夺目。作为女人，写她是一位绝代的美人，作为妻子，写她柔情似水，作为军事家，写她勇毅超凡，作为政治家，写她雄才大略。其所描绘，时而大刀阔斧，肆意挥洒，时而精雕细镂，涓滴无遗，从而使这一形象血肉饱满，呼之欲出。

需要提及的还有马姒扎密这一形象。她作为戚姒扎密的反衬，史诗刻画得十分成功。这是一个典型军事民主制时代的女人。这一制度下的时代精神是为本民族的利益，一切个性情感、个人利益均无所惜。所以，从另外的角度看，马姒扎密确实是“蒲尼”民族的英雄。她有着女人的魅力，而且善于将它作为武器为本民族效力。她的父亲出于政治目的将她嫁给纳索为妾，她以女性的本能自然欣赏纳索的男性魅力，但却时时不忘自己的使命。史诗这样写她——

一双手掌像嫩嫩的藕节，
圆圆的脸像绽开的红莲，
薄薄的嘴唇能说会唱，
斜斜的眼睛会悲会欢；

头上金钗太阳般亮，
两边耳环月亮般弯，
两只小小的绣花鞋上，
百花开出一片春天。
……

（她对纳索巧加诱惑）
“宽眉大眼的纳索啊，
不要背对人家的笑脸；
瞧你宽厚的肩膀，
好像坚强的石岩，
瞧你明亮的眼睛，
发出神光一片；
和你一处吃饭，
干饭也比肉香，
和你一处喝水，
清水也比蜜甜；
听你说话暖人心房，
同你共处我老实心宽，
家中有女人也不要怕，
叫她阿姐我也心甘！”

——《聪坡坡》第六章

她和纳索有了孩子，却一再出卖哈尼的机密，同时也出卖了丈夫和自己的孩子。在从事这些阴谋的时候，她自然也有内心的痛苦，但她却将它压抑，将自己的一切为蒲尼民族奉献。

史诗对马姒扎密着墨不多，但却把她写得鲜活凸出。当戚姒扎密把她从纳索的刀下救出，而且一如既往地对待她时，这个被时代扭曲的灵魂颤栗了，她回复了人的良知、理性和道德。哈尼来到滇南“石七”，又遭“蒲尼”的追击时，“马姒换了一副心肠，已经不是蒲尼女人，变成一个哈尼姑娘”，她处处帮哈尼解围，把自己的命运和哈尼人联系在一起。从她的转变，反射出戚姒扎密的精神力量之巨大。

第六节 《哈尼阿培聪坡坡》在中国文学史上的地位

《聪坡坡》是哈尼族的大史诗，它无论在科学的意义上还是艺术的价值上，都不单是哈尼族文学的上乘，而且是中国文学的精品。尤其在迁徙史诗系列中，它无疑是经典之作。

一、《聪坡坡》与汉族迁徙史诗《诗经·生民》等六诗的比较

迄今为止，各种版本的《中国文学史》均认为，中国文学自来沿着浪漫主义与现实主义两条并行不悖的文学道路发展，开启浪漫主义道路的是《楚辞》，开启现实主义道路的是《诗经》。游国恩等主编的《中国文学史》对《诗经》的地位尤加首肯："《诗经》是我国文学的光辉起点，它的出现以及它的思想性和艺术成就，是我国文学发达很早的标志，在我国乃至世界文化史上都占有极高的地位"，它"奠定了我国古典诗歌现实主义的基础"。①

《诗经》中与《聪坡坡》类似的是《生民》《公刘》《绵》《皇矣》《文王》《大明》等六首周朝开国史诗，即六首汉族先民周人的迁徙史诗。《中国文学史》对其现实主义特点给予充分的评价，并由此给予其在中国文学史上的重要地位："更能体现雅诗重视社会生活描写这一特点的，是'大雅'中《生民》《公刘》《绵》《皇矣》《大明》等诗，它们与后世的叙事诗相当接近。这些诗叙述了自周始祖后稷建国至武王灭商的全部历史。"②（还应有《文王》在内）只需将《聪坡坡》与上述六诗作一比较，就可以见出《聪坡坡》在中国文学史上的地位。

1. 先作历史学的比较，以求其"真"（现实主义）的程度。

本章第二节中介绍过《聪坡坡》巨大的历史价值，在于它对哈尼族历

① 游国恩等《中国文学史》，人民文学出版社 1979 年版，第 41～42 页。
② 游国恩等《中国文学史》，第 28～30 页。

史各阶段、各迁居地的社会生活、经济状况、意识形态、社会组织、宗教信仰等等都有大量详尽真切的描述。《生民》等六诗又如何呢？

文学史家认为，《生民》六诗是“适应统治阶级歌颂太平的需要而产生的，……它们主要是统治阶级朝会宴飨时用的”，所谓“美盛德之形容，以其成功，告于神明者也（《毛诗序》）”，“它们用板滞的形式和典重的语言，歌颂周王朝祖先的‘功德’”。[①] 正因为这些诗主旨在“颂德”而非《聪坡坡》的“载史”，因而历史真实性就大大减弱了。

周朝的兴建是因周人二迁（迁豳迁岐）三伐（伐密伐崇伐商）的结果，这两次重大的迁徙和三次重大的战争，对周族的存亡兴衰至关重要，可以说，周人二迁三伐是中华民族历史上的大事。作为迁徙史诗应当对迁徙的前因后果、历程、彼时的社会生活、劳动生产情状详加叙述。然而六诗却一味地去盛赞那些贤明君主的雄韬伟略，对于史实却疏于报导，使其历史价值大减。

即如迁豳，周人并非主动选择适宜生存地域，而是迫于夏人的压迫，不得不离开由始祖稷开创的大本营部地。然而在《公刘》诗中，却把周人这样做说成是君主公刘忠厚老实的德行，明明是紧急退却，却说成是从容的前行——

> 笃公刘！（老实忠厚的公刘！）
> 匪居匪康。（他不只是住下、他不只是安康。）
> 乃埸乃疆，（于是整理田界、于是划定土疆，）
> 乃积乃仓。（于是积好谷物、于是备好粮仓。）
> 乃裹餱粮，（于是包扎好干粮，）
> 于橐于囊。（放在小袋的橐、放在大袋的囊。）
> 思辑用光。（人民这样团结、因而国家有光。）
> 弓矢斯张，（弓箭准备这样的紧张，）
> 干戈戚扬，（干戈斧钺的准备同样，）

① 游国恩等《中国文学史》，第28~30页。

爰方启行！（于是并起开路就向前行！）[1]

——《公刘》

看不出一点撤出祖居的痛惜与仓促，有的只是从容不迫地准备“餱粮”，腾好仓库，拿好弓箭，整治干戈，万事齐备方始出发。好像不是在作关系民族生死命运的大迁徙，而是去作一次轻松愉快的郊游。这样的描写在很大程度上失却了历史的客观与真实。

太王迁岐也是被迫的，他在三事狄人（初事以皮币，复事以犬马，再事以珠玉）之后仍不得不离开好容易才经营起来的豳地家园，迁到岐山下去。然而诗中却偏偏要叫他装出一副穆穆天子之容——

古公亶父！（伟大的古公亶父！）
来朝走马。（清早赶着马儿走来。）
率西水浒，（沿着邠西漆水的江岸，）
至于岐下。（来到岐山之下。）
爰及姜女，（于是和他的妃子姜女，）
聿来胥宇。（就来睃一睃所居屋宇。）
周原朊朊，（周原的山地朊朊肥美，）
堇荼如饴。（堇葵苦菜像蜜糖滋味。）
爰始爰谋，（于是开始、于是设计，）
爰契我龟：（于是占卜刻了我们的龟：）
曰止曰时，（说是定居、说是适宜，）
筑室于兹。（建筑宫室就在这里。）
乃慰乃止，（然后安心下来、然后定居下来，）
乃左乃右。（然后分左、然后分右、分到东西。）
乃疆乃理，（然后规划疆界、然后区分地理，）
乃宣乃亩。（然后宣泄沟渠、然后整理田地。）
身西徂东，（从东到西、有阡有陌，）
周爰执事！（普遍的都是执行他们的事业！）

——《绵》

[1] 本节译文见陈子展《诗经直解》，复旦大学出版社1983年版，下同不赘。

如果说，上面这些弊病是出于诗作者对赞颂君王和神灵之所需，不自觉地掩盖了历史真实的话，那么在史诗中大量出现的一些近于谀词的解说，则是有意抹杀了历史的真面目。比如诗中对排斥兄长坐上王位的王季，则称他是上帝慧眼独青的选民——

帝省其山：（上帝察看那里的山林：）
柞棫斯拔，（栎树梢树之类的根已拔尽，）
松柏斯兑。（松树柏树之间的路已经畅通。）
帝作邦作对，（上帝造作一个国、造作配天的君，）
自大伯王季。（要从大伯王季相让才行。）
维此王季！（啊，想到这个王季！）
因心则友，（依他的本心就能友爱，）
则友其兄。（就能友爱他的阿兄。）
则笃其庆，（就增厚他的福庆，）
载锡之光。（才赐给他光荣。）
受禄无丧，（受到福禄而没有丧失，）
奄有四方。（广有了天下四方的臣民。）
维此王季！（啊，想到这个王季！）
帝度其心，（上帝忖度了他的心，）
貊其德音。（默认了他的美德声名。）
其德克明，（他的美德在于是非能明，）
克明克类；（是非能明、善恶能分；）
克长克君，（能教诲不倦为师长、能赏罚必信为人君，）
王此大邦，（统治这个大国，）
克顺克比。（能做到慈和遍服、能做到择善而从。）
比于文王：（影响及于他的儿子文王：）
其德靡悔。（他的德行没有什么悔恨。）
既受帝祉，（既已受到上帝的福祉，）
施于孙子。（还要延及到他的子孙。）

——《皇矣》

王季之世已是奴隶制的鼎盛时期，时代风尚是弱肉强食，强权政治，豪夺他人一切包括车马器物到妻子儿女引以为荣，骨肉相残是家常便饭，“禅让”之说已是过时的老调。史诗叙太伯、虞仲的逃亡是上帝刻意的安排，甚至是篡权者王季的“友爱”之心，并用大量篇幅渲染王季的“品德”，实在是文过饰非。这种矫饰媚权之风蔓延到春秋战国时代，便成为严重的诟病。同是《诗经》之一的《鲁颂》、《商颂》受其浸洇，变得“所述实近于阿谀，前人说它‘褒美失实……开西汉扬马先声’（《诗经原始》），是指出了这些庙堂文学的实质的。”①

《生民》六诗的非现实主义弊端之所由生，系其创作目的为“王者之颂”。而《聪坡坡》的吟唱目的则不同，其《歌头》说得很清楚——

我们正合唱一唱，
先祖怎样出世，
我们正合讲一讲，
先祖走过什么路程，
每支歌都是先祖传下来的，
是先祖借我的舌头把它传给后代子孙！

——《聪坡坡》歌头

史诗的要旨在记事传史，记传历史的目的是为后世儿孙记取前人的经验和教训，以古鉴今，功在当世。为此目的，史诗对前人的过失并不掩饰，而做出忠实的报告。

如第四章专叙先祖在“诺马阿美”的生活，计1300行，其中900余行讲述哈尼因缺乏斗争经验而上当受骗痛失家园。“腊伯小伙子”“看上”哈尼乌木的姑娘，骗取了她的爱情，进一步骗走了哈尼的田地、牛马和象征统治权的“权帽”及“绶带”，在经济、政治上给哈尼族以沉重打击，后又用比赛射箭、燃放烟火等雕虫小技挫败哈尼的锐气，终至以武力驱逐哈尼族。史诗总结了这段教训，毫不客气地责备自己的祖先，并以此警喻后人。史诗骂道——

先祖乌木比老牛还笨，
把无数灾难带到哈尼中间！

① 游国恩等《中国文学史》第29页。

——啊哟，权威的乌木大头人！
你的眼睛格是被鬼抠掉，
怎么望不见灾难来到面前？
难道最小的道理你也不懂，
难道放鸭小娃还胜你十分？

——《聪坡坡》第四章

“诺马阿美”的失败在哈尼族心理上投下了沉重的阴影，事隔若干年后，当哈尼族大头人纳索要讨“谷哈密查”的“蒲尼”头人之女为妾时，女英雄戚姒扎密就用“诺马阿美”的教训来提醒他——

咯记得诺马的老事，
哈尼把乌木恨了百年；
那时腊伯讨去哈尼的扎密，
也把哈尼的诺马讨进家门，
今天蒲尼嫁出姑娘，
也怕生着一样的心眼。

——《聪坡坡》第六章

鉴于此，史诗对历史的记载是真切的，不为尊者隐，不为权者媚，秉笔直书《聪坡坡》的历史主义、现实主义精神远在《生民》六诗之上。自然，我们并不贬低《生民》六诗对周人迁徙历史的记载，其中对迁豳迁岐的路线、迁居各地的情况，对伐密、伐崇、伐商的大概过程，还是作了许多有价值的记载，因此累为史家引述，只不过比《聪坡坡》则逊色得多。

2. 再作文学性的比较，以见其艺术性的高下。

现实主义文学的特点在笔法的写实和细节的真实。

《生民》六诗叙周人赖以生存发展并一统天下的“三伐”战争，仅寥寥数语。伐密——

密人不恭，（密须国人不肯恭顺，）
敢距大邦，（敢于抗拒大邦，）
侵阮徂共。（侵略阮国进到了共。）
王赫斯怒，（文王赫然的愤怒，）

爰整其旅，（于是整齐了他的师旅，）
以按徂旅。（就去遏制密人往莒。）
以笃于周祜，（以此增厚了周代的周运，）
以对于天下。（以此回答了天下向周之心。）

——《皇矣》

伐崇——

帝谓文王，（上帝告诉文王，）
询尔仇方，（商量好你的一般邻邦，）
同尔弟兄。（联合好你的兄弟国家。）
以尔钩援，（用你的钩梯之类好把城爬，）
与尔临冲，（和你的俯攻的临车、陷阵的冲车，）
以伐崇墉。（去把崇国的城池打下。）

临冲闲闲，（临车冲车闲闲地移动，）
崇墉言言。（崇国城墙言言的高大。）
执讯连连，（拿问俘虏连连地不忙，）
攸馘安安。（所获俘耳安安然割下。）
是类是祃，（于是祭天叫类、于是祭旗叫祃，）
是致是附，（于是把财物送还、于是把人民安抚，）
四方以无悔！（四方诸侯之国因而莫敢欺侮！）
临冲茀茀，（临车冲车茀茀地强盛，）
崇墉仡仡。（崇国城墙仡仡地摇动。）
是伐是肆，（于是攻击、于是冲锋，）
是绝是忽，（于是杀绝、于是斩尽，）
四方以无拂！（四方诸侯之国因而莫敢违命！）

——《皇矣》

没有情节，没有细部刻画，没有人物，只有一些空洞的场景，可谓简且陋矣。若说伐密伐崇之战尚小，伐商之战则系周人打天下、定千秋的关键性决战，此即历史上赫赫有名的牧野之战，不应简草，然其叙更陋——

殷商之旅，（殷商的师旅很盛，）

其会如林。(他们的炮石如林。)
关之牧野,(武王誓师于牧野,)
维予侯兴:(说是我周君要兴:)
上帝临女,(上帝监视了你们,)
无二尔心!(你们不要有二心!)
牧野洋洋,(牧野地方广大洋洋,)
檀车煌煌,(檀木兵车鲜亮煌煌,)
驷騵彭彭。(红身白腹的驷马威武骋骋。)
维师尚父?(啊,太师尚父吕望!)
时维鹰扬,(这是老鹰一样的飞扬,)
凉彼武王。(帮助那个武王。)
肆伐大商,(突然袭击大商,)
会朝清明!(一朝会师而天下有清明气象!)

——《大明》

《聪坡坡》对决定民族命运的战争作了尽可能详细的描述。这样的战争也是三次——“诺马”之战,“谷哈”之战,“石七”之战。“诺马”之战有1300行,“谷哈”之战有1700行,“石七”之战有400行,共3400行。而且各次战争的起兴、转进、结局,写得条理分明,层次井然,波澜起伏,引人入胜。

如关键的“谷哈”之战,分三个层次描写。哈尼进入“谷哈”,经济发展迅猛,实力日强,罗扎施以怀柔,先嫁其女,后围哈尼于神山,拉开了战幕,是为第一层。双方刀兵相见,哈尼战败,戚姒扎密布火牛火羊阵,战胜蒲尼,马姒泄密,哈尼战败,是为第二层。第三层战争进行到白热化阶段,史诗更是精雕细刻。先写纳索上木朵策果高山造木人参战,大败蒲尼,再写马姒二度出卖哈尼,木人失利,哈尼大败。后写纳索欲杀马姒以谢罪,戚姒救马姒,并阻止纳索盲目拼命,率领哈尼撤离“谷哈密查”,这一大战方告结束。其描述极有声色,委婉曲折,是《生民》六诗远不能比的。

迁徙史诗除写出迁徙史中的事件、过程外,极重要的一点,还应当写出活跃于历史过程中的人物,如《史记》就刻画出刘邦、项羽、张良、范曾等一系列人物，故鲁迅誉之为“史家绝唱，无韵离骚”，实为一散文体的大史诗。

《生民》六诗也写到后稷、公刘、太王、王季、文王、武王这些中国历史上的大人物，虽措墨如泼，但均失于空泛，掩卷之际无法感受到他们的性情、襟抱、怀想、志趣、风范究竟如何。实际上，这些人物参与了中国历史的创造，在关键时刻甚至左右了历史的方向，应当是一些极富个性的生动人物，遗憾的是，我们在六诗中见不到他们的真相。

《聪坡坡》对民族历史上的人物却以细致的工笔描绘出血肉鲜活的形象。如头人西斗（第三章）、老乌木、小乌木、腊伯小伙子、扎纳阿波（以上第四章）、大头人纳索、戚姒扎密、马姒扎密、罗扎阿篇（以上第六章）等等，无不使人可触可摸，可闻可感。其中刻画最细腻鲜明的是戚姒扎密，其描其绘深为《生民》六诗不及。不仅于此，其神其态，其情其韵，亦不输于《诗经》中的其他名篇。如《诗经》中的美女“硕人”，素来盛称中国古典文学中最动人的女性形象，我们且将她与戚姒扎密略作一比。

《聪坡坡》写戚姒扎密的姿容——

戚姒长大越发好瞧，
一棵金竹栽在门前，
细长的脖颈像嫩白的竹节，
灵巧的双手像蝴蝶翩翩，
滑滑的辫子像黑蛇盘绕，
颤颤的腰肢像棉花样软。

——《聪坡坡》第六章

《硕人》这样描写——

手如柔荑，（两手好像又软又白的嫩芽，）
肤如凝脂。（皮肤好像凝结的膏脂。）
颈如蝤蛴，（颈子好像长而白的蝤蛴虫儿，）
齿如瓠犀，（牙齿好像整而洁的瓠瓜子儿，）
螓首蛾眉。（蝉子似的方额、蛾子似的长眉。）
巧笑倩兮！（巧笑的笑涡啊！）

美目盼兮！（美眼的眼波啊！）

《诗经·卫风·硕人》

二者有异曲同工之妙：硕人手指如苇草的嫩尖，戚姒扎密脖颈如嫩白的竹节；硕人的颈子如天牛白长而蠕动的幼虫，戚姒扎密的素手灵巧如联翩起舞的蝴蝶；硕人的秀额如螓虫的头首宽广而方正，漆眉如蚕蛾的触须纤细而弯长，戚姒扎密的辫子如黑亮光滑的长蛇灵动光泽，纤颤的柳腰如棉花般柔嫩软绵而有弹性。最令人叫绝的是，戚姒扎密的发辫竟以黑蛇来形容。发辫本是没有生命的东西，但史诗的作者想象到，其盘旋于顶，犹如蛰伏的蛇，拖垂于背，则随主人身姿的摇曳而如灵蛇般活泼。这里使人感受到的，不仅仅是戚姒扎密发辫的色泽质地，它更表现出戚姒扎密充满青春活力和体态丰盈的女性魅力。如果说，前面的一系列排比《聪坡坡》与《硕人》足相匹敌的话，那么这后面的一笔则是《硕人》所不及的。这里仅仅比较对二位美女姿容的描摹，《聪坡坡》对戚姒扎密全方位大开大阖的立体描绘，更是《硕人》无法比拟的。

由此可见，《聪坡坡》这部艺术珍品，不但应在哈尼族文学史中占据显著的地位，也应在包括中国各个少数民族文学在内的中国文学史中占据一席之地；它不仅是哈尼族的文学瑰宝，也是中国文学的瑰宝。[①]

二、《聪坡坡》——第二类史诗的经典之作

关于史诗的分类，国内学术界基本以钟敬文教授的《民间文学概论》为准绳，其云：“史诗可分两大类：创世史诗和英雄史诗。”[②] 迁徙史诗被归入英雄史诗类中：“英雄史诗的主要内容，是反映民族之间频繁的战争，还有与之相联系的民族大迁徙。”[③] 笔者在第一编第二、三章中已谈过，“创世史诗”实不为“史诗”，仅是韵文体的神话而已。此处要说的是，

① 详参拙文《哈尼族迁徙史诗在中国文学史上的地位》，载《思茅文艺》1990 年 3 期；复载国家民委《民族古籍》1992 年 1 期。

② 钟敬文主编《民间文学概论》，上海文艺出版社 1980 年版，第 285 ~ 286 页、第 290 页。

③ 钟敬文主编《民间文学概论》，上海文艺出版社 1980 年版，第 285 ~ 286 页、第 290 页。

迁徙史诗也不应归入英雄史诗类中，它与英雄史诗并列而为史诗的二体，其代表性的经典作品，就是《聪坡坡》。①

笔者曾将《聪坡坡》与英雄史诗的代表作荷马史诗《伊利亚特》和《奥德修记》的主题、结构、艺术形象、细节描写、产生时代等等主要方面作过比较，发现二者有着重大的差异，不能遽归为一。②

荷马史诗为代表的英雄史诗，主题是讴歌英雄们的行事，《聪坡坡》为代表的迁徙史诗，则以民族的诞生、发展、迁徙历程为叙述的核心。英雄史诗是英雄的颂歌，迁徙史诗是民族的诗史，这是二者的分野。结构方面，希腊历史上的特洛伊战争形成了一系列传说，而荷马史诗只选取了其中儿个英雄的故事，如阿基琉斯、阿伽门农、赫克托尔、奥德修斯的愤怒、争战、返乡为主线，《聪坡坡》则展开了民族迁徙的长卷，即英雄史诗只是历史长链中的一环，而迁徙史诗却是整条链子。若以时空为坐标，则英雄史诗以横向空间为主要叙述，迁徙史诗以纵向时间为主要叙述，即一个历史事件可能演为若干部英雄史诗，而若干的历史事件才可能构成一部迁徙史诗。形象和细节方面，荷马史诗以精雕细刻某个或某些英雄为全诗的终极使命，如《伊利亚特》以阿基琉斯为主体，《奥德修记》以奥德修斯为主体，而《聪坡坡》等迁徙史诗则将民族整体的活动作为主体，英雄的行事作为其次。因而英雄史诗中的人物要复杂得多，细节刻画也繁复得多，而《聪坡坡》中的英雄人物相较之下显得单纯，细节刻画也不如英雄史诗那般纤毫无遗，因为创作者的眼光主要集中在民族整体之上，而不会如《伊利亚特》那样对阿基琉斯的一面盾牌也花成百的诗行去描述。关于两种史诗的产生和发展，差异更大。荷马史诗一经写定，即不再更变。而迁徙史诗如《聪坡坡》，作者并非一个时代的一个歌手，世世代代的歌手都在加工完善它，并将自己时代的事迹韵律化，使之入诗，因而只要民族存在，民族历史在上演，它就不会终止发展、延伸。歌手朱小和演唱到歌尾，就按惯例声明："多余的话我还有一句，只是不能用哈巴来唱。"接

① 请详参拙作《哈尼族迁徙史诗断想》，载《思想战线》1985 年第 6 期。文中笔者首次提出迁徙史诗不属英雄史诗的观点，此后又有一系列论文阐述迁徙史诗的特征，如《迥异有别的"诗史"》，(载《山茶》1987 年第 4 期）等。

② 请参拙作《迥异有别的"诗史"》。

着讲述了哈尼族在哀牢山区分寨的情况，一直讲到他所居住的洞铺寨如何形成，即自己家支的现实情况，这些内容经过一定时间的加工提炼，就会入诗吟唱。

由于这些重大的差别，迁徙史诗——或称为叙史性史诗——决不应与英雄史诗合二而一，它有着自身的体例和规律在。而在中国的民族迁徙史诗中，就笔者目前所见者言，《聪坡坡》是最具代表性的经典之作。

第七节 《哈尼阿培聪坡坡》的搜集与整理

1981 年秋，由红河州元阳县文化馆为主要发起单位，召开该县“文革”之后第一次“贝玛歌手讨论会”，笔者作为《山茶》编辑部的编辑，与老作家李乔、王松二位结伴赴会。在元阳县文化馆那低矮的会议室里，在元阳山城特有的终年浓雾的缠绕中，幸会了该县二十几位赫赫有名的大贝玛。他们甩开喷薄着酒气和豪情的歌喉，用传统的“哈巴”歌调把令人惊讶得乍舌的长篇创世古歌《窝果策尼果》和长篇迁徙史诗《哈尼阿培聪坡坡》灌进我的耳里，我的心随着阵阵如林涛风吼的歌声飞腾起来——想不到，我所听到的是一连串震撼人心的、具有万钧伟力又意想超迈的哈尼族古典精品。于是我深深地挚爱了这些歌，和它们的歌者，以及创造了歌及歌者的民族。

几经思索，我决定把它们系统地搜集起来，整理出版。于是从 1981 年起，十余年中，我奔波在元阳的哈尼村寨之中，对这两部大作及哈尼族的传统文学作品和文化事象系统地作了调查。为了做好工作，笔者、杨叔孔、卢朝贵和大贝玛朱小和组成了工作小组，也就是后来为文学界盛称的经久不散的“四驾马车”，这“四驾马车”长年奔驰在哀牢山的高山峻岭上，大家由工作而相知，由知契而成为友，多年下来，搜集到一千多万字的珍贵资料，这是目前最完善的文学资料系统。

为我们演唱过《聪坡坡》的歌手很多（见本章第一节），为保持史诗的科学性与真实性，发表时，采用了元阳县攀枝花乡洞铺寨大贝玛朱小和的唱本，其他歌手的唱本与此大同小异，对我们理解、研究这部作品提供了不可或缺的帮助和参考。朱小和是名满元阳、红河、绿春、金平四县的著名歌手，他的演唱富有强烈的感情色彩，具有生动的形象特征和磅礴的气势，在录音、翻译过程中，笔者常常被他的歌吟所感染，所牵引，而随着歌声进入哈尼族古老的历史深处，伴随着哈尼先祖们在高山、在江岸、在老林、在丛莽中跋涉颠踬，并与他们共排危厄，共享悲欢。

这一译稿是在先录音，根据录音逐字逐句直译，再补充录音，根据大量补充修订的录音直译，然后整理而成的，前后经过了1981～1984年两年多的时间。1981年系统演唱之后，歌手又做了大量补充和润色，其主要内容有：

1. 第一、二两章在首次演唱时只有概括性的叙述，后在许多细节上作了补充和调整。如第一章第二节中关于“人种”的生发，关于始祖塔婆繁衍人类的描述。如第二章“嘎鲁嘎则”的描述，在第一次演唱时极略，后来补充了哈尼与“阿撮”的文化交流，及“阿撮”头人因丧妻迁怒于哈尼，哈尼不得不离去的细节。在迁徙地点的顺序上，补充录音时，歌手也将“嘎鲁嘎则”调到“虎尼虎那”之后。

2. 第四章关于哈尼与“腊伯”比赛定输赢的三次描写，也补充了大量细节。

3. 补充最多的是第六章对女英雄戚姒扎密的丰富和润饰，如她的几次策划布局与临危决断，她的雄才大略等等。

笔者之所以几次请歌手补充录音，指导思想是这样的：哈尼族没有传统文字，一切古籍依靠口耳相传，实践使他们具备了惊人的记忆力，加上诗歌格律的辅助，一个歌手往往能唱几天几夜。朱小和是他们中的佼佼者，几万行长歌能一气唱下来。但是，无论如何，歌手总不是电子计算机，一次性的演唱难免有所失漏，此一。第二，对师传的作品不可能丝毫不变，而恰恰是由于各位歌手对同一作品有着不同的理解和喜爱，演唱时总有若干润色加工，使作品染上了歌手的个性色彩。第三，所谓情动于中，声发于外，同一歌手在不同时间、场合、情绪下的演唱往往大不相同。朱小和在唱到哈尼被迫从“诺马”故乡迁出时，感叹唏嘘，泣不成声，几度中止演唱，因此第一次演唱时对细节删除很多，卢朝贵在翻译时也有此情况，甚至因悲哀于哈尼先祖的遭遇，愤然离去，不肯再译。因此许多情节和细节是在以后补充的。基于此笔者认为，对一部作品如果仅凭一次演唱是无法完整地记录下来的（尤其是长篇作品），更谈不上翻译的信达雅，对同一作品、同一歌手应作多次性、重复性的录音搜集。

我们搜集此诗时，力求将每一个词句的所有含义搞清搞准，为此，卢朝贵与朱小和常常为了一个字的理解争论半小时之久。这样就保证了翻译的“信”。如第六章着重描写的“戚姒扎密”，第一次演唱时几句匆匆带过，在笔者再三追索下，才了解到这个名字包含的内容远为丰富得多。第一，“戚姒扎密”的全称是“厄戚戚姒扎密”，“厄戚”又是“厄戚蒲玛”的简称，意为“建立在冷水边的戚支系的大寨子”，这是哈尼族在“谷哈密查”所建的第二个大寨，而戚姒扎密是厄戚大寨头人之女，因而有“戚姒扎密”之称，即“戚支系头人的姑娘”，“扎密”（哈尼文为 ssaqmiq，又常译写作“然密”）是“姑娘”之意。第二，由“戚姒”了解到哈尼族女性惯用的命名有“略”“姒”“奔”“白”“厄”“策”“季”“妞”“初”等等，各有褒美记实之意。如“姒”是“美而善笑、笑而极美”之意，而且“姒”是哈尼族对平辈女青年的尊称，如史诗提到的“遮姒”“马姒”等等。这样就全面地把握了“戚姒扎密”的含义。这是第一步的基础工作。第二步，在此基础上，写出首次笔译稿，由歌手本人和翻译者反复讨论，提出修订意见。这是一个烦琐而庞杂的工作过程，兹不一一细述。第三步，重复补充。没有这一步，就会“仅毛而失貌”遗漏许多精彩之笔和重要内容。在这个过程中，歌手和我们的交往渐多，且了解到工作的重要，主动性渐渐发挥出来，不仅对若干细节精心润色，而且对重大情节也作了补充。例如关于“谷哈密查”的战争，初唱时只说是混战一场：“打罗打罗，田边也打罗，山边也打罗，老林也打罗，不打的一处也没有罗……”如此而已。笔者对此深感困惑，为何这些重大的关节处反而极略？于是反复与歌手讨论，后与朱小和感情日深，取得相互信任，他认为我也是“亲亲的一娘生的兄弟姐妹”，方才吐露心怀。原来这部史诗在历史上屡遭坎坷的命运，由于它的主题是歌颂哈尼族人民的，大量情节描写到哈尼先祖与“蒲尼”的矛盾冲突，“蒲尼”是哈尼语“汉族”之意，[①] 于是解放前在大汉族主义的压迫下，统治者对演唱此诗的歌手肆加迫害，许多优秀歌手为此丧生于屠刀之下，于是这部珍贵的长篇史诗如珍珠被尘土封埋，大家都不敢唱了，慢慢地，会唱的也只有极少数资深贝玛了。此番朱小和虽经做了大量工作，大胆为我们演唱，但关键处却匆匆而过。了解到《聪坡坡》的流传史，笔者感慨有加，再三对朱小和做工作，他于是打消顾虑，慨然说：“好吧，杀头也唱一回！”于是细细吟唱，顿使此诗丰富生动起来。[②]“谷哈密查”之战分出了三个层次：一、战争序幕，“蒲尼”要抢夺哈尼的神山；二、哈尼战败，戚姒扎密布火牛火羊阵，大败“蒲尼”；三、大头人纳索上山制造木人，复与“蒲尼”战，初胜而后败。围绕这三次大战，歌手对人物形象作了许多重要补充，使人物一个个鲜活丰满起来。如戚姒扎密这一人物，劝说丈夫不要娶马姒扎密以免遭受祸秧，当马姒扎密用晾晒被单、送绣花鞋等方法向“蒲尼”传递消息时，她始终提防并识破其阴谋，写出了她的机警。马姒扎密阴谋败露，头人们要求严惩叛徒时，她却从民族大局出发救下马姒扎密，又表现出她大战略家的胆识与胸怀。当哈尼大败，纳索仍意气用事要率哈尼与“蒲尼”决一死战时，她劝慰纳索：“雨有一天会停，灾难有一天会解脱，不能在坝子中心当一棵顶天的大树，也可以到边远的大山做一棵大树顶天。”并断然决策哈尼大队南迁红河流域哀牢山区，又写出她柔韧与刚强相济的性格。有了这些增补润色，《聪坡坡》的历史深度和艺术魅力都大为增色，而且也更完整了。

① 其实按史诗所述时代，汉族未必就是“谷哈密查”的统治者，“蒲尼”等于汉族只是今天的释义，历史上的“蒲尼”是哈尼以外的许多民族之称，如濮人等等。即使指汉族，也属历史的真实，未可厚非。

② 笔者曾有《云海深处访歌手》一文记载此事，文见《云南日报》1983 年 8 月 10 日第 3 版。

第三章　长篇迁徙史诗《雅尼雅嘎赞嘎》

第一节　神奇壮丽的迁徙史诗

《雅尼雅嘎赞嘎》（下简称《嘎赞嘎》）是一部流传在我国西双版纳地区和缅甸、老挝、泰国哈尼族一大支系雅尼（阿卡）人中的长篇迁徙史诗，其意是“雅尼人的迁徙史”。这是哈尼族迁徙史诗系列中的又一杰作，在文学史上有着重要的地位。它是《哈尼阿培聪坡坡》的姊妹篇，规模和气势虽不及《聪坡坡》的宏伟有序，但却有着神奇诡谲的旨趣和跌宕多姿的情节，是哈尼族文学宝库中一颗五彩斑斓的宝石。

西双版纳爱尼地区与缅、老、泰三国北部地区聚居着数十万哈尼族，国内部分称为“爱尼人”，民族自称“雅尼”和“阿卡”，与境外称谓相同，他们是隋唐之际，由昆明经元江、红河、思茅迁徙而去的，上述境外部分均从西双版纳地区渐行迁出，《嘎赞嘎》就是这一迁徙历史的艺术反映。多少年来，雅尼人唱着这部流传了千年的壮丽史诗走过了千里万里的历史长程，当他们在磨难中遭受摧挫时，是《嘎赞嘎》鼓荡起他们奋斗的意志，当他们在困境中惶惑时，是《嘎赞嘎》指引了他们前行的方向，《嘎赞嘎》是雅尼人心灵里永不枯萎的力量之源和长照暗夜的光明之灯。

西双版纳地区和缅、老、泰三国的各个哈尼族村寨，几乎都有专门演唱《嘎赞嘎》的歌手，不但老人会说会唱，年轻人也耳熟能详。目前出版的本子是勐海县格朗和哈尼族乡帕真村公所的著名歌手批二演唱，由施达、阿海翻译的云南人民出版社1992年出版的本子，它曾在西双版纳人民广播电台哈尼语节目里播出，得到国内外哈尼族广大听众的认可，是一个较为成熟的唱本，曾荣获1995年云南省人民政府文学艺术奖励基金会二等奖。

《嘎赞嘎》共七章，其中三章（第二、三、四章）是史诗的重点，围绕着迁居地“加滇”大幅度展开——从寻觅理想之地“加滇”，到开发、建设“加滇”并在其地建立政权，完善一系列典章制度，直到“加滇”政权的衰落和哈尼的离去。“加滇”之前的第一章是关于人类诞生的神话和传说。第五、六、七章叙述雅尼人离开“加滇”之后在滇南及东南亚各国的迁徙情状。

史诗从人类的诞生开始叙述：远古之世，有一种无毛的水猴在大海中生活，后来水猴们遭遇了大火煎熬、巨蟒吞食的苦难，躲在神葫芦里得以逃生。走出神葫芦后，它们走上大地，住进岩洞，学会采集和用火，演化成人。“雅尼雅”（雅尼人）的远祖生活在遥远朦胧的“米查”，远祖中出了个“松米窝”，这就是雅尼人的直系先祖，亦即雅尼人家谱中最早的祖先。历经十余代后，出现了“多子的阿妈”“追汤帕”，她是人与鬼的母亲，“胸前有两只奶，那是哺育人类的琼浆……背上有七只乳房，那是专为养鬼的”。汤帕阿妈年迈临终前，人与鬼都来争夺这位老母亲，汤帕阿妈说不用争了，我死后脸和胸朝上就是人的母亲，脸和胸朝下就是鬼的母亲。人鬼争相以牛马猪羊和麂鹿来献汤帕，希望自己能认到母亲，他们为此发生了争吵，分了家，结下了仇怨，人最终争到了母亲。此后雅尼人进到比“米查”更大的“达河达哈朗”，在这里听见山鸡、山狗（狐狸）说有一个美丽富饶的地方叫“加滇”，可做雅尼的家乡，于是雅尼人准备去寻找幸福之地“加滇”。途中有一块“遮天的巨石”挡住去路，“九族弟兄”都打不开，只有斗查好汉打开了，后来这位英雄也为寻找“加滇”而献身。

到了“加滇”后，雅尼人建立了自己的政权，有了一位叫“交邦邦玛”的大王，统帅着11位首领，每位首领下辖“九响牛角号”的地方，雅尼人生活富足美好，人丁兴旺。在这里他们开创了“耶苦扎”（七月年）和“嘎汤帕”（新年）及一系列典章礼仪。

早在“达河达哈朗”雅尼人就有了“追玛”（酋长）、“批玛”（祭司）、“吉玛”（铁木工匠师傅）和“哈玛”（军事首领）。到了“加滇”，由于生活富足——

加滇的十二个首领，
陶醉在酒肉的梦乡，
无人过问百姓死活，
百姓们怨声载道。
加滇一天天混乱，
追玛外出办事，
不是追玛也来冒充；
吉玛打铁叮当响，
不是吉玛也来打铁；
批玛看病念咒语，
不是批玛也来作假。

——《嘎赞嘎》第三章

这样“追玛”“批玛”“吉玛”就远走他乡，大王交邦邦玛只好派人把他们请回来，并许以优厚的报酬，于是“加滇”的混乱才稍有平息。但是，加滇头人们骄奢淫逸的生活和对人民的压榨激起了百姓的愤怒，百姓对交邦邦玛大王的苛捐杂税拒不交纳，武官玛尤尤康被义愤填膺的百姓打死。百姓密谋推翻“加滇大王”交邦邦玛，买通他手下一个要人，骗他出来看猪崽吸母狗奶、牛崽吃母羊奶等等怪事，终于用计杀死这个作威作福的大王。交邦邦玛的妻子怕别人篡夺王位，密不报丧，三年后宣布自己怀孕生子，于是这个“出生还不满三天就伸手要饭吃”的儿子邦纠继承了王位，就是邦纠大王，他减轻了压迫，使百姓反抗减少，“加滇”慢慢恢复了平静。

但是这时“彝人”觊觎“加滇”的丰美富足，派密探从一位歌手口中打探得雅尼人的虚实，并设计丢下一个“彝人”小娃，让善良的歌手贞兰阿昹抱去收养。这孩子长大成家后，用在树叶上刻花纹的方法向“彝人父王”送密信，“彝人”乘虚而入，攻进“加滇”城，雅尼人只好离开故乡“加滇”。后来他们虽累经血战返回“加滇”，但又在比赛射箭、烧火、织布、比美的斗争里输给“彝人”，最终只能离开故土，向南方迁徙。

史诗对“加滇”之后迁徙路线、居处方位的叙述非常清晰。雅尼人经历许多地方，来到今西双版纳州景洪市景纳乡西南面的广景山定居，并筑起城池，这城址今日尚隐约可见。他们在此与傣族和睦相处，丰衣足食。但雅尼人的纠龙大王中了“傣泐”（傣族一支，水傣）的美人计，城池失守，在另一批傣人的帮助下，渡过浩浩荡荡的澜沧江，在今景洪市区居住下来。多年以后，此地“人口增多到百万”，被傣族称为“景兰”，即“百万人口之城”的意思。后又因民族内部的误会与纷争，雅尼支系中矛盾重重，各自向孟乌、孟约、玛咪、洛戈（均缅甸境内地名）、纳米赞加、南坡（均景洪市境内地名）等地迁徙。歌手的一支在“浓朗”即今雅尼人的重要聚居地区——勐海县格朗和哈尼族乡定居下来，直到今日。

史诗最后一章的最后一节“在浓朗定居”，是对洒尽鲜血与汗水之后找到的理想家园“浓朗”一往情深的赞歌，对这里的天空、大地、森林、动物、植物，一花一草，一事一物，无不加以赞赏，诗句里的热情使人触之心动，因为这是雅尼人世世代代智慧、劳作、奋斗的结果。

从上简介可以看出，《嘎赞嘎》实际是雅尼人的“史记”，它用如椽大笔记写了雅尼人诞生、发展、繁荣及分支、流布的历史全景，表述了雅尼人在各个历史时代的生产、生活、社会风习、内政外交、攻伐征战的状况，描绘了雅尼人生活中出现的各种人物形象，如追汤帕始祖母、英雄斗查、交邦邦玛及其家族、德其与标格等等。他们有的是神圣的人类共祖，有的是为民族生存奋不顾身的好汉，有的是穷奢极欲的统治者，有的是纯情挚爱的恋人。总而言之，《嘎赞嘎》是一部很有个性色彩的迁徙史诗，它神奇而壮丽，写实而虚幻，用丰富的色彩表现了雅尼人活生生的历史画面。正因如此，它在雅尼人心中，是一首永远的歌。

第二节　寓史于诗、寓神话于现实的心灵之歌

《嘎赞嘎》作为迁徙史诗，别具一格。其特征所在，是以史的纵观，如串珍珠的金线，把雅尼人文化深层的种种——典章礼仪、英雄人物、情爱理想，全部穿到一起并加以神化，使这部史诗弥漫着神秘感。

以史实为经，以神话传说为纬，是其最大特征，并由此看出其古拙、

朴厚与绮诡。

我们将这部史诗与《哈尼阿培聪坡坡》、《窝果策尼果》等史诗和神话相比照，可以看出，它将神话传说作为表相，曲折地叙述着历史的真迹。

第一章《雅尼雅的先祖》，叙述雅尼人的始祖源自“水猴”。之所以依托于水，是哈尼（雅尼）对民族发轫之初的文化——农耕稻作的追忆。哈尼族告别游牧文化而就农耕文化，这一转型的关键在以水为象征的稻作，故而雅尼人认为，其祖在水，而水中之物似人者，是猴类，这“猴”与水相合，而成为“水猴”。因而从老祖宗起，雅尼与水（即稻作）就相依为命。

对此，史诗是这样表达的——

传说远古的时候，
有一种没毛的水猴，
像肉坨般地生活着。
在那个时候啊，
天下是无边无际的大海，
水猴就在大海里浮游。
……

（后来“水猴”历经大火之灾，在神葫芦庇护下幸免于难，于是）

水猴站起身子，
会撵动物，
会摘果子，
看见野火烧东西，
感觉烧熟的东西很好吃，
慢慢就形成习惯，
能把东西烧来吃。
从此以后啊，
火成了他们的命根子。

——《嘎赞嘎》第一章

很明显，这里展示的是人类各个文化层次的演进历程：“会摘果子”——采集时代；“会撵动物”——狩猎时代；“看见野火烧东西水猴把它拣来吃”——用火时代。这里所谓的“迁徙”，实质是文明层次的变迁。史诗对人类初始阶段的朦胧回忆，通过这神奇的演变即神话传说的形态展现而出。

在这一观念统驭下，神话中的一切都自然地融进了历史。如纪念老祖母“汤帕”的神话就当作正史庄严地以“嘎汤帕节”的仪式肯定下来，届时全民欢庆这一历史的节日。这在第二章《开辟加滇》中专辟一节“嘎汤帕节”加以吟诵——

雅尼雅过嘎汤帕节，
杀了牛羊又宰猪，
祭祀祖先神灵，
祭祀万物之神，
洗去了身上的尘土哟，
算清了记账的木刻。
雅尼雅过嘎汤帕节，
该说的话就要说，
该唱的歌就要唱，
该办的事情要办好，
该吃的东西要吃饱，
该喝的酒要喝足，
家家男儿高兴，
家家姑娘欢乐。

——《嘎赞嘎》第二章

在这人神共乐的庆典中，又掺进了《窝果策尼果》中“桃花马”的神话情节，以增强人神共乐的效果：阿培咪耶（《窝果策尼果》中是“阿匹梅烟”，即众神之母）和女儿耶苗骑着桃花马来到人间与雅尼人共度佳节，然而桃花马被偷马贼“漂柏阿热”盗走（《窝果策尼果》中是好汉“威惹”，同为一人）。事后阿培咪耶问过“早早起来做家务”的姑娘，问过蚂蚁、蜂儿、野猫、蜜蜂、喜鹊等人物才找到阿热，而阿热盗马是出于对阿培咪耶之女耶苗的爱恋。最后这位敢盗神王之马的好汉摔死于山崖中，但从此也开启了寡妇可以再嫁的规矩。这一神话的插入，是雅尼人对礼仪规范的释说，也是人类社会进程的一种折射。

神话传说与现实交融一体的叙述，在哈尼族迁徙史诗系列中是极有特点的一类。系统而长篇的迁徙史诗是民族历史（包括文化史）发展、演变的结果，其所形成，决非一两个时期所能成功，它囊括了民族的全部历史和智慧，是历史和文化积淀的结晶。民族发轫期的神话传说古歌，加以宗教祭典的祭歌，渐渐演变为以叙史和表达民族历史和文化心理为主体的迁徙史诗，是必然的程序。如果说《哈尼阿培聪坡坡》更多地远离了神话古歌和宗教祭词，从而叙史与英雄史迹的张扬更显著的话，那么《嘎赞嘎》与神话传说古歌和宗教祭词的联系更贴近，更明显，因而神奇与诡谲的意味更浓烈。这就是历为中国神话史家所讨论的“神话历史化”的结果。之所以如此，是在颂先人之神奇即肯定今人之神圣，这是民族自尊心理的曲折反映。

我国西双版纳地区以及缅、老、泰等国的哈尼族（雅尼人），历史上曾遭受傣、缅、老等民族统治阶级的压榨与排挤，“压迫逾甚，反抗逾烈”，为在异族强大的文化包围中生存、发展，势必强烈地肯定自我，神化自我，这就是《嘎赞嘎》中大量远古神话、传说、宗教仪轨进入迁徙史诗的深层原因。

诗有别趣，非关理也，其趣在于神化现实。诗人永远是现实的游离者，诗歌永远是心灵幻影的再现。故而这神奇的传说，一旦进入迁徙史诗的写实程序，便发出异乎寻常的光彩，《嘎赞嘎》之所以为中国、缅甸、老挝、泰国数十万哈尼族（雅尼人）公认，[1] 原因正在于此。

第三节 从神话人物到部落英雄的群像

《嘎赞嘎》的历史价值前已有述，学术界对此亦作了首肯：“‘加滇’以后的迁徙则用了六章作了详细的叙述，且线索清楚，方位准确，可以在

① 见《雅尼雅嘎赞嘎》后记。

现今的地域内找到对应地点。”① 然而这部史诗的精彩之处，更多的是在其文学色彩的斑斓。

文学以人为表现的中心，史诗中的人物不但数量众多，而且类型复杂，把雅尼人各个历史时期的社会生活、时代气氛积淀在他们身上，并以跌宕起伏的情节、生动活泼的语言作淋漓尽致的表现。

第一章第二节《人鬼分家》就是这方面的好例。其述在“追汤帕”时代，人与鬼由亲兄弟开始交恶、争斗并分家。“追”的哈尼语意为“头领”（与《窝果》中的“直”同义），“汤帕”直义是“生儿育女众多的女人”。彼时以女性为尊，因为她们具有强大的生殖能力。这是典型的母系社会时期的内容。

“人鬼分家”事件的文化内涵，我们在第一编第三章对《窝果》中《直琵爵》的分析中已谈到，即由“人人为巫”的文化梯度跃升入“专职巫”的文化梯度，也就是人类第一次脑体劳动大分工时代的折光写照。

对这一伟大的历史事件，史诗采用了极具色彩的手法，将其涵化为三个人物——“追汤帕”“人”“鬼”，共同上演了一出绝妙的活剧——

在古老的传说里，
汤帕是多子的阿妈，
汤帕是人类的阿妈，
汤帕是鬼的阿妈。
汤帕阿妈啊，
胸前有两只乳房，
那是哺育人类的琼浆；
汤帕阿妈啊，
背上有七只乳房，
那是专为喂养鬼的。
……

① 禺驰：《史诗与民族迁徙——读迁徙史诗〈雅尼雅嘎赞嘎〉》，见《嘎赞嘎》本书评论。

树活千年枝叶稀，
人活万岁要衰老，
汤帕阿妈年岁很高，
汤帕阿妈终于病倒。
……
（汤帕）劝诫人鬼说：
“你们都出去吧，
不用看守我，
等我死以后，
看我脸朝哪方，
看我胸朝哪头。
如果脸朝上，
如果胸朝上，
到那时候，
我是人的阿妈，
人就把我埋葬，
不关鬼儿的事，
鬼儿不要来争吵。
等我死以后，
如果我的脸朝下，
如果我的胸朝下，
到那时候，
我是鬼的阿妈，
鬼就把我埋葬，
不关人儿的事，
人儿不要来争吵。”
……

（为了争取汤帕阿妈的认可，人与鬼发生了激烈的争斗，人说道）

“汤帕阿妈转转脸，
我们把牛送给你；

汤帕阿妈转转脸，
我们把马送给你；
汤帕阿妈转转脸，
我们把羊送给你；
……”
鬼儿听见人说话，
急急忙忙动起来，
赶跑了厩里的牛，
撵走了槽边的马，
牵走了棚里的羊，
牛马羊都不见了，
……
鬼儿说：
“汤帕阿妈哟，
鬼儿最孝母，
把花脸麂子送给你，
您把它当作礼物，
带去送给神仙。”

“汤帕阿妈哟，
鬼儿最疼娘，
把独角马鹿送给你，
你把它当作礼品，
带去送给祖宗。”

“汤帕阿妈哟，
鬼儿最怜妈，
把大嘴肥猪送给你，
它会把您送到阴间。
那花脸麂子，

会引您上路，
那独角马鹿，
送您到门口，
那大嘴肥猪，
会拱开阴间大门，
……”

——《嘎赞嘎》第一章

斗争的结果以人的胜利告终，争得了老祖母追汤帕的继承权，成为文化的正统，并由此开启了祭祖认宗的大典“嘎汤帕”节，通过这一年一度的祭祖认宗，团结了民族，调适了人际关系。

在这一有趣的情节中，人类老祖母汤帕慈爱、公正、温厚的性情，“人”机敏、灵活、果断的作风，“鬼”憨直、顽劣、调皮的脾性，都一一跃动于读者眼前。

又如寻找理想国的民族英雄斗查，也是一个血肉丰满的形象。“加滇”在雅尼人心目中是祖居的圣地，是民族繁荣兴旺的家乡，为了找到它，祖先们付出了极大的艰辛劳苦。他们在寻找它的过程中，遇到一个无法克服的障碍——

不知过去多少天，
不知过去多少夜，
砍路的小伙子才回来，
告诉寨里的追玛：
“加滇的路途很艰难，
左边有无穷的水浪，
右边有入云的山冈，
前面挡住遮天的巨石，
去加滇的路没有了，
我们怎么办?”
……

（他们找到最有本领的神仙阿培咪耶，借来金铸的大锤砸巨石，所有的民族都来砸巨石，砸不开，只有雅尼人的英雄斗查砸开了）

(斗查)“哐当”一声砸下去,
落在坚硬的石头上,
火星像溅飞的浪花;
“哐当”第二锤砸下去,
落在坚硬的石头上,
划出一道白线来;
“哐当”第三锤砸下去,
落在坚硬的石头上,
石头上面开了花;
“哐当”第四锤砸下去,
落在坚硬的石头上,
石头上面分了家。

——《嘎赞嘎》第二章

这遮天巨石里飞出一匹金马,它象征着对“加滇”宝地的拥有权。“十二个坝子的汉人”和“十二个坝子的彝人”去叫金马都叫不回来,唯有听到雅尼英雄斗查一声呼唤,金马就“落在斗查的身边”。斗查于是骑着金马飞上天空去查看“加滇”。遗憾的是,金马的翅膀被无知的母亲折断了。为了追求理想,斗查用蜂蜡粘住翅膀坚持去看“加滇”,结果上演了一场悲剧——

金马越飞越远了,
太阳越升越高了,
粘着蜂蜡的翅膀,
抵不住炎热的阳光。
左边的翅膀断了,
坠落在南部的山冈上,
雅尼雅的汉子斗查,
没有能去到那开满鲜花的地方。
右边的蜂蜡也化了,
右边的翅膀也断了,
坠落在北部的山间,

雅尼雅的汉子斗查，
没有能去到那碧波荡漾的湖泊。
雅尼雅的汉子斗查，
坠死在山谷里，
飞翔的金马不见了，
可爱的汉子斗查不见了，
斗查变成了他乡的野鬼。
……
追玛走来了，
九族长老出来了，
吉玛出来了，
批玛出来了，
哈玛出来了，
南额出来了，
百姓们出来了，
要去寻找雅尼雅的儿子，
要去寻找斗查的尸骨。
……
雅尼雅的斗查啊，
将冤魂变成了云海，
将鲜血染红了花瓣，
将尸骨变成了碧水。
……
达河达哈的百姓，
达河达哈的雅尼，
踏着斗查开辟的路，
踩着男儿开辟的路，
去到加滇地方，
去到美丽的乡土，
去寻找明天，

去寻找幸福。

——《嘎赞嘎》第二章

我们将斗查与哈尼族神话中盗谷种给人间的英雄玛麦比较一下，就可看出他俩是同源异流的变体。两位英雄都与顽石有关，而且同为骑乘金马飞上天宇，后又因种种原因（在斗查是母亲折断了马翅，在玛麦是女神的利剑斩断了马翅）而坠落摔死。两位英雄一是为人类找稻种，一是为民族找定居之地，都是稻作农耕文化的衍化体。因此他们代表着一个旧时代的结束和一个新时代的开始，这就是游牧文化的衰落（飞马翅膀折断，飞马坠落的象征意味）和稻作农耕文明的开启。从这个意义上说，斗查（和玛麦）是一位划时代的人物，他的作为有着深远的意义。这样我们就可以理解，为什么史诗会以如此生动的情节和强烈的感情，将这一形象塑造得如此震人心弦。

“追汤帕”“人”“鬼”“斗查”这类形象是用史诗正剧的笔调描写的，还有一类则是史家秉笔直书的讽刺性描绘，如“加滇”的大王交邦邦玛和他们一家就是如此——

在那美丽的加滇，
雅尼雅有了自己的土地，
雅尼雅有了自己的首领。
有威望的交邦，
是加滇时候最有本事的大王，
他统辖着十一个首领，
十一个首领啊，
个个听从交邦邦玛的话。
……
在十一个首领下面，
配有管水的求罗朗波，
管寨的阿纳南摆，
管户口的交巴优仕，
管金银的南额和突，
管送信的赞嘎和都，

管粮畜的阿诺诺康，
他们都是交邦的家族。

——《嘎赞嘎》第二章

交邦大王原来是部落的英雄，所以众望所归，成了“加滇”的最高统治者。他声名赫赫，于是开始作威作福，过着穷奢极欲的生活——

大王交邦邦玛呀，
日夜守在酒肉旁，
南额交别别珠呀，
天天泡在酒桌上。
城东杀牛声不断，
城西杀猪不停歇，
一天要杀数十头牛，
一天要杀数十头猪。
交邦邦玛手舞长刀，
杀猪宰牛寻欢乐；
交别别珠立好木桩，
要拴要杀随他说。

——《嘎赞嘎》第三章

而他对百姓却大行苛政——

他下了命令：
“谁敢反抗就杀头！
规定百姓每天缴纳九碗苍蝇脑浆，
如果有人敢不进贡，
不准他下地做活计；
每天缴纳九缸蚂蚁泪水，
如果有人敢不缴纳，
不准他下地做活计；
每天缴纳三把腊月鸡㧐，
如果有人敢不缴纳，
不准他下地做活计；

每天缴纳三篓早季嫩笋，
如果有人敢不缴纳，
不准他去打笋子；
每天缴纳九担活牛角，
如果有人敢不缴纳，
不准他喂养耕牛；
每天缴纳九双象牙手镯，
如果有人敢不缴纳，
不准他上山打猎；
每天缴纳九篓鱼干巴，
如果有人敢不缴纳，
不准他下河去捞鱼；
每天缴纳九篓鼠干巴，
如果有人敢不缴纳，
不准他进林串山。"
……

（百姓们不堪忍受，痛恨之极，准备杀死这个暴君。他们用了很多办法，要把交邦大王骗出来）

（他们派人告诉交邦）
加滇出了怪事情：
猪崽撞死在墙壁上，
请您快快出来看。
交邦大王摇头说：
猪崽撞死没关系，
不够阿叔我做点心。
……
（百姓们又派人去说）
加滇又出怪事了：
猪崽吮吸母狗奶，
请您快快出来瞧。

交邦大王摇头说：
那也没关系，
猪崽狗崽本是一家。
……
（他们再派人去说）
加滇又出怪事了：
牛崽去找母羊奶吃，
请您快快出来瞧。
交邦大王摇头说：
没关系没关系，
牛和羊都是一家。
……

（百姓们甚至派人去说，寡妇被人欺负了，“加滇”寨头驻扎了外人的军队等等，交邦大王都不为所动，最后说到）

加滇又出怪事了：
狗崽儿跳上了您的房顶，
狗崽儿在您房顶上撒尿，
请您快快出来瞧。

这回交邦没摇头，
他又气又急心中想：
狗崽怎么上房顶？
欺到阿叔头上来！
交邦想着走出来，
信步来到阳台上，
抬头向房顶张望，
这时守在门外的弹弓手，
拉紧了弹弓，
捏紧了弹丸，
瞄准交邦的喉咙，

一弹射过去，
射通了交邦的喉咙，
交邦当场就断了气。

——《嘎赞嘎》第四章

在这一连串诙谐、调侃的描写中，一个凶残、暴戾、狡诈、又愚蠢的君王的形象跳脱而出。很有意义的是，交邦邦玛大王在执政之初是一位英明能干的首领，他“有威望”“最有本事”，领袖群伦，使“加滇”井然有序，奠定了国家政权的刍形。可是时移事异，在富足和平的生活中，他锐气丧失，一味享乐，而且变得极端自私，这从百姓们派人引诱他出来的描写中表现得淋漓尽致。他沉溺在酒肉之乡，人家所说的一切“怪事”再怪也引不起他的注意，哪怕寡妇被欺，异族军队来临都不为所动，此时的交邦大王已不再是雅尼人的领袖，民族的存亡、百姓的生死于他是鸡毛小事，但当听说狗在他房顶上撒尿，他就又急又气冲了出来。这一传神之笔把他的虚荣、自私讥讽得入骨三分。因而交邦邦玛大王这一形象是刻画得十分成功的。这一形象标志着哈尼族古典文学中已具有用多种笔调多侧面描写的形象。

《嘎赞嘎》中刻画得栩栩如生的人物形象还有偷马贼漂柏阿热、交邦大王富有智慧的妻子柯迪阿柏、唱着山歌打探机密的“彝人”密探、善良诚挚却惹下大祸的女歌手贞兰阿吆、忠于爱情的德其与标格等等，他们各具情采各秉个性，组成了从神话人物到部落英雄的群像。

第四节 《雅尼雅嘎赞嘎》的结构特点

《嘎赞嘎》一个突出的特点就是它在结构上的灵活自由，这是它显得丰富多彩的一个重要原因。

全诗以民族大迁徙为经线，把各个时代的人物和社会生活场景贯串一气，形成一个整体，但是这些时代中的各色人等和各种生活，又可以相对独立地抽离出来，形成新的独立篇章加以演唱。或者说，各个独立成章的精彩之作，在漫长时空的推移中，经过历代哈尼人民的匠心运作，凝聚到民族大迁徙的主线上来了。

这从史诗各章均可看出。第一章第一节《神葫芦与水猴》与创世古歌《葫芦里走出人种》几乎完全一致（参阅第一编第五章），说的都是原始混沌之世，大水中有无毛的水猴生息，后在神葫芦帮助下走上陆地成为人类始祖。第二节《人鬼分家》与创世古歌《天地人鬼》也如出一辙（参阅第一编第五章），也都是说始祖母汤帕（唐盘）去世时，人鬼争夺她的事。第五、六章描述雅尼几个家支因内部与外部的矛盾迁移各地，与英雄史诗《迁徙悲歌》[①] 的描述也别无二致。

这种可装可卸灵活运用的结构方式使史诗的流传十分方便，歌手可以因地制宜，场合庄严又时间充裕，则演唱大部头的全篇，时间短、场合比较随便，就择唱其中感兴趣的某章某节，这是史诗为什么与人们的日常生活如此贴近的原因。

① 《迁徙悲歌》载《西双版纳哈尼族歌谣》，云南少年儿童出版社 1987 年版，第 88 ~116 页。

第四章　迁徙史诗《普嘎纳嘎》

如果说《聪坡坡》和《嘎赞嘎》是以民族迁徙的全程作为重点线，而后对各迁居地的情状作深入描述的话，迁徙史诗《普嘎纳嘎》则是在大迁徙之线上侧重于民族情感抒发的作品，这是它有别于其他哈尼族迁徙史诗的一大特色。此处介绍的唱本载红河州民族语文古籍研究所编辑之《木地米地》一书，由红河县歌手赵乎础、赵乎周演唱，李期博搜集翻译整理。

第一节　祖先的遗迹

《普嘎纳嘎》，意为“祖先的迁居与停留”。它用饱蘸激情的诗句把哈尼祖先在各地开发、兴建的历程化作一曲抒情的歌细细吟唱，对祖先万里迁徙的每个遗迹都用心灵的脚步去勘踏，这是一部使人读来为之颤栗的诗歌。

史诗的情节大致如此：哈尼祖先诞生在弄玛阿美（与诺马阿美同，具体地生活在“许余”“拉煞”地方），他们在此过着农耕生活，衣食富足，幸福美满。后来“那然”（异族）小伙子前来与哈尼姑娘成亲，并利用这一关系向哈尼索要大片良田，双方以比赛滚石头、放火、射靶、拉牛、拉马、栽竹、栽芭蕉、栽棕等方式决定胜负，哈尼一一失败，于是开始迁徙。他们经历许多地方，均因种种不适，一直来到滇南红河岸边，在“傣家划船女”的帮助下渡过红河，来到“货然”地方（今红河县境）定居。

史诗的叙述基线与送葬祭词《斯批黑遮》中《寻找祖先的遗迹》一

节相同——二者的差异只在《寻找祖先的遗迹》较简略而《普嘎纳嘎》较详尽完整，且有浓郁的抒情意味，可视为同源异流的变体。

第二节　迁徙历史的抒情诗

《普嘎纳嘎》虽为迁徙史诗，但不以叙史为要，对各迁居地的描写也不像其他长篇迁徙史诗那样细腻深切，它把自己的重心投注到对艰辛创业的祖先的缅怀、追忆上，表达着一腔难以割舍的炽热之情，而这一情愫是以朴实的、民间传说意味浓厚的格调表达着。

首先，对哈尼族始终憧憬追怀着的祖居之地“弄玛阿美”，史诗以这样的句子来描述——

萨拉啊咿——
从前哈尼人的祖先，
最早的寨子建在弄玛阿美；
最先做饭的锅脚石，
留在弄玛阿美；
最先栽下的寨神树，
就在弄玛阿美。
……

萨拉啊咿——
许余哈尼的地方，
拉煞哈尼的土地上，
哈尼祖先住的是最大的寨子，
哈尼祖先喝的是最大的井塘。
这里土地肥沃庄稼好：
田里插稻谷穗大，
山上种荞籽实饱，
一棵芋头发九蓬，

一碗芝麻收九升，
一把秧苗谷一背，
一盆谷子米一盆。
这里水草美六畜壮：
一丛青草能喂养七匹骡马，
一蓬山草九条水牛吃不完，
七只公鸡一窝出，
七匹骡马一厩关；
房子头上公鸡叫，
寨脚田里鸭子闹。
男女成双人兴旺，
山好水好姑娘俏，
寨子安稳人和气，
日子好似骑着马儿跑。

——《普嘎纳嘎·富饶的许余》

诗中很少描写到战争，对哈尼与“那然”争夺“弄玛阿美”的殊死争斗，竟以体育竞赛和智力测验的方式来判决——

（比赛滚石头）
萨拉啊咿——
哈尼抬的是母石，
那然抬的是公石；
哈尼石头滚下坡，
那然石头滚下坡，
母石去的地方，
公石不跟着来哟，
公石去的地方，
母石随后跟着。
那然像石头滚进哈尼地方哟，
哈尼要往下去了，
哈尼要往后退却。

……

（比赛放火）

萨拉啊咿——

哈尼去放火，

田边稻草来引火，

烧在有马屎的地方，

烧在有牛屎的地方，

哈尼的火直冒烟，

哈尼的火烧不旺。

那然去放火，

地边枯草来引火，

枯枝败叶易着火，

大风助火火势猛，

山脚烧到山头，

九山九岭全烧过。

那然如同野火扑进来，

哈尼要往下去了，

哈尼要往后退却。

……

（比赛射靶）

萨拉啊咿——

不去射靶分输赢，

心里实在不甘心。

哈尼去射靶，

先射石头靶，

芦秆做成箭，

箭头光又滑，

一箭射出去，

落在石靶下，

石靶不留痕，
石头不裂花；
再射木桩靶，
木靶不留痕，
木靶不裂花。

那然去射靶，
先射石头靶，
金竹做成箭，
箭头放蜂蜡，
一箭射出去，
箭矢粘石靶，
靶上留痕迹，
箭在靶上插。
再射木桩靶，
箭头把钉扎，
木靶留痕迹，
木桩成两丫。

那然太聪明，
哈尼胜不过，
那然似箭飞进来，
哈尼在不稳了，
哈尼站不住脚。

——《普嘎纳嘎·去留的比试》

同样的比赛还有拉牛、拉马、栽竹、栽棕等等。在这看似平静的描写中，实则包含着巨大的民族悲痛感和历史重创感。当歌手在一句句、一声声用低沉的声调叙述这历史上的奇耻大辱时，又有哪一个哈尼人的心里不是烈火熊熊？

这样的叙述有着深刻的内涵。哈尼的失败归根结底是文化的失败，

“那然”的胜利也是文化的胜利。所谓“上兵伐谋，其下攻城”，“不战而屈人之兵，善之善者也”。歌手深明这一层道理，他在无奈的歌吟中，在欲哭无泪的哀婉中，在呼唤着民族文明的新兴和振奋。

又如，准备迁徙的一段，更在平实的描述中蕴含着深长的意味。史诗描写道，哈尼迁徙要带去金银、贝壳、年月日、五谷籽种和家禽牲畜。年月日怎么带——

萨拉啊咿——
好年带着走，
坏年留后边；
好月带着走，
坏月留后边；
好日带着走，
坏日留后边；
好轮带着走，
坏轮留后边。

萨拉啊咿——
好年好月带去了，
好日好轮背去了，
一年要带几个月？
一月要带几日天？
一轮日子要几天？

萨拉啊咿——
一年带去十二月，
一月带去三十天，
一轮带去十三日，
公年母年带一对，
公月母月带一双，

公日母日带两个。①

一切都要有选择地带——

好谷种带着走，
坏谷种留后边；
好豆种带着走，
坏豆种留后边；
好荞种带着走，
坏荞种留后边。
……

缺蹄的马种后边留，
圆蹄的马种赶着走；
建蹄的羊种后边留，
分蹄的羊种赶着走；
圆蹄的牛种后边留，
分蹄的牛种赶着走；
建蹄的猪种后边留，
分蹄的猪种赶着走；
缺掌的鸭种后边留，
建爪的鸭种背着走；
建爪的鸡种后边留，
分爪的鸡种背着走；
建爪的鸽种后边留，
分爪的鸽种背着走。
……

——《普嘎纳嘎·漫长的迁途》

人种也要有所筛选，连建寨用的牛皮鼓和锣也都要分出好坏公母再选择带走。

① 哈尼认为凡事物无不有公母（阴阳），二者相配才可成立。

这样的诗句只有经历过千百年漫长时间，走过千山万水，同时又是农耕者的民族，才写得出来。从浅表的层次讲，唯有好的、强健的、优良的五谷杂粮、家禽牲畜和人，才能经受迁徙长征的磨难而得以保存，所以史诗以大量排比句式对此一一做出列举，这是先辈留给后代的经验之谈，它是用多少辈人的汗水、鲜血和生命作为代价才换到的。从深层的内涵看，一个迁徙民族唯有在漫漫迁徙长程中不断更新自我，向新的环境（包括自然、社会）学习，扬弃陈旧更新容颜，才能保持旺盛的生命力，求得生存和发展。这深蕴心底的情愫，流泻在诗歌的每一个音符中，只要用心灵去谛听，就可以听见这促使民族新生、发展、壮大的激情是如何跃动的。

《普嘎纳嘎》只有1500余行，它之所以不惜篇幅，大面积展开层层铺叠，就在它是一首抒情意味浓郁的迁徙史诗。

第五章　史诗《阿波仰者》

在以红河中游元江盆地（今玉溪地区元江县境）为中心，辐射到今红河县西北部山区的哈尼族聚居地区，流传着两部史诗，一部是新神话史诗《阿波仰者》，① 一部是迁徙史诗《阿波仰者》，② 它们以截然不同的风格和精神气韵表现着同一个人物——这一地区哈尼族的祖先阿波仰者。在新神话史诗里，阿波仰者是一位天神之子、创世的英雄之神，为万民景仰，而在迁徙史诗里，他却变成一个遭遇危难之后束手无策四处漂泊的流浪汉。同一人物同在人们的歌咏之中，而形象判然有别，这在文学史上是罕见的现象，它反映着哈尼族在一个特殊历史时期的文化精神和时代氛围，为哈尼族古典文学增添了奇异的色彩。

第一节　一个对立统一的史诗形象
——两个阿波仰者

在介绍正文之前，我们要对"新神话史诗"这一笔者自行冠之的题名加以一点解释。第一编中曾经说过，远古的创世神话不是史诗，哪怕它以韵文分行体的古歌形式出现。因为神话是人类童年期对大自然和社会本身一种不自觉的艺术加工，它还只是一种解释系统，且神话的产生往往在母

① 新神话史诗《阿波仰者》由元江县歌手龙浦才演唱，杨定国翻译，宋自华整理，载《罗槃之歌》，云南民族出版社 1985 年版，第 1～40 页。

② 迁徙史诗《阿波仰者》由元江县羊街乡浪支塘房村歌手杨伙吉演唱，倪黑嘎翻译，宋自华整理，未刊稿，稿存整理者及笔者处。

系社会。而史诗则是人类对自己战胜自然、改造自然、战胜敌人、征服异己的能力的自觉的艺术表达，它的要旨不再是对客观事物因不理解而生发的解释，而是人类对自身力量的主动的外射和宣泄。史诗就是以诗载史、写史。那么，为什么《阿波仰者》之前要加以“新神话史诗”的界定呢？因为这部作品并非母系社会的产物，主人翁阿波仰者乃是一位父系社会军事民主制时期的民族英雄和祖先。自然，其初原形态只不过是一介凡人，而后伴随着时代的需要，哈尼人有意将其神圣化，把远古创世神话中的一切伟大和崇高附丽在他身上。简言之，他是一个后神话时代的人们主动臆造的新神。任何时代都能产生该一时代的神，任何时代都能编织出该一时代的神话，只不过这神和神话与人类童年期的神与神话有着内质的不同而已。因而，为区别这不同，我们在后神话时代产生的神话前面加了一个“新神话”的标志。

一、新神话史诗《阿波仰者》

“阿波”哈尼语意为“爷爷”，是对男性长者的尊称，“仰者”是一位天神之子的名字，也是人类各族的共祖,[①] 此诗就是对其功业的赞颂。

新神话史诗《阿波仰者》叙述了这样一个神话——

远古的时代天地破烂不堪，既无星辰日月，又无风雨云雾，天地漆黑一片，宛如黑色锅底。这破烂的天地补不堪补，补不胜补，于是神们决定将它毁弃，另造新天地。他们以玉石、蓝花烧制了九万块蓝色大砖，铺就了蓝天，又用金玉之柱支撑它，然后从这蓝天上降下大雨，把大地冲得高低参差，使成高山大川湖海丘峦。地神对这高低不平的大地表示抱怨，但天神告诉他，“就让大地如此模样，显示它的巍峨绚丽”。

接着天神（女神，天母）派小儿子仰者“到大地把万物繁衍”，给了他花草、大树、禽畜等等的籽种，并由地神的三个女儿陪同前去撒播。仰者在三女神协助下，使大地生长了草木，有

① 仰者实际是滇南地区哈尼族几位见载于父子连名制和史诗传说中的著名祖先之一，红河、思茅等地与仰者并列的祖先尚有区依与莫作。

了家禽牲畜和飞鸟野兽，大地从而生机勃勃。地神为感谢仰者，将其招为姑爷，仰者与三个妻子生育七男七女，他们又结为夫妻，把人烟繁衍。天母把七个孙子招上天庭，教他们说话、写字、唱歌、跳舞，他们就是汉、彝、傣、纳西、苦聪、白、哈尼族的祖先。

后来大地上出现一个魔怪，变成一棵遮天蔽日的巨树，给世界带来黑暗，人们生活生产难以进行，收割时需以葫芦去碰庄稼，葫芦唰唰响，说明庄稼还在生长，葫芦霍罗罗响，说明庄稼成熟了。人们用手去收割，手指分出了指节，掌心生了掌纹。这时天母告诉仰者，用这巨树分出年月日，魔法就会破除，仰者派各种动物去数，树有十二条根、三十根枝、三百六十片叶子，于是分出一年十二个月、一月三十天、一年三百六十天的历法。仰者又叫人们砍树锯树，树渣变成毒蛇、苍蝇、蚊虫、老鼠，仰者最后把大树焚烧，大树才倒塌了。

仰者为人类造下无数幸福，随着年月流逝，他也衰老了。他最后的业绩是唱出一首四季歌，为人们分出春夏秋冬，使人们得以按节候耕作生产，在这歌声中，他溘然逝去，化为北斗，在遥远的天际永恒地关注着人间。

在这部史诗里，阿波仰者是一位经天纬地开肇万物的大英雄，是人类永远仰望的北斗明星。

二、迁徙史诗《阿波仰者》

阿波仰者的形象到了迁徙史诗《阿波仰者》笔底，就变成一个猥琐、怯懦、无能的可怜人。

史诗唱道——

哈尼人第一次安家，是在北方的深山密林，他们在那里过着摘野果、撵野物的生活。第二次安家是在“河北、河南”，这里水源丰富土地肥沃，哈尼人在此开出大片良田，后因洪水泛滥难以安身，于是迁离。第三次安家在“广东、广西之间”，在此阴雨连绵，战乱频繁，哈尼人于是迁徙他往。第四次安家是在“云南的滇池边”，这里水土丰足，生活安定，是哈尼的美好家园。然而强大的敌对部族前来进犯，哈尼人虽然奋起抵抗，但势单力薄，只好在“族长仰者”带领下，撤到“洪特古主山”，而敌人把他们围困在山上，幸亏一位叫“多科月满阿博”的姑娘设计，哈尼人装扮成魔鬼的样子，擂响牛皮鼓，冲出了包围，向南迁徙。第五次安家是在今石屏县的异龙湖边，但是“狠毒的土官不让哈尼人居住”，对哈尼欺压奴役，哈尼人作了一次激烈反抗后又复迁移。第六次安家是在元江坝，这里自然条件优厚，栽一年够吃两年。此间，阿波仰者曾到“带家罗锯阿邦”地方探求新的发展，但因环境恶劣，又迁回元江，在此安寨定居，开辟家园，使不毛之地变成良田沃土，人们生活美好富足。

但是仰者有个美貌、懒惰、贪婪、阴险的妹妹吉色，她一心想独占元江坝子。恰好来了个“汉家的小伙子”，两人一见钟情，汉家小伙子央求住一夜，接着又央求在仰者家帮工一年，不讲工钱多少，如此耍赖直呆了七年。

这时吉色提出要分一份地糊口，仰者叫她自己开口要，吉色居心叵测，说不多，够一只狗跑一圈即可，仰者答应了。谁知吉色在狗尾巴上点上火，烫得狗把整个元江坝子全跑遍，于是吉色霸占了元江坝，仰者成了无地立足的“独野猪”。

吉色的刻薄引起哈尼的公愤，长者们纷纷谴责她，为了平息众怒，吉色提出和哥哥比赛射箭以决胜负，结果她略施小计，用蜂蜡涂箭头射在靶上赢了仰者，仰者只好离乡背井流落他方，而把大好家园元江坝子拱手让给吉色和她的汉家小伙子。

仰者四处漂泊，到过“罗海抬拉阿鲁”“熬扫老代麻”“欧合代麻取提”“浪内过草阿排带”等地，这些地区在今元江县、绿春县、红河县一带。途中他因“气候恶劣”得了重病，多方寻觅之后，得饮狗肉汤方痊愈。他在颠沛流离的长途中，找到一位美丽的姑娘欧色为妻。后来他俩生子七人，各到一个地方去生息，这就是今日聚居于元江、红河、绿春县境内哈尼人的直系先祖。

最后仰者在神示之下，带领众人打到一条大鱼，由此起兴了一整套规矩古礼，如何时祭寨神，何时过“黄饭节”，何时过“六月年”，何时过“十月年”等等，开启了哈尼人的文明。

这两部迥然不同旨趣大异的史诗同在元江、红河等地区流传，同一形象，天壤有别，相互矛盾，但其流传则并行不悖，这实是文学史中一个奇特的现象。

第二节　开创新天地的民族英雄与使人悲悯的末路英雄

这两部史诗如果不是由同一人物仰者来担任主角，人们不会将它们联系在一起，然而实际上，二者之间有着内质的联系，它是哈尼族在不同历史时期的产物。

有论者谈到，“仰者”系元江、红河两县哈尼族父子连名制中的人名，其世在始祖“姆安”后之33代，迁徙史诗演唱者杨伙吉称其上溯39代即是“麻者”（与仰者同为一人）之世。以史学界一般计算法，每代25年，则仰者生活在距今900余年的北宋治平年间，这正是哈尼族在元江盆地筑“罗槃城”，建立“罗槃国”政权时期。①

《哈尼族简史》也谈到——

哀牢山区因远、思陀、溪处、落恐各部和泥，从十世纪中叶进入封建领主社会，到十一世纪中叶，生产有了进一步发展。因远部最为强大，由山巅因远平坝甘庄城移治礼社江畔筑罗槃城，称为“罗槃国”，最高领主称“罗槃主”。其幅员近三万平方公里，包括哀牢山东麓今元江哈尼族彝族傣族自治县和西麓今新平彝族傣族自治县西部、墨江哈尼族自治县、镇沅县、普洱县、思茅县、江城哈尼族彝族自治县及蒙乐山景谷县东部等广大地区。南与越南老挝接壤。思陀、溪处、落恐居哀牢山东麓下段，包括绿春、红河、元阳、金平等县，面积共约二万平方公里，西部和

① 见白宇《仰者形象嬗变论》，载《红河民族研究》1989年第11期。

北部与罗槃为邻，南接越南。

1258 年（宋宝祐六年），今西双版纳（车里）哈尼族先民（倭泥），与傣族先民“白夷”，一并被元兵“平服”。相隔十余年，到 1275 年（元至元十二年）冬，元兵进军和泥政治中心罗槃城。罗槃主阿禾必在和泥人民支持下坚守城垣奋力抵抗，后元朝云南省平章政事赛典赤率兵亲临城下。罗槃主迫于形势，只好暂时顺应，“乃举国出降”。于是，其所属哀牢山西麓马笼（墨江）、思么（思茅、普洱）、你陀等“和泥诸部”，也不得不暂时“望风屈膝”，并“各赍金、马、币、帛以贡”元皇朝。次年（1276 年）十月，元兵继续向罗槃城以南思陀、溪处、落恐各部进攻，和泥奋起战斗，终因力量悬殊，也不得不暂时归附。

和泥不甘受元朝的民族压迫，罗槃主阿禾必，自降附后，下落也不明。至 1280 年（元至元十七年），各部和泥人民以思陀和泥路大首领必思为首，并联合当地白衣（傣族）等各族共同反抗元朝统治，但被镇压平服。1284 年（元至元二十一年），和泥又重起反抗，元朝派蒙古歹、步鲁合答等率重兵渡礼社江，大屠罗槃城，和泥人民遭受到野蛮的镇压。1288 年（元至元二十五年），和泥再度起而反抗，仍被镇压下去。元朝遂废元江、落恐、溪处等万户府及思陀和泥路等统治机构，另设元江军民总管府隶云南行省，统辖各部；后又改元江军民总管府为元江路，以加强对和泥人民的统治。①

这些材料，为我们理解这两部史诗提供了一定的历史依据。

仰者在哈尼族父子连名制中的时序确是我们解开这一奇异人物所由产生之谜的钥匙。史诗必以一定的史实为依据，虽然它本身不是史实，然而无疑地，所有的史诗，尤其是民族民间流传千百年的史诗，必然是某种史实（某种文明的历史时代，某个时代的一定时期，或某一重大事件如征战、变革等等）的折光反映，这是为历代民族史诗业已证明了的事实。

现在让我们由仰者生活的时代揳入。

① 见《哈尼族简史》第 46 ~ 48 页。

上引史料告诉我们，大致从北宋仁宗时代（11世纪中叶）哈尼祖先在元江坝筑罗槃城起，到元至元二十一年（1284年）元兵大屠罗槃城止，这二百多年间，元江地区为中心的广大哈尼族，经历了一个由辉煌到衰落的历史时期，民族精神一度充实、昂扬，随着罗槃城的毁灭和军事政治的失利，这一精神黯然了。这历史大悲大喜的更迭，造成两部截然相异的史诗《阿波仰者》的不同风格，塑造了同形异质的两个仰者形象。

据汉文史载，哈尼族在历史上形成长期稳固的政治中心和政权机构的情况并不多见，隋唐以降，除“和泥芒部府”“乌蒙”、六诏山“维摩、强现、王弄各部和泥”“和蛮大首领王罗祁”“和蛮大鬼主孟谷悞”等外，只有史诗中记载的“诺马阿美”“谷哈密查”“加滇”这几个地区政权，尤其如“罗槃国”这样辖地三万平方公里，经营凡二百余载、已具国家雏形的政权组织，恐属仅有。哈尼族在长期迁徙跋涉之中，能形成自己民族的、独立的强大政治统治中心，建立起自己的政权组织，文化经济有了空前的发展，这是何等辉煌的事业！这一历史事实折射到观念意识形态上，就形成了新神话史诗《阿波仰者》。

民间文学作品之与作家创作相区别者，就在它不是个别作者心怀的宣泄，而是某个群体（家族、支系到民族整体）心态的映射，它是为该一群体的现实需要服务的，在这一意义上说，它更多的是一种文化的价值系统，而不仅仅是审美的价值系统。

面对着史无前例的繁荣昌盛，罗槃时代的哈尼人需要有一种文化的诠释，进一步证明这一切都是合理的，更需要有一种文化的维护，证明这一切都是神圣的和永恒的。但是，创造历史的人们只能到前人文明的武库中去获取他们的武器，对当时的哈尼人来说，要创造为当世所需的文化诠释和维护体系，只有到老祖宗遗留下来的远古神话、传说、故事中去寻觅材料，然后重新组合加工，使之成为适宜于此时此地的新产品。

我们将新神话史诗《阿波仰者》与《窝果策尼果》、《十二奴局》等远古的神话古歌相比照，可以看到建构它的材料都是旧的，只不过现成地把它们搬过来罢了。当然，这“搬动”也是有选择的。首先，它要具有强大的开拓力，其次，它要能为塑造一个时代巨人——当代之神阿波仰者效劳。于是，以当代（罗槃时代）新神“阿波仰者”为主线，远古创世神话中一系列精彩的篇章为素材，就在稍加修整的情况下组装而出了。

新神话史诗《阿波仰者》开篇唱道——

老古经是这样的说，
老古经是这样的讲，
修好烂天的人，
是天神和他的三个儿子，
修好破地的人，
是地神和他的三个姑娘。
创造万物生灵的人呀，
是祖先阿波仰者。

——新神话史诗《阿波仰者·序歌》

史诗紧紧围绕“修天补地”与阿波仰者“创造万物生灵”的业绩来歌唱，而“修天补地”只占很小篇幅，长篇大幅是对阿波仰者丰功伟绩的歌颂。

其《修天补地》中唱道——

在很古很古的年代，
天上地下没有人在，
天是一片烂天，
地是一个破地。

天上没有星辰日月，
地上无风无雾又无雨，
天地一片黑漆漆，
就像是熏得发黑的锅底。

——新神话史诗《阿波仰者·修天补地》

然后天神地神就修补了这天地，使之完整、壮丽。但是这天地却了无“生气”，亦即没有生命在其中活动，天神就委派小儿子仰者“到大地上把万物繁衍”，仰者开始了创始万类的伟业。他把万物种撒向四方，于是奇迹出现了——

一天长出树的幼苗，

两天长出树干树枝，
三天长出绿茵茵的叶子，
遍野的树木长得浓绿茂密。

从此高山上有了森林，
从此树木会开花结子，
这是代代繁衍的结果，
才使树木越生越多。
……

一天长出幼苗，
两天扬花结子，
三天坠满串串果实，
果实五颜六色，又大又美。

从此大地五谷飘香，
从此五谷长满大地，
这是代代繁衍的结果，
才使五谷越生越多。
……

仰者和地神之女放下飞禽种——
一天雌雄相交，
两天雌鸟孵蛋，
三天孵出小鸟，
千万只小鸟飞遍山野。

从此高山上有了飞禽，
从此有了叽叽喳喳的鸟语，
高山上不再寂静冷漠，

高山上充满了无限生机。
……

他们播下了鸟兽之种——
不回家的鸡变成了孔雀，
不回家的鹅变成了鹭鸶，
不回家的鸽子变成了大雁，
不回家的小鸭变成了鸳鸯。

不回家的羊变成了岩羊，
不回家的黄牛变成了麂子，
不回家的水牛变成了大象，
不回家的狗变成了狐狸。
……

（地神盛赞仰者的丰功伟绩，把三个女儿许配给他为妻，他们生下七双儿女，相互结合）

七儿七女配成夫妻，
相亲相爱生儿育女，
人烟从此越来越密，
人类遍布整个大地。

——新神话史诗《阿波仰者·万物生灵的由来》

史诗开头就吟唱修补烂天破地的内容，而不是一般古歌开头吟唱造天造地，这是为创世英雄阿波仰者的出场制造氛围。

哈尼族父子连名制中的“仰者”是否就是宋代开罗槃国筑罗槃城的“罗槃主”，我们无从考证，但有一点可以肯定，就是“仰者”这位哈尼族祖先，必在开创罗槃国的伟大事业中建立过万众景仰的业绩，时光推移，后人于是把这一时期的许多英雄壮举聚合到他一人身上，使其成为一种文化符号，象征着这一群历史英雄。史诗中所谓“烂天破地”的历史内涵，实际是罗槃政权建立前，哈尼族所遭遇的若干危厄苦难的代名词，在这样的基础上，阿波仰者开创出一个充实着活力与生命的新天地（虽然天地的修补者是天神地神，但他们的天地没有生命），这创世的伟绩足令千载之下的所有哈尼人振奋。故而阿波仰者所代表的，是哈尼族强大的生存力、开拓力和创造力。

在哈尼族的所有创世古歌中，都有歌唱花草树木、飞禽走兽和初始人类来历的内容。如《十二奴局》中这样唱——

最初的兽种怎样来？
最初的鸟种怎样来？
撒兽种的是哪个？
撒鸟种的是哪个？

依沙然哈撒兽种，
依莫然玛撒鸟种。
依沙然哈把兽种撒在地上，
兽种很快变螃蟹，
螃蟹进水抱蛋，
抱出七十七种走兽……

依莫然玛把鸟种撒到天上，
鸟种很快变成蝙蝠，
大风把蝙蝠翅膀吹碎，
变成七十七种飞鸟……

最初草种怎样来？
最初树种怎样来？
撒草种的是哪个？
撒树种的是哪个？

依沙然哈撒下草种，
依莫然玛撒下树种。
草种很快长成谷子，

一颗谷子像拳头一样；
马蹄踏碎谷子，
变成了七十七种粮食……
树种很快长成大树，
一个果子像磨盘一样；
鸟雀啄破果子，
变成七十七种树木……

——《十二奴局·牡底密底》

这与阿波仰者的撒播花草树木飞禽走兽之种何其相似，① 而且“依沙然哈”与“依莫然玛”是天神派下来的半神之人，与仰者是天神小儿子也相同。按照道理，“仰者”在父子连名制中只是第33代，创世纪开新天的应当是前人，然而史诗直接称其为万物生灵的创始者，这种直率的古为今用，且把现实英雄拔高为神的方式，表现出史诗创造者们讴歌自己时代英雄的感情何等强烈，要求何等急迫。

接着史诗歌唱了阿波仰者完成的另外两件大事业，一是请天母教会七双儿女语言文字，并由此分出不同的民族，因这件伟业功不在仰者，故史诗叙述甚略。二是完成了与稻作农耕民族命运相系的大事——制定历法。史诗采用的手法，又是直截把创世古歌中的内容搬运过来——

太平的生活不知过了多少代，
大地突然出现了一个魔怪，
魔怪变成一棵巨树，
把大地全部遮盖。
……

——新神话史诗《阿波仰者·年月日的来历》

接着描述这遮天大树给人间带来的苦难：犁田要点火把，火把把牛羊的角烧弯，收获用葫芦检测庄稼的成熟与否。天母告诉仰者，用大树分日、月、年，树根有12条则一年为12个月，树枝有三十根则为一月30

① 哈尼族创世神话中万物的出现多以天神撒播籽种方式完成，是农耕时代先民们根据农作物撒播生长现象的神化。

天，树叶有360片，则一年为360天。这与所有创世古歌（如《窝果策尼果》第十一章《嵯祝俄都玛佐》）和神话（如《砍大树》、《遮天树王》等）的叙述大同小异，只不过这些神迹都变成了仰者之所为。

新神话史诗《阿波仰者》之所以能在哈尼族群众中长唱不衰，是因为仰者的形象寄寓着他们的信念和希望，也映射着罗槃国开国英豪们的辉煌，因而尽管它在艺术上没有多少建树，依然是一部令哈尼人激动和骄傲的史诗。

迁徙史诗《阿波仰者》虽然也是哈尼族民间喜闻乐见的作品，但是它却反映了另外一种心境，史诗中的阿波仰者已不见当年创世开天的雄伟，主人翁阿波仰者已变成一个遭受厄难的可悲的末路英雄。

史诗中阿波仰者的首次登场，是在"云南的滇池边"，外族入侵，哈尼失利的情况下出现的。他是一位族长，肩负重任而无能为力，突出重围还是依靠了"多科月满阿博姑娘"的妙计，节节败退到了石屏县境内的异龙湖边安息，又遭"狠毒的土官"的欺压而迁移，终于来到元江坝子定居。

这样的开篇，无疑给民族始祖兼英雄的阿波仰者定下了基调——他是一个在民族遭受重创之后的历史责任的负担者，于是接踵而至的是一系列的悲惨遭遇。首先是骨肉相残，民族内部的分解。衍化为史诗形象的是，仰者之妹吉色贪婪于元江坝子这肥美之地并加以独占，而这独占，是在其与"汉族的小伙子"有了私情之后——亦即哈尼族的传统文化受到异质文化的侵蚀之后产生的变异。吉色一反传统，开口向哥哥（这祖脉的承继人）要田要地，并用射箭、放火等等阴谋手段，将哈尼的嫡裔传人仰者逐出家园，使其流落外方。史诗对此描写到——

汉家的小伙来打了一天的猎，
汉家的小伙来挖了一天的地，
吉色偷偷看在眼睛里，
暗中对他产生了爱恋之情。

（于是吉色与之同居七年，并对哥哥提出分田地的要求）

汉家小伙做了帮工七年，
吉色开口向哥哥提出条件，

她要分一些居住的房屋，
她要分一些栽种的农田。
……

仰者答应了妹妹的要求，
拉着狗去分出吉色的田地房产，
吉色用破布拴在狗尾巴上，
烫得狗把整个元江坝都跑遍。

整个元江坝都归吉色管了，
仰者的地盘没有一小点。
……

——迁徙史诗《阿波仰者》

恩格斯说：“一切社会变革的终极原因，不应当在人们的头脑中，在人们对永恒的真理和正义的日益增进的认识中去寻找；不应当在有关的时代的哲学中去寻找，而应当在有关的时代的经济学中去寻找。”① 吉色作为一位哈尼族族长仰者的妹妹，之所以发生了一系列违背祖训的质变，其原因实在不应当从该时代的人们的情感、哲理等等观念意识形态中去寻找，而应当从该时代的经济形态中去寻找。“汉家的小伙子”对于经济文化相对落后的哈尼族来说，是一种先进的经济形态和文化模式的代表，若不然，以拥有花容月貌的族长之妹吉色之尊，断然不会对其爱恋；吉色的爱恋，实质是她对先进经济形态和文化模式的仰慕，与此同时，也是对哈尼族落后经济和文化的否定。这反映了在罗槃国遭到元兵的屠焚之后，民族元气大伤，一种空前的历史失落感骤然降临的心态。阿波仰者嗣后的一系列表现，也正是这一心态的折射，他颠沛流离于各地，遭遇悲惨——

仰者离开故乡四处流浪，
走过了很多很多的地方，
他来到花母猪出生的地点，

① 恩格斯：《反杜林论》，人民出版社 1970 年版，第 264 页。

这里是个神奇的地方。
……
仰者离开这个神奇的地方，
又来到“熬扫老代麻”山上，①
这里的山又高水又长，
是一年可以收两发粮食的地方。

这里的谷子长得稀奇，
一颗谷里包着两粒米，
仰者在这里安了身，
心想这里生活一定久长。

哪知这里不是好地方，
是个常年多病的瘴疠之乡，
这里不是富裕的地方，
是个害死好人的坟场。
……

仰者又去寻找安身的地点，
他到“欧合代麻取提”去，
住在“浪内过草阿排带”。
这里是气候恶劣的地方，
这里是疾病流行的地方，
藤子上长着奇怪的果子，
人住下就会头疼死亡。

仰者在这里才住下几天，

① “熬扫老代麻”及下文之“欧合代麻取提”、“浪内过草阿排带”均为红河县境内地名。

天天头疼像刀砍一样，
来时活蹦乱跳的人，
现在病得瘦骨干筋。
……

（他由此身患重病，又四处奔走找药医治，但这怪病四处无药可治，最后来到“神仙赶街的地方”）

街上两兄弟摆着狗肉汤锅，
口里不停地叫唤“卖药”，
仰者走近汤锅一看，
扑鼻的香味冲进饥肠。

仰者前去买了一碗，
连汤带渣全部吃光，
一时觉得头脑清醒，
好像吃下治病的仙丹。

——迁徙史诗《阿波仰者》

病好后他又走遍四面八方，好容易找到一位称心如意的妻子，于是做了人家的上门女婿，生下七对儿子姑娘，他们就是今日元江、红河两县境内哈尼族的祖先。然后他在天神的启发下打到一条大鱼，破开鱼肚，兴作了一套典章礼仪——

先剖开簸箕大的鱼头，
里面有七层皮相隔，
每一层都说了一条规矩，
优莫（天神）对众人讲得一清二楚：

“第一层装的是水，
它像泉水一样清澈，
这一层说了一条规矩，
哈尼人要定居在山清水秀的山头。”

“第二层装的是小牛小龙，
小牛被三条小龙围在正中，
这一条说了一条规矩，
三月属牛的日子要祭龙。”

“第三层装的是三粒黄饭，
这一层说了一条规矩，
每逢到了百花盛开的三月，
哈尼人要过黄饭节。”

“第四层装的是六块粑粑，
这一层说了一条规矩，
每逢到了六月间，
哈尼人要过苦扎扎。”

“第五层装的是八粒新谷，
这一层说了一条规矩，
每逢到了八月间，
哈尼人要过喝新谷酒节。”

“第六层装的是十粒金子，
这一层说了一条规矩，
金谷子归仓的十月呵，
就是哈尼过年的日子。”

“第七层装的是几粒银子，
这一层说了一条规矩，
哈尼人的小姑娘，
要戴一顶缀满银泡的帽子。”

“第八层装的是一串链子，
这一层说了一条规矩，
哈尼人取子孙的名字，
要像链子一样连着取。”

“第九层装的是各种棉线，
红蓝白青样样齐全，
这一层说了一条规矩，
姑娘要编织帕阿打扮自己。”①
……

——迁徙史诗《阿波仰者》

哈尼族的许多迁徙史诗，都说到哈尼族在某某迁居之地，发生了头人的女儿与外族小伙子相恋背叛自己民族的事情。如《聪坡坡》中说，哈尼先祖在诺马阿美时，乌木大首领之女嫁给了“腊伯小伙子”，她“爱上了漂亮的男人”，帮助他（腊伯小伙子）要走了牛马大田和象征哈尼族统治权的权帽和绶带（见《聪坡坡》第四章）。《普嘎纳嘎》也说到，在“弄玛阿美”，“那然（异族）小伙子”与哈尼姑娘相恋，尽管爹妈哥嫂劝阻，但是“不爱驮驮的骡马会有，不听话的姑娘出来了”，她声明“鸭子无手会自己洗身，姑娘的婚事要自己拿主意。顺丝的木头好劈柴，顺心的姑娘好出嫁，我要和那然结亲缘，我要跟那然做一家。”也帮“那然”要走了大量牛马良田（见《普嘎纳嘎》中“不祥的婚姻”一节）。这些情节与上引史诗如出一辙，都是异质文化对哈尼族传统文化的冲击。

新神话史诗《阿波仰者》对民族英雄的塑造使用的是传统的神话和传说材料，迁徙史诗《阿波仰者》对末路英雄的塑造使用的也是同一手法，即传统的迁徙史诗中的材料——有的地方则使用创世神话中的材料来加强效果，如仰者杀鱼定规矩一节便是，这和《十二奴局》第三章所述大同小异。

迁徙史诗《阿波仰者》的精神指向是无奈、无为、无力的，民族开天

① 帕阿：彩带，作装饰用。

地创世纪的豪气和伟力已荡然无存。仰者被吉色驱赶出家门之后，虽然流徙各地力争开拓新土地，营造新家园，但不是土地贫瘠，就是气候炎热，或者瘴疠横行。非但一事无成，反而身染重病，几至丧命，企图寻找一个妻子成立家室，也费尽九牛二虎之力。这一系列遭遇，正是罗槃国在元兵“大屠”之后，哈尼族一蹶不振，民气衰跌族人流离失所的历史写照。

我们在介绍《聪坡坡》时谈到哈尼族先民“和夷”的民族性，曾引许填《说文解字》之“夷俗仁”，“夷者，柢也，言仁而好生，万物柢地而生，故天生柔顺，易以道御”的解说，史籍中关于哈尼族性格中懦弱的一面也有类似的记述。如天启《滇志》卷三十《羁縻志》“临安府”条云：“数十年来，广南沙侬以征戊（功），窃据其地，窝泥弱而无谋，为所并吞。”又如康熙《蒙自县志》卷三《彝俗》云：“窝泥……其性柔畏法，不敢为盗贼。”再如乾隆《开化府志》卷九《风俗种人》云：“窝泥……性柔畏法，多处山麓耕种。”迁徙史诗《阿波仰者》中的仰者正深刻地反映着这一性格，这也是史诗作为文学作品刻画人物反映时代的成功之处。

新神话史诗《阿波仰者》和迁徙史诗《阿波仰者》是哈尼族罗槃时代两个不同时期的产物，“仰者”这个形象无论是英雄时期还是没落时期，决非在一时一代中形成，它是罗槃时代及其后若干时期哈尼人心灵激荡和呻吟的化身，也是那曾经煊赫又复岑寂的时代的写照，两部史诗的巨大的艺术价值和认识价值正在于此。

第六章　其他迁徙史诗

哈尼族民间流传的长篇迁徙史诗究竟有多少，至今未有全面系统的统计，无法作出判断。但到目前为止，经红河州、西双版纳州、思茅地区、玉溪地区的广大民族文学工作者及工作机构（较集中的是云南省社科院民族文学研究所、红河州民族研究所及西双版纳州民委民族古籍办公室）的长期调查，对这一文学系统的大貌已可作出说明。

这庞大的迁徙史诗群除《哈尼阿培聪坡坡》《雅尼雅嘎赞嘎》《普嘎纳嘎》《阿波仰者》外，尚有《俄表咪表》中的迁徙部分、《杜达纳嘎》《哈尼杜达尼嘎嘎》《寻找祖先的遗迹》（以上均见本编第一章第一节）、《阿培搓》（元阳县歌手马蒲成演唱）、《哈尼都达哈巴》（元阳县歌手车国忠演唱）、《然学徐阿》（红河县歌手张牛龙演唱）、《普亚德亚佐亚》（元阳县歌手朱小和演唱）等。这些史诗风格各异，篇幅长短不一，一般在数百行到四五千行左右。因内容大同小异，本章仅选介内容较丰富、情节较完整、特点较突出的诗篇《普亚德亚佐亚》，和流传在缅甸、老挝、泰国雅尼（阿卡）人中的长篇古歌《阿卡赞》中的迁徙部分。

第一节　《普亚德亚佐亚》——开拓滇南新家园的礼赞

《普亚德亚佐亚》，哈尼语意为“在头人带领下安寨开田”，民间又习称《普亚亚》（安寨子），故本书以此称之。这部史诗广泛流传在哀牢山哈尼族聚居地区。此处介绍的是较有特色的朱小和的唱本，其为笔者与卢朝贵搜集翻译，未刊稿，2500 行。

《普亚亚》是紧接着《聪坡坡》之后的迁徙史诗，是哈尼族祖先开发滇南山山水水，兴建新家园的颂歌。其梗概为——

哈尼族从“谷哈密查”战败撤离，南迁到滇南的“石七”，即今红河州石屏县境内，他们在此安定下来，把荒芜的坝子和山冈开辟成良田沃土，建立了许多寨子，其中最著名的是“纳罗普楚”，这是在哈尼大头人纳索带领下兴建的。在“纳罗普楚”，哈尼严格按照“惹罗普楚”祖先大寨的模式安寨、建房、生活、劳作，一套古典文明礼仪也恢复起来了。有了安定的生活，一切社会规范也井井有条，哈尼人的心理显得平稳祥和，“哈尼大头人纳索讲出一句话，七十个头领一齐点头，十个汉子讲的是一个理，十个女人想的事合在一起，十匹壮马能共一槽，十条牯子可以放一山，石七建寨的先祖没有一个不合心合意。”

然而历史又复重演，“上方的蒲尼”来到这里，看到“石七的土地黑得淌油”，看到哈尼高大宽敞的蘑菇房，不由得发出衷心的感叹：“石七的哈尼有寨子有田坝，日子比骑着大马赶路还好在了！”他们“不见了嘛不心疼，见着了嘛就不回去”，于是搬动三寸不烂之舌，向纳索要求住下，他们“今天去了明天来，讲出的理比头发还多，说出的话比糠皮还轻”，纳索以仁慈为怀，慨然许诺。结果前来定居的“蒲尼”越来越多，他们擅长做生意，财富日渐积多。

聪明的女英雄戚姒扎密深感哈尼人本性的宽厚不足以抵御“蒲尼”的贪欲和阴谋，为了避免“谷哈密查”的悲剧再度发生，决定带领哈尼继续向红河流域迁徙。她带领哈尼的大队来到红河下游的“芒轰”峡谷（今金平县芒耗地区），又派人到下游的梨树坝打前站勘测地理。在“芒轰”，哈尼把携带着的大量金银藏在粗大的董棕树干内，以备日后遇有不测辄来取用。这一做法延续到后代，形成哈尼族“藏币”之俗。

从“石七”撤离的哈尼分为三队，一队前往元江地区，一队前往“康合”，即今墨江、思茅等地，此队人马中有一部分迁往今西双版纳地区，后又流徙入缅甸、老挝、泰国，一队则在红河流域迁移。第三支队伍即是戚姒扎密亲自率领的部分，也是史诗《普亚亚》着重叙述之一部。

史诗说道，红河两岸生长着茂密的竹林，高大坚韧的竹子成片地倾倒在江水中，在江面狭窄地段，两岸的竹子几乎连接为桥。戚姒扎密于是命哈尼砍伐竹子铺垫其上，哈尼人靠这“浮桥”安然渡过湍急的红河，这渡河之处便叫作“绿蓬渡”。渡河之后，哈尼人在红河南岸筑有城堡，其迹今日尚可辨认。然而因哈尼人不适应溽热多瘴的河谷地带，便将这片地区让给傣族，至今当地傣族每年还有杀牛“祭窝尼”的习俗，以缅怀哈尼让地之德。然后哈尼又来到“尼阿多”，即今元阳县境，此处是哈尼在红河南岸最美丽富饶的地方，哈尼人提起它，莫不引为骄傲。接着，为了更广泛地占有地盘，哈尼又再分队，一队在头人“楚依”（区依）带领下，上溯红河进入今红河县境，一队在头人“多尼阿”带领下，沿藤条江进入“洛孔”即今绿春县境，一队在戚姒扎密长子带领下来到“罗美”，即今元阳、金平二县交界地区。史诗又专叙第三队人马的行迹，他们中一部分深入到今越南北部地区，成为那里最早的开拓者，一部分又返溯红河而上，回到元阳地区。史诗以叙述他们在元阳县境的安寨定居开垦梯田为结。

由于这部史诗着重叙述戚姒扎密（后因她年岁渐老，劳苦功高，又称“戚姒阿匹”即“戚姒奶奶”）所部哈尼的开拓行事，其名又可称为“在大首领戚姒扎密带领下开发滇南哀牢山区的歌”。人们之所以重重复复不厌其烦地一处处歌唱，一是为歌颂祖德，喻示后人不忘本，二是以此歌唱作为联络各地区哈尼弟兄的纽带，增强民族聚合力，三是以前人历尽艰辛创家立业的事迹激励后人。

《普亚亚》虽以哈尼族的滇南行迹为纵线叙述，但其篇幅大半在详细描述哈尼族安寨定居的典章仪轨。之所以如此，在心理深层，乃是一种文化的认同。虽然哈尼祖先不是民族学家，但是，一个民族之区别他族的关键，不在其他，而在文化，这却是哈尼先祖深深认知的。即如所有哈尼族迁徙史诗都要叙述到，哈尼祖先在民族发祥地“诺马阿美”以及其他迁居地，如“谷哈密查”“石七”等等，都有哈尼族与“那然”（异族）“蒲尼”通婚的情节，而且哈尼姑娘一旦嫁给异族，必然为丈夫一方说话，或要田要地，或要牛要马，甚至连头人的象征物权帽和绶带都要偷去送给异族（见《聪坡坡》第四章）。因而，血缘、地缘、语言这诸种因素并不能划分民族，划分民族的主要标志乃是文化——一整套该民族独有而为他族不具的行为方式和价值系统。作为山地稻作的农耕民哈尼族，其标志在居式（定居于半山）与生活生产方式，即哈尼族安寨的一套礼仪，与半山稻作的梯田文化。

且看史诗《普亚亚》是如何描述的。在“石七”的“纳罗普楚”（哈尼族在石屏的第一个大寨）安寨仪式为——

听啊，
亲亲的兄弟姊妹！
看啊，
哈尼先祖的直系后裔！
石七是哈尼生儿育女的好地，
先祖曾把儿女的衣胞埋在纳罗普楚，
哈尼的磨秋在那里支过，
哈尼的大头领曾在那里划过地界；
大小头人七十七个哟，
选过石七的七十七个寨地，
看遍石七的七十七个山场。

哈尼的大头人纳索，
招来哈尼的七十个头人，
在纳罗长长的三四山梁下，
把哈尼的大寨建起，
建寨要依照惹罗的规矩，
先祖的古礼一点不要打失。

选寨地不说别样，
寨脚有三个寨子歇脚的山包，

两边还有两个山梁，
像两只手护着中间的哈尼寨房。

在那纳罗大寨的地基上，
先祖插过三颗贝壳，
三颗贝壳像大树一样不倒，
这是哈尼可以建寨的预兆。
……

为了世上的哈尼能收千石粮食，
建寨的先祖又用谷子去占卜，
插下三颗神明的谷子，
代表人丁、财源、庄稼的兴衰。
占卜庄稼的谷子不歪，
告诉哈尼金谷将要堆满粮仓；
占卜财富（牲畜）的谷子不动，
告诉哈尼牲畜将要关满大厩；
占卜人丁的谷子不损，
告诉哈尼这里能生出好儿好女；
占卜的先祖舒展了七层皱纹的脸庞，
叫哈尼快快动手破土开基建寨。
……

破土了，
七十寨哈尼在石七破土开基，
先祖安放好神圣的寨心石，
又把划定寨界的肥狗拖了七天七夜。[①]
拖过肥狗的金竹竿掷进建寨的地基，

① 哈尼族以狗血淋洒之处为人鬼的分界。

竹竿落地的地方是建盖头人寨房的好地。
在哈尼新建的寨子里，
贝玛祭寨招魂的声音又响了，
石七的先祖按照古规把节过，
荒凉的石七又传出哈尼动听的哈巴。
闲不住手脚的先祖把石七一天变成七个样，
石七的哈尼开出清清的溪水和泉眼，
哈尼有了灌田浇地的水源，
七十个寨子有了人畜吃水的去处。

石七的哈尼仿照惹罗的先祖，
来把水源神诚心地祭祀。
早起的七个女人背回清冽的泉水，
捧起缺牙的阿波喝过也不曾吐，
喂过三岁的小娃也不喊肚子疼，
这是哈尼喜欢的甜水罗。

有好水开出了好田好地，
有好地养出了好儿好女，
石七建寨的先祖，
深深地扎下了哈尼的根。

——《普亚亚》

如此一桩桩一件件细细叙来，如二月祭寨神的“艾玛突”怎样施行宗教盛典，六月年“苦扎扎”怎样欢腾，又如兴建寨房要如何选地基、下石脚、立柱安梁、合泥拓土，如何才能盖成哈尼独具一格的“拥玛”大寨房，等等，每一个细节都用深情的语句叙出。这如数家珍般的歌唱并不会使听众厌烦，因为每听一次这样的歌唱，人们（听众）便与先祖的距离拉近一层，大家的心也更贴近一层，相互间共依共存的意识更增进一层。

《普亚亚》是在分寨、安寨、建房等重大场合才演唱的，它有着强烈的现实感和应用性，因此在结构上有着重复冗长的弊端，其文学价值远不能与《聪坡坡》相提并论，但作为历史价值而言，却不逊色，诗中所叙的地点，大多能够在实地找到，如石屏的“纳罗普楚”、红河南岸的“绿蓬渡”、金平的“芒轰”等等。它对彼时红河流域的记载丰富、生动而准确，可以看作此一地区的地理志和人文志，所可惜的是，对人物的刻画较少且一般，这是其为文学作品的不足之处。

第二节 《阿卡赞》——东南亚哈尼族的根

在东南亚的缅甸、老挝、泰国三国北部山区，生活着一部分哈尼人，他们自称“阿卡”。阿卡人与西双版纳州境内自称“雅尼”的哈尼族实为一个支系，雅尼也同时自称“阿卡”。境外的阿卡人是在近代渐由西双版纳地区迁出去的。

国外阿卡人的生活状况目前见诸汉文的介绍很少，笔者曾从泰国清迈府的联合国山地民族研究所莱欧·格索、保罗·刘易斯、英格—利尔·汉森等几位朋友手中得到一些资料，他们都是长年在阿卡人中生活、研究的欧美学者，而翻译成中文的材料则来自云南省民族研究所编印的《民族研究译丛》第5期所载《泰国密林中的游迁者——阿卡人》。

这些材料报道：在东南亚的深山密林里，散居着栽种稻谷的阿卡人。他们竭力按照祖先的方式生活下去，而且和大自然协调相处。阿卡人没有书籍，没有村以上的社会组织，甚至没有连成一片的地理环境，而是散居在中国南方（西双版纳州境——引者）、缅甸、老挝和泰国的偏僻山区。他们总是居住在拥有别种文化和组织得较强大的民族中间。然而，他们一直保留着不可动摇的信念：认为他们传统的生活是合乎情理的生活方式。最重要的还是在意识形态方面，尤其关键的是他们世代口头传诵下来的礼俗诗歌的遗篇。这些诗歌，在日常生活各方面给予他们细致入微的指导。由于没有文字更没有文字对历史的记载，要了解阿卡人的历史唯一凭借的是一部叫作《阿卡赞》的古歌。这部长达一万余行的古歌内容包括着远古的神话、传说和描绘祖先迁徙历史的史诗，因而也称为《阿卡之路》。

《阿卡赞》中关于阿卡人祖先的迁徙历史是这样描述的：阿卡人的祖

先诞生在北方的某个地方，其后他们沿着大江的峡谷向南迁移，祖先们分成几队向不同的方向行进，阿卡人比别的队伍走得更快，所以许多人留在了后边，被称为“嘎杜阿卡”，意为“落后的阿卡”，即今日中国境内的哈尼族。《阿卡赞》中提到的迁徙路线和状况，是很朦胧的，有的只有一些地名，如阿卡祖先曾经“在纳卡江畔汲水，又沿米和河而下，直达纳黑河和纳巴河”。又如“我们的祖先哥拉南迁到了甸铺；我们的祖先阿高迁移到了一个土地平坦的地方；我们的祖先莫佐迁徙到树林密布的地方；我们的祖先满章移居到石头很多的地方”，等等。[1] 只有迁徙到缅甸、老挝、泰国之后方才清晰而细致起来。

不过《阿卡赞》也给我们提供了一些很有历史价值和文学价值的材料，如史诗中描写到，阿卡的三位祖先是强大有力的首领，带领阿卡人创立了美好的家园，他们曾一度建立起阿卡人自己的大城，后又因外族入侵而城毁逃亡。有些诗句又描写到阿卡人曾遭受大火的焚烧，迫使祖先们逃到丛林密布的高山地带生存。这些材料对证于“罗槃国”的兴衰，其间或许有着深层的联系。此外还有一些描写反映了阿卡人对文明的渴望，也甚有文化学的价值。如其中说道，从前布云之神为阿卡人创造了文字，写在一张牛皮上，当他们在迁徙途中饥饿至极，就把牛皮吃掉了，从此阿卡人失去了文字，但这牛皮消化在肚子里，使他们有了惊人的记忆力，能够记诵上万行的古歌，讲述成百的神话故事。

《阿卡赞》在整体上是一部民族风俗礼仪大典，对迁徙历史的描述是其中重要一部分，其特点，在伴随着阿卡人于东南亚各国的迁移与定居，不断增添着新的内容。如他们在新的环境中，向比邻而居的其他民族学习，以获得新的知识，增强生活能力。其中曾叙述到，阿卡人向另一个游迁部落高棉人学习，懂得了盖房子——适宜于亚热带雨林地域生活的高顶草屋，又求教于掸族人，懂得刺绣，向汉族请教，懂得种植烟草等等。

《阿卡赞》中的迁徙部分，是哈尼族迁徙史诗诗群中别具色香的花朵，它从另一角度丰富了哈尼族迁徙史诗的系列。

① F·V·格朗菲尔德《泰国密林中的游迁者——阿卡人》，载云南省民族研究所编《民族研究译丛》第5期。

第七章　英雄史诗《迁徙悲歌》

第一节　纷乱时代的英雄之歌

迁徙史诗以历史的纵向发展为经，以重大历史事件的表达为纬交叉铺展，一个重大的历史事件往往可以演绎为许多部展现不同英雄行事的史诗。因此，迁徙史诗中出现的事件和人物常常被歌手们抽取出来加以发挥，创作出一系列以表现英雄为主题的史诗，哈尼族的系列英雄史诗就是在这样的背景下出现的。

本章介绍的英雄史诗《迁徙悲歌》是一部较有代表性的作品，[①] 其内容在长篇迁徙史诗《雅尼雅嘎赞嘎》中已有表现，但只是作为整个民族迁徙系列的一段历史加以叙述，而英雄史诗《迁徙悲歌》则全面地铺开描写，情节、人物、情趣都有不俗的表现。这部史诗主要叙述雅尼人到达西双版纳地区后，三大家支“鸠为”“吉坐”“木达”的曲折经历，其中情景交融，情节跌宕，人物凸出，韵味悠长，读来令人难以忘怀。它的大致情节是这样的——

回标、科德和塔迁是雅尼人三大家支鸠为、吉坐、木达的首领，他们“率领着十万雅尼”来到滔滔滚滚的澜沧江北岸。突然来临的大队人马引起先住民傣族的恐慌，“傣族阿爸鸣起猎枪，傣族阿妈点燃报警的火把”。但是哈尼头人以礼相待，傣王于是

① 《迁徙悲歌》：勐海县歌手车朗演唱，阿海翻译，阿流整理，载《西双版纳哈尼族歌谣》。

同意他们渡江南来，并让出一块水草丰美的土地“爱兰”（今西双版纳傣族自治州首府景洪市曼景兰以北地区）给雅尼人安身，条件是雅尼必须承担“十万贡赋”。雅尼人同意了，并在这个地方辛勤耕作，日子过得很好，他们与傣族人相处和睦。

回标首领的女儿荷格是远近闻名的美人，科德首领的儿子德其是出类拔萃的好汉，两人相互爱慕，于是结为连理，过着幸福美满的生活。岂料德其去放火烧荒，熊熊大火把回标部落的粮仓一烧而空，回标首领怒气冲天，将他五花大绑在寨门上，准备开膛破肚。荷格不忍丈夫就戮，偷偷放走了他。回标首领迁怒于科德首领，要擒科德治罪，心地善良的荷格为平息两个部落的纷争，到江边捉鱼，准备设宴为两位愤怒的首领劝解，但是她却被黑浪吞没了。

回标首领先失粮仓后失爱女，火上浇油愤怒如炽，发誓把吉坐部落全部杀光，吉坐部落的人蒙受冤屈，也准备大干一场，塔迁首领苦心劝解但是回标首领拒不听从。为了避免兄弟间的械斗，塔迁劝吉坐人离开家园，吉坐部落于是迁出“爱兰”家乡。情同手足的弟兄走了，鸠为部落的人认为“爱兰”是给他们带来灾祸的不祥之地，也悉数迁出。“爱兰”的三个雅尼部落走了两个，全部赋税落在木达部落身上，塔迁首领思虑再三，也迁出了“爱兰”，行前傣王为他们辞别，祝他们早日找回失散的弟兄。科德首领带领族人翻山越岭来到一个叫“曼洪那”的大湖边住下，塔迁首领的木达部落也找到了山林茂密湖水清凉的凹塘安身。回标首领所部之鸠为部落因长途跋涉不胜劳累，途中回标首领“生命的火要熄了”，他终未能找到失散的弟兄，含恨而逝。吉坐部落迁出后追上了德其，他于是成为小首领。科德首领身体渐衰，牙齿脱尽，他日夜思念回标大哥，终日难以忘怀荷格，亦在悲忧之中故去。塔迁所部之木达部落虽然刚强，但因居住在“冒着浓浓浊气”（瘴气）的地方，人们纷纷病倒，只好迁到山上定居，塔迁首领后也去世了。

三位兄弟首领、三个同到西双版纳的雅尼部落，由此各奔东西。痛定思痛，德其首领总结教训，认识到这一切恶果的产生，皆因民族内部不团结，“做了憨憨的事情犟犟地离散了骨肉”，他决定做一件事，即为了雅尼人的团结，要走遍所有村寨，把三位首领的神像献上，以“解除仇怨话手足情亲”，使雅尼人永不争斗，安居乐业，为此，他放弃了始终在等待着他的美丽温柔的姑娘，在各个山寨不息地奔忙。

《迁徙悲歌》读来令人扼腕浩叹，其人物形象鲜明，意境优美，是哈尼族英雄史诗中难得的佳作。

第二节　《迁徙悲歌》的主题和意境

《迁徙悲歌》表现了雅尼人漫长迁徙史中一个较短时期的历史，它所叙述的也不是所有雅尼人在此一时期的史迹。西双版纳地区的雅尼人共有七支：则维、则交、则边、木达、鸡麻、玛仁、阿克。[①] 史诗所叙仅是则维（鸠为）、则交（吉坐）、木达三支，而且也不是这三个家支在西双版纳的全部活动，它只选择了这三个兄弟家支的一次分裂来展开。

在长篇迁徙史诗《嘎赞嘎》中，已经叙述到《迁徙悲歌》的情节和人物，然而许多情节和人物到了《迁徙悲歌》中如同经过放大镜的扩张，情节和细部刻画变得丝缕毕现，而且整部诗仿佛经过一只温柔细腻的手抚摸过，变得温婉而动人心弦。《迁徙悲歌》将历史事件的描述放到了第二位，欲加突显的乃是故事情节的迂曲，人物性格的丰满，以及这故事和人物所展示的悲剧气氛。它的艺术性增强了，喻示于人的不仅仅是历史过程，而是人们的心灵历程。这一主题的更移，在史诗的开头说得很明白——

雅尼哟，
雅尼的父老兄弟！
雅尼哟，

① 请参《雅尼雅嘎赞嘎》后记及全诗。

雅尼的儿孙后辈！
我已经老得掉了牙，
我要把家祖的话传下：
手足般不可分，
唇齿般不可离，
是兄弟的情谊哟，
让我沿着先祖的足迹细细讲！

——《迁徙悲歌》歌头

这里侧重的是“兄弟的情谊”，而这情谊的重要，一如“手足般不可分，唇齿般不可离”。史诗的全部展开，也是围绕着这一点进行的。三个家支的三位首领，因德其的失误烧粮而反目成仇，终至骨肉分离，恋人（荷格）亡逝，因回标首领的一时之愤酿成民族大祸，这历史的重压如千斤巨石沉沉压抑在雅尼人心头，使之久久不能忘怀。因而史诗通过起伏委婉的故事及栩栩如生的人物讲述出来，便是一个简单而又深刻的道理——情谊在则民族兴，情谊去则民族亡。这是《迁徙悲歌》的取材视点和主题所在。

史诗第二个特点是对人物进行了大量加工，其刻画简洁有力而个性鲜明。它描写回标首领的急躁和鲁莽——

（德其不小心烧荒烧掉了粮仓）
德其烧地风大火旺，
一股黑风绕地三遭，
红红火舌伸向地头，
顷刻之间浓烟滚滚。

五排仓房成灰烬，
五排仓房全烧毁，
一股黑烟上蹿下跳，
德其姑爷恓恓惶惶。
……

（未雨绸缪，回标首领尚未出场，其暴躁的脾性已从姑爷德其惶惶然

的心理上反映出来了。接着是直接描写）

回标先祖眉跳眦裂，
抄起梭标找姑爷算账：
“回标部落老小三万多，
仓房里装着一年的吃喝，
毁仓房是要我们的命，
快拿你的小命来赔偿！”

德其姑爷被五花大绑，
捆在龙巴门上等开膛，
……

——《迁徙悲歌》（七）

（荷格私放丈夫之后）
回标先祖气昏了头，
走了德其他怒气冲，
他要把科德王捆绑，
他已不顾兄弟情长！
……

——《迁徙悲歌》（八）

荷格为调解纠纷去捉鱼，因此被大浪卷走——

回标王捶胸顿足，
咬牙切齿发号令，
誓把吉坐全杀光；
他醉汉般地认为，
烧仓房的是吉坐，
害荷格的是吉坐！

塔迁王劝架费心机，
把心花献给回标王：
“荷格死了大哥心痛，

请把我的女儿，
当作大哥亲生，
兄弟间不要斗殴，
三个部落还要生存。"

回标王鬼迷心窍，
好话坏话分不清，
执意要杀要砍手足亲，
血腥屠杀就定在今夜。

——《迁徙悲歌》(十)

回标首领刚愎自用、一意孤行、急躁暴烈的形象鲜明地描绘出来。

全诗紧紧围绕回标王的愤怒、暴躁、固执的脾性展开，因为正是他的这一性格，导致了一系列不堪回首的惨剧：在他的压力之下，吉坐部落全体撤走，他的鸠为部落也因此离开家园，三个兄弟去了两个，木达部落也因城门失火殃及池鱼而离开故土，大好家乡人去园空，而三个部落的"十万族人"分别在不同的艰难路上跋涉颠踬，饱尝风霜，导致最后三位首领相继饮恨而亡。正如荷马史诗《伊利亚特》紧紧围绕希腊英雄阿基琉斯的愤怒展开一般，《迁徙悲歌》以回标首领的愤怒牵动着全篇，因为在部落时代，一个首领的情绪和性格足以决定族人的生死存亡。

而另外两位首领又别具个性，他们厚道、老实、善良、顾全大局。科德首领因儿子闯了大祸深感歉疚，为了补偿回标部落的损失，他决定开仓济粮，"只要吉坐部落有饭吃　就不会饿着鸠为兄长"，回标王要绑他顶罪，回标之女、他的儿媳荷格劝他离去，但他执意不肯，"遭灾时他要在老哥身旁"，他至死对兄长回标首领深情不变。塔迁首领在忠厚之外另有一番宽柔，为了调解二位兄长的仇怨，他把自己的女儿心花姑娘送给回标首领代替死去的荷格，他五次三番劝慰回标首领息怒，在两个兄弟部落离家出走时，自己也毅然带领族人踏上征程去寻找他们。在漫漫长程中——

塔迁王心忧伤，
日子过了树叶一大把，
还不见兄长转来身旁，

他睁着眼睛断了气呀，
他的小心花今在何方？

——《迁徙悲歌》（十一）

他的宽厚、诚挚、无奈被描绘得很鲜活。

荷格姑娘是一个令人难忘的艺术形象，她聪明、美丽、多情、善解人意，但却命运不济，是一个令人感伤的悲剧人物。她是部落里人人引以为傲的美女，史诗形容她“白鹇鸟飞来的时候，荷格骑着白鹇去采花”。这简练的一笔写出了她的美竟是如此地风光旖旎，不但有容貌的美，尤其有心性情趣的美。她总是与人世间一切美好的东西相联系：春光明媚，百鸟啁啾，太阳、清风、朗月、青山、丽水……以至她逝去后，“金湖里的荷花”就是她的象征，“花瓣上满是澄澈的珍珠，那是德其（她的丈夫）深情的眼泪”。经过这些表现，她的清丽脱俗豁然而出。

史诗写她最有力的一笔是她的死——

她挎上鱼篓下江摸鱼，
她要亲手做餐鱼宴席，
请阿爸和公公齐赴宴，
她要两先祖和好如初。

荷格摸鱼摸到水草洼，
抓条凤尾鱼给小心花，
要请塔迁大叔来劝酒。
荷格摸鱼摸到河中央，
捉条胭脂鱼粉红漂亮，
把媳妇心肠奉献公公王。
荷格摸鱼摸到漩涡里，
逮条鱵鱼青蓝蓝锃亮，
用女儿善心感化父亲王。

漩涡里腾起一股黑浪，
荷格姑娘江水中挣扎。

鱵鱼来救善心好姑娘，
黑浪堵住它不见姑娘。
胭脂鱼来救正直姑娘，
黑浪撞得它晕头转向。
凤尾鱼来救亲亲姐姐，
狂风恶浪捏得它粉碎。

天昏地暗暴雨阵阵，
荷格搏斗了两个时辰，
太阳驱散了乌云，
明媚阳光又洒在江上，
江面漂着一朵白荷花，
圣洁幽雅魂逝江流长。

——《迁徙悲歌》（八）

荷格的死具有重大意义，其中饱含着亲情（对父亲与公公）、友情（对塔迁的小女儿心花）、爱情（对丈夫德其），更有民族之情（对兄弟部落反目的忧虑）。作为一个女性，她唯一能做的只是奉献一颗纯洁的心。正因如此，她在江水中遇难，前来援救她的是她正要去捕捉的鱼儿，这一灵巧之笔，写出了她的精神力量。

《迁徙悲歌》中还有一些人物也很成功，兹不赘言。正是这些富有生命力，饱和着人间激情的人物，使它在哈尼族史诗中独具一格，深受人们热爱。

《迁徙悲歌》的人物、结构、主题等等已经脱离了传统古歌的巢臼，在文学的趣味上更进了一步。

第八章　迁徙传说

漫长艰辛的迁徙历史造就了哈尼族灿如星汉的迁徙史诗群落，它们伴随着辈辈哈尼祖先的人生长旅，伴随着代代哈尼前人的苦乐悲欢，它们是哈尼人迎对艰难困厄的慷慨之歌，也是哈尼人享受胜利的欢乐之曲。迁徙史诗因它需用庄严肃穆的“哈巴”曲调，在杀牺献祭的宗教、节庆场所方可曼吟低唱，在平昔的日常生活中，在田间地头、在亲友聚会、在休息闲暇之际，却无法展开歌喉。而且哈巴作为一种歌唱的艺术，并非人人都能运用自如，因而，寻常百姓的寻常生活就向哈尼族文学自身提出了新的要求：创造一种较为随意的、人人可以把握的、足以赏心悦目又达到教化效用的艺术形式。迁徙传说，这种不受诗歌格律制约，不受场合地点局限，可以发挥讲述者个人聪明才智的形式就应运而生了。

哈尼族每个支系，每个家支，都有大量盛赞祖先迁徙伟业的传说，其数量之多无法准确统计，但可以肯定是极为可观的。我们在长期的调查中发现，几乎每一部迁徙史诗都存在着吟唱体的史诗与讲述体的传说两种形式，甚至一部迁徙史诗可以有几种或十几种讲述形式。这些传说或取从头到尾的方式按部就班地把迁徙史诗的情节系统讲述，或剪裁史诗中的某一部分进行加工，使之独立成篇，并依主题指向的不同，强调某些侧面削弱某些侧面，使之变成独具特色的故事，以适应听众的欣赏需求。

我们掌握的迁徙传说，到目前为止已有三百余个，其中较著名的有《先祖的脚印》《豪尼人的祖先》《哈尼三祖先》《一娘生的亲弟兄》《爱尼上山的传说》《四个民族是怎样分家的》《格朗和的来历》《苏湖的来历》《曼海寨名的由来》《姑娘寨的来历》《仰资资嘎嘎》（仰资迁徙传说）、《区依讨媳妇》《莫作作嘎嘎》（莫作迁徙故事）、《哈尼杜达尼嘎嘎》

(哈尼祖先的迁徙)、《穿黑衣黑裤的传说》《木鞋的来历》等等。它们用生动形象的生活语言，用委婉曲折的故事情节，以或庄或谐的格调，津津有味地讲述着哈尼祖先的迁徙历史。我们甚至发现了一种宛如编年史家纲要式的迁徙传说，以极简洁的语言叙述哈尼先祖的迁徙历史。

总之，哈尼族迁徙传说异常丰富，数量既多，种类亦繁。下面将其归为四类分别予以介绍，这就是：

系统叙史的迁徙传说；

认祖归宗的迁徙传说；

释说风物成因的迁徙传说；

历史纲要式的迁徙传说。

每类我们各选一至数个有代表性的例子加以说明。

第一节　系统叙史的迁徙传说《先祖的脚印》

第一类是直接从长篇迁徙史诗变化而来的迁徙传说，它们可以看作长篇迁徙史诗的散文体。虽然，由于一者为吟唱，一者为讲述，加以场合、功用的差异，传说的自由性、创造性更为显著。

可以说，每一部长篇迁徙史诗都有自己以讲述体流传的传说，如《哈尼阿培聪坡坡》《普嘎纳嘎》《雅尼雅嘎赞嘎》《阿波仰者》等等，这里选择较有代表性的《先祖的脚印》加以介绍，它是《哈尼阿培聪坡坡》和《普亚德亚佐亚》的衍化体。

这篇迁徙传说由下面几个部分组成——

《虎尼虎那的先祖》，讲述哈尼先祖发源于北方红黑石头的高山，先住在岩洞里，后又顺着大水走下高山，学会采集和狩猎。《哈尼苏嘎惹罗普楚》，讲述哈尼族第一次安寨定居于“惹罗”地方，开创了稻作农耕生产方式，因而生活富裕。《大雁领去的地方》，讲述哈尼先祖在神灵之鸟大雁带领下向诺马阿美进发的际遇。《贝玛阿波吃了文字》，讲述在渡过诺马河时，保护“字书”的祭司贝玛被波浪神抢去“字书”，哈尼人由此丢失了文字。《好地诺马阿美》，是一首对哈尼故乡诺马阿美的颂歌。《腊伯来到诺马》，讲述腊伯人来到诺马阿美，艳羡这里的富足，顿起非分之想。《危险婚姻》，讲述腊伯小伙子讨得乌木姑娘的欢心，骗走哈尼权威的象征物权帽和绶带。《两个民族的比赛》，讲述哈尼和腊伯比赛放烟火、射箭。《扎纳划界》，讲述哈尼和腊伯争地、划界的斗争。《甜水大海子得威》，讲述哈尼在色厄作娘的生活。《好地谷哈》，讲述哈尼来到“谷哈密查”，开发了大片沃土，兴建家园。《戚姒扎密的故事》，讲述女英雄戚姒扎密以火牛火羊阵大败蒲尼人。《木朵策果》，讲述哈尼大头人纳索制造木人参战，大败蒲尼人，后遭马姒扎密出卖失败。《那罗普楚》，讲述哈尼来到“石七”地方建起自己的大寨，后蒲尼人又追寻到此，只好分作几路向哀牢山进发。《哈尼先祖过哈利》，讲述哈尼人在戚姒扎密带领下渡过波涛汹涌的“哈刹大江”（红河），开发了哀牢山众多地区，成为这里的先住民。

这一传说由朱小和讲述，笔者搜集整理，部分已发表，大半为手稿。[1]

这组传说与史诗不同之点，在幻想性和神秘性大大加强了，因而文学的趣味性也大大增强了。

譬如《大雁领去的地方》一节讲述先祖们到理想家园诺马阿美途中的神奇际遇——

先祖们走过数不清的大山，涉过数不完的河流，走过的路比千年的老藤还弯，踢掉了脚上的十个趾甲，还是找不到一块好地，头人只好叫大家停下来休息。他派出一些身强力壮的小伙子作为先头部队前去打探道路。

几天以后，小伙子们回来了，他们完全改变了面貌，身上穿着崭新的衣服，上面挂满雪白的银饰，黑黝黝的脸上放出亮光，好像刚刚过完六月年一样兴奋，一点也不像长途跋涉的迁徙人。他们对哈尼头人讲述了一个奇迹：

他们找遍各个山头山洼找不到一块好地，想坐下来吃掉自己的饭团，突然天上刮起大黑风，牛腰粗的石块被吹得遍地滚翻。正在惊骇间，如同巨雷震响，一只遍体金亮的大雁落在眼前，这

① 见《哈尼族神话传说集成》，中国民间文艺出版社1990年版，第269~289页，未刊部分存元阳县文化馆及笔者处。

大风原来是它的翅膀扇起来的。这神奇的大雁身子巨大如蘑菇房，脖颈粗壮如万年青树，一片羽毛像一匹棕叶，全身如太阳金光万道。它的脚被山峰挂了个洞，一跛一拐地走过来，请哈尼帮它医治。哈尼顾不得肚饿，忙用饭团塞住它腿上的洞，所有的饭团塞完还不够，哈尼就从自己腿上砍下一块肉来帮它塞好，大雁的伤口转眼就好了。它很感激善良的哈尼，抖下一片羽毛放在哈尼身上，哈尼于是变成穿戴一新身体健壮的人。然后大雁说，为了报答哈尼的恩情，它把自己的家乡让给哈尼人居住，说完，向山下一头扎去，轰隆一声巨响，大雁变成一个宽阔肥沃的大坝子。

听了小伙子的话，哈尼人很惊奇，于是来到大雁变成的大坝子，把这里建成美丽富饶的家乡。他们称这里为“诺马阿美”，“诺马”是“又黑又大”的意思，“阿美”是“水源之地”的意思，它象征着大雁的恩情像诺马河的水长流不尽。

在史诗《哈尼阿培聪坡坡》中，只是简单地叙述到探路的哈尼看见一只大雁在飞翔，就“尾着朝前走，翻过一山又一山，……大雁扎向地面，眼前霎时金光万道，好像太阳落在眼前……睁大眼睛瞧瞧，只见宽宽的平原，一条大水汹涌澎湃，湍急的水流分成两边。大河像飞雁伸直的脖子，平坝像天神睡在大水中间……”① 《哈尼阿培聪坡坡》用的是比喻手法，其意在写实，而传说则化现实为神奇，故而两者意趣不一，它在《哈尼阿培聪坡坡》的基础上更加艺术化了。

又如《贝玛阿波吃了文字》对哈尼在迁徙途中遗失文字的传说是这样描述的——

河水暴涨的七月，哈尼准备渡过诺马河，到河流环绕的平坝诺马阿美去。哈尼的字书是智慧之神的嘴巴和眼睛，天上地下神灵人世的大事都记载在里面。负责保管字书的是祭司贝玛，他跟着哈尼的大队走进河里。他是具有神通的人，河水再深也只能淹到他的磕膝头。

① 见《哈尼阿培聪坡坡》第四章。

不料贝玛的声音惊动了睡在河底的河神，他知道哈尼的字书是无价之宝，就派三个波浪神去抢夺。第一个波浪神像水牛一样吼叫着去抢，贝玛把字书抱在胸口，它跳到脚酸，吼到嗓子哑也抢不到字书。第二个波浪神像老虎一样扑来，贝玛把字书扛上肩头，它也抢不到。第三个波浪神是大哥，力气和声音都最大，石崖也挡不住它，它轰地一下飞腾起来，像老龙打架一样扑向贝玛。贝玛情急之中高声问头人怎么办，头人叫他用嘴咬住字书，用两手和波浪神厮打。贝玛和这个波浪神打了七架，不分胜负，打到第八架，他没有力气，眼看波浪神就要把字书抢走，一着急，咕噜一声，就把字书咽进了肚子。波浪神不罢休，把贝玛按进水里用水灌他，逼他吐出字书，殊不知这样一来，水把字书泡化，哈尼祖传的字书就永远留在贝玛的肚子里了。

哈尼失去了字书，人们无书可读无字可识，但是贝玛却变得异常聪明，能通晓过去未来的所有事情。

这段故事在史诗里也是写实性的：贝玛走进河里，随着水越来越深，他把字书从胸前挪到肩上，又咬在嘴里，这时一个大浪打来，他在惊愕中不由自主地“呃”了一声，转眼字书就不见了，字书被他吞进肚子里去了。①

与大雁的传说一样，这样的描述是写实的，虽然有一点传奇的影子——贝玛吃了字书所以聪明——但它本身还不是传奇。在传说《贝玛阿波吃了文字》里，波浪不再是以自然形态出现，而是作为一个有意志、能够自主行动的神灵，来抢夺哈尼的珍宝字书。它并且和贝玛展开了一场恶斗。两个故事的结局虽然都一样，但整个意蕴则大相异趣。

这样的例子很多，它们在脱息于迁徙史诗的传说中构成一个系列，并形成自己的特色。

之所以如此，是讲述者要把迁徙历史生动地讲给听众，必须要有神秘色彩和传奇性，否则难以在听众心中打下深刻的烙印。

另外，口语的表述具有自由灵活与生活贴近的特点，最适宜讲述者进

① 见《哈尼阿培聪坡坡》第四章。

行加工和想象的展开。兼有这两点，讲述者和听众才能津津乐道，使所讲述的内容传之久远。

第二节 认祖归宗的迁徙传说《哈尼三祖先》

所有的迁徙史诗和传说在某种意义上说，都是一种认祖归宗的迹化物，都有崇祖颂宗、光宗耀祖的意向。但是，作为与祖先崇拜直接联系，尤其以歌颂家支直系祖先的丰功伟绩或通达神灵为目的，而且结合哈尼族是一个迁徙民族的特点而讲述的迁徙传说，在迁徙传说系统中占了一个很大的比例，如前面提到的《豪尼人的祖先》《哈尼三祖先》《一娘生的亲兄弟》《四个民族是怎样分家的》《哈尼杜达尼嘎嘎》等均是，此处仅选择较有代表性的《哈尼三祖先》介绍。

这一传说因系传颂哀牢山地区哈尼族三位著名先祖的业绩，故在红河州、玉溪地区、思茅地区各哈尼族支系中均有流传。本文介绍的传说是由红河县故事家鲁然、祖博、热斗讲述，黄世荣整理的。[①]

这一传说分四个部分：《老虎不咬仰资人》《蜂子不叮区依人》《河水不冲莫作人》《三个祖先认弟兄》，结构完整情节生动，读来兴味盎然。

传说说道——

仰资、区依、莫作是哈尼族三位英雄祖先。古时候，哈尼人居住在美丽的诺马阿美，后因外族杀入，抢走哈尼人的牛羊粮食，杀死很多哈尼人，先祖们只好搬到宽宽的谷哈地方。又因外族入侵，哈尼人打不过，先祖们于是分为十二路去寻找能过安稳日子的地方，这十二路人，四路朝太阳升起的地方走，四路朝太阳落下去的地方走，四路朝南方走，前八路人马失去了联系，故事只讲朝南的四路人。他们又分出一路在前面开路，约好砍树为号，让后边的跟着来。外族人不放过哈尼，跟在后面追杀，这样后三路打打停停，停停打打，耽搁了时间，走到红河岸边时，看

① 载《哈尼族神话传说集成》第295～307页。下同。

见前面弟兄砍倒的芭蕉树又发出来长高了，就不去追赶，这样两弟兄就失散了。剩下的三路人又分开走，这就是仰资人、区依人和莫作人，也就是三路以仰资、区依、莫作为首领的哈尼人。

故事首先说到仰资一支——

仰资人乘坐着芭蕉树和竹子扎成的筏子渡过拉沙大江（元江，亦即红河），在拉沙坝子安了家，但是刚刚过上好日子，外族人又大量搬来排挤哈尼人，头人仰资就带领族人沿江而下，到江尾的大坝子安居。这里水土肥沃，栽出的谷穗有马尾巴长，谷杆能做笛子吹，结出的棉桃有锅大，棉树要用斧子砍。哈尼人有吃有穿，只是天气炎热，无法久居，于是他们又砍竹结筏，乘筏来到大海中间的额咪岛上。

“额咪”是“天边水尾”之意，在大海之中（又有传说是今天的日本，这显然是现代观念）。哈尼人在这里开田种地，生活丰足，但是天热瘴大，百病丛生，仰资本人也打起摆子，他打算返回故乡。有一部分哈尼人不愿再搬家，就留在额咪，仰资则带领大部分哈尼人朝日落方向划去，终于回到南洼，即今元江县境某地。

返回家园后，仰资瘴气发作，久治不愈，于是贝玛来帮他叫魂，原来他的魂留在了额咪，叫回魂来后他吃了狗肉，于是病就好了。因为狗救了仰资的命，于是他对天神么咪发誓，子孙后代再不吃狗肉，如果吃了，就让老虎来咬。由于仰资支系的人不吃狗肉，老虎也不来咬他们。

关于区依人，传说又是这样——

头领区依带领族人乘坐傣家的木船渡过红河，路上被老虎围困，这时一群大土蜂飞来叮跑老虎，救了区依人，于是区依发誓今后不再吃蜂儿，蜂子也不来叮区依人。

区依爱上一位美丽的奕车（哈尼族一支系）姑娘，但姑娘的阿爸要考考他，就出难题说：“马鹿三百六，鹌鹑二两五，蚂蚁二钱五，一只马鹿有几只鹌鹑重？有几只蚂蚁重？”区依不假思索，回答说：“一千四百四十只鹌鹑凑只鹿，一万四千四百只蚂蚁够只鹿。”阿爸说：“你答对了，不过还要再考。你拿一条鱼种去放，三个月鱼发不到一万条，就别想讨到我的姑娘。”姑娘喜欢区依，教他把鱼种放进青尼河里，这条河鱼很多。区依对姑娘的阿爸说：“瞧，河头河尾都是鱼，一万条也不止了，请把姑娘嫁给我吧。”阿爸喜欢他的聪明，就把姑娘嫁给他，区依和姑娘在青尼地方过着美满的生活，子孙繁茂兴旺。

关于莫作人的传说则是——

莫作人与哈尼大队分开后来到红河边。红河波浪滔滔，无法渡过，这时天神派大群水牛游过江来，让莫作人骑着游了过去。于是莫作发誓永远不吃水牛肉，否则宁愿被河水冲死，因为信守这一誓言，河水不冲莫作人。

莫作带领族人来到腊哈（今元阳县境）安了家，他爱上一位美丽的傣家姑娘，就向姑娘求婚。傣家姑娘也爱他，告诉莫作说，她的父亲会变各种东西，莫作要学会变化，否则会被阿爸杀死，莫作于是投师高明的贝玛，学会了各种变化。

莫作来到傣族姑娘家，阿爸打水给他洗脸，水里爬出许多麻蛇，莫作一把盐放进去，蛇就消失了。吃饭的时候，阿爸咕噜咕噜一念咒，莫作肚子里的饭菜立刻变成一根长长的皮条，把他的肠子心肝搅得恶心想吐，莫作在肚子里变出一把剪刀把皮条剪断了。晚上阿爸变成一只绿眼猫来抓莫作的魂，莫作变成一只豹子，把猫吓跑了。

第二天是最后关头，姑娘送给莫作一颗槟榔似的东西，叫他危急的时候使用。阿爸又变成一窝红蚂蚁，想把莫作叮死，莫作变成一只大公鸡，来吃红蚂蚁。阿爸变成火来烧莫作，莫作变成老鹰飞上天空。阿爸变成龙追上天，龙是最大的东西，莫作无法胜过它，就拿出那颗东西吹了三下。正在家里织布的姑娘知道了，拿出一块镜子照到天上，把龙眼睛刺得无法睁开，掉到地上变成一条蛇，被莫作变的老鹰抓住了。

阿爸输了，只好把姑娘嫁给莫作。从此，哈尼人和傣族结成亲家，来来往往至今不断。傣家姑娘给莫作生了五个儿子，个个都健壮聪明有本领。

故事最后说——

仰资、区依、莫作三弟兄后来聚到一起，莫作有九个儿子，区依有八个儿子，仰资只有七个儿子，莫作就分给他一个，这样大家各有八个儿子。

三弟兄把红河南岸分作三截，仰资在水头，区依在中间，莫作在水尾，他们的儿孙就是今天哀牢山区的哈尼族。

这个有趣的传说，以神奇的风格讲述了哈尼族在哀牢山这纵贯云南之境的广袤地域迁徙、定居、开发、建设的历程。仰资（即史诗《阿波仰者》中的仰者，事迹亦与史诗同，请参本编第五章）一支的区布在红河中上游地域，以今元江县为中心，区依一支的区布在红河中游地域，以红河县为中心，莫作一支的区布在红河中下游，以今元阳、绿春、金平县为中心，这即是当今哈尼族主要聚居的地域。作为迁徙传说，即如第五章分析的，仰资（仰者）活动的时代当是宋元之际，而区依、莫作这些首领亦当是彼一时代的人物，并由该一时代的实际领袖衍化为文学形象。

哈尼族在红河流域的迁徙并非一帆风顺，这从传说《哈尼三祖先》的描述可以看出。仰资一支历尽风险，甚至远渡重洋，到达“额咪”的天边水尾，中经瘴疠的折磨和大海的阻隔，好容易才返回拉沙坝子定居。区依一支在“青尼”地方定居，若非富有智慧，区依本人讨不到媳妇不说，族人也无容身之所。莫作的经历更加凶险，若不是傣族姑娘钟情于他，教他法术，助之以力，莫作本人也将葬身于傣族阿爸的魔法之下。传说不是史实，仅是史实的折光反映，《哈尼三祖先》反射出的，是这样一部充满艰辛与凶险的哈尼先祖迁徙史，或历险记。

作为文学形式的传说，其价值高低，在它的叙述是否是有波澜起伏的情节与优美丰富的语言。

仰资反反复复的迁来移去，不能说不具有引人入胜的情节性，但是真正具有浓厚民间传说素质（如结构的三段式重复，故事“眼”的设计等等）当推区依与莫作的迁徙。

区依爱恋奕车姑娘成败的关键是看其能否圆满解答姑娘阿爸的难题。两道难题中，一道是数学题——“马鹿三百六，鹌鹑二两五，蚂蚁二钱五，一只马鹿有多少只鹌鹑重？有多少只蚂蚁重？”区依竟不假思索，一口说出，这证明哈尼族已有了自己独到的算术，因而这个传说带有科技性，这在哈尼族传说中尚属少见。哈尼族早已有了自己的科技文明——这一点我们可以从哈尼族单凭人力就开发出高摩云天为世界称奇的梯田的业绩中见出。第二道题是关于环境生态的，老阿爸要区依拿一条鱼放养，三个月后鱼必须达到万条。这是一个难度极高的课题，但是区依在姑娘帮助下，竟想到将鱼种投入鱼儿众多的青尼河中，不要说三个月，当天就可以有万条之数，何况河里究竟有多少鱼谁也无法统计。这是哈尼人对环境生态的重视，以及他们智慧超卓和文化长足发展的表征。区依的胜利，又可以说是文明的胜利。

莫作则以传说常用的“斗法”制胜。

区依、莫作传说比仰资传说引人的原因，就在它讲述的传说性：斗智、斗法，而且是在类似事物的重复递进中展示。

当然，这个传说以小标题《老虎不咬仰资人》、《蜂子不叮区依人》、《河水不冲莫作人》点题，意在解释为什么老虎不咬仰资人，蜂子不叮区依人，河水不冲莫作人，带有一定的图腾色彩，即仰资家支以狗为图腾，区依家支以蜂子为图腾，莫作家支以水牛为图腾，从而他们不吃狗肉、蜂儿和水牛肉。

总之《哈尼三祖先》的文化内涵是极其丰富的，它融祖先崇拜、迁徙历史、图腾遗迹为一炉，加以瑰丽的想象，以传奇的手法表述出来，是十分美丽的，这就是为什么它在广大的哈尼族聚居地区家喻户晓的原因。

第三节　释说风物成因的《穿黑衣黑裤的传说》等迁徙传说

迁徙历史对一个民族的形成、发展、变化起着举足轻重的影响，这一影响往往波及民族生产、生活和意识形态的方方面面。民族风物的形成自然有它物质和精神的原因，但作为一种历史的迹化，常常表现在对某些事物来历的释说上，这就构成了迁徙传说中的另一种类型。哈尼族的衣食住行，无不有其来历，有关的传说比比皆是，此处介绍的是其中较有代表性的两种传说——《穿黑衣黑裤的传说》和《木鞋的来历》。

哈尼族尚黑，传统服饰无不以青黑为最。关于这一习俗的来历，《穿黑衣黑裤的传说》[①] 作了解释——

古时候，哈尼人住在诺马阿美，后来被外族赶到南方大海边的色隅。

有一天，哈尼祖先遇到一群白鹇鸟，[②] 它们浑身洁白，宛如白玉，哈尼先祖就仿照白鹇的颜色穿起白衣裤，又仿照白鹇的跳跃跳起“乐作舞”。

后来外族人嫉妒哈尼人的幸福生活，就强占了哈尼的家园，并派人来追赶哈尼的迁徙队伍。哈尼人少势弱，只好拼命逃跑，但是他们总是很容易就被敌人发现，这是由于他们身穿白色衣裤的原因。后来，他们在喜鹊的启发下，穿上黑衣黑裤，这样敌人就找不到他们了。

但是染衣的黑色染料很难找，有些染料染上三天，就被洗白，经过很多试验，他们找到蓝靛，终于染出经久不褪色而又乌黑发亮的黑衣黑裤，从此哈尼人穿着黑色衣裤直到如今。

这个传说不但解释了哈尼族服饰的特点和成因，而且解释了染料的来源。

哈尼族是中国唯一穿木屐的民族，这木屐常用攀枝花木刻制而成，上穿绳索，下刻木齿，这是适宜半山区雨季路烂泥滑的环境用的。《木鞋的来历》[③] 对此有一个解说——

哈尼人在“腊萨坝子”（元江盆地）定居下来，外族人借联姻之机，霸占了哈尼的地盘，并一路追赶逃亡的哈尼。为了摆脱追兵，先祖仰资想出一个办法，砍来木头做成高跷踩着走，这高跷的脚做成野猪、马鹿的蹄形。果然，敌人到处找不到哈尼的脚印，遍地所见都是野猪马鹿的足迹，只好失望而返。

这高跷哈尼人叫“色勐”，它保护了民族，功劳很大，哈尼

① 见《哈尼族神话传说集成》。

② 白鹇鸟是哈尼族的吉祥物。

③ 见《哈尼族神话传说集成》。

人从此世世代代穿上它以示纪念。但因高跷不便行走，经过很多年，哈尼人把它改成木鞋，哈尼语叫“阿资色诺”，它成了哈尼人常穿的木鞋。

释说风物成因的迁徙传说非常丰富，它们从日常起居的各方面联系了先祖迁徙的历史，是迁徙传说中既有特色又数量众多的一个品种。

第四节　历史纲要式的迁徙传说《哈尼阿培烟嘎》

在调查哈尼族迁徙传说的过程中，我们曾发现了一种特殊的、酷似编年史家撮要纲目式的种类。为笔者讲述过这类迁徙传说的是元阳县黄草岭乡树皮寨的老贝玛杨批斗、马蒲成等人，后来元阳县政协的曹文义也将他调查到的同类传说惠寄笔者，可惜这些作品均未正式发表。

这类迁徙传说的代表是《哈尼阿培烟嘎》，即“哈尼祖先的古今”（曹文义搜集）。其特点是一个时代或一段迁徙历史用一两句、三五句高度凝练的话概括，然后加以一定说明。

下面是梗概——

我们哈尼族先祖搬家（迁徙）的事有几句话，第一句是“那突德取厄玛”。这是什么意思呢，就是哈尼族先祖是从鱼变人的地方搬来的。原来人不是在地上住，是像鱼一样在海里住。那时候，人的脚巴掌像鸭脚一样，还有尾巴，站嘛不会站，只会游过来游过去。后来水面下降，陆地凸出来，把它们顶出来了。第一个有名字的人叫“哦玛”，他的后代排下来叫“玛窝”“窝合”“窝觉”“觉能”……他们学着蚂蚁爬，又见蜗牛滑着走，也学着滑着走。“那突德取厄玛”是有盐巴的大海。

第二句是“兰哈八、月玛八，苏咪苏那岩活，虎尼虎那岩活”。“兰哈八、月玛八”是两条河，祖先们顺着两条河下来。“苏咪苏那岩活”是一条很深的河谷，阳光照不着的地方。“虎尼虎那岩活”是高山岩洞，这两个地方祖先们都住过。在河谷里领头的是“阿乌密玛然密阿那弄”，是个女人，在高山领头的是

“阿达俄马松侯然为侯波”，这是个男人。

第三句是“哈尼苏嘎惹罗普楚”。后来先祖搬到爱下大雨的地方住，这个地方叫“惹罗”，建了一个大寨子“普楚”，这是哈尼最富最爱在的地方了，所以叫“苏嘎”。带领哈尼去惹罗的是“朝者阿玛”，就是朝者的妈，是个女头领。在惹罗，哈尼先祖会用绳子拉成四方形顺着挖沟砌石脚，上面舂土筑墙，不再住岩洞了。

这个时期还有几句补充的话：“佐斗阿烟索帕阿然。”意思是“佐斗是阿烟首领的姑爷”。这是个工匠，他发明了炼铁打铁、拉风箱。他又发明了炼银子，所以惹罗是老实富的，才叫“哈尼苏嘎惹罗普楚”。又有“咪督涵海乌斯”，就是“裤脚卷得高高的同土地打交道的人”，就是栽田种地的人，这时候吃饭问题解决了。还有“厄底果都阿玛”，是专门种水稻的女人。她起初种旱稻，后来天热，她的儿子果都天天抬水来，用水枪打在她身上解热，水多了，淌到旱稻上，旱稻长得特别好，她就试着在有水的地方种，这样就种出水稻。她的功劳老实大，哈尼族唱酒歌的时候就会提到她的名字。

还有一句是“罗陶阿卡牙依”，就是“向螃蟹学会开沟引水的人牙依”。他见螃蟹在水源口打洞，扒出来的土堵住水，水就流到另一边去，又见猪拱出的水槽里，水顺着流，就学会了开沟引水，把水引到“咪督涵海乌斯”们开出的大田里。

在惹罗普楚日子很好过，后来人口一天天发展起来，住不下，就搬家了。

第四句是“哈尼诺马阿美”。这是一个比较宽，比较平，有河水的地方，先祖们生活很好。他们在这里筑起高高的城墙，防止外人来打。想不到住了很久一段，其他民族向哈尼人发动了战争，把哈尼人赶跑了。

第五句是“色鱼哈尼密比”，“色鱼”听说是今天的大理，“哈尼密比”是“哈尼分得的地盘”。先祖住了一久，别的民族来赶，只好又搬着跑了。

第六句是“谷哈密查”，就是“把东西埋起来的地方”，因为打仗，东西来不及拿，只好埋起来逃跑。在“色鱼”是扎纳当头领，在“谷哈”是他的儿子纳索。哈尼在“谷哈”住得很长，样样都发展得很好。又有一句：“哈尼谷通腰玛，行辖乔皮皮策。”就是哈尼在谷哈人很多，城里有了六千户人家，还有八百户在不下，到城外靠城墙搭偏厦住。

第七句是“阿通”，就是今天的通海（即玉溪地区通海县——引者），先祖住了一久，又被外族人赶跑了。

第八句是“那罗普楚”。“那罗”是头人的名字，“普楚”是大寨子。地点在今天的石屏县。那罗有两个老婆，一个是哈尼人，很好，一个是汉人，很坏，那罗就把汉人老婆杀死了，大家很高兴。

第九句是“随密查的尼科普玛”，“随”就是今天的建水县。哈尼先祖来开发建水这个地方，但是这里完全是大森林，要砍掉大树才行，很难。汉族叫“难”，哈尼叫“随”，就是“很难开发的地方”。经过先祖的努力，还是开发出来了。后来外族人来排挤哈尼人，多数人就搬到江外（红河南岸地区——引者）在，还有少数留在建水。

第十句是：“哈尼沙埃丫多，哈尼沙埃罗铺，哈尼沙埃搓罗，搓罗多苟哈尼麻纠。”就是“哈尼在江外最好在的地方是丫多、罗铺、搓罗，这些地方以下就没有哈尼人了。”

这种释说性和史记性很强的传说，一般不易引起人们注意，因为缺乏情节、人物和场景的描绘，文学趣味很少。但它却具有相当的历史权威性，惟有学问高深的老贝玛才能通晓并解释。它为民族学、历史学和文化学的研究提供了珍贵的材料，而且作为迁徙传说很别致的一体，在文学史上也有一定的位置。

第九章　精灵传说

第一节　林林总总的精灵传说

漫长艰辛的迁徙历程使哈尼先祖受尽了磨难，但也玉成了他们。在与陌生自然环境和其他民族文化的冲撞、调适、交融中，他们学会了新的东西，更新了旧有的文化，使自己获得了更加强大的生命力。这一文化感知积淀下来，便是在哈尼族民间文学中产生了许多很有特色的文学样式，精灵传说即是其中的一种，先民们把自己的痛苦、创伤、喜悦、欢乐，以艺术化的方式曲折地表达于其中。

每一种新的阅历、每一次艰险的迁徙都可能使先民们编织出一种精灵传说，因此，哈尼族的精灵传说众多而精彩，古拙朴厚，而韵味悠长，因为它直接发源于他们的心灵，饱和着他们的激情。这些传说中较为著名的有《豹子精的传说》《瀑布魔王的故事》《作洛搓罗》《然刚与魔鬼》《俚阁与尼莫姿嘎》《巧治妖精》《瞎子与跛脚》《木汪杀妻》《眉嵯》《阿培和妖精》《嵯扎眉芊》（尖嘴吃人怪）、《俄罗罗玛》（老野人）、《查眉哈贝》（鸽子精）、《涅哈色依玛》（孤儿与妖怪）、《哈贝》（美人妖）、《艾期扎》（野猪精）、《神鸟射恶龙》等等。

所谓精灵是一种世间本无而纯由人们幻想出来的怪物，它们非神非鬼，虽不能改天换地，但也不是易与之辈。它们或身躯庞大，或计谋奸险，或善于变化，或有某一特殊技能，总之，它们总是超越凡人，为人之所不能。而且它们多半代表着自然界里某些可怕的事物，如洪水、猛兽、淫雨、山洪、烈日、飓风，或是一些莫名其妙不具其形的氛围，通过传说而使之有形有象。总之，它们代表的是处处与人类为敌的异己力量。精灵传说就是通过人与它们的斗争，取得二者的谐调。

下面从与人类生存环境有关的精灵传说（自然方面）和与人生有关的精灵传说（社会方面）来予介绍。

第二节　与生存环境有关的精灵传说

这一类传说较具代表性的是《豹子精的传说》[1]《瀑布魔王的故事》[2]《作洛搓罗》《眉嵯》和《然刚与魔鬼》等。

《豹子精的传说》说——

山林里有只豹子精，它本领高强善于变化，常常变成人的模样进寨来抓鸡拖猪吆牛赶马，还会抓人。有个寡妇被它抓进山洞吃掉了，她留下两个女儿，豹子精还想吃她们，就变成她们阿妈的模样，趁黑来到门前叫门。

两个女儿听见它的声音又哑又老，就说："你的声音不像我们的阿妈，不开门！"豹子精哄她们："我在山上多吃了几个涩棠梨，所以嗓子哑了。"它把爪子伸进门缝要她俩看是不是阿妈的手，两个女儿看见爪子上的长毛，说："你不是我们的阿妈，我们阿妈手上没有长毛。"它就把长毛燎光。两个女儿看见燎光后的爪子红红的，说还是不像，它又把爪子伸进蓝靛锅里染成蓝黑色，这样它就骗进了屋。

后来两个女儿看见它的短裙下面藏着一根长尾巴，知道上了当，就哄它说："我们帮你梳梳头。"趁机把它的长头发拴在柱子上，然后背着一个"哈迫藏"（爱尼人为保存火种装火炭用的箱子）逃跑了。

豹子精知道行迹败露，就挣脱头发来追赶，她俩一个爬上盐

① 均见《西双版纳哈尼族民间故事集成》。
② 均见《西双版纳哈尼族民间故事集成》。

酸木果树，一个爬上鸡嗉子果树。豹子精爬树来抓她俩，她俩就用盐酸木果和鸡嗉子果狠打它，把它打得大叫。她俩又脱下手上的银镯，放进“哈迫藏”里烧得通红，趁豹子精张嘴大叫，和炭火一起倒进它的嘴巴，豹子精于是被烧死了。她俩就这样为阿妈报了仇，为爱尼人除了一大害。

哈尼人聚居于高山，山林中的凶禽猛兽是他们的一大祸患，这些物类仗着尖牙利爪和奔走迅速经常危害人类，小则猪鸡牛羊被拖被抓，大则危及人的生命安全，使人防不胜防。于是豹子精——还有老虎精、老熊精、老鹰精、狼精、蛇精等等——的传说就产生了，它们反映了人们对这些动物的恐惧心理。这些动物出没无常，往往在出人意料之处骤然出现，于是人们把这灾难降临的突发性和无规律性衍绎成变幻莫测的精灵，给它们罩上一层神秘的色彩，更增加了人们对它们的恐怖感。所以，从前山寨里的孩子和胆小的妇女听说“老豹子来了”或“老熊来了”马上会被吓得发抖，正在啼哭的孩子会立即噤声，正在干活的妇女会丢下工具拼命逃回家中，因为这“老豹子”“老熊”指的正是豹子精、老熊精。

《豹子精的传说》讲的是动物与人类为敌的传说，《瀑布魔王的故事》则讲述了一个既不会走又不会动的瀑布——这非动物的环境成精作怪与人为敌的传说——

有一条河叫南破河，河上有一个美丽的瀑布，瀑布里住着一个女魔王，她霸占了瀑布和河流，使动物们不敢到河里喝水，连人也不敢到那附近打猎。

有一个小伙子叫标门，是个有名的猎手，一天，他来到瀑布下的温泉边打猎，突然听见一个长长的女人的声音呼唤他：“快回去吧，你家的人生病啦。”他顿时心慌意乱起来，赶快跑回家去，谁知家里的人全都很好。

这样被捉弄了两三次，才知道原来是瀑布魔王在和他捣乱，就背上猎枪，拿上女人筒裙上剪下来的布块和狗屎藤叶子——据说这两样东西具有驱魔镇邪的作用——来到瀑布边。这时那个长长的女人声音又响了，而且露出可怕的模样来威胁他，但他毫不畏惧，用狗屎藤叶熏昏了女魔王，又把女人筒裙布塞进枪管做子弹打死了它。

类似瀑布魔王的精灵传说在哈尼族传说中足有一个长长的系列，诸如老崖子的传说、魔雾的传说、老箐的传说、山洪暴雨的传说、老树精的传说、怪石的传说等等。传说中的怪异魔妖都是哈尼人居处环境中的常见之物，只不过它们都有各自的特殊之点，如老崖以壁立千仞使人压抑，老箐以其深不可测使人神秘，浓雾以其遮天蔽日使人迷茫，老树怪石以其形状古怪使人惊吓，山洪暴雨更以其冲决房屋、席卷牛羊甚至夷毁田地的力量使人恐怖，这些情形构成它们成精作怪的充足理由。

动物和景物的精灵传说有一个共同点，它们象征着自然灾难的普遍性，下面这篇《作洛搓罗》① 中的大魔鬼，则是自然灾难深刻性的化身。这篇传说中的魔头并不借助客观存在的任何事物（一如《豹子精的传说》必须借助豹子、《瀑布魔王的故事》必须借助瀑布这些景物写真），它是一种实际不存在纯由人们的头脑虚拟出来的“心灵的幻影”，但也正因如此，它集中了自然界中与人类对立的若干异己力量，显得更加可怕，这从它的题目《作洛搓罗》（意为“魔鬼活活吃人的地方”）就可以看出。

这篇传说叙述道——

古时候，所有的地方都是大神乌木管辖的，乌木手下有许多弟兄帮他做事。有一次，他带领他们到四方巡查，出去时间很长，这时候，不知从什么地方走来一个大魔鬼，专门捉人吃，不管男女老少都吃，最后把大神乌木的独儿子也捉去吃掉了。大魔鬼一面吃人，一面把骨头丢在地上，日子久了，白花花的人骨铺成一条白白的路，通到它住的岩洞，人们把那里叫做“作洛搓罗”，意思是“魔鬼活活吃人的地方”。所以古歌里这样唱道——

作洛搓罗哦，
魔鬼吃人的地方！
一夜吃了七个儿子，
一早出了七个寡妇，
人的日子哦，

① 见《哈尼族神话传说集成》。

比苦藤水还苦！

后来大神乌木回来了，一看，遍地惨景，就叫几个弟兄去杀大魔鬼，弟兄们左推右推，最后选出个头最高、力气最大的查艾去杀。查艾第一次去，被大魔鬼用脚丫巴夹来的大石磨吓回来了，第二次被大魔鬼吃铁砂的本领吓回来了，第三次被大魔鬼吃铁砣砣的狠劲吓回来了，第四次被大魔鬼打跑了。

回来的路上他遇到弟兄中个头最小的乌麾，乌麾不知道有大魔鬼，更不知道大神乌木说过，谁杀死大魔鬼就让谁当乌木。听了查艾的遭遇，乌麾决定去杀大魔鬼。查艾讥讽他："你真是癞蛤蟆吃蚂蚁，吃撑了肚子！你晓不晓得，大魔鬼的牙齿比竹烟筒还粗，比竹烟筒还长，你去还不够他一小口呢！"但乌麾还是勇敢地去了。

一路上，他帮助了许多东西——笋壳、冬瓜、大黑蜂、大红鱼，这些物类都愿意帮助他，他们一起来到作洛搓罗，向大魔鬼挑战。

大魔鬼见乌麾又矮又小，压根看不起，歪歪地披上衣服，打算吃上一阵烟再去杀死乌麾："这种人，用小指头摸摸就死了！"

它提着烟筒到火塘边，"嘭"地被大红鱼扇起的灰迷住眼睛，想到水缸里洗眼睛，又被大红鱼溅了一脸水，接着大黑蜂又把它的眼睛叮肿了。它刚摸到大门口，又被笋壳滑跌倒，跟着被悬在门头上的大冬瓜砸得晕头转向。最后，乌麾走来一刀砍下了它的头。

乌麾扛着大魔鬼的头高高兴兴地回去，半路又碰到查艾。查艾心生嫉妒，说帮他扛一会儿，就把魔鬼头扛去向乌木邀功，大神乌木就把宝座让给了他。他当上乌木，架子十足，仗势欺人，杀掉不少好人。

乌麾杀死大魔鬼，却没有受到半分奖励，对查艾的欺骗行为很生气。他找查艾算账，查艾拼命逃跑，最后飞到天上，但是被乌麾用弩箭射下来摔死了。

查艾摔落在"天神沙拉的水尾"（天河的下游），天神烟沙的媳妇去挑水，看见水边的死人脸和身子流着血，很害怕，就用布把它盖起来。为了不让天河水被血染着，她又把查艾的鼻子、耳朵、咽喉塞起来，从此开了用布盖住死人、塞住死人鼻子、耳朵、咽喉的规矩。

大神乌木知道真情以后，就把宝座让给乌麾。乌麾爱惜百姓，大家很拥护他。

这个传说把作洛搓罗的大魔鬼描写得很可怕，它活活地吃人，吃人之多，以致用白骨铺成了一条路，这是一个直接残害人类的灾难之魔。这个魔鬼又非常有力量，大神乌木手下的弟兄都不敢去杀它，最健壮有力的查艾也被它轻易击败。在这样一种力量面前，人类唯有蒲伏称臣任其宰割。这是传说要表达的一个主题，它蕴含着创作这一传说的先民们所遭逢的自然环境是极其恶劣的。第二主题是人类必然要战胜恶劣的环境，这信心、意志、智慧和力量集中表现在个子矮小但信心十足且乐于助人的乌麾这一形象上。他敢于向大魔鬼挑战，而且在许多朋友帮助下，轻而易举地杀死了大魔王。传说歌颂的是善对恶的战胜（乌麾对大魔王），忠诚正直对奸狡阴险的战胜（乌麾对查艾）。

不论是《豹子精的传说》、《瀑布魔王的故事》，还是《作洛搓罗》，以及所有的这一类传说，其主题思想就是：自然环境凶险万端，但最终依然会被人类征服。

在人与自然的关系中，自然界并非总是与人类为敌，其所以危害于人类，是因人类自身力量薄弱，尚不能战胜自然和利用自然，凡是人类战胜和利用了自然的地方，自然界给予人类的回报就是善良和美好的。哈尼族先民对这一点有着明确的认识，反映在传说中，就形成了下面这类很有特点的精灵传说。在这些传说里，精灵通常分为两种，一为人类的朋友，一为人类的敌人，为友者总是帮助人类战胜为敌者。

这类传说中较为出色的有《眉嵯》《蚂蚁的回报》《神鸟射恶龙》《然刚与魔鬼》等等。《眉嵯》讲述蛇王帮助人类战胜病魔的故事。《蚂蚁的回报》讲述一个小伙子帮助了蚂蚁们，蚁王赠他宝珠帮助他打猎度过饥荒的故事。《神鸟射恶龙》讲述神鸟拔羽为箭，射死为害人类的恶龙的故事。《然刚与魔鬼》则讲述了一个善良的河魔帮助孤儿战胜为富不仁的财主的故事。这些传说在表现人与自然的协调关系的同时，也展现了大自然的美——当然，这美是人类心灵美的辐射。

下面具体介绍较有文学色彩的《眉嵯》[1]，它的梗概是这样的——

哀牢山区哈尼族每到七月属蛇的日子，就要举行驱赶病魔的“那梭列”祭祀仪式，届时小伙子们脸涂黄、蓝、紫三色，手持大刀长矛流星锤装成神兵，挨家挨户挥舞兵器“砍杀”病魔，并在火塘里撒红辣椒熏呛病魔，认为如此就能保证寨人终年无疾。这个仪式最先是为纪念眉嵯姑娘和蛇王伙子的，因为他们是病魔的克星。

传说眉嵯姑娘是哈尼山寨有名的美人，她在街子上爱上一个大眉大眼的英俊伙子，两人交往了很长一段时间。阿嫂问眉嵯姑娘小伙子住在哪里，是什么人，姑娘都答不上，阿嫂就交给她一个线团，说等小伙子下次来，就悄悄把线头钉在他身上，这样顺着线就能找到他了。眉嵯姑娘照着做了，她顺着线走，直走进河边的大岩洞里。

这岩洞口虽小，里面却极宽敞，竟是一座金碧辉煌的宫殿，墙是用金子打的，顶是用银子做的，柱子是用玉石做的，一房子绿莹莹金亮亮的。中间一张大床上有条大蛇盘在那里，线头就在它身上。大蛇看见眉嵯姑娘，就打个滚，变成那个英俊的小伙子，他就是蛇王。眉嵯姑娘告诉它已经怀了他的孩子，蛇王伙子高兴得唱歌，为了不惊吓肚里的孩子，他把她送回家，说生小孩的时候来接她。

眉嵯姑娘的爹妈上山撵马鹿的时候，被两个魔鬼吃了，它们变成爹妈的样子在眉嵯家横行霸道，等眉嵯姑娘长得又白又胖，就把她关在一个大篾笼里，叫阿哥阿嫂到山上掰锥栗叶子来帮眉嵯姑娘叫魂，然后要吃她。阿哥阿嫂要救眉嵯，就把糯米嚼成浆，喷在树叶上，说锥栗叶子全被鸟雀屎弄脏了，叫不成魂，魔鬼爹妈不相信，就自己去掰，并交代阿哥阿嫂看好眉嵯。趁两个

---

① 见《哈尼族神话传说集成》。

魔鬼出去，哥嫂砍开篾笼，割出鸡冠上的三滴血洒在自己手上和门槛上，叫眉嵯姑娘快跑。眉嵯姑娘背上一背灶灰逃走了，她去找蛇王伙子，为了让哥嫂好来找她，一路逃一路撒灶灰。

魔鬼爹妈回来，看见眉嵯姑娘逃走，大骂阿哥和阿嫂。阿哥阿嫂说，眉嵯姑娘力气大，一挣就把篾笼挣开了，他们拉也拉不住，“瞧，这就是她被竹篾划破淌出来的血，还滴在我们手上和门槛上呢！”魔鬼爹妈看见血迹，没话可说了。

过了一年，阿哥阿嫂想念眉嵯姑娘，就顺着灶灰印找到河边大岩洞。他们看见一条大蛇盘在金床上，它打个滚变成一个漂亮小伙子，这就是他们的妹夫蛇王伙子。蛇王伙子杀猪杀鸡热情招待他们，问他俩吃饭要用金碗金筷还是银碗银筷？哥嫂回答说用竹碗竹筷就行了，结果摆出来的是金银碗筷。又问他俩洗脸洗脚用金盆还是银盆，睡觉用金床还是银床？他俩回答用木盆睡竹床就行，结果蛇王伙子给他们用的是金盆银床。后来他俩要回家，蛇王伙子问他们要几驮金子几驮银子？他们回答要点米糠和灶灰，米糠好拿回去喂猪，灶灰好拿回去压田，结果给了他们两大箩金银。

回到家里，魔鬼爹妈听说他们从眉嵯家里背回来很多金银，就大骂他们为什么不多背些回来。它们硬逼着哥嫂带它们来到河边大岩洞，很神气地跳进去。

蛇王伙子虽知它们是魔鬼，但碍着情面还是表示欢迎，问它们吃饭用什么碗筷，洗脸脚用什么盆，睡觉用什么床，它俩说：“我们是尊贵的岳父母，当然用金碗筷，洗金盆，睡金床罗！”结果给它们的是竹筷木盆，和几张野芋头叶作垫子睡觉。临走蛇王伙子问它们要什么礼物？它们回答要九驮金银。蛇王伙子给了它们九驮金银，让它们骑上高脚宽脯的龙马，叮嘱它们龙马会飞，为了不颠下来，要把脚杆绑在马鞍上，它们很高兴，照着做了。眉嵯姑娘则送了一包干巴、腊肉和糯米粑粑给它们做饷午。

回家的路上，它俩一面跑，一面拿出眉嵯姑娘送的饷午来吃，谁知饷午变成千百只大黑蜂，把龙马叮得飞奔起来，一边飞跑，一边踢咬，把魔鬼爹妈颠了下来，但它们的脚绑在马鞍上，挣也挣不脱，头拖在地上，一路拖死了。

两个魔鬼的肉被龙马拖得一山一岭都是，这些肉块变成了苍蝇、蚊子、跳蚤，到处乱飞乱叮乱咬，被它们叮咬过的人就会害病，这是因为两个魔鬼活着要吃人，死了也要吃人，它们就是病魔。

蛇王伙子和眉嵯姑娘知道两个魔鬼死后还在害人，就让他们的千百个儿子拿着大刀长矛流星锤来杀病魔。

病魔天不怕地不怕，就怕蛇王伙子眉嵯姑娘和他们的儿子，他们一来就飞快地躲到老林里去。所以后来哈尼人就在病魔作怪的七月，把自己装扮成眉嵯姑娘、蛇王伙子和他们儿孙驱赶病魔。

炎热多雨的夏季（又称雨季），是哈尼族地区蚊蝇横飞疾病丛生的季节。历史上由于卫生条件极差，哈尼族人民生了病只能求神问卦，或施用有限的草药医治，一般性疾病尚可，稍有重病即危及性命，因而人们在这一季节尤惧病魔降临。蚊蝇跳蚤之类是许多病症的传播媒介，人们对此已有认识，但对这些讨厌的小虫又无可奈何，只好视之为魔，在七月举行“那梭列”仪式，演出扫荡病魔的巫术性戏剧，并以这篇传说阐释这一仪式的内涵，以获得心理上的平衡。当然，届时需进行村寨和家户性的大扫除，清洁环境，打扫藏污纳垢的角落，烧红辣椒熏呛蚊蝇虱蚤，确也起到讲究卫生减少疾病的作用，这样又从生理上获得健康的保障。

出现在《眉嵯》传说中的精灵是两种——两个魔鬼和蛇王伙子，前者危害人类，生前吃人，死后害人，后者与人类相亲善，相友爱，并助人荡灭病魔，以致最美丽的姑娘眉嵯都愿意把爱情献给他。这些因素增强了传说情节的曲折性和人物性格的对比性，使其成为一篇优美动人的传说故事。它是人们对生存环境的改善达到了一定的水平的艺术反映。[1]

① 此传说在《窝果》第十五章中有所记述，虽其有着《窝果》探求文化事象缘起的性质，但从其中所描述的环境，如湿热多雨的七月疾病丛生及蛇王伙子形象的出现等等，与南方温湿地带的自然环境十分合契，故列其为迁徙史诗时代的作品。

第三节　与人生有关的精灵传说

人生长途中坎坷和际遇总是很多，它们构成了人类的生活。最常见的诸如生老病死、婚丧娶嫁等等。哈尼先民将它们编织进精灵传说中，通过人与精灵的际遇争斗，表达自己的爱憎和认识。限于篇幅，此处仅介绍与婚姻家庭和人生寿命有关的两篇传说《成甫娶媳妇》[①] 和《木汪杀妻》。[②]

《成甫娶媳妇》说——

从前有个英俊的小伙子叫成甫，听说如果讨十二个老婆，男人到阴间就可以不干活，因为十二个老婆会每人精心服侍他一个月，他就拼命讨老婆，共讨了十一个。最后一个老婆是个妖怪。

第十二个老婆生了怪病，有一天她对他说："成甫呀，我梦见神对我说，我的病要好，只有吃掉大姐的眼珠。"这个老婆很漂亮，成甫为了她连命都可以不要，就把大老婆的眼珠挖出来给她吃了，说来也怪，这样她的病就好了。

但是过了不久，她的病又发作了，这次她要吃二老婆的眼珠，成甫也照办了。这样一次又一次，十一个老婆的眼珠都被她吃掉了。

成甫有个独儿子，叫甫则，已经长大成人，而且长得聪明勇敢又英俊。这次，第十二个老婆又病了，她要甫则骑上白马到她家取一种神药，说只有这样她才会好。成甫就叫儿子上路，行前，第十二个老婆写了一封信叫甫则带着。

甫则骑马走了，路上他碰见一位老阿波（阿爷），拄着藤杖艰难地走路。好心的甫则就请他骑上马，送他回家。老阿波问甫则从哪里来，到哪里去，甫则一一回答了。老阿波叫他把信取出

① 均见《哈尼族神话传说集成》《成甫娶媳妇》由白苗甫讲述，白金明搜集整理，《木汪杀妻》由张克朗讲述，郭纯礼搜集整理。

② 均见《哈尼族神话传说集成》《成甫娶媳妇》由白苗甫讲述，白金明搜集整理，《木汪杀妻》由张克朗讲述，郭纯礼搜集整理。

来看看，甫则不看则已，一看吓了一跳，原来他这小妈妈是个妖怪，信上她叫家里的女儿吃掉送信人。老阿波帮甫则改动了信，叫小女妖见到信后立即嫁给送信人。

甫则找到妖怪家，小女妖见信后非常高兴，就和甫则结了婚，并向他逐一介绍家中的珍宝："这是神三弦，'噔噔噔'弹响最下一根弦，阿妈就变成一个年轻美貌的姑娘，'等等等'弹响中间一根弦，阿妈就变成一个七头妖怪，'动动动'弹响上面一根弦，阿妈的头就落地了。"她又乘着酒兴指给甫则看，哪是神药水，能把瞎子治成好眼睛，哪是水葫芦，能从里面倒出大海样的水。

甫则半夜起来，把这些宝贝一件件装进口袋。这时小女妖醒了，就来追赶他，甫则跳上白马就跑。眼看马上要追到，甫则掏出水葫芦一倒，在他后面出现一片波涛滚滚的大海，把小女妖隔在海的那一边。

他回到寨子里，并不回家，而在朋友家弹三弦。第十二个老婆和成甫正在家里喝酒，成甫看见她的脸越来越难看，慢慢变成一个七头怪物，不一会儿，七个头都咕噜噜滚到地上，她就死掉了。

甫则回到家里，把事情的经过讲给阿爸听，又用神眼药把十一个妈妈的眼睛治好了。

成甫从此明白了一个道理："一田莫盖双窝棚，一夫莫娶两个妻。"

这是一个教谕性的精灵传说。哈尼族社会规定一夫一妻制，不允许娶两个妻子，但有些富人就娶多个妻子，造成家庭和社会的不安定，这个传说就用以教育人们遵守古规。①

《木汪杀妻》则是关系人们寿命的，它说——

木汪是一位尊贵的大王，管着很大的地盘，七十七个鬼王有

① 这个传说与傣族著名长诗《十二个娘娘的眼睛》所叙如出一辙，是哈傣文化关系密切的又一证明。

事也要找他商量。

那时候人们寿命很长，可以活到三百六十岁。后来，人越来越多，吃的东西越来越少，常常为争夺食物打架，七十七个鬼王就来找木汪商量，重新规定人的寿命。鬼是夜间活动的，鸡一叫就得回到地下去，所以天天夜里鬼王们都来找木汪商量，究竟人寿定成几年为好。他们一连争吵了好几夜，最后达成协议说人寿定为一百年，为了使这协议生效，大家决定第二天夜里来签字。

木汪有个妻子，非常爱他，但也非常嫉妒，她见木汪每天夜里外出，整夜不归，疑心他干别的事去了。这天夜里她见丈夫又出去，就悄悄溜出去找。后来她为了让丈夫早点回家，就拿来一个簸箕，像公鸡拍翅膀一样拍得“啪啪啪”地响，又学着公鸡叫起来。全寨的公鸡听见，以为天亮了，就一齐叫起来，鬼王们听见鸡叫，顾不得签字，全都飞快地跑掉了。

木汪气愤地回家，妻子得意地告诉他这是因为自己学鸡叫才赶跑鬼王的。木汪一听，气坏了，大怒说：“关系人类寿命的大事竟被你这婆娘耽搁了！”他越说越生气，一刀把妻子的头砍了下来。

从此，人的寿命就有长有短，但很难活到一百岁，这全都怪木汪那个嫉妒多疑的妻子。

人生苦短，尤其在哈尼祖先艰难迁徙的征程中，诸多不利于人体健康长寿的因素，常常会使人遭遇短命的厄运。人们是多么盼望长寿啊，于是他们幻想出《木汪杀妻》的传说，希望能活到百岁。但是现实生活中，疾病、战争、食物缺乏、天灾人祸等等因素，使人们或夭折，或衰朽，或暴卒，这一切危及生命的情状令人忧伤，于是人们编织出这个传说，找来一个替罪羊，把一切愤怒发泄到木汪妻子的身上。

其他还有与爱情有关的精灵传说、与战争有关的精灵传说、与习俗有关的精灵传说等等都各有特色，兹不一一介绍。

第四节　精灵传说的文学趣味

自然环境和社会环境不断更迭，造成迁徙时代的一大特点，反映在精灵传说中就是精灵极多，极杂，也极有特征。总体来说，精灵是与人相对立而出现的自然与社会异己力量的代表，其性为恶，但随着人类与环境的调适、改良，自然界也不尽为害于人，故此也有不少精灵是善良的。为恶者如“作洛搓罗的大魔鬼”“豹子精”“瀑布女魔王”“魔鬼爹妈”“成甫的第十二个老婆”等。为善者如为人扫荡病魔的“蛇王伙子”、筹划人类寿命的“七十七个鬼王”等，它们很可爱，前者为清除病魔巧设妙计，后者总想把人类的寿命安排得更合理，更有利于人的生存，只是胆小，被木汪妻子假装的鸡叫吓跑了。

哈尼族精灵传说富于情节性，讲述起来人物个性鲜明，语言生动活泼，具有哈尼人浓郁的生活气息和山林气息。

例如《作洛搓罗》中，查艾作为一个胆小、怯懦、自私、色厉内荏的人物，由他的一系列表现反衬出正面人物乌麾的正直、勇敢、善良的品格。关于他的怯懦和色厉内荏，传说中这样描写道——

> 大神乌木的弟兄们推推搡搡不敢去杀大魔鬼，乌木发火了，决定比一比谁最高最大就派谁去，弟兄们听见乌木这样说，就比起来。量量两个奶头间的宽处，别人只有五掌，独独大兄弟查艾有十掌。量量肩膀的宽处，别人只有三拃，独独查艾有七拃。又量量腰杆的粗处，别人只有一抱半，查艾足足有三抱。乌木说：
>
> “查艾阿尼，肩膀最宽的是你，腰杆最粗的是你，力气最大的是你，你去杀去！”
>
> 查艾看看没有法，只好说：“是罗。”
>
> （去到作洛搓罗）魔鬼见查艾比自己高，比自己粗，像堵大岩子一样，心里有点怕，就和和气气地说：
>
> “哦，阿波（大爹，尊称），来玩吗？”
>
> 查艾见魔鬼比自己小，胆子大起来，粗声粗气地说：“是呢，

来玩!"

魔鬼想试试他的本事，又笑嘻嘻地说："来玩嘛——阿波，坐，坐!"一面抬起脚，用大脚丫巴夹起一扇大石磨递给查艾，查艾提提，提也提不动，只得就着坐下去，心里害怕了："嗯，这样重，怕干不赢他!"

查艾抬起头来望望魔鬼：哦，吓着了。只见魔鬼龇出四颗比竹烟筒粗的大尖牙，望着他嘿嘿地笑呢!

望着望着，查艾老实害怕，赶紧回去了。①

这是一段十分传神的描写。先写查艾的生理条件，他奶头间的宽处比别人宽，肩膀比别人阔，腰杆比别人粗，连魔鬼都赶不上他。有了这样的物质条件，应当说能战胜魔鬼，但是他外强中干，没有真本领，被魔鬼用脚丫巴夹过来的石磨吓坏了，"嗯，这样重，怕干不赢他!""望着望着，查艾老实害怕了，赶紧回去了。"这时的查艾像兔子一样胆小，与才见魔鬼时趾高气扬不可一世的样子形成鲜明对比。

魔鬼的形象也刻画得很有个性，它是"活活吃人的大魔王"，"一夜吃出了七个儿子，一早吃出了七个寡妇"，如此厉害的魔鬼没有几下真本事是不行的。但是它初见查艾的高壮更胜于己，也胆怯起来。它不像查艾的先后恭倨，而是小心谨慎，和和气气地说："哦，阿波，来玩吗?"一副化干戈为玉帛的姿态。然后它在谈笑中考察查艾是否有真才实学，又笑嘻嘻地说："来玩嘛——阿波，坐，坐!"一面用大脚丫巴把石磨夹给查艾，看查艾是否提得动。大魔鬼到此只说了两句话，两句话中就连用了两个"阿波"，足见这大魔鬼并非区区一介武夫，而是深谙心计的人物。它一旦摸清查艾是个花架子，就胜券在握了："只见魔鬼龇出四颗比竹烟筒粗的大尖牙，望着他（查艾）嘿嘿地笑呢!"就这样，他不战而胜，首先从精神上就把查艾打垮了。

在这段描述中，讲述者的语言极简洁明快而富有神韵。表现大魔鬼乍见查艾的高大，既心怯又稳重，只用了"哦，阿波，来玩吗"一句，就把它的揣测、不安、试探、先退后进的心理描绘出来了。而查艾的盛气凌人

① 见《哈尼族神话传说集成》。

也用一句“粗声粗气地说：‘是呢，来玩！’”就描绘出来了。

像这样的例子在哈尼族精灵传说（及许多讲述文学）中举不胜举，它证明哈尼族人民有着很高的语言造型才能。

生动、曲折的故事情节，尤其是传说艺术在重复中递进的所谓“三段式”手法，在精灵传说中运用得十分圆熟自然。

再以《作洛搓罗》为例。查艾被吓回来后，第二次又去，这次他一边包里装着黄豆，一边包里装着铁砂——

大魔鬼望见查艾又雄赳赳地来了，不知他得了什么法宝，笑嘻嘻地说：

“噢，阿波，你来了嘎，坐坐坐！”又用脚丫巴夹磨扇给他坐。

查艾坐下来，一面说：“是罗，来罗！”一面掏出豆来嘎嗒嘎嗒地吃。

“你早早地吃哪样呢，阿波？”魔鬼问。

“这个呀，昨晚上炒黄豆吃，剩着几颗，拿来随便吃吃。拿着拿着，你也吃几颗！”查艾抓出三把铁砂递过去，魔鬼接过去，呱嗒呱嗒几下嚼吃完了，牙齿半颗也没有梗掉。

查艾一看，手也不敢抬一下，赶紧回来了：“啊哟，三把铁砂都吃完了，牙齿半颗也不掉，我不敢去了，阿波乌木！”

（第三次，他又在一边包包里装上桃子，另一边包包装上铁砣砣）魔鬼又问：“阿波，你早早地吃哪样？”

“嗯，半路上肚子饿，摘了几个桃子吃，拿着拿着，你也吃两个！”查艾说着递过三个铁砣砣去。

魔鬼接过去，望也不望，朝嘴里一丢，一边嚼，一边说：“嗯，你的桃子这样老，吃也不好吃！”“呸”地一吐，喷了查艾一脸铁砂……

查艾斗不赢魔鬼，又回来了。

（第四次，他穿上七件铁衣去斗魔鬼，他叫道）

“喂，魔鬼，乌木阿波叫我来杀你，来吧，来干仗吧！”

魔鬼说：“好的好的！”就伸出三拃长的舌头，刷地一舔，七件铁衣被他舔通了六件，只剩一件挂在查艾身上。

查艾也学着魔鬼用舌头去舔，刷刷刷，三下舔通了三件衣服，魔鬼还穿着四件呢。①

这四次斗争，第一、二、三次是试探，第四次是真刀实枪的较量，故而传说采用了三段式描写，一次更比一次深入，最终导致白刃相接。

这一手法在许多精灵传说中都广泛使用，如《豹子精的传说》中姐妹俩试验豹子精装扮的阿妈是不是真的，先听声音，再看爪子上的毛，后看爪子的颜色，就是如此。当然，所谓"三段式"也不仅仅是三次重复，也可四次五次（如《作洛搓罗》中的三段式就有四次），只不过一般用三次罢了。这一手法使传说引人入胜，易于为听众加深记忆，因为在听第一次时，听众预先知道还有二次、三次，自然地产生期待心理，为欣赏故事情节的递进准备了条件。

哈尼族精灵传说非常优美，而且有个性，如眉嵯姑娘的美丽，就集中在她的长发上。她不单是寨子里最好看的姑娘，也是周围几十座山上哈尼姑娘里最美的一个。《眉嵯》里这样歌唱她的美——

亲亲的一娘生的弟兄，
你没有听见过眉嵯姑娘的美丽吗？
没有听见过啊，
你就不知道世上最美丽的是哪样。
眉嵯姑娘的长发啊，
从头顶拖齐脚后跟，
落日的余晖够好看了吗？
再好看也没有她披在肩头上的长发好看，
她的头发啊，
是金黄金黄亮汪亮汪的头发啊！②

通过这段描绘，我们仿佛看见眉嵯姑娘的长发披垂于肩宛如落日余晖垂挂山巅，竟是浓重的金灿之色，且是朦朦胧胧的状态，富于缥缈神秘的

① 见《哈尼族神话传说集成》。
② 见《哈尼族神话传说集成》。

色彩。

由上简介可以看出，哈尼族文学中的精灵传说是成熟、完整、生动、丰富的，它产生和描述的虽然主要是迁徙时期的情状——我们根据这一特点，将其归之于迁徙史诗时代——但是经过了许多代人们的千锤百炼，已经在文学上具有很高的造诣。

第三编

贝玛文学时代

（开拓建设云南高原时期的文学）

大规模的民族迁徙浪潮逐渐平息，哈尼族开始了长达千年的开拓建设云南高原时期。这一时期的杰出成就是创造了震惊中外的滇南哀牢山区农耕最高典范的梯田文化和茶文化。

民族精力由迁徙转移到梯田耕作和茶园种植上，弥漫于整个社会的是和谐的、田园诗的时代氛围。民族注意力投放到对社会和周遭自然环境细致入微的关注上。

文学样式不断翻新，各类作品异彩纷呈，祭司贝玛成为文学的主要继承者、传播者和创作者，由此开启了一代文学新风。

时当唐宋至中华人民共和国的成立。

概　述

自唐宋至中华人民共和国成立这千余年间，哈尼族历史上发生了巨大的变化，各地哈尼族也走上了不同的发展道路。

活动于滇东北及黔西北乌蒙山区的哈尼族先民阏畔、乌蒙、芒布部落，曾在其地建立了强大的政权组织“和泥芒部府”和“乌蒙”，自有唐一代至明季均为当地的统治者。由于地处滇省与内地交通要津，受汉族及其他兄弟民族文化影响较甚，明代已进入奴隶制社会，诸部落“自相雄长，虽受天朝爵号，实自王其地”。他们“嗜利好杀，争相竞尚，焚烧劫掠，习以为恒”，“无事则互起争端，有事则相为救援”，各部间“境土相连，世亲戚厚；既而各私所亲，彼此构祸”。晚明嘉靖时，皇朝开始对其设流官废土司，加强统治，然遭各部反抗，“终明之世，常烦挞伐”，“然终不能靖也”。18 世纪上半叶，云贵总督鄂尔泰强力推行改土归流，其制方得实施。而近世滇东北黔西北之地已无哈尼族聚居，先民们悉数融于其他民族中去了。

滇西北洱海地区、楚雄地区的哈尼族先民，历史命运亦与滇东北哈尼族先民相类同，故自唐代“和蛮大首领王罗祁”之后，其活动少有载述。近世以来，洱海地区已罕见哈尼族的踪迹，滇西北一地，仅楚雄州境尚有少量哈尼族聚居。

滇东南六诏山和滇南哀牢山地区的哈尼族先民，唐时经济文化发展已达一定水平，他们耕作梯田，事农牧，采制茶，养畜禽，兴建了银生、开南、威远、溪处、落恐和六诏山维摩、强现、王弄各部和泥聚居地。公元 937 年（后晋天福二年），各部和泥与其他民族会盟于滇东石城（今曲靖），在南诏通海节度使段思平统帅下长驱洱海，摧灭南诏最后一个奴隶制政权“大义宁国”杨氏政权，建立了大理国政权统治。和泥各部因屡建奇功而受封于大理段氏。因和泥之地距大理山高路遥，段氏政权鞭长莫及，故各部和泥各自为政。宋皇佑之世（公元1049～1054年）和泥强现部首领龙海基因导宋将杨文广过境之军有功，受封于宋王朝，世领六诏山最高领主职。其辖地滇东南和泥与中原各民族经济文化交流日繁。云南各族与中原贸易，及大理国向宋王室岁贡均经其地转输邕州（今广西南宁），返程又购回大量生产生活用品。然因其与汉族及其他兄弟民族交流频繁，日熏月染，渐为同化，至今六诏山地区已无哈尼族聚居。

同一时期，哀牢山因远、思陀、落恐、溪处各部和泥甚为活跃。11世纪中叶，因远部在元江盆地筑“罗槃城”，辖地三万平方公里。思陀、落恐、溪处各部奋力开发哀牢山东麓下段，幅员达两万平方公里。以上各部和泥与中原地区常有马匹、土特产经贸活动。据李京《云南志略》、《古今图书成》等书记载，13世纪时，此区和泥有窖藏贝币之俗，每窖竟达万枚。用有余蓄，是和泥农、牧、茶、盐等生产长足发展的证据。13世纪中叶，元宪宗六年（公元1256年）立“阿僰万户府”，领二县、一千户、三州，辖今红河州大部、文山州一部，龙海基九世孙龙建能授“阿僰万户府总管。”元朝对和泥地区强行管制，公元1257年，云南省平章政事赛典赤·瞻思丁降罗槃主阿禾必，其后又毁罗槃城，灭其国。思陀、溪处、落恐各部和泥亦遭屠戮，生产力遭受严重破坏。明清之世，中央皇朝对六诏山、哀牢山和泥地区采取一系列积极措施，各部和泥设长官司，由土官充任。明初云南广行军屯、民屯，开荒垦殖，奖励农桑，兴修水利，移徙大量内地汉族实边。云南总兵官黔国公沐英私置“沐氏勋庄”，红河两岸哈尼族地区有“沐氏勋庄”15个，其以发达的中原先进生产技术、农具、经验移植于哀牢山区，利用和泥人民经营庄田，在客观上推动了哈尼族地区的经济发展。清初吴三桂总管云南时，据“沐氏勋庄”为已有，改称“藩庄”，后吴三桂叛清失败，藩庄归各州县，红河两岸哈尼族地区被称为“十土司，十五掌寨”之地。十土司为思陀、溪处、落恐、左能、瓦渣、纳更、稿吾卡（均和泥）、纳楼（彝族）、亏容、漫车（均傣族），十五掌寨为斗岩、宗哈瓦遮、猛弄、猛丁（均和泥）、水塘、阿土、五亩、五邦、马龙、者米、茨通坝、猛喇、猛梭、猛蚌、猛赖。自14世纪中叶以来，由于明朝二百五十多年的锐意经营，经和泥及各兄弟民族的开发，上述地区的农业、水利、水陆交通、矿产等各项事业有了迅速发展。明时上述地区及六诏山和泥地区均属“临安府”辖治，而“临安繁华富庶，甲于滇中”，“有铜、锡诸矿，辗转四方，商贾辐辏”，成为滇省之经济发达地区。与此毗连的马龙他郎和泥地区（今墨江、普洱、思茅），素为盐茶产地，有名的“磨黑盐”驰名全省，供销各地，“普洱茶”更复誉满全国，远贡京都，行销藏地。移徙入滇之内地汉族军户、民户、匠户以先进的生产工具、技术、生产经验支援了和泥的生产生活，和泥又以剩余农副产品支援了汉族。

14 世纪中叶以后，哀牢山区和泥社会经皇朝辟驿道、设驿站、疏河运、开渡口、置沐庄、修水利、改币制、兴集市等一系列措施，领主经济空前发达，有较多产品成为商品进行流通，打开了和泥各部领地封闭保守的状态。文化方面亦大有建树。明永乐十一年（公元 1413 年），和泥教化长官司土官龙者宁入贡京都，瞻仰方物。万历时，土官龙上登受职入京，“遍访名宿”，返兴学校，建文庙，习汉文经典，将中原文化传播于六诏山地区。而墨江、思茅、普洱、镇沅、新平地区之和泥更因盐茶贸易深受内地汉族经济、文化影响，步入封建地主经济社会。

清代后期，中央王朝对哈尼族人民压迫日甚，哈尼族反抗愈烈。六诏山龙氏土官多次造反，哀牢山高罗依继之起义。19 世纪中叶，田政率众起义响应太平天国号召反抗清廷，历时 20 年之久。1917 年元阳县 18 岁女青年卢梅贝率红河南岸哈尼族人民大起义，有“多沙阿波”之称。这些起义有力地打击了封建统治阶级的专制制度。

经济上，唐宋以来哈尼族着力于梯田的发展。梯田农耕是哀牢山、无量山地区（红河南岸的元阳、绿春、红河、金平及元江、墨江、思茅、普洱、镇沅、新平、江城诸县境）农业生产的突出特点。这片地区大山如潮，高下千尺，而在山间坡际，数十级、数百级乃至千余级的梯田将座座大山编织成雄伟的“田山”。近十年来，它的壮丽渐为国内外人士所知，农业科技专家、文化学者纷至沓来，莫不盛赞其为山区农耕的最高典范，莫不以一睹梯田奇观为快。奇伟的梯田是这一地区各民族共同开发的结果，但其中以哈尼族垦殖的梯田水平最高，规模最大。清代嘉庆《临安府志·土司志》记其盛况云："依山麓平旷处，开凿田园，层层相间，远望如画。至山势极峻，蹑坎而登，有石梯蹬，名曰梯田。水源高者，通此略彴（卷槽），数里不绝。"这是生产力高度发展的表现。西双版纳地区的哈尼族则以旱地农作为主，旱稻（地谷）、包谷等作物是主要种植种类。茶叶的采制是该地区一大特产，举世闻名的"普洱茶"多采自西双版纳哈尼族地区，普洱一县则自古为茶叶加工集散地，人知普洱而少闻西双版纳的原因就在于此。

此一时期中，滇东北、滇西、滇中哈尼族渐为其他民族所融而不复称雄于其地，民族中心渐移至滇南三江两山地区。

在开发滇南哀牢山、无量山区之初，哈尼族面对莽荒的古林，湍急的江流，山高谷深的自然环境和环伺于左右的强大异族，为求生存与发展，鼓奋出生命的伟力，辟荆棘，开梯田，兴建家园。远古的朝气尚存，雄阔的气魄不灭，反映在文学上是一系列开辟传说故事和诗歌。同时生产歌、年节习俗礼仪歌和葬礼歌、婚嫁歌等也形成这一时期的突出创作，如葬礼歌《密刹威》、殡葬祭词《斯批黑遮》、十二月生产调《虎珀拉珀卜》等等，都是翘楚之作。随着生产的发展，梯田的营就，社会制度的稳定，农耕民族怀乡恋土、依时守古的心态渐至浓厚。一方面是宁静、封闭、保守的社会环境和成熟期梯田文化单一、缓慢的发展节奏，使哈尼族从锐意进取中隐退，处处讲求循古守礼，以均衡、协调、匀称、平实为美的极致，时代氛围是一片无为的沉寂。另一方面，统治与反统治、压迫与反压迫的社会矛盾日益突出。外部是与异族中央王朝的争斗，内部是土司与百姓的交恶，于是有土司反朝廷，民众反土司的斗争。因此，文学上出现了一面高唱古规古礼尊尊卑卑的老调，一面产生了大量争取自由追求光明，直诉人间疾苦的现实性很强的文学作品。首先是脱胎于史诗和故事的爱情叙事诗，如《依牙俄碧之歌》《妥底玛依传歌》《密吾撮》《阿查与阿尼娥》《不愿出嫁的姑娘》等。其次是传说故事的传统体裁中注入了大量现实生活的内容，而且分类更趋细致，有风物、爱情、生活、动植物、习俗、马帮、矿工等传说故事和歌颂农民起义英雄的传说故事，如《田四乱的传说》、《惹达的传说》、《多沙阿波的传说》等等。另外，富有特色的情歌、儿歌也形成了一个大系统，兼以各种谣谚格言，使此一时期哈尼族文学呈现五彩斑斓百花争艳的局面。

文学之所以出现如此丰富的变化，一个十分重要的原因是祭司兼歌手兼故事讲述家的贝玛发挥了巨大的作用。贝玛作为哈尼族社会意识形态的主导者其兴作并不晚近，但唯有此一时期稳定的生产生活，提供了社会物质方面较为丰足的条件之后，他们方才成为兼职或专职的文化传人。尤其是因贝玛师徒承袭制度的建立，使哈尼族的文学和文化的绪统得以汲汲不断地延续发展，各类作品的打磨加工也有时间和精力进行。因贝玛的作用如此显要，我们以其为此一文学时代的表征，称为“贝玛文学时代”。

第一章　贝玛制度与哈尼族文学

第一节　贝玛制度的形成和发展

贝玛是哀牢山各族对哈尼族祭司的称谓，哈尼语摩批。哈尼族亦习称贝玛，本文从俗。贝玛是哈尼族传统社会的"三种能人"——头人、贝玛、工匠三位一体的政治组织中的一种，其职能是司掌哈尼族社会的意识形态，其中包括着文学艺术。千百年来，贝玛及贝玛制度的形成与发展，对哈尼族文学及所有的文化门类起着传承、导引、促进的作用。

由于各地方言土语的差异，受周遭民族文化影响的不同等原因，各地哈尼族对贝玛有着不同的称呼，哀牢山、无量山地区的哈尼族称摩批、贝玛、批玛、贝摩、白马、白姆、毕摩等，西双版纳地区称背摩、贝玛或追玛。由其在哈尼族社会中享有崇高地位，又尊称为阿波贝玛和贝玛师傅。相对的，对徒有虚名而不谙熟哈尼族宗教仪典和历史文化知识的祭司，则贬称阿克贝玛、阿克摩批，意为只会像狗一样叫，满口说假话的贝玛。与贝玛相联系的宗教人员尚有执掌"艾玛突"（二月祭寨神）等宗教大典的主祭咪谷，在此类祭典期间，咪谷的地位最高。另有巫师尼帕（男巫）和尼玛（女巫），其职专司施行巫术，地位远逊于贝玛。贝玛除主掌宗教仪典外，也施行一些巫术。

哈尼族历史上曾盛行过头人、贝玛、工匠三位一体的联合政治组织形式，头人是政治领袖，主持村寨大小事务，贝玛是宗教领袖，主持宗教事务和意识形态，工匠是科技人员，主持技术工艺，他们合称"直、批、爵三种能人"。三者的关系曾一度平起平坐，后随着历史的发展，头人地位渐高于贝玛和工匠，但在所有的古歌、传说中，一律将其相提并论。

三种能人对哈尼族社会的发展起着巨大的作用，对此，经典古籍《窝果策尼果》曾借大神烟沙之口作了阐述——

世上的哈尼，
头人不在一日，
一家的十个姑娘吵架，
劝架的是哪个？
一家的十个儿子分家，
做主的是哪个？
头人没有一天，
一寨的十条水沟要挖，
决定的是哪个？
一寨的十条大路要修，
做主的是哪个？
不要头人的哈尼，
百种是非哪个来断？
百件大事哪个来说？

世上的哈尼，
贝玛不在一日，
阿爸病倒在床上，
拉起的是哪个？
阿妈睡倒在床上，
扶起的是哪个？①
贝玛不在一天，
寨子外面的鬼来扯磨秋，②
撵鬼的是哪个？

① 指病人卧床不起，要贝玛医治。

② 磨秋为祭神之物，此处意为鬼来亵渎神灵。

寨边的鬼来打唿哨，
驱鬼的是哪个？
不要贝玛的哈尼，
百样灾难来临，
没有人来祭神献鬼。

世上的哈尼，
工匠不在一日，
一寨的锄头挖到锄耳，
来接的是哪个？
一寨的砍刀砍齐刀把，
来斗的是哪个？
工匠不在一天，
高山的小树变成大树，
难道用手去拖？
矮山的尖刀草长齐人高，
难道用牙齿去啃？
不要工匠的哈尼，
做活计的时候，
没有合心的工具，
敌人来打，
没有守寨的大刀！

——《窝果策尼果》第十三章

工匠的分化在历史上较头人、贝玛为晚，因其对生产的重要作用，故与前二者并列。

唐代以前是头人、贝玛二者合一，即政教合一的部落酋长制，这从唐代张九龄代唐玄宗所草《敕安南首领归州刺史爨仁哲书》中记载的“和蛮大鬼主孟谷悮”可以见出。所谓“大鬼主”，即是合部落首领与宗教首领为一身的大酋长，此时的社会观念仍是人神合一的氏族社会巫术观。更进一步的发展是人神相离，政教分离，各司其职的状况，这从《新唐书·南蛮传》中所载“和蛮大首领王罗祁”可以见出。因散居不同地域，社会发展进程有所不同，王罗祁部落远较孟谷悮部落发达，与孟谷悮部政教合一情况不同，王罗祁部已是政教分离的社会了。因此可知，至少在唐代，哈尼族社会已有了专职、半专职的且与头人相并列的祭司贝玛，这是历史发展的必然结果。

贝玛为适应部落社会宗教、文化之所需，逐渐形成了自己独立的传承制度。各地的贝玛拥有自己的承袭系统，即一个家支，或一片地区有一个贝玛。贝玛是学问精深，特别擅长宗教礼仪和吟唱古典经卷的人，亦即是民族文化精英和领袖，同时也是一个显赫的称号。贝玛设帐招徒，少则数人、十数人，多则几十人，这些徒弟师从贝玛师傅若干年，经严格考核后，准许独立主持宗教仪典，并授予“摩批”之职称。因摩批甚多而贝玛甚少，故人们平时悉称祭司为摩批。这一考核是由贝玛任意点出古籍经典和宗教仪轨中的一章节或一仪式，徒弟须分毫不爽并轻松自如地背出，若有咯噔、错漏则不予过关，不授予摩批之称。在这若干门徒中，贝玛师傅又专选一名天资聪颖、勤奋好学者，着意加以培养，将毕生所学悉传于他，老贝玛一旦去世，则由这一弟子继承衣钵升任贝玛，这套承袭制度则以连名方式固定下来。如大贝玛朱小和背诵的贝玛连名谱牒为：

> 摩直（以下师徒连名转承）—摩批（以下父子兼师徒连名转承）—批伙—批直（以下师徒连名转承）—吾窝—罗本特阿—德吾厄本—达打厄间—必摩哦铺西耶—德吾必摩—哦华华罗—阿匹突玛—哈觉扎批—比吕伟惹（以下父子兼师徒连名转承）—惹策—策乎—乎格—格阔—阔德—德渣—渣们—们所—所阿—阿格（以下分两支下传：一支为师徒连名转承—比枯—扎批……；一支为父子兼师徒连名转承）—格埋（以下师徒转承）—摩批……—国活—活轨（朱小和）……

以上每一个人都是一代贝玛。贝玛仅指传人，而其他众多的徒弟都是摩批，且不得擅自称为贝玛。故贝玛为哈尼族传统文化的最高职称，并为哈尼族宗教文化的代表。

各支系各地区的贝玛，由于历史、自然、社会发展的不同，形成了若干大体相同而变化纷繁的系统，各系统维持着本支系、本地区独有的文化宗教（包括文学）体系，从而使哈尼族的文化呈现多姿多彩的形式和内容。据对贝玛文化较有研究的元阳县政协文史委主任卢朝贵介绍，哀牢山、蒙乐山地区就有“罗克鬼主”“唐婆鬼主”“苏督鬼主”三大派别，[①]朱小和所诵谱牒为“苏督鬼主”的一脉，朱小和本人则为这一宗支的传人，到他已近百代。这一父子连名加师徒联名的传承体系，有力地保障了哈尼族文化的代代承传。

第二节　贝玛对哈尼族文学的影响

贝玛之所以能对哈尼族文化（包括文学）的兴衰造成重大影响，由其活动形成。贝玛主掌宗教仪轨，因而对全部宗教经典须烂熟于心（因哈尼族无传统文字和书本可凭），这些经典囊括了哈尼族文学的主要部分——神话、传说、故事、古歌、史诗、叙事诗、祭词、谣谚、格言等等。又因贝玛有更多时间和精力从事精神活动，兼以他们聪明过人，情感丰富，善于创造，他们同时也精熟着本民族的劳动歌、情歌和儿歌等等文学内容。因此，从文学的角度说，一个大贝玛就是一位文学家，而且是精通所有文学内容和形式的大文学家，否则他就会被指斥为阿克贝玛。笔者所熟识的几十位贝玛就是这样一些杰出人物。当然，除贝玛和摩批外，精通民族文学的人也比比皆是。可以说，所有的哈尼人都是诗人、故事家和歌手，这是哈尼族文学生存、发展的深厚基础，而他们中还有一大批既不是贝玛和摩批，又能讲会唱的故事家和歌手，这些人各秉天赋，又热爱民族文学，较之一般听众水平为高，他们也是哈尼族文学继承、发展的骨干。由这一情况可知，贝玛和摩批必是歌手和讲述家，而歌手、讲述家并不一定是贝玛和摩批。

本书所引述的绝大部分文学作品都是贝玛和摩批讲述、演唱的，部分是由歌手和故事家演唱、讲述的。如众多的远古歌谣、神话、大型古歌

① 见卢朝贵《哈尼族社会原始宗教祭师与巫师》，载《边疆文化论丛（3）》第92页。

《窝果策尼果》《十二奴局》《天地人鬼》、长篇迁徙史诗《哈尼阿培聪坡坡》《雅尼雅嘎赞嘎》《普嘎纳嘎》《阿波仰者》、悲剧叙事诗《不愿出嫁的姑娘》《依牙俄碧之歌》《妥底玛依传歌》《密吾撮》《阿查与阿尼娥》、风俗叙事诗《妲耶与央才》、殡葬祭词《斯批黑遮》、农事大典《虎珀拉珀卜》及大量的传说、故事、习俗歌等等。

因此可以说，没有哈尼族的贝玛，就没有哈尼族的文学，哈尼族文学的兴衰断绝是与贝玛的兴衰断绝紧密联系在一起的。

哈尼族文学经历了发生、发展的各个阶段，据有关的材料证明，贝玛对这些阶段的文学产生过很大的作用。古歌甚至说，哈尼族文学的产生就是因贝玛而起——

(远古的时候人与飞禽走兽动物为伍，他们)
各人生着各人的模样，
各人生着各人的嗓管，
四条嗓管里面，
只有一条会说会唱，
这个高能的小娃，
……
祖传的烟嘎里叫她“得摩诗匹”①，
“得摩”是她的奶名，
“诗匹”说她是大贝玛。
……
天神地神喜欢这个小囡，
把最好的话放进她的嘴巴，
后世传唱的千万篇烟嘎，
开头唱诵的就是她。

——《窝果策尼果》第一章

宗教不是文学艺术的唯一起源，文学艺术这一人类心灵结晶体的产生有着众多的原因。但无可否认的是，在原始先民那样低的生产力水平之

① 烟嘎：演唱体和讲述体古典文学的总称。

下，宗教是人类心灵活动的最集中最突出的反映，而且与生产生活关系至为密切，古歌中的叙述就是这一现实的折光反映。

哈尼族文学在自己发展的历史上曾形成几个辉煌的时期，为后人留下了大量闪光的篇章，贝玛就是这些文学浪潮的推动者和诗篇的完善者。古歌记载了他们的不朽声名——

在那远古的时候，
在有名的贝那地方，
哈尼出了第一个有名望的歌师，
他就是那最大的歌王玛厄；
在那高高的北边，
在那山清水秀的多娘，
另外两位歌师永远留下了美名，
他们就是嘎天和嘎昌。
在哈尼美丽的腊哈地方，
名扬千里的还有一位歌师，
——腊哈雪比阿桂，
没有一个歌手认不得他。

——《窝果策尼果》第十八章

这些有名有姓的文学大师必是对传统作品进行过精心研究并进行了加工、完善和发扬光大的人，古歌虽未直接说他们就是贝玛，但有那样充沛的精力、充裕的时间和丰厚物质条件来完成这一工作的，非贝玛不可。

第二章　开辟滇南的故事传说

哈尼族先民经历上千年的寻觅之后，在滇南三江两山地区永久地定居下来，他们把这里作为自己最后的根据地，并在此完善了一套独具的文化模式，使之与其他民族相区别而存在。长期迁徙之后，因找到理想之地的喜悦与激动，使他们将民族的全副精力投注到开发滇南的伟业之中。伟大的事业造就永久的记忆，一大批开发、建设滇南的传说由此萌生，并形成贝玛文学时代一个突出的文学现象。

迁居初定的民族首先要解决的是下面两个问题：其一，与先住民的关系问题，这涉及民族的立足是否稳固，哈尼族与先居于滇南的许多民族的关系，形成了一系列“民族关系传说”。其二，农耕稻作问题，这关系到民族的生存与发展，又由此形成了一系列有特色的“农耕垦殖传说”。

第一节　有关民族关系的开辟传说

百越民族是滇南的先住民，他们早于所有诸羌部落定居于此，因此哈尼族首先要解决与百越后裔傣、壮等民族的关系问题。

整个滇南三江两山地区的民族区布，若以等高线划分，则大体呈如下分布：河谷干热地带——傣、壮民族，下半山——彝族，上半山——哈尼族，高山地区——苗、瑶民族。如元阳县则大致为：海拔 140 ~ 600 米为傣族，海拔 600 ~ 1000 米为壮族，海拔 1000 ~ 1400 米为彝族，海拔 1400 ~ 1800 米为哈尼族，海拔 1800 米以上的高山区为苗瑶的居所，汉族因系明清之际方始大量迁入，故多居城镇及交通沿线。[①] 若以文化堆积论，则傣、壮为最早的先住民，其次为彝、哈尼，其后为苗、瑶，最后为汉族。与这些民族的关系关乎哈尼族的生存与发展，因此有一整个系列的传说来解释为何有如此的地理区布。这些传说中较著名的是《分地皮的传说》《爱尼上山的传说》《四个民族是怎样分家的》等。现对这几篇传说作一个介绍。

《分地皮的传说》说道——

> 古时候，哈尼族与傣族都住在坝子里，后来两族人口越来越多，住不下，就互相争吵打架，两族为了不伤和气，就商量分地皮。俗话说，傣家跟着水走，因此傣族头人提出，水淹到处是傣家的地盘，哈尼族喜欢烧荒种地，主张火烧到处是哈尼的地盘，两族头人争来争去争执不下，最后决定两种办法都用。
>
> 分地那天，哈尼头人先放起火来，大火熊熊，四野皆燃，眼看所有的地皮都将被哈尼占据，傣族头人赶紧挖开堤坝放出大水，大水滔滔，马上把平坝淹个精光。
>
> 就这样，哈尼上了高山，傣家住在平坝，两个兄弟民族各得其所，互通有无，和睦共处。[②]

这个故事以农耕方式的差异——傣家坝区稻作，哈尼半山稻作来解释民族分布。[③]

《爱尼上山的传说》则以副业生产的不同解释哈尼、傣族的地理分布——

> 古时候爱尼、傣族是兄弟，大家都住坝子，但是爱尼爱打猎，常上高山，傣家爱拿鱼，常下河坝，两兄弟共居一地，非常友好。后来两族子孙增多，就来商量分地。两个民族商量的结果是让马鹿和枣红马来帮人分地，以免伤了兄弟情谊。结果枣红马跑到河边吃草，马鹿跑上高山吃树叶，于是两族就分作傣族住河

① 请参拙作《哀牢山少数民族》，载台湾《大地》杂志 1991 年第 8 期，第 96 ~ 124 页。

② 见《西双版纳哈尼族民间故事集成》。

③ 西双版纳地区哈尼族多种旱稻，有以火烧荒之俗。

坝，爱尼住高山。[1]

西双版纳、澜沧地区的民族分布中，除哈尼、傣比邻而居外，还有大量汉族和拉祜族，于是《四个民族是怎样分家的》又这样解说——

哈尼、傣、汉、拉祜原是四兄弟，后来汉、傣兄弟为了让哈尼、拉祜两族兄弟过得更宽裕些，就离开故乡，汉族去做生意，傣族去开新地。

后来生养四弟兄的老母亲去世了，哈尼、拉祜只好把阿妈埋葬了。哈尼把阿妈的遗物一件衣裳做成绑腿和腿套，拉祜则剪下裤脚做了帽筒。后来汉族兄弟回来了，哭了十天十夜，为自己没能为阿妈送终而遗憾。他就把阿妈的骨头挖出来烧成灰，放进盒子保留在身边，汉族从此就有装骨灰盒的习惯。又过了一百天，傣家兄弟回来了，他见兄弟们都有了纪念物，自己一样也没有，只好到阿妈的坟头上抓了一把土，捏成一个和阿妈一样的像供在家里，从此傣族就有了供菩萨的习惯，因为阿妈的样子就是菩萨的样子。

后来弟兄们分家了，老大哈尼牵来一只马鹿，说自己要像马鹿一样坚强，到高山上安家，把好地方让给别的弟兄。老二拿来一片笋叶，说要在上面画一幅美丽的画，然后照着画上画的生活。老三拉祜牵来一只麂子，说要到森林生活，把好住的平坝让给小兄弟。小兄弟傣族推不开，就住在平坝。这样四兄弟就分开了。[2]

这个传说以民族团结为宗旨，平和温婉，极有人情味地描写了民族弟兄的亲情。确实，居于滇南各地的许多民族，虽然在历史上也不乏争斗，但综观历史的全部，和睦、友好、互助、互相学习，却是本质的因素。如第一编所述，哈尼本自诸羌部落，其携带文化是西北高原的游牧文化，但随着漫长的迁徙历程，受到其他迁居地民族，尤其是壮傣系先民百越南方稻作文化的影响，学而习，习而惯，在此基础上，发挥民族的聪明才智，

① 见《西双版纳哈尼族民间故事集成》。

② 见《西双版纳哈尼族民间故事集成》。

利用滇南的自然条件，创造了举世闻名的哀牢山梯田文化，西双版纳地区和澜沧地区的哈尼族则创造了半山旱稻耕作文化和茶文化。这一学习，更新了哈尼族的文化内核，使之成为规范意义上的民族——南方稻作（水、旱）农耕民族，而与历史上的诸羌（部落、部族）判然有别。

有如此深厚的文化内涵，这三个传说与同类的其他传说就有了一定的文学史和文化史价值。

第二节　有关稻作农耕的开辟传说

稻作农耕是哈尼族最为关心的事情，在整个民族迁徙的历程中，寻找适宜稻作农耕的理想之地，实为民族奋斗的目标。正如远古神话的文化底蕴一样，哈尼族的视点永远投置在与稻作农耕有关的事物上，表现出来，是对作为主要生产工具的牛及与风雨阴晴有关的青蛙一类事物的关注上。开辟传说中对此也有表述。这方面较有代表性的是《水牛犁田的传说》、《牛丕牛尼阿妈》和《蛤蟆讨媳妇》等等传说。①

《水牛犁田的传说》说——

古时候牛是天神的好帮手，有一天天神见人间事物颠倒，五谷和草木不分，就派牛去告诉人们：五谷要人栽，两日吃一餐。

可是牛虽然生性忠厚，但记性极差，去到人间，它竟然说："世上的人们，天神叫我告诉你们，五谷要栽种，一日吃两餐。"结果由于人吃得多，再栽五谷也还是饿肚子。

回到天上，天神问它情况如何，牛据实回答，天神大怒说："你真是个颠三倒四的家伙，好啦，现在人们又得饿啦！既然祸是你闯下的，牛啊，从此你就去帮人种田种地，帮他们填饱肚子去吧！"不过天神还是喜爱老牛，又叮嘱它说："如果人要杀你（因为它让人饿肚子），你就从鼻孔里喷出气来通知我，我会处罚他们的。"

① 均见《哈尼族民间故事选》，上海文艺出版社1989年版。

从此，牛就来帮人耕田犁地。若干年后，人们想吃肉，就来杀牛，他们为了不让天神知道这件事，杀牛的时候就在它鼻子里塞上一团布，哈尼族杀牛在鼻孔里塞布的古规就此兴起了。

这个传说不但解释了牛成为主要生产工具的原因，而且颂扬了牛忠诚、厚道、牺牲、勤劳，也敢于承担责任的品格，其实这些美德正是哈尼族的民族道德和性格，它们外化在牛这哈尼人最心爱的帮手身上，足见哈尼人是把牛这一形象作为自己的象征的。

《水牛犁田的传说》中牛的形象是以直接的方式来刻画的，而在《牛丕牛尼阿妈》这篇传说中，牛的形象更富有传奇性，文学色彩越加浓烈，它在文学史上是一篇难得的佳品。其梗概是这样的——

从前有个老汉讨了两个老婆，两个老婆各生一个女儿，大老婆生的叫牛丕姑娘，小老婆生的叫牛尼姑娘。小老婆心肠狠毒，趁上山砍柴之机，把大老婆推进水塘里淹死了。大老婆死后变成了一头水牛。牛丕姑娘失去阿妈非常伤心，水牛告诉她，它就是她的阿妈，有什么困难它会帮助她的。

小老婆开始虐待牛丕姑娘，要她一天砍九背柴，找九背猪食，舂九背谷子，纺九筒线，牛丕姑娘筋疲力尽还是干不完这些活。牛阿妈于是帮她顺利干完这些活计。牛尼姑娘很忌妒，也叫牛阿妈帮忙，结果手也弄破了，活也没干完。

小老婆就在六月年时杀死牛阿妈，牛丕姑娘把它的骨头收好，牛阿妈又变成一只乌鸦。牛丕姑娘背水的竹筒通了洞，没办法，又在乌鸦帮助下补好了。这样的磨难三番五次，都在牛阿妈帮助下完成了。

有一次小老婆带着牛尼姑娘打扮一新去赶街，牛丕姑娘在乌鸦（被小老婆杀死的水牛变成）的帮助下打扮得更漂亮，也去赶街，被一个英俊小伙子看中。小伙子前来求婚，小老婆竭力推荐牛尼姑娘，小伙子叫她俩试穿鞋子，牛丕姑娘很合适，牛尼姑娘穿不进，于是牛丕姑娘嫁给了小伙子，过上幸福的生活。

后来牛尼姑娘几次陷害牛丕姑娘，但终未得逞，最后变成一头黄牛供人杀吃。

这个传说塑造的水牛形象非常感人，它充满了母性的慈爱和为儿女献身的精神，已超越了水牛作为农耕工具的现实生活局限，而升华成一个闪光的艺术形象，在这里，哈尼人把耕牛视为母亲，把人间的许多感情附丽其上。

这篇传说采用了传说习用的反复与重叠的结构，把水牛的形象塑造得很丰满。从性格层次上说，水牛阿妈不但有水牛勤劳忠厚的性质，而且是那样有智慧，体贴人，正是哈尼族人民心灵与才情的结晶。另外，从叙述手法的纯熟上看，这篇传说的产生显然较上一篇为后，因为它更人性化，更多样化了。

稻作农耕一个重要的因素是风调雨顺，古代没有气象科学，仅能从蛙虫等类的活动观天象察端倪，因此能预知阴晴风雨的青蛙就成为他们关注的对象。因青蛙大有益于人类，在传说中也变成一个聪明能干的甚至是具有超凡本领的人物。《蛤蟆讨媳妇》这篇传说对此作了夸张的描绘——

从前有对老夫妇没有儿女，有一天他们从一个大瓜里找到一个蛤蟆，老两口就认它为儿子，倍加疼爱。蛤蟆有一天对老两口宣布要娶公主为妻，把老两口吓了一大跳，但是蛤蟆一蹦一跳径直走到王宫向国王求亲去了。国王大发雷霆，叫人把蛤蟆砍成肉酱，蛤蟆回答说："当心我用太阳烧死你全家!"它"咕—呱"一叫，太阳就变成个大火球，把王宫烤得发烫，国王只好答应把公主嫁给它。

但是国王玩了个花招，把一个丫头当作公主嫁过去，蛤蟆生气了，又"咕—呱"一叫，下出大雨把王宫泡起来。国王这次还是不老实，叫一个花子装成公主去出嫁。蛤蟆大怒，扬言要把王宫震垮，国王无法，只好把公主嫁给它。

公主嫁到蛤蟆家，对公婆很孝顺，也很爱丈夫。蛤蟆想试试她是否真心，就给她些钱去买东西，自己变成个英俊的小伙子在街上对她大唱情歌，说她的丈夫很丑，叫她嫁给他。公主很生气，说蛤蟆再丑也比他这不要脸的东西强，就回去了。第二天她醒来，发现睡在身边的就是昨天在街子上碰见的小伙子，正想逃走，看见旁边放着一张蛤蟆皮，知道蛤蟆原来是个英俊可爱的小伙子，就把蛤蟆皮烧掉了，从此她和小伙子还有老两口过着幸福的生活。[①]

传说在这里赋予蛤蟆超人的力量和智慧，它竟能随心所欲地支配太阳和大雨，在它身上寄托着哈尼人企望掌握大自然、改造大自然的理想。

这篇传说采用了对比反衬的手法塑造蛤蟆的形象，它外表渺小而丑陋，内质却是强大而美好，这正是哈尼族审美心理的表征。

① 见《哈尼族民间故事选》。

第三章　维系民族文化绪统的经典——习俗礼仪歌

哈尼族来到滇南之后，以极大的精力系统地建立和完善了一套代表着民族文化的典章礼仪，这里有宗教的仪典、节庆的仪典、农耕狩猎的仪典、婚嫁丧葬的仪典、安寨建房的仪典等等。这套典章制度有力地维护着民族的团结，承继着民族的绪统，导引着哈尼人的现实生活。作为文化、宗教的载体，通常分为两种形式，一是循时而为的仪轨章程，一是按节而歌的经典——习俗礼仪歌。

哈尼族的习俗礼仪歌实质上是哈尼族传统社会的法典，哈尼人千百年来就是依循这些古典的规范而生活的，因此它们拥有相当的权威性和庄严感，违反习俗礼仪歌规定的人，将为哈尼族社会所不容，不依歌中的训导哈尼人也无法有所作为。

哈尼族每一习俗礼仪必有一至数首习俗礼仪歌为典章，下面选择较有代表性的几类予以介绍。

第一节　宗教习俗礼仪歌

哈尼族普遍信奉原始宗教，此一宗教以泛灵崇拜、祖先崇拜、文化英雄崇拜为核心，举凡天地日月、山川草木等大自然景物及祖先前贤的丰功伟绩，无不有相与对应的祭祀仪典，因而此一方面的习俗礼仪歌甚多。其中最重要的仪典是二月祭寨神的“艾玛突”、六月祭天神的“苦扎扎”和十月祭祖的“扎勒特”，这三大祭典各有一套繁冗的礼仪，自然也有一套繁冗的礼仪歌。如祭寨神的“艾玛突”为期三至五天，由以下四个仪程组成：

一、“普玛突”，即“祭护寨神”，咪谷主祭，贝玛诵词，于神林中杀牺祭献；

二、“普拉枯”，即“游寨驱魔招寨魂”，演出先祖艾玛杀魔驱鬼的戏剧情节，复以鸡犬之皮悬挂于寨门上，意谓“金鸡神狗把守寨门”；

三、“然尼基作色”，即“为庆贺新生婴儿的酒宴”；

四、“埃嵯突”，即祭神林。

每一仪程都有相应的礼仪歌，下面选录“艾玛突”第一仪程“普玛突”中的《祭寨神歌》为例。祭司（贝玛）在神林中肃穆歌道——

呃——
哈尼的寨神！
呃——
哈尼的祖先！
今天是寨人祭树的日子，[①]
今天是哈尼嫁小猪的日子，[②]
今天是嫁鸡嫁鸭的日子，
别个寨子的神树，
别个寨子去献，
自己寨子的神树，
我们自己来献。

呃——
哈尼的寨神！
呃——
哈尼的祖先！
今天这个祭树的日子，

① 祭树：祭祀寨神的象征物神树。
② 嫁小猪：杀猪祭献，下面的“嫁鸡嫁鸭”相同。

是一年里最好的日子；
话是从前留下来的，
石头是造山时候留下来的，
规矩是从前定下来的，
针孔是做针时候留下来的；
十代的阿爷换了，
寨头的神山没有换，
十代的阿祖换了，
神林里的神树没有换，
十代人留下的好话，
十代人传下的古今，
今天我们来祭树，
今天我们来求艾玛阿匹的保护。

呃——
哈尼的寨神！
呃——
哈尼的祖先！
伙子换了七代，
爹妈留下的犁耙不换，
姑娘换了七代，
玩耍的三弦音不变。
哈尼祭树的一天，
寨子嫁小猪的一天，
我们有两只手，
两只手来拜，
我们有两只脚，
两只脚来拜，
拜得后代儿孙吉祥幸福，
拜得父母双亲健康长寿！

呃——
哈尼的寨神！
呃——
哈尼的祖先！
祭过今天的好日子，
盖房子望得见好门风，
砌石脚扛石头不消走远，
安大梁砍木头也会方便。

祭过今天的好日子，
姑娘挑水，
有好吃的一潭龙潭水，
媳妇砍柴，
有经烧的一山干柴，
到山坡上开田，
开得出大片的肥田，
到老林里打猎，
打着的麂子马鹿吃不完，
到山上放牛，
一山有吃不尽的青草，
到塘里放鱼，
一塘的花鱼又肥又甜。

呃——
哈尼的寨神！
呃——
哈尼的祖先！
七代的老人变了，
放鸭的大田不变，

七代的小娃变了，
放牛的山头不变。
祭过今天的好日子，
哈尼有了发财的门，
栽一蓬芋头得九背，
栽一蓬谷子得九碗，
栽一棵包谷得十苞，
栽一棵芭蕉得十串；
一窝马草可以肥十只大叫马，
一窝猪食叶可以肥十只大胖猪，
我们的寨子老实好在，
饭菜的香气传遍四方八面。
……

呃——
哈尼的寨神！
呃——
哈尼的祖先！
祭过今天的好日子，
我们的寨子有了头人，
我们的寨子有了贝玛，
我们的寨子有了工匠，
三个能人一个不差，
三个能人一个不缺；
头人有了大大的名声，
寨里寨外的事情都会安排；
贝玛有了响响的名声，
寨里寨外的鬼都怕听他的声音；
工匠有了远远的名声，
寨里寨外的工具都会造出来。

……

哈尼的寨神呵，
请你日夜守护我们的寨子，
请你日夜把住所有的路口，
守得地上老虎不下来，
老虎来了转回七架山，
守得天上老鹰不下来，
老鹰来了飞过七个坝，
一切有脚的野物不要来，
一切有爪的野物不要来，
一切有翅膀的野物不要来，
一切有毛的野物不要来，
一切会飞会叫的野物不要来，
一切会跳会跑的野物不要来，
一切会爬会滑的野物不要来。
寨神呵，
你要像守着小儿的老虎，
好好地护着我们的大寨！
……

——《窝果策尼果》第十四章

元明以来，哈尼族就没有建立过较为集中的政权中心，各地哈尼族形成大分散小聚居的局面，社会基本组织只是村寨而已。因此，一个哈尼族村寨，就等于一个小社会。哈尼人出生、成长、劳作、婚嫁、丧葬的全部人生旅程就在这村村寨寨中走完。同样，这一村一寨也寄托着哈尼人所有的梦想。因此，村寨是哈尼人地理和心理上的依靠，村寨的安危兴衰，关乎所有哈尼人的命运。经历众多的文化变迁与选择，哈尼人选择了以神树为象征的村寨守护神“艾玛”，请她老人家日夜守护村寨的安全，赐福给哈尼人，这正是《祭寨神歌》的主题。

这首祭寨神歌以平实质朴的语言表述着一种诚惶诚恐的颤栗和哀哀求

告的祈祷，它把哈尼人对寨神的依靠寄望全部注入其中。这首歌读来令人叹惋有加，因为它竟是一首哈尼人的理想歌与梦幻曲！

另外一首习俗礼仪歌《纽桑明桑嘎短少》情调比之这一首更健朗一些，[①] 它不再是匍匐于神明足下的人生渺茫的企望，而是人与神明之间互有敬重，人与神明比相交的平等要求——

哦……哎！
住在神台上的家神，
睡在火塘上的火神，
你们是家里的桑爬阿玛，
我们的幸福与美满，
全靠你们赐予。
尊贵的家神呵，
尊贵的火神，
主人受人尊重，
主人受人爱戴，
寨主登门请三次，
祭师登门叫三回，
说有一件要紧事，
让我去处理。

哦……哎！
尊贵的家神，
主人不在家，
你就是主人。
尊贵的火神，
主人出屋时，
你是屋里的卫士。

① 《纽桑明桑嘎短少》即“敬告家神火神”，为主人离家出门时的歌祝。载门图、高和《爱尼风俗歌》，香港创意出版公司 1992 年版。

家神要守好神台，
火神要看住火星，
不能让家里冷清，
不能让火星乱窜。
你们要知道，
一个好的家神，
十箩金银买不来，
你们要懂得，
一个好的火神，
十头大象换不去。

哦……哎！
尊贵的家神，
尊贵的火神，
我的被褥虽破烂，
但它给我温暖；
我的火塘虽不旺，
但它给我光明；
在我的心里，
被褥我的最好，
在我的眼里，
火塘我的最亮，
尊贵的家神啊，
不能让任何人们打开我的被褥，
尊贵的火神啊，
不能让任何人叫醒我火塘里的火，
被褥要好好摆，
火塘要平平睡。
主人我开门走出屋，
踏上一楼板，

想起家神，
踏上二楼板，
想起火神，
踏上三楼板，
想起门神，
下完楼梯到院里，
仍然想着家神和火神。
仍愿家神守好家，
但愿火神守着火，
让我的火塘永远明亮，
我家生活永远幸福美满。

村寨之后第二个重要的活动空间就是居屋，因此哈尼人对家神既敬且爱。哈尼人居于半山区，居屋多为草屋，极易着火，火灾是哈尼人最忌惮的灾祸，因而他们对火神也是敬畏有加。但从这首歌中可以看出，对家神火神这两个极其重要的神祇，哈尼人充满亲切友好的感情，把它们视为朝夕相处的家庭成员。这首祈祷词仿佛在对家人或朋友叮嘱事项，这或许是人们对房屋建筑有更新能力后，亦即生产能力有所提高之后的作品。

第二节　人生习俗礼仪歌

哈尼人的一生是这样度过的：出生、成长、成年、婚恋、生子、衰亡。在每个人生历程的起始，都有相应的习俗礼仪举行，以示社会对这个人进入这一人生阶段的认可，仪式完毕，他就拥有了相应的权利，同时也就承担了一份应负的责任。由这若干礼仪之所需，产生了一套习俗礼仪歌，如乞神赐子的《求子歌》，祝贺新生命诞生的《贺生歌》《接子歌》，举行命名仪式的《命名歌》，举行成年仪式的《成年歌》，恋爱时期的《约会歌》《恋情歌》《阿巴多》（集体谈情的恋歌）、《怨情歌》《离别歌》《吃火草烟歌》《苦情歌》，举行建房仪式的《盖房歌》《贺新房》，举行丧礼时的《哭丧歌》《送葬歌》等等，上述一系列习俗歌组成了一部完整的人生进行曲。

下面介绍几首。

《接子歌》[1] ——

哦……哎！
今天终于生下来，
我日思夜盼的孩子！
可怜你呀，孩子，
一路千辛万苦！
欢迎你啊，孩子，
欢迎你来到美好的人间！

你是阿奶阿爷的心肝，
你是阿爸阿妈的宝贝，
你是阿哥阿姐的花朵，
你是我们山寨的希望。
你那三声尖硬的啼哭，
划破天上九层云彩，
震动地下九层深处。
你的啼哭，
是你父老乡亲的喜讯，
是你来到人间的标志，
祖宗听了高兴，
父母听了喜欢。
你那泡喷香的尿，
带着加兵阿郎的恩情，[2]
带着阿培明艳的福分，[3]
向着大地，

① 见《爱尼风俗歌》。
② 加兵阿郎、阿培明艳为两大神名。
③ 加兵阿郎、阿培明艳为两大神名。

洒得痛快，
洒得舒畅。
……

哦，孩子！
我们今天给你穿上一套黑色的衣裳，
这是我们爱尼人的标志，
我们在你布帽上钉上一串银泡。
当你走动的时候，
它就发出叮当的响声，
在阳光下还会发出耀眼的银光，
听着那么悦耳，
看来那么迷人！
……

哈尼族的习惯是当新生婴儿降生之际，家人要聚集在产房门口，屏息静气倾听婴儿头三声哭声，听到之后，爷爷（或父亲）就走到大门口，对天空、大地、群山敬礼三过。婴儿的哭声意义重大，第一声啼哭是敬告天地，又一个天神之子（哈尼族认为自己是天神的后裔）来到人间，天地之神将保佑他。第二声啼哭告诉人间，这孩子将要拥有丰足的粮食和财富，一辈子将幸福快乐。第三声啼哭意味着这孩子将享有长寿。

哈尼人对新生婴儿寄予的期望极高，他们深沉的爱就在这风俗歌中作了尽情的表达。

婴儿长大成小伙子大姑娘，举行过成年礼之后，就到达一生中最美好的时期，可以进入恋爱期谈情说爱，此时就要唱《明培优培》[①]（少男少女赞美歌）。其词为——

家里养的猪，
长到五拃宽的时候，
是一生中最肥壮的了，

① 见《爱尼风俗歌》。

假如这时也不肥壮，
以后就不会肥美了，
即便生出板牙，
也是一样。

小黑狗脖颈上出现一道白圈的时候，
是一生中最可爱的了，
假如这时也不可爱，
即使脖圈上的毛掉光，
也是一样。

水牛刚刚出牛角的时候，
是一生中最勇猛的了，
假如这时也不勇猛，
以后就更不会勇猛了，
即便牛角长出硬茧，
也是一样。

小山羊在刚学会蹦跶的时候，
是一生中最活泼的了，
假如这时也不活泼，
以后就更不会活泼了，
即便身上的黑毛变白毛，
也是一样。

十五六岁的姑娘，
好比初绽的花朵，
是一生中最香最迷人的了，
假如这时也不惹人喜欢，
以后就更没有人喜欢你，

即便你成了老姑娘，
也是一样。

十八九岁的小伙，
就像刚刚长出胡子的老虎，
是一生中最逗人爱的了，
假如这时也不逗人爱，
以后就没有人会爱你了，
即便你成了老伙子，
也是一样。

你是红头鸟吗？
人人说你是抚养儿女的好阿妈，
可你为什么嫌弃窝边草叶底下的虫虫，
偏要到远处寻找土洞中的蚯蚓，
难道这样你就一天能喂饱十只小鸟？
如果你寻找窝边草叶底下的虫虫，
不说一天可以喂饱十只小鸟，
一天定能喂饱一只小鸟。

你是绿尾巴鸟吗？
人人说你最会砍柴，
可你为什么嫌弃近处的干柴，
偏要去砍远处的湿柴，
难道这样你一天能砍十背柴？
假如你砍近处的干柴，
不说一天可以砍十背，
一天定能砍一背。
……

刚刚戴上少女帽的姑娘，
现在是你谈恋爱的好时候了，
但你不要因此骄傲，
一旦错过这段时光，
追求你的小伙子，
就会一天比一天少。

刚刚包上包头的小伙子，
现在是你找姑娘的好日子了，
但你千万不要得意，
一旦失去这段时光，
你将成为老伙子，
倾慕你的姑娘，
就会一天比一天少。

没有香气的花朵，
蜜蜂酿不出香醇的蜜，
没有年轻的姑娘小伙，
生活就不会有欢乐的歌，
花开到一定时候就会败落，
人长到一定年龄就会变老，
要想戴花就采鲜花，
要想欢乐就趁年轻。
……

这首歌赞美青春的芳醇可爱，劝喻年轻人要趁青春美好，尽情享受生活，追求美好事物。同时提醒他们不要好高骛远，舍近求远，否则时光流逝，青春不再，将遗恨终生。歌中洋溢着青春的朝气和热情，同时寄寓着生活哲理的深义，是一首动以情晓以理的青春之歌。

哈尼族男女青年的社会交往自由自在，他们依凭着心灵的指引和情感的呼应，寻找着与自己心心相印的恋人。他们倍加珍惜爱情生活，把它作为人生的理想来追求。由于哈尼族社会团结、和谐的风范以及历史上氏族婚姻集团观念的影响，年轻人的恋爱常常采用集体谈情的方式进行，这样保证了择偶圈的相对扩大，为青年男女提供了更多的择偶机会。例如笔者曾亲自考察过红河县羊街、浪堤一带的哈尼族奕车青年举行的“阿巴多”集体谈情仪式，即由此一村寨男青年邀请彼一村寨女青年集体前来饮宴谈情，第二次由女方回请，如此反复进行。届时女青年们会在富有经验的“姑娘头”带领下盛装前来，她们潇洒活泼开朗大方，全无汉家女子“行莫摇裙，笑不露齿”的扭捏作态，在席间纵情歌唱“多甲贝”（情歌之一种），畅吐心怀，把自己钟爱何种情人开诚布公，看在场的小伙子有无符合条件者。小伙子也一样，双方在有唱有答中揣度对方的心意、才学、志趣、性情，常有一见钟情者，则私下相约，以致结为连理。①

他们通宵达旦地唱着情歌，内容由互致敬意开始到唱叙宴席上每道菜的来历，以及开天辟地的古典，这是对双方才学的考试。由此渐至情深，则分别对唱。譬如——

男：啊哩！聪明美丽的姑娘啊，
天上是闪闪烁烁的繁星，
村边有沙沙作响的凤尾竹，
在这宁静的良宵佳辰，
我们欢乐地相聚一起，
请喝下这杯甘美的醇酒，
留作甜蜜爱情的永生纪念。

女：啊哩！能说会道的亲哥哥哟，
人说林中的画眉鸟会唱歌，
你比小鸟的巧嘴唱得更动人。
妹妹我是个憨头憨脑的姑娘，
阿妈没有给我会唱歌的金嗓子，
阿爹没有配我能喝酒的好喉咙。

① 详见笔者与王清华合作《云海深处的奇婚女性》，云南教育出版社 1995 年版。

男：啊哩！你的歌声像淙淙流淌的山泉水，
　　你的容貌像早晨初升的红太阳，
　　不亲不爱不敬酒，
　　请喝下这杯爱情酒，
　　让心中的花朵永不凋谢。
　　我妈只生我一双手，
　　手端酒杯会泼洒，
　　说出的话收不回，
　　泼掉的酒拾不起。
　　……①

这些情歌依一定程式进行，但歌者可以根据自己的心意加以发挥，因此常常能使两颗心迅速贴近。这类情歌多用日常生活中习见的树木、花鸟、日月星辰、山光水色等等以做比喻，富于才情韵致的人唱出的歌常能催人泪下，具有相当的艺术感染力。

哈尼族青年经过说媒定亲之后，就可举行婚礼仪式，由此又产生成套的仪式歌。譬如婚宴席间，亲族长辈举酒祝福时，歌手则吟唱《送嫁歌》——

天上的月亮圆圆的了，
山里的花朵红红的了，
长翅的鸽子要高飞了，
养大的姑娘要出嫁了。

砍柴不能砍路边的树，
女儿不能老养在娘家；
小牛养大要犁田，
姑娘长大要出嫁。

① 见毛佑全、李期博《哈尼族》，民族出版社1989年版第94~95页。

兄弟姐妹同是一娘生，
兄弟姐妹同是手足亲，
兄弟继祖业，
姐妹要出门，
阿妈的女儿啊，
这是古老的规矩。
从前很古的时候，
阿妈生儿育女时，
儿子先吃了阿妈左边的奶，
儿子是守家的人了；
姑娘先吃了阿妈右边的奶，
姑娘是出门的人了。

姑娘就像山坡上的麻厚树叶，
飘在哪里就在哪里落。
出嫁的姑娘啊，
为什么要这样悲伤？
弯弯的大银镯给了你，
花花的金戒指给了你；
你是有父有母的好女儿，
你是有兄有弟的大姑娘，
高高兴兴地夸耀着去吧！
……①

无量山、哀牢山地区的哈尼族，很早就进入了封建地主经济社会与封建领主经济社会，妇女的地位低下，婚姻多由父母包办，人格得不到尊重。这首“独打”（规矩歌）以“儿子先吃了阿妈左边的奶，儿子是守家的人了；姑娘先吃了阿妈右边的奶，姑娘是出门的人了”的传说，对姑娘出嫁之规加以解释。在这样的社会氛围中，作为新娘的姑娘虽然面临喜

① 《哈尼族》第96~97页。

期，也深感不幸，她们在离别亲人之际，大放悲声，倾吐着内心的痛苦和郁闷。

文学是宽容的，文学更是人性的。在这哭嫁的礼仪歌中，就有了一大类《哭嫁歌》，内容有新娘哭别爹妈的，有哭别兄嫂弟妹的，有哭别小伴女友的，有哭别婚前恋人的，也有爹妈、兄嫂、弟妹、小伴、恋人哭别新娘的。这哀哀的哭诉在抗议着社会的不公，哭诉着离情别绪，哭诉着新娘对未来陌生生活的忧虑，是一曲曲大喜之期的心灵悲歌。如新娘的《哭嫁歌》——

不知是命运里带来的，
还是从娘胎里带来的，
从娘胎呱呱坠下地，
我们姑娘啊从不算人。

不是命运带来的，
也不是从娘胎里带来的，
只怪阿妈生错了我，
阿妈就不该生姑娘。

我们姑娘从不算人，
阿妈生了娃娃，
偏心的爹妈呀，
就要看是儿子还是姑娘。

要是生下儿子，
爹妈笑得嘴都合不拢，
赶快杀鸡煮蛋，
要是生下了姑娘，
爹妈看都不想看。

永别了，自由的情场，

好时光要数没有出嫁的姑娘；
爹妈面前撒娇的岁月，
无非都是昙花一现。
……①

婚礼仪式歌中的《迎亲歌》则用热烈亲切的语言表达亲友们对新娘的抚慰，这是哈尼族社会融融泄泄的亲情友谊的表现——

哦……喂……
猎人扛着枪上山去了，
猎人心中想着的，
是马鹿麂子的肉。
种地人拿着镰刀下地去了，
种地人心中想着的，
是地里的金谷。
我们穿着新衣走出寨子，
我们要摘一朵花，
把欢乐与幸福，
送上新郎的竹楼。

哦……喂……
想打猎的碰上了马鹿，
想吃米的收到了金谷，
想戴花的采到了鲜花，
想吃蜜的找到了蜜糖，
缺水的碰上了水，
缺柴的砍到了柴；
向日葵结籽了，
黄瓜上架了，
桃树结果了，

① 《哈尼族》第98~99页。

新人接来了，
日子好醉人。

哦……喂……
太阳当顶的时候，
我们唱着歌出寨子，
太阳落山的时候，
我们接回一个新人，
当太阳重新升起的时候，
她将开始一种新的生活。
新娘啊，
你竖起耳朵听一听，
林中的小鸟用歌声向你祝愿！
新娘啊，
你睁大眼睛瞧一瞧，
路上的花朵招着手把你欢迎！
新娘啊，
你迈开步子快些走，
欢乐和幸福在等着你！①

这里洋溢着一片真诚的热情，虽然语言平实无华；这里充盈着满腔的欢欣和喜悦，虽然没有狂热的表达。人们用亲情、友情、热情去体贴、宽慰新娘，去欢迎这个将终生与他们为伴的新人。正是这浓厚的感情，使婚礼成为真正举寨欢乐的节日（哈尼族风俗，一家成婚，全寨欢乐）。

恋爱、结婚是人生戏剧中的高潮，婚后的生子、养育、尽孝、劳作是剧情的深入，垂暮、亡逝是戏剧的落幕。然而对于一个哈尼人来说，葬礼才是他最辉煌的节日。

有关丧葬的礼仪歌有祭司贝玛边敲竹筒边念诵的经典《斯批黑遮》、女哭丧歌手抚棺泣吟的《密刹威》等长篇作品，有针对不同亡逝对象而为

① 《西双版纳哈尼族歌谣》第 82 ~ 83 页。

的哭葬歌，如妻子哭祭丈夫的《哭夫送葬歌》、丈夫哭祭妻子的《哭妻送葬歌》、哭祭朋友的《祭友歌》、寨人哭祭寨老的《寨老去世》、儿女哭祭父母的《哭父母》等。《斯批黑遮》与《密刹威》因在文学史上占有重要地位，另章评述，此处选择几首短小的哭葬歌加以介绍。

《哭老人》是年高德劭的老人葬仪上的哭葬歌。此种葬仪称为“莫搓搓”，是规格最高的一种葬礼，届时需杀九头以上的牛和若干羊只，寻常人等不得用此葬仪。

老人亡逝后，灵柩需置家中3~5个月，每日鸣放土炮3响，每12日举行一次守灵仪式，称为“莫伤”，意为“守老人”。届时吟唱守灵歌。而青年男女在夜幕四合时聚于丧家左近跳“莫伤舞”，吹拉弹唱歌舞欢乐。哭丧歌则由同宗女性吟唱，唱词以“嗯哼”起头，示以悲悼。其词为——

嗯哼！白发苍苍的老奶奶啊，
你开始降生的那天，
箐沟边画眉鸟婉转歌唱；
你呱呱坠地的那天，
山坡上杜鹃花怒放。

请来神通广大的老贝玛，
手不停地摇着锥栗叶，
给你接了祖先的老根根；
祝你生得聪明又伶俐，
祝你幸福长寿好生辰。

嗯哼！白发苍苍的老奶奶啊，
辉煌的太阳落山了，
腐朽的刺桐树站不住了，
东流的江河水，
再不能回头了。
麻栗树叶在冬天里飘落，
你的头发像洁白的棉花，

你的骨架像散了的椽子，
你像干枯了的树木一样，
要回到祖先那里去了，
不病前就给奶奶叫魂了，
奶奶的魂叫不回来。
不死前就给奶奶接气了，
奶奶的气接不上来。
……①

这首哭葬歌朴质地哭叙了亡故者的人生历程，对其生前美行懿德进行褒扬。

哈尼族各支系的哭葬歌各有特色，另一首《送葬歌》② 则不论从文学的色彩还是哲理的深邃均更胜一筹。它唱道——

大树死了，
树干枯了，
阿爸死了，
身子倒了。
太阳落了，
天不亮了，
阿爸死了，
眼睛闭了。
……

这里阿爸的死亡被写得气势磅礴，一如巨木的倒坍与夕阳的沉没，足见人的死亡是何等重大的事件，而阿爸又是何等有荣名的人物。阿爸的眼闭与日落的昏暗相联系，四句话写出一片悲戚，其程度之深切，日月为之无光，世界为之黑暗。这是哭祭者的心情，同时作为亡故者的阿爸，双眼一闭，对他来说是永恒的冥寂了。这样的句子可谓字字珠玑句句警譬，一

① 《哈尼族》第116～117页。

② 《送葬歌》，马蒲成演唱，李永万翻译，笔者搜集整理，载《山茶》1984年第2期。马蒲成是哀牢山有名的贝玛兼歌手，与笔者交往日久，情感甚笃，1995年9月写作此章时惊闻病逝，不胜哀痛，书此为悼。

派大手笔的气度。

接着是老贝玛的祷辞——

自从天地分开，
男人和女人就分开了；
自从男女结合，
生和死就在一处了。

小草生出来，
枯草就死了；
小树生出来，
老树就死了。

太阳生出来，
月亮就死了；
春天生出来，
冰雪就死了。

天边的头人也会死去，
地角的首领也免不了。
镶金牙的人也会死去，
吃鹿茸的人也难逃。

昨天寨尾的黄牛跌了三跤，
今天寨头的乌鸦叫了三道，
厄运走进了你的家门，
你有老象的身子也抵挡不了。
你的气瘪了，
鸡腿贝玛来吹也吹不饱；
你的命断了，
牛腿贝玛来接也接不牢。

牵来配金鞍的骏马，
也驮不走你的苦恼；
拉来长银蹄的牯子，
也背不来你的欢笑。
你喜喜欢欢地去吧，
让活着的人来替你哀号。
你放放心心地走吧，
让活着的人替你烦恼。
……

这一连串酣畅淋漓的排比，把人的死亡是自然、正常的道理说得极透，事物的规律总是新陈代谢，此消彼长。既然天地万物皆如此，连日月四季都永恒地交替着，还有什么必要伤逝呢？这纯是一派乐天知命的智者的格言，这些歌句哪怕在今天，依然不乏人生的启迪。

《祭友歌》顾名思义是祭奠亡友的哀歌。哈尼族一重亲情二重友谊，这友谊包括民族内部及与其他兄弟民族如汉、傣、彝、苗、瑶、壮等族的友谊。朋友来到家中，无不受到格外尊重，若有何种困难只需启齿求援，哈尼人必然拔刀相助，这种友谊屡屡见诸创世古歌等作品。① 因此，朋友的亡故在哈尼人是痛彻心脾的。这方面的哭葬歌极多，兹引一首西双版纳爱尼人的《祭友歌》——

在过去的岁月里，
我们一起唱过很多歌，
我们一起喝过很多酒，
可我们从来没有唱过分别的歌，
更没有喝过分别的酒。
想不到今天我们分别了，
这是天的安排地的指使，
分别的酒要敬十碗，

① 请参第一编中有关哈尼族与其他兄弟民族为一母所生的神话传说。

你已喝不下一碗，
我把酒洒在你的身上，
为你消灾除难。

一滴酒洒在心上，
心痛就会好，
二滴酒洒在眼睛上，
打猎就不会眼花。

三滴酒洒在脚上，
走路会和马一样快。
四滴酒洒在手上，
你的手样样会做。
五滴酒洒在头上，
头痛就会消失。
六滴酒洒在耳朵上，
耳朵就不会聋。

……
你去吧，
安安心心地去吧，
朋友们会时常给你祭酒，
你也要时常把朋友们保佑。
我们祭了你，
你的灵魂回到我们身旁，
再和我们一起去打猎，
再和我们一起唱歌，
再和我们一起喝酒。[1]

① 《祭友歌》，所开搜集，载《西双版纳哈尼族歌谣》第65～67页。

这首歌以酒为祭以歌为祀。歌与酒是哈尼人生活中的蜜，它香甜地滋润着他们艰苦劳作的一生，陪伴他们度过多少欢愉的时光。而与朋友相聚之际酒酣耳热的引吭高歌，又是这快活时光中最美好的时刻，因为这是心与灵的相与，形与神的相一。现在挚友亡故，往昔的欢愉与现时的痛惜恰成强烈对比，他们于是将这友情化为歌托为酒洒祭在朋友身上。所谓酒洒何处何处吉祥，虽为宗教和巫术的意味，但实质是友谊的力量可使亡者消灾除难，哈尼人坚信友谊的力量无所不能。正因为这心声的倾吐，《祭友歌》才那样撼动人心。

第三节 生产劳动习俗礼仪歌

哈尼族世居滇南三江两山地域，其地天雄岭峻，草木繁茂，是山地农耕尤其是梯田稻作的理想之地。哀牢山区哈尼族主要从事的生产劳动是梯田耕作，西双版纳地区哈尼族主要从事旱稻种作，另有部分水稻、茶叶、包谷、棉花等作物栽种。两地哈尼族男子在农闲季节还从事频繁的狩猎活动。西双版纳哈尼族的狩猎在经济成分中占有很大比重，其猎手在周围民族中素享盛名。此外建屋盖房、纺线织布、染布织席、酿酒养蜂、打铁制银、竹木器具制作等等也是必须从事的生产劳动。凡此种种，无不有相应的礼仪习俗和礼仪习俗歌。如开田有《开田歌》，栽秧有《莪祝阿其》（栽秧歌），盖房有《贺新房歌》，打猎有《狩猎歌》，染布有《染布歌》等等。这些歌在生产劳动中起着组织生产、传授技艺、鼓励干劲的作用，内容多依一定规矩吟唱，其间可视需要临时加以变化。习俗礼俗歌节奏明快有力，融抒情、叙事、议论为一体，有些篇章具有很高的欣赏价值和实用价值，如《虎珀拉珀卜》（翻年歌）、《栽秧歌》《狩猎歌》《贺新房》《织布染布》《除草歌》等等即是。《虎珀拉珀卜》不但系统吟唱了 12 个月中的主要农耕生产活动，成为哈尼族依时而作的农事大典，而且在审美上有着很高的层次，成为哈尼族文学的名篇（另章评介）。

下面择要介绍几首。

《狩猎歌》是西双版纳哈尼族狩猎时必唱的——

敲起竹筒冬波冬！
吹起牛角呜呜呜！
猎人身上汗滚烫，
串山人沸腾歌唱。
唱着猎手的好枪法，
赞着哈尼的好运气，
抬着猎物一路跳舞，
跳获猎舞神气洒脱。
到猎神树下停一停，
割一只猎物耳朵，
恭恭敬敬献给猎神树。
再将猎物的血，
抹在猎神树上，
人人头插神树叶。
神猎树的魂，
附在人身上，
祭了猎神树，
抬起猎物回寨中，
再把竹筒敲起，
再把牛角吹起，
人人兴高采烈！
……①

这首歌把浓郁的山林气息、猎神树的神秘力量和哈尼猎获野兽的欢乐都在竹筒的击打声和牛角的吹奏声中传达而出，使人不禁和着这节拍与猎手共舞。

哈尼族建盖新房是一家盖房全寨帮忙，一户安居举寨欢庆，这纯朴温暖的乡里亲情把整个村寨团结得如同一家人。这溶溶春水般的情谊在《贺新房》仪式歌里通过盖新房的共同劳作、贺新房的共同欢乐表现得十分自

① 见《西双版纳哈尼族歌谣》，第53页。

然而真切——

盖房子靠大家来帮忙，
人多才能盖好新房，
为了盖好新房子，
众乡亲都来帮忙。

妇女割草上了山，
汉子上山砍木料，
年轻姑娘舂米又提水，
强壮的伙子手脚忙不停。

平整好盖房的地基，
小伙子的衣裳汗透，
挖好打桩的泥穴，
姑娘脸上布满红晕。
喊声中竖起柱子，
锤声中搭起房架，
屋架上搭起椽子，
草排飞上了房子。
……

会搭架上梁的是人，
会垒土堆的是蚂蚁，
会盖房子住的是人，
满山乱跑的是野兽。

地里种下的瓜和豆，
搭好架子要自己爬，
大家建好的房子，
好不好是自己的家。

斑鸠编织自己的窝，
再简陋也不嫌它丑，
燕子筑起自己的巢，
不暖和也要自己住。
……

寨里要盖一家房，
要破十二把篾片，
要砍十二棵树，
要十二个工匠齐配合。

砍刀像啄木鸟啄树，
斧子像麂子的耳朵，
锯子像山上的蟒蛇，
盖新房众人忙。
……

今天是吉祥的日子，
一家人有了新房，
今天是幸福的日子，
请亲朋好友贺新房。[①]

歌中虽以铺叙建盖房屋的各道工序为要，却一再说到大家盖新房，居住的人不论房子好不好，合不合心也要好好住下，正像“燕子筑起自己的巢，不暖和也要自己住”，这帮忙之后谦恭的态度，使人感慨再三，其中蕴含的深情厚谊耐人咀嚼。

① 《贺新房》，载《西双版纳哈尼族歌谣》。

第四节　习俗歌的变奏曲——婚恋习俗歌《妲耶与央才》

一整套习俗礼仪的形成、完善与一系列习俗礼仪歌的产生、成熟，标志着哈尼族社会步入一个长期稳定的历史阶段，亦即农耕稻作发展到高度水平之后的相对停滞发展阶段。近代哈尼族社会分成了人口最集中的哀牢山、无量山区封建领主经济、封建地主经济和人口较少的西双版纳地区外族（傣族）封建领主统治下的领主经济三种制度。三种制度下人们的生活状态和心理状态有较大差别，外族封建领主统治下的西双版纳哈尼族基本保持着氏族社会晚期的风尚，反映在习俗方面，更显真朴纯厚，民族内部关系融洽，互敬互爱，一片和谐。反映在婚恋方面，男女青年恋爱自由，婚姻基本自主。而哀牢山地区因受封建观念的影响，恋爱虽自由，婚姻则由父母包办。无量山地区受汉文化影响较大，在一部分哈尼族中“男女授受不亲”，“父母之命媒妁之言”更成了禁锢男女青年的深重枷锁。

这些状况反映在文学上，便是许多习俗礼仪歌尤其是婚恋习俗礼仪歌发生了变异，西双版纳地区更多地保留了传统，哀牢山、无量山地区出现了新的变奏。一方面，人们在封建制度的重压下，对氏族社会纯真朴质的恋爱自由、婚姻自主的往昔美景倍加思念，于是将习俗歌中的相关内容加工打磨，形成反映心声的新篇，这是一种理想的寄托，也是一种“古为今用”的文学现象。这方面的代表作，是《俣确摸确确》（即“一起长大的伙伴”），其中歌颂真挚的爱情，而且这爱情自然地有着美好的结局。另一方面，将婚恋习俗歌拿来改编，根据现实的需要作不同的艺术处理，但男女主角的婚姻多半以悲剧为结局，倾吐着青年们对婚姻理想的幻灭，曲折地反抗社会的不公和残酷，这样便形成了悲剧叙事诗（对此，我们将在本编第七章第一节中详加介绍）。

《俣确摸确确》整理发表时，以诗歌中男女主人公的名字代替了民间的习称而叫《妲耶与央才》。此歌由白祖额演唱，白祖额、阿罗翻译，国平、阿罗整理，载《红河》杂志1984年第12期，约600行，主要流传在红河南岸哀牢山地区。

此歌以妲耶与央才为男女主角，按人生成长的不同阶段，分“出生”“童年”“少年”“青年”四部分。歌中唱道——

萨——啊——咿，
（妲耶和央才）两人一个早上生下，
像一窝脱壳的雏鸡；
两人一个早上落地，
像一箩撒下的荞粒。

这天设地造的一对在父母精心抚育下渐渐成长，乡亲们按规矩分别给他俩取了名字，“妲耶”是“摘芨芨菜的姑娘”，“央才”是“犁田种地的伙子”，对他们赋予美好的愿望。两人从小一处玩，“拿来粗糠学开沟，拿来灶灰造梯田”，“拿来竹筒煮饭吃”，“拿来竹片做筷子，”青梅竹马，两小无猜。渐渐长大后，到了六七岁，两人就会“掰来苦竹赶小鸭，砍来刺竹棍子赶大鸭”，能帮爹妈做事了。长到十二三岁，两人情窦初开，央才会帮妲耶捉鱼拿虾，打猎射雀。长到十五六岁，他们进入青春期，妲耶“脸蛋像席来树叶一样细长，眼睛像镜儿一样水汪汪”，“鼻子像一条美丽的山梁”，“胳膊像棍子鱼一样丰满”，央才也长成一个英俊的青年，他们心心相印，互相爱恋——

一只鸽子孤孤单单，
一对鸽子亲亲热热，
妲耶和央才像一对鸽子，
成双成对相亲相爱。

一支筷子不能摆上桌，
成双成对才能摆上桌，
妲耶和央才像一对筷子，
成双成对相依着。

树上的鸟儿鸣叫在一起，
地上的情人生活在一起。

两匹马鞍是一套，
马鞍垫两头是一样平，
马驮子两头是一样平，
马架子四只脚是一样齐，
妲耶和央才座到一起，
妲耶和央才想到一起。

这纯真的爱情终于结出了甜美的果实，两个相恋的人喜结良缘，幸福地生活在一起。

从前哀牢山区哈尼族的社会规范是恋爱自由，婚姻父母做主，而且多半实行买卖婚姻，许多青年因经济贫困不能与自己相恋的情人结成夫妻，发生了许多人生悲剧。当然生活中也有开明的父母顾及儿女终生的幸福，依顺儿女的心愿，使有情人成为眷属的，但毕竟这样的情况并未成为普遍，更多的是一味贪图钱财，不惜牺牲女儿的幸福。这首歌反映了理想的婚姻状况，但从深层看，则是对封建领主制和封建地主制之前男女婚恋自由的缅怀和追忆。

哈尼族的婚恋习俗歌，我们在第一编第三章第七节中介绍过婚礼歌《然密克玛色》，其中叙述最早谈情成婚的一对男女罗白姑娘和佐则伙子，也是“一年生的小伙伴，一天穿的小衣裳”，两小无猜，同生同长同大，互帮互助互爱，最后结为伉俪。我们将在本编第四章介绍殡葬祭词《斯批黑遮》，其中叙述第一个去世的人帝孟的人生历程，有《帝孟孕育》《帝孟出世》《童年伙伴》《帝孟恋爱》《帝孟问媳妇》《帝孟完婚》等章节，描述帝孟与一个女孩同生同长同大到相恋相爱成婚的过程，情节、细节与《妲耶与央才》相差无几。这更说明《妲耶与央才》是从《然密克玛色》《斯批黑遮》这些经典习俗礼仪歌中演变出来的，其不同在它更精细地描摹了男女主角的微妙心态，更引人入胜。当然，从这首歌脱离传统习俗歌独立成篇的情况看，它通过历史的真善美否定现实的假丑恶的用意是非常明显的。它深深地寄寓着千百万哈尼青年对婚恋自由自主的理想和希望，是他们世世代代不止不息的一个灿烂的梦。这就是《妲耶与央才》区别于所有婚恋习俗礼仪歌的根本点。从这里看，它是哈尼族文学的一个进步与发展。

因为有着对人性、人情，对美的追求和希冀，这首歌读来十分温婉动人。它描绘两个恋人难舍难分的情景（姐耶和央才互相询问）时唱道——

你可曾记得过去哟，
背着一个水竹筒的童年，
背着两个水竹筒的少年，
我俩在一起的快乐时光？

背着一个水竹筒的童年哟，
童年做过的梦，
留在背水的小路上；
背着两个水竹筒的少年哟，
少年做过的梦，
留在寨边的玩场上，
留在说过的谎话里，
谎话当作实话讲，
……

用背水的竹筒数量由一个到两个的增加，表示两位主人公年龄的增长和情感的增长，这是何等美丽而又巧妙的表达啊！像这样的手法歌中还有很多，这是一种真实朴实的美。另外，纯洁、诚实的姐耶和央才为了躲避父母的追问盘查，编一些小小的谎话解说自己归家迟迟的理由，这又是多么可爱的一对呀！青春爱恋的激情在这平实的叙述中细腻地表达出来了。

这是曲笔的描写。直截的描写更多了——

（央才送银镯给姐耶，叮嘱她永远珍藏，时节也饥饿不能调粮换米，千万两银也不能换走，姐耶则用以下的方式表达爱情）

姐耶给央才送手巾，
手巾两头缀红缀，
针针线线表衷情：
“央才呀，
手巾要时刻揣怀里，
净洁的手巾不擦汗，

头疼脑热擦一下，
驱病祛邪精神爽，
纵使渡江翻了船，
怀里手巾保平安。”

爱情价值的宝贵、爱情力量的伟大，甚至连渡江翻船的危险也因有了情人的手巾可以避免，这样的描写可谓别开生面。

另外还有一些爱情风俗歌，只把《然密克玛色》《斯批黑遮》中两个情人的结局加以更改，就表现出新的思想和意境。其中一个唱本叙述道，两个恋人在山林中谈情，有猛兽前来追赶，小伙子就把姑娘先前送给他的饭团、果子之类丢给野兽吃，当这些东西丢完，就勇敢地与野兽搏斗，好让姑娘逃去，姑娘不肯逃，于是发生了两人双双被野兽咬死的悲剧。[①] 另一个则是两个恋人相约在山林中相会，小伙子到了约定地点，姑娘尚未来到，这时来了一只虎豹野猪之类的猛兽，小伙子本来可以逃去，但是他不愿违约，终于葬身猛兽之口。[②] 这个情节颇为类似古代汉族传说中尾生与女子约会，被洪水淹死犹抱柱不放的故事，都是忠于爱情，哪怕杀身殒命在所不惜的爱情绝唱。

这种种从习俗礼仪歌中变异、脱化或新创而出的作品，一方面继承了民族文学的优秀传统，一方面丰富、更新了民族文学的形式和内容。

① 演唱者元阳县歌手车国忠，李永万翻译，笔者搜集整理，未刊稿。
② 演唱者元阳县歌手杨批斗，卢朝贵翻译，笔者、杨叔孔搜集整理，未刊稿。

第四章　殡葬祭词《斯批黑遮》

第一节　祭祀总词《黑遮其洼夺》与殡葬祭词《斯批黑遮》

哈尼族民间广泛尊奉着一部名为《黑遮其洼夺》的宗教祭祀经典。《黑遮其洼夺》直意为“鬼账一万句”，释义为“凡是不懂的，向它问就懂”，或“请神退鬼万言大词”。其内容之广博囊括了哈尼族社会、文化、历史、宗教、文学艺术等古典精粹，重点则在宗教祭辞。此经典虽称万句，实则远出其数，可称为哈尼族祭典总汇。因其庞大芜杂，目前我们尚未搜集到全部内容，只能作一大概介绍。

全词分为：《总词目》《察批黑遮》《斯批黑遮》三部分。

一、《总词目》，包容了哈尼族所有重要的意识形态方面：宗教思想、历史沿革、部落迁徙、生产技艺、社会生活、风俗习惯、文学艺术等等方面的要目。如古歌大集《窝果策尼果》《十二奴局》、长篇迁徙史诗《哈尼阿培聪坡坡》《普嘎纳嘎》等均在其列；《哈尼阿培聪坡坡》在其中只有十一句话，对其内容作精辟简约的概括，其他篇章亦大体如此。

二、《察批黑遮》，意为“退鬼祭词”，或“口功”。对带来死亡、疾病、灾祸及种种不祥的鬼魂和黑巫术，均有专条祛除。其数“有三把头发那么多”（贝玛语），大体归为《尼扎策尼扎》（驱鬼除魔口功[1]十二路）和《哈扎策尼扎》（防卫口功十二路）两大类。

① 口功：经咒的习称。

《尼扎策尼扎》为：

1. 窝果——祭众神口功，下又分《龙湖》（乞福）、《佐勾》（祭祖祛灾）。

2. 撒扎——退非正常死亡鬼口功（又分投河、上吊、误杀、枪打、刀砍、虎咬、跌崖……之鬼若干条）。

3. 则达香枯——叫魂（分各类魂）、祝寿口功。

4. 哦扎——退人畜疾病鬼口功。

5. 开尼扎——防止田禾染病口功。

6. 亩扎——退疯子鬼口功。

7. 戳扎——退土地神、山神危害口功。

8. 杀梭尼扎——退狩猎鬼口功。

9. 策尼扎——退田埂、屋墙等一切倒坍鬼口功。

10. 黑扎——退拿魂婆口功。

11. 合田尼扎——退产妇鬼口功。

12. 果扎——退小娃病鬼口功。

《哈扎策尼扎》为：

1. 龙嘿嘿哈——青年人争吵口角时，防止他人以巫术降灾之口功。

2. 大哈——祛除青年做恶梦口功。

3. 斯批哈围——祭奠场所口功。

4. 杀批哈围——退鬼场所口功。

5. 哈左左——防止他人以巫术陷害口功。

6. 合哈打——祝福时防止他人施巫口功。

7. 普哈——村寨祭祀时防止外寨人施巫为祟口功。

8. 爵哈——工匠祭祀时防止他人施巫口功。

9. 直哈——头人祭祀时防止他人施巫口功。

11. 哈色色——贝玛执土石、兽毛、花草之物祛灾所诵口功。

12. 哈威及直威、批威、爵威——解除恋人、夫妇不合的口功及头人、贝玛、工匠联盟的口功。

这些祈福祛灾的宗教祭词和巫咒口功虽然因事而设，旨在功用，但其中不乏想象超迈，意态潇洒之作。如 1989 年与 1995 年，大贝玛朱小和两次为笔者杀鸡献祭，祛除颈椎病之鬼，所念《退脖痛鬼口功》（“哦扎”中的一种）即是一例——

啊——呸！[1]
我，
高能的贝玛师傅在这里，
我说的话天上听得见！
现在我发话了！
现在我请来了！
请来的是谁？
是高能的大神烟沙的姑娘差姒差也，
她们是我请来帮忙治病的！

（朱小和一圈圈地用手划着笔者的脖子）

啊——呸！
你，
绕在脖子上的三千斤的大铁链！

（事前他打草卦测出我的脖子之所以疼痛是由于得罪了一条大蛇，它变成铁链锁住我的脖子）

你，
缠在脖子上的光光滑滑的大黑蛇！
我高能的老贝玛在这里，
你要害怕！
你要发抖！
你不害怕吗？
你不发抖吗？
我就要请天上的神来整你！

啊——呸！

① “啊——呸！”为贝玛退鬼时必念的首语，带威吓鬼神意味。

请来了，

天上烟罗神殿后山那只穿花衣的红嘴白牙的大老虎请来了！

大老虎张开嘴巴咬了！

“康当”的一下，

三千斤的大铁链十扣咬开一扣了！

请来了，

大神烟沙家房头上那只头顶红冠生着白羽的仙鹤请来了！

仙鹤抬起三拃长的长嘴，

“康当”地啄了，

三千斤的大铁链十扣啄开一扣了！

（他分别请来老熊、豹子、老鹰、三千斤的黄钱鱼等等十多种动物，每种各展神威帮我或啄或咬或抓或啃，以解开大铁链的缠绕）

……

开了！

咬（啄、啃、撕、抓）开了！

三千斤的大铁链咬开了！

啊——呸！

滑滑亮亮的大黑蛇，

我高能的贝玛在这里，

你要快快地跑掉！

你没有拐棍吗，

没有拐棍，

就拿鸡脚给你做拐棍！

你跑到热地方老实热吗，

就拿鸡翅膀给你当扇子扇凉！

还有背祭品的背篼，

也准备好了一个，

你快快地背着祭品逃跑吧！

在太阳神约罗下山以前就要跑掉！

——脖子嘛，

太阳不落山就要给它好掉！

……

这段疗疾的“哦扎”描绘了这位本领高强的大巫呼风唤雨延请种种强大有力的动物与大黑蛇（大铁链）的搏战，场面极其壮观，色彩极其绚丽，可以看作一首力的颂歌。

虽然如此，但《察批黑遮》毕竟功利性太强，因此从审美的层次上看仍为较低，推求价值，其更在社会的、历史的、宗教的、文化的层面。

三、《斯批黑遮》意为殡葬祭词。[①] 这是《黑遮其洼夺》中最有价值的部分——除社会历史宗教之外，更有其文学价值在。“斯批”意为主持葬仪的贝玛，是具有最高水平的贝玛，能够主持葬仪的贝玛才有主持重大宗教祭仪的资格。《斯批黑遮》为开祭发丧的主要经典，无此经典，葬仪无法进行。

哈尼族极其重视死亡，凡年高德劭寿终正寝者，莫不引为人生的最大幸福。下面几则史料可以见出哈尼族的生死观——

> 窝泥……丧无棺，吊者击锣鼓摇铃，头插鸡尾跳舞，名曰洗鬼，忽泣忽饮。……祭用牛羊，挥扇而歌，拊掌踏足，以钲鼓芦笙为乐。
>
> ——天启《滇志》卷三十

> 窝泥……丧葬刳木为棺，祭用羊，贫则用猪。不记生而记死，每逢忌日，设牲祭于家，不出财，不出户。
>
> ——雍正《景东府志》卷三

> 斡泥蛮（哈尼族历史称谓之一）……巢居山林，极险。家有积贝，以一百二十索为一窖，藏之地中。将死，则嘱其子曰：“我平生藏若干，汝可取几处，余者勿动，我来生用也。”
>
> ——李京《云南志略》

① 斯批黑遮，又译“诗匹黑遮”，请参《中国各民族宗教与神话大辞典》第175页。“诗”“斯”同意，均为“死亡”。

可见哈尼族历以死为重，所谓“不记生而记死”即是，这是原始宗教灵魂不灭的观念。

哈尼族认为一切正常死亡者并非“死”去，仅仅更换了一种生存的方式而已。吟唱丧葬歌的贝玛常说：“这些老人不是死掉，是回到惹罗普楚（或诺马阿美）祖先大寨去了，他们和所有的祖先都在那里好好地活着呢！”这些亡逝的祖先所生活的“祖先大寨”，是一个极美的理想之地，因而他们将其称为“哈尼苏嘎惹罗普楚”或“哈尼诺马阿美”（“哈尼最富庶的惹罗大寨”或“哈尼最爱在的好地诺马阿美”），规定惟正常死亡者方可前往居住，非正常死亡者只有资格变为孤魂野鬼四野飘荡。因而人们对正常死亡者持着似悲实喜的态度，在葬仪中“挥扇而歌，拊掌踏足，以钲鼓芦笙为乐”。非但如此，在最隆重的丧礼“莫搓搓”中，青年男女们还要打扮得光鲜漂亮，抬着三弦、笛子等乐器前来吹奏舞蹈，大唱情歌，称为“莫伤”，甚有欢庆老人亡去之意。

对于生，也是一样的概念，“出生也只是一种生命形态变成另一种生命形态。如同死亡至少在头一个时期只是环境和居住地的改变而其余一切仍然不变一样，出生也只是个体变成婴儿，通过他的双亲转入尘世。”[①] 生者是死者的再度赋形，是生的延续、移化，死生相依相存，互为存储，互为渗透，二者似乎是在一个带有喜剧色彩的环中周而复始地运转不息。这在哈尼人看来是十分自然的，万物有灵，万物互渗，灵肉相聚为生，灵肉相离为死（也是一种生，而且似乎比真实的生存更为永恒）。正如庄子所言：“生也死之徒，死也生之始，孰知其纪。”生死既然是无休止的大轮回，人们又何必伤逝呢？[②]

在这样一种理念观照下，哈尼族的葬礼实际变成一个盛大的节日，届时散居于各山各寨的族人少长毕至，全体寨人也一齐出动，把丧礼操办得十分隆重而热闹。在整个丧礼期间，祭司贝玛就要吟唱殡葬祭词《斯批黑遮》，并以此指导丧礼的进行。

《斯批黑遮》内容极丰富，全词计有数万行，分七八十篇，每篇长短

① 列维—布留尔：《原始思维》，商务印书馆1981年版，第330页。

② 详参拙作《哈尼族神话中的不死药与不死观》，载《民族文学研究》1989年2期。

不一，长可上千行，短可数十行。目前我们搜集到的篇目如下：《伍堵》（出门）、《能争》（开祭）、《哈伍争》（避邪）、《喝拾活》（祭品）——又分《凯合》（祭五谷）、《则活》（祭六畜）、《搓活》（祭人）三种；《阿收倒》（敲竹筒）、《白扣倒》（绕丝线）、《恒底搓》（镇神）——又分《凯搓》（镇五谷神）、《则搓》（镇六畜神）、《主搓》（镇人神）三种；《搓勒》（祈神）——又分《台搓》（祈天神）、《吾搓》（祈地神）、《明搓》（祈火神）、《哈搓》（祈邪神）、《凯搓》（祈五谷神）、《则搓》（祈六畜神）、《主搓》（祈人神）七种；《哈波考》（栽竹子）、《博斗妥》（敲竹筒）、《拾德加德》（出动植物）——又分《多除让德》（出飞禽）、《乌除让德》（出水族）、《昆除让德》（出走兽）、《多除让赶》（飞禽死）、《乌除让赶》（水族死）、《昆除让赶》（走兽死）六种；《活为让德》（起源）——又分《凯得》（栽五谷）、《则得》（放六畜）、《主得》（人出世）三种；《活为让解》（死亡）——又分《凯赶》（五谷死）、《搓赶》（人死）、《则赶》（六畜死）三种；《尼克那克》（哈尼汉人相争）——又分《克》（欺骗）、《抓安确》（安寨子）、《抓安厚》（分地盘）三种；《皮赶牛赶》（去丧家的路），《牛扣勒》（撵不祥），《直、批、爵》（头人、贝玛、工匠），《迟波确》（找风箱），《哈欧确》（找灰土），《松很》（打铁街），《帮子姑》（叫铁匠），《松级》（打铁），《夺台》（约会），《勾早》（说媒），《哈密受》（嫁姑娘），《虎玛达作》（年月日树），《奔拾哈拾拾》（结婴儿果），《候确么确》（找伙伴），《哈密哈机确很》（寻找情人），《爱抓区抓潘》（鱼和麂子换地方），《艾胜》（砍鱼取种），《夫奔》（射松鼠），《哈密受》（娶妻），《郎活中》（造房子），《密坡苏坡》（休妻找情人），《兵莫》（生老过程），《中吾八赶》（停尸楼下），《然为》（护子孙），《趴马奇》（招死人魂），《中丑》（祭衣服），《阿丑阿火》（家谱），《虎督里楼》（打鼓吹号），《乃》（生病），《少奴》（苦日子），《直朝》（叫魂），《斯为莱为争》（生死界限），《斯》（死亡），《为活很》（土锅街），《莫迟》（净身），《查腊科》（栽棉花），《补确》（绸子衣），《阿则确》（找棺材），《务伍拾很》（为章街），《崔雍皮哈密受》（崔雍皮娶老婆），《则然欧》（买牛），《艾牛色》（杀牛），《批摸姑》（叫贝玛），《艾牛胜》（杀牛祭），《勾罗刹》（找福），《甲及》（烧蜂子），《德摩刹勒》

（赶死者），《窝门则》（中间的人），《乌拉莱曼》（逃婚回娘家），《莫抽》（找马），《莱补牛咂》（用公黄牛祭），《阿则拨》（抬大板），《腊克姑》（叫木匠），《错艾公艾》（护死人），《能搓候》（划分人鬼），《芒妹芒杂》（不吉祥），《嘎玛梅》（指路），背家谱，《活登尼登》（送棺材），《我纳哈争》（乌鸦、老虎），《耐争》（叫魂前行），《聪枯枯》（叫魂），《我达我松》（清除不祥），《多勒》（赶灾祸）等等。

仅从篇目就可知道《斯批黑遮》是一部规模宏大的系统化的祭丧大典。

本章介绍的《斯批黑遮》系红河县洛恩乡贺然村贝玛赵呼础、李七周演唱，李期博、米娜翻译的哈汉文对照本。此唱本辑入了《斯批黑遮》中主要的内容，共分五篇，计有5000余行，是目前出版的最完整的本子，下简称《斯批》。其内容如下：

第一篇叙述贝玛阿波在家中高卧，猛听枝头乌鸦啼叫，预感灾祸将临，原来是村寨里一位老人去世，两位家人前来请他去主持丧礼。贝玛阿波于是拿出祭司的身份，整顿打理一番，行前之仪是占卜出门的吉日，为了增强驱魔赶鬼的力量，他又呼唤远古著名贝玛的名字和彝、傣、汉等各个民族中声名赫赫的祭司之名，充实了自己的精神武库之后，精神百倍地前去主丧。

第二篇首先叙述了自然界万古不移的规律——无论天地、日月、星云、神灵等巨物，或鱼虾、虫蟹等等细类，乃至村寨、铓锣等等住所和用物，无不经历孕育、诞生、成长、衰老、死亡的过程，人类自然也不能免俗。其中用近2000行的篇幅，细腻地演绎了世上“最先死亡的人”帝孟的人生历程，这帝孟实际是个“死亡者”的代名词，其人生也是一个平凡的哈尼人的人生。这精彩的过程，是用帝孟的孕育、出世、找童年伙伴、恋爱、找媳妇、结婚、衰老、生病，直到死亡的十个小节来完成的，它构成了《斯批》的叙述中心，也是一组哈尼族的人生风情诗。

这部分从妇女月经的来历讲起。妇女月经的由来，是一件神秘的事情，古时因日月打架，太阳打出了血，血滴在月亮上，又掉到地上，又被猪拱到，粘在猪身上，狗咬猪又粘在狗身上，鸡啄狗，又粘在鸡身上，妇女踩到鸡屎，又粘在妇女身上，于是有了月经（与古歌《十二奴局》所叙类同）。然后叙述男女交媾，妇女怀孕，怀上了帝孟，十月之后，帝孟出世了。接着叙述命名礼。帝孟成长，找到一个与他同年出生共同成长的小姑娘为童年伙伴，两人长大，到了青春期，开始爱恋谈情，享受着甜蜜的爱情生活。后来帝孟到了成亲年龄，就按照习俗到各村各寨寻找媳妇，找来找去，还是只有与自己青梅竹马心心相印的姑娘最好，于是两人结为连理，这位姑娘就是“最先出嫁的姑娘”，亦即天神烟沙之女。婚姻生活甜美又漫长。最后帝孟衰老了，得了重病卧床不起。人们按习俗上山打来马鹿肉，煮出马鹿汤给他喝，谁知病情反而加重，终至死亡。人们于是为他穿寿衣，找棺木，行寿礼。

第三篇叙述贝玛主持之下丧礼的进行，他要求死者不要带走人、粮食和牲畜而要保护他（它）们，他为死者招魂，以免他变成山野之鬼。他告诉死者，人世间的牲畜和粮食不干净，要到天神那里去挑选才是吉祥如意的。然后他为丧家献祭驱魔，以免妖魔鬼怪趁丧事期间入侵。出殡的前晚，贝玛又念诵“磕竹筒词”，“哆哆”的竹筒声直达天宇让上天听见，竹筒是尊贵的，它是神灵和人类的用具，又是吉祥的，竹笋节节长高象征着哈尼人家兴旺发达。贝玛又为死者找来纸花，五彩缤纷的纸花装点着丧仪，象征着圣洁与美好。

第四篇叙述贝玛为了挽回死者的生命，走遍四面八方去寻找起死回生药，但是起死回生药在远古的时候被太阳月亮拿去了，人间已无这种药，看来死亡是无可挽回了。既然如此，人们只好向死者庄重告别，不仅人们告别，死者生前所用的一切用具，劳动过的田垄，栽种过的庄稼，饲养过的鸡鸭猪狗牛马，都一一和死者告别了。

第四篇《寻找祖先的足迹》，叙述哈尼祖先的迁徙史，把哈尼人的兴起、发展、磨难，在各迁居地的生产、生活，与外族的关系、争战等一一细述。也即是把迁徙史诗《普嘎纳嘎》简述一过，以便亡者记取祖先的历程。贝玛又为死者指示到达祖先安居之地的路径，他细心告诫死者，这是一条充满艰险的路，途中鬼魅四伏，一不小心就会给它们抓去。他作为一个熟悉门路的向导，指引着死者一程程去到那亡灵的归所。

第五篇叙述出殡之仪。死者家属绕着自家房子转三圈，把棺材抬出去，放在房屋后面临时搭的一个布棚里停柩一天。前来悼念的众多族人与本寨的人们在死者院中通宵达旦对歌、赛歌、舞蹈狂欢，以此方式娱灵慰灵。贝玛吟唱《鸡叫天亮词》，祭词中吟唱了公鸡叫太阳的神话，意谓今天是人们与死者最后共聚的一夜，公鸡叫天亮后，永别的时刻就要到了。然后是一系列繁杂的出殡之礼。死者安葬的当夜，所有前来祭悼的亲友都要离开丧家，贝玛唱《客人离开词》。死者在世时有“增（又作‘遮’）神”和“省神”保佑，“增神”是财富之神，可使财富增添，“省神”是节约之神，可使财富节省，但死者会吓跑二神，贝玛专诵《请增神词》招增省二神返宅。安葬后第二天，设一田坝祭，请亡魂饮宴，因为大田是死者劳动一生的地方，他在此进最后的一餐，可保佑生者安好。丧礼结束，要行“理家园”之仪。老人亡故，这家人宛如篱笆散了架，需要重新编织整理，人们才能过正常的生活。此时贝玛唱《重理家园词》，祛除各种凶兆不吉，祝福全家平和安祥。

到此，《斯批》祭词诵毕，全部丧仪结束。

《斯批》是一部熔宗教、民俗、人生、社会、历史等内容于一炉的文化大集，是研究哈尼族传统文化的宝贵资料，其科学价值远在文学价值之上，但其中也不乏优美动人的篇章。

下面的介绍将把文学与科学相结合，以便读者全面地认识哈尼族这一文化珍宝的全貌。

第二节　达观哲学的诗章——哈尼族的生死观

第一篇只是一个开场白，以下各篇才是正文。

第二篇第一节《万物的诞生与衰亡》开篇就把世界万物的两极——生与死提出来，以极宏观的阔大气魄滔滔纵论万物有生必有死的规律——

哎……突！①
很古的时候，
上边没有天，

① 贝玛的吓鬼声，与前之“啊——呸！”同。

下边没有地。
哈尼古经说，
世间万物不是不产生，
时辰一到万物都降临。
事物有着千万万，
生灵有着万万千，
样样都要先孕育，
孕育成熟才诞生。
金花金箔里，
上天孕育了；
沙子石头间，
大地孕育了；
日月星辰孕育了，
洁白的云彩无形的大风孕育了；
万能的莫咪孕育了，
水中的龙王孕育了，
细小的虫虾圆圆的蝌蚪孕育了，
鱼儿螺蛳泥鳅黄鳝孕育了，
江河中的乌龟扁耳的水獭孕育了，
溪旁的青蛙横行的螃蟹孕育了，
……
原始的住房古老的寨子孕育了，
寨神下边男女孕育了，
神圣的木鼓悦耳的铓锣孕育了，
鸡鸭鹅牛羊马猪狗，
家禽家畜三百五十种，
也跟随孕育了。
世上万千物，
一切孕育好，
接着就诞生，

死去的老人跟着也诞生。
万物诞生后，
长大并成熟，
万物成熟后，
样样要求偶，
求偶开始了，
万物在繁殖，
万物在衰老，
有生必有死，
天地日月星，
也要死一回，
慈祥的老人呀，
你也不例外，
留下满屋儿孙死去了。

——《斯批》第二篇

生死枯荣相依随，有生必有死，有死必有生，这种对立统一互相转化的哲学观念，是指导整个哈尼族人生全程的中心思想。当然，这是唯心的观念，但它却给哈尼人沉重、痛苦的人生带来虽然渺茫但却灿烂的亮色。黎巴嫩诗人哈里尔·纪伯伦说："生活的茶太苦了，我们要往里面放一点糖。"这达观长乐、视死如归、依循自然规律的哲理，不就是哈尼人在自己的人生苦茶中投放的蜜糖吗？所以笔者在许多葬礼上看到，哈尼老人死亡时面部表情都是安祥、平静的，甚至还有着些许的欣悦，他们就是在这哲理的导引下溘然而去的。

正因如此，哈尼人的丧礼总是哀而不伤，悲而不痛，丧场往往变成人们欢乐歌舞的场所。往者往矣，生者长歌当哭长舞当祭，就让死者在后人的歌舞声中快乐地走上最后的归途吧！这就是哈尼族对待死亡的态度。

但是，哈尼族并不因重视死亡而对生命本身予以轻视，在他们看来，生命不但是重要的，而且是快乐的，尤其是神圣的，《斯批》第二篇示于人们的又是这样一种看法。

在《帝孟孕育》一节里，描述到女性的月经是生命的基础，月经的产生又是神圣的——

……

天地撞在了一起，
日月互相打架了。
太阳出血血滴在月亮上，
月亮也出血；
月血滴在天上，
上天出血了；
天血掉到大地上，
日血月血天血入地了。

——《斯批》第二篇

这神圣的血被拱地的母猪拱到，粘到猪身上，狗去咬猪，又粘到狗身上，鸡去啄狗，又粘到鸡身上，妇女踩到鸡屎，从此有了月经，这鲜红的血，“不是天边的月亮红，是女人的大腿裤裆红一滩”。接着讲述了男女交媾的过程：“糯米饭米煮一锅，恩爱夫妻住一处，两人有缘做一家，好似绳子拴一处……十床被中在扳跤，搂腰抱背闹着玩。”这样妇女就开始怀孕。

这段描述充满母系氏族女性为尊的意味，女人因天赋异质——天地日月之血落在她们身上，女人就是神选的子民，男性只是附庸，哪怕在生殖过程中也是一样。这是祭词对母系社会的朦胧回忆。

《万物的诞生与衰亡》和《帝孟孕育》两节特别强调了万事万物都有“孕育”过程，亦即事物由无到有，由小到大的质量渐变过程。前者描述了天地日月神灵虫蟹的孕育和村寨铓锣等物的孕育，后者描述了人类的孕育过程——

过了一轮进两轮，
怀孕的妇女胯增长，
过了两轮进一月，
颧骨高高不平常。
过了一月到二月，
肚里的婴儿两肢长，

三月四月三肢四肢长出来，
五月亮亮的额头长出来，
眼耳鼻舌也长全，
到了六月长胸脯，
背后长出脊梁骨，
胳膊手掌长出来，
指头指甲长出来，
心脏肺腑长出来。
……
到了十月果子熟，
肚中婴儿要出生。

——《斯批》第二篇

哈尼人每日躬耕于垄亩，从春耕夏种秋收冬藏的时序观察到作物的发育成长，和山林中动植物的变化，知道自然界的规律是渐变的，再与妇女怀胎的婴儿在母腹中的变化相联系，于是认为万物皆如人类“孕育”而后成。这不骄不躁依时而作的渐变发展观，构成了哈尼民族性格中遵礼守度知时循势的特点。

第三节　美丽的青春之歌

《斯批》第二篇叙述帝孟出世，长大后进入青春期的恋爱生活，其中的《帝孟恋爱》一节，是全篇祭词中最优美的诗章，它把哈尼族男女青年优美纯洁的心灵与甜蜜执着的爱情描述得十分生动贴切。祭词用白描手法把两个恋人眉梢心上的传情写得如在眼前——

一只竹筒抱着好，
两只竹筒背着俏，
清早背水到井旁，
井边路上遇姑娘，
绵绵话语似水淌。

家中缸里无水不要怕，
回到家里爹妈若要问，
就说井边水里蚯蚓死，
馋嘴母猪拱水沟，
动手先把蚯蚓捡，
又把母猪赶出沟。
……

她背着背箩到山谷找猪草，
你扛着火药枪到林中去打鸟，
两人在那里相见了，
猪草不够不要紧，
得不到飞鸟也不急，
爹妈要是问原因，
就说罗布叶子毛虫多，
我背猪草真不易。
……

（恋人情话绵绵无尽的渴望，担心爹妈责问的巧加辩说描述得丝丝入扣。又如）

情人相会找静处，
谈情要找好地方。
在寨脚田水沟旁，
两人水畔去相会。
这里见面虽然好，
但是说话不方便，
田中孩子捉泥鳅，
让他们看见多不好，

……

田边窝棚看一看，
这里相会好不好？
这里挖田伙子歇脚处，
犁田的伙子换衣裤，
这里相会也不好，
情人相会别处找。

再到田头找一找，
这里扎驮子的好地方，
人马往来叫声杂，
情人不好诉衷肠。

来到路边大树下，
是路人歇脚的好地方，
情人坐处倒是好，
人来人往要另找。

——《斯批》第二篇

村边岔路口、寨脚大树下等等全找过，都不合意，直到夜深人静时，小伙子悄悄来到姑娘住的小房，此时此地才是约会的佳期佳境。

通过两个恋人反复寻找谈情的地点，我们仿佛看见一对心爱的人儿寻寻觅觅，欲说还羞的情状。

两个年轻人相爱以后——

相爱的人做一家，
没有祖传的田地不要怕，
没有祖传的房子不要怕，
大田自己开，
房子自己盖。

合心的两个在一起，
合意的两人住一处，

睡觉无被不要紧，
身上没衣不要怕，
没有被子烧火烤，
无衣去买街上的花布匹。

相亲相爱你两个，
合心合意做夫妻，
煮饭没锅不要怕，
吃饭无碗不要气。

傣族寨里卖零工，
换来砂锅两小口，
汉族地方打短工，
大碗小碗都会有。

——《斯批》第二篇

在这些质朴无华的诗句里，蕴含着多少真情实意，它远胜于千万句山盟海誓。祭词就是这样歌颂着爱情，赞美着爱情。须知这是一位德高望重的老贝玛在丧礼的庄严场合，在大庭广众中吟唱的祭祀之词，这些如诗如画令人怦然心跳的句子竟同时有着庄严神圣的性质，同时代表着社会的认可，它反映出哈尼族社会对真挚爱情的尊重和鼓励，对美好心灵的褒扬。

第四节 劳动者深情的礼赞

哈尼人勤劳一生，在亡去之际，贝玛阿波要用优美的祭词歌赞这劳动生活，第二篇《打鹿敬老人》一节，就描述了哈尼人狩猎活动的场景。

祭词说道，患病将死的老人帝盂想吃马鹿肉想喝马鹿汤，于是人们去买来长爪的猎狗，打了鸡卦去撵山。他们来到野兽出没的后山，发现了野兽的行迹——

遥远后山野兽多，

糟踏庄稼一大片，
开蹄的脚印有，
圆蹄的脚印留。
地上脚印乱糟糟，
脚印上不生虫不盖叶，
里面水不清，
猎物肯定刚离开。
快把猎狗叫出来，
沿着脚印撵猎物，
牛角嘟嘟吹，
猎狗汪汪叫，
人们跟着后边追。
一山撵过去，
一谷赶出来；
猎狗叫不停，
不见猎物影。
二山撵过去，
二谷赶出来；
牛角吹得响，
不见野兽惊。
三山撵过去，
三谷赶出来；
后边喊声急，
不见猎物奔。
四山撵声急，
不见猎物奔。
牛角不停吹，
响声传四野。
五山撵过去，
五谷赶出来；

撵猎不觉苦，
不知腹中饥。
……

猎狗汪汪叫，
猎物心胆战，
跑到悬岩上，
猎狗紧追赶，
猎人呐喊助威，
猎狗追得急，
猎物纵下悬岩又逃窜，
猎人追下山。
树枝不来勾头发，
茅草不来绊脚杆，
猎物跑到河滩上，
河边峡谷高声喊：
"拦住上边别让跑，
堵住下方莫让逃！"
猎狗汪汪叫，
牛角嘟嘟吹，
猎枪突地响，
……

——《斯批》第二篇

接着叙述马鹿如何被打死在沙滩上，尾巴断了就拿野藤做尾巴，蹄子断了，拿蜂蜡来补上，双角断了，用竹管接起来，再把野草塞进嘴，再用藤子扎起口。按照习俗做完这一切，又祭谢过猎神，猎手们便兴高采烈地抬着马鹿回寨来。

祭词中大肆描写狩猎活动，表面看是应老人死前要吃鹿肉的要求而为之，是哈尼人孝敬老人的传统美德的表现，实质上是通过这狩猎活动的描写，对哈尼人生命力和生活情趣的讴歌和赞美。

哈尼族的祖先，在原始时代曾以狩猎为生产活动的主要方式，但随着农耕的发达，狩猎已退居次要地位，许多时候仅仅是生活的调剂和人们胆量、经验的历练。在老人临终之际举行猎鹿活动，虽说是因老人“想吃马鹿肉，想喝马鹿汤”，但更重要的是满足他在垂亡之际，对自己年轻时狩猎活动中那种充满生命跃动感的回味。因此，祭词中大量的狩猎声势扑面而来：猎狗汪汪叫，牛角嘟嘟吹，一山撵过去，二谷赶出来，三山撵过去，四谷赶出来，把马鹿撵上悬岩又撵下悬岩，上边喊，下边叫，堵口子，拦路子，直把马鹿打翻在地——这是何等壮观何等刺激何等痛快淋漓的事啊！

对年轻时代英勇壮举的回味是老年人最开心的事，就让他在临终前最后开心一回，享受一回吧，所以祭词中这样描写打到猎物后的心情——

猎物脚不会动，
抬猎物的人迈开脚；
猎物没翅膀，
抬猎物的人生翅膀。
……

——《斯批》第二篇

抬猎物的人是不会生翅膀的，但是他们抬着自己猎到的马鹿，轻松快活的劲头，使他们健步如飞，快似生翅，这心情又是多么自得啊！

如果说垂危老人对狩猎活动只是一种心理快感的满足的话，那么他对自己倾注了毕生精力的梯田的惜别之情就是最深沉最难释怀的。《斯批》第四篇《永别》一节就把这种感情抒写得催人泪下。其中写道——

你一生劳作在田地里，
把爱与情埋进洒满血汗的沃土，
深情的土地布满你的脚印，
还有你走过千遍的田埂。
田坝里丰硕的谷穗，
祖先留下的打谷船，
船边拦谷的篱笆，
层层的梯田，

田边休息避雨的窝棚，
田旁深深的排洪沟，
你为田头的水口掏过泥沙，
你为田中的谷穗吆过鸟雀，
你为田脚的秧苗拦过牛马。
撮谷用的篾箩，
装谷用的竹筐，
背运谷子的布口袋，
你用过的九齿的木耙，
还有犁铧板锄和斧头，
这一切，
都不愿让你离开，
你却离开了，
不愿让你离别，
你却永别了。

此外还有老人栽下的青菜白菜、辣椒茎莱、姜块大蒜，盖下的大房谷仓，留下的火塘、碗筷、三脚架甚至逮鼠的花猫和守门的黑狗，都依依惜别。

永别这一切是一个农耕民的最大遗憾，因为这些才是他真实的生命组成。在这里，我们读到的不是宗教祭词那充满鬼魂威慑、神灵压抑的颤栗着、恐惧着的心灵，而是一片深沉的、温暖的人情，《斯批》的文学价值和魅力就在于此。

《斯批》第四篇还有《寻找祖先的足迹》一节也是极精彩的，这就是前面详细介绍过的迁徙史诗《普嘎纳嘎》，只是在祭词中它简化了，于此不再赘述。

《斯批》祭词的容量非常大，它是祭司贝玛们的得意之作，在这里他们的学识和才华得到全面展示。因此《斯批》在哈尼族群众心目中地位极高，它实在是哈尼族传统文化的大汇集，是一份极其珍贵的民族文化学档案。

第五章　哭葬歌《密刹威》

第一节　长歌当哭的《密刹威》

《密刹威》是一部广泛流传在哀牢山哈尼族聚居地区的长篇哭葬歌，影响之大尽人皆知。“密刹威”的意思是“女人哀痛的哭声”。死者安葬前夜，由专门哭唱《密刹威》的女歌手“嵯威威玛”在丧家通宵达旦哭唱此歌，主人视其声望大小水平高低给予相应的报酬。本家守灵男女和一应亲友一般哭而不唱，但座中有善歌者，也可和“嵯威威玛”举酒对歌。

《密刹威》对于非正常死亡（凶死、暴卒）者不唱，专为正常死亡者而歌，故歌名虽为痛苦之声，实则哀而不伤。因为死者可到“祖先大寨”去享受美好的生活，非正常死亡者则成为孤魂野鬼，不能与祖先前辈相聚，那才是真正的悲哀。

《密刹威》通常分三类：“搓莫刹威”是哭老人，“搓达刹威”是哭年轻人，“然谷刹威”是哭小娃。女歌于在哭唱中以女儿哭老人、平辈哭朋友、长辈哭小娃等丧家女性身份哭唱，其中以女儿哭老人一种最负盛名。它按去世的程序：死者因病久治不愈，终至殒命，然后叙述死者的人生经历，兼及他的道德品行、家庭人口、五谷丰歉、牛羊生灭，以及对族人贡献大小、祭献礼仪等等。声调悲切，情感真挚，闻之声莫不鼻酸，不禁大放悲声与之相和。但一段哭毕，歌手转眼已谈笑风生，若无其事一般，倘有现场录音，还欣然要求播放，让她与守灵者一同欣赏。听众中为之动情者也往往将泪水一抹，称道起歌手的能耐来。这说明《密刹威》已非寻常的悲哭，它有更深广的社会功能和文化意义。

此歌的价值还在于它生动地记叙了哈尼族科技文化的方方面面，以及各种事物发生、发展、演变的历程，因此容量很大，通常有上万行之多。譬如找祭品之一的《献鸡》一节，就有五百行之多，详述人类如何将野生鸡驯化成家鸡，普通鸡又如何成为送葬祭品的“圣鸡”的过程。又譬如《造酒》一节，也详述了人类对发酵品的发现，从中如何酿制成佳酿的过程，等等这一切，都是哈尼先民的文化造作和科技发明。因此，《密刹威》可视为哈尼族传统科技文化的大荟萃。

此歌具有独特的调式特点，全歌音调低沉悲凉，行腔悠长低回，每句起始均用“嗯——哼欧！嗯——哼哼！”“嗯哼——欧！嗯哼哼！”的哭声调，立即使人进入悲哀凄怆的意境中。据说这一调式具有可将全部亲情哀悼灌入死者耳中的神奇功能。

本章介绍的是元阳县攀枝花乡洞铺寨著名“嵯威威玛”罗雍姒演唱、笔者收录、卢朝贵翻译的唱本，计有8000行，现简介如下。

此歌分《歌头》《嵯威威玛出门》《赞美村寨》《赞美主人》《探病》《思念老人》《丧礼的起源》《谢世》《净尸体》《砍树头》《献鸡》《织布缝衣》《杀牛》《找粮食》，《造酒》《杀鱼》《赶街串玩场》《给阿舅钱》《祝福》等篇。[①] 全歌熔宗教、文化、道德、人伦和科技发明为一炉，可视为哈尼族抒情、议理、叙事三结合的科技文化史和道德箴言集。

《密刹威》第1段《歌头》唱道——

嗯——哼欧！
嗯——哼哼！
在这吉祥的兔年，
在这欢乐的正月，
（指当年当月）
我来祝福这吉日良辰，
祝愿欢聚的弟兄长寿，
莫要像流星太空一划就消失，

① 此材料存元阳县政协文史委员会及笔者处。另外，尚未翻出的还有《找马》《找羊》《打铁》《盖房子》《造犁铧》《熬盐巴》《栽茶煮茶》《分季节》《挖水沟》《栽园子》等三十余篇。

要像日月永放光芒。
这是一个陪伴老人回归祖籍的良夜，
举寨亲邻和远方亲人，
像群星捧月，
围绕在老人身边。
我怕那啼明的雄鸡叫醒太阳啊，
我怕那明媚的晨曦驱散暗夜。

嗯哼——哼！
嗯哼哼！
雄鸡呀，
求你慢点打鸣吧！
太阳啊，
求你迟些露脸吧！
黑夜啊，
求你慢点消散吧！
请让慈祥的老人和我们多在一下吧！
……①

（接着讲述因为自己是声名远播的嵯威威玛，获得人们从远方来邀请唱送葬歌的殊荣，这是一段优美的自谦之词。）

第2段《嵯威威玛出门》。叙述歌手辞别了家中的亲人，两手拉开大门，跨过七级楼梯，每下一级就有一级的感慨。她叮嘱家中的鸡猪牛羊、家神财神不能跟随她出去，要好好留守在家中，并向它们一一告别。她又走到村口，向村寨告别，对自己村寨的美丽大大夸赞一番，祝它永远兴旺，并分别向神树、寨门、秋房（祭祀场所）等等告别。她又乞求远古的歌师之祖苏西给她以智慧和充足的精力，去吟唱最美好最动人的《密刹威》。

① 鸡叫天明的时辰，就是老人出殡发丧的时辰，也是人们与他永别的时辰，故有此语。

第3段《赞美村寨》。叙述她来到丧家的村寨，看到村寨的地势多么好，三架山梁做枕头，中是过往的道路，两旁是庄稼神和财神过往的道路，证明这个村寨人丁兴旺，粮食丰收，牛羊满山。并将寨头、寨脚、秋房、荡秋和磨秋等等一一细看，一一夸赞，叙述这些场所和器物在各种重大节祭中是如何重要，这村寨是如何有神助而富足。她对村寨的美景作了动情的叙述，描绘出一幅幅迷人的风景画。

第4段《赞美主人》。叙述她来到主人家，受到热情周到的招待，对主人又有一番热情赞美。

第5段《探病》。看见主人黑云罩住面庞，失去了昔日的欢颜，又看到满屋人群，亲友云集，嫁到远方的姑娘也回来了，该下田做活的寨人也不下田而来到这里。嵯威威玛奇怪——这是发生了什么事呢？是凶神降祸下来了吗？是牛马人畜遭到大难吗？还是红河上空腾起了战争的烟尘？哦，原来都不是，众人毕集，是一户尊敬的长者病卧床榻了。那么是害了什么病呢？是着痧，叫这么多亲友来揪痧吗？是寨脚蒿枝开花得了感冒吗？是寨头香柳绽蕾得了气喘？是得罪了神灵招致什么怪病吗？都不是。她安慰老人：最先害病的不是你，是远古时候的始祖俄玛，是地神阿罗，他们在哈尼发源的虎尼虎那地方就病了，这样才贻祸于子孙的。然后她设法为老人找药：寻常药治不好老人的病，要去找人不老的药，要去找月亮的胆汁，找太阳的肝脏。这神药要天宫的药露滋润才能生长，这药露要天神用药锄疏通银河才能下降，但是这些都难办到了。老人的儿孙又听说千年大石是最长寿的，要去找石头的肝脏给老人治病，但也找不到。又听说白那地方的青鱼肝脏可以治病，儿孙们去到那里，傣家弟兄帮助捕也捕不到青鱼。世上所有的药都找遍了，找不到医治老人的药，儿孙们痛苦万分。家人又请来本事最大的贝玛，贝玛也治不好老人的病，又请来彝族的毕摩和傣家的命默（均祭司兼医师），都治不好老人的病，老人要死了。

第6段《思念老人》。叙述儿孙亲人对老人的思念之情。嵯威威玛以儿孙的身份哭唱了家人对老人的无限深情，然后逐一叙述老朋友们的思念，姑老太的思念和各位亲戚、寨人、咪谷（主祭）、寨老对老人的思念。大家又去看象征老人寿命的神树，是不是叶黄枝枯，缺水少肥，如果是，就请最会浇水最会施肥的能人来浇水施肥，企望通过这些办法来拯救老人的生命。

第7段《丧礼的起源》。叙述死亡是人类争取得来的权利，死亡不是痛苦，不死才是痛苦，以此告慰老人。这段讲述了丧礼起源的神话：古时候人不会死亡，人老动不得，就如柴块一样堆码起来，痛苦万分，后来一位猎人打死了猴子，因猴子有死亡的权利，人们就为它发丧。此事惊动了大神烟沙，先后派神鹰、老鸹、尖头蚂蚱、绿头苍蝇去打听原因，只有苍蝇打听到实情。烟沙于是把发丧的猎人、工匠、贝玛、舅舅抓来责问，为什么不经他允许就擅自开了死亡的先例。人们诉说了人老不死的痛苦，于是烟沙大神就同意了人的死亡。① 此段歌还叙述了万物皆有死，这是任何事物都免不掉的结局。

第8段《谢世》。唱叙了老人的死亡就像巨大的万年青树倒塌了，手像竹节一样僵直，耳朵像棉球塞死听不见等等表现，及各种死亡预兆，如甑子打呼哨（响）、火塘长菌子、空中掉孔雀、螃蟹上山、白鹇抱蛋等等怪异。

第9段《净尸》。唱叙人死后要用水洗浴尸体，但是井水、泉水、河水、溪水等等全不合用，只有用金银买来的水才是好的。这样老人的儿孙就爬山过河，不辞辛劳渡过红河来到“阿弥城”（今开远市，又说是蒙自县），帮人背矿打工，换回金银，买到水给老人净尸。

第10段《献鸡》。唱叙祭献老人的鸡是怎样来的。古时候，老人的儿孙去找祭品，他们找到斑鸠、野鸽子、老鹰等飞禽，但这种种飞禽都是吃虫子、吃死尸的不洁之物，不能用以祭奉老人。最后找到野生鸡，哈尼人把它驯化成家鸡用以奉献给老人，这是最好的牺牲了。后来慢慢地，哈尼又把大公鸡驯化成阉鸡。如何杀鸡也是颇有讲究的，起初拿竹刀杀鸡，但是竹刀太钝，杀不死，后来用铜刀铜矛来杀，才把鸡杀死了。哈尼吃鸡通常喜用姜蒜之汁作蘸水，歌中又唱了找姜找蒜的过程。

第11段《织布缝衣》。唱叙为老人缝制寿衣需要布，要布就要棉线，要棉线就要棉花，这样又唱了栽棉摘棉纺线织布裁衣等一系列种植发明和制作的过程。

---

① 请详参第一编第三章关于《窝果策尼果》第十七章《诗窝纳窝本》的介绍。

第 12 段《找树》。叙述哈尼寻找适合做棺木的黄心树的过程。

第 13 段《找牛杀牛》。叙述杀牛献祭的礼仪。耕牛是最好的祭品，因为老人亡故后到祖先大寨与在世一样也要耕田犁地。

第 14 段《找粮食》。叙述要给老人献饭，粮食（稻谷）是怎样来的，也即是整个稻作农耕发生发展的过程。

第 15 段《造酒》。叙述发酵食品的发现及酒的发明，酒是祭献老人必不可少的饮料。

第 16 段《杀鱼》。叙述哈尼对祭品中必不可少的鱼的养殖过程。

第 17 段《赶街串玩》。叙述老人生前与小伙伴同去各个街场赶街，及街中熙熙攘攘做各种生意的人群如何热闹，货物如何齐全等等。

第 18 段《给阿舅钱》。叙述亲戚中最大的阿舅来送葬给阿舅钱的礼仪。

第 19 段是歌尾《祝福歌》。叙述雄鸡高啼东方泛白，老人起身上路的时候到了。一家最尊敬的老人听见鸡叫三声就起床，看见太阳上山就吃饭，然后抱上大公鸡（好给他到祖先大寨啼明）上路了。贝玛和他同行，一路喜喜欢欢，热热闹闹并不孤单，他们一程又一程来到祖先大寨，然后贝玛向后转，回到人间。歌手赞美祖先大寨是多么美好富足，应有尽有，令人羡慕，老人可以安居乐业了。最后歌手热情地祝愿全体亲人、寨人、朋友好吃好在，生活美满。

第二节　美好心灵的抒写　高尚道德的礼赞

《密刹威》从头到尾处处充满浓厚纯洁的人性与人情味，它是哈尼族人民美好心灵的赞美诗，也是哈尼族崇高精神境界的表现。

哈尼族是一个重视人性、人情、道德胜过一切的民族。平昔的生活起居、生产劳动、节日庆典等等所有场合，都充满着礼让、团结、互助、孝悌、尊长、疼爱幼小的美德，真可谓老吾老以及人之老，幼吾幼以及人之幼，一家有难举寨相帮，一寨有灾十寨解囊，人和人之间处处是温馨的情意，尤其对老人更是呵护礼让有加。

此歌是悼念老人的祭歌，因此这一美德首先集中在一家老小、寨人、亲友、族人对老人的深厚感情上。歌中反复歌唱着这种感情——

嗯哼——欧！
嗯哼哼！
我们最尊敬的祖父，
你是生养我们的亲人，
生儿养女，
你一夜起十次，
养大我们，
你一日背十回，
每个儿孙的身上，
都留有你的手印；
我们亲你爱你，
一天喊七十次不嫌，
我们思你想你，
像一天三顿饭不厌，
……

别人的金银都轻如米糠，
别家的火塘再暖，
也没有贤慧的媳妇孝敬你，
别人的吃食再甜，
也没有你的儿孙叫的甜；
……

嗯哼——欧！
嗯哼哼！
一户最尊敬的祖父啊，
荫庇儿孙的大伞！
像绿荫的万年青树样的祖父啊，

你是哈尼儿孙的靠望!
价值千金的老人啊,
你是最贵重的人了,
你离家出门去了,
家中再有千金万银,
儿孙们又到何处把老人买来供养!
……

——《密刹威·思念老人》

嗯哼——欧!
嗯哼哼!
一家最敬最爱的祖父啊,
哈尼儿孙想念你,
像下坡路滑想拐杖,
像十冬腊月想太阳,
……

你去世呀,
一户老人生养的儿孙,
早起没有开口分派活计的老人,
儿女不知做什么好,
像锄头脱了把无法挖田,
像牛犊打失了母亲,
一声接一声"哞哞"叫唤,
没有慈祖庇护的儿孙,
像夜宿村寨的猫头鹰,
凄惨地"咕咕、咕咕"地叫,
……

——《密刹威·谢世》

这是多么淳朴的亲情啊,听见这"嗯哼哼"的悲声,谁会不为它刻骨铭心的深情打动呢?

这是亲人的心情。至于平昔的生活中，也处处充满人世的温情暖意——

嗯哼——欧！
嗯哼哼！
一户尊敬的长者啊，
让我们给你穿上做寿的花衣，
这花衣是用五色的布料做成的，
有平时你的老友送的布料，
有为你出嫁远方的姑娘送的布料，
有你舅舅家的人送的布料，
有寨中的祭主咪谷送的布料，
有自家儿媳妇织成的土白布，
这么多的人给你祝过寿，
这么多的人求神保佑你健康，
……

——《密刹威·谢世》

上面种种语言在歌中随处可见。由此可知，一位长者生活在哈尼村寨这充满柔情蜜意的环境中该是多么惬意啊！

《密刹威》对哈尼族心灵美、人性美的礼赞除大量反映在对人与人的亲密友爱的叙述外，还在许多篇章中描述到人与动物及大自然的亲密关系。这集中反映在歌手对自己村寨及丧家村寨一山、一水、一景、一物的赞美上。

先看歌手嵯威威玛出门赴祭时，是怎样与家中的小动物告别的——

嗯——哼哼！
嗯哼——欧！
门前找食的母鸡，
一次生十七个蛋，
一次孵十七只小儿，
请求神灵保佑它们，
别让勾嘴尖爪的老鹰叼去，

让客人走进家门，
永远听见“咯咯咯”的叫声。
……

嗯——哼哼！
嗯哼——欧！
告别了，
门前的小狗，
知道我要出门，
狗娘领着三个小儿来告别，
花狗黑狗白狗齐齐地摇着尾巴，
汪汪的叫声响应了山谷。
……

——《密刹威·嵯威威玛出门》

她来到丧家村寨，又是这样由衷地赞美这村寨的——

嗯——哼哼！
嗯哼——欧！
亲亲的弟兄，
让我看一下你们的村寨，
这是好在的寨子，
炊烟像万年青树的伞盖，
团团地把寨子遮掩起来。

看寨边九层柳树围着寨子，
像九排伙子紧紧护住寨神艾玛，
瞧寨边九层火红的刺通花树，
像九排待嫁的姑娘侍奉土地神密梭，
……

嗯——哼哼！

嗯哼——欧!
让我再看一看进寨的大门,
门旁的大树上栖息着矫健的白鹇,[①]
门旁的树脚蹲伏着威武的神犬,[②]
这吉祥的神物,
拦住了进寨拖猪拖狗的豺狼虎豹,
拦住了病神纳基和瘟神纳本,
……

太好在了呀,你们的寨子,
看寨脚两棵枝叶茂盛的万年青树,
像在门口迎接客人来到的主人。
缠绕寨墙的九层夜合欢藤,
藤蔓随风不住摇摆,
像与久别的亲人招手问候。
高大的树上白鹇在展翅飞翔,
是不是欢迎远方的来客?
笔直的大树上喜鹊对对,
是不是在拍翅向我问好?
嗯——哼哼!
嗯哼哼!
……

——《密刹威·赞美主人》

在这里我们仿佛看到一幅弥漫着泥土芳香与山林润湿气息的田园画,仿佛听到一曲流泻心田滋润沃土的牧歌。

① 哈尼族以白鹇为吉祥鸟。
② 此为悬于寨门的狗皮,祭寨神时悬于此,谓为神犬守门。

第三节　优美的科技史诗

《密刹威》一个很突出的特点是，它借祭祀老人的机会，把哈尼族生产、生活、日常起居的种种器物、品类的发现、发明、生产、演化的历史以生动的情节和抒情的格调细细吟唱出来。它实际是一篇充满诗情画意的哈尼族的科技发展史诗，有着很高的美学价值和科学价值，而这在其他民族史诗中是很少见的。

比如《献鸡》一节，就是关于家鸡的发生发展史——

（为了祭献老人，远古的哈尼要找一种最好的鸟作祭品，他们先找到斑鸠）

……
嗯——哼欧！
嗯哼哼！
听说寨头坡上的荞子地里，
有一对斑鸠在那里鸣唱，
老人生养的儿孙，
快带上硬弩网套，
去把荞地里的斑鸠追捕。
但是啊，
野地里觅食鸣唱的斑鸠，
叫声没有雄鸡啼鸣洪亮，
脚杆没有雄鸡高大粗壮，
……

（他们又找到野鸽、箐鸡、竹鸡、布谷、画眉、鹌鹑等等鸟儿，甚至找到老鹰）

嗯——哼欧！
嗯哼哼！
一户最尊贵的祖父养的儿女，

要去捕那高天飞翔的老鹰。
黄脚杆的老鹰，
样子像雄鸡一样雄壮，
啼鸣像雄鸡一样嘹亮，
……
不能啊，老人的儿孙，
老鹰尽吃死牛死马的烂肉，
麻蛇、老鼠样样拿来做饷午，
老鹰再雄再壮也不能祭给老人呀！
……

（最后找到了野生鸡，开始了人工驯化）

嗯——哼欧！
嗯哼哼！
一娘生的亲弟兄，
快回哈尼山上去找鸡，
哈尼山有野生鸡，
歇在寨脚箐沟中，
路边树下把窝做，
……
雄鸡早起喊太阳，
母鸡日夜孵小儿。
哈尼寨脚磨秋场，
白天是小娃玩耍的地方，
夜晚是鬼儿嬉闹的地方，
雄鸡吓得乱飞腾，
母鸡吓得逃远方。

哈尼最贤慧的姑娘，
一家最敬老人的媳妇，
衣襟兜黄金谷，
“咯咯”唤着满山找，

溪边竹林找到了，
轻声细气来哄它，
引着野生鸡进寨子，
屋檐下面垒鸡窝，
野生鸡从此跟着哈尼住。

嗯——哼欧！
嗯哼哼！
哈尼人家屋檐下，
小娃玩耍又游戏，
拿着小棍吓雄鸡，
伸开小手抢鸡蛋，
雄鸡讨厌淘气人，
母鸡不愿抱小儿，
两个打伙来逃跑。

哈尼孝顺的媳妇，
慢声轻气来哄鸡：
“哈尼屋檐太低矮，
公鸡母鸡不爱住，
楼下又宽又安静，
请鸡住在楼下面。”
土墙上面钉鸡窝，
公鸡母鸡爱住罗，
雄鸡喜欢早起来啼鸣，
母鸡高兴下蛋又孵儿。

嗯——哼欧！
嗯哼哼！
头天孵出一对鸡，
寨老拿去塞鬼路；

二天孵出一对鸡，
寨老拿去祭水井；
三天孵出一对鸡，
咪谷拿去祭寨门；
四天孵出一对鸡，
咪谷拿去叫寨魂；
五天孵出一对鸡，
贝玛拿去祭地神；
六天孵出一对鸡，
头人拿去祭法神；
七天孵出一对鸡，
拿给老人开丧礼。
……

这是一个由野生到家养，逐渐驯化成家鸡的发现、驯养史，歌中用形象生动的语言把这一有趣的过程活灵活现地表现出来。

又如《造酒》一节，叙述远古的时候，山头有一棵高大的果树，果子结得非常多，以致树枝压断，落在树脚堆积如山，天下所有的飞禽走兽都去吃，人也去吃，大家都靠这树果生活。吃到后来，上面的果子没吃完，下面的果子却变得又酸又甜又香，飞禽走兽个个吃得身子热烘烘的，走路歪歪倒倒不成样子，人去吃也一样，身子轻飘飘心里实在好过。哈尼先祖很聪明，知道上面的树果不会醉人，下面的树果才会醉人，就开始用董棕树粉来捂，这样就有了发酵食品，他们搀上水，用火烤，使香味更浓，就有了最早的酒。后来慢慢发明了酒药，改用酒药使米面发酵，再烤成酒，就有了今天喝的米酒。这个有趣的故事，无疑也是酒及发酵食品的发明史。

其他还有水牛的驯化和饲养，马的驯化和饲养，羊的驯化和饲养，还有如何从河中取到鱼卵，再拿到水塘和大田里养殖，以及盐巴如何发现如何熬制，茶叶如何发现如何栽培制作，金银铜铁锡如何炼制等等，都有一连串故事传说。它们记载了哈尼祖先一系列的发明创造，歌颂了哈尼人民的勤劳智慧，这些故事传说虽有神化传奇的意味，但也反映了哈尼族古代社会的文明水准，其中有许多具有一定的科学价值。

第六章　梯田文化之树上的美果《虎珀拉珀卜》

第一节　充满诗情画意的农事大典

在哀牢山哈尼族聚居地区，广泛流传着一首农事节令歌《虎珀拉珀卜》（翻年歌），每村每寨，每一个哈尼人都十分熟悉它，因为它是最普遍地指导人们一年四季生产劳动的农事大典。

哈尼语中，“拉”是“到来”“演变”“递进”；“珀”指“树叶”；“卜”为“翻动”；“虎珀拉珀卜”直义为“一年四季日子的交替和历书的翻动像风吹动一片片树叶”，习称“翻年歌”，[①] 有的地方据其内容又翻译为“四季生产调”。不同地区的翻年歌称呼不尽相同，又有称“伙及拉及”的。风格、内容也有若干异趣，有的直接铺陈一年四季的农事活动和节令更替，有的在此基础上大加演绎，不但细细吟唱每个月份中应当进行的生产劳动，而且以种种优美的神话传说解释节令和农作的由来，使之形成优美动人的诗篇和画卷。

已出版和发表的《虎珀拉珀卜》主要有这几种：

《虎珀拉珀卜》（翻年歌），载《哈尼族古歌·窝果策尼果》，云南民族出版社1992年版，朱小和演唱，卢朝贵翻译，笔者和杨叔孔采录，笔者整理、注释。

《哈尼族四季生产调》，云南民族出版社1989年版，白祖额哈尼文收

① 翻年：日历翻进新年，辞旧迎新之意。

集，段觃乐汉文翻译。

《四季生产歌》，载《山茶》1982 年第 4 期，张牛龙演唱，张牛龙、李家顺翻译，李元庆记录整理。同一歌手演唱的《十二奴局》（云南人民出版社 1989 年版）第十二章《伙及拉及》（四季生产）是同一作品的异文，由赵官禄、郭纯礼、黄世荣、梁福生搜集整理。

《虎珀拉珀卜》通常为《窝果》或《奴局》中的一章，从追溯文化起源的角度看，其产生的年代虽然属于“窝果奴局文学时代”，但内容主要反映“贝玛文学时代”哈尼族人民的劳动生产，因而列为这一时代的作品（参见第一编第四章）。

本处着重介绍《窝果》中的《虎珀拉珀卜》（下简称《虎珀》），同时兼及其他唱本的不同风格和内容。

《虎珀》计有 1980 行，它从一年的岁首十月（哈尼族行十月历，以十月为岁首）逐月演唱节令的更替、物候的变迁和哈尼人在本月应当从事哪些重要农事活动，进行何种相关的祭典等等，一直唱到年末岁尾。它具体地指导着哈尼人的生产活动，是哈尼族的农事大典。哈尼人民非常钟爱它，精心打磨加工，又使其成为一首动人情怀的生产歌。

歌中唱道——

萨—咿—萨！
讲了，
年轮树发到十月这枝，
哈尼翻年的时候就到了；
十月是哈尼一年的岁首，
像一条大路的起头，
一年的日子要上路了；
十月是一年的根根，
像藤子最粗的下边，
一年的日子要爬起来了。

——《虎珀》第一节

接着唱十月是辞旧迎新的月份，哈尼没有历书怎么认日子呢，就是到山上看野樱桃是不是开花，野樱桃红花满树的时候，就是哈尼过年的时候了。

歌中唱到翻年规矩的来历，是“先祖哈赫乌欣”帮人做活干满一年得不到报酬，要求主人按日子算给工钱，这样就开了翻年计日的头。

讲过翻年的起源，下面逐月讲述当月的农事活动。

十月过去冬月来到，这是霜雪漫天的月份，天神打开霜雪的大门来到了人间。如果不这样，麻蛇盘起来会有七层板凳高，旱蚂蟥会有老母猪大，这些害虫不冻死，人和牲畜、庄稼就难以生存。

腊月是冬季最后一个月，是准备迎接春天的月份，报告时间的“木刻”（哈尼过去以刻木记事）是天神饲养的三对春鸟，就是“唧唧本本鸟”、阳雀和布谷鸟，在冬春交接的时候，唧唧本本鸟首先来到哈尼山寨把春天将临的信息告诉人们。

春天的第一个月是正月，这是万物萌动的时节，姑娘小伙子春心荡漾，小娃娃打着陀螺玩耍，强劲的春风把江边河坝的黄沙吹上天空，把三层高天的脸也蒙住了。这时哈尼要过正月年，杀猪做汤圆献神，并放响土炮，向天神报告哈尼过上了欢乐的日子。阳雀鸣叫的时候，哈尼开始挖水沟备耕，并着手犁田耙地，开始了辛苦的大田耕作。

二月的报信使者是布谷鸟，这时哈尼开始捂种下种，举行最盛大的宗教祭典“艾玛突”祭寨神，祭典期间年轻人纵情欢乐，谈情说爱。人们充分休息，准备投入一年最忙碌的春耕栽插季节。

三月是最忙最紧的月份，哈尼男男女女老老少少离开村寨住进田棚，他们全副身心扑在大田里，男人像土狗一样翻拱着烂泥，高声吆喝着肥壮的水牛来来去去地犁田耙田。秧苗已经长齐田埂，栽秧的时候到了，秧姑娘嫁到大田伙子家里的时候到了。哈尼勤劳的姑娘媳妇在大田里排开阵势，你追我赶赛栽秧，这是她们争名气的时候，她们巧手挥过，大山的千百层梯田被染出一层层翠绿。气势雄伟的栽秧歌“依——依——”地响遍山山岭岭，这歌声里充满深情，充满厚爱。她们在这栽插季节把爱情和秧苗一同栽下，等到秋天稻谷金黄的时节她们将把金谷和爱情的甜蜜果实一同收获。

四月是哈尼欢乐的月，栽秧完毕，人们回到自己的寨房里，辛劳了一月的耕牛过完“牛纳纳”（牛休息节）就让它上山悠闲地吃草去了。四月是姑娘伙子打闹开心的月，伙子们弹着三弦吹着巴乌走来，姑娘们拍着手跳着舞走来，他们欢聚在一起享受着青春的美好时光。男人们的事是看田水，姑娘媳妇的事是砍柴采猪草放牛。

五月要薅秧，哈尼的大田里不能留下一棵杂草。这是农闲时节，人们可以放宽心事休息、干杂活。五月也是饥荒的月，各家的媳妇，要把撮米的瓢管好。

六月是哈尼过六月年的月，是哈尼和天神一起过年的月。六月的谷子已经打苞抽穗，砍完埂草祭过谷神，农历六月的“苦扎扎”（六月年）就来到了。哈尼扳翻壮牛，杀牛祭天神献祖先。

欢乐的六月年里，人们尽情欢乐，走亲串戚，为秋收大忙准备精神和力气。

七月的山山岭岭铺满黄金，哈尼辛苦了一年终于丰收在望。天神派粗门大嗓的知了来通报哈尼准备秋收。这时的主要任务是修理道路，以备收割时使用。接着是繁忙欢乐的秋收。

八月，哈尼收完最后一块稻田，就举行丰收祭，向天神和祖先报告自己获得了丰收，一年平安如意。八月是哈尼睡得最安稳的月，也是天神和祖先最喜欢的月。

九月是年尾巴上的月，哈尼要去挖荞地，并翻挖大田，老人带领家人坐在火塘边安排来年的活计。勤劳的哈尼就是这样一年又一年，度过了百年千年的时光。

《哈尼族四季生产调》与《四季生产歌》与此大同小异，尤其前者与《虎珀》十分接近。二者的共同特点是叙述了一年四季的农事活动与相关农事节典之外，更着重推求这些文化事象之所由来，其中演绎出许多生动神奇的神话传说，读来令人神往。[1] 它们带有抒情诗与叙事诗相结合的特点，文学的色彩更加浓烈，而《四季生产歌》比较单纯，而很少追溯事物的起源，是抒情性的农事歌。

① 正因《虎珀》的这一特点，歌手们将其纳入《窝果》《奴局》演唱。

第二节　哀牢山的农家历　梯田里的劳动歌

《虎珀》作为哀牢山区哈尼族的农家历是十分恰切的，从以上简述可以看出，它唱叙的特点是从十月岁首开始，逐月顺序而歌。而且每个月都要唱到这几个内容：一、节令改换的物候特征。哈尼族通行自然物候历法，这是他们世代聚居于哀牢山区，积年累月总结出的一套因地制宜行之有效的历法。这套历法主要根据哀牢山哈尼族居住地区植物的生长、候鸟的往还、日月的出没、气温湿度和雾露的变化、溪泉河流水位的升降以及一些小动物如青蛙、石蚌等等的活动，来认知节候的更移，并以此指导围绕梯田作业进行的一系列农事活动。二、当月所应从事的农活及农事节祭。这是歌中的主要部分，唱得十分细致，人们只需依序而作就可以进行正常的生产劳动。三、提醒人们当月应当注意的事项，以免发生误失，带来危害。

一、哀牢山区的自然物候历

《虎珀》教人们这样辨认节候的更替——

萨—咿—萨！
哈尼，
你认不得翻年的样子吗？
你找不着年阿妈的路吗？
你认不得翻年的样子也不怕，
你找不着年阿妈的路也不怕，
只消到山林里去找，
只消到山村里去认。
……

山林里的樱桃花，
望去是光秃秃的，

数去不见一片叶子；
可是你没有望见吗，
红艳艳的樱桃花，
开得一树一树的？

哈尼远古的先祖，
在不会翻年的时候，
就到山林中去认樱桃树，
那一轮一轮的樱桃树，[①]
是天神留给哈尼翻年的木刻，
樱桃开花的时候，
就是翻年的十月来到了。

——《虎珀》第一节

这是十月的物候特征。冬月则是“太阳和月亮比长短的月”，是霜雪降临的月。腊月是“日子一天比一天高，日子一天比一天长起来”。[②] 一月是“第一对春鸟叫过了”，“万物齐齐地活起来了”，“路边的杂木树被风吹低了头，发出小娃们打陀螺的声音。[③]

……
布谷是报春的第三对春鸟，
在属兔的二月，
哈尼听见红眼睛的布谷鸟叫了，
认得下种的时候已经来到。

——《虎珀》第四节

一年的三月，
是最干旱的日子，
看天不像往日那样干净，
大风用黄灰蒙住了天的脸。

① 指樱桃树皮上一圈圈的花纹。
② 见《虎珀》第二、第三节。
③ 见《虎珀》第二、第三节。

……

萨—咿—萨！
田坝里的泥鳅黄鳝，
也一个比一个发愁，
叹息着沟水一天比一天干。
浮萍底下的小鱼小虾，
也惊慌地窜来窜去，
白天在着也不安宁。

——《虎珀》第五节

（七月）
……
寨边的树林里，
知了一声一声地催人下田。
知了告诉哈尼，
田坝里的谷子已经睡了一觉，
金谷娘已经想家了，
是谷子回家的时候了。

——《虎珀》第七节

自然界的变化往往十分细致，如樱桃树花纹的变化，三种鸟类——唧唧本本鸟、阳雀和布谷来到的先后，叫声的急缓，水沟里黄鳝泥鳅的“叹息”，浮萍底下小鱼小虾游动的迟速等等，但是有着丰富经验的哈尼却敏锐地观察到了。这种种“信息”虽然微妙，在哈尼看来却有着重要的意义，它们标志着季节的变换，作为一个农耕者尤其要注意它，把握它。

二、哈尼族的农业法典

《虎珀》对哈尼族每月的农业生产有着进度计划表般准确的安排，它细致周到地指导着人们的生产劳动。如一月——

萨—咿—萨！
金嘴金嗓的阳雀，

一声挨一声地叫了，
它告诉什么呢？
它叫勤劳的哈尼，
春天已经到了，
一家的父子备耕得了。

脸上有七层皱纹的老人，
天不亮就叫醒儿子：
“不是睡懒觉的时候了，
要去挖田挖水沟了！”

哈尼的兄弟姐妹，
听见阳雀的叫声，
快到田里去辛苦，
田要犁两回，
田要耙两道。

——《虎珀》第三节

（三月春耕）
人和牛滚在田坝里，
像土狗一样拱土，
左手扶着弯腰的犁，
右手拉着两庹长的牛绳，
高声吆着肥壮的水牛，
来来去去地犁田耙地。

——《虎珀》第五节

（八月秋收）
萨—咿—萨！
听啊，
在那八月来到的时候，
谷子跳舞的时候到了；

哈尼拿着银打的锯镰，
来锯谷子的脚杆，
哈尼拿着铁打的镰刀，
来砍谷子的脚杆；
……

听，
哈尼的老人吩咐了：
“媳妇，
你快背起竹子的篱笆，
儿子，
你快扛起椿木的谷船，
男人女人一起下田，
老人小娃一起下坝。”

——《虎珀》第七节

歌中对何时该干何种活计，该种活计是男人干还是女人干还是男女同干以及怎样干等等，都有精心的安排。哈尼人世世代代就是根据《虎珀》来安排农业生产劳动的，它与哈尼人的生活最贴近，因为它最实用。

三、哈尼人的醒世钟

《虎珀》另一个特点，就是宛如一名高手弹奏钢琴，边弹奏着主旋律，边在该照顾的地方着重强调几下，以醒喻人们。如春耕时节安排毕农活，它这样提醒人们——

萨—咿—萨！
听我说呀，
一寨的哈尼，
蘑菇房里的火塘，
只会给你一时的温暖，
哈尼不能把它来贪恋，
你犁耙的大田，

会给你带来一年的温暖，
哈尼赶紧下到春耕忙碌的大田。

——《虎珀》第三节

（薅秧时节）
哈尼呵，
你的十指要像梳子一样，
梳掉田里的稗子和杂草，
不然你家的秧苗，
比不上别家的秧苗壮。
……

不要小看嫩汪汪的细叶菜，
秧苗的绿荫再浓，
也不会把它遮死，
不拔掉这些小草小叶，
别人走过你家的田边的时候，
也会笑出声音来。
……
五月是属马的月，
五月的饥荒也骑着马来到，
各家的媳妇啊，
要把你撮米的瓢管好。

——《虎珀》第六节

（秋收之后，老人告诫道）
十冬腊月，
不要看着谷堆像山包一样高，
五荒六月，
十个饿神还会走进我们家。

儿子应该听媳妇的话，

媳妇应该听儿子的话，
儿子说了媳妇要点头，
媳妇说了儿子要答应。

儿子呵，
快背上吃米和被盖，
到坝子里挖田去吧，
冬天不会做活计，
夏天就没有饭吃。

——《虎珀》第七节

这些提醒决非多余，它们是祖祖辈辈哈尼人用血的教训换来的醒世箴言，这里有为人处世的道理，也有生产劳动的经验。虽说哈尼族以勤劳为本，但趋逸避劳是人类的天性，勤劳的民族也应当告诫他保持勤劳；哈尼人是节俭的人，但挥霍享受是人的本能，节俭的人也应当告诫他更加节俭。这两方面合起来就是哈尼族开源节流的思想意识。

第三节　农耕者的抒情诗和梦幻曲

一、《虎珀》宛如哀牢山的漫漫云海，深沉而广阔，又如哀牢山的淙淙泉瀑，细腻而委婉，它通篇抒情，满幅绚烂——

萨—咿—萨！
翻了，
不单山坡上的樱桃树翻过年头，
寨子里的哈尼也翻年了；
樱桃树翻年，
是戴上红花的包头翻年，
哈尼翻年，
是穿起新衣裳翻年。

——《虎珀》第一节

……

春天里翻年翻月的节日，
不单是天神说下来的，
看寨子里姑娘伙子的心，
也跟着翻动起来了；
翻起来的不单是姑娘伙子的心，
小娃们的心也早就不住地翻了。

看寨脚的田坝里，
一窝一窝的小娃，
打着用多依树砍成的陀螺，
哈尼以为小娃闲不住，
——不是哟，
小娃打陀螺，
是报告春天来到的消息。

——《虎珀》第三节

辞旧迎新的喜悦是通过樱桃花满树的灿烂表达出来的。姑娘伙子应和着春潮的涌动春心萌动起来，小娃娃们成群打陀螺做着春天的游戏，……这一切，组合成一曲欢腾热闹的春之歌。

歌中最妙的是对栽秧——这关系一年丰收与否的重大活动的描写。哈尼人展开美好的想象，把栽秧形容成“秧姑娘嫁给田伙子”，从而津津有味地唱道——

萨—咿—萨！
讲了，
亲亲的一娘生的兄弟姊妹！
唱了，
先祖的直系后裔！
……

看秧田里的秧苗，

已经齐平了田埂，
秧姑娘嫁到大田里去的时候到了，
秧姑娘出门上路做媳妇的时候到了。

秧姑娘不嫁到大田，
一辈子找不到她的伴，
秧姑娘不去到大田，
一辈子找不到她的家。

宽宽大大的田伙子，
把秧姑娘一把一把地接进家来，
亲亲热热的田姑爷，
把秧姑娘一排一排地安排起来。

勤快的女主人挽起手袖，
煮好了黄黄的糯米饭和红蛋；
女主人拿着黄饭和红蛋，
给秧姑娘和田伙子把喜事办。

——《虎珀》第五节

一年最辛苦的农活是栽秧，但是这里非但没有一丝劳碌困倦的意味，而且满篇洋溢着喜悦和欢欣。化辛劳为欢乐，化欢乐为甜蜜，竟把人生最快乐的婚礼用来比拟栽秧，这是唯有哈尼这样勤劳且拥有美好情怀又富于艺术想象力和表达力的民族才能唱出的诗篇，读着它，人们会情不自禁地进入那在大田栽插的“莪祝玛”（栽秧女人）的行列，与之同劳作，共高歌，共同享受这劳动的欢乐和美丽。

这样动人的诗句在《虎珀》中俯拾皆是，它们使它变成一首充满诗情画意的美的颂歌。

二、《虎珀》用一系列神奇的神话传说解释节令农作的种种现象，读来令人更增兴味。例如“三对春鸟”的故事就十分迷人。

“唧唧本本鸟”、阳雀、布谷鸟是哈尼族十分重视的三种鸟儿，它们在不同的季节出现，哈尼族根据它们的活动规律进行备耕、犁耕、下种、栽插的春耕生产劳动。对于它们，《虎珀》中称为——

三对春鸟是天神的亲戚，
唧唧本本鸟是天神俄玛的侄囡，
阳雀是天神烟沙的媳妇，
布谷鸟是天神俄烟的姑娘，
三对春鸟是高能的神鸟。

——《虎珀》第二节

这三种鸟儿的出生也是神奇的，它们“生在造天造地的日子”，那时，在“大神烟沙的房子后面，生出三个神蛋”，三个神蛋分别戴着白色、黄色、绿色的帽子，然后天地就来抱这三个蛋。神鸟生出来后，天神普侯、西侯、纽侯用银水、金水、玉水喂它们，喂过三天，三种鸟嘴上分别粘上银子、金子、玉石，并“穿起丝绸”，从天宫飞到人间。为了催动“年阿妈”的脚步，它们飞过七天路程到达大海边，在那里经历了被“带着火镰”“带着火石”“不吃黄泡要吃血肉的老鹰”吃掉的危险，和被大海淹死的考验，终于催得“年阿妈”上路了，它们带着胜利的喜悦飞到哈尼山寨报告春天来临的喜讯。①

这个美丽的神话表达了哈尼对“三对春鸟”的感激之情，寄寓着哈尼对新生活的希冀和信心。“三对春鸟”的神话富于情节性和抒情性，充满哀牢山的山林气息和农耕气息。

类似的还有报告秋收的知了的故事，也非常有趣，而且手法很别致，纯用“哈尼”与“知了”对话方式写出。这在哈尼族诗歌中是一种很特别的手法——

听见知了的叫声，
哈尼问：“兄弟，
在那寒冷的三个月里，
你住在哪里？”

① 见《虎珀》第二节。

知了说：

“你们不见我的三个月，
我背着我的历书躲在土里，
深深的土层，
是我好在的地点。”

“知了呵，
在那饥荒来到的三个月，
你吃的是什么？
你咽的是什么？”

“在饥荒来到的三个月，
我吃饱了大地的胆汁，
甜甜的胆汁，
把我的骨头养粗了七根。”
……

“知了，
你为什么来到哈尼的人间？”
“我歇在你们田边的树尖上，
我不见你们的田坝黄生生，
我不见你们的谷子像蜂蜡一样黄，
我的叫声不会这样脆！
……”

“知了，
哈尼听到你的叫唤，
知道到了七月最热的时节，
我们要吆上最肥的大猪，
到寨脚祈祷的地方去祭神，

大猪最肥最亮的十块肉，
我们给你留下一块。”

“祭神的东西不是我的吃食，
祭神的好话也不要对我来说，
高天的大神叫我下来，
是来给你们念翻年翻月的历书，
我叫出来的声音，
是用翅膀翻书的声音，
我‘罗啊罗啊’的叫声，
是告诉你们割谷子得啦。”

——《虎珀》第七节

这是一段童话诗式的歌唱，哈尼和知了天真浪漫的对白，充盈着一派天趣。其中哈尼对报告丰收讯息的天神使者知了的关爱、呵护，从他再三讯问知了在饥荒的三个月住在哪里，吃什么、咽什么，以及丰收在即的时候，祭神的十块肉要留一块给知了等等，一层一层表达出来。这体现了哈尼人与大自然的调适和对大自然的关爱，反映了哈尼人一颗纯真美好的心。

《虎珀》是哈尼族传统文学中的精品。从其对农事诸象起源的探究可以看出它的产生时期很早（窝果奴局文学时代），但其成熟，成为百万哈尼人脍炙人口的佳作，则较为晚近（贝玛文学时代）。或者说，它的产生、发展与成熟，与哈尼族农耕稻作的历史，尤其是开发滇南哀牢山区梯田的历史相伴而成。有什么样的梯田建设，就有什么样的《虎珀拉珀卜》。哈尼族的梯田文化近代以来已达相当成熟的水平，自然而然，我们看到的《虎珀拉珀卜》，就是一颗又甜又美的硕果。

第七章　直面人生的悲剧叙事诗

明清以来，哀牢山、无量山地区哈尼族社会渐渐确立了封建领主制和封建地主制，统辖各地的土司头人由单纯的部落首领演变为封建领主或封建地主，他们大量占有土地、山林、耕牛、水源等等重要生产资料，从政治、经济、文化等方面对广大哈尼族群众进行统治。另一方面，传统哈尼族社会的族长制、家长制也逐渐演变为封建社会中的族长制、家长制。这两者的相合，形成哈尼族社会一套尊尊卑卑长长幼幼的等级制度和礼教系统，严密地控制着人们的精神世界，维护着封建社会的统治。在此社会中，自由、平等难于生长，人的尊严和权利，如对真挚爱情的追求，对真理、幸福的向往，都遭受压制和扼杀，广大哈尼族人民生活在痛苦和悲哀中。

这一时期产生了反映人们摆脱痛苦、追求光明、向往自由的悲剧叙事诗，它以跌宕起伏的情节、生动鲜明的人物和饱蘸情感的语言叙述了一个个人间的悲剧故事，倾诉着人们对真理的渴望，绝叫着对封建压迫的反抗。这是贝玛文学时代极有价值的文学品种，象征着哈尼族文学的现实主义精神渐已高扬，往昔平和淡泊的文学顿然变得激昂强烈起来。

悲剧叙事诗的主题集中在表现哈尼族青年对真挚爱情和自由婚姻的追求上，常见的内容是讴歌纯洁的爱情，控诉封建专制制度的代表，如土司头人或族长父母对这一美好感情的扼杀，导致青年恋人的悲惨结局，因而又可称为爱情悲剧叙事诗。之所以如此，是因爱情是人类最强烈的感情，对爱的扼杀无异于对人生的扼杀，青年人最富于反抗精神，对自由和幸福的追求也最执着和热烈，因此表现他们自然成为这一文学品类的主旨。

当然，悲剧叙事诗不仅仅局限在表现爱情的主题上，对土司封建统治的反抗，对自然的和社会的一切阻碍人们追寻平等、幸福、自由的事物的反抗，都是它表达的对象，因此，悲剧叙事诗反映的社会生活非常丰富。

哈尼族的悲剧叙事诗大体可归为两类，一类是传统习俗礼仪歌的变体。在本编第三章中我们已谈过《妲耶与央才》这样的追述古代自由婚恋美景以否定现实婚姻不自由的习俗礼仪歌的变体。本章要介绍的第一类是对习俗礼仪歌加以彻底改造，使之悲剧化，成为悲剧叙事诗的一体。第二类是独立创作的悲剧叙事诗，它们不来源于习俗礼仪歌，而直接来源于现实生活，属于完全创新的一类。

第一节　对习俗礼仪歌加以改造的悲剧叙事诗

封建社会的现实生活是冷酷无情的，它不因哈尼族青年的希望与梦幻而把爱的美果恩赐给他们，如《妲耶与央才》中所描绘的美满结局在实际生活中常被砸得粉碎。由于封建专制的压迫，哈尼族社会中经常发生殉情的、逃婚的、终身不娶不嫁的种种悲剧，人们于是通过对习俗礼仪歌如《然密克玛色》中的婚恋部分、《斯批黑遮》中的“帝孟恋爱”等等的改编，把自己的愤怒、反抗、控诉和对爱情至死不渝的信念加以表达。

这类作品中较有影响的是《密吾撮》《阿查与阿尼娥》《不愿出嫁的姑娘》等。

下面对前两部作品作一简介，《不愿出嫁的姑娘》因其重要，另辟专章介绍。

一、《密吾撮》

《密吾撮》是一首长达七八千行的悲剧叙事诗，其意是“姑娘到处逃亡”，叙述了一个凄婉的爱情故事，歌手说：“唱起来，唱的和听的都要掉眼泪。”可见它是很感人的。

这首诗歌叙述两个恋人从小一起长大，童年时代同生同长同玩，青年时代共同劳动、相恋相爱（情节与习俗礼仪歌大同小异），后来两个恋人请求父母准许结婚，遭到父母反对，他们又请求寨老准许结婚，寨老也不同意，又向贝玛、工匠、阿舅、阿娘、姑妈等等请求，还是没有人同意，又向官府请求，结果也是一样。于是两人就开始了漫长的逃亡过程。他们先逃到下半山的彝族地方，向彝族寨老、贝玛、工匠等等一个一个请求过来，还是没有人同意他们结婚。又逃到河坝的傣族地方，到处请求还是没有人同意他们结婚。高山的苗家、瑶家、下半山的土佬（壮族）、汉人地方全问过，还是没有人同意。在这个过程中，他们遭遇到各种各样的事情，见到各种各样的人生。他们又逃到地下（一说地狱里），在这里又经历许多事情，见过许多鬼怪，见到各式各样的人生际遇，还是不能达成愿望，最后只有逃到天上。在天上他们一处一处询问，走遍大大小小的神寨，问遍所有的大神小神，神们虽然各有自己的痛苦和悲哀，但也无人同情他们，他们只好怀着最大的悲愤返回人间，最后双双殉情自尽。

对这首长歌笔者曾设法进行调查，但因种种原因只了解到大致内容，所以至今无法向读者详加介绍。但仅从大体情节就可知，这是一部催人泪下的爱情悲剧诗。虽然很多歌段引自《哭嫁歌》《逃婚调》《苦情歌》《分不开的调子》等等习俗礼仪歌，但从整个结构、气势、人物、情节上，都已全然更新，其社会容量也大幅度拓展了，思想性和艺术性也加强了。这部长诗很像但丁的《神曲》，把人类的痛苦通过天上地狱人间的见闻层层描绘出来。它在哈尼族文学中有着重要的地位，因为这是批判现实主义精神在哈尼族文学中的反映。

二、《阿查与阿尼娥》

这首悲剧叙事诗有两千行，由元阳县歌手马蒲成演唱，笔者搜集。

诗中叙述了一对青年恋人曲折多难的爱情：在美丽的罗玛和艾荷地方，有一对青年，小伙子叫阿查，是一位远近闻名的猎人，他射弩的本领连鬼神都害怕三分。阿尼娥是艾荷寨头人的独生女儿，她的美名传遍了哀牢山。他俩相恋了多年，阿查几次上门求婚，但是阿尼娥的父亲见他是个穷猎人，不肯答应婚事，阿查的父母也不同意儿子去高攀头人，两人只好悄悄地在艾荷寨“寡父母”（寡妇的习称）家中相会。[①] 在罗玛和艾荷两

① 哈尼族风俗：寡妇家是男女青年谈情说爱的地方，寡妇常常帮助有情人撮成好事。

地中间，隔着一座森林茂密的亚什阿戈山，这是一座风景优美的大山，也是凶禽猛兽出没的山场，阿查经常穿过这座森林到艾荷寨去会阿尼娥姑娘。

有一天，母亲见阿查刚干完活就要上路，知道他想趁天亮走过森林去找阿尼娥，就阻拦他。阿查一定要去，她就悄悄取走他的利箭和牛角号。阿查走过大森林的时候，路旁突然跳出一只大野猪，凶猛地朝他扑来。阿查一摸箭筒，弩箭没有了，再摸猎袋，里面的牛角号也没有了——只要吹响猎号，就可以吓住野猪。于是他赤手空拳和野猪搏斗。最后他把野猪打死了，但肚子也被野猪的尖牙挑通了。本来他可以返回家去治伤，但因为事先已和阿尼娥姑娘约好，他于是用手巾塞住伤口，挣扎着来到艾荷寨寡妇家门前。

他受伤很重，知道自己快要死了，就边弹四弦琴，边唱起悲伤的歌——

萨啊咿——
亲亲的阿妹哟，
我们两个相爱，
虽然说过舍不得离开的话，
今天要离开了；
我们两个相亲，
虽然像山上的溪水流淌不息，
今天要被人家堵住了；
我们两个离不开，
像万年青树的千万条根抱着岩石，
今天要被人家剥开了。
阿妹啊，
我们生离死别的时候来到了！

他用最后的力气把哀歌唱了一首又一首，但是声音越来越弱，最后站在门口死去。

阿尼娥在屋里焦急地等待阿查，左等不见右等不见，后来打开门一看，阿查“咚”地倒在她怀里，人虽然死了，但眼睛直看着她。阿尼娥悲痛万分，抱着阿查唱起了痛苦的歌，她唱了一天又一天，把嗓子都唱哑了。据说世上的千万首怨情歌就是从这里开的头。[①]

阿尼娥的阿爸知道后非常恼火，女儿不听他的话和阿查谈情相好，他已经丢了脸，何况阿查死在女儿怀里。他怕丑闻传出去，就把阿查的尸体放进马槽，因为他家的马非常凶悍，会撕人咬人，他放出话去，说阿查是个偷马贼，被马咬死了，并且按规矩把阿查火葬。

火葬那天，他叫嫂嫂看住阿尼娥，不准她去为阿查送行。阿尼娥强忍悲愤，装出漠不关心的样子，说现在园子里的桃子和李子已经熟透了，何不趁阿爸不在家，摘些去卖好赚点私房钱。嫂嫂很高兴，就和她各摘了一背箩，一同上街去卖。走过火葬场的时候，阿尼娥故意绊了一跤，把嫂嫂也撞倒在地上，桃李滚了一地，嫂嫂赶忙来拾。阿尼娥飞快地跑进火葬场，对那里的人说："你们这样辛苦，连饭也忙不赢吃，那边路上遍地都是桃李，快去吃吧！"人们一听，纷纷跑去捡桃李吃。这时阿尼娥纵身跳进熊熊大火，紧紧抱住阿查的身体，和他一起烧死在烈火中。

阿尼娥的阿爸毫无办法，两人的骨灰混在一起难以分辨，只好按照哈尼的葬礼把他俩合葬。过了一年，两人的坟头长出两棵树，树根互相连接，树枝互相缠绕，清风一吹，两棵树就唱起歌来。这歌的内容竟是两人怎样相识，怎样在田里放鸭子、捉泥鳅，怎样在山林中玩耍，阿查怎样在树上摘果子，阿尼娥怎样在树下用衣兜接，怎样谈情说爱（大段的歌句与《妲耶与央才》、《然密克玛色》相似），一直唱到阿查怎样在赴约途中与野猪搏斗，受伤后怎样来到阿尼娥的门前，阿尼娥怎样焦心地等待，而现在所有相会玩耍的地方都已开满鲜花，这是哥妹用鲜血和爱情浇灌出来的。这歌声优美动人，干活的人们听到就坐在树下，拄着锄头细听，同时流出了同情的泪水。过路的、赶街的、做生意的，甚至连"索扒"（官员）听见也不会走了，一心只想听大树唱歌。

阿尼娥的阿爸知道了非常生气，就把两棵树砍倒。这时从树蓬里飞出一对鸽子，这就是阿查和阿尼娥变的。他们双双向东方飞去，飞到九条大

① 又传说这是哈尼情歌的起源。现在哈尼青年在公房田棚相约对唱情歌，要杀鸡摆酒，席上要放两双筷两碗酒，向阿查和阿尼娥致意，同时表示希望自己不要重蹈他俩的覆辙，能得到幸福。

江汇集的大海边，遇见一个胡子花白的天神。天神听了他俩的遭遇，很感动，说："心灵美好的年轻人啊，生前你俩不能成双成对，现在让我来成全你们吧！"他从大海最深处取出两滴洁净的水洒滴在他俩身上，他俩马上变成一对漂亮的青年，在海边建成了幸福的家园，过上了美满的日子。

这部长诗具有尖锐的批判性，对人间的丑恶现象作了有力的鞭挞。以艾荷头人为代表的封建势力囿于陈腐的贫富观念，千方百计阻挠有情人的幸福，甚至不惜牺牲女儿的生命，这是多么深痛的悲剧啊！两个纯洁的青年，两颗美丽的灵魂，为了本该属于自己的幸福不得不在生前死后做出殊死搏斗，这又是多么倔强的性格和不屈不挠的精神啊！正由这二者的交叉，造成了这部长诗巨大的悲剧感和震撼力。尤其阿查与阿尼娥反反复复的变化，正是千万哈尼族青年追求爱情和幸福的坚强信念和巨大毅力的象征。

《阿查与阿尼娥》与《密吾撮》在哈尼族文学史上占有重要的位置，因为它脱息于传统的习俗礼仪歌，创造了崭新的文学形象，它们有着对现实生活的批判力度，有着瑰丽的浪漫色彩，两者的结合也十分自然，有着很高的艺术欣赏性。唯其遗憾的是至今尚未有它们完整的唱本问世，这一工作只有寄望于来者了。①

第二节　独立创作的悲剧叙事诗

除以借古开今、改造传统习俗歌的方式创作悲剧叙事诗之外，尚有大量独立创作的悲剧叙事诗流传在各地哈尼族群众中。这些作品直接取材于现实生活，以全新的面貌出现，无论思想内容还是艺术手法都与传统诗歌判然有别。下面介绍其中较有代表性的两部。

一、《依牙俄碧之歌》

这是流传在澜沧江、把边江流域哈尼族中的悲剧叙事诗，此处介绍的

① 此二诗调查材料存笔者处。

是由周弥、皇甫可人搜集辑入《西双版纳哈尼族歌谣》的唱本。

此诗叙述了一个单纯、凄婉又神奇的爱情悲剧。其说在美丽的依牙俄碧地方，有一位名扬四方的姑娘扎斯扎伊，她与依里水葵地方的好汉洛奇洛耶相恋，两人结为夫妻，过着幸福的生活。后来戛牙里柯地方的头人依司莫莫对各地哈尼人横征暴敛，美丽的扎斯扎伊为伸张正义带头抗租抗税，洛奇洛耶也支持妻子的行动，这就惹怒了依司莫莫，决定杀害扎斯扎伊和洛奇洛耶。但是他知道扎斯扎伊和洛奇洛耶具有神奇的本领，就派狗腿子尼罕装成善人，从洛奇洛耶父母口中探听出扎斯扎伊和洛奇洛耶常到新摇江去洗澡，就报告依司莫莫派三江两府的兵马去射杀。殊不知扎斯扎伊像鸟儿一样飞上了天空，洛奇洛耶张开神弩，把官兵打败了。尼罕又来到洛奇洛耶家中，骗走神弩，并趁扎斯扎伊在江中游泳捉住了她，又用神弩射伤了洛奇洛耶。抓到扎斯扎伊和洛奇洛耶，依司莫莫非常高兴，他先用五头牛把洛奇洛耶分尸，五头牛倒反被扯成干巴，又用刀砍洛奇洛耶，洛奇洛耶的头砍下一颗又生出一颗。依司莫莫把扎斯扎伊和洛奇洛耶用大铁钉钉在山崖上，但两人不仅没有死，反而在山崖上讲着绵绵情话。后来尼罕又出坏主意，骗出扎斯扎伊和洛奇洛耶不死的原因是铁钉会生锈，铁钉锈断了他俩就能活，于是依司莫莫又用不会生锈的铜钉钉他俩，这样扎斯扎伊和洛奇洛耶就被杀害了（一说他俩的尸体被土司丢进河里，变成两条鱼自由地游来游去）。他俩虽然死去，但是他们美好的爱情、勇敢正直的精神永在哈尼人中传扬，每到六月二十四日这一天，哈尼人就要打着火把到山上高声呼唤他俩的名字，要把他俩的灵魂接回村寨和大家共同欢度节日。

这首诗情节单纯主题鲜明，歌颂美好的爱情，歌颂正义，抨击黑暗与丑恶。它的特点在对美好的事物赋予神奇的力量，以反衬出恶势力的卑劣和渺小，同时具有浓郁的抒情意味，使其富于艺术的感染力。

诗歌把扎斯扎伊和洛奇洛耶作为超凡人物来描写，譬如描写洛奇洛耶的不凡，就说他是著名先祖的后代，因而天生有神奇的力量——

开天辟地的年代过去了，
洪水的灾难已成为传说，

阿奇阿萨的后代，[1]
洛奇洛耶诞生了。[2]

七岁的洛奇洛耶，
犁地像犀牛在田地奔跑；
九岁的洛奇洛耶，
举弓能把飞鹰射落；
十五岁的洛奇洛耶，
双肩能担两座山；
十八岁的洛奇洛耶，
双手能把江水舀干。

——《依牙俄碧之歌》之二

描写扎斯扎伊和洛奇洛耶的不可战胜就写得更精彩，依司莫莫派三江两府的兵马围住在江里洗澡的扎斯扎伊和洛奇洛耶，万箭齐发企图射死他们，但是——

扎斯扎伊飞上天空，
洛奇洛耶腾出水面，
张开天赐的神弩，
把箭射向江岸，
……

——《依牙俄碧之歌》之六

官兵反而被打败了。依司莫莫用诡计捉住扎斯扎伊和洛奇洛耶，想尽办法想杀死他们却杀不死——

依司莫莫气得眼发直，
吩咐官兵牵水牛，
五条水牛人前拉，
要把洛奇洛耶来分尸。

①② 阿奇阿萨：哈尼族著名祖先之一。因此洛奇洛耶又有“阿奇洛奇洛耶”的名称，意为“先祖的直系后裔洛奇洛耶”。

洛奇洛耶不惧怕，
五条牛的力量没他大，
双手双脚如山立，
五条牛被扯成肉干巴。

依司莫莫气得手捶胸，
一刀砍下洛奇洛耶的头，
脑浆向外喷涌，
里面又生出一颗头。

——《依牙俄碧之歌》之七

试过许多方法均告失败之后，他又用大铁钉把他俩钉在山崖上——

大腿粗的铁钉钉了十根，
每人身上钉了五根，
铁钉钉了七天七夜，
血也流了七天七夜。

扎斯扎伊没有死，
洛奇洛耶没有亡，
贴在山崖上，
悄悄叙话情意长。

——《依牙俄碧之歌》之七

扎斯扎伊和洛奇洛耶之所以具有这非凡的力量，是因为他们爱情的纯真，和为伸张正义所做的斗争，使他们成为千千万万哈尼人心目中的偶像，因此人们附丽他们以神奇的伟力，在他们身上寄托了自己希望和理想。

这首诗的抒情性很强，情节的安排本身就是一首浪漫曲（谈情、成婚、反抗头人，直到神奇的死亡），再加以语言的比喻、夸张，更增其抒情意味。如——

这不是没谱的歌，
也不是无源的水，

它是一片鲜绿的叶子，
在依牙俄碧地方晶亮。

——《依牙俄碧之歌》歌头

“一片鲜绿的叶子”把这首诗的生命力、青春气息和山林气息渲染而出，从视觉上又给人以清新明丽之感，是难得的抒情佳句。

又如——

俊俏的扎斯扎伊，
像芭蕉叶一样碧绿，
像凤尾竹一样多姿，
像缅桂花一样清香。

——《依牙俄碧之歌》之一

三个比喻立即把扎斯扎伊这一人物造型的色彩、行止、气息烘托而出。

男女主人翁的谈情对话也别有特点——

“扎斯扎伊阿妹哟，
我家屋里星星落，
我家被子铜弦做，
我家床上响铃铃。”

“洛奇洛耶阿哥哟，
我家养鸡鸡打鼓，
我家养狗狗扫地，
卷槽流水不用背。”

——《依牙俄碧之歌》之四

洛奇洛耶家处处点缀着闪烁的星星，被子如铜弦般富有弹性，躺在床上可以听见串串妙曼的铃声，真是一个童话般的所在。扎斯扎伊家更复美妙，养着的鸡在那里打鼓奏乐，勤快的狗忙着清扫地面以迎客人，清澈的泉水顺着卷槽淙淙流淌，这是何等迷人的地方！而男女主人公正是这些地方的主人，他们的美好就不言而喻了，这是借景写人的手法。

这样的描写在诗中尚有若干，兹不赘述。它们把全诗装点得馥郁芬芳，秀色宜人，使它成为哈尼人心中永远开放的花朵。

二、《妥底玛依传歌》

这是流传在哀牢山地区哈尼族中的一首悲剧叙事诗，由红河县歌手吴文生、李遮鲁、李龙遮演唱，赵官禄、郭纯礼、刘位循搜集整理，载于中国民间文艺出版社1989年出版的《哈尼族叙事长诗集》。

它描写在奴玛阿美地方居住着一对年轻的夫妻阿扎和沙依，他俩曾经创造过战胜水怪保护百姓的奇迹，但是土司少爷垂涎于沙依的美丽，派兵把夫妻俩关进官衙，企图迫她就范，但是遭到沙依和阿扎的反抗。土司恼羞成怒，准备杀害夫妻俩。阿扎和沙依有一双儿女，弟弟叫索都，姐姐叫妥底，他们在四只金鸟的帮助下，冲破险阻来到土司衙门解救阿爸和阿妈。凶残的土司开枪打死了阿扎和沙依，姐弟俩用毒弩射死了土司和土司少爷，为父母报了仇，又放火烧了土司衙门，使百姓们不再受土司压迫。人们为阿扎和沙依举行了葬礼，在埋葬他们的山上，开出鲜艳的杜鹃花，哈尼族称之为"妥底玛依"，认为它象征着阿扎与沙依坚贞纯洁的爱情和妥底与索都勇敢顽强的反抗精神。

这首诗把对美好爱情的歌颂与对土司制度的反抗两个主题糅合在一起，采用传说与现实相结合的方法，富有浪漫色彩。阿扎、沙依与水怪的搏战，妥底与索都得到四只鸟的帮助，都充满神奇的幻想，使人读来饶有趣味。

本章所介绍的是哈尼族悲剧叙事诗中较有代表性的（类型的代表性及风格的代表性）两首长诗，由此可以见出哈尼族悲剧叙事诗类型的众多，风格的繁丽，反映社会生活层面的广泛，艺术手法的多样，它是贝玛文学时代纷繁社会生活的写照，是哈尼人民抒情言志的心灵歌声。

第八章　悲剧叙事诗《不愿出嫁的姑娘》

第一节　追求自由人格的不屈斗士——逃婚姑娘

哀牢山地区的哈尼族社会长期处在封建领主制度之下，妇女在社会中的地位十分卑微。婚前的恋爱生活虽是自由的，但婚嫁的决定权则在父母。尤其明清以来，随着商品经济逐渐渗透进古老封闭的哈尼族社会，买卖婚姻逐渐兴起，并发展到十分普遍的程度，青年女性如同牛马牲口般被父母当作商品出卖。正如一首《哭嫁歌》中所唱："在四角四方的篾桌上，爹妈媒人的几句话，卖断了姑娘的一生！"买卖婚姻甚至形成了制度，凡有婚嫁，必有礼钱，这礼钱分成三份，一份是阿妈的奶水钱，一份是阿爸的盐巴辣子钱，一份是阿哥阿嫂领妹子的辛苦钱，三份礼钱须用戥子当面过秤，婚姻变成赤裸裸的金钱交易。在这样的制度下，许多姑娘婚前连自己的丈夫也未见过一面，就被迫出嫁。这毫无感情基础的婚姻必然是痛苦的。对被出卖的女性青年来说，人格受到了最大的侮辱，造成了终生的不幸。

面对这悲惨的命运，许多有血性的青年愤然做出反抗，她们通常采取的做法是逃婚，即逃回娘家，或亲戚家，或与心上人相约着逃到远方帮工为生。买卖婚姻的普遍性造成了逃婚姑娘反抗的强烈性，其间不知上演了多少人间的悲剧，出现了不知多少反抗封建婚姻制度的烈女子——这追求自由人格的斗士。

广大妇女在遭遇不幸之际，有苦无处诉，有冤无处申，唯有到文学艺术中寻找安慰。更兼她们个个是能歌善舞的好手，就创作了一大批倾吐心声、呼唤同情、反抗压迫的婚嫁歌，如《哭婚调》《哭嫁歌》[1]（其中又有《哭爹妈》《哭哥嫂》《哭小伴》《哭情人》等等），这新婚之际的悲哭，反映着新娘复杂矛盾的心情，大量现实存在的不幸婚姻使她在此刻已经对婚后的幸福生活产生幻灭。反映婚后悲惨遭遇的有《苦婚调》《苦情调》《狠心的公婆》等等。反映逃婚生活的有《逃婚姑娘》《逃婚调》《逃到远方卖帮工》《帮工调》等等。这些诗歌一经某个人唱出，马上就会流传开来，并得到众多歌者的丰富和加工，使它们成为一首首具有一定韵律格式的感人至深的歌代代流传。这些诗歌中，始终贯串着一个主角——遭遇不幸婚姻的姑娘，其中的佼佼者，就是敢于挺身反抗的逃婚姑娘，因而从人物形象的塑造来说，这一系列诗歌整体上就是一部完整的大型诗歌。

本章介绍的长篇悲剧叙事诗《不愿出嫁的姑娘》（哈尼语“麻依诺乌然密”）是高冀根据云南省民族民间文学红河调查队1959年3月在元阳、红河等县搜集的材料，和魏其祥、李家有搜集的《哭婚调》《苦婚调》，并参照《帮工歌》等材料整理而成的，作为创刊的首篇，1979年发表于有影响的大型民族民间文学刊物《山茶》第1期。

长诗采用第一人称的方式，讲述了一位姑娘的不幸遭遇和逃婚并找到幸福的过程，集中塑造了一个为争取自由人格而不屈斗争的逃婚姑娘的形象。

全诗计有1800余行，分《轻女》《卖女》《逼嫁》《结婚》《受苦》《怨愤》《逃跑》《自由》八个部分，以女主人公自述的方式展开。

女主角从爹妈生下她来就加以歧视开始叙述。她哀怨地唱道（大意）——

姑娘生来就得不到爹妈的喜欢，生下孩子，爹妈首先就要来看是男是女，是男孩，爹妈笑得合不拢嘴，生下女孩要都不想要。生下儿子，爹妈赶忙拿干净布包好，天天热水洗澡，生下女孩十天还不拿布包，不煨一点热水洗。对儿子爹妈又哄又抱，对女儿动不动就咒就吼。直到七八岁，爹妈还不给做衣服，直到大了才给一副耳环，才给一块布缝衣裳。

[1] 参见本编第三章。

姑娘长到十四五，年纪还小，媒人就像老黑熊伸出爪子来抓，天天骑着马来说媒。爹妈不管姑娘愿嫁不愿嫁，不管姑娘年纪小不小，只贪人家的田块大钱财多，就把女儿卖，得了卖女儿的礼银心里笑开了花。

卖了女儿，爹妈忙着瞧日子，在腊月属马日要把女儿嫁。姑娘不愿出嫁，对他们说，你们种谷米拾野菜把我养大，我愿留在家中服侍爹妈一辈子，等爹妈年纪大，背不动水我来背，砍不动柴我来砍，生病我服侍，家务事我一人担。但是爹妈说，姑娘是别人家的，不能留在家中。姑娘说，我年纪小身子瘦干不动婆家的活，爹妈说，迟早也要嫁，还是嫁去吧。姑娘说，我害怕公公婆婆，他们拿眼睛望我，我不知往哪里躲，哥哥说，礼银已收下，不去不得了。姑娘说，听说男人脾气坏，动不动就打，哥哥哄她不会打不会骂。姑娘说，我在家也不吃现成饭，我和阿哥砍柴割草共一处，栽田种地共一丘。阿哥听了很恼火，强词夺理地说，我能犁田耙地铲埂草，这些活计你们姑娘做不好。姑娘反驳他犁田耙地铲埂草是男人的活计，挖地栽秧打谷子是我们女人的活计，我们的活计你一样做不好。说了许许多多的话，爹妈没理找理，阿哥无话找话，总之要逼姑娘出嫁。

胳膊扭不过大腿，姑娘强不过爹妈，姑娘只好和自己从未见过面的大男人结了婚。男人家是富人家，富人家心肠坏规矩多，不准她在男人面前走动，不准同公婆一起烤火。弱小的姑娘要干大人的活计，鸡不叫要下箐底背水，背完三转水天才发白。姑娘力气小，水桶大，水桶摔烂了，公婆要打骂。姑娘身子轻，踩不起碓，公婆给她背上娃娃，脖子上加两袋碎石子，把她累得昏倒在碓上。公婆吃肉又喝酒，不给姑娘吃饭，姑娘拿起筷子，公婆把筷子打掉，姑娘端起饭碗，公婆把饭碗夺去。姑娘在公婆家受尽了折磨，这样的媳妇根本不是媳妇，纯粹是奴隶，这样的夫妻根本不是夫妻，纯粹是生儿养女的工具，姑娘忍受不住这苦难，刚想逃跑又被抓回来，被丈夫拖进牛厩打得半死，从此虐待更加深重。

姑娘又长了几岁，生了小孩，待遇仍没有一点好转，在公婆家她孤零零，没人帮助，没人同情。她想去投河，又怕被人看见捞起来，想吃毒药，又怕被人发觉救醒，于是饱受摧残的姑娘决心逃离公婆家，活不做他家的人，死不做他家的鬼。

半夜三更姑娘向娘家逃跑，山高林深路遥，漆黑的夜里摸不清路，高一步低一步地走，白天大路不敢走，哪里坡陡哪里走，三天三夜没喝一滴水，三天三夜没吃一口饭。来到河边水急浪又高，姑娘急得直跺脚，亏得船夫同情她的苦情，把她渡过了河。她历尽千难万险回到娘家，谁知爹妈阿哥不理她。她的汗水还没干，还没开口诉苦，狠心的爹妈却要叫她回婆家，阿哥也瞪着眼睛朝她骂！姑娘一颗心碎了，眼中的泪流干了，她昂起头，挺起胸，头也不回地走出娘家门，决心做鬼也不向他们来求情！

倔强的姑娘下了狠心，依靠自己的力量找生活，她到别处去帮工度日子。在帮工生涯中遇到一个长工，他们穷人同情穷人，苦命人心疼苦命人，两人相恋相爱，结成夫妻，过着虽然艰苦，但是自由自在的生活。

第二节　《不愿出嫁的姑娘》的人物性格和思想内容

《不愿出嫁的姑娘》塑造了一系列性格鲜明的人物形象：主人公逃婚姑娘、爹妈、阿哥、公婆、丈夫等等。其中逃婚姑娘的形象最丰满，性格最突出，长诗主要通过对这一形象的塑造，展示对丑恶现实批判的犀利锋芒。

这首长诗情节虽然单纯，但对姑娘性格的塑造却不单调。她是一个有着鲜明个性的人物，而且性格有着不同层次的发展和变化。

这从她的人生历程可以看出来。

她的第一个性格特点是具有非凡的忍耐性。由于重男轻女观念的禁锢，爹妈对生下来的儿女有着不同的对待。对此，女主人公是这样叙述的——

我们姑娘啊从来不算人，
阿妈生了娃娃，
偏心的爹妈呀，
就要看是儿子还是姑娘。

要是生下了儿子，
爹妈笑得嘴都合不拢，
赶忙去杀鸡、蒸糯米饭，
赶忙煮一大锅鸡蛋。

要是生下了姑娘，
爹妈要都不想要，
一不杀鸡二不蒸糯米饭，
三不煮一个鸡蛋。
……

阿妈生下了儿子，
赶忙拿干净布包好，
天天煨热水洗澡，
一天洗两三次还嫌少。

阿妈生下了姑娘，
十天还不拿布包，
不煨一点热水洗，
一天只听见哭叫。

爹妈疼爱儿子，
不乖时又哄又抱，
一下都不打，
一下都不骂；

爹妈不喜欢姑娘，
不是吼就是咒，
就像是骂猪，
就像是撵狗。

儿女一天天长大了，
儿子上坡阿妈牵着手，
姑娘上坡只有爬着走，
喊哑喉咙阿妈也不回头。
……

姑娘长到八九岁，
爹妈还不给做衣服，
没有布，找树叶遮身，
没有线，找细藤子来系。

姑娘长大要戳耳眼，
阿妈才给了一副耳环；
姑娘长大要缝衣裳，
阿妈才给了一块布。

——长诗之一《轻女》

姑娘就在这样畸形的环境中长大，因而从小就磨炼了忍耐的性格。长大以后，爹妈要逼她嫁人，她不愿出嫁，情愿在家里终生服侍爹妈。她企图用自己的孝心说服爹妈改变主意——

我是爹妈的亲骨肉啊，
我不能不顾爹和妈，
丢下了爹和妈，
儿女心里像针扎。

我白天在山上做活计，
晚上跟阿妈住后屋，
我和阿妈出入一个门，
女儿应该留在妈身边。

爹妈逼我嫁出去，
阿妈身边就少了一个伴，
舂碓只有妈一个，
背水只有妈一人。

倘若爹妈生了病，
女儿在跟前好服侍，
我不在，早上没人煨热水，
我不在，晚上睡觉席子凉。

——长诗之三《逼嫁》

但是狠心的爹妈完全不念女儿深情，还是要逼她出嫁。姑娘耐心地诉说自己不愿出嫁的理由——

我还没有长大，
身子还没有长高，
腰杆还没有长硬，
为什么要我早出嫁？

我小小年纪，
婆家繁重的活计，
从早干到黑啊，
我咋个做得完！

我的身子瘦，
我的脚还小，
踩不起他家的碓，

春不出他家的米。

我的手还短，
我的手劲小，
抬不动大簸箕，
簸不动他家的米。
……

嫁到陌生的地方，
见到公公婆婆啊，
他们拿眼睛望望我，
我会怕得不知朝哪里躲。

我会坐也不敢坐，
我会头发不敢梳，
我的手脚不知往哪里放，
我会心慌得不知咋个办才好！

——长诗之三《逼嫁》

但是这情怯怯意切切的哀告换来的却是爹妈阿哥无情的斥责和逼嫁。

这时的姑娘天真单纯宛如一只洁白的羔羊，希望通过咩咩的哭叫能打动豺狼的心肠，但是在爹妈阿哥为代表的冷冰冰的封建势力面前，她的性格有了初步的发展。她的头脑开始清醒过来，由求情变为说理，变为自觉地为争取自己应有的权利而努力——

我伤心地对爹妈说：
"阿爹阿妈呀，
我在家也没吃现成饭，
我做活不比哥哥差。"

"我和哥哥呀，
砍柴在一起，

割草共一处，
种田同一丘。

“哥哥挖田我做饭，
哥哥耙田我插秧，
谷子是搭伙种出来，
咋个不给我吃？”

“棉花是搭伙种，
咋个不给我穿？
房子是搭伙背草盖，
咋个不给我住？”

——长诗之三《逼嫁》

在姑娘合情合理的质问之下，哥哥无话可说无理可辩，他恼羞成怒，蛮横地用一些荒谬的歪理来胡搅蛮缠，竟然问姑娘老古时候哪个先挖田，哪个先栽谷，哪个先盖房，企图用远古的传说来解脱眼前的困窘。但是此时的姑娘再不是从前那个随便几句话就可以打发过去的姑娘了，她运用自己的聪明智慧和文化知识理直气壮地回答——

老古时候也有姑娘，
创造天地万物的是奥玛，
先挖田的是玛则，
先盖房子的是玛美。

种桑种谷的是我们女的，
我们都是措末迁的后代，
为什么我不得吃？
为什么我不得在？

——长诗之三《逼嫁》

奥玛、玛则、玛美都是女神，而且是开创天地万物各种文化典章和生产技艺包括挖田种地建屋盖房的大神。姑娘就是这样用自己的知识和智慧击败了蛮横的哥哥。这时爹妈只好用女儿出嫁是古规古礼不能变的话来压制姑娘，姑娘犀利地提出男女应该平等，对重男轻女的丑恶现象发出质问——

阿爹栽竹子，
不会栽出一节长一节短，
阿妈织麻布，
不会织出一处窄一处宽。

儿女都是爹妈生，
为什么姑娘不能守家？
儿女都是爹妈养，
要嫁为什么不把哥哥嫁？

——长诗之三《逼嫁》

这石破天惊的话已经不是一般性的论理，而是对整个封建婚姻制度和人权准则的质疑。姑娘提出的“儿女都是爹妈生，为什么姑娘不能守家？儿女都是爹妈养，要嫁为什么不把哥哥嫁”是争取自由人权维护人类平等的斗士的战斗宣言，它标志着姑娘的思想已经成长并成熟了，她已经从一个逆来顺受的小乖囡变成一个敢想敢说的具有独立人格的青年女性了。

封建领主制度是不会容忍姑娘这样的独立人格存在的，于是在她面前展开了一系列不幸的遭遇。长诗之四《结婚》、之五《受苦》、之六《怨愤》把这苦难的历程细细描绘给我们看，它把这颗善良美丽的灵魂放到地狱的毒火里熬炼，通过这苦难之火的煎熬，使姑娘这块金子闪现出耀眼的光芒。

姑娘被逼嫁到公婆家后，首先是受到人身歧视——

男人家是富人家，
富人家人多规矩也多。
他家老的有一层，
他家小的有一层。

见到小的要背要抱，

见到老的要让路让坐。
不得在男人面前走动，
不得同公婆一起向火。

公公骂，
骂我在他面前坐草墩；
婆婆骂，
骂我在她面前散头发。

三句话说不上就吐唾沫，
三句话说不完就拿棍打。
半点不顺他们的意，
我的皮肉就要开花。

（接着遭受奴隶般的折磨）

我小小的年纪啊，
就叫我干大人的活计，
月亮落还不得睡，
星星还在就得起。
……

鸡不叫就要我下箐底背水，
走路高一脚低一脚，
我背了三转水，
天色才发灰。

我人小，水桶比我高，
我力气小，背起又摔倒。
竹筒打烂了，
公婆嘴骂棍子敲。
……

我在男人的家，
天不亮，
就逼我在房前脚舂碓，
不知碓头碓尾。

天亮前，
饭米要舂七斗。
天黑后，
糯米要舂七斗。

我人小身子轻，
踩碓踩不起篾片高。
婆婆狗眼瞪着我，
男人揪着头发往墙上捣。

踩碓踩不起，
公婆想出鬼主意，
给我背上背娃娃，
脖子加两袋碎石子。

我虚汗像水淌，
死碓像公婆一样欺负我，
我眼睛发黑掼在碓上，
半天醒了心还慌。
……

公婆吃的是米饭和酒肉，
饭菜里有我的汗和泪，
公婆不准我吃饱，

我一天饿得眼里蚂螂（蜻蜓——引者）飞。

我肚子饿拿起筷子，
公婆把筷子打落；
我肚子饿端起饭碗，
公婆把饭碗夺去。
……

我去挖地下大凌（雾状霜凌——引者），
我无力挖地旮旯，
田里活计多得无法说，
公婆还要从早骂到日头落：

“你一天老是懒做活，
你再不好好的干，
就赶你到岩子头，
让老虎豹子把你拖！”
……

苦死苦活还不算，
男人又拿我出气，
一手指到额头上，
一手甩来打嘴巴。

我这苦命的小媳妇啊，
累瘦腰杆苦痛肋巴骨，
苦日子哪一天才出头啊！
这样苦下去要苦断骨头。

——长诗之四《受苦》

如果说婚前对重男轻女观念的反抗仅仅是姑娘发自人类天性的反应，

那么在饱受折磨之后，她的思想就变得深沉了。结婚嫁人本该是幸福快乐的，姑不论公婆丈夫是自己的亲人爱人，即便是寻常的乡亲邻里也不会对自己如牛马般虐待。姑娘苦苦地思索自己痛苦的原因——

我有一双手做活，
为哪样不得吃饱穿好?
为哪样连自己砍回的柴，
都不得烧来向向火?

我受苦受累，
没有人理我，
我挨打受气，
没有人来救我。

难道做媳妇的日子，
就是被卖掉的姑娘，
就该这样受折磨?
……

牛受苦，可到山上吃青草，
我受苦，只能守在男人家。
他家的人不把我当人，
他家的人不跟我说话。

我在他家孤零零，
只有门槛陪伴我，
只有锅灶陪伴我，
心中的话向谁说?
……

我有时想投河死去，

人见了会把我捞起，
我有时想仰药（服毒——引者）死去，
人发觉会把我解救。
……

狠心的爹妈呀，
狠心的哥哥呀，
是你们把我卖苦了，
是你们坑害了我。

——长诗之六《怨愤》

这时她得出的结论是买卖包办婚姻制度是万恶之源，它使亲人如爹妈阿哥丧失了人性，变成贪图钱财出卖骨肉的老虎，又由于这买卖包办婚姻，使本该是相亲相爱的丈夫和公婆把她不当人，而当作花钱买来的役使的牛马牲口和生孩子延后代的工具。

封建买卖婚姻制度是杀灭人性、毁坏人间美好事物的罪魁祸首，长诗得出的结论就是这样的制度应该反抗，应该推翻！这就是长诗的主题所在，由于这样的认识，长诗赋予了一般诗歌所不具的思想容量和社会容量，使它变得格外沉重，由此，它也拥有了较高的美学品位。

姑娘性格发展中最亮丽的一段是，她决然选择了逃婚的道路。尽管她深知这条路十分艰险，甚至可能付出生命的代价，但仍然坚定地走下去——

我要跑，我要逃，
他们不会对我轻饶。
就是被他们在路上打死，
我也不愿在他家活。

活不做他家的人，
死不做他家的鬼！
从此一刀两断，
从此远走高飞！

——长诗之六《怨愤》

至此，一个善良、勤劳、聪慧又倔强、勇敢、顽强的女性形象在我们面前站立起来了。逃婚姑娘——这一奇特又普通，具有独立个性又包容了千千万万像她一样反抗封建买卖婚姻的姊妹的性格塑造成功了。至于后面两节的描写，回到家中又遭爹妈阿哥的冷遇，走出家门到他乡帮工并与一位长工相恋，最后结成恩爱夫妻，过着虽然贫穷但却自由、幸福的生活等等，只不过是这一性格进一步的补充渲染罢了。

逃婚姑娘这一形象在哈尼族文学史中十分重要，她可称贝玛文学时代现实主义文学中最丰满、最完整、最动人的形象之一。她与所有传统文学的形象不同，完全是一个新人。她的命运就是千万个哈尼族妇女的命运，在她身上饱和着她们的血和泪，寄寓着她们的理想和希望。这一形象与现实生活水乳交融，呼吸与共，它直接来自生活，又反馈于现实生活。多少逃婚姑娘就是在这一形象的鼓舞下走上逃婚之路，又有多少正在遭受苦难的姊妹也在她的激励下准备踏上逃婚的征途。正如与她相爱的长工所说的——

你从男人家里逃出来，
你心里不要怕，
我们的祖先就是这样，
坝子过不下去只有上高山。[①]

你从家里跑出来，
不要再担心，
害人的古礼罪孽重，
条条祖规把人坑。

不是姑娘命该苦，
是你赶上了这世道，

① 哈尼族传说祖先们原住坝子，因受到其他民族欺压，只好搬上高山，日子反而一天天兴旺起来。

在你前头已有姑娘跑，
在你后头还有姑娘逃。
……

利刀难使水流断，
古时的规矩呀，
难夺你的自由，
你心莫冷呀莫忧伤！

大树砍倒了，
箐头的好花，
得露水吃了，
得太阳晒了。

你挣断身上的锁链，
从今以后啊，
可以自由了，
可以快快活活的做人家了。
……

——长诗之八《自由》

《不愿出嫁的姑娘》长诗中，除女主人公逃婚姑娘外，还有一些人物虽只是反衬角色，着墨不多，但也刻画得栩栩如生，性格突出。

譬如狠心贪财的爹妈和蛮不讲理的阿哥就很有个性。爹妈生下娃娃，首先要看是男是女，是男就倍加宠爱，是女则肆加轻视。最令人发指的是他们竟然为了钱财把亲生女儿当作商品出售。他们在金钱面前已经异化了，天然的亲情化为冰冷的利益，亲生的骨肉当作现金交易的货物。他们是封建制度的代表者，也是这一制度的受害者。

尤其作为母亲的“阿妈”这一角色，她自己身为女性，也曾被出卖过，可是在所谓“老祖先传下的铁规矩啊，就像火塘上的支锅石不能乱动”的陈腐观念支配下，变得毫无人性，从而变成维护封建规范的工具——

阿妈见我眼皮哭肿，
心软了一点来安慰我：
“姑娘大了要出嫁，
自古来大家都如此。

“姑娘到嫁时还是要嫁，
咋能一辈子呆在家？
就像阿妈我一样，
从别家来到你家。”

“老辈人这样走了，
你也要随老路行，
跟着阿妈的脚印走，
顺着阿妈的道路出嫁。”

——长诗之三《逼嫁》

她自己的人生已经毁灭，还要逼迫女儿走她的老路。这个人物的悲剧性和深刻性就在这里，这是一个被封建制度压迫得完全麻木了的形象，她才是一个最可怜的人。

在买卖婚姻这桩肮脏交易中，真正得到实惠的是阿哥。妹妹要留在家中，他不让，妹妹要分一份田地家产，他不让，虽然说这些财产是他和妹妹共同创造的，理应分给她一份。这是一个剥削者的形象。因为可以占尽便宜，可以通过嫁妹妹凭空获得全部家产（父母一死，家产全部归他），因而他唯恐妹妹不能早一天嫁出门去，他这种迫不及待的心情，通过与妹妹蛮横无理的诡辩表露得清清楚楚——

（当她说怕男人脾气坏挨打受骂时）

哥哥听了用好话哄我：
“你不要害怕，
去了他家不会打骂，
哪点不合只消用嘴说。”

……

（用假话哄妹妹不听，他竟然搬出老古经来压她）

哥哥蛮横地说：
“老古时候就有田地，
老古时候就有庄稼，
老古时候就有房子。”
……

“我问你，
是哪个先挖（田地）？
是哪个先栽（庄稼）？
是哪个先盖（房子）？”

（当妹妹说出最先挖田种地盖房的神全是女性时）

哥哥强词夺理：
“我能犁田耙地，
我能把田埂的草铲掉，
你们姑娘就做不好。”

——长诗之三《逼嫁》

当妹妹回答他这是男女分工的不同，他同样不会做挖地、栽秧、打谷子的活，尤其妹妹说他不会舂米，不会簸糠，不会煮饭，不会找猪草做家务事时，他只好闭嘴了。阿哥好不容易软硬兼施把妹妹嫁出去，当看见妹妹逃婚回到家中时，他恼怒了，不等妹妹喘口气——

哥哥冲出屋，
瞪着眼睛朝天骂，
“嫁出的姑娘泼出的水，
没有道理再回家。”

“我家的牛圈窄，
搁不下你的身子，
我家的马厩小，

放不下你的篾帽。”

——长诗之七《逃跑》

他把妹妹当作牛马看待，这是一个极端自私的人物形象。

公婆和丈夫则是一副奴隶主的嘴脸，他们认为媳妇是自己花钱买来的商品，爱怎么使就怎么使，爱怎样用就怎样用，完全不把她当人，更不把她当亲人看待。这在前引虐待姑娘的诗句中已看得很清楚，他们的思想在姑娘第一次试图逃跑，被抓回来后丈夫的话中集中地表现出来——

（丈夫）抓着我的头发拖回家，
关进牛圈又打又骂：
“烂婆娘像毛毛树上的果，
一文不值打死又咋个！”

——长诗之五《受苦》

这是一些金钱动物，完全丧失了人情、人性和人类起码的同情心，因此他们的性格中心就是残暴和野蛮，这是一些应该受到诅咒的人物。

《不愿出嫁的姑娘》刻画了一群性格鲜明的人物形象，通过他们的活动，有声有色地演出了这一幕人间的悲剧。

第三节　《不愿出嫁的姑娘》的艺术特色

情感激越，节奏简捷明快，语言质朴充满生活气息，是《不愿出嫁的姑娘》的三大艺术特点。

一、句句看来皆是血——强烈的感情色彩

《不愿出嫁的姑娘》篇幅虽长，但从开篇第一句到结尾最后一句没有一个地方不饱蘸着悲愤激越的感情。尤其他采用第一人称这种便于直抒胸臆的叙述方式，更使全诗富有强烈的感染力。之所以如此，是因为它是千万个逃婚姑娘和着自己的血泪唱出的心曲。

譬如长诗一开头就这样唱——

不知道是命运带来的，

还是从娘胎里带来的呢？
从娘胎堕下地，
我们姑娘啊就不算人。

不是命运带来的，
也不是从娘胎里带来的，
是阿妈生错了我，
阿妈就不该生姑娘。

——长诗之一《轻女》

这悲愤、怨艾的歌句，一开始就把人带到挣扎在重男轻女买卖婚姻重轭下的不幸姑娘面前，而且立刻被她悲怆愤懑的控诉所笼罩。由此开始，她一句句，一声声，从爹妈生下娃娃要看男女，是男就娇宠，是女就轻贱，一直唱到她如何在苦难中一天天长大、成人、又被出卖，受尽非人的待遇，最后实在忍受不了牛马般的生活而逃婚，逃回娘家又遭冷眼，最后外出帮工度日的全过程。而她人生之旅的每一程都是身上流着汗，眼里流着泪，心里流着血走过来的，每一步都是被强大而又丑恶的势力逼出来的。每一个有良心的听众（读者）都会被这颗纯洁、天真、赤诚、善良又饱受摧残的灵魂所打动，都会与她的每一声叹息、每一句倾吐共鸣。具体描述在前面介绍姑娘性格时已有较多引述，兹不赘述。

二、简捷明快、单刀直入的叙述风格

激越的感情倾吐容不得任何一点拖泥带水，因此全诗的叙述十分简捷明快，节奏感极强。如上引开篇的两段唱叙，开宗明义，一上来就点明主题是为女性鸣不平伸冤屈，这悲愤的歌声犹如给全诗定了调子，从此在这格调之下一贯到底。简捷明快的风格使长诗产生了强烈的节奏感，造成一种逼人的气势，形成了强大的艺术冲击力。

布局谋篇也体现了简捷明快的特点。全诗共八节 1800 行，笔墨集中在第三节《逼婚》和第五节《受苦》上，这两节计有 1000 余行，占全诗的大半。因为这是姑娘与封建势力的代言人爹妈、阿哥、公婆、丈夫正面展开思想交锋和行为冲突的部分，也是人物性格全面呈示的部分，所以在这关节处措墨如泼，而在其他地方惜墨如金，择要而言，这就使全诗笔笔见骨，字字珠玑，处处动人。

契诃夫说："简练是才能的姊妹。"《不愿出嫁的姑娘》就是哈尼族人民，尤其是哈尼族逃婚姑娘们巨大艺术才能的见证，她们确实是一批才华横溢的大艺术家。

三、语言质朴，富有生活气息

《不愿出嫁的姑娘》大量使用日常生活中的口语，极其质朴又富于生活气息，使表述绘声绘色。如描写爹妈的重男轻女——

爹妈疼爱儿子，
不乖时又哄又抱，
一下都不打，
一下都不骂。

爹妈不喜欢姑娘，
不是吼就是咒，
就像是骂猪，
就像是撵狗。

儿女一天天长大了，
儿子上坡阿妈牵着手，
姑娘上坡只有爬着走，
喊哑喉咙阿妈也不回头。

儿子是爹妈的宝贝，
吃饭阿爹捏饭团，
肚饿的时候，
阿妈嚼饭喂。

姑娘生来就是苦，

吃饱只是一时，
穿暖只是回把，
一年到头泪抛撒。

——长诗之一《轻女》

仅仅通过说话、走路、吃饭几个对比，就把爹妈重男轻女的情形活活生生地描绘出来了。

又如描写小媳妇才出嫁时的心态——

嫁到陌生的地方，
见到公公婆婆啊，
他们拿眼睛望望我，
我会怕得不知朝哪里躲。

我会坐也不敢坐，
我会头发也不敢梳，
我的手脚不知朝哪里放，
我会心慌得不知咋个办才好！

——长诗之三《逼嫁》

初做人妇的小姑娘胆怯、惊慌、手足无措的心情描绘得十分准确。

又如当姑娘不愿出嫁时，阿爹这样劝说——

我簌簌泪珠朝下落，
阿爹见了像是心有点软，
他咂了咂嘴，
说好话来劝我：

“小囡呀，莫嫌少，
我家没有多的给你，
你要哪样给哪样，
我们给不起。”

“有一套衣裳就不错了，

家里没有多的啦；
听爹妈的话，
乖乖的去吧！……”

——长诗之三《逼嫁》

几句描写把阿爹微微动了一点恻隐之心但又立即收回的情状细腻地刻画出来。通过这几句话，阿爹老实巴交的性格也跃然眼前。

这些语言明白如话，出句如在口头，看似信手拈来，率意为之，实则针针见血，句句如铁锤敲打般有力。

长诗还大量使用了起兴比喻的手法，使语言更富生活气息，更有表现力。起兴手法的使用如——

老鼠出嫁时，
老鼠就会跑了；
麻雀出嫁时，
麻雀也会飞了。

我们姑娘啊，
像小雀刚长毛，
爹妈就来打条了，[1]
爹妈要把我卖掉。

——长诗之二《卖女》

刚升起的太阳，
就被乌云遮住了；
刚露土的嫩芽，
就被土蚕吃掉了。

美丽的蚕豆花，
才刚开花结荚，
无情的冰雹呀，

① 打条：打主意。

就把它们打落地下。

我们没有长大的姑娘，
就像尾巴没出齐的小雀，
飞还飞不起来，
就是人家的了。

——长诗之二《卖女》

河边的树儿须根多，
须根多的树呀难生长，
须根多的树生长还不算难，
我在他家做人难上难。

——长诗之五《受苦》

河里点水雀没有窝，
没有窝的点水雀呀，
一天能够做个窝，
我没有能力盖个窝。

——长诗之六《怨愤》

比喻的运用——

我兄妹就像青枫树的桠枝，
一样的长短，
一样的粗细，
为哪样你们不一样看待？
……
房子坏了可以另盖，
衣服旧了可以另缝，
老祖公传下的铁规矩啊，
就像火塘上的支锅石不能乱动。

——长诗之三《逼嫁》

我恰似小雀被人提着，
脚上拴索索，

小雀啾啾的叫，
死挣活挣挣不脱。

——长诗之五《受苦》

我像小河上的木桥，
牛踩马踏人通过。
我像荒野里的芭蕉，
风吹日晒雨水堕（淋浇之意——引者）。

——长诗之六《怨愤》

类似的手法在长诗里随处可见，它们使长诗的语言色彩更为丰富、生动、形象。

第九章　寄寓着民族理想的民间传说

哈尼族定居于三江两山地域之后的上千年中，产生了大量反映生产生活、人情世态、社会风习和人与自然关系的传说，这些传说以神奇的风格释说着人类社会和自然环境中形形色色的现象。它们与古代神话一样，是一个解释系统，但与古代神话不尽一样，它同时是一个表达系统，因此它有着神话幻想性强，浪漫神奇的格调，同时也有着贴近现实生活，表达人们忧乐悲欢的现实感。

古代传说品类繁多，如习俗传说是释说习俗的成因的，风物传说是释说风物形成的，英雄传说是表现英雄好汉的壮举的，历史传说是释说历史事件演变的，人物传说是释说杰出人物事迹的，爱情传说是展现爱情美好的等等。这些传说叙述的对象和内容各不相同，但均以人的作为和情感变化为表现的中心，如释说山川风物成因的风物传说，并不单纯解释山川河流为何呈现如此状貌，而总是编织出一个动人的故事，讲述因为人（或人的变形的神仙鬼怪等）的活动，它才成为如此形态，其核心表现的还是人的种种作为和人的思想感情。

各类传说也不截然分开，彼此间时或交叉，时有关联。如某种习俗或某种环境的形成，可能是因某个人（当然他多半是个超人）的活动（或谈情说爱，或降伏魔怪）造成，因此它既是习俗或山川风物传说，同时又是英雄传说，当然在分类的时候，还要看它的侧重点是属于哪种传说，但有时彼此间并非泾渭分明。

本编第二章已介绍过开辟滇南的几类传说，它们集中地描述了哈尼祖先开辟家园的丰功伟绩，本章介绍习俗传说、风物传说、古代英雄传说、起义英雄传说和爱情传说。

第一节　习俗传说

哈尼族几乎每一种习俗都为一个或数个关于它的形成的传说，其中较著名的有《诗窝本》（丧葬的起源）、《莫搓搓的由来》《祭护寨神》《男扮女装祭护寨神的来历》《妇女左胸别针的传说》《木雀舞》《祭母》《秋千的来历》[①]《巴角芦》《爱尼人为什么拿泥巴、牛屎打新娘》《哈尼族女婿为何不上门》《爱尼妇女为什么穿短裙》[②]《洁白的帕崇》《三姊妹》《陆八吊线》等等。[③] 本处选介其中较有代表性的几篇。

一、《妇女左胸别针的传说》

哀牢山区的哈尼族妇女十分勤劳，休息时双手也不闲着，总在做针线活，一家老小的穿戴全是她们一针一线缝出来的。每个妇女身上都挂着一个小巧精致的银针筒，里面装着几颗针，又可作装饰，又很实用。但许多妇女们为了节省时间，干脆在左胸的衣裳上别上一根针，上面还绕着一根线，这样使用时很方便，久而久之，就形成了风俗。

对于这个体现妇女勤劳美德的习俗，《妇女左胸别针的传说》（白祖额讲述，阿罗整理）更作了艺术化的加工，把它升华到一个美的高度加以解释。其说——

哈尼山寨有一位美丽的姑娘名叫简收，她比所有的男人都聪明。

有一天，来了一位骑马的读书人，这是一个学问高深的名人，人称“约奎阿达”，就是“聪明汉子”的意思。他一见简收姑娘就问：“小妹妹，你上哪儿去？”“去干活，你去哪儿呢？”简收问道。“我准备去考官。”其实他是专门来会简收姑娘的，因为简收姑娘的名声超过他，他很不服气，准备来较量一番，简收

① 以上载《哈尼族神话传说集成》。

② 以上载《西双版纳哈尼族民间故事集成》。

③ 以上载《哈尼族民间故事》。

姑娘就和他斗起智来。

他问道："你天天挖地，一天挖几锄头?"简收姑娘反问道："你天天骑马，一天走几步?"

他回答不出来了。简收姑娘又问："你说说看，世上什么最甜最好吃?"他回答："最甜最好吃的是蜜糖。"简收姑娘说："错了，最甜最好吃的是阿妈的奶汁。约奎阿达，你是吃阿妈的奶汁长大的，怎么就把它忘了呢?"

约奎阿达难以回答，他知道简收姑娘的厉害了，调头就想走。简收姑娘进一步问："阿波，你再说说什么最长?"他一想："最长的是河水罗!""不对，河水再长也有尽头，人心最长，它永远看不透。"

约奎阿达知道简收姑娘在讽刺自己，很恼火，就拿出一根针送给简收姑娘，说："来，阿波帮你别在胸口上。"他想趁机把简收姑娘的心根戳断，据说人的聪明，是从心根上发出来的。"多谢阿波，我自己来别吧!"简收姑娘接过针别在胸上。约奎阿达诡计不得逞，只好垂头丧气地走了。

简收姑娘战胜了这位"聪明汉子"，为妇女赢得了美誉，从此男人们再不敢小看妇女了。

这个传说有很高的欣赏性，简收姑娘战胜约奎阿达凭借的不是一点小聪明，而是把机智、知识和道德、感情融合在一起的大智慧。她问约奎阿达什么最甜最好吃，约奎阿达回答"蜜糖"，这就使他的层次一下子降得很低，因为这仅是口感——生理需求的品位，而简收姑娘回答"阿妈的奶汁"，这就有永远不忘母亲的养育之恩，而且每一个人都依靠母亲的奶汁才能长大成人的含义，这就远远超出了生存需求的范围，一下子升华到伦理、道德和人类最美好的感情——母子亲情的高度。它显示了简收姑娘的道德力量和美德力量，这是任何人也无法战胜的。

因此，这篇传说虽然短小，而且仅仅解释妇女胸前别针这样一个细小习俗的成因，但却展示了哈尼族妇女崇高的道德品质和美好的心灵世界，在习俗传说中是难得的佳作。

二、《祭母》

顾名思义，这是一篇关于祭祀母亲习俗由来的传说。其说为——

从前在一个山寨里，有位寡妇领着一个儿子过活，生活虽然艰苦，但她把儿子视为掌上明珠，生怕他热着冷着，冬天半夜三更起来给儿子烧火塘，夏天领儿子在树荫下做活，儿子少吃一口饭，母亲就咽不下，儿子多吃一口，母亲就笑得合不拢嘴。

儿子长大后上山下田做活计，母亲虽然年迈体衰，爬坡上坎很艰难，还是坚持早一顿、晚一顿为儿子送饭。但是儿子心肠不好，送饭早了就要骂，送饭晚了就要打，母亲伤心得落泪，但还是继续送。

有一天，儿子犁完地坐下来等饭吃，看见一只老雀飞来飞去，忙着找食喂窝里的小雀，小雀眼还没睁开，全身光溜溜的，张着又大又红的嘴巴只顾等着老雀来喂。他触景生情，想到老母亲好不容易把自己拉扯大，自己不但不孝顺她，还虐待她，心里十分痛恨自己，决心痛改前非，好好孝敬母亲。

这时母亲送饭来了，儿子赶忙站起来，飞跑过去迎接。母亲看见儿子急匆匆地跑过来，以为今天又送晚了，又要挨打了，放下篮子折头就跑。儿子大声喊："阿妈，阿妈，你不要跑!"他的本意是怕阿妈跌倒摔着，阿妈以为他要追上来打自己，反而跑得更快了。一边跑，她一边想，自己为了这个儿子守寡二十年，舍不得吃，舍不得穿，一心为的是儿子，到头来落得挨打受骂的下场，真是命苦啊，这样活着有什么盼头，还不如死掉算了。这样跑着跑着，跑到河边，她一头跳进河里淹死了。

儿子赶到河边，阿妈早被大水冲走了，他捞来捞去，只从河里捞到一根木头，他就把这木头当成阿妈，扛回家供起来，天天对着它哭诉祭奠，请求阿妈原谅自己的不孝。全寨人原来很恨他，现在原谅了他，并把阿妈淹死那天——农历二月第一个属牛日作为祭母日，家家每到这一天就来祭祀自己的母亲，缅怀母亲对自己的养育之恩。这就是哈尼族的母亲节。①

这个传说在哀牢山地区几乎每个哈尼村寨都有流传，世世代代的哈尼人把它作为启蒙教育的教科书，在田间地头、家里寨边讲述，以教育年轻人孝敬父母，它是哈尼人敬老美德的体现。

三、《爱尼人为什么用泥巴、牛屎打新娘》

用泥巴和牛屎打新娘是西双版纳地区爱尼人的一种婚俗。对这奇异的习俗传说里这样解释——

爱尼山有位姑娘生得实在美，一天，媒人阿大上门来说亲，要把她说给财主追罗做儿媳妇。父母贪图追罗的财富，就答应了，女儿坚决不同意，而要嫁给自己的恋人。后来父母知道自己干了蠢事，很后悔，但是爱尼人说出的话是不能收回的，怎么办呢？姑娘就和自己的恋人商量。他们知道追罗的儿子只是贪恋姑娘的美貌，对她的心灵并不看重，于是想出一条妙计。

出嫁那天，姑娘的恋人约了一伙年轻人躲在路边，当迎亲队伍拥着新娘走来时，大家一拥而上，把牛屎、泥巴一齐扔在她脸上、身上，把美丽的新娘弄得十分难看。

新娘到了追罗家，追罗的儿子一看，讨来的是这么丑这么脏这么臭的一个新娘，正眼也没看她一下，就叫人把她撵出寨子，永远不准她上门。这样，姑娘用智慧躲过了灾难，嫁给了自己相恋的人。

从此，爱尼人就有了用泥巴、牛屎打新娘的习俗。②

这个婚俗传说的底蕴是在展示爱尼人对美的看法，追罗的儿子重视的是表面的漂亮，这样他就失去了一个获得真正美——心灵到外表——的姑娘为妻的机会。

这个传说轻松、调侃，具有喜剧色彩，读来令人赏心悦目。它开头让人为姑娘的命运担忧，接着为她和恋人出人意料的妙招叫好，同时对追罗

① 载《哈尼族神话传说集成》，刘诏祖讲述，朱建军记录，陈振中整理。

② 见《西双版纳哈尼族民间故事集成》，罗五讲述，门图搜集。

儿子的愚蠢给以嘲笑。

四、《爱尼妇女为什么穿短裙》

这是一个表现民族团结的习俗传说——

从前，爱尼和傣族是一家人，同住一地，同吃一锅，穿同样的衣裳，后来人口发展了，就开始分家。大嫂是傣族，她把做衣裳的布匹分成三份，自己拿一份，给爱尼弟媳两份，这样弟媳的衣裳布多，衣裳做得又宽又大，自己的布少，衣裳做得又紧又小。

爱尼弟媳过意不去，分做裙子的布匹时她来分，也是分成三份，不过自己只拿一份，给嫂嫂两份，这样傣家嫂嫂的裙子是长筒裙，爱尼弟媳的裙子是齐膝的短裙。①

爱尼人因在山上生活，为爬坡上坎方便，做成短裙，傣族因在平坝居住，而且气候炎热，所以穿筒裙。但是传说怀着团结和睦的美好感情编织了以上的情节，使人感受到人间的温暖与柔情。

五、《陆八吊线》

这是一个关于能工巧匠的传说——

从前有个工匠叫陆八，因为技艺高超，总爱听人夸奖，不爱听人家说自己的不是。有一次他造了一座桥，就每天坐在桥上，听过桥的人奉承他几句，他才自在。

这天来了个跛老头，对他不说半句奉承话，陆八一把扯住质问他为什么不美言几句？老头说："要说好听的，先让我看看桥好不好。"说着走到桥上看，边看边摇头，说这儿偏了那儿歪了，总之这桥根本不行，连一副担子都耐不住压。

陆八很不高兴。老头就同他打赌："桥被压垮，你做瞎子，桥压不垮，我做瞎子。"陆八答应了。

老头下桥挑来一副担子，上桥走了几步，桥就垮了。原来老

① 载《西双版纳哈尼族民间故事集成》，杨胜能搜集整理。

头是个天神，他的筐子里装着“多依岭”和“牛头峰”两座大山，那还有压不垮的？他是来教训一下陆八，让他谦虚点儿。

“怎么样？”他问。陆八是个硬汉子，输了就输了：“就让我做瞎子好啦！”

老头见他知道错，就说：“让你瞎一只眼吧，留下一只好在做活时吊线。”用手一指，陆八的左眼就瞎了。从此陆八吊线时只用右眼，但也准多了。

后来木匠石匠泥水匠吊线时就学着陆八闭起一只眼，这样划出来的线才准。①

这个传说教育人谦虚谨慎的用意是不言而喻的，这也是哈尼族德育教育的一种教材。

第二节　风物传说

风物传说的种类极多，有山川风物传说、气象风物传说、农耕风物传说、衣食住行风物传说、年节祭仪风物传说等等。如《红河与藤条江》，《云海的传说》《驿马坡》，《金鸡与龙马》《哈尼族的房子与茶树的传说》《普洱茶的传说》《爱尼人怎样学会跳舞》《牛腿琴的传说》《扎必的传说》《俄必的传说》《牛角号的传说》《彩虹是怎么来的》《马鹿村的由来》等等。限于篇幅，仅介绍《红河与藤条江》《驿马坡》《哈尼族的房子与茶树的传说》等三篇。

一、《红河与藤条江》

红河（元江）在云南省地理区布上是一条至关重要的河流，它将云南全境由北而南纵分为东西二境，因而它是云南的轴心。《红河与藤条江》的传说以拟人化的手法，把“红河然密”（红河姑娘）与“藤条江伙子”之间缠绵悱恻的恋情作为线索展开了一个浪漫的故事，实际叙述的是红河

① 载《哈尼族民间故事》，吴志明讲述，李荣光搜集整理。

和与之相伴而流的藤条江的地理联系。故事情节是这样的——

红河然密与隔山相望的藤条江伙子是一对热恋的情人，他们依照哈尼青年谈情说爱的规矩，相约去河口赶街。红河然密是德威海龙王（即洱海龙王）的小女儿，生得美丽无比，又十分调皮，她常常到哀牢山的高山峡谷中游玩。有一天，她来到他郎（今墨江县）街子上，正游玩间，看见人丛中一个膀宽腰圆的小伙子，这就是藤条江伙子。他俩相恋了，邀约着一起去河口赶街，这是情人间第一次约会，是一桩十分重要的事儿，于是红河然密起了个早，梳洗打扮一番就上路了。

到了相会地点，藤条江伙子还没有来，红河然密是个温柔多情的姑娘，知道小伙子十有八九是粗心人，既然等不到就生气走了。

太阳爬上了哀牢山藤条江伙子才醒，他见红河然密先走了，知道她生了气，就匆匆忙忙往前赶，高山呀，大岭呀，全挡不住他火爆的脚步。

红河然密到了河口，等了好一会儿，藤条江伙子还是不见踪影，就和一位小朝（越南人称中国为“大朝”，中国人称越南为“小朝”）姑娘玩耍去了，她有心气一气藤条江伙子，谁叫他这么粗心呢！但是她一边玩，一边心不在焉，她多想早点见到自己的恋人呀！

这时候前面响起了熟悉的巴乌声（一种哈尼吹管乐器，情人们相会时常吹），她知道这就是藤条江伙子，忍不住迎上前去，两个有情人终于汇合了。他俩一起唱着，玩着，来到宽广的大海边，就在那里成了家，至今他们还幸福地生活着呢！①

这个传说描述了红河的发源地是大理地区，即传说中红河然密是“德威海龙王的小女儿”，“德威”是哈尼族对洱海的称呼，哈尼族曾在洱海流域居住过，故用以形容红河的发源地。她在“他郎”即墨江县境遇到藤条江伙子，即藤条江的源头在墨江境内，两人相约赶街。红河然密先走，藤

① 载《哈尼族神话传说集成》，龙惹讲述，卢朝贵搜集整理。

条江伙子后到的情节，是哈尼人民根据两河虽然间隔很近，但始终不交汇，而是在一山的。两侧各自奔流的地理状貌所做的艺术加工。两人在河口赶街，即二江在河口交汇，最后注入太平洋。这是哈尼人对所居之地两大江流地理环境的认知，并将这一认知加以富有浪漫色彩的夸张。

这是一篇美好的传说，既传授了知识，讲清了地理，同时又展露了哈尼青年美好动人的恋情。用时下的语言，可以将这一传说归入科普文学之中，而且它将藤条江水深流急和红河江宽水缓的状貌加工为藤条江伙子的火爆脾气和红河然密的温柔多情，使人在学习知识的同时感受到许多美好的感情。因此，这篇传说兼有地理与文学两方面的价值。

二、《驿马坡》

易门是距云南省会昆明市东南一百多公里的一个县，地处滇省中心，自古是重要的南北交通孔道，曾是中国西南丝绸之路的一站。隋唐以后这里就是哈尼族先民的重要聚居地，《大明一统志》卷八六《云南府·易门县》云：“昔，乌蛮酋仲磨由男所居之地。”仲磨由是哈尼族有名的古代首领，即家谱中所记的“措末迁”或“操莫唉”，其后裔久踞其地。后其大部虽随着民族迁徙的浪潮迁往滇南，但明清之际仍有大量哈尼族聚居，易门县至今仍有部分哈尼族。

易门县自来就是马帮行旅过往通商的驿站和货品交易的市场，历史上曾有兴盛的马帮贸易进行，传说《驿马坡》就是对马帮最重要的交通工具马匹的描写。其说——

易门县城东南有个村寨叫驿马坡，为什么取这个名字呢？传说古代有个老人饲养着一匹母马，多年后生下一匹又瘦又小又难看的小马，老汉扔也不是，养也不是，很为难。

这时有家母子俩想买匹小马饲养，以便驮柴赶街方便，听说后，就用一只小猪和老人交换。换过以后，小猪没几个月就长得像小象一样，马呢，还是又瘦又小又难看。

这马不但瘦小，还特别脏，马屎裹在毛上，一团一团的，像挂了无数小果果。母子俩就把它拉到大河塘里洗。洗着洗着突然发现那一团一团的马屎被擦得像龙鳞一样闪闪发光，最后这匹马竟被擦洗得浑身亮闪闪，原来它是一匹雄骏的玉马！这一下引得周围村寨的人都来观看，大家赞不绝口，因母子的村寨在山坡上，就把寨子叫作“玉马坡”。

这个村寨很闭塞，出门就是高山大箐。儿子骑上玉马出门去，谁知这玉马竟像闪电一般飞腾起来，它日行千里远，夜行不用灯，翻山如平路，过河不用桥。儿子骑着它跑到省城，一天就踏出从昆明到易门的道路。他又骑着它跑到昆阳海，又踏出易门到昆阳（昆明属县）的道路。他又跑到峨嵋（今峨山县）、双柏（今双柏县）等地，又跑出许多道路来，易门一下子变成四通八达的地方，各地的人都来赶街做买卖，玉马坡成了繁华热闹的驿马站，人们干脆称它为驿马坡。①

这个传说曲折地记载了哈尼族很早就在滇中腹地从事马帮贸易活动的历史。云南之境，高山横陈，大谷纵贯，四塞之区，古代一切与外界的沟通交流全赖马帮，这个传说记载了哈尼族人民开凿道路，沟通四方的业绩。它同时对云南马的特征作了记述。云南马虽然个头矮小，但惯于爬坡上坎，耐性极好，这是任何外来马匹无法比拟的，西南丝绸之路的交通主要就仰赖云南马的驮运。

当然，母子俩在大河塘里擦洗玉马的情节也表现了马帮之家勤劳的美德，这一情节同时还隐含着哈尼人对云南马种培养的贡献。

三、《哈尼族的房子与茶树的传说》

三国时，蜀相诸葛亮为平定西南少数民族地区以集中精力对付曹魏，“五月渡泸，深入不毛”，亲征云南，史载有“七擒孟获”的故事。因诸葛亮采取了正确的方针，不是仰仗军事上的优势，而是攻心为上，以德服人，故其影响在云南各少数民族中历久不衰，而且逐渐神化，甚至在他行迹未及的地区也有许多关于他的传说，这是云南少数民族与中原汉族长期文化交流的结果。诸葛亮未曾到过西双版纳地区，然而这一地区各民族，如哈尼、傣、布朗等族民间也有许多歌颂他的传说，《哈尼族的房子与茶

① 载《哈尼族神话传说集成》，张保信讲述，尹克富、陈金凯整理。

树的传说》[①] 就是其中之一。这个传说是这样解释哈尼族（爱尼人）住房的型制与茶叶种植的形成的——

蜀国丞相孔明听说西南边疆的大山中生活着一种叫雅尼（爱尼人自称）的人，他们在老林深处安家，使用的工具非常落后，但对人非常宽厚，而且勤劳勇敢。孔明很想见见这样的人，就来到云南。一路上他听人们说雅尼非常原始野蛮，但是这些话动摇不了他要见雅尼人的决心，他继续走，一直来到爱尼山。

谁知这爱尼山是个百花盛开，飞鸟鸣唱，人情如火的好地方，一点不像人们说的那样原始野蛮。雅尼人给孔明看了自己打造的各种工具，其中有一种双面斧，很叫孔明惊奇，他称赞说："这种斧子又能劈柴又能凿洞，看来还挺先进呀！"

那时雅尼人正在盖房子，这种房子矮小难住，又不隔热防潮。孔明想教他们盖一种高大宽敞的住房，又怕说不清楚，因为雅尼话不好学。他就摘下帽子，叫雅尼人照着帽子的样子盖房。他的帽子又高又大，雅尼人照着盖出的房子又高大又宽敞，又隔热又防潮，下面可以关猪鸡牛马，上面可以住人，雅尼人很高兴。

住了几天，孔明要走了，雅尼人舍不得他，送了一程又一程。后来孔明说："弟兄们，别送了吧，我把这个送给你们作纪念吧，以后见了它，就像见到我一样！"

说着把自己的拐杖插在地上，就和雅尼人告别了。

谁知这根拐杖竟然长起来，春天来到的时候，长成一棵绿莹莹的树，树上枝繁叶茂，十分可爱。有人摘片叶子放进嘴里嚼嚼，满口清香，又很解渴。后来雅尼人就把这种树叶摘下来煮水喝，味道比什么都好。这棵树就是茶树，树叶就是茶叶。

从此，雅尼人就学会了栽茶种茶制茶，爱尼山就成了有名的茶山。

关于雅尼人栽茶的传说，与此相似的还有一种，说孔明带兵到爱尼

---

① 载《西双版纳哈尼族民间故事集成》，高和搜集，林章整理。

山，士兵们水土不服，生了眼病，孔明就插杖植树，用树叶煮汤水给他们擦眼，眼病就好了。后来稚尼人也学会了这个办法，逐渐演变成栽茶种茶。

诸葛亮征云南，功过如何姑且不论，但客观上安定了边疆，交流了内地与边疆的文化，他实行的政策甚为云南各民族折服，成为千载之下的万众口碑，说明他的作为是成功的。爱尼人把住房与种茶的缘起归于孔明，正是对以他为象征的不同民族文化交流的缅怀与纪念。

哈尼族是中国人工栽培茶树最早的民族之一，世界上树龄最古老的野生茶树王（1700 年）就生长在勐海县巴达爱尼山上，被国际茶学界誉为“世界茶树王”的树龄最老的人工栽培茶树（800 年），也生长在同县的哈尼山乡南糯山上，它们都是哈尼族栽茶历史的见证。《哈尼族的房子与茶树的传说》就流传在南糯山地区，它形象地记载了哈尼族栽种茶叶及与内地民族文化文流的历史。

第三节　英雄传说

哈尼族的英雄传说很多，其中的英雄好汉各赋奇才异能，有的身怀绝技，有的力大无比，有的机敏过人，有的时有神助，皆非常人可比。尤其起义英雄传说，更是在民间广为流传。英雄们身上寄寓着哈尼人战胜自然和社会丑恶势力的希望和力量。

此处分两类介绍：一类是传奇式英雄传说，一类是起义英雄传说。

一、传奇式英雄传说

1.《蒙居红特》

这是解释红河南岸一座高山“蒙居红特”（飞马山）由来的传说——

牛斗龙冲是位大力士，但是土司不知道他的厉害，雇他当帮工。算工钱的时候土司想耍滑头，答应给牛斗龙冲大米，但要他一下子背走一囤箩，而且不准歇气，否则一颗米也不给。一囤箩米少说也有五六百斤，他想牛斗龙冲是背不动的。

谁知牛斗龙冲毫不费力地把囤子整个儿背走了，土司派人一路跟着去看，回来报告说，牛斗龙冲嫌米囤子太轻不够劲，半路上还加了块大石板。土司大吃一惊，知道牛斗龙冲的能耐了。但是他从此如芒在背，处心积虑非把牛斗龙冲整死不可。

他派出大批兵马去捉拿牛斗龙冲，乡亲们都来帮牛斗龙冲，但土司兵太多，抵挡不住。后来牛斗龙冲钻进山沟，土司兵把山洞围了三天三夜，第四天一匹骏马跑到洞口，牛斗龙冲垮上了马背，飞到蓝天里去了。从此，人们就把这座高山叫"蒙居红特"——飞马山。①

2.《正月年的传说》

这个传说是解释哈尼族在正月里摆街心酒（各家端一桌酒菜到街心聚饮以纪念英雄奇尼）习俗的——

种田人奇尼出自好心把一个流浪汉带回家招待，谁知流浪汉是个魔鬼，把奇尼的爹妈吃了，奇尼逃出来，决心为父母报仇。有一位老人的女儿被魔鬼抢去了，奇尼准备也把她从魔爪下解救出来。他从江心漩涡里拿到一把神剑，就有了斩妖擒魔的力量，又在姑娘的帮助下把蜈蚣放进魔鬼肚里。蜈蚣在魔鬼肚子里乱钻乱咬，他趁魔鬼疼痛之机杀死了魔鬼，为父母报了仇，救出了姑娘，也为乡亲们除了祸害。为了纪念他的功绩，人们在正月里摆酒庆功，为自己的英雄开怀畅饮。②

3.《山神资车》

这是一个解释红河、元江一带哈尼族祭祀山神以乞丰年的传说——

红河、元江两县之交有座大山叫阿波雷山，山上的鬼王每年带领千百个小鬼前来抢劫哈尼人的劳动果实——趁谷粒饱满之际收走它，使其成为秕谷。哈尼人吃够了它们的苦头。

英雄资车惯会降妖伏魔，他用黄泡刺把鬼王打倒，又用锯镰（哀牢山地区哈尼族常用的镰刀，刀口呈锯齿状，极锋利）割下

① 载《哈尼族民间故事选》，李泽沙讲述，李期博、杨华搜集整理。

② 载《哈尼族民间故事选》，扎陆讲述，钱存广、李荣光搜集整理。

鬼的四肢，所以一切大小鬼怪无不害怕。他一年复一年，保护着哈尼人的谷子，不让魔鬼来抢收，乡亲们于是一年一年过上了富裕的日子，他们年年送酒肉给资车吃，好让他安心撵鬼。

俗话说，富日子会使人心变坏，天长日久，哈尼人慢慢把资车忘记了，只顾自己过好日子，不再管资车是否口渴肚饿。日子一久，资车饿得站也站不起来，更不用说撵鬼了。

阿波雷山鬼王听说这个情况，不再害怕资车，它集合起大鬼小鬼，又来抢哈尼人的谷子。哈尼人收回谷子，发现全是秕谷，这才想起资车来，他们深深懊悔自己忘恩负义的行为，赶忙抬着丰盛的酒肉去向资车赔礼道歉。资车真不愧是个大英雄，他不跟乡亲们计较，吃饱饭，又去撵鬼，这样才保住了丰收。

从此，哈尼人每年都要祭祀资车，他就变成了阿波雷山的山神。①

这三个传说代表三种不同类型的英雄传说，《蒙居红特》中的英雄是力量型的，《正月年的传说》中的英雄是道德型的，《山神资车》中的英雄是善良型的（对哈尼而言，对魔鬼则是凶狠的），它们分别代表着哈尼族性格中的不同侧面，通过它，我们看到了哈尼人的心灵、智慧和力量。

二、起义英雄传说

哈尼族历史上出现过许多反抗土司暴政、率众造反的英雄，其中影响最大的是清代咸丰年间（公元 1855 年）在镇沅、墨江一带起义的田政和 1917 年在元阳起义的多沙阿波，此外还有称为“窝尼王”的惹达等起义领袖也很有名。这些起义虽然都失败了，但它产生的政治、军事的冲击力，在当时都震动了朝廷，有力地打击了封建统治，显示了哈尼族人民的力量。随着时光的流逝，英雄们的事迹不但没有泯灭，反而形成许多脍炙人口的传说在民间广为流传。这些作品虽然艺术上没有更多的成就，但它们塑造了一个个人民起义英雄，宛如一盏盏闪亮的明灯，照亮了封建社会漫长而漆黑的暗夜，使哈尼人民看到了希望的光。

① 载《哈尼族民间故事选》，白祖博讲述，黄世荣搜集整理。

现选介几则田政和多沙阿波的传说。

1.《威震四迭岩》和《痛骂关公》

田政起义长达二十年之久，活动范围有上万平方公里，且与太平天国相联络，影响十分巨大。关于他的传说很多，著名的如《严惩吴老八》《威震四迭岩》《白旗下坝》《骂阵》《巧退敌兵》《白马》《痛骂关公》《智取通关哨》《枪打黑脚杆》《坚守过得岩》等，下选介两篇。

《威震四迭岩》——

田政的老营在四迭岩山上，官军常来袭击。有天夜里，义军都睡着了，敌人来偷袭，哨兵发觉时敌人已冲上了石阶。哨兵忙叫醒田政："大帅，敌人已经冲到洞口了！"田政不慌不忙地从床上坐起来，说："洞口离山顶还有一截路，不怕。"后来哨兵又来报告："大门被烧着了！"田政还是不紧不慢地扣着纽子说："烧着大门了？好啊！"边说边卷起袖子，走到门口，叉开双腿，举起一个装满十八挑水的大青石缸，连缸带水朝迎面冲来的官兵砸去，只听见"轰隆"一声，又像打炸雷，又像下暴雨，大门的火眨眼就熄了，门外的八十个官兵来不及喊一声，就被砸成了肉酱。田政大叫："抬我的三星叉来！"三个义军扛过重当当的三星叉来，他一把抓起，像玩火柴棍一样挥舞起来，带领士兵向山下冲去，杀得官兵尸横遍野大败而逃。①

《痛骂关公》——

田政被清廷害死后来到阴间，关公久仰他的大名，忙出来迎接，亲自给田政松绑，想请他做一员大将，共享荣华富贵。田政正眼都不望关公一下，大骂道："瞧你的样子，在阳间过五关斩六将除奸臣时，还像条汉子，想不到在阴间做了几天官，有钱人给你盖了间破庙烧了两炷香，你就做了他们的看门狗！"几句话把关公的红脸骂成灰脸，只好把田政的魂杀害了。②

2.《石击良子军》

1917 年，元阳县猛弄土司属下多沙寨 18 岁的女青年卢梅贝率领千余

① 云南省社科院民族文学所编印《云南少数民族文学资料》第 2 辑，第 9 ~ 10 页。

② 云南省社科院民族文学所编印《云南少数民族文学资料》第 2 辑，第 9 ~ 10 页。

哈尼族人民揭竿起义，一夜之间攻占“皇封世袭猛弄司署”土司衙门，数天中聚众上万，江外（红河南岸）土司吓得纷纷逃到江内躲避。卢梅贝声名鹊起，哈尼族人民把最高的荣誉给了她，称她为“多沙阿波”（“阿波”是对男性长辈的称呼，意为“阿爷”，“多沙阿波”即“多沙寨的阿爷”）。省城昆明为之震动，军阀唐继尧急派军队前往元阳镇压，哈尼族称之为“良子军”（哈尼语称军队为“良子”）。多沙阿波的传说之一《石击良子军》就反映了多沙阿波义军与唐继尧“良子军”的战斗——

江外土司们害怕多沙阿波，纷纷跑到省城搬救兵，大军阀唐继尧就派了三路良子军前来镇压。良子军身着白色军服，抬着法制洋枪洋炮，浩浩荡荡来到元阳县，多沙阿波看见敌人来势凶猛，下令退回大本营。

大本营前面有个茅山寨，寨子背靠高入云霄的石壁，寨前是万丈深渊，只有一条小路通向原始森林，多沙阿波看好这一地势，下令用大批野藤拴起无数大木头，横吊在路边陡坡上，再在木头上码起块块巨石，摆下了一个可怕的“飞石阵”，然后派一支小部队进攻猛弄司署，把敌人引上钩。

良子军根本没把多沙阿波放在眼里，一路追赶着义军，来到茅山寨前，听见寨里敲铓打锣，就猛扑过来，想把义军一口吞掉。

这时多沙阿波挥动大刀，猛喊一声：“砍！”义军迅速砍断藤子，顿时山崩地裂，尘土飞扬，石块木头像瀑布一样倾泻下来，把良子军砸得血肉横飞，三百多人只剩三五个手断脚跛地跑回去了。①

这三篇传说生动地塑造了两个起义英雄的形象，前两篇中的田政是个具有将帅之才、临危不惧、指挥若定的人物，正因具有这样超人的秉赋，他的义军才可能坚持20年不败。《痛骂关公》描述了他大义凛然、造反到底的精神，尤其用家喻户晓的关公来做反衬，更显出哈尼英雄的高大完美。后一篇中的多沙阿波是个智勇双全的领袖，她的智慧与胆识绝非寻常

① 《哈尼族民间故事选》，涅努巴西搜集整理。

之辈可比。

三篇传说情节紧凑，描述生动，表现了哈尼族英雄传说塑造人物性格的特点。

第四节　爱情传说

爱情是人生的蜜，它使哈尼人的生活变得甜蜜芳醇。爱情传说对爱情这美好的人生历程给以艺术的歌颂，更增添了爱情的亮丽色彩。

哈尼族的爱情传说美丽而温馨，数量既多质量亦高，如《孤儿和秀墨姑娘》《野蔷薇》《鹅姑娘》《桃花马》《阿表与龙女》《百鸟衣》《小红鱼》《牧童》《红鱼姑娘》等都是其中的名篇。故事里的男主角或是农民，或是猎手，或是帮工，或是孤儿，他们都是一些平凡的劳动者，但都具有勤劳、勇敢、诚实、善良的品质。女主角多是龙王公主，或干脆就是人间公主，或是女神，或是仙女，或干脆就是某个村寨里的姑娘，她们美丽、大方、善良，同时机智、能干，或有某种异能。她们爱慕男主角，并以自己的力量帮助他战胜邪恶，最后结成美满的夫妻。因而这些传说故事是哈尼族社会爱情婚姻的写照，更是他们对人生理想的追求。本节介绍其中的两篇——《孤儿和秀墨姑娘》《野蔷薇》。

一、《孤儿和秀墨姑娘》

这是长篇爱情传说的代表之一，其情节跌宕结构复杂，人物在层层叠叠的演进中展现了丰满的性格。

它说道——

太阳和月亮的女儿秀墨姑娘（即北斗星姑娘）倾心于勤劳善良的爱尼小伙子孤儿，就来到人间向他表达爱慕之情，孤儿也爱她，但又怕自己贫穷无法养活她，秀墨姑娘就拿出七块钱要他买猪买酒，这七块钱用完又有用完又有，无穷无尽，于是他俩过上富裕的生活。

头人资波羡艳秀墨姑娘，总想把她弄到手，就和孤儿约好斗鸡，如果孤儿失败，秀墨姑娘就得给他做老婆。秀墨姑娘招来一只野猫，把它变成小公鸡去与资波的红冠大公鸡斗，小公鸡像野猫一样凶猛，一口把大公鸡啄死了。资波又要和孤儿斗猪，秀墨姑娘又把一头野猪变成小猪，又把资波的大公猪咬死了。资波又和孤儿斗牛斗马，他的大牛大马全让秀墨姑娘用野牛老虎变的牛马斗败了。狡猾的资波不甘心，耍了一个花招，送给孤儿一面大鼓，自己躲在里面偷听，知道秀墨姑娘一闻到糊蛋壳的味儿就会回到天上去，就烧鸡蛋壳，这样秀墨姑娘只好回到天上去了。

孤儿对秀墨姑娘一往情深，他骑上马，带上撵山的猎狗不远万里去找自己的妻子。他在路上遇见两块巨石相互碰撞着拦住路，就抓出随身带着的橄榄，左一把右一把地撒，两块巨石各自争着去抢橄榄吃，他趁机冲了过去，结果猎狗被夹死了。他就把猎狗送给萤火虫和蜜蜂做食物。过一条滚烫的河时，马被烫死了，他又把它送给猴子度饥荒。后来他无法走过漆黑的石林，萤火虫就来帮忙，照着他走了过去。孤儿终于来到太阳的宫殿。但是太阳不愿让自己的女儿再到有资波这种坏人的人间去受苦，经不住孤儿再三请求，就同意考考他再说。太阳叫九十九个宫女一齐从窗口伸出手指来，叫孤儿辨认哪个是他的妻子，孤儿就请蜜蜂来帮忙，蜜蜂落在秀墨姑娘手指上，孤儿认出了妻子。太阳又把孤儿灌醉，叫他在二更天必须敲响一面铜锣，孤儿请猴子来帮忙，按照太阳的规定敲响了铜锣。太阳只好让他领回妻子。但是他叫孤儿回去看看资波死了没有，死了再来接妻子，并给他一包菜籽，叫他边走边撒好认路，孤儿不知是计，照着撒了，结果菜籽撒过的地方长出巨大的森林，阻隔了天地，他再也走不到天上接妻子，夫妻俩只好在晴朗的夜晚用眼睛脉脉相望。①

二、《野蔷薇》

这个传说与上一个相反，它是短篇爱情传说的代表，这类故事不以情节胜，而以抒情胜。它说——

① 载《哈尼族民间故事》，云南人民出版社 1985 年版，朗确搜集整理。

在一个山寨里有个青年叫巴扎尔，吹得一手好芦笙，他的芦笙不但人爱听，连树木花草鸟儿野兽都爱听。巴扎尔虽然贫穷，但非常爱种花养草，特别爱栽蔷薇，有一次他打猎时在深山老箐里看见一棵特别茂盛的蔷薇花，就把它移栽在自己的竹屋前，并加以精心爱护，很快蔷薇花盛开了，美丽醉人的花朵点缀了他的竹屋。

有天夜里，在皎洁的月光下，巴扎尔背靠竹篱，吹起了芦笙，正吹着，听见有个优美的声音远远地与他的芦笙相伴着，这是他从未听到过的婉转动人的歌声，那歌声温柔而又甜蜜：

红河流的是我们的水，
天空飞的是我们的鹰，
我的心啊，
爱的是阿哥这样的人……

巴扎尔听入了迷，到处寻找找不到人。第二天他又继续吹芦笙，看见蔷薇丛中走出一位美丽的姑娘，她生着玫瑰般的脸蛋和清泉样的眼睛，柔软的金头发像阳光一样闪亮，她整个叫人想起春天的情景。

巴扎尔惊喜地问她是谁，说他疯狂地爱上了她。她说自己就是他亲手栽下的野蔷薇花，爱他的勤劳勇敢和美好心灵，来与他做伴，但是太阳升起的时候，她还要变成一朵蔷薇花。巴扎尔问怎样才能不变成蔷薇花，姑娘说，清晨他能在蔷薇花丛中把她认出来，她就不再变成蔷薇花，如果认不出来，她将凋谢死亡。

第二天清晨，巴扎尔来到蔷薇花前，只见千百朵蔷薇花竞相开放，他再睁大双眼也认不出姑娘是哪一朵变的，他伤心极了。这时他心里灵光一闪，啊，所有的蔷薇花都露水盈盈，只有一朵却没有露水，莫非她就是自己心爱的姑娘，因为她昨晚在他的竹屋里，没有被露水打湿。他指着它叫道："就是你！"这时奇迹发生了，那朵鲜艳的蔷薇花落了下来，变成他日夜思念的姑娘，他们就结成夫妻，唱着快乐的歌儿，过着幸福的生活。[①]

① 载《哈尼族民间故事》，云南人民出版社 1985 年版，爱涛整理。

这两个传说具有哈尼族爱情传说的共同特点，就是如诗般优美，它把哈尼族青年美好的爱情用美妙的艺术方式讲述出来，使人被荡漾于其中的柔情和挚爱深深打动。

第一个传说中的孤儿具有十分单纯朴实的品质，这从他对秀墨姑娘给他七块钱要他去买大猪打很多酒表示不理解，他总是被头人资波说动斗鸡牛猪斗牛马，以及他坚决去找妻子，哪怕千难万险也不顾的情节描写中可以看出来。他憨厚得可爱，老是上资波的当，要是没有秀墨姑娘的帮助，他早就陷入困境难以自拔了。这样的哈尼族小伙子在现实生活里常常可以碰到，他们往往仗义而往，不计利害，因而也常常吃一些坏蛋的亏，这是孤儿性格中的第一层。第二层是他善良，死去的猎狗和马匹，他都送给正在闹饥荒的蜜蜂、萤火虫和猴子做粮食，这反映了哈尼人助人为乐的精神。孤儿性格中的第三层是他的机智，这机智与憨厚原是相互冲突的，但在爱情力量的催化下它却燃烧起来，以致助他战胜了巨大的困难，如他用抛撒橄榄的方法通过巨石的撞击就是这方面的例子。

这个传说篇幅长、情节曲折、多层面地展开描写，人物性格丰满，《野蔷薇》篇幅短小，但抒情性强，只在一个点上展开淋漓尽致的描写，但也同样动人。

这个传说如诗如画，意境极美。对主人公巴扎尔的描写采用多侧面进行，如他会吹芦笙善打猎，表明他是一个多才多艺的有本事的人，他又爱花，表明他心灵的优美，他能根据蔷薇花的带露不带露分辨出哪个是心爱的姑娘，表明他富有智慧。蔷薇花姑娘的形象更迷人，她是花神，美丽、温柔、多情，她的到来是在薄雾中，在隐隐约约的歌声中姗姗而来。她是一位至情至性的姑娘，为爱情而生长而生活，她爱巴扎尔的勤劳勇敢来到他身旁，为爱情的得不到回报而死亡（如果巴扎尔认不出她，她将凋谢）。这是一颗多么美丽的灵魂，这是一个多么动人的形象，她永远与鲜花、生命、皎洁的月色、婉转的歌声、与春天悸动心灵的气息相联系，她是美的化身。

这两个传说各自代表一类爱情传说，从中可以看出女主人公在争取爱情时是主动的，这与现实生活中哈尼族姑娘们热烈而优美的感情相吻合，她们敢于追求爱并善于表达爱，这是她们恋爱生活的浪漫写照。

第十章　绚丽多彩的民间故事

在哈尼族文学里，形式最自由、内容最丰富，因而数量也最庞大的文学种类是民间故事。因为故事这种形式不受任何约束，既可以直接反映生活（生活故事），也可以间接反映生活（神奇故事）；既可以在里面开怀大笑（讽刺幽默故事），也可以在里面怒目以对（批判性的故事）；既可以满足一般听众的共同要求（老少男女咸宜的故事），也可以满足特殊听众的特殊要求（适宜男女青年的爱情故事）；既可以发泄百姓对官府土司的反抗和不满（讽刺故事、起义故事），也可以表达对人民缺点的善意劝谕（讽刺故事中带有教育意味的训世故事）；它爱怎么讲就怎么讲（神奇故事有极强的幻想性），想要什么就是什么（故事里的财富宝贝伸手可得）。因而它与人民的心灵最贴近，最适宜在民间流传。它用不着去解释什么（如传说那样），只需要津津有味地去讲就是，只要听众爱听就成。当然，因为数量众多，只有那些千锤白练、引人入胜的故事才得以流传至今，本章介绍的就是这样的作品。

限于篇幅，这里只介绍神奇故事、生活故事、讽刺故事和寓言故事四类。

第一节　神奇故事

哈尼族是一个富于幻想的民族，这从第一编介绍的大量神话传说和巨型古歌可以见出，这些神话传说启蒙了贝玛文学时代的文学创作，反映出来就是一大批浪漫迷人的神奇故事。哈尼族的神奇故事内容很丰富，表现手法也多种多样，其中最有特色的是“退西退列烟嘎”，即“起死回生宝贝的故事”。其特点在故事中的主人公总会找到一件起死回生的宝贝，这种宝贝通常是一根棍子，一头起死回生，这是专门用来解救好人的，一头令人致死，这是专用以对付坏人的——哈尼族人民的爱憎就是如此分明地体现在故事中。

神奇故事中，较有代表性的作品有《桑爬为民除害》《阿培和妖精婆》《俚阁与尼莫姿嘎》《鹅姑娘》《奇异的鹅蛋石》《屈玉纳绍阿李》《龙马》《不死草》《阿库拉鲁》《波者和他的儿子》《红花仙女与吴大黑》等等。此处介绍《桑爬为民除害》和《奇异的鹅蛋石》两篇。

一、《桑爬为民除害》

这是流传在西双版纳州勐海县的故事。其说——

桑爬是个本领高强的小伙子，喜欢到处游走，擒妖杀魔，为民除害。有一天他来到一个山寨，见寨子空空，只剩一个躲在猪槽里的姑娘。姑娘告诉他，鸡叫头遍会有蟒蛇来，晒白布会有老雕来，舂碓会有狮子来，这些妖怪把全寨人吃光了，只剩她躲过灾难活下来。

桑爬就打了九把快刀摆在大路上，又造了一把硬弩，等着妖怪。

鸡叫头遍的时候，一条巨蟒爬来了，但是嚓嚓嚓几声，它被快刀砍成九节死掉了。桑爬晒出白布，老雕飞来了，他一箭射穿了它。桑爬又舂起碓，狮子跑来了，桑爬一刀砍下它的头，但是头一落地，马上又和身子接起来，几次之后，狮子逃走了。桑爬穷追不舍，只见狮子跑进一个山洞，那就是它的窝。他听见狮子对小狮子说：“今天差点保不住脑袋了，还好那人的刀上没有抹鸡屎，有就不会活着回来啦！”狮子又告诉小狮子，万一它的头被人砍下来，就用家里的宝棒根指着说声“活”，它就会活过来。

桑爬就用鸡屎抹在刀口上，等狮子出来就砍下它的头，又跑进洞去抢到那根宝棒，然后回到山寨把被妖怪杀死的人全部救活了。做完这些，他又继续四处游荡，杀妖救人去了。[①]

二、《奇异的鹅蛋石》

故事说——

从前墨江地方有个小伙子，和爷爷在一起过着苦日子。有一天，他到河滩上放牛，看见有个亮亮的鹅蛋石（鹅卵石），像皮球一样跳个不停，就把它捡回去放在墙角里。第二天墙角里竟生出一大堆谷子。爷孙俩不知谷子是打哪儿来的，就把鹅蛋石放到另一个墙角，免得它拌在谷子里，谁知第三天那里又生出一大堆谷子，他俩才知道鹅蛋石原来是个宝贝，能生出谷子。这个鹅蛋石很听小伙子的话，要生出多少谷子就生出多少谷子，叫它别生了，马上停止。爷孙俩把大堆谷子分别送给穷乡亲们吃。

消息一传传到头人耳朵里，他派人去抢鹅蛋石，不料小伙子放牛时把它带去了，他们恼羞成怒，把爷爷打得死去活来。

小伙子回来后一看爷爷被打成这样，决心找头人报仇，他带上鹅蛋石来到头人家，叫声“涨”，谷子像洪水一样涌来，把头人一伙淹死了。[②]

这两个神奇故事分别代表两种类型，前者以人与大自然的斗争（战胜巨蟒、老雕、狮子）为主题，后者以人与人的斗争（战胜头人）为主题，但都通过曲折的故事和丰满的人物表现出来。

《桑爬为民除害》属于“退西退列型”的神奇故事，起死回生的宝棒在故事里的作用很大，它是神奇故事的“眼”，它一出现，整个故事就浪漫生动起来。《奇异的鹅蛋石》中的“眼”是鹅蛋石，它具有神通，善解人意，是主人公制胜之宝。宝棒决生死，鹅蛋石定贫富，在这两件宝贝上哈尼人寄托了自己的理想和愿望。

① 载《哈尼族民间故事选》，黄则思记录，岩香兰整理。

② 载《哈尼族民间故事选》，郗明顺搜集讲述，郭东屏记录整理。

第二节　生活故事

生活有多丰富生活故事就有多丰富。哈尼族的生活故事像无量大山的树木一样众多，像哀牢高峰的云霞一样绚丽。其中著名的有《金蚌》《卖螺蛳的小伙子》《瞎子和跛脚》《黑萨与山主》《吃米》《青蛙石》《门当户对》《一罐银子》《山阳林》《铁匠和他的儿子》《兄弟俩》等。此处介绍《金蚌》《卖螺蛳的小伙子》《吃米》《一罐银子》《瞎子和跛脚》等几篇。

一、《金蚌》

故事说——

诗博和诗嘎是哥弟，两人忠厚善良，心像泉水一样纯洁。有一天，他俩捡到一个金蚌，就拿去卖，恰好皇帝路过，爱上金蚌，就许给他俩一个做官，一个发财，用来换金蚌。这样一来，两人的命运就完全改变了，人也变成别的样子。

起初两人还你来我往交往亲密，后来当官的忙着升大官，发财的忙着发大财，一个嫉妒一个，听见别人升了官或发了财，另一个就要眼红冒火。金子和官位像一塘臭水，把两人的心染黑熏臭了。

后来皇帝死了，两人想把金蚌赎回来。但是两人都想独霸，谁也不让谁。诗博说："你当你的官去吧！金蚌应当放在我这样的大财主手里！"诗嘎说："不对，金蚌应当放在我这样有势力的大官手里！"两人争来夺去，谁也不让谁。

皇宫里的人见这个情况，就来劝说："不要吵了，一人赎一半吧。"就叫大力士来打开金蚌。

"当"的一声，金蚌打开了，两人赶快来抢。里面突然射出一道金光，把他俩变成瞎子。这样他俩官也当不成了，财也发不成了，后来变成两个叫花子，到处讨饭吃。①

二、《卖螺蛳的小伙子》

故事说——

有个小伙子为人憨厚，家境贫寒，天天提着螺蛳叫卖，没想到公主偏偏爱上了他，并大胆地向国王提出来要嫁给他。国王怒气冲天，因为前来求婚的王公贵族不知有多少，公主都不嫁，现在偏偏要嫁给个穷卖螺蛳的，这叫他脸上多没有光彩呀。可是公主就是要照自己的想法去做，不然就一辈子不嫁人。国王威胁她："你要嫁给他，我什么也不给你，从此不许你进宫门！"公主马上脱下绫罗绸缎，穿上一身旧衣服，只戴一颗母亲给的珍珠出宫来，找到卖螺蛳的小伙子，向他倾诉衷情，并和他成了亲。

卖螺蛳的小伙子很穷，公主就摘下那颗珍珠叫他去卖了买米，小伙子拿到街上卖了很多银子，买了米回来，高兴地说："没想到这东西还挺值钱，我捡螺蛳的地方多的是，要多少有多少。"公主叫他捡回来拿去卖，这样他们的日子变得富裕起来。

后来他俩打算盖座房子，可不知盖成什么样儿好，公主就叫他到王宫去瞧，并把尺寸记回来。小伙子去了，国王听说他要照王宫的样子盖房子，根本不信。小伙子的房子盖到最后，只差石阶上的一块石头了，小伙子找来找去找不到，想起捡螺蛳的地方有一块，刚好合适，就去把它搬来。谁知第二天，石阶前有一大堆珍珠，原来这块石头就是珍珠娘，一夜可以下好多珍珠，这样，他们更富有了。

后来公主想打造钱柜，又叫小伙子到王宫数数国王有几个装钱的柜子，小伙子去把王宫的钱柜数量和式样记回来，他们照着打，还多打了一个，他们把柜子装满了钱和珍珠。

有一天，公主叫小伙子请父亲来做客，国王嘲笑他说："你家穷得坐没坐处，站没站处，叫我受罪去吗？"但小伙子左说右

① 见《哈尼族民间故事集成》，李荣光搜集整理。

说，国王只好去了。

到了那里，国王一看，咦，和自己家里一模一样嘛，又掀开钱柜，嗬，九个大柜子装满银子，第十个装满珍珠，比自己富多了。他怀疑这些东西是小伙子从王宫偷的，马上跑回去，一看，家里什么都没少。

从此，他再也不敢小看卖螺蛳的小伙子了。①

三、《吃米》

故事说——

从前王宫里的人不会吃米，只吃米糠，认为米是骨头，糠是肉，于是把米白白丢掉了。

美丽的米妮亚是王后的侍女，王后待她苛刻极了，常常不让她吃饭，米妮亚饿得面黄饥瘦，快站不住了。她就想，与其这样被饿着，不如去拣那些米骨头啃，好歹不被饿死。她天天拣米骨头吃，不但没饿死，脸色反而像鲜艳的红玫瑰，越来越美丽动人。

王后发觉米妮亚这样漂亮，生怕国王不要自己，要米妮亚做王后，就花言巧语地骗她："如果你能告诉我为什么会变得这样漂亮，你要什么我给你什么。"米妮亚就告诉王后："天天饿肚子就会长得漂亮。"王后就开始饿肚子，后来终于饿死了。②

四、《一罐银子》

故事说——

有家人有两个懒儿子，好吃懒做的毛病直到阿爹死那天也没改过来。阿爹临死把他俩叫来说："我没有什么留给你们，只留下一罐银子埋在田里，你们要用就去挖吧。"

后来他们穷得没有一口饭吃，就去挖银子。他们把地挖了个

① 见《哈尼族民间故事集成》，李七周、李书周讲述，李期博搜集整理。

② 见《哈尼族民间故事集成》，尼周整理。

遍也没有找到银子。但是想想阿爹是个从不说谎的人，不会骗他们，恐怕是挖得太浅了，就重新挖，而且挖得更深，他们想，既然是银子，一定埋得很深。这样，他们拼命挖地，连挖了三遍，也没见着银子的影子。

兄弟俩泄气了，望着被挖得像蒸糕一样松软的田地发愣。但是总不能白挖了这么多道地吧，银子挖不着，好歹也可以种点庄稼收点粮食。于是他俩就在地上种庄稼，因为他们付出的劳动比别人的多，庄稼长得比别人好，收的粮食也比别人多，把他家的屋子都堆满了。

他俩望着自己的劳动果实，很开心，计算了一下，哎哟，这堆粮食如果卖掉，正好可以换一罐银子啊！

现在他们明白了，阿爹说的一罐银子就是指这个呀！①

五、《瞎子和跛脚》

故事说——

从前，哈尼山寨里有个瞎子叫然龙，还有个跛脚叫山则。有一天，然龙对山则说：“你脚不好，我眼不好，合起来不就是一个好人了吗？”山则说：“对呀。”两人就互相搀着出去找活干。

这天，他们来到一个地方，见有个小伙子披着蓑衣，扛着犁耙在前面走。他俩走上前去，对小伙子说想和他结伴走，小伙子斜眼望望他俩，一副瞧不起的样子，说：“看在你俩脚跛眼瞎的份上，就让你们像小狗一样跟我走吧！”两人只好忍气吞声跟在他后面走。

他们来到一处山垭口，突然下起大雨，就跑进一个山洞躲雨，雨下个不停，到天黑也不住，三个人只好在洞里过夜。他俩说这个地方山高箐深，恐怕会有野物来，还是用石头把洞口堵起来好。小伙子哼哼鼻子说：“胆小鬼，别说野物，就是妖怪来，我也不怕！”说完自个去睡了。然龙、山则只好一跛一跛地抬些

① 见《哈尼族民间故事集成》，马瑞麟整理。

石头把洞口堵起来。

半夜时候，果然来了一个妖怪，见洞口堵上了石块，就嚷嚷：“咦，我在这儿住了多少年，从没人敢进我的家，今天是谁把洞口堵起来了?”原来这是个妖洞。妖怪从没堵严的洞口向里大喝：“喂，什么人胆敢占我的山洞?”小伙子被吵醒了，跑去一看，天哪，是个大怪物，吓得他瘫倒在地上。

然龙和山则也醒了，见小伙子吓倒在那里，就过去看，他俩也被吓了一跳。但是光害怕没用处，得想办法打败妖怪才行，就大声说：“是我们，你要怎么样?”这声音在山洞里嗡嗡响，像打雷一样。

妖怪一听，这声音比自己的大，有点怕，但又不甘心家被别人占去，就拔下一根长毛，举到洞口说：“要霸占我的山洞就来比本事，先看我的毛!”小伙子这时被吓醒了，摸摸妖怪的毛，竟有猪鬃那样粗长，又吓坏了。

然龙和山则从小伙子的蓑衣上拔下一根棕毛，也举到洞口，齐声说：“你也看看我们的毛!”妖怪摸了摸，比自己的粗比自己的长，吓了一跳。它又摘下梳子说：“看我的梳子!”梳子足有两拃长。然龙和山则把小伙子的耙举到洞口，说：“你有梳子，我们还不是有!”妖怪一摸，又吃了一惊。它把牙齿在石头上“咔咔”磨了几下，凑近洞口说：“我还有尖牙呢!”然龙和山则把小伙子的犁举到洞口说：“你看看我们的得啦!”这下妖怪吓坏了，心想：“嗯，我还不够他们一口呢!”赶忙跪下求饶：“大哥们，冒犯了，放我一条生路吧，我给你们两件宝，一件是七支神箭，不论多大的鬼也射得死，一件是宝葫芦，不管什么病一治就好。”

“好吧。”然龙和山则接过七支神箭，“嗖”的一箭把妖怪射死了，又用宝葫芦的药水一擦，跛脚也好了，瞎眼也亮了。小伙子连连感概说：“两位大哥，佩服了，佩服了，今后我再也不敢小看人了!”①

① 见《哈尼族民间故事集成》，白金明搜集整理。

从这五个故事可以看出，哈尼族的生活故事内容丰富、结构完整、情节曲折、人物生动、寓意深远、表达精炼，达到了相当高的水平。

《金蚌》深刻地描写了权势、金钱对人灵魂的腐蚀和扭曲。兄弟俩在一个偶然的机会里捡到一个金蚌，又被皇帝看中，这本来是一个好机会，可以利用到手的官位和钱财对乡亲们做些好事，可是他俩抵御不住贪欲的诱惑，由两个纯洁的人变成自私贪婪的家伙，终于在金蚌这美与丑、善与恶的试金石面前毁灭了。《金蚌》鞭挞了那些心灵丑恶的人，展示了由好人变坏人的过程，使听众引以为戒，表现了哈尼族善良纯朴的道德观。

《卖螺蛳的小伙子》表现的是勤劳、诚实的力量，公主倾慕小伙子的正是他这一品质。如果说公主独具慧眼能识真善美与假丑恶的话，这慧眼是哈尼人民给予的，她代表了哈尼人民的眼光。

《一罐银子》通过对勤劳的歌颂和对懒惰的批评，表现了哈尼人的价值观。这个故事要说明的是，勤劳远比金银有价值。

《吃米》的主题是说卑贱者最美丽、最聪明，高贵者最丑陋、最愚蠢。米妮亚的美首先是心灵美，其次才是因她吃了“米骨头”得到物质的营养所形成的形象美，王后的丑陋首先不在她吃到什么，而是心灵丑，在米妮亚对比下，显得格外的丑。

《瞎子和跛脚》也是通过正反、内外的对照展现人物形象的。然龙和山则虽然脚跛眼瞎，但心灵是健康美好的，小伙子虽然耳聪目明身体矫健，但在妖怪面前三番五次被吓倒，精神是虚弱的。相反，被他看不起的瞎子和跛脚却和妖怪展开斗争，通过自己的勇敢和机智杀死了妖怪，并使疾病得到治愈。这个故事教育人看待事物不要光看表面要看本质，本质才是最重要的。

这些故事显著的特征在它们采用了对比反衬的手法——《金蚌》里是兄弟俩当官发财前后的对比，《卖螺蛳的小伙子》是公主和国王的对比，《吃米》是米妮亚和王后的对比，《一罐银子》是兄弟俩找银子前和找银子后的对比，《瞎子和跛脚》是然龙、山则和犁田小伙子的对比。对比手法的运用使这些作品变得简练、强烈，这是它们成熟并臻于完美的表征。

这些故事充满浓郁的生活气息和哈尼民族的韵味，集中表现在回荡于其中的山林气息和农耕气息。故事选择了哈尼族山居生活中常见之物作为导线，如蚌壳、螺蛳，这是水田中和山溪中常有的东西，哈尼族常拾来吃。《吃米》中的关键是“米骨头”和“米肉”，《一罐银子》中的关键是挖地种谷，这都是哈尼族稻作农耕生产的表现物。《瞎子和跛脚》中，妖怪的山洞、小伙子的蓑衣、犁、耙，更是半山稻作农耕之民哈尼族才有的色彩。有了这些因素，哈尼族的生活故事才这样迷人而富于个性。

第三节　讽刺故事

讽刺，是一种言行举止中游刃有余状态的艺术化；讽刺，是一种生命力的跃动和智慧的微笑；是一种卓越的才能。哈尼族讽刺故事就是哈尼人民这些秉赋的表现。

哈尼族讽刺故事非常丰富，大量的讽刺故事经历了千百年的时间考验，渐渐凝聚到几位讽刺大师名下，由他们做了哈尼族人民讽刺艺术的代表。最著名的讽刺大师是这几位：红河地区的阿拜、沙依和阿特波，西双版纳地区的阿米尼和门帕。以他们为主角的讽刺故事就成为这一个个人物的讽刺故事集，如《阿拜的故事》《沙依的故事》《阿特波的故事》《阿米尼的故事》《门帕的故事》，因此也可称为讽刺人物或机智人物故事。

讽刺人物的讽刺主要依靠三方面的能力，一是知识丰富，二是脑子灵光，能在关键时来个“急转弯”，三是道德高尚。被他们讽刺嘲弄的对象多半是一知半解的人或因种种原因——如贪婪、自私、偏狭、自大等等——变得愚蠢的人，这些人又多半是不劳而获的地主老财和作威作福的头人山官，百姓中有以上缺陷的人也在其讽刺嘲弄之中。

下面分别介绍。

一、利用丰富的生产生活知识进行讽刺的讽刺故事

如《阿拜的故事·独脚鸭》说——

有个老爷十分贪婪，竟然发明一种“闻香费”摊派各家各户，据说他家时时炒香辣菜吃，百姓必然要闻到香味，故特此派上这一款，乡亲们又气又恨又无奈。

阿拜这天特地送去一只煮鸭子充作“闻香费”，老爷一看，这鸭子不但瘦精干巴，还少一只脚，就喝问阿拜鸭脚哪里去了？阿拜说，因为老爷家炒菜的香辣味太呛鼻，鸭子脚被呛掉了一只，不信可以去看。老爷自然不信，阿拜就领他到田边，指着站在田埂上歇息的一排鸭子说：“看，只只鸭子都只有一只脚。”老爷一看，真的，鸭子们都只有一只脚，原来鸭子歇息时只用一只脚撑地，另一只缩起来。这下他信了。

阿拜又说，香气闻多了，不但鸭子会变独脚，人也会变独脚。老爷吓坏了，再不敢吃香辣菜，“闻香费”自然也就此取消。①

在这里，阿拜依靠自己对鸭子生活习性和生理特点的掌握杜撰出一个“独脚鸭”来，老爷虽然每天吃鸡鸭鱼肉，却不知此中奥妙，就上了阿拜的当。

又如《门帕的故事·摇头》说——

聪明的门帕多次捉弄龙巴头（主祭司），龙巴头佩服了，问他为什么头脑这样灵活。门帕回答只需每天摇头就是，而且摇头越多，头脑越灵活。龙巴头于是拼命摇头，希望马上变成聪明人，直摇到头晕呕吐昏死过去，最后实在受不了，只好翻着白眼说：“我宁愿做个蠢人也不愿吃这种苦头了！……”门帕讥讽他：“是罗，只有蠢人才会吃这种苦头！”②

头脑灵活不是头颈灵动，机智不关筋骨的事，这是小孩子都知道的常识，但是龙巴头不懂，门帕就抓住他缺乏生活常识这一点加以利用。

二、脑筋急转弯式的讽刺故事

这类故事占了讽刺故事中的大半，足以证明讽刺人物确是一些聪明人，也正因如此，人们才会对他们的故事那样津津乐道。

如《阿米尼的故事·买火柴》说——

① 见《哈尼族民间故事》，魏国平、李志礼搜集整理。

② 见《哈尼族民间故事》，凝溪整理。

山官派阿米尼下山去买火柴，半路上火柴被雨淋湿了，划不着，山官臭骂了阿米尼一顿，把火柴全扔了。阿米尼不吭气，把火柴捡回来晒干自己使用，但是用过的火柴棍一根也不丢。

后来山官又派他去买火柴，并再三叮嘱阿米尼要试试划得着划不着，划不着的买回来要扣工钱。阿米尼答应了，他把钱买了自己喜欢的东西，把用过的火柴棍包好拿去给山官。山官一看全是用过的，大骂起来。阿米尼说："你叫我一定要试试划得着划不着，我都试过了，根根划得着，你叫我干的我照干了，为什么还骂人？"山官无法回答。①

又如《阿米尼的故事·背巨石》说——

头人的四个儿子千方百计想把一块巨石搬出菜园，就是弄不动，阿米尼路过，就向他请教。阿米尼说："这不难，区区一块石头，放在我背上还不够我背呢！"他们就请阿米尼背石头，阿米尼答应了。

他们请阿米尼吃喝一顿，然后一起去搬石头，阿米尼又脚弯腰拍背说："动手吧，把石头放到这里来！"四兄弟才明白阿米尼是作弄他们，但是抓不着阿米尼的把柄，气得目瞪口呆。②

再如《门帕的故事·只有说谎》说——

头人老叭生了病，叫会看病的门帕给他看，并问门帕他还能活多久。门帕说："五百年。"老叭觉得吹捧得太过分了，怀疑地说："好像太多了，不大可能吧？"门帕说："当然不可能，只是你最喜欢吹牛拍马，为了让你高兴，我只好说谎了。"③

第一个故事，阿米尼抓住山官叫他必须试划火柴的话头，把用过的火柴棍给山官，第二个故事，他又故意在话语里"支下扣子"，说巨石放在他背上不够他背，头人四兄弟当然无法把巨石放到他背上。阿米尼的聪明就在他善于钻对方语言的空子，而这"钻空子"是要动一点心眼儿的，否则言之不慎将遗患无穷。门帕的讽刺性则在故意吹捧老叭能活傻瓜也看得

① 见《哈尼族民间故事》，杨胜能搜集整理。
② 见《哈尼族民间故事》，杨胜能搜集整理。
③ 见《哈尼族民间故事》，凝溪整理。

出是谎话的年龄，这种有意地过度的夸张，把对老叭的戏弄推到了高潮，由此可以见出他的智慧和幽默感，这样老叭明知当面被嘲弄也毫无办法，因为根源在他的弱点——喜欢吹牛拍马。

三、依靠道德的力量战胜对手的讽刺故事

如《阿米尼的故事·送给波朗的礼物》说——

分管爱尼山的波朗（傣族土司属下的官），是个奸猾而贪婪的人，每次到爱尼山都要派酒肉派钱粮，凶得很。有一次他来收门户钱，知道阿米尼是打猎的好手，就逼着阿米尼去打野味来给他吃。

阿米尼来到山上，见了麂子马鹿都不打，打了一只老豺狗（豺狼），把皮剥下来放在家里，把心肝五脏骨头和肉煮了一大锅送给波朗，波朗一伙吃得醺醺大醉，乐不可支。

波朗离开爱尼山的时候，阿米尼把豺狗皮送给他说："老爷，豺狗身上的东西你都有了，只差一张豺狗皮，现在我把它送给你。"波朗没有听出阿米尼的讽刺，笑眯眯地接过豺狗皮，在老百姓的哄笑声中得意杨杨地走了。①

又如《门帕的故事·我的心不是石头》说——

龙巴头左斗右斗斗不过门帕，心想干脆把门帕收买过来岂不更好？就对门帕说："你这么聪明，就来当我的管家吧，保证你不愁吃，不愁穿，再也用不着住你那又脏又破的小木楼了。"门帕说好是好，就差一样当不成。龙巴头问差什么？门帕说："就差我的心还没有变成石头。"②

阿米尼巧妙地讽刺波朗是豺狗，豺狗以其凶残著称于野兽中，在阿米尼戏弄下，波朗变成了一只从里到外都是豺狗的野兽，这样的讽刺够辛辣的了。阿米尼代百姓出气，为正义伸张，这是他的力量所在。

门帕不愿同流合污的高尚道德只用"我的心还没有变成石头"一句话

① 见《哈尼族民间故事》，杨胜能搜集整理。

② 见《哈尼族民间故事》，凝溪整理。

就烘托得豁然而出，在他面前，龙巴头的财势和富贵只不过是一堆粪土。这种“蓬荜睥睨华屋，布衣藐视公卿”的气度，使哈尼族幽默人物和幽默故事支撑在一副坚强有力的骨架上，从而获得了高洁脱俗的美学品位。

当然，这样说并不排斥这些讽刺人物和讽刺故事中也并存着一些庸俗趣味，如讽刺人物对一些弱小者的作弄，寻开心，骗人和讲一些低级的笑话之类都是有的，这反映出他们并不是圣人和标本，他们是活生生的人，有崇高的一面，也有渺小的一面。但一瑕不掩百瑜，这只是他们非本质非主流方面的品质，他们仍然是哈尼人民智慧和道德的化身，仍然是在历史的天幕上闪烁的星群，多少年来，他们那幽默而辛辣的笑声始终在哈尼山寨回荡。

第四节　寓言故事

哈尼族世居山林，与山川草木、鸟兽虫鱼为伴，在对这些物象观察之后，便将自己的思想感情附丽其上，借景假物以喻人，这样就产生了大量动物为主要形象的寓言故事，通过它们歌颂真善美，鞭挞假丑恶，同时娱乐自我，丰富生活。其中较为出色的有《水牛和豹子》《水獭、蚂蚱和猴子》《老鼠和麻雀的故事》《铁翎甲和乌鸦》《狗找伙伴的故事》《为什么蚯蚓的脖子上有道白印》《猴子和兔子》《美妙的里六》《蝙蝠》《虎背上的斑痕》《小鸡报仇》《蛤蟆断案》《燕子》《老虎玛古》等等。它们或借解释物象的特征，或通过不同物象之间的关系演变，来展示哈尼人民的内心世界。这些故事多半短小精悍，言简意赅，但也有部分采用串连讲述的方式把形象集中起来使之更有系统性。

现在选介几篇以飨读者。

《水牛和豹子》说——

豹子一心想吃水牛，就向水牛发动进攻，谁知水牛早有准备，用角一顶就把它顶进火堆里，它被烧得身上斑斑点点的，差点丢了老命。水牛站在山上看到这种情况，高兴得笑个没完，结果把上门牙笑掉了，从此它就没有了上门牙。[①]

这个故事的寓意是作恶者无好下场，但得意忘形也别太过头，不然自己也要倒霉。

《铁翎甲和乌鸦》说——

从前乌鸦的毛是杂白色的极难看，它和铁翎甲（一种鸟）说好，铁翎甲帮它把毛染成漂亮的青黑色，它帮铁翎甲造窝。但是铁翎甲染好毛色以后，乌鸦借口做客一溜烟跑了。从此铁翎甲一见到它就破口大骂："假！假！假！"说它是个虚假的家伙，并要啄它。[②]

哈尼人最痛恨说假话的人，形容道："做假的人说出的话，就像牛打滚的水塘一样混。"铁翎甲就代表了哈尼族崇尚真实，痛恨虚假的性格。

《水獭、蚂蚱和猴子》说——

水獭请猴子去过年，但过河时它只顾自己捉鱼，把背着过河的猴子淹死了，为了掩饰过失，它把猴子的尸体背到蚂蚱寨里，嫁祸蚂蚱，于是蚂蚱寨和猴子寨开始打冤家。打来打去，猴寨和蚂蚱寨双方死伤累累。这时遇到了哈姆冬逗鸟，它亲眼看见水獭淹死猴子的事，就向它们说明真相，猴子和蚂蚱们才知道上了大当，可是已经铸成了大错。[③]

这个故事对那些心胸狭隘、不重调查、误听谎言的人是个深刻的教训。哈尼族从前常有打冤家的事，双方往往因一时之念刀兵相向，结果死伤无数，有的结成世代冤仇，贻害儿孙。对这些人，这篇故事是一个很好的教谕，对一般人们也多有启发。

《虎背上的斑痕》是一篇惩罚暴君的故事——

森林霸王老虎在野兽中横施暴政，把所有的动物当作奴隶使唤。这个暴君竟然提出奇怪的想法，要黑熊把它的山洞抬到太阳底下晒，要野猪把泉水搬进山洞，还要猴子称称它的头有几斤。这些古怪的要求使动物们惶惶不可终日，后来大家想出一条妙计

① 见《云南少数民族文学资料》第2辑，第15～16页。

② 载《哈尼族民间故事》，张阿四讲述，庄乙志、杨长先搜集整理。

③ 载《哈尼族民间故事》，李书周讲述，李期博整理。

> 来严惩老虎。
>
> 老虎在山林里游荡，看见动物们一个个乒乒乓乓忙着砍树伐木，就问它们干什么，动物们说，天神昨天来通知天要塌了，于是大伙就赶造自己躲难的木屋。老虎一听，也要大家为它造一个。动物们就打造了一个非常结实的木栅栏，趁老虎进去试试的时候把它关在里面，老虎知道上了当，拼命撞栏栅，撞得头晕眼花精疲力尽也撞不开，反而被动物们一拥而入打了一顿，打得它全身上下都是斑痕。①

这个寓言对那些独夫寡君无疑是一剂良药，行苛政的结果必然成为众矢之的，受到严惩。

① 载《哈尼族民间故事》，李阿匹讲述，刘曙搜集整理。

第十一章　情歌、儿歌及其他

第一节　忠贞爱情的见证——情歌

哈尼族诗歌中，数量最多、最普遍的种类应当数情歌。哈尼人认为，爱情是人生之树上最甜最美的果子，他们把它作为人生的理想和目标来追求，有许多青年不惜付出生命的代价，为的是与相爱的人一同去死。在他们看来，物质匮乏的生活是可以忍受的，但没有爱情的生活却无法忍受。爱不仅是建立家庭结婚生子、延续后代的前提，更是这家庭生活和生儿养女过程的灵魂。哈尼族社会对青年人的纯真爱情给予充分的肯定和尊重，习俗规范中有成年礼，经过成年礼仪式的男女青年就进入青春期，可以过爱情生活。在所有的哈尼族村寨，人们评价小伙子和姑娘的标准，一是看他（她）是否有生产劳动的能力，是看他（她）是否能歌善舞，尤其是看他（她）的“阿茨”（山歌、情歌）唱得动人不动人。所有的年轻人都是唱“阿茨”的好手，不会“阿茨咕”（唱情歌）的人是找不到老婆或丈夫的。情歌“阿茨”是他们沟通爱情的桥梁，他们从相识、相知、相爱到矢志不渝相依为命，主要靠情歌来表达。哈尼族社会允许鳏夫寡妇再嫁娶，有些丧妻丧夫或离婚的男女，除通过说媒、相亲再行婚配外，更多的是通过情歌的对唱来联络感情，结成连理。这就是情歌所以众多的原因。

“阿茨”是哈尼族山歌和情歌的调式，可以歌唱劳动和生活，主要是歌唱爱情。按照歌者之间距离的远近、表情达意的不同需要，分为“茨玛”“罗白”“茨然”，即大声放歌、中音徐唱、小声低诉的三类（详参《导言》第四节有关部分）。

情歌的内容按照初识——约会——相恋——订情的程序进行，这是恋情歌一类，这一类以相喜相悦相互赞美和表露心迹的柔情蜜意为主。另一类是相爱的人因社会、家庭等等原因不能结合而发出的悲声，这一类又分怨情歌、苦情歌和殉情歌，这往往是一些爱的绝唱，非常凄怆悲凉，闻之者无不潸然泪下，为青年们的遭遇鸣不平。以下分别介绍。

一、恋情歌

如初见相会的歌——

男唱：

山歌好比树叶多，
七天七夜唱不完，
山路不走不知长短，
山歌不唱不知情深。
菜不熟不能吃，
话不真不能讲。
吃了生菜伤肚子，
说了假话丢朋友。

女唱：

月亮挂在天上才明，
石磨挂到磨心才转，
阿哥的话记在心上了，
太阳出来也晒不干。[1]

又如《情歌对唱》——

男唱：

吃了饭不唱山歌，
包饭的芭蕉叶会被风吹跑，

① 诺晗：载《元阳民俗·哈尼族》，云南民族出版社1990年版，第22页。

打水的竹筒会被水冲走，
山那边的阿妹哟，
让我们一起来唱歌。

女唱：
我劳动累了，
别人看得出，
我口渴了，
别人不知道。
我有心啊哥无意，
想唱山歌怕无人合。

男唱：
想种韭菜没有好地方，
想采山花又怕刺戳手，
山泉流水响叮咚，
阿妹的心思难捉摸。

女唱：
白天干活不在一个山头，
傍晚归家只求同一路，
想着时我们可以脸对脸，
要说时我们可以心对心。

男唱：
你在南山金竹林，
我在东山溪水洼，
不是同林的鸟难归林，
不是同河的鱼咋结伴。

女唱：
森林不怕树木稠，
鲤鱼不怕乱石多，
阿哥有情晚上来，
寡妇家里好说话。
……
嚼槟榔要用三种原料配，
说情话要心窝对心窝，
别处有漂亮的姑娘你莫变心，
见了能干的小伙我会想阿哥。

男唱：
爱情要紧的是品行，
好听的话就像早晨的露珠，
牛死不怕砍牛角，
真心相爱不怕遭雷火。[①]

从歌中可以看到情窦初开的青年的心，宛如春天含苞欲放的花蕾，是那样渴望爱情，那样焦急地等待一缕爱的春风把它吹开。年轻心灵爱的悸动如此强烈，如此动人，在诗歌中化为无尽的比喻和起兴，化为无数美妙迷人的形象和诗句喷涌而出，仿佛使人可以触到摸到一颗颗滚烫的心。

如《情歌对唱》中那位姑娘所唱的："我劳动累了，别人看得出，我口渴了，别人不知道……"这是爱在热切的呼唤。肢体的劳累是劳形，别人可以一眼看出，对爱的渴望——歌中借口渴隐喻对爱的甘霖的饥渴——是心神之劳，别人无法知道，个中甘苦唯有自己知道，因此下面紧接着点明："我有心啊哥无意，想唱山歌无人合。"这是一位敢于面对并敢于追求爱的姑娘，她甚至这样大胆地表露自己的心迹："想着时我们可以脸对脸，要说时我们可以心对心。"为了自己的幸福爱情，她敢把一切置之脑后。

这是流传在西双版纳地区爱尼人中的情歌，另一首流传在哀牢山地区

① 载《西双版纳哈尼族歌谣》，巴坡、朗确搜集。

哈尼人中的情歌《哪个要看让他看》所表露的爱更加赤热和勇敢——

我俩来逗着，
坐下来说说；
人不会来看，
鬼不会来看；
人来鬼来也不怕，
哪个要看让他看！[①]

这两首情歌中的两位姑娘都爽朗大方甚至有点泼辣，她们敢于大胆追求幸福，足令那些被封建观念的压迫变得萎缩了的爱情相形见绌。

由于爱，一切都变得更加地美好——

阿哥弹着三弦跳，
阿妹唱着歌来和；
阿哥头上包头布，
像天上的燕子在飞舞；
阿妹的黑短裙，
像打开的黑扇子；
阿妹的胸带绣得精致，
像蜜蜂飞舞的花丛；
……

阿哥阿妹来幽会，
对着月亮把心表；
在萤火虫闪烁的地方，
两颗心闪闪发光；
……

——《幽会歌》[②]

这里描绘的是一幅令人心醉的图画：阿哥三弦叮咚奏鸣，在强烈的舞

① 载《红河哈尼族彝族自治州哈尼族文学发展概略》（初稿）傅光宇摘抄本第55页。

② 载《西双版纳哈尼族歌谣》，施达搜集。

步中，他的包头伴随着节奏翩翩起舞，一如翻飞的燕子，阿妹的黑色短裙也在飞旋，变成打开的扇子一般，绣织精致的胸带在舞步的飞转中幻化成百花盛开的花丛而任由蜜蜂采撷花蜜，这对恋人的歌舞竟是如此疯狂！而到了夜幕低垂的时辰，他们喁喁情话，周围有千百流萤闪闪烁烁，把两颗心照耀得熠熠有光，这又是何等迷人的夜曲！哈尼族青年就是如此浪漫地走过他们的恋情时期，在铺满鲜花的路途，情歌永远与他们相伴随。

二、怨情歌

怨情歌又称苦情歌，如流传在红河地区的《重逢调》对唱道——

（两个恋人在路上相遇）

男唱：
姑娘，
今晚我还以为见不到你罗，
想不到天上落下一颗星星！
你是我爱玩的伴，
你是我心上的人，
逗着就不能走，
遇着就舍不得分哟，
人家的姑娘！

女唱：
伙子，不能玩了，
我像藤子缠在人家的大树上，
我是果子吊在人家的枝头上。
我已经嫁人，
不能和你做伴，
我是云彩只能看看，
你想我是白白的想罗！
我命苦配不上你，
让我走吧，

人家的伙子！

……

（这样你来我往反复吟唱，双方痛惜相爱不能相合，但是爱因被压抑越发热烈）

男唱：

一箭穿不通一座老林，
一调阿茨唱不尽多年的旧情，
多不说我们玩一夜，
说一夜的话也只能说完一根牛毛。

女唱：

今日再唱旧歌是说梦话，
今日再说旧事是做恶梦，
我像轻烟一样飘走了，
不会留下一丝痕迹，
燕子飞走还会留下空巢，
我像清风一走就被遗忘。
不要再想过去的事啊，
回想往事就像吃苦药啊，
不必再唱过去的歌啊，
唱旧歌就要喝眼泪啊！

男唱：

树叶上的伤疤是虫咬的痕迹，
岩石上的青苔是流水的痕迹，
心上的伤疤是思念的痕迹，
眼角的皱纹是泪水的痕迹。
回想往事的苦药我们一起吃，
唱旧歌的眼泪我们一起喝！

女唱：
你说的全是假话，
你是要刺痛我的心，
鸡蛋外面有圆圆的硬壳，
男人的心又硬又圆滑！

男唱：
牛和马不会一样，
你的男人和我不能相比，
他得不到心爱的人，
我失去最合心的人，
是你阿爸阿妈逼你穿上了嫁衣！

女唱：
山上有浓密的树林，
知了迟早会蜕去枯壳，
寨边有清清的泉水，
蝌蚪迟早会丢掉尾巴，
只有我的苦难没有边。
山上的梯田一层压一层，
山上的高峰一峰赛一峰，
河边的沙子石头数不完，
我的苦水永远说不完！
……

（小伙子要求姑娘离开她不爱的男人，和自己在一起，他唱出大段鼓励的话，终于使姑娘下了决心）

女唱：
月亮随着太阳转，
星星围着月亮生，
你是我的太阳，

你是我的月亮，
我跟你跟定了，
只是你的话不要像早上的露水，
经不住太阳晒！

男唱：
山里的大雾天天有，
风一吹就卷走了，
我们相聚在一起，
像岩石一样不动了，
快解开心头的疙瘩，
和我在一起吧！

女唱：
黄连叶上的虫吸苦汁，
甘蔗杆上的虫吸甜浆，
只要和你做一家，
再苦也是甜啊，
人家的伙子！①

这是典型的怨情歌和苦情歌。心爱的人被活活拆散，饱尝艰辛后重逢相聚，心头的苦涩在歌中一一道出，最后两个痴情人决定抛开一切相结合，这里面的酸甜苦辣描绘得活灵活现。

哀牢山、无量山地区因封建压迫严重，爱情悲剧很多，这类歌非常丰富，流传也非常广。作者曾调查过吟唱此歌歌手所在的红河县大羊街乡，发现每个村寨都有若干位姑娘都是因父母包办，遭遇到不幸婚姻，她们中有的已逃返娘家，有的正与心爱的小伙子相约私奔，常常可以听见她们在朦胧的月夜里，在幽深的凤尾竹林中，弹奏着自制的笋壳小三弦，吟唱着凄恻的怨歌，向自己心爱的人倾诉心中的悲苦。《重逢调》就是其中的

① 李荣光：《哈尼族民歌初探》第227～249页，未刊稿。

一首。

三、殉情歌

情歌中最悲伤的无过殉情歌，这是情死的人最后的绝唱。下面这首《殉情者的歌》，是两位有情人因为两个家支的世仇不得结合共赴黄泉时的悲歌——

女：
今夜星光这般惨惨淡淡，
今夜月色如此朦朦胧胧，
风儿吹似神灵在召唤，
水儿淌似命运不可挡。
阿妹扭断了锁门的青藤，
分开了满是荆棘的篱笆，
阿妹踏着夜露来到青崖上，
迎着寒风来会我的情郎。
今夜是我要和心上人在一起，
我要甜甜美美做一个女人，
哪怕就只过这一夜，
我也心满意足无顾忌，
鸠为的阿哥哟，①
你的阿妹已经来到，
你不要迟疑我们在一道。

男：
吉坐的阿妹哟，②
崖子上阿哥早已等多时！
青青的崖子是我们的证人，

① 鸠为、吉坐是两个爱尼人家支，由于历史仇怨，世不通婚。
② 鸠为、吉坐是两个爱尼人家支，由于历史仇怨，世不通婚。

哗哗的溪水是我们的乐队。
……
我们手拉手肩靠肩，
心口贴着心口情意绵绵，
就算只过这一夜，
也恩恩爱爱地久天长。

女：
鸠为的阿哥哟，
阿妹没有五彩的嫁衣裳，
阿妹的情思比彩虹鲜亮，
阿妹没有陪嫁的大猪头，
阿妹胸中的情高无价！
鸠为的阿哥哟，
我向你奉献了一个女人的所有，
愿你的身心我的身心，
像树枝树根紧紧相连，
像天和地永远分割不开！
……
鸠为的阿哥哟，
不要恨我们阿爸阿妈，
不要恼怒我的阿嫂，
老规矩谁能破得了？
……
都怪我们的祖先啊，
为什么要仇视把冤家结？
……
今夜里我们的心已相贴，
今夜里我们的愿已实现，

狗闹花已开放在我们身旁，[1]
它将把我们带到遥远的地方。
那里没有冤家械斗，
那里没有祖先的老规矩，
只有成对的鸟儿翱翔，
只有并蒂的莲花开放。
……
阿妹的决心已经定了，
阿妹已闻着狗闹花的芳香！
……

男：
吉坐的阿妹啊！
……
鸠为的姑娘虽然漂亮，
我偏偏相中吉坐小阿妹，
我去献了九次酒，
我去求了九次婚，
我九十九次请求，
我九十九次发誓，
吉坐人摔烂我的酒坛，
吉坐人扯破我的衣衫，
吉坐人撵我出龙巴门！[2]
……
世上没有不死的野兽，
世上没有不停的暴雨，
难道不能解解旧仇冤？

① 狗闹花：一种剧毒野生植物，殉情者往往吃下双双身亡。
② 龙巴门：寨门。

难道不能破破老规矩？
狗闹花带走了多少人，
狗闹花难道是祖先的精灵？
……
吉坐的小阿妹啊！
我们手拉着手心贴着心，
用我们情爱的血，
辱没祖先的名誉，
祭奠祖先的英灵！①

家族世仇是极可悲的争斗（鸠为和吉坐两大家支的矛盾参看第二编第三章和第七章），由此导致世世代代多少青年人的悲剧，更是不幸中最不幸的事。《殉情者的歌》中的男女主人翁那悲惨的命运和为爱情献身的勇敢形成了强烈的对比，令人读来扼腕浩叹。

这首情歌与其他情歌艺术手法基本一致，其震撼人心的力量在于它巨大的悲剧感。相比于《不愿出嫁的姑娘》，虽然二者的悲剧力量是相同的，但殉情者比之逃婚姑娘在智慧上则是远逊多了，而这恰是他们大悲哀的所在。

第二节　小儿童的大世界——儿歌

哈尼族诗歌中非常有特色的还有一类——“然谷纳差昌”（儿歌）。

哈尼族的儿歌一部分是大人们创作的，这是历代富有艺术才华的歌手，为对儿童进行天文地理、历史宗教、文学艺术、伦理道德等等一套文化规范的传授和教育，根据儿童的心理特点和活动方式精心创作，并经漫长时间的考验和洗练，方流传至今的作品。因此，这一部分儿歌可称为哈尼族儿童的启蒙教科书。当然它纯粹是寓教于乐，即在儿童们边游戏边歌唱中进行的。哈尼人从小就掌握了本民族主要的传统文化知识，功在

① 载《西双版纳哈尼族歌谣》，阿流搜集。

儿歌。

另一部分儿歌则是由儿童们自己创作的，这与前一部分儿歌有着显然的不同，它是儿童自我娱乐之作，并不负担更多的教育义务，因而常常是意兴的、单纯的然而更儿童化的作品。

一、寓教于乐的儿歌

较著名的有《三猛嫁来的阿娘》，《人家姑娘哪样美》《月亮圆》《玩泥团》《多娘大田》《阿博玛》《打猎歌》《月亮月亮钻破云》《笑官》《春米》《姑娘要嫁大田坝》《我们长大》等等。下面先介绍几首。

《三猛嫁来的阿娘》——

问：三猛嫁来的阿娘，
　　你的姑娘长得花一样。
答：不像！不像！
问：你的姑娘要出嫁？
答：不嫁！不嫁！
问：姑娘长大为哪样不嫁？
答：要讨猪食上山冈。
问：讨来猪食做哪样？
答：养得大猪肥又胖。
问：喂肥大猪做哪样？
答：杀猪请客嫁姑娘。

问：三猛嫁来的阿娘，
　　你家姑娘嫁哪方？
答：崖脚小寨大田坝。
问：你家姑娘住啥房？
答：草顶泥墙蘑菇房。
问：出嫁可曾备嫁妆？
答：嫁妆要啥请开腔。
问：绣花头帕可曾有？

答：阿妈早备两三条。
问：银泡镯头可曾买？
答：芝麻花的耳环有两对，
　　银子打的镯头有两双。
问：青白衣裳可缝好？
答：白色上衣青领褂，
　　一样两套已缝好。
问：青布裤子给几条？
答：两条新裤装篾箱。
问：黑鞋红鞋不给两双吗？
答：一样一双藏箱底，
　　红鞋黑鞋给两双。[①]

这首儿歌是对婚嫁知识的介绍，这样的内容实在是超出了儿歌——儿童的歌的范围，但因它采用了典型儿歌的问答式对唱并伴以一定的游戏活动，所以即使儿童唱起来也还自然。

《人家姑娘哪样美》则是女性审美知识的教育——

问：人家姑娘哪样美？
答：套脚绑腿上的朵朵梨花美。
问：人家姑娘哪样美？
答：精制的腰带像蛇皮花纹美。
问：人家姑娘哪样美？
答：崭新的手镯两对美。
问：人家姑娘哪样美？
答：两只耳环闪亮美。
问：人家姑娘哪样美？
答：胸前并排的银扣美。
问：人家姑娘哪样美？
答：辫子像灯芯草样美。

① 此章所引除注明者外，均为卢朝贵搜集，未刊稿。

问：人家的姑娘哪样美？

答：落日余晖般的披肩乌发美。

问：人家的姑娘哪样美？

答：鸡冠一样戴在头上的银饰美。

一个姑娘要如何装扮自己才叫美，这是十分重要的，所以儿歌对儿童们从小就进行了审美教育。它从头到脚把一个标准美人的服装、首饰、发辫细细描述一番，在儿童们心目中树立了一个美的典范。

《月亮圆》——

十五月亮圆，
圆得像紧绷绷的鼓面。
十五月亮圆，
千林百寨照得见。
小伙伴，快快来，
拉起小手来跳乐。
请月宫的欧尼娥一起玩，
欧尼娥拔萝卜真展劲。
请天宫的欧沙玩撵山，
欧沙拿棒老林转，
撵得松鼠窜枝头，
麂子马鹿逃不脱，
……

欧尼娥、欧沙等等都是天神的名字，在月华如练的良夜，一群天真浪漫的儿童突发奇想，竟要邀请他们共同玩拔萝卜和撵山的游戏，这是多么可爱的幻想啊，儿童们真是生活在童话世界里了。

《玩泥团》又是有关生产劳动的——

小伙伴，快来玩，
合起红泥做红马，
合起黑泥做黑牛，
红马黑牛多肥壮。

小伙伴，快来玩，
拌起红泥和黑泥，
做成千丘大梯田，
好像弯耳挂山间。

我吆黑牛去犁田，
你赶红马来驮谷，
阿爸烤出新谷酒，
满碗米酒敬阿公。

玩泥巴是所有儿童的共同爱好，但各个国家各个民族的儿童各有各的玩法，哈尼族儿童喜欢用泥巴做牛马、做梯田。犁田耙地，赶马驮谷，这是他们生长在以稻作农耕为主要生产方式的哈尼族社会中的结果，大人自然也希望他们成为一个杰出的农民，因此在儿歌中灌注了这样的内容。类似的还有《打猎》，那是边做打猎游戏边唱歌的儿歌。

宗教也是哈尼族儿歌的内容之一，《月亮月亮钻破云》就是这样的歌——

你拍手，我拍手，
月亮月亮快出来，
钻破乌云拍手迎，
咪贝姑娘不拍手，
为什么她不拍手？
……
寨里有鬼不能拍，
杀只鸡来祭鬼魂，
送鬼快快离村子！

杀只鸡来送鬼魂，
送它一对鸡翅膀，
骑着公鸡往回飞。
只有公鸡能叫天亮，

骑着公鸡过元江，
过江死在江心中！

这类儿歌显得阴森可怖，本不适宜儿童歌唱，但是为着传授民族文化的传统，它也出现了。

另外一些儿歌，按汉族传统的观点来看是极不适宜儿童的，但按具有科学知识的现代人的观点看，则又极适宜，这就是对儿童进行生理卫生知识教育的。如《阿博玛》（谷苞饱满）就是这样的儿歌——

谷打苞，胀饱肚，
人怀胎，像打苞。
女怀孕，去拉亲，
手拉手，做一家。
胎胞破，生小娃，
用手接，叫呱呱。
又喂奶，又喂浆，
快快长，小阿嘎，
（长大了）去采果，去撵山。

这是母亲怀孕、生殖、抚育儿童的内容，但是哈尼族把它教给儿童，使之从小具备这些知识以消除神秘感，这又是哈尼族传统教育中先进的一面。

《笑官》是一首讽刺“诏把”（头人的古称）和“土财婆”这些统治者的——

小姐姐，快来唱，
小弟弟，快来讲，
唱个笑官的歌，
一起来唱一起玩，
像合群的蜜蜂去采花，
像结果的芭蕉一排排。

齐声唱，一起笑，
不吃苦笋是诏把，

吃了苦笋嫌嘴苦，
不吃酸菜是土财婆，
嫌弃酸菜塞牙缝，
诏把财婆要喝德威水，①
背水累断哈尼的腰。

吃饭要使金花碗，
不使金碗饭不甜。
夹菜要使象牙筷，
不使牙筷菜不香。
金碗吃饭眼睛凹，
牙筷夹菜手露筋。
身子细成金竹笋，
弯弯摆摆难走路。

这首儿歌对“诏把”和“土财婆”的不敬，反映了哈尼族儿童（当然更有成年人）对这些不劳而获者、好吃懒做者和作威作福者的不满，这些人连喝的水都要到传说中的古代迁徙地德威去背，连哈尼人家居常食的苦笋也嫌苦不愿吃，但因靠剥削人压迫人为生，不劳动，结果落得个眼睛凹、手露筋、身子细如金竹笋、摇摇晃晃路也不会走的下场。歌中的讽刺十分辛辣犀利，勾画了一幅活生生的剥削鬼的漫画。

其他还有关于山川地理，伦理道德，天体自然，生活趣事，农耕常识，历史发展等等的儿歌，展现了一个五彩缤纷的儿歌的大千世界。

二、愉悦身心的儿歌

这部分儿歌较著名的有《夸菜园》《小姑娘，蹦蹦跳》《摆酒席》《藏石猜谜》《巴拉拉独德》（月亮歌）、《做饭菜》《阿密策》（拉姑娘）、《月亮婆婆》《放鸽子》《捡核桃》《打秋千》《冬的歌》《尼交交中歌》（找朋友）、《阿布达歌》《巴拉达歌》《跳歌》《阿妈背着星月回家》《月亮像阿

① 德威：迁徙途中一地名，据说是洱海，待考。

妈》等。

下面介绍几首。

《夸菜园》——

问：呼噜噜，
　　我家菜园好看是哪样好看？
答：好看是茎菜花开最好看，
　　好看的皮菜花是烤肉的伴。
问：呼噜噜，
　　我家菜园好看是哪样好看？
答：好看是青菜花开金灿灿，
　　鲜嫩的青菜花是老人最合心的菜。
问：呼噜噜，
　　我家菜园好看是哪样好看？
答：好看是薄荷、香柳和臭菜，
　　飘香的薄荷是配田螺的伴，
　　好闻的香柳是配泥鳅的伴，
　　园子里的臭菜是配鳝鱼的伴。
合：呼噜噜，
　　寨头伙子爱弹弦子，
　　寨脚姑娘爱吹巴乌，
　　巴乌弦子来做伴。

歌中洋溢着对菜园里各种劳动成果的自豪之情，同时对各种蔬菜配料的用途做了一一说明，等于开出了一道道哈尼风味的菜谱。

《藏石猜谜》——

拇指大，手掌宽，
手掌握石藏后边，
掌心石子抓得紧，
石在掌心搓得圆，
握得紧，搓得圆！
小伙伴，快来猜，

手里是单还是双？
猜不着，学狗叫，
猜着认你做娃娃头！

这是边做猜单双游戏边唱的歌，所以游戏感很强。

儿童们每一个游戏必有一首游戏儿歌，《摆酒席》、《做饭菜》是摆酒菜做家家游戏时的歌，《阿密策》（拉姑娘）又是拉新娘做家家游戏的歌，《尼交交中歌》又是找朋友舞蹈的歌。如《尼交交中歌》——

石榴婆婆儿子多，
跳舞场上娃娃多，
你跳我跳他也跳，
找个朋友——
哟哟！

花鹿姐姐花样多，
变着法子哄婼婼（对小弟弟小妹妹的昵称），
小娃背小娃，
搭着肩膀——
哟哟！

月亮是个大老妖，
有时弯弯有时圆，
天天晚上不一样，
围起圈圈——
哟哟！

星星都是机灵鬼，
眨着眼睛看我们，
我们跳舞交朋友，
拍拍巴掌——
哟哟！

蜻蜓蜻蜓飞飞，
唱着歌儿捉虫子，
昏头昏脑冲到河里，
撅起屁股——
哟哟！

割草割到山边边，
放牛放到田坝间，
牛儿哞哞找伙伴，
扭起身子——
哟哟！……①

歌中的“石榴婆婆儿子多，跳舞场上娃娃多”，“花鹿姐姐花样多，变着法子哄嫎嫎”等并没有实指性的内容，而是启动意兴的句子，实质性的句子是“找个朋友”“搭着肩膀”“扭起身子”等，每当唱到一句，全体小伙伴就要齐声喊“哟哟！”并做搭肩膀，围圆圈，拍巴掌，撅屁股，扭身子等等相应的动作。唱得起劲，玩得开心，这就是游戏儿歌迷人的地方。

儿歌中有些是非常古老的，它们不知流传了多少代，曾愉悦过多少哈尼人的童年。它们的古老可以从两方面看出来，一方面保存着很多古哈尼语，一方面至今仍在不同的地区流传，可以说，几乎没有一个哈尼人——不管他是青年还是老人，因为他同样有过童年——不会唱《阿密策》和《巴拉拉独德》的。当然，各地的《阿密策》和《巴拉拉独德》有不同的内容变化，但格调均大同小异。

例如绿春县腊姑村腊咪（哈尼族一支系）人唱的《阿密策》是这样——

……
小娃牵，

① 载《西双版纳哈尼族歌谣》，阿流搜集。

牵着推，
推着唱，
唱着跳，
跳起“哩嘞”玩。
“哩嘞”丢鸡腿，
鸡腿丢下田，
下面那丘田，
田已犁一半，
……

——李桂车、何贵珍唱　白金明记词①

而元阳县阿八村国活（哈尼一支系）人唱的《阿密策》（《阿勒》）则是——

阿勒（哎），
阿勒（呃），
阿勒他会偷力气，
力气藏在身上全身满贯贯的，
满贯贯的手儿向下插着，
手下插着肥大的腰很是得意。

——车收等唱　白学光记词②

虽然都是顶真格的《阿密策》，但内容和韵味有了变化，前者是儿童开心的跳玩歌，后者是对懒汉阿勒（虚拟人物）的讽刺歌。

这类儿歌中还有一种纯以象声词表达节奏和意兴的，如我们在《导言》第四节中已作过介绍的红河县乐育乡儿歌《比的哩》，也很有特点，请读者参阅，兹不赘述。

三、幼小心灵的呻吟——孤儿歌

哈尼人的童年是欢乐的、幸福的，儿童在家庭中和社会上都被当作心

① 李元庆：《哈尼哈巴初探》，第153页。
② 载《西双版纳哈尼族歌谣》，阿流搜集。

肝宝贝，长辈们对他们寄予莫大的希望，处处给予关怀和呵护，舍不得吃舍不得穿也要给小娃吃饱穿暖，譬如杀一只鸡，鸡腿必然留给小娃，大人决不碰一下，因而哈尼儿歌总是欢快活泼的。但是由于社会的复杂性和命运的变幻莫测，也有若干灾难降临到儿童们身上，如父母病故、灾荒、父母婚姻突变等等，造成了孤儿的出现，虽然这是个别现象，但在儿童幼小的心灵深处留下了不可痊愈的创伤，这样就产生了表达孤儿心声的孤儿歌。如下面这首《孤女歌》就叙述了一个孤儿失去母爱之后的悲痛——

阿妈不知为何，
丢下我七岁小娃，
改嫁到有钱有势的人家，
我只好坐在屋角里，
望着门口哭来哭去。

阿妈呀阿妈，
你的心肝是红的，
如果谁把它擦黑了，
是你自己这样做，
还是有人帮你出主意？
是你自己走去的，
还是被豺狼抬走的？

阿妈呀阿妈，
我天天盼望你回家！
我把你用的锄头摸来摸去，
把你的背箩望来望去，
把你喜欢的藤篾凳，
一直放在火塘上方，
把你喝茶的竹筒，
一直留在你顺手的地方。

我盼你快些回家，
抬起你的锄头去种地，
背起你的背箩去砍柴，
坐在你的藤篾凳上纺线，
抬起你心爱的小竹筒喝茶。

白天的日头啊，
帮我找一下！
晚上的月亮啊，
帮我叫一声！
日头不见回答一句，
星月不见告诉一声！
我的阿妈呀，
怎么这样无音无信呀？①

这位孤女的阿妈不知什么原因，“改嫁到有钱有势的人家”，留下了可怜的孤女。孤女思念阿妈的心情在歌里唱得哀戚感人，幼小的她无援无助，只好抚摸着阿妈用过的东西流泪，她把它们按照阿妈的习惯放好，盼望着她回家，可是无论她怎样盼，怎样想，阿妈都杳无音信。

这些真切朴素的歌从一个弱弱小小孤孤单单的小女孩口里唱出来，没有人会不为之流泪。

第三节 优美的摇篮曲——阿尼托

领小娃调，又称催眠曲或摇篮曲，哈尼语叫“阿尼托”，是哈尼族诗歌中优美抒情的歌种。它分为以母亲为主的长辈（此外还有爷爷、奶奶、叔叔、伯伯、姑姑、婶婶等）吟唱的摇篮曲，和小姐姐领小弟弟小妹妹时吟唱的摇篮曲两类。前者体现了母爱的深厚，后者体现了姐妹的柔情。

① 载《西双版纳哈尼族歌谣》，高和搜集。

一、母亲吟唱的阿尼托

这类摇篮曲虽然只是母亲的哼吟，但在这哼吟声中却有许多变化，它们从各个方面表达着母子的深情、母亲的爱抚和希望，甚至有对婴幼儿童“人之初”的教育等等。

《导言》第四节我们介绍过元阳县果统村女歌手罗贝德唱的《阿尼托》，在简单的“（呃呃呃呃）睡吧！心肝（哟哦）睡吧。不打（哟）心肝（唉），（培儿呃呃呃）阿乖是（哟）乖（哟），不骂（唉），你是心肝宝贝。睡吧”的吟哦声中，我们已深深领会到这位母亲温柔深情的歌唱和她一吟三叹的节奏所造成的强烈的感染力。这是母亲爱抚的魔力。

红河县牛洞地区的阿尼托《我的阿乖》中更多的又是母亲的希冀——

呃！
我的阿乖！
脚杆手杆快长起来；
挖田去，
牵着牛去；
扛起猎枪上山，
撵麂子，打小鸟去。

——吴热厄唱　李元庆记录[①]

母爱的深厚和宽广不单体现在爱抚和希冀，还体现在她的教育。母亲是人类第一位教师。流传在元阳县的《认五官》（或《学说话》），就表现了一位母亲边哼着唱着，边逗着怀里的小娃教他牙牙学语，在这歌声中教他认识自己的情景——

阿嘎学，[②] 学说话。
有双脚，要走路。
有双手，要东西。
长双眼，看四方。

① 李元庆：《哈尼哈巴初探》，第133页。
② 阿嘎：小娃。

耳朵灵，听声音。

小眯指，[1] 小又短。
无名指，稍稍长。
中指高，粗又壮。
食指巧，好使力。
拇指大，粗又短。

手掌厚，好做活。
手杆粗，弯又直。
肩膀宽，平又厚。
下巴秃，圆又胖。
牙齿齐，白又亮。
鼻子秃，高又直。
猫鹰眼，清又亮。
眉头凸，方又宽。
头发黑，像棕筋。

歌中所唱是哈尼族的标准体型，母亲对着孩子这样吟唱，除教他学说话认五官肢体外，更希望他长成标准的美男子。

二、小姐姐哄领弟弟妹妹的阿尼托

所有的哈尼儿童都是在母亲的怀抱里和小姐姐的背上长大的，母亲因为忙于生产劳动和繁重的家务活动，领小娃的活基本由小姐姐包下来，小姐姐实际上是个小妈妈。她的阿尼托与母亲吟唱的有时候相互重合，但在更多的时候更有儿童的天真和浪漫。

如《艾呢呢调》，这是流传在元阳县的阿尼托——

啊依——艾呢哟！
心肝——睡吧睡吧！

① 小眯指：小拇指。

宝贝——眯眼眯眼！
阿姐舍不得骂的心肝，
阿姐舍不得打的宝宝。
姐姐的背是你的摇床，
姐姐的前襟是你的包被。
阿妈就要采回红山楂了，
阿爸就要捉回黑泥鳅了。

啊依——阿嘎哟！
心肝——睡吧睡吧！
宝贝——眯眼眯眼！
姐姐的背上眯眼睡去，
姐姐的背上长大成人。
快快长大下河捉鱼虾，
快快长大上山去打猎。

啊依——阿嘎哟呃！
心肝——睡吧睡吧！
宝贝——眯眼眯眼！
看你在阿姐的膝盖上跳，
像撵山打猎满山跑。
看你在阿姐面前玩，
像捉泥鳅满田跑。
阿嘎哟快快长吧！
打得猎物批干巴，
拿给阿爸做下酒菜。
快哟快快长！
捉得泥鳅晒干巴，
留做阿妈的栽秧菜。

啊依哟——阿嘎哟！
心肝——睡吧睡吧！
宝贝——眯眼眯眼！
阿姐舍不得打的心肝，
阿姐舍不得骂的宝宝，
阿姐抱得眯了眼，
阿姐背得停哭声……

心肝——睡吧睡吧！
宝贝——眯眼眯眼！

这位小姐姐把小妈妈的角色扮演得非常好，她温柔、甜美的歌声，伴和着她轻柔的抚弄、摇曳，使小弟弟酣然入睡，这首阿尼托塑造了一个如此可爱的小姐姐的形象。

这首阿尼托风格比较写实，“妈妈味”较足，下面一首《月亮月亮快下来》浪漫色彩更浓，“姐姐味”更足——

月亮月亮快下来！
歇在阿妹的头上。①
月亮月亮快下来！
够不着，够不着，
拿把钩子勾一勾，
勾得月亮挂在阿妹头发上。

这是一首在明月下哄领弟妹的阿尼托，小姐姐突发奇想，要把月亮叫下来歇在弟弟妹妹头上，但是她个儿矮够不着，就拿钩子把月亮勾下来挂在弟弟妹妹头发上。

这首阿尼托意境很美，把月亮够下来挂在弟弟妹妹头发上，这样小弟弟小妹妹听了会非常开心，说明小姐姐哄领小娃自有妙法，表现了她的聪明和可爱。而同时，这首歌十分巧妙地表现了月光的幽美。古诗词中所谓“月华如练”“明月如霜，好风似水”“桂华流瓦”等等，都不如这首阿尼

① 阿妹：滇南土语，对小娃的昵称，男女皆用。

托写月光美妙，这月色的光华和亮丽已到能用钩子勾下来，“挂在阿妹头发上”的地步，直是可触可摸可掬可弄了。

第四节　谚语、格言、谜语

哈尼语是非常富于艺术表现力的语言。在漫长的历史演变中，历代哈尼人民把从生活实践中总结出来的许多知识、经验、哲理浓缩到简短有力的语言上，使之流传至今，成为一种定型化的语句，哈尼语称为“朵阿玛”。朵阿玛包括谚语、格言、歇后语、谜语等等语言形式，由于它的运用，使生活中的哈尼语大为生色，文学中的表达也平添神韵。

优美的谚语、格言如——

讲道理没有讲不通的人，
用油炒没有不好吃的苦青菜。[①]

穿双层衣服的身子暖和，
在两层人中间的儿女苦。

针好线也好，
自己好别人也好。

这是关于哲理方面的。又如有关生活习俗的——

锅离不开三角架，
男人离不开妻子。

好友相见手拍手，
好畜相逢腮亲腮。

① 本节除注明者外，均引自白祖额、白碧波搜集整理的《哈尼朵阿玛》，云南民族出版社1991年版。

梯田多，
不愁吃。

没有不爱讲的故事，
没有不爱说的秘密。

又如有关伦理道德的——

话儿不真不要讲，
谷子不黄不要打。

螺蛳煮两道，
汤不甜。
猪肉炒两次，
味不鲜。

恶言伤人终生，
谷秕只是一年。

此外还有关于宗教、义理、时政、经济、自然等等方面的，兹不一一列举。

谜语、歇后语如——

一家人打伙放的黄牛——火塘的火。

一寨人使用的长矛——水槽。

最平的地——水塘。

会破不会锯的锯子——牙齿。

最清的一井水，望得见吃不着——眼睛。

一早能到天边跑千百个来回的快马——目光。

声音走的大路——嘴巴和耳朵。

跳一步下一个蛋的母鸡——土基模。

装雾露的金箱子——竹烟筒。

吃也撑，不吃也撑的肚子——背箩。

会站不会咬的狗——桌子、板凳。①

哈尼人称谚语、格言、谜语、歇后语是“吃饭时离不了的盐巴辣子”，它们确实是哈尼族语言中的精华，其中闪耀着哈尼人智慧的光辉，映射着哈尼人美好的心灵。

① 以上谜语、歇后语均系笔者搜集。

第四编

当代文学

（社会主义时期的文学）

新中国成立，尤其改革开放多年来，哈尼族人民的政治、经济、文化状况发生了根本性的变化。现代文化如大江之潮涌入哈尼族地区，与传统相震荡，使其发生了一系列变迁。反映社会生活的文学，也由此展现了崭新的面貌。

富有时代意义的成果是两方面。一方面，涌现了一批搜集、整理、研究哈尼族传统文学的专家学者和民间文艺工作者，第一次全面系统地调查、整理、研究传统文学的资料系统，出版了一批有价值的作品，发表了一批高品质的研究成果，在国内外学术界产生了相当的影响。另一方面，产生了第一批当代民族作家和诗人，创作了不少优秀作品，逐渐引起文学界的重视。兼有这两者，为哈尼族文学的当代发展奠定了坚实的基础。

概　述

哈尼族的当代文学以新中国的成立为肇始，以改革开放十余年的建设为高潮，呈现出一派欣欣向荣的气象。

这一时期可分为两个阶段，第一阶段以新中国成立初期到“文化大革命”结束，第二阶段以改革开放的十余年为起点至今。

第一阶段：新中国成立初期到“文革”结束。

新中国的成立，使世世代代饱受剥削压迫的哈尼族人民获得了政治的解放，哈尼族地区的经济、文化也有了初步的发展。当家做主人的喜悦使哈尼族人民从心底唱出对新中国、对共产党和毛主席的颂歌。这些民歌情感真挚，语言质朴，多采用解放前后两种不同生活鲜明对照的手法，表达自己的感情。

随着“大跃进”“人民公社化运动”“四清运动”“文化大革命”等一系列政治运动的开展，极“左”思潮也泛滥到哈尼族地区，传统文化不断遭受压制。“文化大革命”时期，大批保存民族文化的贝玛和歌手，被当作“封资修”遭到残酷斗争无情打击，不准吟唱古歌，不准讲述古老的故事，不准举行节典祭仪，民族文化几乎被扼杀殆尽。当然，由于哈尼族人民对自己民族文化的挚爱和维护，这一文化仍然在民间暗暗传袭，体现出民族文化顽强的生命力。

这些政治运动产生了一批违背哈尼族人民实际生活、崇尚浮夸、张扬虚假的“大跃进民歌”和鼓吹极“左”思潮的“文革赞歌”。这些诗歌远离了哈尼族文学真挚、淳朴的传统，内容空泛，缺乏艺术感染力，实际是一些标语口号式的政治呼喊，它们是那些疯狂年代的产品。这是哈尼族当代文学的第二批果实，当然它们是苦涩的、畸形的。

第二阶段：改革开放十余年至今。

哈尼族当代文学的真正崛起是改革开放十余年来的一系列文学建树。这一时期政治环境逐渐宽松，民族文化得到政府的支持和法律的保护，群众性的民族文化活动和文学艺术创造较之“文革”前更加活跃。

其活动主要在两方面：

第一，进行了有组织、有系统的传统文学及与之有关的民俗、宗教、历史、艺术等方面的调查、搜集、翻译、整理工作。哈尼族文学史上最优秀的作品都是这一阶段出版的，如大型系列创世古歌《窝果策尼果》《十二奴局》《天地人鬼》、长篇迁徙史诗《哈尼阿培聪坡坡》《雅尼雅嘎赞嘎》《普嘎纳嘎》《普亚德亚佐亚》《阿波仰者》、长篇祭词《斯批黑遮》、长篇哭葬歌《密刹威》、英雄史诗《迁徙悲歌》、长篇悲剧叙事诗《不愿出嫁的姑娘》及一系列有名的神话、传说、故事、情歌、儿歌等等，由它们构成了哈尼族文学史的庞大资料系统，展现了哈尼族文学的大貌。其中许多篇什获得好评，如《窝果策尼果》《雅尼雅嘎赞嘎》分别荣获云南省第二届文学艺术创作奖励基金会一、二等奖，其他作品也多有获奖。

在搜集整理这些作品的同时，一支以哈尼族专家、学者、文学工作者、业余爱好者为主体兼有其他民族的专家、学者参加的工作队伍迅速成长起来。这支队伍素质好，起点高，既有深厚的民族基础，又有较高的学术修养，文化视野开阔，国内外网络关系广泛，发表了一批重要的研究成果，而且受到学术界的高度评价。如史军超对迁徙史诗的开拓性研究，对哈尼族神话体系的研究，李期博、毛佑全从民俗学、宗教学角度对哈尼族文学的研究等等，均为学术界认可，其论著受到国家、省级政府、科研机构的多次奖励和国际学术界的重视。

这些成就标志着哈尼族当代文学的研究业已成熟，并渐与全国和国际学术水平靠拢。

这一时期对传统文化传承者贝玛展开的不同意见的争论，这也是文学界的一件大事，由此对贝玛和贝玛文学有了深入的认识。

第二，这一时期涌现了一支富有朝气的文学创作队伍，发表了一批具有一定艺术水准的小说、散文、诗歌，哈尼族作者中有不少人已跻身于中国少数民族作家的行列。许多作品获得了文学界的奖励，如朗确的散文

《茶山新曲》、艾扎的小说《金凤花》、诺晗的散文《太阳》、存文学的小说集《兽之谷》、黄雁的小说《无量的大山》、哥布的诗集《母语》等，获得第一、二、三届全国少数民族文学创作奖、中华文学创作基金会“庄重文文学奖”、云南省优秀文学创作奖、云南省文学艺术创作奖励基金奖，标志着哈尼族文学不但拥有了自己的作家群，而且创作的作品在中国的民族文学中占有了一定的位置。

哈尼族当代文学正处于崛起大泽的躁动中，将来的发展如何尚有待于它自身的证明。但是，从以上概貌可以看出，哈尼族文学新时代的大潮已赫然发动，它挟带着飓风震响着惊雷的高峰正隐隐在前方闪耀了！

第一章　历史的足音——当代民歌

哈尼族是能歌善舞的民族，不论在任何时代，他们都把自己对生活的感受加以艺术的酿制，发而为诗，咏而为歌，用以抒情言志，倾吐心声，这些诗歌因此也成为鉴照时代的镜子、回响时代的足音。在当代文学中，民间歌手们除继续演唱古歌外，更在新时代里唱出新声。

第一节　新中国的颂歌

新中国成立以后，哈尼族地区与其他民族地区一样，经历了清匪反霸、减租退押、土地改革、分田到户，直到合作社运动的历程。这一巨变震撼了哈尼人的心灵，激发了他们放声歌唱的热情，他们从生产、生活、爱情、婚姻、妇女地位、文化变迁、民族团结等等方面，控诉旧社会，歌颂新中国，这些民歌构成了哈尼族当代文学史上最初的景观。

一、歌颂共产党和毛主席的民歌

共产党、毛主席带领全国人民推翻了旧中国，建立了新中国，给世世代代居住在边疆深受剥削压迫的哈尼族人民带来了幸福，哈尼族人民满怀感激之情唱出了大量关于共产党和毛主席的颂歌。他们这样比喻——

天上什么大？
天上太阳大。
地下什么大？
地下大海大。

人里首什么大？
人里首毛主席大。

——《天上什么大》①

哈尼人用所能知悉的最大的事物太阳和大海来比喻毛主席的伟大，由此见出哈尼人民的朴实淳厚的感情。下面一首则是用太阳与万物的关系来比喻哈尼人民对共产党的热爱——

世上万物爱太阳，
没有太阳不生长；
哈尼热爱共产党，
好比万物爱太阳。

——《世上万物爱太阳》

由这爱引动了他们诚挚的祝福——

我们弹起四弦，
庆贺自己的幸福，
（祝愿）天不翻，
地不陷，
月亮不落，
太阳不死，
毛主席永远在！

——《毛主席永远在》

天翻地陷月亮落太阳死是哈尼族神话中人类最可怕的灾难，相应的，天不翻地不陷月亮不落太阳不死是最大的幸福，他们用富有特色的比喻表达了自己的感情。

二、控诉旧社会歌唱、翻身做主人的新民歌

解放初期，为了启发人们的觉悟起来为争取自己的人身权利做斗争，许多地区进行了忆苦诉苦控诉黑暗旧社会的活动，哈尼人民在这些活动中

---

① 本章所引资料除注明者外，均引自《红河哈尼族彝族自治州哈尼族文学发展概略》（初稿）傅光宇摘抄本。

采用民歌形式一吐胸中块垒。如《提起苦日子》这样唱——

提起苦日子，
阿爹阿妈想起来，
土锅支不起，
柜无一颗米，
地主全部剥削去，
刮得我们像光溜溜的泥鳅流涎水。

提起苦日子，
数也数不清：
没有蓑衣着刺戳，
没有篾帽着雨淋，
……

床上虫子来做窝，
晚上叮得睡不着；
一个臭虫有七斤，
一个虱子八两重，
……

这样的控诉催人泪下。还有一首叙述旧社会逼人卖儿女的苦歌，更令人鼻酸：

土司地主剥削我们，
苛捐杂税多得交不起，
逼得哈尼卖儿女。
儿女不卖逼着卖，
田地不卖逼着卖，
不卖还不起地主的债。

……
家里的田地卖完了，

地主的债啊，
没有赔清一半。
……

——《不卖儿女赔不完》

面对沸腾的新生活，他们又用民歌唱出当家做主人的喜悦。如《三代人修公路》这样歌唱修筑公路的欢乐——

各区的人到这里来，
三代人到这里来，
千里边疆小路不好走，
一丈八尺宽的公路挖出来。
下边挖到越南地，
上边挖到北京城，
边疆内地连通了，
机器运到边疆来，
……

他们这样歌颂民族的团结友爱——

一把扇子几个人扇凉，
一把伞几个人遮阴，
各个民族团结起来，
一起扇凉，一起遮阴。

——《各个民族团结起来》

这些新民歌在艺术上没有多少建树，仅是直抒胸臆的率真表达，但是它们倾吐着哈尼人民站立起来主宰自己命运的心声，清新明快，一扫传统民歌低沉压抑的风气，如山泉清溪般在哈尼山乡流淌。

第二节　“人民公社”“大跃进”时期和“文革”后期的新民歌及文学活动

一、“人民公社”“大跃进”时期的新民歌

1958～1959年的“人民公社”“大跃进”时期，由于受到“左”倾思

想的指导，导致了生产建设的重大失误。

这一时期新民歌数量最多，但多是图解政策的政治宣传品，在文学上没有多少价值，它们只是那个时代的一缕回声。

如这首鼓吹“大跃进”的民歌——

“五八年大跃进，”
普米乡在二区出了名。
今年党又发命令，
要我们向肥料大进军。
哈尼人民最听党的话，
说一句来听一句。
人人积肥个个干，
一亩田保证五万斤。
上级分给的任务不动摇，
不完成任务不收兵。

——《要夺积肥红旗》

再如这首《人民公社好》——

今年一九五八年，
我们办了人民公社，
人民公社好，
我们全区成一家。

千支万支马一股笼头拉，
千人万人说一句话，
千人万人吃一甑子饭，
千人万人喝一股龙潭水。
……

另外还有大量反映浮夸假冒、以想象代替现实之风的民歌，如——

一个辣子有半斤，
一朵棉花出九两，
一蓬芋头背九背，

一窝青菜长出四棵来，
一蓬皮菜长出十蓬来，
一窝红米打九斗，
谷粒好像“阿萝茜”，
谷穗好像狗尾巴，
一年谷子打九仓，
一仓谷子吃九年，
吃不光，用不完，
人人欢喜庆丰年。

——《庆丰年》

这些民歌是“左”倾思潮大泛滥时代的产物，只能是虚假的文学产品，这正是其悲哀所在。以史为鉴，当我们回顾这些充满激情而又空虚可笑的歌唱时，不正是得出了不应该再有这样的时代和这样的文学的结论吗？

这一时期真正最有意义的文学活动，是在云南省委宣传部领导下开展了对全省各少数民族民间文学的普查工作。虽然这一工作不可避免地受到“左”倾思想的指导，以阶级斗争为纲，以“大跃进”民歌的调查为重点，因而遗失了哈尼族民间文学中最重要的作品，但同时也搜集到不少优秀的传统作品，如构成悲剧叙事诗《不愿出嫁的姑娘》的《哭婚调》、《苦婚调》、《帮工歌》、《哭嫁歌》等诗歌，前者正是在这些调查材料的基础上整理而成的。

这次文学调查的实绩，是“云南省民族民间文学红河调查队”编写的《红河哈尼族彝族自治州哈尼族文学发展概略》（初稿）的完成。虽然它受制于当时的政治环境，未能形成一部有真正学术价值的著作，但仍然记录了不少有价值的作品和文学现象，如神话古歌《老古时候的人》、《盘古分家》、《砍大树》、迁徙史诗《哈尼先祖过江来》，及本章所引的大部分民歌等等。后因“文革”的原因，这部书始终未能出版面世，是一件十分可惜的事情。

二、“文革”歌谣

1966～1976年的“文化大革命”，是中国当代历史上的大灾难，哈尼族地区也被殃及。在此十年动乱中，生产力遭到严重破坏，民族文化遭受扼杀，哈尼族文学几至绝迹。1976 年粉碎“四人帮”以后，人们从恶梦中醒来，开始反省这场悲剧的教训。

值得一提的是，“文革”后期在哈尼族民间曾出现了一些短小活泼的民歌，对极“左”思潮进行了辛辣的讽刺。如《书记报的产》就是一篇有趣的作品——

大青树的叶子够密了，
没有把树枝压断；
七八月的雨水够多了，
没有把大海胀满；
唯有书记报的产，
胀破了大海，
压断了秤杆。

大青树密密的叶子，
可以消暑除汗；
七八月的雨水，
可以浇地灌田；
唯有书记报的产，
只能把农民的肚皮饿扁。[①]

这首歌塑造了一个擅长吹牛皮说假话好大喜功不顾人民死活的支部书记的形象。另一首民歌则塑造了一个类似的生产队长的形象——

把南瓜说得囤子大，
饿死一家；
把南瓜说得房子大，
饿死十家；
把南瓜说得山大，

① 白章富、傅光宇、兰克：《哈尼族文学概况》，载《云南少数民族文学资料》第 2 辑。下同。

饿死一个国家。
队长呵！
你再吹，
南瓜藤只会结丝瓜啦！

——《南瓜藤结丝瓜》

第三节　当代民歌的力作——新悲剧叙事诗《古卑姑娘》

一、新时代的老悲剧——《古卑姑娘》产生的时代背景

1982 年第 3 期《山茶》杂志刊登了一首悲剧叙事诗《古卑姑娘》，这首诗歌当时并未引起文学界的注意，然而随着时间的推移，它竟越来越成为人们议论的话题。历史证明，它是一首历久弥新的诗作，它深刻反映了一个严峻的主题——妇女包办婚姻这一新时代下的老悲剧。

创作这首诗歌的是元阳县胜村乡全福庄的老歌手卢万明。他在解放初就创作了许多歌颂新中国的民歌。

卢万明是一位饱经忧患的歌手，解放前他因家景贫寒，过着漂泊无定的日子，解放后生活有了新的改善，他于是放开歌喉，唱出大量赞颂新中国的诗歌，成为新时代的歌手。谁知“文化大革命”中，他竟因此被关押审查，他的歌声于是沉寂了十年。

“文革”结束后，元阳文化馆老馆长杨叔孔同志热情关心他的思想和生活，鼓励他在新时代唱出新歌来。这位老歌手的心又被点燃了，他又开始用歌声拥抱时代了。饱经磨难的生活使他的歌变得犀利有力，他密切地关注着生活的潮起潮落，深刻地体察着人们的酸甜苦辣，他要唱出人民的所思所想，而不仅仅做一个生活的赞美者。

这时候，一位妇女的遭遇引起了他的注意。同寨的女青年卢古卑才二十多岁，却已出嫁三次，都因包办婚姻和不能生育而被婆家撵出门，年纪轻轻就变成一个无家可归的人。杨馆长和一些同志了解她的遭遇后，十分同情，给她找医找药治病并把她培养成一名优秀歌手，她 1979 年参加了云南省农民文艺调演，获得了好评。卢万明敏锐地看到，虽然解放多年，

但包办婚姻和对妇女的歧视依然在哈尼族社会中根深蒂固，多少民族姊妹仍然挣扎在痛苦的深渊里。于是他根据卢古卑的遭遇创作了四百多行的悲剧叙事诗《古卑的歌声》，又名《古卑姑娘》，由卢朝贵、杨叔孔翻译成汉文，在《山茶》杂志发表。

这首诗创作出来后即在广播站播放，许多天的夜晚，当广播里传出卢万明那动人的歌声时，在全福庄寨房的屋檐下，在家家的屋角里，一群群有着类似命运的妇女们聚在一起，一边听，一边流泪。诗歌里古卑姑娘悲惨的遭遇被卢万明用哀切动人的歌句和委婉曲折的情节细腻地表达出来，妇女们好似篾刺穿心，纷纷感慨自己处遇的不幸，希望有朝一日能彻底埋葬包办买卖婚姻，争取到自由平等的人格。

这是《古卑姑娘》创作之初的情况。近十年来，随着市场经济的兴起，商品意识激涌入哈尼族地区，包办婚姻、歧视妇女在有些地区更演化到了尖锐激烈的程度。有感于此，原任红河县大羊街区区委书记哈尼族干部白克仰调查了其所任职的大羊街区和邻近的浪堤区、车古区哈尼支系奕车人的包办买卖婚姻状况，著文《奕车人畸型婚姻初探》，指出这一问题的严重性。他说，60 年代以来，“包办买卖婚姻十分严重。大羊街乡妥垤村最近初婚的 14 个妇女中，10 个是父母包办的，占总人数的 71.4%，自愿结合的只有 4 个，只占总人数的 23.5%。在结婚一次以上的人中，仍然有一部分为父母所包办，不得不违心地和别人结合。与包办相随的是买卖。当父母包办婚姻的时候，也就是捞取女儿婚价钱的时候。妇女从自己的身价钱中得到的只是一个方柜、一床被子和一只笆箩（一种上圆下方的篾织品）的购置费，其余全部归父母。续嫁妇女的身价钱，主要是付给原夫，但父母也往往从中捞一部分。如妥垤村有一妇女 1974 年初婚的身价为 800 元，再婚身价为 1400 元，还给原夫 900 元，其余归自己的父母。妇女一方面被父母买卖，另一方面还会被丈夫买卖。某女因包办嫁给张三，如果以后与张三不和，要嫁给李四，张三就会向女方索取超过婚价数目的钱，只有当李四付这部分钱给张三，该妇女才能和李四结合……”① 在这样残酷的事实面前，妇女的人格、自尊、权利荡然无存，毫无自由、幸

① 见《云南民俗》第 6 期第 12 ~ 13 页。

福、美满可言，这样的婚姻对妇女是一种迫害，同样，对男方也是一种伤害。

在这样的背景下，《古卑姑娘》受到越来越多哈尼族妇女的欢迎，因为它反映了她们的痛苦和要求，表达了她们的追求和希望。

二、如泣如诉的《古卑姑娘》

《古卑姑娘》采用悲剧主角古卑姑娘在经历千辛万苦终于觅得幸福与心上人结合的婚礼上，向前来贺喜的众乡亲倾诉衷肠的回忆手法展开全诗。它叙述了一个简单而又凄惨的故事——

在美丽的家乡全福庄，古卑长成一个大姑娘。有一天早晨阿妈走进她的住房，叫她快快穿扮一新迎接亲戚，聪明的古卑姑娘预感灾难即将降临，不肯应命，于是阿妈把她在房里囚禁起来。果然，她早被父母卖给一个陌生男人为妻。她企图逃走，但被人们粗暴地抓住，强迫出嫁。

年轻的古卑姑娘在公婆家度过了三年苦煎苦熬的日子，这家人从不给她一点温暖，只把她当成生儿育女的工具，但是三年之中，她还是不能怀孕，于是被撵出门，临走，凶恶的丈夫居然拿出记事的木刻，要她拿钱赎回自己。古卑姑娘满怀辛酸和悲痛回到父母家中，不料哥哥妹妹对她的遭遇不但不同情，反而用恶言恶语来伤害她，连阿妈也说她吃光了家里的粮食，嫂嫂则说她住烂了家里的房子。古卑姑娘上天无路入地无门，只好四处漂泊，过着凄惨的生活。

解放军来到哈尼山，了解到古卑姑娘的痛苦。一位解放军大姐四处寻找古卑姑娘，要用自己的热情温暖她冰冷的心，但是受尽折磨的古卑姑娘已经对生活丧失了信心，她四处躲避这位大姐。

解放军大姐对古卑姑娘满腔热忱，历尽艰辛终于找到她。她关心体贴古卑姑娘，尊重她的人格，教她学文化，帮她懂得解放的道理，又组织古卑姑娘和妇女们控诉封建婚姻的不平等。在她的帮助下，古卑姑娘找到了自己的心上人，和他结成了美满姻缘。

全诗在古卑姑娘与心上阿哥的婚礼歌中结束。

这首诗歌分五节，前四节是对古卑姑娘悲惨遭遇的描述，第五节“解放军大姐”找古卑姑娘教她学文化、认识妇女的自尊自救和找到心上阿哥只是一个光明的尾巴，全诗重点在对包办买卖婚姻的控诉，它是一首悲剧叙事诗。

这首诗意在通过女青年古卑姑娘的遭遇反映80年代哈尼族妇女的心声。卢古卑1981年“才二十三四岁”，[1] 解放初还未出生，不可能被父母包办结婚。歌手之所以这样做，是因“文革”刚刚结束，极“左”思潮还未彻底消除，如果描写的事件太近当代，会被认为“暴露生活的阴暗面”——这样的指责在中国文坛上实在太多了。所以卢万明聪明地把卢古卑的事移到解放初，而且加上了一个“解放军大姐救古卑”的冠冕堂皇的尾巴。这一做法削弱了诗歌对丑恶现实的批判力度，这在卢万明是不得已的，在诗歌本身则是可悲的。

尽管如此，这首诗歌仍然具有巨大的道德冲击力和艺术感染力，因为它是生活的产儿，是千百个古卑姑娘血和泪浇灌出来的花朵，也是老歌手卢万明心血凝结成的宝石。

诗歌里塑造的古卑姑娘是一个动人心弦的形象，她聪明机灵，富有个性。诗歌描述到在那个灾祸降临的清晨，早将女儿出卖的阿妈还甜言蜜语地哄骗古卑姑娘，她居心叵测企图将一场风暴轻轻掩盖过去——

阿妈早早走进姑娘房里：
“阿因哟快快起，
今日家里来亲戚。”

但是对包办买卖婚姻已见闻甚多的古卑姑娘早有警惕，她和阿妈展开了周旋——

“阿妈哟，哈尼生来就爱客，
来了亲戚心欢喜，

① 见元阳县文化馆文章《迎春怒放的拉千阿也》（杨叔孔执笔，载《红河》杂志总第9期）对卢古卑情况的介绍。

你看屋里有米缸里有水，①
我养的大肥母鸡在厩里。”

“阿因哟，别淘气，
阿妈早早给你送新衣，
绿的裤红的衣，
五色线线绣花衣。”

“阿妈呀，山中沟深路有泥，
穿上新衣怎么做活计？
姑娘已经打瞌睡，
你让姑娘来休息。”

“阿因哟真淘气，
阿妈真心喜欢你，
银打的，铜铸的，
样样穿戴都配齐。”

这位“真心喜欢”女儿的阿妈一旦被古卑姑娘识破了心机，就真相毕露，把门“咔哒一声紧闭”，把女儿囚禁起来了。

在这里，人物心理和个性的刻画是十分准确的。阿妈碍于母女情面，对古卑姑娘采取“母爱”幌子下的哄骗战术，古卑姑娘面临大祸沉着冷静虚与委蛇，也希望能用母女之情感化阿妈，躲过这场灾难，这里见出了她的聪明机灵。

但是，在强大的陈规陋习习惯势力压迫下，她还是遭逢了悲惨的命运。对她的遭遇，歌手寄予了无限同情。他唱到，婚礼途中所经的高山所历的溪水对古卑姑娘的悲剧也为之动容——

娶亲的人走过山冈，
姑娘向高山呼救。

① 春米挑水是哈尼姑娘每天早晨应做的事。

高山低下了头，
好像说：这是古规。

姑娘走过常常洗脸的小溪，
她向山溪忙乞求。
山溪掩起了面，
仿佛说：这是命运。

不知什么时候，
姑娘跨进了不愿跨的门，
无可奈何，
姑娘住进了不愿住的房子。

歌手就是用这样深情的描写一层一层把古卑姑娘的悲剧展现在人们面前。

卢万明是一个善于营造氛围的歌手，他往往在平静的叙述中展开重大的主题。如诗歌是从对美丽家乡的描述开始的——

山庄好好不过哈尼的全福庄，
泉水清清不过观音山的溪泉，
这是祖先选下的好地，
有金打的寨墙银打的门槛。

寨旁长满了密密的树林，
鹌鹑鸟日日在树上嬉戏。
寨后台台坡地上，
年年收回马尾长的玉米。

这宁静的山寨、花香鸟语的树林、年年丰收的好地，组合成一首宁静的田园曲，然而就在这静谧的氛围中，一场悲剧的序幕缓缓地拉开了，这一对比性的描写使后面古卑姑娘的悲惨遭遇产生了震撼人心的效果。

这首诗的语言也富有表现力，如——

她心底有十张犁在翻，

她心里有十张耙在耙，

她心口有十把刀在割，

古卑姑娘的痛苦何时才能了？

频频使用了哈尼人日常习见的事物来描绘，如用犁田耙地来形容古卑姑娘内心反反复复一层深似一层的痛苦煎熬，这也是它很容易引起广大哈尼族听众共鸣的原因。

《古卑姑娘》在哈尼族当代文学中不算一件重大作品，但却是一件重要作品。白居易论诗说："文章合为时而著，歌诗合为事而作。"文学对生活干预和导引的主张永远不会过时，因为这是人民需要，时代需要。《古卑姑娘》就是八九十年代哈尼人民需要的作品。

《古卑姑娘》证明卢万明是一个时代歌手和人民歌手，这也是他远胜于许多一味守旧的老歌手和许多远离人民现实生活，一味咀嚼个人小小忧伤的新诗人、新作家的地方。

第二章　对贝玛的重新认识和评价

对贝玛的重新认识和评价是哈尼族当代文学史上的一件大事。

我们曾经说到，哈尼族传统文学主要依靠宗教祭司贝玛——当然还有大量的歌手和爱好者——代代相传而得以延续，同时，他们也参与了各个历史时代的文学创作，很多优秀作品就是由他们创作或修改完善而成的，贝玛是传统文化的主要传承者。这样的历史定位并非自来如此。对贝玛性质的认识和功过的评价曾经历过漫长时间的激烈斗争。对贝玛的认识和评价，是哈尼族文化史上的重要问题，它涉及广大的范围和对民族文化、民族文学的不同看法。

解放以后，贝玛及其活动曾遭受三次重大的冲击：

1956 年和平土改及 1958 年“大跃进”“人民公社”时期，党中央号召“解放思想，破除迷信”，贝玛受到了第一次冲击，被定性为“封建迷信职业者”，其活动既然是“封建迷信活动”，因而活动大受限制，人数大大减少。但到 1961 年前后，国家政策改变为“巩固、充实、提高”，体制作了调整，政治环境稍微宽松一些，各种节日祭典渐渐恢复，贝玛活动又兴盛起来。

1965 年“四清运动”时，四清工作队进驻各村各寨，虽然运动重点是清理“走资本主义道路的当权派”，但对贝玛冲击很大。许多贝玛被宣布为批判对象，除罚站、受训之外，还被勒令做检讨、盖手印，保证今后不再从事贝玛活动，这是第二次冲击。

第三次冲击最大，时间也最长，这就是“文革”十年。当时贝玛被宣布为“敌我矛盾”，属于地、富、反、坏、右五种人之列。“文革”各个阶段——画线站队、清理阶级队伍、深挖暗藏的阶级敌人、批林批孔等等运动中，都首当其冲。他们有的被关、被斗、被拷打、被迫认罪，有的致伤、致残甚至致死。元阳县“五百贝玛三千摩批”（包括其他民族祭司在内）无一幸免。因此人们很长时间内，包括“文革”结束后的头几年，言贝玛而色变，对贝玛及其活动更是视如洪水猛兽，群众请贝玛开丧主祭也只敢在私下暗暗进行。

十一届三中全会以后，党中央制定了改革开放政策，人们开始敢谈贝玛了，贝玛也渐渐活跃起来，尤其近十年来，贝玛活动非常时兴，老贝玛不仅自己从事祭祀活动，而且广招门徒，传授技艺，年轻人也多有投师习艺者，于是如何看待贝玛活动，成为一个无法回避的问题。

这一时期，政府部门和学术界形成了三种对贝玛的看法：

第一种，民族传统习俗和节日，如苦扎扎（六月年）、艾玛突（祭寨神）、扎勒特（十月年）、活息咂（尝新米节）、开冷丧（葬礼）等等大量恢复，有时一次杀几头牛，杀十几头猪，有时一连忌日子几天，对生产破坏性很大，这都是贝玛的封建迷信活动造成的，没有贝玛就不会如此，应该打击贝玛。

第二种，认为贝玛活动虽属封建迷信，历次运动都曾严厉打击过，但无效果，甚至白天斗贝玛，晚上人们又去请，有的当面斗贝玛，过后又去道歉，说明贝玛在群众中根子很深，干涉过多也没用，不如不管。

第三种，认为哈尼族历史上没有文字可以记载历史、文化、文学艺术，全靠贝玛保存发扬，他们是民族的知识分子，以前的批斗是错误的，应该尊重他们，发挥他们的积极作用。至于他们从事宗教活动带来的负面效应，则应当循循善诱，加以引导。

这三种看法久争不下，后来许多专家学者做了大量调查，对贝玛作了实事求是的分析。

云南省知名老作家、原红河州文联主席陈见尧1980年曾对元阳县牛角寨乡果统村公所作过专题调查，并有调查报告《哈尼族的贝玛——民族调查手记》一文发表。① 陈文说，果统寨是当地较大的哈尼族村寨，有314户，1687人，生产较落后，文教卫生事业发展很缓慢，有一所小学，

① 陈文载《红河》总第5期《红河哈尼族彝族自治州民族民间文学选集》。

7名教师，50名学生，入学儿童仅占适龄儿童的10%，多年来上过初中的仅20人，高中仅4人，无大学生。群众到过外省的仅1人，到过省城昆明的仅2人，原来开办过合作医疗，有2名草医，现在已无活动，曾因疟疾等病死亡数十人，文化活动很少，几个月难看到一次电影。因物质文化生活落后，这个寨子的贝玛活动一向出名，是全县三个贝玛窝之一，当时全寨有贝玛、摩批55人，旧有者46人，新学者9人，年龄最大的80岁，最小的27岁，当贝玛最长的50年以上，家传两代贝玛的4人。贝玛按其活动的不同，分为两类，一类叫“西批”（又叫诗批、斯批)，即送葬贝玛，一类叫“察批”（又叫刹批)，即退鬼贝玛。按等级分，可分为大贝玛（师傅）和摩批（又叫小贝玛，徒弟)，大贝玛有一个从出嫁姑娘家拿来的布缝制的口袋，和一把铁匠打的尖刀为象征，这两件东西平时挂在家中中柱上不得随意触动，送葬时才取下使用。果统寨有六个这样的布袋，即有六个大贝玛，每个大贝玛下有六至二个不等小贝玛和摩批，全寨并以此分为六片，分属六个大贝玛统辖。每片的贝玛除要系统掌握本民族文化知识外，还要掌握本片每户人家的家谱，最少要背诵到七代人以上，哪一户人死亡时，由该片大贝玛带领众摩批去主丧，收入的肉、菜、钱、物再作分配，另一片贝玛不得越界活动。

“西批”主持丧仪一般从装殓入棺到抬上山要活动三天三夜，这段时间要不息不止地轮流背诵各种古典经文。主要内容分三种：

第一种，老人死后，家主鸣枪报丧，贝玛来家，敲两只鸡的头，使其扇动翅膀再死。此时背诵升天祭词，意谓鸡驮着死者灵魂，渡过“西罗麻海”（阴间之地)，又背诵丧者家谱，意即让死者加入先祖家族之列。

第二种“批果”，即祭词12条，在棺材前背一段，用竹筒敲三下。其词有：

1. 荷尾尼扎：祈求葬仪安全进行。
2. 扎批：请前辈贝玛大师前来协助。
3. 洗得马得：开天辟地和人类起源万物生成的神话传说。
4. 咪舍学舍：远古男女结合、繁衍人类的神话传说。
5. 勒作：安街子、赶街子的神话传说。
6. 然密必：嫁姑娘的古歌。

7. 杵白：找坟山。

8. 河洛河美差：为死者找工匠。

9. 胡泊哈泊补：十二月生产调，使死者在另一个世界也能依时劳作。

10. 白把：一个放蜂子的神话传说。

11. 磨拉乌：一个人怎样由小到老的全过程。

12. 洒挨：如何发展牲畜，即告诉死者到另一世界如何劳动。

第三种，丧礼中的每一细项都要背诵相关经文古典。

1. 搓确：人刚死，找棺木树、解板做棺材祭词。

2. 角托：祭工具词。

3. 史艾别尔甲：理家谱，从第一代先祖下来，直到死者。

4. 主阿哈：洗尸、裹尸、装棺词。

5. 索阿斗阿洽：停放棺材词。

6. 梭嘎打：杀牛词，同时再次理家谱，从死者往上理至七代。

7. 佐起佐打：祝死者五谷丰收六畜兴旺词。

8. 哈梭细佐佐：杀牛杀猪词，祈求亡灵保佑生者。

9. 港马美：为死者堵路词。

10. 干黑羊泽：堵鬼路塞鬼门词，告诫死者不可回家作祟。

11. 若死者当过官（不论大小），当过贝玛工匠，则加背“直批吉”（头人、贝玛、工匠）的内容，意为死者安心而去，他的事业会有人来继承。

至于察批的活动主要是退鬼，一般人生病遇难，即请贝玛来看，贝玛先打卦，鸡卦、米卦、草卦较多，此外有猪肝卦、麂子肝卦、马鹿肝卦等，测定是何种鬼为害，然后背诵专门禳解的咒语，同时决定是否用鸡、猪、米、布等物祭献，献后即为贝玛的报酬。咒语分三种：

第一种“黑扎”。内容为：

1. 克遮：退鬼开场白。

2. 黑沙假沙：撵家鬼。

3. 厄合：请天神下来评判病者的功过。

4. 打错：撵一些大官死在该处变的鬼。

5. 乌搓：撵地下面的鬼。

6. 挨克：召唤天狗下来帮助撵鬼。

第二种“哈扎”，乞求天神保佑的祝咒。内容为：

1. 主哈：为当官的人乞求天神保佑当官顺利，百姓不反抗。解放前当里长、招坝（均土司属下官员）的人，一般三年两头要请贝玛背一次。

2. 批哈：乞求天神保佑贝玛师傅，三年两头各背一次，叫大鬼小鬼听话、走开。

3. 吉哈：乞求天神保佑工匠师傅。

4. 普哈：每年祭寨神前背，请诸神保佑寨子平安。

5. 火哈：请诸神保佑一家老小平安。

6. 德哈：在田头请神保佑庄稼。

7. 西批河尾：送葬贝玛活动时，先撒一把米，以划出地界，保佑其活动区域内平安。

8. 察批河尾：退鬼贝玛活动时背，仪如上。

9. 差哈：念咒压惊。

10. 哈作作：吵嘴打架时请贝玛来背诵，以战胜对方。

11. 哈角角：出门时请贝玛背诵护身咒。

12. 哈尾：打官司时，请求打赢官司。

13. 把尾：男女恋爱时，请贝玛来背，以求对方爱上自己。

第三种“涅扎”，退各种死鬼的经咒。

通过这些调查，基本搞清了贝玛问题，形成三点看法：

一、贝玛活动具有两面性。一方面，贝玛在保存、传播哈尼族历史文化上起着重要作用。其送葬祭词中除了迷信色彩较浓的部分外，大量的是民间文学作品，如一系列神话古歌、十二月生产调、迁徙史诗等等，传统文学的重要作品基本是由他们保存下来的。另一方面，西批在送葬中，所谓超度亡灵，乞求神佑，带有浓厚的迷信成分，察批以送鬼退鬼为人消灾免难也属同类。然而，这些消极成分是在漫长历史时空中形成的，与人民物质文化生活长期贫困落后的状况有着直接关系，现在需要在建设物质文明的同时建设好精神文明，这样才能根本改变贝玛活动的负面效应。

二、贝玛不是“封建迷信职业者”。他们本身就是农民，长年从事农业劳动，群众要求时去背一下为人们“驱灾除害”，与长期从事迷信活动的师娘、巫师性质不同。经济上，贝玛以送鬼献神形式从群众手中取得牛肉、猪肉、鸡鸭、谷米、布匹等等报酬，但数量有限，不能作为他的主要生活来源。因此，贝玛是人民的一员，决非“敌人”。一般说来，贝玛在群众中享有极高的威望，是道德高尚的人，极个别坏人借贝玛名义敲诈勒索，诈骗钱财，甚至奸污妇女，搅乱治安，不仅为群众所痛恨，也为广大贝玛所反对。

三、需要加强对贝玛的工作。既要坚决反对过去极“左”路线下采取的粗暴做法，又要克服放任自流的态度，面对现实，做好贝玛的教育工作。其次，要在群众中大力宣传新思想、新文化，认清贝玛的消极面，帮助他们克服封建迷信成分。这方面要有极大的耐心和热情，科学地帮助他们分清哪些是精华，哪些是糟粕，鼓励他们宣传民族的优秀文化，扬弃陈规陋习。

陈见尧的调查有较大的说服力和代表性，他的认识也是较客观较实事求是，得到了政府有关部门和学术界的认同。

调查研究过贝玛问题的还有卢朝贵、杨叔孔、李期博、田志勇、毛佑全、钱勇、李克忠等。笔者 1982 年曾对元阳县贝玛作过调查研究，将贝玛的现状、性质、发展趋向等等情况及认识写成专题调查报告寄呈国家民委文教司司长黄铁同志，呼吁政府有关部门立法保护民族宗教文化及其职能人员，保护人民群众信奉原始宗教的合法权利。报告中曾将民族地区原始宗教的此岸性与佛教、基督教和伊斯兰教三大宗教的彼岸性作过比较，认为二者应当享有平等的政治权益。

由于有了以上认识，十多年来，笔者和哈尼族文化界的朋友们在与广大贝玛的接触中相互尊重，亲密交往，相互学习，并对他们的思想、生活、工作、家庭等等给予尽可能的帮助。许多著名的大贝玛，如杨批斗、朱小和、马蒲成、李开明、陈阳则、卢万明等，都和笔者结下了深厚的友谊，他们本身也有很大的进步，对民族文化的发掘整理工作做出了很大贡献。笔者调查到近千万字的哈尼族文学艺术和宗教、历史、文化材料，其中绝大部分是他们提供的，没有贝玛们的材料，哈尼族文化、宗教、历史、文学、艺术等等将是一片空白，本书的写作也将无法完成。

第三章 传统文学的搜集、整理、出版与研究

第一节 传统文学的搜集和整理

科学地说，哈尼族传统文学的搜集和整理每一时代都在进行。做这项工作的人主要是历代传袭民族文化的哈尼族知识分子贝玛、摩批、尼玛、尼帕和歌手——毫无疑问，他们对于自己民族知识的把握超过了一切人。然而，我们此处所说的搜集和整理是指用汉文和哈尼文所做的工作，因为唯有文字的搜集、整理和出版，尤其是汉文书籍的出版，才能使哈尼族的文学走出民族和地域的狭小范围，成为全社会的财富，获得更广阔的传播空间。然而这样的工作在解放前没有人做过，解放后才有一些热爱哈尼族文学的人陆陆续续地做起来。

哈尼族文学的搜集整理有两次大的高潮，一次是1958～1959年由省委宣传部组织领导的"云南省民族民间文学红河调查队"所做的调查，一次是改革开放十多年来广大的哈尼族和其他民族专家、学者、业余爱好者所做的调查。

一、1958～1959年"云南省民族民间文学红河调查队"搜集调查的成果

这两年中，由云南省委宣传部直接组织了一大批文化单位的专业人员和各大学中文系学生组成云南省民族民间文学红河调查队到金平、元阳、绿春、红河四县进行调查，这是迄今为止规模最大的搜集民族民间文学的

活动。这次调查搜集到大批民间文学作品，其中有些是民族文学中的珍品，后来成为家喻户晓的名篇，如：

长篇古歌《造天造地造万物》
长篇古歌《合心兄妹传人种》
长篇古歌《老古时候的人》
长篇古歌《砍大树》
长篇古歌《盘古王分家》
长篇古歌《哈尼先祖过江来》
悲剧叙事长诗《不愿出嫁的姑娘》
悲剧叙事诗《帮工之歌》

此外还有神话、传说、故事、新民歌、苦歌、山歌、情歌、儿歌等等。①

二、改革开放十多年搜集调查的成果

这一时期的搜集调查工作主要由各地区、各单位的哈尼族专家、学者、爱好者和一些热心哈尼族文学的专家、学者来做，主要成果如下——

（一）已出版、发表的重要作品（含公开与内部）：

大型系列古歌《窝果策尼果》
长篇古歌《十二奴局》
长篇古歌《奥色密色》
长篇迁徙史诗《哈尼阿培聪坡坡》
长篇迁徙史诗《雅尼雅嘎赞嘎》
迁徙史诗《哈尼先祖过江来》
迁徙史诗《普嘎纳嘎》
古歌《天地人鬼》
古歌《阿培阿达埃》

① 以上材料引自《红河哈尼族彝族自治州哈尼族文学发展概略》（初稿）傅光宇摘抄本。

古歌《葫芦里走出人种》

古歌《木地米地》

古歌《检收姑娘》

古歌《三种能人》

英雄史诗《迁徙悲歌》

新神话史诗《阿波仰者》

长篇殡葬祭词《斯批黑遮》

悲剧叙事诗《依牙俄碧之歌》

悲剧叙事诗《妥底玛依传歌》

长篇风俗歌《哈尼族四季生产调》

长篇风俗歌《斯奴检奴》

悲剧叙事诗《不愿出嫁的姑娘》

悲剧叙事诗《逃到勐先坝》

悲剧叙事诗《古卑姑娘》

此外还有大量神话、传说、故事、儿歌、谣谚等作品。

（二）未发表的重要作品：

创世古歌《俄表咪表》（造天造地）8 种唱本

创世古歌《俄铺密攀》（天翻地覆）9 种唱本

创世古歌《色十加十色》（撒万物种）3 种唱本

创世古歌《必蝶、开蝶、则蝶》（人、庄稼、牲畜的产生）4 种唱本

创世古歌《叔捉合吐阿遮》（遮天大树）2 种唱本

创世古歌《俄堵密堵》（补天补地）9 种唱本

创世古歌《然密必》（嫁姑娘）12 种唱本

创世古歌《直批吉》（头人贝玛工匠）9 种唱本

创世古歌《诗窝那窝本》（丧葬起源）5 种唱本

创世古歌《苦扎扎》（六月年）5 种唱本

创世古歌《胡马打作》（年月树）12 种唱本

创世古歌《克玛色》（讨媳妇）2 种唱本

创世古歌《莱祝》（街子的起源）3 种唱本

创世古歌《查科窝》（栽棉花）1 种唱本

长篇风俗歌《奇胡窝玛策尼窝》（十二月风俗歌）3 种唱本

风俗歌《龙湖》（祝福歌）5 种唱本

悲剧叙事长诗《麻依诺乌然密》（不愿出嫁的姑娘）3 种唱本

长篇哭葬歌《密刹威》（女人哭葬）3 种唱本

长篇迁徙史诗《哈尼阿培聪坡坡》等迁徙史诗 23 种唱本

长篇迁徙史诗《普亚德亚佐亚》1 种唱本

宗教总词《黑遮其洼夺》（万言大词）2 种唱本

风俗歌《虎珀拉珀补》（十二月生产歌）7 种唱本

系列情歌《八补八沙》和《觉把多把莱》各 1 种唱本

创世古歌《能人歌》1 种唱本

创世古歌《洪水歌》1 种唱本

创世古歌《敲锃打鼓》1 种唱本

……

此外还有上百篇神话、传说、故事、儿歌、笑话、谚语、格言等。

这些材料累计为：

1. 诗歌（含所有吟唱体）21 万行；

2. 故事（含所有讲述体）80 万字；

3. 谚语、格言、歇后语等数千条①。

这是一个庞大的数字，它充分显示了哈尼族文学传统的深厚、丰富和广博。

我们将哈尼族文学调查的各个阶段加以比较，可以看出改革开放十多年来的调查不同于 1958 ~ 1959 年，它不是由统一的机构组织进行，而是由分散在全省各地区各单位的哈尼族文化人和其他民族中热心于哈尼族文学

① 在完成《哈尼族文学史》写作任务过程中，由于哈尼族文学作品发表者甚少，资料匮乏，原写作小组曾以云南省社科院民族文学所的名义向全省从事哈尼族文学工作的朋友们征集材料，以上统计结果中包括了 1987 ~ 1989 年征集的作品在内。在此谨向各位同志、朋友致以衷心感谢。

的人自觉来做的，所以较之前者的调查，明显的区别在前者是短期的集中于某几点，后者是持之以恒的、广泛的，前者只局限在红河州金平、元阳、绿春、红河四县，后者遍及哈尼族聚居的红河、思茅、西双版纳、玉溪四地州，甚至还有哈尼族人口不集中的滇中地区如易门、晋宁、安宁几县和滇西楚雄地区。而且从事调查的人员大多是土生土长的哈尼族知识分子，他们情况熟悉，与贝玛、歌手关系密切，得到当地党政领导和有关部门的大力支持，有着为前者所不及的优越条件，正因为有着这些条件，才取得如此令人瞩目的成就。

通过这一系列工作，哈尼族传统文学的资料系统建立起来了，整个文学的面貌基本清晰了，为我们清理哈尼族文学史的脉络，寻找它的发展规律提供了可靠的依据。

第二节　传统文学的出版

根据不完全统计，哈尼族传统文学的第一次公开发表，是普阳1954年整理的民间情歌《依恋》，此后是云南人民出版社1957年出版的《云南民族文学资料集》、百花文艺出版社出版的《云南兄弟民族情歌选》、《民间文学》杂志上选录、发表的一些民歌、情歌、传说、故事，这些作品的发表，拉开了哈尼族传统文学同时也是哈尼族出版事业的序幕。

此后，省内外报刊杂志上不断地刊发了一些零星的酒歌、山歌和神话传说整理作品。

1966年，“文革”开始，贝玛、歌手们遭到严酷的打击，整整十年中，再无人敢讲唱民族古籍，更无人敢去搜集整理传统文学材料。

1976年，“四人帮”粉碎，“文革”结束，报刊又开始发表哈尼族民间文学的整理作品。

1980年4月，由云南人民出版社编辑出版的大型民族文艺刊物《山茶》创刊号的首篇，刊发了“云南省民族民间文学红河调查队”搜集、高冀整理的长篇悲剧叙事诗《不愿出嫁的姑娘》，这是“文革”后发表的第一篇重要作品，在当时曾一度引起文学界的震动，使人们对哈尼族文学刮目相看。同年12月，《山茶》又刊发了普金打、陈阳则等演唱，刘辉豪、白章富搜集整理的长篇创世古歌《奥色密色》，也产生了一定影响。

1981年9月，元阳县召开“民族民间（贝玛歌手）文学讨论会”，是哈尼族当代文学史上的一件大事。这次会议邀集该县70多位贝玛、歌手参加，著名彝族作家李乔代表省文联、著名作家王松代表中国社会科学院云南少数民族文学研究所、哈尼族学者史军超代表《山茶》杂志社、朱宜初教授代表云南大学中文系出席会议给以指导。这是“文革”后哈尼族文学的第一次盛会。会议上成立的“元阳县民族民间文学研究会”是历史上第一个哈尼族民间文学组织，有30多位哈尼族贝玛和歌手参加，为搜集整理民间文学作品打下了良好的基础。尤有意义的是，通过这次会议，组成了著名贝玛兼歌手朱小和、哈尼族学者史军超和元阳县文化工作者卢朝贵、元阳县文化馆馆长杨叔孔（汉族）组成的民族文化工作组，即后来为人们盛为称道的“哀牢山四驾马车”，开始了长达十多年的调查、搜集、翻译、整理、出版哈尼族文学的工作。元阳县的民族文学工作即以他们为核心，团结了数十位贝玛和歌手，培养了一批年轻的爱好者。这个小组在十多年里搜集了哈尼族文学和文化的重要资料1000多万字，著名的大型古歌《窝果策尼果》、长篇迁徙史诗《哈尼阿培聪坡坡》等等就是这一工作的结果。

1982年，由省社科院民族文学研究所、省民族民间文学研究会与红河州文联联合举办了讲习班，培训了一支民族文学工作队伍，他们后来成为哈尼族文学的基本骨干。讲习班结束后，《山茶》杂志开辟了“红河州民族民间文学专栏”，发表了一批重要作品。

1984年，云南人民出版社出版了哈尼族第一本文学专集《哈尼族民间故事》。

1985年，云南民族出版社出版了民间长诗集《罗槃之歌》，其中包括了新神话史诗《阿波仰者》。

1986年，云南民族出版社出版了著名的长篇迁徙史诗《哈尼阿培聪坡坡》（哈尼、汉文对照本），引起了学术界的重视，产生了重大的影响。

1987年，云南少年儿童出版社出版了哈尼族童话选《木人克沙》。

1989年，云南少年儿童出版社出版了《西双版纳哈尼族民间故事集成》、《西双版纳哈尼族歌谣》，上海文艺出版社出版了《哈尼族民间故事选》，云南民族出版社出版了《哈尼族四季生产调》，中国民间文艺出版社出版了《哈尼族叙事长诗》。

1990年云南民族出版社出版了长篇殡葬祭词《斯批黑遮》（哈尼、汉文对照本）、《红河县民族民间故事》和《哈尼族民间故事》（哈尼、汉文对照本）选辑，到1995年已出5辑。中国民间文艺出版社出版了《哈尼族神话传说集成》，集萃了哈尼族的重要神话传说上百篇。云南人民出版社出版了长篇创世古歌《十二奴局》。

1991年，云南民族出版社出版了包括谚语、格言、歇后语和俗语在内的《哈尼朵阿玛》（哈尼、汉文对照本）。

1992年，云南民族出版社出版了大型古歌《哈尼族古歌》，长达26600行的创世古歌《窝果策尼果》是该书主体。云南人民出版社出版了西双版纳哈尼族长篇迁徙史诗《雅尼雅嘎赞嘎》。

内部出版的民间文学集子还有《木地米地》《元江民族民间文学资料》（一、二、三集）、《墨江哈尼族民间传说故事集》（一、二集）、《绮丽的山花——元阳县民间文学集（一）》等。

此外在全国一些权威性的词典辞书上也系统地介绍了哈尼族传统文化和文学，如学苑出版社（北京）出版的《中国各民族宗教与神话大词典》、天津古籍出版社出版的《中国少数民族文学举要》等等。

这些出版物相较于云南省一些出版较多的民族，如傣、彝、纳西、白等族仍显得很少，但其品质都很高，许多作品一经出版，即在民族文学界和文化界引起强烈反响。如李期博整理的风俗歌《出嫁歌》获1977～1981年云南省民间文学优秀作品奖，李期博、郭纯礼、赵官禄整理的古歌《斯奴检奴》和国平、阿罗整理的风俗歌《妲耶与央才》均获1993年首届云南省文学艺术创作奖励基金会三等奖，史军超整理注释的大型古歌《窝果策尼果》和施达、阿海翻译的长篇迁徙史诗《雅尼雅嘎赞嘎》分别获第二届云南省文学艺术创作奖励基金会一、二等奖等等，就是极好的证明。

许多作品还被翻译成各国文字介绍到国外，如《英雄玛麦的传说》、《稻谷仙姑》等被选入日本著名民间文学家君岛久子所编的《中国之神话》及《中国昔话》等书在日本出版，哈尼族文学已开始走向世界。

第三节　传统文学研究的深化

哈尼族传统文学的研究，应以1959年的《红河哈尼族彝族自治州哈尼族文学概略》（初稿）为启始，但从60年代到80年代的漫长时间内，却不再有人继续。而真正把哈尼族文学作为一个学科进行系统研究，则是近十多年的事。

这一时期，以云南省社科院民族文学研究所和红河州民族研究所为主要机构，联合了各单位各地区的专业、业余研究人员，形成一支以哈尼族的专家、学者和研究人员为主体的，兼有其他民族专家、学者参加的文学研究队伍。这支队伍起点高，素质好，有实践，有理论，先后出版了一批高质量的研究成果。其研究从哈尼族文学的实际出发，不囿于单纯的文学性探索，而是从民族学、历史学、民俗学、宗教学、艺术学、文化学等等学科综合研究的大视角，观照哈尼族文学的发生、发展、演变的状况，从外显状貌与内隐构架二者的结合上，深入地审视哈尼族文学发展的规律，得出了科学的结论。这些研究成果在学术界获得很高评价。如史军超的论文《神话的整化意识》获1989年全国民族文学优秀论文奖、云南省政府1979~1989年社会科学优秀成果三等奖，其《滨海文化与高原文化的嫡裔》获首届云南省文学艺术创作奖励基金会三等奖等等。哈尼族文学研究的专著目前还没有，但在许多学者的文化学和艺术学论著中均有涉及，这些著作有《哈尼族简史》《红河民族研究文集》《哈尼学研究》《哈尼族文化初探》（毛佑全著）、《古老、神奇、博大——哈尼族文化探源》（孙官生著）、《哈尼族》（毛佑全、李期博著）等等。需要特别指出的是，国家级中心刊物《民间文学论坛》和《民族文学研究》，省部级重点刊物《云南社会科学》《思想战线》《云南民族学院学报》《山茶》《民族古籍》（北京）、《民族古籍研究》（云南）、《云南文史丛刊》《云南民俗》，地方刊物《红河民族研究》《红河文学》《红河群众文化》《红河社科》《思茅文艺》《金沙江文艺》《版纳》等杂志，均刊载过许多有分量的哈尼族文学和文化学的研究文章。

这些论著在文学理论上有若干重要突破：

一、论证了哈尼族神话是一个庞大的完整的体系，弥补了学界先贤们所说中国神话“毫无条理，不能和希腊各民族的神话媲美”① 的缺憾。学者们提出的论据是，哈尼族神话的系统性和条理性之最显著的标志，是有一个完整严密的神圣家族系统，即有以父（母）子连名的神谱、家谱和动植物的世系谱牒。这方面有代表性的文章是史军超的《旷世的辉煌——论〈哈尼族古歌〉的文化内涵》②、孙官生的《哈尼文化的发生与发展》③ 等。

二、探讨了哈尼族迁徙史诗系列的规律及特点，并以之为据，在史诗学界首次提出并论证了迁徙史诗与英雄史诗并非一类，在史诗分类学上应是二体并列的。史军超将哈尼族迁徙史诗为代表的若干民族迁徙史诗与荷马史诗比较，得出二者在主题、结构、形象塑造、细节刻画、产生发展的时代等等方面有着重大的区别。这方面的代表性文章有其《迥异有别的“诗史”——哈尼族迁徙史诗〈哈尼阿培聪坡坡〉与荷马史诗》④、《哈尼族迁徙史诗断想》⑤ 等。他又在《哈尼族迁徙史诗在中国文学史上的地位》等文中，将哈尼族迁徙史诗与汉族先民的迁徙史诗（《诗经·公刘》等）比较，见出哈尼族迁徙史诗无论在历史学价值还是文学价值方面，都胜出汉族迁徙史诗，由此论证了它在中国文学史上的地位。⑥

三、哈尼族的文化传人和文学承袭者祭司贝玛和摩批，是一个完整的承传体系，历代贝玛之间不但有密切的学识承袭关系，而且有着严格的师徒连名（其间包括父子连名）世系谱牒一脉相承。这方面的代表性文章有卢朝贵的《哈尼族社会原始宗教祭师与巫师》⑦ 等。

这些研究成果有特色、有深度，为国内学术界认可，并引起国外学术界的关注，它们显示了哈尼族传统文学研究的实力。

---

① 袁珂：《中国古代神话》，第 17 页。
② 拙文载《哈尼族古歌》本书评论，第 504～508 页。
③ 孙官生：《古老、神奇、博大——哈尼族文化探源》，第 63～66 页。
④ 拙文载《山茶》1987 年第 4 期。
⑤ 拙文载《思想战线》1985 年第 6 期。
⑥ 拙文载《民族古籍》（国家民委刊物）、《思茅文艺》及台湾《古今艺文》等刊。
⑦ 卢文载《边疆文化论丛》第 3 辑（1991 年），第 92～94 页。

第四章　著名的民间文艺家和专家学者

哈尼族传统文学经历了艰难曲折的发展道路，今天已获得了令人欣喜的成就。随着大批有价值的作品发掘整理问世，一支人数众多素质优良的工作队伍已经形成，而且涌现出一批为文学艺术界和学术界公认的有造诣的民间文艺家和专家学者，他们是哈尼族文学的骄傲和光荣。

第一节　著名的贝玛和歌手

当代文学时期首先涌现出一大批系统掌握着哈尼族传统文学、演唱、讲述了大量作品的著名贝玛和歌手，他们是哈尼族的民间文艺家，由他们奠定了哈尼族当代民间文学的坚实基础。他们中较突出的是：朱小和、杨批斗、罗雍姒（女）、陈阳则、马蒲成、刀模收、普金打、车国忠、李起然、杨罗斗、李开明、白学硬、张牛朗、李遮鲁、赵乎础、赵乎周、李七周、李书周、涂伙沙、白祖博、李克朗、吴文生、李龙遮、李热斗、批二、阿蒂、阿大、车朗、金尚鼎、李小五、白自宾、杨伙吉、涂黑仰、龙浦才等等。这是改革开放以来涌现的民间文艺家。老一辈民间文艺家们虽因“文革”等运动作品发表很少，但在解放初和20世纪五六十年代，在民间文学战线上也十分活跃，他们是：李自开、李杀斗、曹然苗、张颇惹、李小田、杨贝玛、陈实、朱学文、阿热玛、卢批荣、吴阿秋、伍朵蒙、朱文和等（根据《红河哈尼族彝族自治州哈尼族文学发展概略》〈初稿〉傅光宇摘抄本记载）。

下面简要介绍他们中较有影响的几位：

一、杨批斗

杨批斗（1913～1988）老人前几年已过世了，对这位老朋友的死，笔者和许多同道都非常悲伤——哈尼族文化传人中失去了一位大师。

杨批斗是元阳县黄草岭乡树皮寨有名的老贝玛、老歌手，这是一位学识十分渊博的老人，他穷其一生的精力深研了哈尼族传统文化的底奥。在某种意义上说，他的知识比有名的朱小和还要精深广博，可惜的是，这位老人过分保守，笔者和许多采访者多次向他调查，但所获甚微。他留下的作品不多，但却篇篇精彩。如有名的神话《那突德取厄玛》（“有盐的大海”之意，发表时名为《祖先鱼上山》），在不长的篇幅中，展示了原始思维的内质[①]（请参看第一编第二章第一节关于此神话的评述）。他还演唱过一些非常有价值的创世史诗，如长篇创世古歌《十二奴局》和迁徙史诗，讲述过一些精彩的神话传说。这些作品语言简洁，风格古拙，文化内涵十分深远，一如这位长者的为人。

二、卢万明

卢万明（1921～），元阳县胜村乡全福庄人，老歌手。1958 年云南省民族民间文学红河调查队就采录过他演唱的许多新民歌，在《红河哈尼族彝族自治州哈尼族文学发展概略》（初稿）里留下姓名的贝玛和歌手中，只有他一人现在还在被调查采访，可见他的影响之大。他是一位永远在歌唱的歌手，1958 年演唱过有名的迁徙史诗《哈尼先祖过江来》，但材料被遗失，1981 年又重新演唱并被整理发表出来，立即成为迁徙短歌的代表作（请参看第二编第一章第二节）。

卢万明的可贵在于他是“老歌手”而不“老”，他的创作激情始终燃烧着。解放初，他和元阳县老歌手张颇惹等一起创作新民歌歌颂哈尼人的新生活，“文革”中却因此被关进“牛棚”遭受审查批判，罪名是搞“封

① 笔者获 1989 年全国民族文学理论学会优秀论文奖及云南省政府 1979～1989 年社科优秀科研成果奖论文《神话的整化思维》即主要依据此神话论述。

资修”、搞“四旧”。“四人帮”被粉碎后，他在元阳县文化馆馆长杨叔孔等人的热情帮助下，针对农村许多哈尼族妇女仍然处于严重包办婚姻压迫下的情况，根据他本人居住的寨子——元阳县胜村乡全福庄一位妇女的真实遭遇，创作了叙事诗《古卑姑娘》，此诗是新时期老歌手的代表作，在群众中反响很大（请参看本编第一章第三节）。卢万明就是这样用自己的诗歌干预生活，吐民间之心声，解百姓之忧愁，得到人们的尊敬和热爱。

由于他的杰出贡献，1981年云南省民间文艺研究会成立，他被遴选为理事。

三、李遮鲁

李遮鲁（1928～1993），是红河县乐育乡坝美村人，老歌手，多次参加过省、州、县的民歌演唱会，并到北京参加过国庆观礼，这一殊荣是因他对哈尼族文化的系统掌握和精彩演唱所得。他演唱过很多作品，如长篇创世古歌《十二奴局》就是他和著名歌手张牛朗共同演唱的，[①] 他另有《妥底玛依传歌》等叙事长诗传世，在民间影响很大。

李遮鲁热爱民歌、善唱民歌，每逢上山下坝栽田种地或节日祭典，他都被隆重地请去唱哈巴，乡亲们被他的歌喉深深吸引，赠给他哈尼山“百灵鸟”的称号。

四、张牛朗

张牛朗（1920～1984），是一个严肃的人。他有着强烈的历史感和责任心，对自己演唱的作品一丝不苟，因为他明确地认识到自己是在进行民族文化承传的工作。他多次主唱过长篇创世古歌《十二奴局》，1979年“文革”刚刚结束就演唱、记录过一次，形成“张杨（杨批斗）本”《十二奴局》发表于《红河哈尼族彝族自治州民族民间文学选集（一）》上，成为轰动一时的作品。嗣后，他认为自己由于思想不解放，没有演唱出最高水平，又加以重唱（请参李元庆《哈尼哈巴初探》第230～238页），现

① 见《十二奴局》本书评介，及《哈尼族文化大观》“文学艺术”章介绍。

正式出版的《十二奴局》即以他的演唱为主，形成“张本”，成为传世之作。

张牛朗是红河县大羊街乡安品村人，1984 年因病辞世，这是哈尼族文学的一个重大损失，他的声名将与哈尼族文学永存。

演唱过重大作品、对哈尼族文学贡献突出的还有：

批二，演唱过长篇迁徙史诗《雅尼雅嘎赞嘎》；

阿蒂，演唱过长篇创世古歌《天地人鬼》；

阿大，演唱过长篇创世古歌《阿培阿达埃》；

车朗，演唱过长篇英雄史诗《迁徙悲歌》；

赵呼础、赵呼周、李七周、李书周，演唱过长篇殡葬祭词《斯批黑遮》、创世古歌《木地米地》、《检收姑娘》、《三种能人》、长篇迁徙史诗《普嘎纳嘎》；

罗雍姒，演唱过长篇哭葬歌《密刹威》；

龙浦才，演唱过新神话史诗《阿波仰者》；

杨伙吉，演唱过长篇迁徙史诗《阿波仰者》；

普金打、陈阳则，演唱过长篇创世古歌《奥色密色》；

马蒲成，演唱过叙事诗《阿查与阿尼娥》《送葬歌》。

第二节　从事哈尼族文学搜集、翻译、整理、出版和研究的民间文艺家和专家学者

哈尼族当代文学中有一大批不辞辛苦奔波在哈尼山寨进行搜集调查田野作业、认真刻苦翻译整理、苦心经营编辑出版和呕心沥血深入研究的民间文艺家和专家学者，正是由于他们长期的、艰苦的、有独创性的工作，才形成了哈尼族当代文学欣欣向荣的景象。

他们中较为突出的是：史军超、李期博、阿海、毛佑全、卢朝贵、阿罗、赵官禄、白祖额、朗确、施达、门图、高和、阿流、杨定国、白碧波、白玉宝、李克忠、白茫茫、李永万、李永林、卢保和、杨柳、哈腊、罗格、白金明、杨羊就、李泽然、张志华、白克仰、张佩芝（女）、阿

嘎、陈窝娘、白波龙、刀建国、白坡德、白居舟、高自学、车金明等等。

下面介绍其中较有影响的几位：

一、阿海和施达

阿海（1941～），勐海县格朗和哈尼族乡人，现任西双版纳州民族事务委员会副主任。他只读过小学三四年级，但对哈尼族传统文化和民间文学有着深入的调查研究，其舅舅是当地有名的大追玛（大贝玛）。他从小就深受其影响，后参加工作，接受了不少新的文化，但始终不忘把哈尼族传统文化艺术抢救下来，发扬光大。

阿海是一个有长远眼光的人，他深知要完成民族文化大业必须有一支坚强的队伍，于是投入了大量时间、精力，在西双版纳地区培养了一批热心于哈尼族文化艺术的人才，同时进行了大量搜集、整理、翻译、编辑、出版工作，现在已出版的《西双版纳哈尼族民间故事集成》、《西双版纳哈尼族歌谣》等文学集子和著名的长篇迁徙史诗《雅尼雅嘎赞嘎》都是在他的组织领导下完成的，这些书出版后受到广大哈尼族群众和专家、学者们的欢迎，是一批非常有价值的作品。

施达（1953～），勐海县人，现任西双版纳州广播电台哈尼语组组长，也是一位对民族传统文化一往情深的人。他和阿海共同搜集、翻译了迁徙史诗《雅尼雅嘎赞嘎》，对这部哈尼族文学中的名篇，倾注了十年心血，走遍勐海、勐腊、景洪的许多村寨，广泛搜集材料，对西双版纳哈尼族七大家支的语言、风习、历史（尤其是错综复杂的迁徙路线）等作了深入调查分析，最后在著名老歌手批二演唱的基础上完成了长诗的整理和翻译工作。这一长诗制成文艺节目在西双版纳广播电台播出后，受到广大哈尼族群众包括缅甸景栋、泰国清迈等地区“阿卡雅”（哈尼族）的公认和赞赏，此书1995年荣获云南省第二届文学艺术创作奖励基金会二等奖。

二、卢朝贵

卢朝贵（1947～），元阳县胜村乡全福庄人，现任元阳县政协文史委员会主任。卢朝贵为哈尼族文学和文化事业倾注了一腔热血。他原是全福庄茶厂厂长，后来为了专心从事哈尼族传统文化艺术的搜集、整理、翻译、研究，克服了家庭的经济困难，在领导和朋友们的支持下，到中央民族大学攻习哈尼文专业，从而熟练地掌握了哈尼文，又走上了文化工作岗位。

他伯父是一位有名的歌手，他自幼就受到熏染，年长后又师从著名大贝玛和大歌手朱小和，从而对哈尼族传统文化艺术有了系统的掌握。从事文化工作后又悉心对红河、元阳、绿春、金平几县的有名贝玛、歌手作过深入调查，更使他的民族文化知识逐渐精深广博起来。

卢朝贵精于哈尼族古籍的翻译，他的翻译在信达雅的基础上已形成了自己的风格，这就是浓厚的哈尼族的古典韵味、精练生动的词句结构和热烈奔放的感情表达。哈尼族文学史上的许多著名作品都出自他的翻译，如大型创世古歌《窝果策尼果》、长篇迁徙史诗《哈尼阿培聪坡坡》《普亚德亚佐亚》、长篇哭葬歌《密刹威》、迁徙短歌的代表作《哈尼先祖过江来》，以及一批价值很高的神话传说，如《神的古今》《神和人的家谱》《遮天树王》《天、地、人的起源》《塔坡取种》《英雄玛麦》《俄妥努筑与仲墨依》等等，其中《窝果策尼果》荣获1995年云南省第二届文学艺术创作奖励基金会一等奖，《英雄玛麦》《塔坡取种》被日本、美国等学者译成日文、英文在国外加以介绍。

卢朝贵虚心、好学、勤问、勤写，他十多年来奔忙在哈尼山上，收集了大量的材料，为了把这些作品翻译整理出来，经常夜以继日地伏案苦干，他的干劲常常令人折服。在翻译《哈尼阿培聪坡坡》时，他一坐就是几个月，每天苦干十来个小时，使省民族古籍办公室的同志惊叹不已。他和省语委何炳坤同志合作，以国际音标、哈尼文、直译、对译四行对照体翻译大型古歌《窝果策尼果》，写下的稿子足有十几公斤。曾被《中国现代民间文艺家辞典》收录。

三、阿罗

阿罗（1956～），汉名钱勇，红河县甲寅乡人，现任云南省民间文艺家协会常务理事，副编审。1981年中央民族大学中文系毕业后，在州文联从事民族文学工作，后又调至省民间文艺家协会从事民间文学工作。

阿罗是一位热心于民族文化事业的中青年知识分子，他有感于哈尼族文学出版的薄弱，于是在长达十多年时间里，利用各种条件编辑出版哈尼族文学作品集，由其参与编辑、出版的作品集有《哈尼族民间故事》（云南人民出版社版）、《哈尼族民间故事选》（上海文艺出版社版）、《哈尼族神话传说集成》（中国民间文艺出版社版）、《哈尼族古歌》《哈尼族节日》（云南民族出版社版）、《绮丽的山花》《木人克沙》（云南少儿出版社版）等书，其中《哈尼族民间故事》是哈尼族第一本文学集子。可以说，许多哈尼族文学作品集的编辑与出版，都浸透了阿罗的心血。

阿罗同时又搜集整理了许多民间文学作品，突出的有风俗叙事诗《妲耶与央才》，此诗荣获 1993 年云南省首届文学艺术创作奖励基金会三等奖。担任《中国民间文学集成·故事卷》（云南）副主编，受到文化部、国家民委等单位的表彰，被收入《中国现代民间文艺家辞典》。

四、赵官禄

赵官禄（1941～），红河县人，现任《云南民族报》副总编。他是一位长期坚持在民间文学的田野上努力耕耘的人。

赵官禄原在红河县搞宣传报导，后任《红河报》编辑。他利用各种机会走村串寨采访歌手，搜集到大量的民间文学材料，利用业余时间将它们整理出版。现已出版长篇古歌《十二奴局》《哈尼族叙事长诗》、风俗歌《斯奴检奴》《打猎歌》、长诗《妥底玛依传歌》等，其中风俗歌《斯奴检奴》荣获 1993 年云南省首届文学艺术创作奖励基金会三等奖。

五、毛佑全

毛佑全（1935～），红河县浪堤乡人，红河州民族研究所副研究员。早年担任过小学教员，1957 年被错误路线冲击，下放到元江县农场劳动多年，“文革”结束后，怀着对民族文化的深厚感情投入搜集整理民间文学的工作中，曾发表数十篇神话传说、民间故事和风情散文，对宣传哈尼族文化起到很大作用。20 世纪 90 年代后期主要从事民族学、民俗学研究，现已出版这方面的论著《哈尼族文化初探》、风情集《奕车风情》、《哈尼族》、《哈尼山乡风情录》等书。

毛佑全虽然年事较高，但善于汲取各方面的知识充实自己。近十年来，阅读了不少文化人类学方面的名著，获得较为广阔的学术视野，对哈尼族风俗的研究能够从宗教、文化、民俗、心理等不同角度见出其内隐品质，这对过去单纯的文艺学研究是一个提高。毛佑全荣获省政府特殊津贴，《中国现代民间文艺家辞典》介绍过他。

六、白祖额

白祖额（1929～），绿春县大兴镇人，红河州民族研究所助理研究员，从事哈尼族语言、文学、文化学的研究。他数十年如一日，踏踏实实埋头苦干。早年曾到中央民族大学任哈尼文教师，后返回红河州搞调查研究，积累了丰富的资料，现已出版《哈尼朵阿玛》、《哈尼族四季生产调》、《妲耶与央才》等作品，其中《妲耶与央才》荣获1993年云南省首届文学艺术创作奖励基金会三等奖。

七、张佩芝

张佩芝（1942～），红河县甲寅乡人，红河州民族研究所副译审，女翻译家。她早年毕业于中央民族大学民语系哈尼语专业，毕业后长期从事翻译、研究工作。由她编撰的哈尼文教材风行于广大的哈尼族地区。她与人合作翻译了长篇殡葬祭词《斯批黑遮》等作品。除翻译哈尼族传统文学作品外，她还翻译了不少现代歌曲，在哈尼族地区深受青年们的欢迎。

八、门图与高和

门图（1960～），勐海县格朗和哈尼族乡苏湖村人，大学毕业，现在勐海县民委古籍研究室从事文化工作。高和（1944～），勐海县南糯山爱尼寨人，现任格朗和哈尼族乡宣传干事。

他们俩长期不懈地进行哈尼族文学的搜集整理研究工作，其热忱和毅力令人感佩。在大量调查研究的基础上，对西双版纳哈尼族和与之毗邻的缅甸哈尼族（阿卡人）的文化、历史、文学均有较深的了解。

他们搜集整理的作品除在《西双版纳哈尼族歌谣》和《西双版纳哈尼族民间故事集成》中选辑多篇外，另有《爱尼风俗歌》专集，由香港创意出版公司出版，书中分婚恋、生活、劳动、祭祀、丧葬五部分系统地介绍了爱尼的风俗歌，是一本很有价值的民间文学作品集。

第三节　朱小和及其演唱的作品

朱小和（1938～）是一位名满元阳、红河、绿春、金平等县的哈尼族大贝玛和大歌手，著名的哈尼族民间文艺家，元阳县攀枝花乡洞铺寨人。

他是一位传奇式的人物，素有“摩批哈腊”之称（“贝玛中的老虎”，意为贝玛中本领高强的人），哈尼族文学史中那些素享盛名的鸿篇巨制，很多都出自他的口。如大型创世古歌《窝果策尼果》、长篇迁徙史诗《哈尼阿培聪坡坡》《普亚德亚佐亚》和大批著名神话传说，如《神的古今》《神和人的家谱》《塔坡取种》《侯波与娜聋》《俄妥努筑与仲墨依》《遮天树王》《动植物的家谱》《英雄玛麦》《人老不死药》《头人、贝玛、工匠》《红石和黑石的岩洞》《都玛沙莪》《摩批》等等，都是他演唱、讲述的。这些作品经整理发表后，有许多被译成英文和日文介绍到国外，如《英雄玛麦》《塔坡取种》等。有些则被港台杂志介绍，如他演唱的长篇迁徙史诗《哈尼阿培聪坡坡》，被台湾比较权威的杂志《大地》介绍给当地以及世界数十个国家的读者。由于这些卓越贡献，他被吸收为云南省民间文艺家协会会员，担任云南省歌谣协会理事。十来种权威辞书词典介绍过他，如《中国现代民间文艺家辞典》《中国各民族宗教与神话大辞典》《中国少数民族文学古籍举要》等等。他演唱、讲述的许多作品多次受到重大奖励，如《窝果策尼果》荣获 1995 年云南省文学艺术创作奖励基金会一等奖。许多作品被学术界系统研究，并为新的学术观点的形成提供了重要依据，如《哈尼阿培聪坡坡》成为迁徙史诗在史诗分类学上的代表。由于这样的实绩，他成为哈尼族文学史上的重要人物。又由于他对哈尼族传统文化艺术知识掌握的博大精深，曾多次被荷兰、美国、日本等国的学者如汪·莱欧·格索、保罗·刘易斯、汉森、图克、曾红、欠端实及台湾地区中华少数民族文学暨艺术研究会常务理事彭达烟等人类学、语言学、艺术学家采访，并在国外报刊上予以介绍。

朱小和取得如此巨大的成就，有以下几方面的条件和原因：

其一，家学渊源深厚。朱小和的大伯是江外十八土司之一猛弄土司署中专司重大节祭和背诵家谱的大贝玛，因学识渊博，为各地贝玛所钦服，朱小和自幼从其研习贝玛经典礼仪，因此在二三十岁时就已谙熟哈尼族古典中的精华，继伯父之后赢得了“摩批哈腊”的美誉。

其二，个性鲜明，富于生活情趣。朱小和在重大节仪上气度恢宏，稳健沉着，言谈举止凝如山岳，但在日常生活中则幽默诙谐，应对机变，谈吐风趣，是一个充满生活情趣的人。这两种素质组合成他鲜明的个性。文学是人学，有其人则有其文，即便规范如仪的古歌也必然融合着吟唱者的个性色彩。朱小和的演唱大气磅礴、纵横如意，善于使用形象生动的语言把古歌中的神话人物塑造得可触可摸可接可感（参看第一编第三章、第二编第二章中对《窝果策尼果》、《哈尼阿培聪坡坡》艺术特点的分析和第二编第九章对精灵传说《作洛搓罗》语言特点的分析），因此只要他开口唱歌，老人小娃媳妇姑娘无不凝神倾听。

其三，聪颖过人。朱小和天赋极好，善于动脑筋。他的演唱音色洪亮浑厚抒情，曾言自创五种发声法，可以分别从头顶、鼻尖、下巴、肚脐、膝盖等部位发声。这话未免夸张，但可以看出他对声乐艺术的创发。他又勤学好问，对学识长于他的人，不论老人小辈一概虚心求教。而且记忆力惊人的好，许多古歌听人唱一两遍就能背诵如流，数万行的古歌随便提一个头，就可以轻松自如地接唱下去。

其四，多才多艺，生活经历丰富。他是农民又是贝玛又是铁匠，干完农活，就在他的铁匠房或去外地打铁。他能打造非常漂亮的匕首、砍刀、铜炮枪和各种农具，有人来请又可挂上贝玛的布袋前去主持祭仪。由于他走过的地方多，接触了各种各样的人和事，生活经历十分丰富。他把生活中的丰厚知识融汇入歌，使他的演唱往往高人一筹。

第四节　史军超及其文学调查与研究

史军超（1946～），红河县安邦乡人，云南省社科院民族文学研究所研究员、研究室主任、云南东方民族文化艺术研究委员会主任。1970年云南大学中文系毕业后，当过工人、大学教师、杂志编辑。画过画，多次参加过云南省美展。出版过中长篇小说、散文多篇。

最令自己高兴，也最令自己痛苦的是选择了本民族的文学、艺术、文化为倾注心血和情感的对象。“文革”后，骤然见若干民族如傣、彝、白、纳西、景颇等等民族文学书籍滔滔不绝出版，云南作为“少数民族文学的宝库”誉满全国，然而遍翻库中竟找不到一粒珍珠属于哈尼族。于是黯然神伤，愤而弃画笔，重返哀牢山，学习先祖从一锄一犁的挖地基本功做起，十余年间调查到民族古歌、神话传说、风俗礼仪、宗教仪典等等传统文学、文化学、宗教学、艺术学资料千余万字，其中包括大型古歌、史诗如《窝果策尼果》《哈尼阿培聪坡坡》《密刹威》《黑遮其洼夺》《斯批黑遮》《察批黑遮》等一大批哈尼族文学的瑰宝。于是伏案劳形，将其一一爬罗剔抉，刮垢磨光，字斟句酌整理成文，又复八方奔走，四处联络筹集资金，在出版极艰难的时下，终使《窝果策尼果》《哈尼阿培聪坡坡》等巨著出版。这些作品出版之后即获政府和学术界的好评，如前者荣获云南省第二届文学艺术创作奖励基金会一等奖（1995 年），后者被誉为迁徙史诗的经典代表作而广受学术界重视。

史军超拥有一大批贝玛、歌手、文艺工作者和各级领导组成的朋友群，以其为首组织了朱小和（贝玛、歌手）、杨叔孔（老干部、文艺工作者）和卢朝贵（翻译家，开始是农民）的民族文学工作组“四驾马车”，在哀牢山的崎岖山路上猛跑了十多年而不散。这在世风日下、人情如纸的时下是倍加可贵的，他是一位把做学问与做人相合为一的学者。

史军超是全面、系统、精辟地研究哈尼族文学的第一人，这本《哈尼族文学史》即是其研究的总结，也是迄今为止第一部哈尼族文学史著作。

他具备多学科的知识，学术功底深厚，治学严谨，学术视野广阔。其研究富于真知灼见，意境雄阔，文笔飞动，议论纵横，为学术界首肯。他研究一部作品、一种文学（文化）现象，必鸟瞰哈尼族历史、宗教、文化、艺术、生产、生活的全局，及与之相关联的其他因素，如环境民族、自然生态等等，而后进行多学科立体化的统观，找出其文学或文化的定位，再作精细的考校，故其论述多有学术的笼罩性和理论的穿透力。如其研究长篇迁徙史诗《哈尼阿培聪坡坡》，则先后发表《哈尼族迁徙史诗断想》、《民族的诗史——哈尼族迁徙史诗〈哈尼阿培聪坡坡〉刍议》、《迥异的史诗——哈尼族迁徙史诗〈哈尼阿培聪坡坡〉与荷马史诗》、《滨海文化与高原文化的嫡裔——哈尼族迁徙史诗研究》、《北来的部落——哈尼族迁徙史诗〈哈尼阿培聪坡坡〉研究之二》、《哈尼族迁徙史诗在中国文学史上的地位——哈尼、汉等族迁徙史诗比较》等一系列文章，分别从哈尼族迁徙史诗的历史价值、文学价值、文化价值、其在中国与世界史诗学上的位置等等方面予以深入探讨，涉及历史学、宗教学、文化学、语言学、民俗学、文学、美学甚至稻谷发生及栽培学种种学科范围的专业知识，使这一研究获得坚实的基础和精深的探究。其研究哈尼族神话的系统性、神话中原始思维的内隐结构、洪水神话的内涵、变形神话的人生趣味、图腾主义问题等等，都采用了如上的系统论方法。

史军超的研究获得了一系列学术成果：

一、哈尼族的远古神话系由一个庞大完整的家族系统组成，世界万物与神灵人类各种间与种内均由父子连名和母子连名的血缘链联结，因而出现了神的家谱、人的家谱、动植物的家谱，传承古代文化的祭司贝玛也有了师徒连名加父子连名的世系谱牒。这一发现足以推翻前贤对中国神话是杂乱星散不足与希腊印度神话媲美的说辞。

二、哈尼族的迁徙史形成了一大迁徙史诗群落，它们证明迁徙史诗在史诗分类学上与英雄史诗相并列而存在，从系统上说，英雄史诗应是迁徙史诗的子系统，这方面，《哈尼阿培聪坡坡》是代表作。

三、哈尼族古典文学在若干方面毫不亚逊于汉族古典文学，哈尼族迁徙史诗就远胜于汉族先民周人迁徙史诗，其中对女英雄戚姒扎密的白描就足以与《诗经》中的名篇《硕人》相媲美。

四、厘清了哈尼族的族源系西北南下的诸羌部落与南方北上的夷越民族的融合，其文化系夷越稻作对诸羌游牧的更替而成的新型半山梯田稻作，哈尼族的梯田稻作是半山农耕文明的最高典范等重大学术问题。

他对哈尼族的茶文化为世界茶文化源头之一的研究、对泛图腾主义的非是的研究、对洪水神话系统内涵和神话的整化思维的研究等等，都有发现而为学术界重视。另外对佤、傣、彝等文学、艺术、文化亦有研究，是一位学识广博颇有建树的学者。

以上的调查和研究，已形成400万字的文字发表。

其成果多次受到国家、省级政府、学术机构和报刊的奖励、转载、评介：

《沧源崖画与佤族文学》一文获1982年云南省民族民间文学优秀论文奖；

《故事·历史·人生——中国和日本故事文学比较研究》一文为《中国人民大学报刊复印资料》复印，为《全国高等学校文科学报文摘》等刊物摘登；

《滨海文化与高原文化的嫡裔——哈尼族迁徙史诗研究》一文获1993年云南省首届文学艺术创作奖励基金会三等奖；

《神话的整化意识》一文获云南省政府1979～1989年社会科学优秀科研成果三等奖；获全国民族文学理论学会1989年优秀论文奖；

搜集、整理、注释之大型创世古歌《窝果策尼果》获1995年云南省第二届文学艺术创作奖励基金会一等奖。

著作《云海中的奇婚女性——云南民族女性文化丛书·哈尼族卷》获第十届中国图书奖，列为云南省政府向第四届世界妇女大会献礼书籍。

文著有的为日本、美国、港台书刊、出版机构刊载、出版。

有鉴于此，1996年台湾“中国古典文学研究会”邀请其赴台参访交流，并被台湾“中华少数民族文学暨艺术研究会”聘为顾问。

曾被《中国当代青年名人大辞典》、《中国文学家大辞典》、《中国文化名人大辞典》、《中国现代民间文艺家辞典》等十余种辞典介绍。

第五节 李期博及其文学调查与研究

李期博（1944～），红河县乐育乡人，现任红河州民族研究所所长，是一位几十年如一日勤勤恳恳踏踏实实从事田野调查而且收获丰盛的哈尼族学者。他性情泊淡稳沉，把自己对哈尼族的挚爱融汇在默默无闻的实际工作中。早年曾在红河县政府搞宣传工作，因其对民族调查研究的深入调赴红河州民族研究所，现任所长。在此期间他做了大量组织联络工作，担任红河州哈尼族学会会长，培养了一批哈尼族文化学者。经他翻译、整理的作品主要有：

长篇殡葬祭词《斯批黑遮》（哈尼、汉文对照本）；

长篇创世古歌《木地米地》；

长篇创世古歌《检收姑娘》；

创世古歌《三种能人》；

长篇迁徙史诗《普嘎纳嘎》；

长篇风俗歌《斯奴检奴》；

风俗歌《出嫁歌》。

此外还有一系列神话、传说、故事，这些作品构成了哈尼族文学中的重要部分。其中《出嫁歌》获1977~1981年云南省民族民间文学优秀作品奖，《斯奴检奴》获1993年云南省首届文学艺术创作奖励基金会三等奖。

出版过民族知识书籍《哈尼族》（与毛佑全合著）。

李期博为了更好地采录搜集民族文学作品，自学了哈尼文和国际音标，因此记录的作品保持了原作质朴的风貌，为同行们所称道。

在大量调查的基础上，李期博从宗教学与民俗学角度对传统文学展开研究，并有所发现。如其研究《斯批黑遮》中的祭词《过从从》（意为丧礼过程中要将丧家的人、粮、畜加以掩盖，不使人魂、粮魂、畜魂跟随死者逝去），即根据葬俗“搭祭台”加以诠释。“搭祭台”其仪如此：用丧家院里的泥土搭一圆台，上铺一层炭灰，灰上放贝壳，再铺树叶，再放升子，中盛米谷、银子、鸡蛋等物。他分析道：土壤系萌发一切植物和庄稼的基础，亦即一切生命的基础，炭火是人类文明启蒙的最早产物，是走向真人的第一步，是温暖和力量的象征，灰是树木烧成，也是子孙兴盛民族发达的表示。贝壳是哈尼族的神物，有多子的象征意味。银子代表财富，米谷代表人的吃穿用，等等。“祭台”和有关的祭词是人类各个历史时代的表述，也是一部实物化的史书。这样的研究，就有了较深的内涵。

由于他对民间文艺学的建树，曾被辑入《中国现代民间文艺家辞典》。

第六节　其他民族的专家学者对哈尼族文学的贡献

哈尼族当代文学的成长还受到许许多多其他民族专家、学者、朋友的关怀、指引和帮助。20 世纪 50 年代，曾有云南省民族民间文学红河调查队队员们的辛劳——非常可惜的是这些队员早已星散四方，笔者想在此开列一个他们的名单以志纪念都成了不可能，然而笔者对这些前行者始终怀着深深的敬意。十多年来，更有大批其他民族的朋友把他们的心血、汗水和热情投注在哈尼族文学事业上。他们中，有的人不辞劳苦，爬山越岭走村串寨搜集整理哈尼族文学资料，有的人伏案疾书呕心沥血研讨哈尼族文学的奥秘，最感人的是有些老作家、老专家手把手地教哈尼族的作者和科研人员调查、研究、写作，一遍又一遍地帮助他们修改文稿、提炼学术和艺术。在当代哈尼族文学史上印下了他们跋涉奔波的足迹，更留下了他们的赤诚和关爱。

对他们为哈尼族文学所做的一切，哈尼族人民将在心底永存。

这些专家、学者、艺术家、作家和文化工作者主要是：

王松、李乔、陈见尧、杨叔孔、傅光宇、李元庆、高冀、刘辉豪、孙官生、李子贤、秦家华、魏国平、王清华、佘仁澍、普阳、白章富、兰克、黄世荣、李荣光、郭纯礼、岩温扁、蓝明红、杨胜能、皇甫可人、周弥、刘曙、段贶乐、李灿伟、白玉龙、郭东屏、宋自华、何炳坤、李山等。

下面对他们中的几位作一些介绍。

一、王　松

原中国社会科学院云南少数民族文学研究所所长王松（1912 ~ ），是一位老作家和学者，他曾在西双版纳爱尼山生活过，对哈尼族人民始终怀着深厚的感情，曾写过不少反映爱尼人生活的小说，对哈尼族迁徙史诗《雅尼雅嘎赞嘎》写过专题评论。十多年来，他大力支持哈尼族文学的发展，1981 年他与彝族著名作家李乔及笔者专赴元阳县参加该县“文革”

后第一次贝玛歌手讨论会，发表了热情洋溢的讲话，鼓励哈尼族文艺工作者打破框框解放思想大力抢救民族传统文学。1982年由他主持了民族文学所与红河州文联合办的民族文学讲习班，培训了一大批哈尼族和其他民族的文学工作者。

二、陈见尧

陈见尧（1934～），云南省知名作家、省作协副主席。他20世纪60年代到元阳县县长期深入生活，赶一匹白马，驮一床灰毡，走遍元阳的山山水水村村寨寨，和哈尼人民结下了深情厚谊，“文革”后任红河州文联主席。他培养了一批哈尼族民间文艺家和作家、诗人，如卢朝贵、李永林、李永万等，他帮他们修改文稿，解决各种困难，使他们迅速成长起来，成为哈尼族文学的中坚力量。

陈见尧有感于极“左”思潮影响下社会对民族文化传人贝玛的评价有误，认识到这将严重阻碍民族文化的发展，于是本着实事求是的态度，深入元阳县牛角寨乡果统寨调查贝玛的情况，写出了富有说服力的报告，拨乱反正，端正了人们的看法，这是对哈尼族文学的又一个贡献。他还写有《茫茫的蛮方》等长篇小说反映哈尼山乡的生活。

三、杨叔孔

杨叔孔（1938～），笔名杨笛，是哈尼族最贴心的朋友。他解放前就参加了革命队伍，解放后来到元阳县搞文化工作，曾任县文化馆馆长。这位老革命和文艺工作者热爱哈尼族文学艺术到了狂热的地步，他的朋友中老贝玛老歌手有上百人，他和他们打成一片，把他们视为亲兄弟，尽力帮助解决各种问题，包括调解家庭纠纷解决生活困难等等。由于他热爱、关心、维护老贝玛和哈尼族传统文化，成为他们的代言人和保护神，人们亲热地尊称他为“老贝玛”。在元阳工作的几十年里，他走遍了所有哈尼村寨，朋友也遍及所有的村寨。他的心和元阳的村村寨寨山山水水融成了一体。

他是元阳县文学艺术界的灵魂和工程师。为了元阳各民族多出人才出高水准的人才，他尽一切力量提供各种条件，送他们到北京、昆明等地培训，培养出翻译家卢朝贵、作家艾扎、诺晗、诗人哥布等人。1981 年当笔者来到元阳县，他立即参与组织“哀牢山四驾马车”，并肩奋斗，取得了《窝果策尼果》《哈尼阿培聪坡坡》等一系列重要作品出版、获奖的成果（详参前文）。

他又是一位艺术家，创作了大量民族风味浓郁的歌曲，曾获 1994 年全国职工业余歌曲竞赛创作奖。

对这位把毕生心血浇灌在哈尼族文学艺术花园中的园丁，哈尼族人民永远把他记在心里。

四、傅光宇

傅光宇（1935 ~），云南大学中文系教授，从事民族文学调查研究工作三十多年，是一位功底扎实、治学严谨、颇有造诣的学者，又是一位虔诚待人、有上古之风的博雅君子。他是其他民族学者中关注哈尼族文学的第一人。早在 1979 年“文革”刚刚结束，学术界尚一片萧条时就主撰了《哈尼族文学简介》一文，全面评介哈尼族文学的状貌，这篇文章在当代哈尼族文学发展的历史上具有重要意义，它引起了学术界对一向寂寂无闻的哈尼族文学的关注。

傅光宇教授最令人感佩的是他对哈尼族学者毛佑全长达十多年的关爱与培养，这是文学界一段令人难忘的友谊。十多年前，毛佑全看到上文后即写信给傅光宇，从此开始了他俩十多年的合作。傅光宇把自己的知识传授给毛佑全，一字一句帮他修改文章，并与他共同下乡调查，使毛佑全迅速成长起来，成为学有所成的哈尼族学者。从这里我们看到傅光宇无私、忘我、坦诚的心灵，他说过：“我认为自己应当把自己所知、所能都无保留地贡献给民族文学工作。”他做到了。

这十多年里，他与毛佑全、李期博编著了《奕车风情》《哈尼山乡风情录》等书，撰写了十余万字关于哈尼族文学的研究文章，对哈尼族文学的发展尽了自己的心力。

第五章 哈尼族作家文学

哈尼族作家文学的出现是在改革开放以后，近十年来展现出可喜的势头，它标志着哈尼族文学结束了没有作家文学的时代，迈进了新的发展阶段。

这个历史性进步的大幕，是由朗确拉开的。20 世纪 70 年代末，这个生活在西双版纳哈尼山寨没有受过多少教育但迷醉于哈尼族所有古歌、故事、传说、童谣的高小毕业生，第一个拿起笔，描绘自己生于斯长于斯欢乐与痛苦于斯的哈尼山寨的生活，从此如溪泉汩汩流淌写出数量众多的散文、小说和诗歌作品。他的辛劳获得了认可，1981 年，散文《茶山新曲》获得第一届全国少数民族文学创作奖，这是哈尼族作家获取的第一个全国性文学大奖。从此如堤坝拉开了闸门，哈尼族作家获得了一系列文学界的重大奖励——

1985 年，艾扎的短篇小说《金凤花》获第二届全国少数民族文学创作奖；

1990 年，诺晗的散文《太阳》、存文学的短篇小说集《兽之谷》获第三届全国少数民族文学创作奖；

1992 年，存文学的小说集《神密的黑森林》获第四届全国少数民族文学创作奖；

1995 年，存文学的文学创作获中华文学创作基金会庄重文文学奖；

1990 年，黄雁的小说《无量的大山》获云南省 1987 ~ 1990 年优秀文学创作奖；

1993 年、1995 年，哥布的诗歌《我在山谷独坐》、诗集《母语》获云南省第一、二届文学艺术创作奖励基金会三等奖。

这些奖励使历来在文坛上寂寂无闻的哈尼族作家文学受到人们的注视，哈尼族作家的一些精粹之作使文学界为之侧目。

获奖只是一种象征，其实从 80 年代以来，哈尼族就拥有了一支由数十名青年作者组成的文学创作队伍，他们呼应着时代的感召，焕发着青春的朝气，闪烁着哈尼族的智慧，分别从条条山寨小路向文学创作的通衢大道走来，他们用自己炽热的爱和辛勤的汗水耕耘着文学的梯田，在秋风吹动的时节，收获了丰硕的果实。这支文学创作队伍的成员主要是存文学、朗确、哥布、诺晗、艾扎、史军超、黄雁、冯德胜、陈曦、艾吉、明追、白茫茫、施达、车明追、王家彬等，他们以小说、散文、诗歌、报告文学等艺术形式，生动地反映着哈尼族山乡人们从精神到物质的巨变，表述着哈尼人的现代思考、欢乐、忧虑和希望，他们以一幅幅生动的社会生活风情画，使人们对居住在古哀牢、无量大山中的哈尼人有了真切的感知。

他们是拓荒者，所有的成就都仅是开始，在中国文学的大海中，他们只是几粒闪亮的水珠。他们的创作功力整体而言尚嫌稚嫩，但将会用新的作品来证明哈尼人优秀的文学秉赋。

第一节　存文学及其小说创作

存文学（1952～），普洱县人。早年当过邮电话务员，当过工农兵大学生和山区中学教师，是一位创作颇丰的作家。代表作是长篇小说《兽灵》、《神秘的黑森林》、短篇小说《狗队》等，中短篇集子《兽之谷》包括了《火之谷》《雾之谷》《兽之谷》《绿光》《狗队》等五个中短篇小说，此外还有十几个中短篇小说和散文，这些作品多次获得全国及省级文学奖。

存文学的小说足以跻身于全国少数民族小说创作的行列，他的作品给人以厚重感和力度感，这与他多年在哈尼山寨峡谷老林中的生活积累和个人的气质有关。他自幼生长在哈尼山上，对那里的民情风俗了如指掌，大学毕业后又到哈尼山教学多年，更丰富了他的生活素养。他是一个“扎得下去、干得到底”的人，有着哈尼人的硬气，七八十公里的山路，往往一走到黑，与山民、猎人们打成一片，从他们那里感受到哈尼人与生养他们的大自然间相融互补的关系，体验到一种与寻常文人或都市人完全不同的生存方式，这使他为之激动，催促他用笔把它们写出来。

他在《我与高山峡谷》[①] 中说：他在哀牢山和无量山的峡谷深处观察过太阳，这太阳与外面的不一样，高深的峡谷使太阳每天只能走完一段短路就沉没了，何况峡谷中的人，他们世世代代被封闭在大山的角落里，多少人一辈子爬过几架大山就倒下了，他们中的英雄至多也就是猎几只熊打几只豹子而已，山外是什么，大海平原是什么就不知道了，这是何等悲哀啊。他曾听过远处山谷中升起的一支歌——

山太高了我们走不出去了，
谷太深了我们走不出去了，
夏天的时候路泥泞，
冬天的时候有灰尘，
我们走不出去了。

听到这牧人的歌，他的心灵不禁被这大山的呻吟震颤起来。

后来他又在一条小路上遇到一个酒醉的汉子，踉踉跄跄地边走边对大山大吼大叫："啊!""啊!"一副捶胸顿足的样子，那汉子对他吼道："你看山光了，树也没有了，我太难过了，就有好多好多的话要说啊，不能对人说，只能对山说!"

于是他理解了山里人，理解了大山。在山里人和大山之上，沉压着历史和时代的重负啊!

于是他写出了一系列森林小说，写森林的人和人的森林，写森林人的生存状态。

存文学森林小说的价值在于他为中国当代文学注入了一种新的生命状态——对现存生命状态的否定之后的幻想中的将来的生命状态，或追溯远古的（但又不同于远古的）生命状态，这就是人与自然的相融、相谐、相依、相存。

他的长篇小说《兽灵》就是这样描写的。它叙述了滇南玛格拉峡谷三

① 载《民族文学》1989年第7期。

代猎人的生活史和命运史：敦嘎、嘎斯、斯飘是峡谷里赫赫有名的三代猎人，他们仰赖大森林为生，森林是他们的肥田，是他们的谷仓，那里的野牛、野猪、老熊、豹子是他们衣食的来源。在世世代代的狩猎生活中，他们与大森林有着某种默契，森林提供了他们生活之所需，满足了他们当英雄做好汉的心理，而对他们要求的回报是对森林的爱护和对野兽的保护。他们的先人这样做了，但是，随着时代的演变，他们逐渐变了，对野兽的捕杀越来越泛滥，武器越来越精良，规模越来越大，人与大自然的契约被破坏了。于是，自然开始惩罚人类。这部小说精彩地描写了这种报复是怎样一点点一滴滴最后直至降临灭顶之灾的过程。这就是玛格拉峡谷最有名望的猎王敦嘎家祖孙三代人的命运史。爷爷敦嘎英雄一世，他的枪口不知吞下了多少剽悍凶猛的大兽，但在晚年的闲暇中射击了一只死麂子，就神秘地死去。儿子嘎斯则因滥杀猴群和野猪，在山林中被自己支下的铁夹夹住，被报复的猴子推下岩石砸伤、被野猪咬死。孙子斯飘走得比父祖更远，他不但使用了新式的猎枪而且使用了大规模捕杀动物的捕兽网，最后在与一头野牛的较量中死去，而大森林只用几场暴雨几阵曝晒几根藤蔓就把他的尸体消灭得无影无踪。

在存文学的小说中，我们看到了大森林的形象。大森林是无语的，但它却能倾诉，它的语言需要人们用心灵解读。大森林是平静的，但它一旦行动起来则是恐怖的。这森林形象是存文学营构的心灵幻影，但也是真实森林的写照。

人与自然关系的微妙一般都市人不易觉察，在山林中生活的人若是无心也会熟视无睹，这需要一种深远的历史眼光加两倍的爱心。中国文学界对这个问题的关注还没有真正开始，虽然国际上作为科学问题和文学问题已经讨论得如火如荼多年了。早在60年代，美国学者雷希尔·卡逊出版了一本书《寂静的春天》，他用大量事实证明自然界将严酷地报复不珍惜它的人类。他警示世界，若不珍惜环境，人类将在某个春天来临的时辰，听不到鸟鸣的声浪，看不到鱼虾的游荡，闻不到动物的声息，我们的生命将失去诗歌、美术、音乐，我们的星球将成为寂静的、失去生命的死球。这本书震动了世界，因为对自然的破坏及遭受自然的报复在西方已是饱尝苦果了。由此西方改变了，人们开始珍惜环境，尊重自然，出现了把无声无息无感知的自然包括其中的一草一木一鸟一兽作为与人享有共等权利的对象对待的观念，于是他们获得了相对于我们要优美、自然、和谐的生存环境。

存文学作为一个作家，不一定拜读过卡逊的著作，他是用心的感应从生活的实际中领悟到类似的东西而加以小说化的表达的。正因如此，他的小说给我们的当代文学提供了某种新鲜的信息。

敦嘎三代人的悲剧是这部小说的主线，作为背景的是电站工地的建设者和伐木队对玛格拉森林的毁坏，他们疯狂的夜以继日的伐木声和偷猎者的枪声惊天动地。小说中远山大叔对此发出忧虑——

> 大山愤怒了，它天天都在诅咒呢，其实它也是一只优美的野兽呢。天天在它身上拔毛炸肉，让峡谷一天比一天深，沟沟壑壑也越来越多，它的身体不但裸露在外面，还把它的筋络脉管都给切成了东一截西一截的。它能忍受吗?

小说竟以这样一场悲壮的万兽大迁徙场景为结尾，真是令人惊骇不已——

> 没有雾岚，太阳早早地爬上了山巅，它用猩红的舌头舔亮了山口，从山那边吹来了一股苔藓和大森林的潮湿气息，几朵云彩悠悠地飘来飘去。
>
> 这时候，人们看到了一个亘古未有的壮观场景：
>
> 一群大象井然有序地攀上了山口，接着是一群野牛、山驴、马鹿……再后来是麂子、岩羊、豹子。这些相生相克的野兽这天表现得空前的和睦。
>
> 显然，这是一次大规模的迁徙，峡谷的树木已掩不住它们的躯体了。山口刮来的风向它们发出了清新的召唤。……快翻过山口的时候，那些野兽们一起把头调了回来，同声共吼起来。
>
> 那狂吼像雷声一样在峡谷间滚动，碰撞着，大山猛烈地颤抖起来，大块大块的石头骤然崩落下来……

天地为之颤栗，人神为之震怒！这悲而壮的景观对有良知的人类该是有何等巨大的冲击呀！

在另一篇精炼的小说《狗队》里也表现了同一主题，它写了一个山区小伙子最后一次赶狗卖狗的故事。小伙子用绳子拴了一群狗前往城里贩卖，虽然艰苦但也可赖以为生。小说写了小伙子的人性恶。在崎岖的山路上，干涸、荒硗、饥饿、困乏缠绕着这奔波多天的狗队，而赶狗人却马不停蹄地拖拽着狗队向城里走。

事情是由一只瘸腿狗引起的，由于它的缓慢，影响了进程，小伙子要杀掉它，而这只狗之瘸腿，是一次他被风化石压住，它发现了他，在刨石头救他的时候被压瘸了的，他的举动引起了狗队的骚动。但在夜半时分趁狗队睡熟，他还是杀了它。到了望城坡的时候，狗队终于不堪他的残暴和虐待，咬断绳子向他扑来，虽然他挥刀杀死了几只狗，但到底被狗群咬死了。

所有这一切人与自然的不和谐，都是由人的贪婪、无休止的榨取、残暴引起的，所有这些贪婪、榨取、残暴都是该诅咒的。

相对于人的劣与丑，大自然（包括狗队）是那样地更有人性、更美、更和谐。这就是我们在存文学小说中看到的。

这些小说具有很强的表现力，体现了作者具有敏锐的观察力，而且他像一个恋人那样钟情于大森林。《兽灵》里这样描写道——

> 苦熬了一夜之后，斯飘放松下来。疲惫瞌睡阵阵袭来。清晨浸骨透髓的寒冷也难赶走瞌睡，他抱着铜炮枪恍惚入睡了。
>
> 天一放亮，那些找早食的小虫，花脚蚊、吸血蝇又朝他涌来，密密匝匝地盖了他一身。但他没有醒来，两眼似被层层树胶给粘牢了。不知过了多久，他感到脚板脚杆一阵阵酥痒，猛地把他给吓醒了，他以为来了什么树上的野兽。一看，没有。这时他便看到了这样的奇迹：几条攀援在树上的山藤子已用触须紧紧缠住了他的脚丫，而那藤梢还在一点点地昂着头往上爬呢。
>
> 刚才的痒痒就是它们弄的。此时，他有些懵懵懂懂的了。难道睡过了两天还是三天？抬头看看沼泽上面那片巴掌大的天，分明又是薄暮时分，无论怎样，他也无法作出判断。
>
> 再看附近大树上那些披丝挂缕的藤蔓，特别是那些新抽出的绿藤，好似都往上长了一大截。
>
> 看着看着，他怔怔愣愣地呆住了。天啊，那条条、道道、丝

丝缕缕的幽幽绿藤和茑萝都在瑟瑟摇动着身躯，都在争先恐后地往上伸。他心里一阵抽紧，莫非看岔了眼？来了一群翠蛇？揉揉眼角再看，分明就是些藤子。此时脚又痒痒了，他把那些藤梢一掐，冒出了些如血的浆汁。

这下子，他懂了山民们常说的“一日春风几寸长”的道理。

难怪，这原始老林里一棵棵几围粗的大树，在这疯长的野藤面前却奈何不得，有的竟被藤子给缠死了。他想，要是自己真的睡上几天，身子也一定会被藤子给绕起来呢。

这里的天空和阳光就是这么珍贵。树也好，藤也罢，都拼命往前挤，狠心往上窜。不高出林空，就无法得到。有的虽然有一股子蛮劲，只是弯弯曲曲、东弯西拐，精力都在这中间耗尽了，于是它们永远得不到一线天空，只能委委屈屈地为森林编织些纵横交错的大网，于沉默中蓄积残恶，揽住些奔走中无意撞上的禽兽，任其腐烂，用它们的尸水来滋润自己。

大森林中寂静掩盖着的繁茂疯狂的生命竞争被表现得入木三分，在这里作者只是写一种自然的景观，而我们把它当成一种寓言来解读，不也可以读出人类世界的种种来吗？可见，存文学善于把抽象的哲理灌注在不着痕迹的艺术表现中。

存文学的小说还有一个特点是善于写出山林中人和自然的诗意的神秘。比如中篇小说《绿光》从立意上就是一个神秘，它表现山里人期待着某种象征意味的自然物“绿光”的出现，认为这时就是某种天堂般的生活的来临。具体描写中也浸透了这种韵味，譬如它写姑娘野猫子去会情人的情景，就非常传神——

夕阳收敛了那一片片晾在山尖上的红绸。野猫子穿上条花筒裙，匆匆地穿过绿草覆盖的小道，她来到了一片离寨子很远的林子边等待着那个心爱的小伙子，她从林子里摞了些落叶铺在地上，躺下去软软的舒服极了，她躺在上面数天上的星星，一颗，两颗，三颗，她盘算着当她数到一百的时候，他就会突然出现在眼前。

一只夜莺在她附近的树上唱起了绵绵的春歌，树叶发出瑟瑟的声音，它们在歌声中愉快地抖动着。

雾像纤细的藤子一样从她的身边抽出一缕缕柔丝，把一棵树缠啊绕的，这时周围的一切变得有些迷迷蒙蒙的了，两只蛐蛐儿“啾淌、啾淌”地一阵絮语之后，无声地蹦到了野猫子的身上毫无顾忌地交起尾来。

“沙沙”她听到了脚板碰响落叶的声音，她立时起身，把两只蛐蛐抖在地上，她的心旌摇荡，她想，定是他来了。

一条影影绰绰的影子慢慢向她走来，她发现了很亮的眼睛，心激动地跳了几下，便急不可耐地迎了上去，一把抱住他。

这一抱，她大吃了一惊，天啊，她搂住的竟然是个毛森森的家伙。开始她以为是他怕露大，披了床毛毡来呢，直到闻到那股浓烈的腥膻味儿的时候她才发觉错了。

她搂的是一只熊。

那也是一只在热恋中的熊，它见野猫子的影子也以为是自己新结识的恋人，便立起来如人似地蹒跚而行，当它伸出双手的时候它和她都惊叫起来，然后相互怔愣了片刻，又各自分开了。

野猫子第一次知道，爱是能够把眼睛点亮的，世上的万事万物都是如此。而且，爱能把野兽也变得善良。

自然界中的神秘常常出现在作家们笔下，但往往是残酷的、血腥的或可怖的。那样的描写也有力，但不美。存文学的描写在神秘中透出了美和力。野猫子在爱的狂迷中与熊拥抱，“相互怔愣了片刻，又各自分开了”这是诗意的而非真实的描写，但它是那样美，使人被她与熊的爱深深感动。

存文学的小说气魄宏大，笔力浑厚，诗意盎然，所不足的是人物性格的刻画尚逊一筹。他更是一个诗家；当然他还是一个小说家。

存文学的创作潜力还很大，他定能为哈尼族文学写出更多更美丽的作品。

第二节　哥布及其诗歌创作

哥布（1964～），元阳县人，初中毕业后曾任过小学教师、县文联干事，现在红河州文联工作。

哥布以诗歌创作为主，先后出版了诗集《母语》和《少年情思》，间有小说散文若干。

他的诗歌是一曲曲放牧青山、流云、清泉、鸟声、草语和鸡啼、牛鸣、碓响的短笛，每首诗都极短，在数言只语中表达着清新隽永的诗意。

他的诗是由对母亲——哈尼族焚心的爱恋燃烧出来的火花，一闪，但很亮。他对民族的传统有天然的依恋，虽然对哈尼族的文化底蕴没有更多的探讨，但他知道这个民族为世界和中国的文化做出了她独特的贡献，他也希望通过自己的诗作像那些创作了辉煌史诗和古歌的先祖一样，为自己的民族也为世界所有的人做一点事。他在诗集《母语》后记里说："让先祖高兴，让族人高兴，让父母高兴，让朋友高兴，让所有善良的人高兴——这是我的愿望。"

他的文学道路很直。他从民间山歌野调直接走向现代诗，所以他的诗也像民歌一样直率坦诚，或干脆说，它们就是传统山歌野调的现代变体。他想到的、看到的、听到的，他都真实地写出来。如他这样写母亲——

母亲是这样一种人——
早上早早起来做饭，
白天背着背篓上山，
夜里在火塘边纺线；
她进出的时候，
鸡鸭猪牛对着她亲切地叫唤。
一娘生的弟兄们啊，
母亲是这样一种人。

——《母亲》

而父亲呢则是——

父亲是无言的，
像箐沟边的一截木头，
抬着烟筒蹲在火塘边；
岁月从他的脚下流去，
阳光晒干了他的头发。
父亲是无言的，
因为这样，
我像一块石头滚到世上，
也是无言的。

——《父亲是无言的》

情人则是——

天亮了，
太阳骑在山头，
我的情人背水回来了。
清甜的泉水在竹筒里晃动，
太阳也在竹筒里晃动，
我的一颗心被她背来背去。

——《我的情人》

朋友则是——

放鸭子的朋友，
打猪草的伙伴，
读书的伙伴，
人生一世，
要经历千百种事情；
但是多半，
一边经历一边消失，
没有一件事能够
　像儿时的事情一样记住。
人生一世，
出门便可遇上千百人，

但是没有一个人能够
　像儿时的朋友一样记住。
我像疯子一样，
到处流浪；
走下汽车，
千百人中间
　不见一个儿时的朋友。

——《儿时的朋友》

因为他真实，所以他的诗歌真挚诚恳朴素，就如每一个在山道上偶然遇见的哈尼人，没有丝毫的做作，所有的交谈都是心对心简捷而明快。这就是哥布诗歌的风格。

哥布的诗在我们这个急剧转型的时代格外显得可贵。市场经济带动了不可避免的社会伦理道德系统的重新构架，在商品意识的冲击下，一方面人们看到了多元化的新世界，对生活有了多种选择，一方面大批的舶来意识把人类心灵深处贪婪、自私、侵掠、唯利是图等等魔鬼从禁锢它的瓶子中打开，它们在神州大地上空扇动着黄金的翅膀呼啸而过，造成了社会传统道德体系的坍塌，大批的人们不是眼皮上贴上了人民币，就是嘴唇上盖上了官印，张眼唯钱是望，开口唯权是讲。铜臭、权臭如滚滚污黑的脏水横流，大批的人们巴望一夜之间把牙齿都露出来以便吞噬他们的同事、朋友、亲人，甚至妻儿父母。哥布站在哀牢山的岩石上，唱着纯真的歌，有良知的人读到它，会为自己一些龌龊的想法而羞愧，它可以感动他们，使他们爱自己的母亲、父亲、朋友、邻人、不相识的人，爱他们家乡的河流、山峦、树林、鸟啼、鸡鸣，爱一切美的东西。

哥布在寄给笔者的一篇感想式的短文《轻轻叩响文学的门》中谈到他的文学启蒙——

应该说我童年时代就开始接触文学了。父亲的肚子里除了犁田耙田的经验、打铁凿石的技巧，还装着很多故事。每当夜的门把山寨关在茅屋外，在乍明乍暗、飘忽不定的火光中，父亲在火塘边铺一条蓑衣躺下，就开始讲述那些永远讲不完的故事；有时是躺在床上，在母亲收洗碗筷的声音中讲述，我渐渐地在那些故事中睡去，渐渐地我在那些故事中长大。那里有光怪陆离的鬼神妖魔的故事，也有很贴近生活的，不管什么样儿的，都明显地带着他自己和祖先的道德观和人生经验，成为他的道德经和人生哲学。每讲完一个故事，父亲总是总结地加些评语，而那些评语总是赞扬善良美好的一面，抨击丑恶的一面，说做一个人应该这样而不应该那样。

显然那些故事本身和评语反映了父亲对世界和儿子的朴素的愿望。这样，童年时代我不仅接受了文学的熏陶，也接受了道德的教育。

这是每一个哈尼族都会对自己的后代进行的教育和培养，笨拙、原始，但是卓有成效。所以哥布的诗歌和哈尼族传统的诗歌是连为一体的，它们没有质的区别，只不过是那些古歌在当代的新唱而已。然而正因如此，哥布的诗才耐读，才有力，才自然而朴实。因为他不是单个的人，他背后站着一个民族。

哥布的诗歌另一个特点是带着忧郁的感动和思虑，这造成他隐约的悲剧感。于是他看夏天的田野就有了这样的怅惘——

乌鸦飞过田野。
一个干瘦的老人站在田埂上，
腰间别着镰刀。

乌鸦飞过田野。
夏天呵夏天，
山冈已恼人地绿了。
一个孩子唱着催眠的歌。

——《乌鸦飞过田野》

他看深夜纺线的母亲，会有“母亲的线团越来越大/我的母亲却越看越小”的悲哀（《母亲纺线》），他看一个饱经忧患的老人溘然逝去，会描绘出“这个黄昏/女人们在屋顶上流泪”的凄艳（《多灾多难的老人呵》），他看一个失恋的男子，在月光下孤独地弹奏三弦，会想到“今夜，星星在夜空聚会/所有的女人都无法入睡”（《深夜的三弦声》），读到先祖传下来的史诗，他会“拾起先祖的脚印”，“想起天下的人都历尽千辛万苦/想起一个人活在世上/要在风雨中不停地赶路”（《读史诗〈哈尼阿培聪坡坡〉》）。他的忧郁是从民族生存现状的艰辛悲苦和先祖在远古的磨难摧挫中生发出来的，是一种真正的悲剧色彩，因而带有较强的感染力。

当然他的欢笑也有明快的色彩，但是哥布从来没有开怀的大笑，他的快乐也是羞涩的——

阳光多么明媚，
天空宽阔明亮。
鸽子在寨子上空飞翔，
燕子也兴高采烈。
看不见的风朋友，
请你休息一会儿，
让我们在树荫下交谈。
大地多美好，
不知道世界上，
怎么有这样一天。

——《阳光多么明媚》

这种用语言无法表达却整个身心舒展欢愉的感觉，他写得很准确，这是尽在不言中的内隐的美感。

从贴近民族来讲，哥布比其他许多作家（如存文学）更“哈尼”，但因此他也自然地带上了哈尼族的一些落后文化因素，如一写到都市就产生孤独感与自卑感，一与现代对话就觉得艰涩，这是他的诗歌需要克服的弱点。

第三节　朗确的文学创作

朗确（1946～），勐海县人。曾在山区粮管所工作多年，现在勐海县委宣传部工作。发表过数十篇散文和小说，搜集整理过大量的民间传说故事，其中散文《茶山新曲》获全国首届少数民族文学创作奖和云南省文学创作优秀作品奖，民间故事《小鸡报仇》获云南省民族民间文学奖。

朗确是一个把生命投入哈尼族文学事业的人，早在20世纪60年代，他看到傣族老歌手康朗甩、康朗英创作的长篇抒情诗《流沙河之歌》和《傣家人之歌》，就想到，傣族有自己的诗人，哈尼族为什么没有自己的作家？于是他就在粮管所的仓库里，一边扶着板秤拨着算盘，一边写作，新民歌《心窝里激荡着金水河的波浪》发表在《西双版纳报》上，由此开始了创作生涯。有着为民族文学献身的思想境界，他成为哈尼族获得全国少数民族文学重大奖励的第一人就不是偶然的。

朗确的小说和散文一如他的性格，稳健、朴实，深挚的感情永在平静的描述中潜行着。他总是用多情的目光凝视着自己民族的所有生活，所有的人物和事件和风情，他笔下有《姑娘寨的女村长》，有各种各样的《山民》，有《痴情女》《野女》和《爱尼野丫》，有《寡妇桑娥》和《歌手的妻子》，还有《阿波搓当的遗嘱》和《院里的蛐蛐声》（以上均作品名）。他描绘了一个独特的爱尼人的缤纷世界。

朗确善用白描手法，短篇小说《歌手的妻子》和《院子里的蛐蛐声》很能代表他的风格。

《歌手的妻子》写一个基层文艺工作者歌手的妻子惊人的朴实和对丈夫及他的事业的令人心痛的爱。歌手是一个有才华的忘我工作的基层音乐家，他从小不爱说话，但很会唱歌，而且酷爱唱歌，他闹过背柴回家的时候边走边学唱歌把柴背进别家院子的笑话，吃饭的时候不吃饭，一个劲拿筷子叮叮当当敲碗，为的是要赶写参加全国少数民族文艺会演的歌。对这些歌，歌手的妻子不理解，但却爱它们，她由爱而崇拜而支持歌手的艺术工作。她独自承担了家中的一切劳务，在村里是数一数二的劳动能手。但是歌手却遭到人们的不解和非难，殃及她的是队干部们专门盯着她，薅地薅漏一棵草，收割丢掉一尾穗，他们就会大声咋呼：“别以为是唱歌的家属……”使她受尽委屈。秋收时分给她的粮食总在最远的地里，她只好连夜去挑，山中的夜阴森可怖，好像随时都听得见各种野兽的叫声，路旁草丛中也不时窸窣作响，好像什么怪物在暗中行走。这时她唱起丈夫的歌，一支又一支，好像路也短了许多。

这些真切的描写之后，作者进一步写了歌手和妻子的命运。歌手歌唱春天，但生活中却缺少春意，他参加工作16年，从小伙子变成三个孩子的阿爸，但工资只有45元。有一次丈夫生病回家，她去帮他领工资，注意到三个人，一个拄拐杖的老头，扣除房租水电费还有150元，她想，这样的老头在农村连一个工分都挣不到哩，公家还给他这么多钱。第二个是和丈夫年龄差不多的人，拿了60元，第三个留长发的年轻人拿45元。哦，原来公家人的年纪越大拿的钱越多，不像农村是年轻人力气大工分多，分到的粮也多。轮到她领工资，人家给了她45元，和那个长头发青年一样多，她数了又数，始终认为是会计弄错了，因为这与她的观察结论不一样。回到家，丈夫说一分不少一分不多。她问不是加了两次工资吗？丈夫说，加工资的都是贡献大的人，第一次加工资，我因为“文革”中遵命写了反击右倾翻案风的歌，做了对不起党和人民的事，没有条件；第二次加，又到省城学习去了没加上。她说，听学校老师讲，加工资时有些人吵得比“文革”中的批判会还厉害，有些人不好好教书加了工资，有些人书教得好反而不得加，你们单位也是这样吗？歌手被自己的妻子问住了，回答不出来。妻子见他无法回答，也就不再问了，把今后的生活盘算了一番，然后说，你以后每月带回家10元钱就行了（以前是20元），剩下的自己吃用，不要过得连自己都可怜自己。她的理由是：今年队里生产搞得好，自留地也有一分收获，带回10元钱，我们母子四人的零用就够了，孩子买书买笔的钱我可以摘茶叶卖回来，我们在家吃粗一点穿差一点，人家不会笑话，你在外面是像山上的桂花——飘香（出名）了，还穿旧裤子烂衣裳，邋邋遢遢的，我和娃娃脸上也没有亮光。听着这样入耳入心的话，从不流泪的丈夫伏在她的身上哭了……

平平静静地描叙一个平平淡淡的故事，却在平静和平淡的表面下潜伏着巨大的感情激动，朗确就这样把歌手的妻子那美好的心灵和一种日常生活中习见又常常被人忽略的坚执的爱情用几个细节就跃然描绘于读者眼前。

《院里的蛐蛐声》也是平静描述的作品，与《歌手的妻子》不同的是，它更带抒情意味。这篇小说描述了香格姑娘和恋人诗意的爱情，这爱情却是作者别具匠心的一个安排——通过院子里的蛐蛐叫声来演进的。

香格家院落里有一棵高大的梨果树，树下有很多手指般大的眼睛，一个眼眼里有一只蛐蛐，夜幕降临的时候它们总要欢乐地叫着，当它们受到惊扰——香格的恋人来到时，这叫声才停止。

香格的阿妈发现了姑娘的秘密，于是一当蛐蛐的叫声停止，就微笑着叫香格放下手里的活计出去玩，香格的爱情就这样甜蜜地生长着。但是后来蛐蛐的叫声老不停歇，阿妈就问香格是怎么回事？香格告诉她恋人学习去了。后来蛐蛐的叫声停止了，香格姑娘飞奔出去却很快回来了，原来那叫声是被猪拱土吓停了的。阿妈就说明天要背石头把猪拱土的地方填起来，香格羞涩地笑了。

这篇小说结构完整意境优美手法别致，可以作为一篇诗意盎然的散文来读。小说把蛐蛐们作为美的使者，由它们唱出一首爱的夜曲——

> 夜，像一抹轻淡的云，笼罩着哈尼山。星星像清晨芭蕉叶上的露珠，亮闪闪地缀满了夜空。蛐蛐——这夜的伴奏者唱起了晚歌，它们钻到各自容身的洞里，把两根细长的触须探出洞外扬动着，望着满天星星，“嚯嚯”地唱呀唱，直到黎明来临，或者有其他动物走近才打断它那单调的叫声。

小说以这样富于抒情性的笔调开头，立即把读者带进诗的意境中。香格与恋人坐在梨果树下谈情，这对恋人的谈情也别具一格——

> “和原来一样，这树下的蛐蛐声一停，就是我来到的时候，它们会准时向你报信呢。”
>
> “以后我们的事成了，一人给它们一颗糖。”
>
> “它们会吃吗?”
>
> “它们会吃虫虫和米粒，也会吃糖的，不会吃我们也给它们，这是我们的心。”
>
> “你的心就像你的脸一样好。”
>
> “不要这么说，我长得难看死了……”

这是童话般的爱情，那么单纯和甜蜜，不必更多的描写，这样一个细节就够了。而蛐蛐们呢——

> 村里、村外，处处是蛐蛐连片的叫声，只有香格家院落梨树下的蛐蛐似把月光当作阳光，毫无声息。它们爬在洞口凝听着香格和那个叫沙黑的然达（小伙子）的悄悄话，每听到一句，那探

出洞外的触须就扬动一下，似乎那也是一根根感情的弦，这一对情人的甜言蜜语也牵动了它们的心。

夜，迷人的月夜，蛐蛐，知情的生灵……

读到这里，读者的心仿佛要被这醉人的爱曲融化了。

朗确的作品没有那种强烈摇撼心灵的效果，但却不乏随风潜入夜润物细无声的感染力。

第四节　诺晗及其散文创作

诺晗（1956～），汉名李永万，元阳县俄扎乡人。曾任中学教师、县文联秘书长，西北大学作家班毕业后，调昆明市文联任专业作家，现为云南省税务干部学校办公室主任。1980年开始创作，发表过散文和中短篇小说一百多万字，是一位用功很勤的作家。已出版散文集《火塘边的神话》，散文《太阳》选入《中国当代散文选》、《当代散文百家》等集子，《山间又响马铃声》编入全国统编教材全日制小学语文课本第十册，选入《记叙文选评》。曾获第二届全国少数民族文学创作奖、国际和平征文二等奖等多项奖励。

诺晗发表过不少小说，但其创作以散文为主且较有特色。他的散文清新明朗，具有哀牢山叮咚作响的山泉般的韵味。他受哈尼族传统文化的影响很深，但不像哥布那样直接来自民间文学，而带有较大的创作性。他把对母族、母亲、母亲之山的眷恋融汇进诗意的散文意境中。他热衷于描写哀牢山哈尼山乡的一切人和事：父亲使用几十年的火镰，母亲背了一生的背篓，与小伙伴们撮鱼拿泥鳅黄鳝的嬉笑，山间小道上叮铃叮铃的马铃声……都在他的散文里给予温柔地抚摸。他的散文带有几分女性的羞怯和细腻，带有几分隐隐作痛的快意，潜入读者的心灵。

如脍炙人口的散文《太阳》，从一个极高的视角来观照一位母亲，而这位寻常的哈尼母亲，在作者看来就是太阳本身，她（它）温暖着儿子，回护着儿子，用终生的辛劳养育着儿子，同时也温暖、回护、养育着这古哀牢千山万壑组合的世界。这种大意境，作者却用细腻的笔触精致地描绘出来——

太阳在天上走的时候，常常背着一缕白云。

我小的时候，阿妈也常常驮着我。烧饭，下地，就把我捆在她的背上，像吊一扇石磨一样，不歇地背半天。

听阿妈说，我小时候个儿小小的，却像山上拣来的石头一样，重重的，铁邦邦的。我十分好动，不是把手捏成小拳头，放进嘴里“呜呜”地唱，喷出口水，就是爱摆腿，那两根小竹筒一样的小腿，一摇一晃地蹬着踢着。我阿姐背不动我，常常被我的摇动晃倒，两个倒在地下滚轱辘，谁比谁更疼也不清楚。有一天，阿妈栽秧去了。阿姐背着我，就在田棚外的坡上玩，逮蚂蚱，不小心从山坡上滚下来，轱辘地滚进水田。山上的人发现及时，才把我们救了起来。第二天一早，阿妈就拿着一个鸡蛋，带着我和阿姐的衣裳，到田棚去“请魂”。阿妈说我哭个不休，大概是魂被吓跑了，要拿鸡蛋去请回来。从此以后，阿妈不让我阿姐背我。她像一匹马，把我捆到她的背上，驮着我做着屋里屋外的各种活计。

太阳撑到山背上，阿妈就下地了。

阿妈用一条黑幽幽的粗布被罩，把我挂在她的干瘪的胸脯上。背上却背着一只篾篓。她一边走，一边用一根筷子做成的带钩头的木棍搓棉线，一边搓线一边同路上的熟人搭话。

山路细细的，像黑线一般。但是，阿妈不会跌跤，走步平稳。

阿妈背着我，我从来不哭。握成木锤似的小拳头，放进嘴里，“呜呜——”地唱个不停。阿妈不禁止我唱，她静静地走山路，静静地搓线。山路长，没有阿妈搓出来的棉线长。

太阳在天上走，天上没有留下她的脚印。

阿妈在山路上走，山路上烙下了她的足迹。

太阳下山时，阿妈回家了。

那只篾篓高凸凸，装满了猪食叶。她背上有了重量，不得不伛着腰爬坡。所以，她把我也放到了猪食叶顶上。阿妈头上是猪食叶，猪食叶上驮着我，我的头上是太阳。

山路细细的，像竹篾片儿一般。

今天，我长高了，阿妈却变矮了，身体佝偻着，走路也一步一步，数着走一样。许多个夜晚，我细细地琢磨着一个道理：那时小的，长大了，那时大的，变小了。这是什么原因呢？后来，我看着山里的太阳，明白了这个又简单又不简单的道理——

待到秋天，山地上的庄稼都成熟了。山饱满了，山谷也饱满了。那一轮太阳，也被沉甸甸的果实压弯了头，低低地，缓缓地，从秋天山谷的沟壑之间走过去。

山高了，太阳变小了。

山里的太阳，就是这样辛劳。如果没有太阳的辛劳哺育，难道会有饱满的山地吗？

这篇散文从一个哈尼孩子的眼光看母亲，她的慈爱、辛劳、耐心、质朴在儿子点点滴滴、绵绵无尽的回味中表现出来。

每个人都有一个母亲，每个人都有一颗照耀人生的太阳，这是人类至死不忘的情怀，我们在这篇散文里看到了它的存在。

温情是诺晗散文的主调，他仿佛一个多情的恋人总在含情脉脉地张望着他的情人——家乡，而且总用哈尼家乡的温暖与外部世界的冷漠作对照——这一点在许多哈尼族作家笔下都一样，如陈曦、冯德胜的散文或小说，哥布、艾吉的诗歌，黄雁的散文和小说等等。这是很自然的，进入都市的哈尼人情感失落太多，于是那古老而惹人的乡思就融化成一片片诗意的白羽向远方的家乡，向他们的根之所植处飘去。这里面反射出他们对外部世界的隔膜与疑惧，是哈尼族内敛文化的衍化。人们渴望走出哀牢山，他们深为外面大千世界的万紫千红所吸引，一当他们走出来，被冷酷物质世界的利爪撕伤或被那带有强烈文化优越感的都市人睥睨的目光灼伤，他们就像孩子立即呼喊着跑向母亲的怀抱，因为那里有的是熟识、习惯、亲切的温情。这是哈尼族和许多民族作家文化心理的一个矛盾结，它苦恼地捆绑着他们，使他们发出呼喊和呻吟。

这在诺晗的散文《家乡的蘑菇房》里体现得很充分——

你到了山寨，就会知道，那蘑菇房是一种非常平民化的房

> 屋；一间茅草铺顶，泥巴筑墙其状如蘑菇的土房，屋高分上中下三层，木板围成左中右三间。锡欧河南端哈尼山，就是我的家乡。蘑菇房，掩映在一蓬蓬绿竹之间，恰好便似刚冒出土辉映朝阳的黑黑点点蘑菇，故得名。踏进蘑菇房，冬暖夏凉令人舍不得离开。

下面围绕着蘑菇房“冬暖夏凉”这四季宜人的建筑特征，展开了人性美的“冬暖夏凉”的精神建构。作者随意地叙述着儿时的种种快乐：在火塘边和妹妹炸包谷花吃，在阿妈磨豆腐的嗡嗡声中猜谜语：“一边哭，一边吐，吃多少吐多少，这是什么?”“我知道，不说哩。”妹妹撒娇。豆腐做成后，阿妈叫两兄妹把豆腐送给邻居，二十多户人家每家都有一碗，剩下的自己才吃。寨里的习惯是有东西大家吃，男人上山打猎，哪怕打着一只竹鸡，也要分给孩子们，即使自己一口吃不到也心满意足。后来作者出来工作，住进小镇上的楼房，这里生活方式与山寨不同，人们各自忙碌，路人匆匆而过，家乡那亲如家人的场面再也见不到了。于是失落感油然而生，在环绕着作者的带有冷意的墙壁中，他明白了家乡蘑菇房为什么在严寒的腊月也不觉得冷。

这篇令人怅惘的散文意境很美。在美的世界里是没有对与错的，现代社会要发展，传统的蘑菇房及蘑菇房中的传统生活模式一定会被新的东西取代，这或许是历史的必然，或许是正确的，追回、固守旧有或许不对，不合时宜。但作者表现了一种美的毁弃，一种精神悲剧的发生，这才是这篇散文的底蕴。

诺晗的散文在哈尼族作者的散文中有一定代表性。

第五节　艾扎及其小说创作

艾扎（1956～），汉名李永林，元阳县人。早年曾在元阳县文化馆从事民间文学调查整理工作，后调红河州文联任《红河文学》杂志副主编，曾发表过几十个中短篇小说，在哈尼族作家中有一定影响。

艾扎的边地小说散发着浓郁的红河峡谷的气息，红河的江流、山冈、森林、草果栽培地、马帮、赶马哥、哈尼勇敢英俊的小伙子、傣家美丽温情的姑娘、瑶山妹子……甚至盗墓贼等等，通统收摄在他的笔下，构成了红河流域各民族共生共居共同交流发展的社会风情长卷。他的特点在突破了专写哈尼一族的格局，在很多小说中描写了哈尼族与其他民族的关系，如获1985年第二届全国少数民族文学创作奖的短篇《金凤花》及《红河水从这里流过》等等，描写了哈尼赶马哥与傣家姑娘的爱情、傣家姑娘与外来汉族民工的爱情等等，作者力图勾勒出红河两岸立体化的多侧面多层次的生活状态。

艾扎的小说以青年人的爱情为母题，不论是《金凤花》中的赶马哥与傣族姑娘，还是《爱，溢满了红河谷》中的知青欧明与傣族姑娘依笋，还是《姑娘山》中那群逃到橄榄山与国民党逃兵相恋的姑娘，都如此。爱情在艾扎笔下一时间变得多彩起来，有炽热的爱，有浅薄的爱，有得到而轻易放失的爱，有在苦恋如焚的追求中升华的爱，在这爱恋的主题下，展开了一系列人物心灵世界的追索。他总是把挚爱的种子播植在少数民族男女人物身上，而对那些匆匆的过客——采风青年欧明、与傣家姑娘依笋相爱并留下女儿后又弃她而去的知青、战场上逃亡的国军士兵等等，给予他们的是浅淡的情爱（当然他们中也有纯真的爱恋，如《红河水从这里流过》中的外地民工，但毕竟是少数），这二者形成鲜明的对照，构成了艾扎小说中的两种人物类型。

艾扎常在小说中描写浓郁的民族风情，但却使它带有时代色彩。如《静静的卡多山林》，是一个叙述两个世仇家族的男女后代相恋不得而情死的故事：埃狄家族世居美丽的卡多山，倮姆家族世居倮多山，两山之间隔着卡多河，两族的世仇使人们以河为界，越河者将遭到惩罚。但埃狄家族的小伙子戛木与倮姆家族的姑娘努梅相恋，努梅过河来到卡多山上，与戛木共度良宵，倮姆一家却硬要努梅嫁给她不喜欢的族人阿则，于是冲突发生了，戛木父子和努梅成了世仇偏见与陋习的牺牲品。

作者展示了无知和陈旧观念及狭隘心胸的愚蠢和悲哀，也展示了倒在血泊中的青春和恋情的美丽。

在小说里作者表现了古老与现代两种不同文明的冲突，由于有了这样的内涵，小说由世仇加爱情的老套子中翻出了新意。

艾扎善于通过一些细节描写把人物的时代感鲜活地表现出来。如同是这篇小说，描写戛木和父亲鲁戛同守卡多山林的情景。深夜，他们在黑暗中谛听大自然的声息——

……那飞扬的风沙声和水波的喧腾声交织在一起，敲击着他（戛木——引者）孤寂的心。他感到一种恐慌，一种莫名的烦恼。他紧闭起眼睛，竭力稳住自己的心。终于，随着心的渐渐平静，那声音也渐渐由悠远、混乱、激越变得清晰、稳健而富有节奏：……这是县城里那首由红灯、绿灯和黄灯奏出的舞曲，那朦胧的梦幻般的光影中，男的把女的搂得紧紧的，女的把胸脯挺得高高的——

卡多山的树木学着县城的人们在跳舞！

鲁戛悄悄问："听见了？"

"听见了。"

鲁戛轻轻问："什么声音？"

"脚步声。"

鲁戛放声问："是什么鞋？"

"高跟鞋。"

鲁戛大声问："哪样做的？"

"胶木的。"

"行了！儿子！"鲁戛一拍大腿，站起身来，兴奋地说："你听对了，那是祖宗羽遮的木鞋，他身子有三丈长，木鞋三尺高。他天天晚上在森林里走动，和我们一道守林，时时在保佑我们。你听，你快听，他来到木屋外了。"

戛木的毛发倏地立了起来，慌忙一把拉住鲁戛："阿爸！"

鲁戛闭起眼睛念道："祖宗羽遮，保佑我们吧，保佑你的孙儿吧！"

一种谛听，两种反应，在鲁戛是与祖宗羽遮之灵的回归，在儿子戛木则是与县城舞厅里男女共舞的惝恍，其间的时空之隔，是多么深而大啊。

这是深有寓意的笔触，证明艾扎的作品有一定的表现力。

综观艾扎的小说，其诟病在于人物和情节的类型化和对生活开掘得尚浅，造成力度感不足，克服了这些，他将写出更为激动人心的新作。

第六节　史军超的文学创作

史军超的文学创作以中长篇小说为主，现已发表《翡翠朱雀》《蓝眼》《荷花魂》《走私女人》四部长篇和《魔鬼阳台》等中篇及《哀牢山少数民族——山凹中跳荡不息的精灵》《崖壁诗篇》《绿叶信》等散文多篇。

他的作品经常围绕一个激烈冲突的事件在跌宕起伏的情节中展现人物鲜明又复杂的性格。他恪守古典作家蒲风的名言“情节是性格的历史”，把描写人物性格放在第一位，为此常常隐去具体的时间、地点、民族，造成审美上的抽离感。

长篇小说《翡翠朱雀》可做其代表。小说描写了一个曲折的复仇故事：三四十年代，省府的雷司令为了向中央政要邀宠，与匪首策德阿窝勾结，谋杀了哈尼山青年寨主，劫走宝物翡翠朱雀，寨主的妻子西丽达愤起复仇。雷司令的儿子正直的青年军官雷英奇对美丽的西丽达一见钟情，不远千里到边地寻找她，途中击毙了杀害寨主的凶手。西丽达奉行“欠债还债，欠情还情”的古风，以身相伴，偿还了雷英奇的人情，仍到省城刺杀雷司令，雷英奇救走父亲。西丽达也深爱着雷英奇，但提出要他在她和雷司令之间选择，雷英奇面临重大的抉择陷入痛苦的深渊。西丽达设下计谋，在和雷英奇比赛射击（以决定他是否杀死父亲）的时候，以超凡的技艺战胜了他，迫使他杀死雷司令，为丈夫报了仇。

这篇小说刻画了西丽达、雷英奇、雷司令、策德阿窝等一系列鲜活的形象。西丽达是小说的中心人物，她美丽、热烈、浪漫，但又严苛地恪守古规，她爱恋着雷英奇，为他正义豪放的性格所吸引，但她在古老民族的传统氛围中成长，一切按祖先的规矩办理，“欠债还债，欠情还情”是她的信条。为了报答雷英奇击毙凶手的大恩，决然以身为谢，但她是一个复仇女神，不杀死元凶誓不罢休，在这个目标下，她可以牺牲一切——金银、地位、生命和爱情。她最后对雷英奇的设计，表现出她过人的聪明和胆识，总之，她是一个美丽又可怕的人物。

雷英奇的形象也十分有个性。他年轻漂亮，但在风流潇洒的外表下包裹着一颗正义、固执又痛苦的灵魂。他永远在矛盾中挣扎，父亲要劫掠翡翠朱雀，他无法反对，因为父亲的行为除私利之外，更关系到滇省大局的安危。他想帮助西丽达，却又不能不把父亲从她的刀下救出，他刻骨铭心地爱着西丽达，但在他和她之间又横陈着寨主的尸体。雷英奇是一个犹豫、痛苦但又正直、勇敢的复杂性格。

小说在一系列风波中一步一步把西丽达与雷英奇的矛盾冲突推向高峰，从而完成了两个性格的塑造。小说对此是这样描写的——

雷英奇满腔热血直冲头顶，一股男人的硬气在周身昂奋起来，他高声叫道："是的，西丽达，独眼老三说的一字不差，我参加了谋杀你丈夫的计划，杀死扎七也不是为了替你丈夫报仇，那块玉石也是我拿回昆明的，……这些坏事都是我干的，我早知道总有一天你要向我报仇，现在来吧，快动手吧，我要是皱一皱眉头就不是个汉子！"

说到最后他几乎喊叫起来，把十响枪砸在地上，"嚓啦"一声撕开胸前的军衣，露出了肌肉累累的胸膛。

西丽达目不转睛地看着雷英奇，沉默着。草房里空气好像突然变得十分稀薄，人人都喘不过气来……

西丽达朝前跨上一步，说时迟那时快，她握着匕首的手臂一挥，阴冷刺眼的光芒倏然在空中划了半个圆圈，闪电般向雷英奇胸膛刺去。

雷英奇的身子摇晃了几下。但是一股奇异的力量使他硬挺着，不叫出声来。

大股鲜血从他胸口迸溅而出，三个少女情不自禁地低声惊叫起来。

他头晕目眩，终于咚地倒下，昏死过去了。

（西丽达把他救活，守护着他，帮他医治伤口。）

"哎哎，莫要赖皮哦，你死不了的，再不起来可不要怪我罗！"她嚷道。

他了解她，赶忙挣扎着试图爬起来。就在此时那条搂着他的手臂突然抽走了，他的头颅重重地跌到硬邦邦的碎石地上，伤口被震得撕心裂肺地痛……

"你是个什么人哟，简直是魔鬼!"雷英奇恨得直咬牙，"要让我死就痛痛快快地把我一刀捅死，不要让我不死不活地受罪!"

……

从伤口来看，西丽达这一刀扎得相当深，本来嘛，他根本就是她的死敌，但是她又极有分寸，下手的时候又不使他毙命……

他对在一边笑嘻嘻望着他的西丽达问："为什么不杀死我，你不是要报仇吗?"

"你死过一次，我已经报过仇了。"

（西丽达给他看了一个老人的字条，那是雷英奇把翡翠朱雀送还主人时老人写的。）

雷英奇把信从西丽达手中拿过来，慢慢地撕成碎片。那些碎纸像四周的芦花在空中飘荡了一会儿，纷纷落在地上。

两颗酸楚的泪沁出他的眼眶，一切都明白了，依然是"欠情还情，欠债还债"。

他留在这里已是多余。她与他始终是路人。

"我走了。"

他骄傲地昂着头，果断地朝前踏了一步。这一步迈得那样沉重，把地面上的石子都踩得飞溅起来。

这时候，他看见了太阳，但感觉不到它的热量，太阳失去了往日的辉煌，像个没有烤熟的饼子孤零零地挂在头顶上。

这段描写把西丽达古典的法则"欠情还情，欠债还债"生动地表现出来，她用匕首刺他，因为他实际成了谋杀丈夫的帮凶，但又不使他致死，因为他已受到良心的谴责把翡翠朱雀归还了主人。她是一个原则上寸步不让的人。

但面临着爱情与仇恨的选择，她的内心冲突也非常剧烈——

"站住!"他听见她凄惨地叫道，同时看见她发白的脸，嘴唇也因激动剧烈地颤抖着，高高的胸脯像海浪一样大幅度地起伏着。

雷英奇像石头般一动不动，任凭西丽达把嘴唇咬了又咬，把那两片优美绝伦的嘴唇咬出血来。他知道她想说出那个字来——“爱”——但是骄傲的本性和巨大的悲痛，使她不愿意说。

他看着这个顽强的女人在痛苦的沸水中熬煎，她的眼睛变得十分疯狂，恶毒地、凶狠地瞪着他，仿佛要把他吞进肚里去。

他的膝盖哆嗦了一下，几乎就要跪下来求她宽恕了。但是他没有动。

他们像两只拼命争斗的公鸡，各自耸起羽毛，睁红双眼，恨不得一口把对方啄成碎片。

终于，西丽达全身颤抖了一下，朝前一扑，扑进了他的怀抱。

他胜利了。

近处什么地方传来马嘶声，那是黑豹在叫，嘶鸣中伴随着马蹄踏踏刨地的声音。

听见这声音，西丽达倏然一抖，好像士兵听见冲锋的号角，猛地从雷英奇怀抱中挣扎出来，转眼间又变成另一个人。“我不能！”她绝望地尖叫道，挣开他的手，向站在草房旁边的黑豹跑去。黑豹又长长地嘶鸣起来，竖起前蹄在她身边打着旋，好像在欢迎她的归来。他看见她抱着黑豹的脖子，把脸紧紧地贴在它的头上，肩膀猛烈地抽搐着，她在啜泣。

此时已是夕阳在山，暮色苍苍……

西丽达在爱与恨的交织中苦苦挣扎，一方面是她爱的人，一方面是她不共戴天的仇人，她几反几复的举动，表现出内心冲突的巨大。

这矛盾最后被她的智慧解决了：她提出和雷英奇比赛枪法，她赢，他必须去杀死父亲，他赢，就一笔勾销宿怨做他的妻子。雷英奇在军中是有名的射手，又从未见她开过枪，心想必然稳操胜券，就一口答应下来，殊不知正中了西丽达的圈套，因为恰恰她才是射击的高手。对此小说是这样描写的——

“听着，我不能做你的克玛（媳妇），我和你中间隔着我丈夫的尸体呐！如果你要娶我，只有用你阿爸的尸体来填平这道沟，听清楚了吗？”西丽达在那边喊着，她的话每一句都像尖刀在他心上戳了一下。

“你已经杀过他了，难道还不够吗？”他气急地嚷起来。

“但是你把他救走了！我要你去杀死他，不然我就自己去，那样我们就永不再见面了！”西丽达斩钉截铁地说。

“他是罪该一死，但你却要我这个当儿子的去杀父亲，你还算人吗？”

“丈夫的大仇未报，又要我和凶手的儿子成亲，你又怎么说？”

他无言以对了。

……

“好吧，就让天神来裁决我们该怎样办吧！”西丽达说。

比赛的结果是他失败了——

他看得清清楚楚，十根香全熄了！

“这是不可能的！”他喊起来，她的射击难度比他大，难道她是个神？

“有什么不可能？你要不要我打补枪给你看——来，我们到那边去，你打一枪在这棵树上，我在十步外跟着打三枪，保证颗颗子弹都从你的枪眼里打进去，决不打出两个枪眼来，而且就是在这黑洞洞的时候。”

西丽达的话充满了诡计得逞的快意，等雷英奇明白自己上了一个玩枪老宿的当时，已经晚了！

西丽达“格格”地笑出声来，那声音甜极了，迷人极了，也可怕极了！

西丽达的形象充满魅力，迷人而又可怕，善良而又残酷，一身豪气又心细如发，性格直率又老谋深算，她是一种强大力量的化身。

这样的形象在史军超的小说中足有一个系列，如《走私女人》中的美狄亚、《荷花魂》中的玉罕公主等等，通过这些人物，他歌颂着真诚、善良、正义、勇敢、友谊这些古老道德对人们的规范作用。

史军超在小说中反复塑造着有力量的人物，这是他对哈尼族历史研究和现实生活体验的结果。哈尼族的历史是一部充满屈辱的颠沛流离的苦难史，虽然古代和近代出现过戚姒扎密、纳索、田四乱、多沙阿波那样的英雄人物，但近世以来在强大外族统治阶级的压迫下，加以农耕民族封闭保守遵时守度的文化熏染，民族性格变得求全、苟同、守旧、懦弱，而缺少先祖们开天辟地创造万物的大气、不畏万里跋涉苦斗千年的勇敢和吸纳新型文化更新自我的生命力。有感于此，他集中了历史和现实中强有力的人物形象加以重新营构，创造出有力量的人物以补民族性格的不足。

他的家乡红河县在二三十年代曾因大批马帮到缅甸、老挝、越南、泰国甚至印度等国“走烟帮、走坝子”（贩运大烟）而在滇省名噪一时，成为云南省第二大侨乡，至今在十多个国家居住的华侨尚有二千多人。三四十年代，走私的马帮、横霸一方的土司、出没山林的响马、军阀的部队、地方武装加上哈尼、彝、傣、壮、苗、瑶等众多的民族和五彩缤纷的风俗习惯，组合成节奏动荡的时代交响给他难忘的印象，为他的创作提供了良好的契机和丰富的素材。

小说之外，史军超还发表过许多散文，有不少是对哈尼山乡的歌唱，其中长篇散文《哀牢山少数民族——山凹中跳荡不息的精灵》发表于台湾权威杂志《大地》，产生了一定影响。与其他哈尼族作家不同的是，他的散文抒情意味浓郁之外，更有对民族传统的深沉思考和批判色彩。如上面这篇散文中谈到，他的老朋友赫赫有名的彝族大贝玛施文柯早在十多年前就用“贝玛文”解读了中国书学史上的千古之谜《苍颉书》和《夏禹书》，十年后再访故旧，不禁感慨道——

> 我曾站在李亮文（施文柯大徒弟）家的平顶上，遥望脚下混莽一体的群山，感受到古今一瞬的苍凉与雄壮，我惊叹在这一座座灰扑扑的破旧土房中，竟生息着这样伟大的民族，竟孕化出如此辉煌灿烂的古文明。
>
> 施文柯两年前去世，没能再见到他。当年，这位名师曾向我展示他费尽毕生心力珍藏着的一箩筐贝玛经书。他最得意的一本是《阿赫西尼摩》，这是用格律诗的形式叙述生育天地万物的老祖母的神话长诗，集中了彝族人民宇宙、人生、哲学、宗教、伦

理、历史种种方面的认识，非常宝贵。我建议他拿去出版，他却惊叫道："不能，整个哀牢山只有我这一本，让别人认得，抬死人祭祖先的时候，那朵金花就要被他们抢去了！"

天哪，这该死的顽固、保守、封闭的观念，在它的支配下，多少灿烂的文化就在那些紧闭的嘴巴中永远地沉寂了，这是多么愚蠢而残酷的绞杀！在我反反复复的劝说后，他勉强答应出版。经过我和朋友们的努力，这部宝贵的国粹终于得以出版了。但是谁知道，这位不智的智者究竟带着多少文化瑰宝走进那扇永恒之门去了呢？

对民族文化铭心的热爱和无奈的痛惜溢于言表，由施文柯的亡逝与文明在无知中的毁弃所感发的慨叹，真有哀牢山般的沉重。这样纵横捭阖的议论使他的散文变得更加沉雄而厚重。

第七节　黄雁的文学创作

黄雁（1962～），墨江县人。自幼在无量山里长大，后考入西南民族大学中文系，毕业后在思茅地区党校任教，发表了20余篇散文和中短篇小说，是有一定创作实力的哈尼族女作家。她的小说《无量的大山》曾获云南省1989～1990年优秀文学创作奖。

黄雁的作品一如她的性格，多愁善感又野性十足，有一种山野的美丽。她善于从大山中生息的哈尼人浑厚的品格中提炼出纯净的人性美，再用浓重的色彩加以描绘。如《无量的大山》中被如山的妒忌所封锁的爷爷，老猎山上被陈旧的风俗困惑得几乎丧失人性的人们（《樱花泉》），在对神树这传统的冲决中相恋而死的情侣（《天火》），甚至一些简洁的短篇散文（如《野樱花》）中，无不渲染着古老厚重的色层。

《无量的大山》是她的代表作，在这个短篇小说里，她叙述了一个硬扎的哈尼汉子"爷爷"的爱情和他内心的苦痛与矛盾。这个故事很简单：擅长在山里找药打猎的爷爷长年独居于大山深处的小屋里，用孤寂的生活陪伴着沉沉的大山，当人们要给他找个"热辣"的女人时，他总是加以拒绝，原来这么多年他始终牵挂着他的恋人，那个曾经属于他又离他而去的女人。多年前，他的女人和被他救回来的打猎汉子交合，从此妒忌咬啮着他的灵魂，女人生下的“孽种”被毒蛇咬死了，她跑进山里不再回来。孤独加时间的净水洗涤了爷爷的心灵，他追悔当年自己对她的惩罚，因为他是那样深刻地爱着她，天天盼望她能回到小屋里来。后来有一天他看到门前树枝上挂着一个她纺织的小包，里面放着干枯的桃子、黄连、长头发和大蒜，这是一封实物信，意思是心已干枯，如同黄连般苦，你的女人再不是你的。爷爷吞下了妒忌、狭隘给自己造成的苦果，终于有一天，他弹着蛇皮弦向大山深处走去，不再回来。

这篇小说的题材并不新鲜，但作者把它置放在大山的怀抱里，用神秘的氛围包裹着它，这样就增大了它的内涵，也提高了它的品味，爷爷的妒忌和狭隘于是有了大山般的沉重感和广泛性。

营造神秘氛围是黄雁的擅长，她用陈旧的风习（如《天火》中做鬼之家出身的美丽的桑帕和神树的奇迹），或用某种怪癖（如《樱花泉》中得了“花疯病”的密娘）把读者引入五里雾中再拨云见青天，使作品的意韵更深一层，色彩也更浓厚。

黄雁总在寻找一些有力量的事物来做作品的主角，哪怕在短篇小制的散文中也是如此。如《野樱花》中她欣赏大山里的樱花，就是因为它“野”——

> 山里的樱花只因带了一个“野”字，便少了许多拘束，山头山箐绯红烂漫，田间地角如火如荼。山里人喜欢樱花，总愿把它和火连在一起，有山歌这样唱：
>
> 一月樱花火星星，
>
> 二月樱花火苗苗，
>
> 三月樱花火焰高。
>
> 是的，如果到了我们山里，看到那个漫山遍野的花，真会使人心中荡漾起一种暖融融的感觉，继而也像那蓬蓬勃勃的樱花一样，对脚下这山生出火样的热情来。

她写道，中学毕业后分到一个山村粮店工作，下班后独自一人躺在山坡上任撩拨人心的落花纷纷扬扬地落满一身，心也像花瓣快乐飘飞。再在黄昏后坐在老乡的火塘边小口小口喝着野樱花泡成的老酒，品着它的清香淡苦，听山民用说笑点沸热血，把孤寂化做对大山的依恋，在胸中燃起野樱花般的烈焰来。而讲到城里，面对一幢幢水泥大厦和公园里一簇簇温文尔雅的樱花，不禁无限地寂寞和惆怅，也就日里夜里地思念起山里的樱花来。文章结尾她不禁揪心地呼唤："哦，那自由自在的、如火焰般绚丽的、如火焰般温暖的野樱花呀……"把读者从世俗的尘壤中一下拽到那遍山燃烧的野樱花丛中，拽到自由呼吸的大山之上去了。

黄雁的作品并不多，但都有一定分量，她是一位很有潜力的作者。

第八节　哈尼族作家作者群的文学创作

哈尼族拥有一个业已发表过相当数量作品的生气勃勃的中青年作家作者群，除以上介绍过的几位外，还有冯德胜、陈曦、艾吉、白茫茫、施达、明追（女）、门图、车明追（女）、王家彬、李正友、李少军、阿罗、所开、罗理诚、李克忠、白景田、张志华、琴音、金铃、钱卫国、白皇、王寿安等人，此外还有较早走上文学道路的毛佑全、赵官禄等老作者。哈尼族作家作者们用赤热的爱恋和辛勤的汗水耕耘着文学的沃壤，创作出一批有一定质量的小说、诗歌、散文和报告文学作品，这些作品曾在《人民文学》《当代》《十月》《萌芽》《边疆文艺》《大西南文学》《滇池》《云南日报》《个旧文艺》《红河文学》《思茅文艺》《版纳》等省内外报刊上发表，还有一批作者在多家出版社出版过作品集和单行本，有的并在国外和港台报刊上发表过作品，许多作者的作品曾多次获全国和省内外文学奖。

这些作者的创作风格各有不同，他们形成了哈尼族作家文学多彩的面貌。

除上面介绍过的几位之外，在全国性报刊发表过50多万字作品，出版有系列风情小说《远方有个世界》，四次获文学奖，被《中国当代青年作家名典》《中国少数民族作家大辞典》收录的冯德胜（1950～），就以热烈的感情和圆润的笔致叙述了《家窝窝里的故事》和《山窝窝里的故事》（见《远方有个世界》）。他用点点滴滴的往事串成一串晶亮透明的珠链，把人生长程中那些永志难忘的心灵悸动展现给人们看。那里有对父亲的怀念，有萤火虫仙姑治病的传说，有孩童时代的逸事，有在哀牢山行走采风的见闻，……他在尺幅之间描绘了一个哀牢山色彩斑斓的世界。

发表过散文集《怀念远山》和诗集《沾着青草味的乡情》的陈曦（1963～）和艾吉（1964～），创作样式虽然不同，却有共同的情愫和文学视点。他俩都是离开哈尼山到城市里工作的青年，外面世界的现代文明给予他们的都是相同的感受，人与人的隔膜使他们倍加怀念生养他们的哀牢山。于是陈曦苦苦怀念远山，艾吉在心底久久回味那沾着青草味的乡情。陈曦的怀念使他拾掇起昔日生活中的事物，当时那些不经意的日子现在格外显得珍贵、亲切而惹人心眼。如《拾锥栗》中，他回忆当年和他一起拾锥栗的姑娘迷诺对他是那样有情意，当他再返家乡，她已嫁为人妇了，但她说的那句话："不要忘记那些拾锥栗的日子。"却使他在心底长留了一份暖意的惆怅。又如《亲哥》里那个当年只匆匆见过一面的穷孩子"亲哥"，几年后凭着一手好竹艺赚了大把的钱，来到城里大碗喝酒大块吃肉，自己跟他买过子椅却不知他就是当年的"亲哥"，这里又有几多人生的感慨！

艾吉则把家乡的每一颗土粒都化成诗句，他吟唱道，古哀牢的千百层梯田，"使我们想起，祖先挣弯的肋巴骨"——

我们的童年和泥鳅翻滚嬉戏，
稻子是狗从天上叫来的。
我们把生命，
肥沃在田里，
身上飘泥土芳香。
我们朴实无华地活着。

世上只有一片天空，
天空只有一颗太阳。
我们的梯田是片片天空，
闪耀无数太阳。

——《情是故乡浓·梯田》

艾吉从蝉声里听出故乡的秋天是“蝉唱黄了的秋天”，当人们“漫步在大地上，仿佛勾腰就可以拾到金子”（《故乡之秋》）。那里连墓地也充盈着令人心仪的诗意——

一个个老人，
跨出家门聚在这里，
身边放着烟筒和酒壶；
灵魂安睡，
宁静地做梦。

——《山上墓地》

除温暖的怀念与回忆，年轻的作者更不安于家乡的沉寂，他希望家乡发生巨变。在都市生活一日千里飞速发展的刺激下，他忧心如焚，痛苦地寻问——

一个民族，
在矮小的茅草房，
同古老的传说居住，
听蛐蛐的哀歌入梦。
为什么没有一次
　造山般的骚动？
　造山般的苦痛？

——《哈尼人的脚印》

这由赤子之恋生发的锥心之痛是每一个哈尼后代共有的心声。

出版过小说散文集《没有栅栏的地平线》的白茫茫（1963 ~），绿春县人，云南大学法律系毕业，曾从事过教学、教研、民族语文编译、行政管理工作，现在云南省人大常委会工作。1985 年开始创作，有散文、小说、文艺评论三百余篇发表。他的小说和散文弥漫着忧郁浪漫的气息。与许多年轻作者一样，他也以白云眷恋山峦一样的情怀苦恋着自己的故土。其创作特色在善于从司空见惯的生活琐事中发掘哈尼人心灵的独具之美。

在忧郁与浪漫一点上，生活在西双版纳爱尼山上的明追（1963 ~）与白茫茫颇为相近。这位富于浪漫才情的女作者曾发表过多篇散文和小说，使其在哈尼族作者群中占有一席之地。她的作品往往营构出爱尼山寨浓重的神秘色彩和山林气息，一切的故事和诗情都在此氛围中弥漫延展，如小说《山洼里有一座茅屋……》就是这样的作品。

发表过报告文学集《哈尼弄潮女——市场经济大潮中哈尼妇女十杰》的王家彬（1957～），也是一位很有个性的作者，他独辟蹊径，在报告文学的花园里埋头耕耘。他的目光始终注视着哈尼人的现实生活，因而他的笔总是触及哈尼人切实的苦与乐，这使得他的报告文学集成为红河州向第四次世界妇女大会的献礼之作。

哈尼族作者们正在文学的长程里跋涉，整体而言，作品的不成熟、欠功力是明显的。作为创作主体作者心性的修炼、学识的积累、眼界的扩展、不同文化的借鉴等等都还大有加强的必要。但只要不中止、不旁顾、抱一而为之终，哈尼族的文学大著终能问世，哈尼族的文学大师必出现于他们中间。

参考文献

（以本书相关涉者为主）

一、历史文化部分

1.《尚书·禹贡》。

2.《山海经·海内经》。

3.《史记·西南夷列传》，汉·司马迁著（宋刻本）。

4.《唐丞相曲江张先生文集》卷一二，唐·张九龄著。

5.《新唐书·南蛮传》，宋·欧阳修、宋祁等撰。

6.《通鉴·唐纪》，宋·司马光撰。

7.《蛮书》卷五、卷六、卷七，唐·樊绰著。

8.《宋史·蛮夷传·西南诸夷》，元·脱脱、阿鲁图领衔，欧阳玄、张起岩编撰。

9.《论湖北蜀西具备疏》，宋·吴昌裔著，载宋《名臣奏议》卷三三九，转引自《宋代蜀文辑存》。

10.《元史·地理志四》及卷一二五《赛典赤·赡思丁传》，明·宋濂著。

11.《元文类》卷四一《招捕》，元·苏天爵选。

12.《云南志略》，李京著。

13.《大明一统志》卷七〇《镇雄府》、卷七二《乌撒军民府》、《东川军民府》、《乌蒙军民府》、卷八六《云南府·易门县》。

14.《明太祖洪武实录》卷一四〇、卷一四三、卷一四七、卷一六二、卷二三五。

15. 明·万历《滇史》卷七、卷二七、卷三〇九〇。

16.《农政全书·田制》，明·徐光启著，转引自《哈尼族简史》。

17. 明·天启《滇志》卷二《山川·云南府》。

18.《新纂云南通志》卷一六九、卷一七四。

19.《滇绎》，清·袁嘉谷著。

20.《云南省哈尼族社会历史调查》（哈尼族调查资料之一），中国科学院民族研究所云南民族调查组、云南省历史研究所民族社会历史研究室编印，1964 年 10 月。

21.《哈尼族简史》（国家民委民族问题五种丛书之一·中国少数民族简史丛书），《哈尼族简史》编写组著，云南人民出版社 1985 年版。

22.《云南少数民族自治地方简介》，云南民族出版社 1985 年版。

23.《云南各族古代史略》，马曜主编，云南人民出版社 1977 年版。

24.《中国西南的古代民族》，尤中编著，云南人民出版社 1979 年版。

25.《云南省志·民族志·哈尼族》，王清华著，即出。

26.《元阳县志》，云南省元阳县志编纂委员会编纂，贵州民族出版社 1990 年版。

27.《红河县志》，云南省红河县志编纂委员会编纂，云南人民出版社 1991 年版。

28.《中国边疆民族与环太平洋文化》（上）凌纯声著，台湾联经出版事业公司 1979 年版。

29.《辞海》缩印本（1979 年版），上海辞书出版社 1980 年版，第 388 页。

30.《反杜林论》，（德）恩格斯著，人民出版社 1979 年版。

31.《古代社会》，（英）路易·亨利·摩尔根著，商务印书馆 1993 年版。

32.《哈尼族原始族称、族源及其迁徙活动探析》，毛佑全著，载《云南社会科学》1989 年第 5 期。

33.《哈尼族族源论》，孙官生著，载《云南文史丛刊》1989 年第 4 期。

34.《论红河流域是早期人类活动的重要区域之一》，孙官生著，载《红河文物》1986 年第 2 期。

35.《百越——我国最早的稻谷栽培者》，李昆生著，载《云南省博物馆三十周年纪念文集》。

36.《远古时期云南的稻谷栽培》，汪宁生著，载《思想战线》1977年第1期。

37.《试论红河流域新石器文化》，尹天钰、师培砚著，载《红河文物》1986年第2期。

38.《云南风物志》，云南人民出版社1985年编辑出版。

39.《云南省茶叶进出口公司创建五十周年纪念册》，云南省茶叶进出口公司编印。

40.《“滇茶”小史》，李培林著，载《云南民族学院学报》1990年第3期。

41.《哈尼族历法概论》，白宇、凌舰著，载《红河民族语文古籍研究》1987年第1~2期。

42.《人论》，（德）恩斯特·卡西尔著，商务印书馆1990年版。

43.《原始思维》，（法）列维—布留尔著，商务印书馆1986年版。

44.《中国古代宗教初探》，朱天顺著，上海人民出版社1992年版。

45.《思茅少数民族》，云南省思茅行政公署民族事务委员会编，云南民族出版社1990年版。

46.《泰国密林中的游迁者——阿卡人》，（美）F·V·格朗菲尔德著，载《民族研究译丛》（5），云南省民族研究所编印。

47.《中国少数民族语言·哈尼语》，王尔松著，四川民族出版社1987年版。

48.《奕车人畸型婚姻初探》，白克仰著，载《云南民俗》第6期。

49.《论哈尼族的多元连名系谱》，李元庆著，载《红河文化》1991年第3期。

50.《西双版纳风情奇趣录》，岩温扁、杨胜能等著，云南人民出版社1993年版。

51.《中华文明起源研究随想》，陈剩勇著，载《新华文摘》1994年第2期。

52.《倭族之源——云南》，（日）鸟越宪三郎著，云南人民出版社

1985 年版。

53. 《云南与日本的寻根热》，尹绍亭编译，载《云南社科论丛》之三。

54. 《哈尼族》（民族知识丛书之一），毛佑全、李期博著，民族出版社 1989 年版。

55. 《世界新学科概览》，全哲、姚永抗、陈燮主编，重庆出版社 1986 年版。

二、文学艺术部分

1. 《艺术哲学》，（法）H·A·丹纳著，人民文学出版社 1983 年版。

2. 《艺术》，（英）克莱夫·贝尔著，中国文联出版公司 1984 年版。

3. 《艺术的起源》，朱狄著，中国社会科学出版社 1982 年版。

4. 《悲剧的诞生》，（德）尼采著，湖南人民出版社 1986 年版。

5. 《中国文学史》，游国恩、王起、萧涤非、季镇淮、费振刚主编，人民文学出版社 1979 年版。

6. 《中国历代文学作品选》，朱东润主编，上海古籍出版社 1979 年版。

7. 《诗经直解》，陈子良译注，复旦大学出版社 1983 年版。

8. 《伏羲考》，闻一多著，载《闻一多全集选刊之一·神话与诗》，古籍出版社 1956 年版。

9. 《中国古代神话》，袁珂著，中华书局 1960 年版。

10. 《神话研究》，茅盾著，百花文艺出版社 1981 年版。

11. 《中国小说史略》，鲁迅著，人民文学出版社 1953 年版。

12. 《宋元戏曲史》，王国维著，商务印书馆 1930 年版。

13. 《中国神话传说词典》，袁珂编著，上海辞书出版社 1985 年版。

14. 《民间文学概论》，钟敬文主编，上海文艺出版社 1980 年版。

15. 《宗教·神话·民俗》，杨知勇著，云南教育出版社 1991 年版。

16. 《华夏神话与渔农经济》，陶思炎著，载《民间文学论坛》1989 年第 1 期。

17. 《哈尼哈巴初探》，李元庆著，云南民族出版社 1989 年版。

18.《古老·神奇·博大——哈尼族文化探源》，孙官生著，云南人民出版社 1991 年版。

19.《哈尼族文化初探》，毛佑全著，云南民族出版社 1991 年版。

20.《建水县哈尼族〈铓鼓舞〉》，王保明著，载《红河乐舞》1987 年第 3、4 期合刊。

21.《哈尼族文学概况》，白章富、傅光宇、兰克著，载《云南少数民族文学资料》第 2 辑，中国社会科学院云南少数民族文学研究所、云南省社会科学院民族民间文学研究所、中国民间文艺研究会云南分会编印，1981 年。

22.《哈尼族的祭司与巫师》，卢朝贵著，载《边疆文化论丛》第 3 辑。

23.《哈尼族的贝玛——民族调查手记》，陈见尧著，载《红河》总第 9 期。

24.《哈尼族民间神祇浅析》，李期博著，载《边疆文化论丛》第 3 辑。

25.《哈尼族的"哈巴"艺术》，杨笛著，载《红河群众文化》1986 年第 1 期。

26.《原始文化的总汇——哈尼族古籍〈斯批黑遮〉浅析》，李期博著，载《红河民族语文古籍研究》1986 年第 1 期。

27.《哈尼族民歌格律试析》，李期博、傅光宇著，载《民间诗律》，北京大学出版社 1987 年版。

28.《仰者形象嬗变论》，白宇著，载《红河民族语文古籍研究》1988 年第 1 期。

29.《史诗与民族迁徙——读迁徙史诗〈雅尼雅嘎赞嘎〉》，禺驰著，载《雅尼雅嘎赞嘎》，云南民族出版社 1992 年版。

30.《迎春怒放的拉千阿也——元阳县民族民间文学概况》，元阳县文化馆（杨叔孔执笔），载《红河》总第 9 期。

31.《哈尼族迁徙史诗断想》，史军超著，载《思想战线》1985 年第 6 期。

32.《民族的诗史——哈尼族迁徙史诗〈哈尼阿培聪坡坡〉刍议》，史军超著，载《云南文史丛刊》1987 年第 3 期。

33.《迥异的诗史——哈尼族迁徙史诗〈哈尼阿培聪坡坡〉与荷马史诗》，史军超著，载《山茶》1987 年第 4 期。

34.《哈尼族与“氐羌系统”》，史军超著，载《民族文化》1987 年第 5 期。

35.《神话和史诗的悲剧——哈尼族文化精神论（一）》，史军超著，载《金沙江文艺》1987 年第 5 期。

36.《彝族、哈尼族文化中的南方因素》，史军超著，载《彝学研究》1988 年年刊。

37.《洪水神话：生殖的花原——从哈尼族洪水神话系统出发》，史军超著，载《红河民族语文古籍研究》1988 年第 1 期。

38.《哈尼族及其文化渊源——兼议“红河文化”的内涵》，史军超著，载《云南文史丛刊》1988 年第 2 期。

39.《神话的整化变形系统》，史军超著，载云南省社会科学院民族文学研究所之《研究集刊》1988 年刊。

40.《滨海文化与高原文化的嫡裔——哈尼族迁徙史诗研究》，史军超著，载《边疆文化论丛》第 1 辑，云南民族出版社 1988 年版。

41.《夷越文化的辐射——从壮傣语族系与哈尼族的文化渊源出发》，史军超著，载《红河群众文化》1988 年第 4 期。

42.《历史的迹化——哈尼族送葬头饰“吴芭”初考》，史军超著，载《山茶》1988 年第 2 期。

43.《神话的整化意识》，史军超著，载《云南社会科学》1988 年第 1 期。

44.《哈尼族的历史分期及文学史分期》，史军超著，载《山茶》1989 年第 1 期。

45.《哈尼族神话中的不死药与不死观》，史军超著，载《民族文学研究》1989 年第 2 期。

46.《北来的部落——哈尼族迁徙史诗〈哈尼阿培聪坡坡〉研究之二》，史军超著，载《思茅文艺》1989 年第 2 期。

47.《和夷的嬗衍——从哈尼族史诗〈哈尼阿培聪坡坡〉出发》，史军超著，载云南少数民族古籍整理出版规划办公室编印之《民族古籍研究》1989年第2期。

48.《哈尼族迁徙史诗在中国文学史上的地位——哈尼、汉等族迁徙史诗比较》，史军超著，载《思茅文艺》1990年第3期。

49.《“图腾”的迷惘——从哈尼族族称来源的误识到泛图腾论的式微》，史军超著，载《红河民族研究》1990年年刊。

50.《准神家族——哈尼族文化英雄论》，史军超著，载云南省社会科学院民族文学研究所之《研究集刊》1990年刊。

51.《中国各民族宗教与神话大词典·哈尼族部分》，史军超著，学苑出版社1990年版。

52.《中国少数民族文学古籍举要·哈尼族部分》，史军超著，天津古籍出版社1990年版。

53.《“民神杂糅”与“绝地天通”——中国古巫源变三说》，史军超著，载《边疆文化论丛》第3辑，1991年。

54.《巫之生与巫之成——哈尼族神话传说中记载的人类历史上第一次脑体劳动大分工》，史军超著，载云南省社会科学院民族文学研究所之《研究集刊》1991年刊。

55.《旷世的辉煌——论〈哈尼族古歌〉的文化内涵》，史军超著，载《哈尼族古歌》，云南民族出版社1992年版。

56.《云海中的奇婚女性》，王清华、史军超著，云南教育出版社1995年版。

57.《云海深处访歌手》，史军超著，载《云南日报》1983年8月10日。

三、作品部分

1.《窝果策尼果》（古歌十二调），朱小和演唱，史军超、杨叔孔采录，卢朝贵翻译，史军超整理、注释，载《哈尼族古歌》，西双版纳傣族自治州民族事务委员会编，云南民族出版社1992年版。

2.《十二奴局》，涂伙沙、白祖博、李克朗演唱，赵官禄、郭纯礼、黄世荣、梁福生搜集整理，云南人民出版社1989年版。

3.《十二奴局》，张牛朗、李书周、李遮鲁、杨批斗、普金打、陈阳则、卢万明演唱，杨保生、李家顺、白祖额、吴国安翻译，杨笛、郭纯礼、赵官禄整理，载《红河哈尼族彝族自治州民族民间文学选集（一）》，红河州文联、文教局编印。

4.《木地米地》，赵乎础、赵乎周、李书周演唱，李期博搜集整理，载《红河州哈尼族古籍资料丛刊》，红河州民族语文古籍研究所 1985 年编印。

5.《西双版纳哈尼族歌谣》，西双版纳州勐海县民族事务委员会编，云南少年儿童出版社 1989 年版。

6.《哈尼族神话传说集成》（云南民间文学集成之一），云南省民间文学集成办公室编，中国民间文艺出版社 1990 年版。

7.《哈尼族民间故事》，本书编辑组编，云南人民出版社 1984 年版。

8.《哈尼族民间故事选》（中国少数民族民间文学丛书·故事大系之一），刘辉豪、阿罗编，上海文艺出版社 1989 年版。

9.《西双版纳哈尼族民间故事集成》，勐海县民族事务委员会编，云南少年儿童出版社 1989 年版。

10.《哈尼阿培聪坡坡》（云南省少数民族古籍译丛第 6 辑，哈尼、汉文对照），朱小和演唱，史军超、卢朝贵、段贶乐、杨叔孔翻译，云南省少数民族古籍整理出版规划办公室编，云南民族出版社 1986 年版。

11.《雅尼雅嘎赞嘎》，施达、阿海译，景洪县民族事务委员会编，云南人民出版社 1992 年版。

12.《巴塔麻嘎捧尚罗》，岩温扁翻译，西双版纳州民族事务委员会编，云南人民出版社 1989 年版。

13.《阿波仰者》，龙浦才演唱，杨国定翻译，宋自华整理，载《罗槃之歌》，元江哈尼族彝族傣族自治县民族事务委员会、文化馆编，云南民族出版社 1985 年版。

14.《爱尼风俗歌》，门图、高和著，香港创意出版公司 1992 年版。

15.《斯批黑遮》（云南省少数民族古籍译丛第 31 辑，哈尼、汉文对照），赵乎础演唱，李期博、米娜翻译，云南民族出版社 1990 年版。

16.《哈尼族叙事长诗集》，红河县民族事务委员会主编，赵官禄、周天泉编，中国民间文艺出版社 1989 年版。

17.《木人克沙》（中国民间童话丛书 · 哈尼族），赵官禄、阿罗编，云南少年儿童出版社 1987 年版。

18.《元江民族民间文学资料》第一、二集，元江哈尼族彝族傣族自治县文化馆编印。

19.《墨江哈尼族民间传说故事集（一）》，墨江哈尼族自治县民族事务委员会、文化馆合编。

20.《哈尼族节日》，九米编著，白碧波、杨羊就译，云南民族出版社 1993 年版。

21.《哀牢山中》（祖国大家庭丛书 · 哈尼族），王清华著，云南少年儿童出版社 1987 年版。

22.《哈尼朵阿玛》，白祖额、白碧波搜集整理，云南民族出版社 1991 年版。

23.《哈尼族四季生产调》，白祖额哈尼文搜集，段贶乐汉文翻译，云南民族出版社 1989 年版。

24.《绮丽的山花》（元阳县民间文学作品集之一），元阳县民族事务委员会编，1984 年 7 月。

25.《红河县民族民间故事》，红河县民族事务委员会编，云南民族出版社 1990 年版。

26.《哈尼族民间故事》（哈尼、汉文对照），1 ~ 5 集，白祖额、卢朝贵、白碧波等搜集、翻译，云南民族出版社 1990 ~ 1995 年版。

27.《奥色密色》，普金打、陈阳则等演唱，刘辉豪、白章富搜集整理，载《山茶》杂志 1980 年第 3 期。

28.《不愿出嫁的姑娘》，云南省民族民间文学红河调查队搜集，高冀整理，载《山茶》1980 年第 1 期。

29.《哈尼先祖过江来》，卢万明演唱，卢朝贵翻译，杨笛搜集整理，载《红河哈尼族彝族自治州民族民间文学选集（一）》，红河州文联、文教局编印。

30.《古卑姑娘》，卢万明演唱，卢朝贵、杨笛翻译，载《山茶》1982 年第 3 期。

31.《送葬歌》，马蒲成演唱，李永万翻译，史军超整理，载《山茶》1984 年第 2 期。

32.《妲耶与央才》，白祖额演唱，白祖额、阿罗翻译，国平、阿罗整理，载《红河》1984 年第 12 期。

33.《兽灵》，存文学著，云南人民出版社 1992 年版。

34.《兽之谷》，存文学著，云南人民出版社 1991 年版。

35.《神秘的黑森林》，存文学著，中国少年儿童出版社 1990 年版。

36.《红河水从这里流过》，艾扎著，云南人民出版社 1992 年版。

37.《歌手的妻子》（勐海县作者小说集），朗确、明追等著，中共勐海县委宣传部、勐海县总工会、勐海县文化局合编。

38.《远方有个世界》，冯德胜著，云南大学出版社 1993 年版。

39.《怀念远山》（哈尼、汉文对照），陈曦著，白碧波、杨羊就翻译，云南民族出版社 1994 年版。

40.《走私女人》史军超著，载《南北传奇丛书》，史军超著，云南人民出版社 1988 年版。

41.《翡翠朱雀》，史军超著，漓江出版社 1988 年版。

42.《魔鬼阳台》，史军超著，载《大西南文学》1988 年增刊。

43.《荷花魂》，史军超著，中国民间文艺出版社 1984 年版。

44.《哀牢山少数民族——山凹中跳荡不息的精灵》，史军超著，载台湾《大地》杂志 1991 年 8 月号。

45.《西双版纳小说集》（《版纳》丛书），西双版纳州文联编。

46.《母语》（哈尼、汉文对照），哥布著译，云南民族出版社 1992 年版。

47.《沾着青草味的乡情》（哈尼、汉文对照），艾吉著，白居舟、高自学翻译，云南民族出版社 1992 年版。

48.《火塘边的神话》（哈尼、汉文对照），诺晗著，卢朝贵、陈窝娘、刀建国、杨羊就翻译，云南民族出版社 1990 年版。

49.《红河文学丛书》第 1 辑，红河州文联编印。

50.《哈尼弄潮女——市场经济大潮中哈尼妇女十杰》（哈尼、汉文对照），王家彬著，白学光、车金明翻译，云南民族出版社 1995 年版。

四、尚未发表的资料[①]

（含演唱体19万行、讲述体21万字、研究文稿25万字）

（一）古歌和史诗部分

1.《俄德咪德》（天出地出），杨批斗演唱，1700行。

2.《俄色密色》（造天造地），普金打演唱，500行。

3.《俄作密作》（造天造地），车国忠演唱，200行。

4.《俄色密色哈巴》（造天造地的歌），朱小和演唱，张志华翻译，1200行。

5.《俄色密色》（天亮地亮），白摩浦演唱，略斗翻译，250行。

6.《俄铺咪攀》（天翻地覆），陈阳则演唱，500行。

7.《奥铺密盘》（天塌地陷），杨批斗演唱，1300行。

8.《俄表咪表》（天塌地陷），车国忠演唱，1300行。

9.《苦扎扎》（六月年），普金打演唱，500行。

10.《辍英四勒》（寻找桃花马），车国忠演唱，1050行。

11.《苦扎扎》（六月年）普保斗演唱，500行。

12.《卡拉枯》（叫谷魂），白学硬演唱，白克三搜集，700行。

13.《策腊张梯》（十月年），陈阳则演唱，1700行。

14.《策腊张梯》（十月年），罗成三演唱，1200行。

15.《色十加十色》（撒万物种），陈阳则演唱，2700行。

16.《毕蝶、凯蝶、则蝶》（人类、庄稼、牲畜的诞生），杨批斗演唱，李策习翻译，2500行。

17.《俄波俄依打亚》（七十七种人的诞生），普金打演唱，车美娜搜集，700行。

18.《贝谷拉谷》（人嫁野物），车国忠演唱，1700行。

19.《必蝶、则蝶、开蝶》（人、庄稼、动物），车国忠演唱，扎赫翻译，500行。

---

① 除注明搜集整理者外，均存笔者处。

20.《叔祝俄土阿遮》（遮天的大树王），白学硬演唱，密嘀翻译，200 行。

21.《合吐阿遮》（遮天大树），车国忠演唱，950 行。

22.《俄堵咪堵》（补天补地），李起然演唱，2100 行。

23.《然密必》（嫁姑娘），马蒲成演唱，750 行。

24.《然密别》（嫁姑娘），杨罗斗演唱，920 行。

25.《然密别》（嫁姑娘），车国忠演唱，850 行。

26.《然密必》（嫁姑娘），杨批斗演唱，690 行。

27.《麻依诺乌然密》（不愿出嫁的姑娘），马蒲成演唱，李迎春翻译，1350 行。

28.《麻依诺乌然密》（不愿出嫁的姑娘），朱小和演唱，密嘀翻译，1200 行。

29.《直蝶、批蝶》（头人、贝玛），白学硬演唱，180 行。

30.《直堵、批堵、爵堵》（头人、贝玛、工匠的诞生），杨批斗演唱，李策习翻译，760 行。

31.《节坡批坡》（头人贝玛逃亡），普金打演唱，780 行。

32.《直坡批坡》（头人贝玛逃亡），卢万明演唱，780 行。

33.《诗窝纳窝本》（抬死人的起源），马蒲成演唱，1920 行。

34.《普楚逮楚》（安寨子），杨批斗演唱，800 行。

35.《普楚楚》（建寨），普金打演唱，790 行。

36.《莱祖》（街子来历），杨批斗演唱，800 行。

37.《胡马打佐》（年轮树），普金打演唱，800 行。

38.《艾玛突》（祭寨神），白学硬演唱，5320 行。

39.《克玛色》（讨媳妇），杨批斗演唱，720 行。

40.《奇虎窝马策尼窝》（十二个月的风俗起源），李开明演唱，3270 行。

41.《奇虎窝亚》（十二月风俗），马蒲成演唱，1780 行。

42.《龙湖》（祝福歌），李开明演唱，300 行。

43.《罗虎》（祝福歌），马蒲成演唱，500 行。

44.《铺堵梭堵西堵格堵》（金银铜铁的来历），李开明演唱，李依奔翻译，500行。

45.《苏习》（歌王），李开明演唱，300行。

46.《铺梭西格堵》（金银铜铁出来），陈阳则演唱，700行。

47.《苏雪本本》（说唱歌舞的来历），陈阳则演唱，530行。

48.《查腊查科窝》（栽棉花纺线织布），李开明演唱，470行。

49.《物种起源歌》，龙浦才演唱，宋自华搜集，225行。

50.《能人歌》，艾刘兴、宋自华搜集，105行。

51.《人、禽、兽的起源》，艾刘兴、宋自华搜集，225行。

52.《厄朵朵》（洪水起来），李开明演唱，1726行。

53.《塔婆罗牛》（塔婆祖母编篾牛献神），李开明演唱，李依奔翻译，950行。

54.《洪水歌》，艾刘兴、宋自华搜集，1650行。

55.《兄妹成婚歌》，车国忠演唱，张志华翻译，120行。

56.《窝果策尼窝》（古歌十二调），李开明演唱，1590行。

57.《窝亚策尼果》（古歌十二调），刀模收演唱，2470行。

58.《杀勒本》（打猎的来历），杨批斗演唱，300行。

59.《赫遮其挖夺》（鬼账一万句），李开明演唱，9880行。

60.《赫遮其巴自》（万言祭词），刀模收演唱，7530行。

61.《诗批赫遮》（抬死人词），普金打演唱，8200行。

62.《诗批黑遮》（抬死人词），马蒲成演唱，8030行。

63.《察批突》（撵鬼词），李起然演唱，3000行。

64.《察批突》（撵鬼词），普金打演唱，7300行。

65.《察批赫遮》（退鬼词），普金打演唱，7650行。

66.《聪坡坡》（迁徙），杨批斗演唱，密贝翻译，3200行。

67.《阿培聪坡坡哈八》（祖先迁徙的古歌），李开明演唱，哈萨然搜集，8750行。

68.《哈尼阿培搓》（哈尼祖先逃跑），马蒲成演唱，2330行。

69.《搓葩葩》（大逃亡），罗成三演唱，5010行。

70.《哈尼阿培聪坡坡》（哈尼祖先迁徙史），陈阳则演唱，普金明翻译，5570行。

71.《聪坡坡》（迁徙），白学硬演唱，6050 行。

72.《搓坡坡哈八》（逃跑的歌），李起然演唱，4250 行。

73.《聪坡坡》（跑），卢万明演唱，2500 行。

74.《聪坡坡》（跑），杨罗斗演唱，6500 行。

75.《搓坡坡然》（逃跑的人们），车国忠演唱，2070 行。

76.《密刹威》（哭丧歌），罗雍姒演唱，7500 行。

77.《密刹威厄》（哭丧歌），密策演唱，6030 行。

78.《虎白拉白》（十二月生产歌），李开明演唱，1300 行。

79.《阿波仰者》（先祖仰者迁徙史），杨伙吉演唱，黑嘎翻译，宋自华记录整理，1200 行。

80.《汗交交本本》（人类的起源和迁徙），罗哈牛演唱，罗继新翻译，70 行。

81.《哈尼祖先过江来》，卢万明演唱，卢朝贵翻译，杨笛记录，900 行。

82.《哈尼杜达尼嘎嘎》 （哈尼祖先的迁徙），黄世荣搜集整理，900 行。

83.《普亚德亚佐亚》（在头人带领下在红河两岸开田安寨），朱小和演唱，卢朝贵翻译，3600 行。

（二）情歌、山歌、儿歌、谣谚、叙事诗部分

1.《莪竹阿其》（栽秧调），密婼演唱，300 行。

2.《莪竹竹阿其》（栽秧歌），密策演唱，750 行。

3.《觉把多把莱》（高山矮山的恋歌），密婼演唱，300 行。

4.《八补八沙》（怨情歌），密婼演唱，600 行。

5.《八布八差》（怨情歌），朱小和演唱，900 行。

6.《沙依朵歌》（恋歌），所开搜集，360 行。

7.《阿其》（情歌），李开明演唱，300 行。

8. 儿歌 26 首，卢朝贵搜集。

9. 咒语 150 条，杨批斗、朱小和、李开明、杨罗斗等念诵。

10. 谚语 250 条，黄世荣搜集。

11. 谚语140条，李永万搜集。

12.《碧约人婚礼歌》，蓝明红搜集，700行。

13.《密吾撮》（姑娘逃亡），朱小和等演唱片段，讲述内容，悲剧叙事长诗。

14.《阿查与阿尼娥》，马蒲成演唱，史军超搜集，2000行，悲剧叙事长诗。

15.《出嫁歌》，宋自华搜集整理。

16.《四季歌》，宋自华搜集整理。

17.《农活歌》，宋自华搜集整理。

18.《酒歌》，宋自华搜集整理。

19.《哭丧调》，宋自华搜集整理。

20.《放牛调》，王文相搜集整理。

（三）神话、传说、故事部分

《人和鬼》、《玛窝和阿纳》、《水牛和黄牛》、《嵯扎眉芊》（尖嘴吃人怪的故事）、《俄罗罗玛》（大野人的故事）、《查眉哈贝》（鸽子精的故事）、《涅哈色依玛》（尖牙怪的故事）、《哈贝》（美女鬼的故事）、《乌扑》（金葫芦的故事）、《西莫扎》（金马的故事）、《厄牛枯姆》（犀牛角的故事）、《阿贝的故事》等神话传说故事60余个，朱小和、杨批斗、卢朝贵等讲述、搜集。

（四）研究文稿部分

1.《哈尼族诗歌源流初探》，15万字，李荣光著。

2.《红河哈尼族彝族自治州哈尼族文学发展概略》（初稿），10万字，云南省民族民间文学红河调查队编印，1959年3月25日，傅光宇摘抄本。

注：本书使用材料截至1995年所发表及搜集者为止。

卷后语

1954年，我骑在马背上跟随马帮离开红河家乡来到昆明，直到1981年才重返哀牢山进行哈尼族文学调查。数年间虽然搜集到一批很有价值的材料，但对整个哈尼族文学的状貌了解还极有限。

1985年，当民族文学所领导把《哈尼族文学史》的写作任务交给我（担任写作组长）时，我竟毫不犹豫地接受下来，现在回想，当时自己是何等胆大和无知啊！对于这个任务所要投入的时间之长、精力之大、要克服的困难之多，是完全没有思想准备的。

哈尼族虽在全国人口百万以上的十数个民族之列，但当时公开发表的文学资料只有《哈尼族民间故事》《不愿出嫁的姑娘》《奥色密色》等几部作品，所有文学史上重大的作品——《窝果策尼果》《十二奴局》《哈尼阿培聪坡坡》《雅尼雅嘎赞嘎》《斯批黑遮》等等都还没有面世，而我们竟企图在一两年内完成这项任务！

事实教育了我，一切需要从挖地开荒做起。于是我开始了哀牢山长达十年的跋涉，开始了我和哈尼族地区那些赤诚的朋友们难分难解的友谊，也开始了这部文学史的第一步工作。

我诚挚地感谢这个任务，它使我有机会重返哀牢山，重返我的故乡，重新用生命和爱恋拥抱这块神秘的土地，以及世世代代生息于其间的我的亲人——哈尼族人民。

十年后的今天，当我抚摸着这部《哈尼族文学史》书稿，回首往事，心中的感触实是难以言说。

我为此耗去了十年青春，和大量心血。

尽管这部文学史稿远不能称为完美，或更准确地说它只是一个尝试，但堪可自慰的是，它是一部有鲜明个性的学术著作，有着为别的著作（包括将来人们重写的哈尼族文学史）无法取代的价值：它第一次系统地清理了哈尼族历代文学发展的脉络，找出了它的规律和特征所在，品鉴了所有重要的文学思潮和作品；它的立论是在我长期专题研究的基础上形成的，参考和吸纳了所有关于哈尼族文学研究的重要成果，因而自许并非浅薄之言；它的材料囊括了目前所知的重要作品，堪称丰厚而翔实。这些将为后人的进一步研究提供可资借鉴的基础，相信对今后哈尼族文学的发展将会有所助益。

关于对哈尼族文学史重要问题的探讨，已集中放置在《导言》中说明，如历史分期与文学史分期问题，哈尼族文学与文化的关系及特征问题，文学样式及其发展问题等等。在这里需要补充的是我对撰写《哈尼族文学史》的主导意见。

下面是数年前我致两位写作组成员的一封信，其中表明了我的撰史观念——

王（清华）、钱（勇）二位：近好！

窃以为本书的撰写当以下面几点为指导：

一、纵观前人的几部民族文学史，其弊有二：其一，以汉民族王朝更迭史为少数民族断代史；其二，以朝代更迭史为文学断代史。因而皆难称科学意义上的民族文学史。文学史以文学为研讨对象，以文学思潮兴衰演变的规律和特征为探寻目的，兼以艺术样式、风格意趣的美学探寻。因此，不可以汉史划分为民族史划分，更不可以朝代更迭为文学史演进。本书旨在写文学的史而非史的文学，历史更迭只是文学演变的背景和依托。

二、文学史之着眼点在文学材料的人性学、美学和文化学内质的探讨，不可滞限于诸文学作品主题思想、艺术手法、时代意义的表象，当探寻文学为载体的美的历程和文明的历程。

三、本书欲在各族文学史大系中占一席之地（不是族别的，而是质量的）。当以突出该族独有而为他族所不具或不显豁的文学事象为主，如此方可为含各民族在内的中国文学史的建构作一参入。

四、为提供读者和研究者一定的资料和信息（哈尼族文学作品发表既少，又鲜为人知），尤其为向海外发行以张扬哈尼族文化所需，宜在书中有机地“尽可能多地”（邓绍基教授语）引用原作中有特色而与本书所论相关的作品，使之形成史料与史论相融互补的体系化著作。这方面可参考王国维《宋元戏曲史》、丹纳《艺术哲学》、普列汉诺夫《没有地址的信》等（这些书易于找到）。这些书与作为大学教程的中国四段文学史不同，它们是专门性的体系化著作，而作为教材的后者，则有相应的《文学史资料集》与之对应，本书以兼有二者的功能为好。

五、此提纲仅框出大概，细节调整可在写作中变更，但以不远逸此纲为要。各章节名目当贴切而富文采，文笔务请生动跌宕有文学气息，又准确有概括力。

内容有遗漏处望即采补。

仅供参考。有何高见，请随时交换。

即颂

安好！

军　超

1994. 4. 10.

这是我拟定的一些目标，至于书中是否达到，则非我所能知晓。

长期困扰我的是信中的第四点。哈尼族文学史中最重要的资料是近十年搜集到的，仅我自己搜集到的就不下千万字，材料不可谓不丰富，但多锁在抽屉里，并未发表，已发表的作品也寡为人知。文学史若无具体作品的介绍，读者必产生无的放矢之感，如此，则文学史的价值将减却其半。为解决这一矛盾，1987 年 3 月 17 日我起草了写作小组向云南省社科院和民族文学所呈递的《关于〈哈尼族文学史〉撰写工作的报告》，把这个问题提到首位请求解决——

……全面、系统、翔实的材料是写史的基础，哈尼族虽是我国十余个人口在百万以上的民族之一，但由于历史的原因，建国三十余年仅公开出版过两部长诗和一本民间故事集。该族支系繁杂，材料分散但蕴藏量极丰富，因此写史任务与基础条件形成尖锐矛盾。为此，我组拟编辑出版文学史资料10集：史诗3集、祭词及风俗歌2集、神话传说故事3集、诗歌谣谚1集、论文1集……

此报告得到了院、所领导的支持，但困于经费，迄今无法施行。所喜的是，各地哈尼族专业与业余文学工作者闻悉我们承担了写史任务又有出版资料集的打算，纷纷把自己多年搜集整理的作品、撰写的文稿惠寄我组以作参考，使我们掌握的材料更加丰富，对此我们始终感铭于心。但文学史写作中，史料与史论结合的问题仍未得到解决。

1993年，杜玉亭教授委托我帮他看看所撰《基诺族文学简史》书稿，有幸见到邓绍基教授对此稿的评论，其中谈到为解决少数民族文学作品少为人知的矛盾，应尽可能多地引用原作，于是颇受启发，形成我写史的指导思想之一，而在《哈尼族文学史》的写作中加以贯彻。

关于哈尼族文学史的研究，曾有傅光宇、王国祥、白章富、兰克等学者做过，但因文学资料的匮乏，此一研究未能深入。尤其专题性的系统化研究则付阙如，而写史却非有众多的专题研究不可。有感于此，我自1987年起，就开始做“哈尼族神话及史诗研究”的专题研究。在课题论证中说明了此项研究的必要性和内容——

……鉴于哈尼族文学之研究在我省少数民族文学中属基础薄弱者，故在文学史写作之前，须就若干重要专题作出研究，……此中神话和史诗为重点所在，系文学史之基础工作，此必要性之一。其二，哈尼族传统文化的因质，多在其神话及史诗中，为弘扬民族精神，在认识自我、更新自我的历史进程中促进该民族的精神文明建设和文化建设，此专题是必要的。其三，美、日、法、泰、缅、越等国对哈尼族之研究已有所注重，尤其日本学术界在“寻根文化”中很重视哈尼族的传统，且有不少进展性的研究，我国的研究当不应自甘落后，此专题必要之三。

课题内容：

1. 神话的系统——创世、始祖、化身、感生、日月、物种、洪水、天婚、文化英雄、图腾等等。

2. 神话及史诗中的民族文化环境及精神指向、神话及史诗的悲剧性——哈尼族文化之魂、神话的变异等等。

3. 迁徙史诗——史诗与族源——史诗与史实中的高原文化与滨海文化的融合；迁徙史诗当与创世史诗、英雄史诗三体并列的史诗学分类——哈尼族迁徙史诗与荷马史诗的比较、哈尼族迁徙史诗在中国史诗系列及中国文学史中的地位、迁徙史诗的美学结构等等。

4. 从迁徙历史和迁徙史诗看哈尼族现代文化的前景——迁徙史诗中的“第一次浪潮”（高原游牧文化到滨海农耕文化化生的半山稻作梯田文化）——民族的形成、民族精神的开放改革、吸纳异质文化的胆魄及开创梯田文化的精神——当代的反省与超越等等。

——引自笔者1987年5月1日

《关于〈哈尼族神话及史诗研究〉的课题申请报告》

这一课题亦为院、所两级领导认可。报告之前三项研究已形成二十余篇论文分别发表，第四项正在进行之中。这些专题研究和同行们的诸多研究构成了这部文学史的学术基础。

这部文学史是中共中央宣传部、中国社会科学院、国家民委和文化部联合下达的国家“七五”“八五”重点课题《中国少数民族文学史文学概况丛书》中的哈尼族卷，笔者两易其稿而成编。1996年10月22日经《中国少数民族文学史丛书》编审委员会评审通过，并对其学术质量有良佳评定：

作者在云南社科院及文学研究所以及其他有关部门的领导以及诸多学者和广大哈尼族同胞的支持下，积多年辛劳，搜集了大量哈尼族的文学资料，全面总结和吸收了前人的成就，进行深入细致的分析研究，完成了这项此前从未进行过的编史工作。

《哈尼族文学史》资料丰富，其中有相当一部分是不曾刊印过的新资料，书中的有关引文对于直观、感性地了解哈尼族文学的原貌颇有补益。

书稿对哈尼族文学现象的许多分析深入透辟，是切合实际的。

对于文学历史进程的分期，作为一家之言，有相当的说服力。

整个书稿文笔顺畅，风格活泼，有可读性。

——《哈尼族文学史评审结果通知书》

《哈尼族文学史》编写课题的承担地区和单位是云南社科院民族文学研究所和红河州。十年来，写作组得到了中国社科院刘魁立、邓绍基、邓敏文等专家们的宝贵指导，尤其刘魁立教授的意见对笔者最后的修订帮助甚大。云南社科院和民族文学所历届领导和同事对这一工作给予了巨大的关心和帮助，在科研经费极端困乏的情况下，所里尽可能地保证了文学史调查必需的费用，对工作中的困难积极帮助解决。没有这些指导、关心和支持，这部文学史是不可能完成的，在此我要诚挚地表示谢意。

《哈尼族文学史》写作组的成员除笔者外，曾有钱勇、王清华、李期博、毛佑全等诸位同仁，但因大家分散在不同地区和单位，兼以各自工作的繁忙或研究方向的他移等原因，均未能参与写作，这是十分遗憾的。然而，不论他们是否参与写作，其思考和意见对这部文学史都有所补益。

在这部书结笔的时候，我不禁要深深感谢那些成百上千的贝玛和歌手，书中所有引用的作品，和虽未引用但却极大地帮助我研究、理解哈尼族文学的材料，全部出自他们那滚烫的歌喉，他们是我的良师和益友。

我衷心感谢那些在领导岗位上带领千百万哈尼族和各族人民迈向新世纪的领导和朋友，在最困难的时候，是他们给予我鼓励和资助，使《哈尼族文学史》得以顺利面世。他们是红河州州长白成亮，副州长杨洪、白保兴，人大副主任徐国学；西双版纳州副州长李勇、检察长杨忠明、民委副主任阿海等。这些关心、爱护和帮助，是我久久难以忘怀的。

对那些指导和鼓励过我的恩师和挚友，我要致以由衷的谢意。西北民族学院的王沂暖教授早在1983年广西武鸣会议上就对我搜集的迁徙史诗《哈尼阿培聪坡坡》给予特别的评价，返回甘肃后又专门从出版社取出将出版的《格萨尔王传》史诗原稿寄我作比较，他的指导和鼓励使我对迁徙史诗有了系列性的研究心得。云南社科院的赵橹教授是我多年至交，他在学术上对我多有提撕发蒙，这部文学史的框架设计、许多重大问题的探讨，都得到了他的赐教。王树五教授曾对我多有鼓励和帮助。云南大学中文系傅光宇教授为我提供了在“文革”中冒着政治风险摘抄的《红河哈尼族彝族自治州哈尼族文学发展概略》（初稿）手稿，填补了本书从解放初期到1959年哈尼族文学的空白。云南民族出版社总编辑左玉堂原是我所领导亦是我的朋友，虽已离所多年，至今仍在关心着《哈尼族文学史》的进程，他对此书的写作提出了很好的意见。责编杨羊就对此书进行了精心编校。此外还有许多对哈尼族文化、宗教、文学、艺术卓有研究的同道，如李元庆、李荣光、白克仰、李期博、毛佑全、门图、高和、禺驰、宋自华、黄世荣及学兄孙官生等等，他们的大著使我受益匪浅，我曾在书中多次引用过他们的著述，使本书愈加丰富多彩。

我不但怀着感激之意提到他们的帮助，而且满怀珍视之情要说到我与杨叔孔、朱小和、卢朝贵、钱勇、王清华、卢友明这些挚友间经久不衰的友谊。十多年来，在哀牢、无量大山茫茫云海之中，在红河、澜沧江浩浩江流之岸，我们曾一次次跋涉，一次次寻访，为了哈尼族文学和文化的振兴，共同洒下了多少汗水付出了多少心血，在这行行重行行的途程中，哀牢、无量山的云海及红河、澜沧江的激流涤净了我们的灵魂，把我们的心紧紧相连。这部文学史是我们共同劳作的结果，是我们友谊的见证。

我的父亲史克明先生是哈尼族中最早参加革命队伍的人，令人痛惜的是，他过早地在“文革”中被“四人帮”迫害致死。我对哈尼族文化的回归，或许受到他在天之灵的指引，就让我以这部书作为对他的祭奠吧！

真正在精神上引领我的是我的母亲苏玉琼女士，这位没有读过几天书辛苦了一辈子的劳动人民，身上却放射出无比宽柔而深厚的力量。她的善良、慈爱、辛勤、坚韧、朴实的品格，和谐、美好、宁馨的心灵世界，每每令我对人生的真义有所启悟而倍加敬爱于她。我谨以此书敬献于她的慈颜之前，借此报答她养育之恩的万一！

妻子杨多立女士是我睿智的内助，十多年来我的多少文章和作品都布满了她抄稿的汗迹，她承担了所有家务，使我伏案之际得以专心力向，困扰之时得以排解忧烦，这部书也倾注了她的大量心血。

我的两个爱女小犁和小怡对我的理解关爱和鼓励也常在心头温暖着

我，我想借此对她们的孝顺表示父亲的爱意和感激。

本书顾问（按姓氏笔划排列）：

王天玺　王沂暖　白成亮　白佐光　白保兴　白存德　左玉堂

邓绍基　刘魁立　孙官生　孙景波　张学文　李　勇　何耀华

杨　洪　杨忠明　郎　森　赵　橹　赵嘉文　查　克　徐西华

徐国学　高发元　黄惠焜　陶国相　戴官禄

需要特别感谢的是，在完成《哈尼族文学史》这项科研任务的过程中，得到了红河州人民政府和云南省社会科学院的大力支持！

最后我要说的是——希望我的努力没有辱没我的祖先，透过这本书，今天的人们会在历史的画卷中看见他们身影的伟岸和智慧的辉煌！

作者　于春城严家地

学术年表

1981 年

《九隆石雕初识》，载《云南社会科学》1981 年第 2 期。

《沧源崖画与佤族文学》，载《山茶》1981 年第 2 期。获云南首届民族民间文学奖。

1985 年

《故事·历史·人生———中日故事文学比较》，载《云南民族学院学报》1985 年第 3 期。

《人的艺术与神的艺术》，载上海文艺出版社《民间文艺集刊》。

《哈尼族迁徙史诗断想》，载《思想战线》1985 年第 6 期。

1986 年

《哈尼阿培聪坡坡》，云南民族出版社。

1987 年

《迥异有别的诗史———哈尼族迁徙史诗〈哈尼阿培聪坡坡〉与荷马史诗》，载《山茶》1987 年第 4 期。

《哈尼族与“氐羌系统”》，载《民族文化》1987 年第 5 期。

1988 年

《洪水神话：生殖的花原》，载《红河民族语文古籍研究》1988 年第 1 期。

《滨海文化与高原文化的嫡裔》，载《边疆文化论丛》第1辑，云南民族出版社。获云南人民政府文学艺术奖励基金三等奖。

《和夷的嬗衍》，载《云南民族古籍研究》（创刊号），云南民族出版社。

《历史的迹化——哈尼族送葬头饰“吴芭”初考》，载《山茶》1988年第2期。

《神话的整化意识》，载《云南社会科学》1988年第4期。获云南省人民政府文学艺术奖励基金二等奖。

1989年

《哈尼族的历史分期及文学史分期》，载《山茶》1989年第1期。

《不死药与不死观——哈尼族“不死药”神话研究》，载《民族文学研究》1989年第2期。

1991年

《山坳中跳荡不息的精灵——哀牢山少数民族》，载《大地》1991年9月号。

《“民神杂糅”与“绝地天通”——中国古巫源变三说》，载《边疆文化论丛》第3辑，云南民族出版社。

《巫之生与巫之成——哈尼族神话中记载的人类历史上第一次脑体劳动大分工》，载《民族文学研究集刊》1991年第5期。

1992年

《哈尼族古歌》，云南民族出版社。获云南省人民政府文学艺术奖励基金一等奖。

1995年

《云海中的奇婚女性》，合著，云南教育出版社。获中国国家图书奖。

1996 年

《哈尼族文化精神论》，载《首届哈尼族文化国际学术讨论会论文集》，云南民族出版社。

是年 3 月，受台湾“中华古典文学研究会”之邀，赴台淡江大学等六所大学作学术演讲。

1998 年

《哈尼山寨啜茗录———哈尼族茶义发微》，载《古今艺文》第 24 卷第 4 期。

《哈尼族文化英雄论》，载《民族文学研究》1998 年第 3 期。

《哈尼族文学史》，云南民族出版社。获中宣部、中国民间文艺家协会《山花奖》。

1999 年

《哈尼族与百濮民族茶事丛谈》，《云南民族学院学报》1999 年第 2 期。

《云南少数民族概览·哈尼族》，合著，云南人民出版社。

《哈尼族文化大观》，合著，主编，云南民族出版社。获国家艺术学科奖。

《建立“哈尼族梯田文化奇观保护与发展基地”的构想》，载《梯田文化报》1999 年 3 月 25 日。此文首次提出“红河哈尼梯田申报世界遗产”构想，并建立该申遗项目核心理论“江河水系—森林—村寨—梯田四度同构的人与自然高度融合的生态农业系统”，后此构想获云南省及红河州政府采纳，本人受聘为该项目专家组组长，并于 2013 年 6 月，参加中国代表团赴金边第 37 届世界遗产大会，会上联合国教科文组织正式授予红河哈尼梯田世界遗产荣誉。

《哈尼族文化魂之跌落与招回》，《哈尼族文化论丛》第 1 辑，云南民族出版社。

2000 年

《对元阳哈尼族梯田申报世界遗产的调查研究》，载《梯田文化报》2000 年 6 月 22 日。

《打世界顶级品牌——关于建立云南省申报世界遗产战略的建议和构想》，载《梯田文化报》2000 年 6 月 22 日。《云南民族学院学报》2000 年第 6 期转载。

《哈尼族十月物候历与农耕生产》，载《中国哈尼学》第 1 辑，云南民族出版社。

2001 年

《大山里塑成的奇迹——元阳哈尼族梯田申报世界遗产》，载《今日民族》2001 年第 4 期。

《世界茶文化源头之辩》，载《云南民族学院学报》（哲学社会科学版）2001 年第 6 期。

《元阳哈尼族梯田申报世界遗产可行性研究》，载《华夏·人文地理》2001 年增刊。

2002 年

提出“红河哈尼族多声部民歌文化申报世界非物质文化遗产”构想，获红河州政府采纳，担任该项目专家组组长，项目正进行中。

提出“云南世界茶树原产地与普洱茶申报世界遗产”构想，获云南省政府采纳，受聘为该项目调研课题专家组组长，目前此项目已列为中国政府申遗预备项目第 6 位。

2003 年

《茶事鼻祖，历久弥芳——关于思茅、西双版纳、临沧世界茶树原产地与世界名茶普洱茶申报世界遗产的思考》，载《云南民族大学学报》2003 年第 4 期。

《一片绿叶叩响一个世界——世界茶树原产地和普洱茶申遗叙事曲》，载《今日民族》2003 年第 7 期。

《中国少数民族民间故事精选》，人民教育出版社与中国大百科全书出版社。

是年11月，赴美国哈佛大学作红河哈尼族梯田文化学术演讲。

2004年

《哈尼族八声部复音唱民歌亟待申遗》，载《春城晚报》2004年12月24日C8版。

2005年

《文明的圣树———哈尼梯田》，黑龙江人民出版社。

2006年

5月，赴马来西亚国际普洱茶秋节交易会作普洱茶申遗学术演讲，中国驻马来西亚大使陈永华、马来西亚高教部长翁诗杰到会交流。

2008年

《金谷魂———云南稻作文化之自然崇拜》，云南美术出版社。获云南省社科评奖二等奖。

2009年

提出召开“首届世界梯田大会”构想，获红河州政府采纳，担任该大会专家委员会主席。

2010年

主持召开了16国专家参与的“首届世界梯田大会”，创意成立了“世界梯田联盟”组织，成为创会主席。执笔《红河宣言———保护与发展梯田文明全球宣言》。

2011年

11月，赴美国国会图书馆作《茶烟如篆写千年——中国茶文化》学术演讲，美国劳工部、能源部负责人出席。

2012 年

《首届哈尼梯田大会论文集》，主编，云南人民出版社。

《奏响梯田文明的金色乐章》，论文，云南人民出版社。

《从红河到巴黎——红河哈尼梯田申报世界遗产历程》，云南人民出版社。

2013 年

7 月，率红河哈尼族多声民歌演出团赴上海参加第 42 届世界传统音乐学会年会演出。

10 月，主持召开“海峡两岸以经贸促进哈尼族多声民歌文化申遗学术研讨会”。

2014 年

5 月，赴秘鲁库斯科参加“第二届世界梯田大会”及“世界山地论坛”。

5 月，创意成立“世界山地及梯田茶联盟”，担任创会主席。

图书在版编目（CIP）数据

哈尼族文学史／史军超著．—昆明：云南人民出版社，2015．5

（云南文库·学术名家文丛）

ISBN 978－7－222－13134－7

Ⅰ．①哈… Ⅱ．①史… Ⅲ．①哈尼族—少数民族文学—文学史—中国 Ⅳ．①I207．954

中国版本图书馆CIP数据核字（2015）第095264号

出 品 人：刘大伟

统筹编辑：马维聪

责任编辑：马维聪　朱　原　李继孔

装帧设计：郑　治

责任校对：陈文珍　徐　佩

责任印制：洪中丽

书名　**哈尼族文学史**

作者　史军超　著

出版　云南人民出版社　云南大学出版社

发行　云南人民出版社　云南大学出版社

社址　昆明市环城西路609号

邮编　650034

网址　http：//ynpress. yunshow. com

E－mail　ynrms@ sina. com

开本　787mm×1092mm　1/16

印张　50

字数　753千

版次　2015年5月第1版第1次印刷

印刷　云南商奥印务有限公司

书号　ISBN 978－7－222－13134－7

定价　150．00元